HEYNE <

Das Buch
Das Wasser trägt Danny, lässt ihn die Welt um sich herum vergessen. Lässt ihn atmen. Träumen. Schürt seinen Ehrgeiz. Ein Stipendium öffnet dem Working-Class-Sprössling die Tür zu einer Eliteschule. Er trainiert härter als alle anderen und gewinnt schließlich deren Anerkennung. Eine kurze Zeit lang scheint ihm die Welt offen zu stehen. Doch dann scheitert er. An seinen Erwartungen und an denen der anderen. Selbstmitleid zieht ihn immer weiter nach unten, lässt ihn zweifeln und aggressiv werden. Bis er die Kontrolle verliert.

Der Autor
Christos Tsiolkas, geboren 1965 im australischen Melbourne als Sohn griechischer Einwanderer, arbeitet u.a. für Theater und Fernsehen. Sein Roman *Nur eine Ohrfeige* sorgte über Australien hinaus für Furore, wurde mit dem Commonwealth Writers' Prize bedacht, für den Man Booker Prize nominiert und als Fernsehserie verfilmt. Tsiolkas lebt in Melbourne.

Lieferbare Titel
Nur eine Ohrfeige

Christos Tsiolkas

BARRAKUDA

Roman

Aus dem Englischen
von Barbara Heller

WILHELM HEYNE VERLAG
MÜNCHEN

Die Originalausgabe erschien unter dem Titel BARRACUDA
bei Allen & Unwin, Australien

MIX
Papier aus verantwortungsvollen Quellen
FSC® C014496

Verlagsgruppe Random House FSC® N001967
Das für dieses Buch verwendete FSC®-zertifizierte Papier
Pamo House liefert Arctic Paper Mochenwangen GmbH.

Vollständige deutsche Taschenbuchausgabe 10/2015

Printed in Germany 2015
Umschlaggestaltung: Nele Schütz Design, München,
nach der Originalcovergestaltung von Rothfos & Gabler, Hamburg
Umschlagmotiv © Hélène Desplechin/Getty Images
Druck und Bindung: GGP Media GmbH, Pößneck
ISBN: 978-3-453-41829-5

www.heyne.de

Und nun erzähl es mir
in anderen Worten,
sagt die ausgestopfte Eule
zur Fliege, die summend
mit dem Kopf
die Fensterscheibe zu durchbrechen sucht.

Miroslav Holub

ERSTER TEIL

EINATMEN

Als der Regen aus den Eischneewolken strömt, die zu zart scheinen für solch einen Wolkenbruch, erstarre ich. Die schweren Tropfen treffen zischend auf das verdorrte Gras. So muss sich eine Schlangengrube anhören, denke ich. Es schüttet wie aus Eimern, obwohl der Himmel noch blau ist, die Sonne noch scheint. Die Glasgower flüchten kreischend aus dem Wasser an den Kiesstrand, drängen sich unter den Bäumen zusammen, laufen zu ihren Autos. Bis auf den pummeligen jungen Mann mit der schottischen Flagge auf dem Bizeps, gekreuzten weißen Balken auf blauem Grund. Grinsend und mit ausgebreiteten Armen steht er bis zu den Knien im Wasser, heißt den Regen willkommen, bietet ihm die Stirn.

Genauso plötzlich hört es wieder auf zu regnen, und alle kehren nach und nach an den Strand zurück. Zwei kleine Jungen rennen an mir vorbei und stürzen sich in den See. Ein Mädchen im Teenageralter wirft die Zeitschrift beiseite, unter der sie Schutz gesucht hat, holt eine Puderdose hervor, pudert sich Wangen und Nase und malt sich die Lippen rosa wie Zuckerwatte. Irgendjemand spielt wieder Musik – »When love takes over« schallt es durch das Tal. Ein bleicher, spindeldürrer Jugendlicher mit kaputten Zähnen und einem fettigen schwarzen Wuschelkopf hechtet an mir vorbei ins Wasser. Kristallklare Fontänen spritzen den Typ mit dem Tattoo nass, und er packt seinen Freund, umklammert ihn von hinten und taucht ihn unter, setzt sich auf ihn, lacht. Eine Frau ruft vom Strand her: »Geh runter da, Colm, geh da runter!«

Der pummelige Typ steht grinsend auf, der dünne Junge rappelt sich hoch und spuckt Wasser.

Alle Mädchen und Frauen tragen Bikinis, alle Jungen und Männer Shorts, einige ein Unterhemd. Außer mir: Ich habe Jeans an und darüber zwei Schichten, ein T-Shirt und ein ausgebleichtes altes Hemd.

Die Sonne erscheint mir schwach. Stärker als nur angenehm kann sie nicht werden, sie kann nicht brennen, sie bringt keine Kraft auf.

»Dan, ich kann nicht dorthin zurück. Da ist alles zu weit weg.«

Clydes Worte sind mir den ganzen Tag im Kopf herumgegangen. *Zu weit weg.*

In dem Restaurant gestern Abend haben wir ein Gespräch am Nebentisch mit angehört. Drei Paare saßen dort, ein schottisches, ein englisches und ein deutsches, alle Ende fünfzig, die Männer mit Bauch und Bart, die beiden Engländerinnen mit frisch geschnittenen Bobfrisuren, die Deutsche mit einem langen, ungepflegten grauen Pferdeschwanz. Sie hatte aufgeschaut, als wir zu streiten anfingen, als ich laut wurde.

»Und ich kann hier nicht leben!«

»Warum nicht?«

»Weil für mich hier alles zu weit weg ist.«

Wütend sahen wir uns über den Tisch hinweg an. Einer von uns musste klein beigeben. Einer von uns musste gewinnen. Der junge Ober brachte den Hauptgang, und wir machten uns in grimmigem Schweigen darüber her.

Unsere Nachbarn schienen alte Studienfreunde zu sein. Ihre lebhafte Unterhaltung und ihr lautes Gelächter überrollten uns förmlich. Ich schlang mein Essen hinunter – die Soße auf dem Steak war nichts als Salz und zerlassene Butter – und war als Erster fertig. Ich schob den Teller zurück und machte mich auf den Weg zur Toilette. Hinter mir hörte ich die Freunde streiten. Offenbar trafen sie sich alle zwei Jahre in einer anderen Stadt. Für das nächste Mal drängte die Deutsche auf Barcelona, der Schotte wollte nach Kopenhagen, der Engländer war für London.

Als ich zurückkam, blieben Clyde und ich höflich, distanziert.

»Sie haben abgestimmt, und jetzt sind nur noch Barcelona und Kopenhagen im Rennen.«

»Echt? Sogar der Engländer hat gegen London gestimmt?«

»Ja, sogar der hat gemerkt, was für eine Scheiß-Schnapsidee das war.«

Da mussten wir lachen, das komplizenhafte Lachen zweier Liebender, eine Friedensfahne. Ich schaute zu dem Tisch hinüber, und die Deutsche lächelte mir achselzuckend und gespielt verärgert zu.

»Barcelona«, rief ich den Freunden zu, »ich würde nach Barcelona fahren, da ist das Essen besser.«

Der Engländer tätschelte seinen dicken Bauch. »Wir brauchen nicht noch mehr gutes Essen, davon haben wir schon genug!«

Da lachten wir alle.

Clyde beugte sich zu mir. »In Australien wäre so was nicht möglich.«

Ich antwortete nicht. Es stimmte, und mein Schweigen bestätigte es.

»Es ist zu weit weg, Dan, ich kann da nicht wieder hin.«

Er hatte recht. Ich hatte verloren.

Und dann kamen die Worte, tief aus meinem Innern, wurden ausgesprochen, ohne dass ich etwas dazutat, kamen heraus wie eine Verwünschung. Ich flüsterte: »Und ich, Clyde, ich kann nicht hierbleiben.«

In dieser Nacht sagte er im Bett, er wolle meine Haut nicht an seiner haben, er ertrage meine Berührung nicht. Ich rutschte gehorsam an den Rand, doch bald spürte ich, dass er näher kam, und dann schlangen sich seine Arme um meine und fesselten mich an ihn. Die ganze Nacht hielt er mich so, und die ganze Nacht konnte er nicht aufhören zu weinen.

Der pummelige Typ hat einen Sonnenbrand auf Nacken und Schultern. All die Glasgower, die am Loch Lomond sonnenbaden, planschen, herumschlendern, sich küssen, essen und trinken, alle haben sie rosa Schultern, rosa Gesichter, rosa Nacken und Arme. Eine einzige indische Familie ist da – sie essen Sandwiches von Tesco – und ein schwarzes Mädchen, das ich schon im Dorf gesehen habe, als es sich mit seinem rothaarigen Freund die Schaufenster von Scot's R'Us, oder wie der verdammte Laden heißt, angesehen hat. Und ich bin da. Trotz der schlappen Sonne bin ich braun geworden. Wenn ich bleibe, wird die Bräune dann allmählich verblassen? Werde ich bleich werden, werde auch ich rosa werden von der Sonne?

Der pummelige Typ steht immer noch bis zu den Knien im Wasser. Seine Freunde hechten hinein, sie tauchen einander unter, sie spritzen sich nass, sie spielen, sie lassen sich vom Wasser tragen. Aber sie schwimmen nicht. Keiner hier schwimmt. Keiner traut sich mehr als ein paar Meter vom Ufer weg. Dabei gibt es hier nichts, wovor man Angst haben müsste, keine Haie, keine Feuerquallen, keine Unterströmungen, keine Brecher, die einen wie mit einer Titanenfaust umhauen können. In diesem Wasser gibt es überhaupt nichts, wovor man Angst haben müsste. Nur die Kälte. Die schon.

Ich stehe am Ufer. Die Wellen bringen keine Energie auf, sie schwappen nur sanft über Kies und Steine. Sie drängen an meine Sneakers, sie küssen den Saum meiner Jeans.

Und ich ziehe meine Schuhe aus, und ich ziehe meine Socken aus.

Richtiges Wasser bestraft dich, richtiges Wasser musst du bearbeiten, um es zu besitzen. Richtiges Wasser kann dich töten.

Und ich ziehe mein Hemd aus, und ich ziehe mein T-Shirt aus.

Es sind schon Männer und Frauen in diesem See gestorben, es sind schon Männer und Frauen im Wasser erfroren, es sind schon Männer und Frauen in diesem See ertrunken. Wasser kann dich töten, und Wasser kann trügerisch sein. Wasser kann dich täuschen.

Ich spüre ein Zucken in der Schulter, ich spüre, wie meine Muskeln sich regen.

Und ich löse meine Gürtelschnalle, und ich streife meine Jeans ab.

Der pummelige Typ sieht mich befremdet an, sein Gesicht wird zur Grimasse. Wer ist der Kerl, denkt er, dieser Perverse, der da in der Unterhose am Ufer steht? Hinter mir kichert ein Mädchen.

Ich gehe ins Wasser, bis zu den Schenkeln, bis zum Schritt, bis zum Bauch. Es ist eiskalt, so kalt, dass ich schon denke, der Schmerz bricht mir die Beine. Ich hechte hinein. Die Luft bleibt mir weg.

Muskeln, die sich jahrelang nicht bewegt haben, Muskeln, die außer Gebrauch waren – jetzt singen sie.

Und ich schwimme.

Ich kann die Leute am Ufer nicht hören, aber ich weiß, was sie rufen. *Hey, hast du sie nicht alle, du Idiot?*

Ich bin im Wasser. Es gibt nach für mich, weicht vor mir zurück.

Und ich schwimme.

Hier gehöre ich hin.

Erste Schulwoche, Februar 1994

Der erste Rat, den Danny vom Trainer bekam, betraf nicht das Schwimmen, nicht seinen Armzug, nicht seine Atemtechnik, nicht die Verbesserung seines Startsprungs oder seiner Wende. Das alles sollte später kommen. Diesen ersten Rat sollte Danny nie vergessen.

Die Mannschaft hatte das Training gerade beendet, und Danny stand bibbernd am Beckenrand. Die anderen Jungen kannten sich alle. Schon im Bauch ihrer Mütter, als ihre Väter sie am Cunts College angemeldet hatten, waren sie zu Freunden bestimmt worden. *Cunts College, Cunts College, Cunts College.* Den Spitznamen hatten er und Demet sich ausgedacht, als er ihr erzählt hatte, dass er die Schule wechseln musste. »Musst du oder willst du?« Er hatte den Blick abwenden müssen, als er antwortete: »Sie wird mich zu einem besseren Schwimmer machen.«

»Da sind lauter reiche Jungs«, hatte sie entgegnet, »das ist dir klar, oder, dass nur Stinkreiche aufs Cunts College gehen?« Dann hatte sie es gut sein lassen. Sie wollte nicht mit ihm streiten, nicht übers Schwimmen. Sie wusste, wie viel ihm das Schwimmen bedeutete.

Danny sah zu den anderen hinüber. Den ganzen Vormittag hatten sie kaum ein Wort mit ihm gesprochen, hatten allenfalls irgendetwas geknurrt, ihm knapp zugenickt. So ging es schon die ganze Woche. Er hatte das Gefühl, unsichtbar zu sein und sich zugleich nirgends verstecken zu können. Nur im Wasser war er er selbst. Nur im Wasser fühlte er sich vor ihnen sicher.

Als Taylor, einer, auf den alle hörten, auf dem Weg zur Umkleide an ihm vorbeikam, sagte er mit einem lauten, affektierten Lispeln: »Super Badehose, Dino, die ist echt cool.«

Die anderen bogen sich vor Lachen, drehten sich zu ihm um, schauten auf seine schlabbrige Synthetik-Badehose, gackerten wie ein Rudel Cartoon-Hyänen. Alle trugen glänzende neue Speedos mit dem Markennamen in Gelb quer über ihren Ärschen. Dannys Badehose war von Forges – dass seine Mutter einen halben Tageslohn für ein Stück Lycra ausgab, daran war nicht zu denken. Das war auch in Ordnung so, und trotzdem fühlte sich Danny beschissen. Immer noch kichernd, folgten die Jungen diesem aufgeblasenen Schwachkopf Taylor an ihm vorbei zur Umkleide. Scooter, der älteste, der mit der hellsten Haut und den dunkelsten Haaren, stieß Danny an, ganz leicht nur, sodass es wie Zufall aussehen konnte. »Sorry«, sagte er schroff, und dann lachte er. Daraufhin fingen auch die anderen wieder an zu lachen. Das gleiche alberne Gegacker wie zuvor. Danny wusste, dass es kein Zufall gewesen war. Er stand da, rührte sich nicht, verzog keine Miene. Innerlich aber, innerlich verkrampfte er sich, innerlich kochte er.

»Hey Scooter, was gibt's da zu lachen? Nennst du das Schwimmen, was du heute geboten hast? Ein elendes Gepaddel war das.«

Da verstummten alle. Nur der Trainer durfte sich solche Beschimpfungen erlauben. Selbst Rektor Canning hörte weg, wenn Frank Torma seine Flüche und Beleidigungen vom Stapel ließ. Die Schule brauchte Trainer Torma. Er war einer der besten Schwimmtrainer des Landes, hatte das Cunts College bei jedem Schulwettkampf der letzten sieben Jahre auf Platz eins gebracht. Das war Macht. Schweigend gingen die Jungen zu den Duschen. Danny folgte ihnen.

»Moment noch, Kelly, ich will mit dir reden.«

Der Trainer schwieg, bis die anderen in der Umkleide verschwunden waren. Zum ersten Mal sah er Danny in die Augen.

»Wieso lässt du dir das gefallen?«

»Was?«

»Wieso lässt du dir so einen Scheiß von denen gefallen?«

Er sprach mit einem starken Akzent.

Danny zuckte die Schultern. »Keine Ahnung.«

»Du musst dich wehren, wenn dich jemand beleidigt, Junge. Und zwar sofort. Gib Kontra, auch wenn vielleicht gar nichts dahintersteckt. Eine Beleidigung ist ein Angriff. Du musst zurückschlagen. Klar?«

Dannys Mundwinkel begann zu zucken. Er dachte, der Trainer scherze. Er hörte sich an wie Demets Mutter oder Savas *Giagia*, so als wäre eine Beleidigung der »böse Blick«, als müsste er ein *Nazar boncuğu* tragen, um sich davor zu schützen. Sein Unterkiefer fiel herab, sein Kopf sank zurück, ohne dass es ihm bewusst war; mechanisch nahm er die Haltung ein, mit der man in seiner alten Schule, der richtigen Schule, auf einen Anpfiff reagierte: Man machte einfach ein gelangweiltes Gesicht.

Doch Frank Tormas Miene war ernst geblieben, und Danny begriff, dass er nicht scherzte.

»Hör zu, du Dummkopf: Auch wenn keine Boshaftigkeit in dem steckt, was sie sagen, kein Hass oder Neid – das spielt keine Rolle. Du vergibst dir nichts.« Der Trainer klopfte auf seinen gewaltigen Bauch, der hart und rund war wie ein Basketball, sodass sich sein T-Shirt darüber spannte. Er zeigte auf etwas dahinter, etwas darin, doch Danny begriff nicht, was es war, was es sein konnte. »Vertrau deinem Bauchgefühl, Junge, lass dich nicht kleinkriegen von denen. Du musst dich schützen.« Er nickte zur Umkleide hin. »Die sind alle neidisch auf dich.«

»Das ist doch Schwachsinn.«

Einen Moment lang dachte Danny, Torma würde ihn schlagen. Seine Hand zuckte, drehte sich, fuhr durch die Luft.

Doch er bohrte Danny nur seine dicken Finger in die Brust. »Glaub mir, die sind neidisch auf dich. Ist doch klar – du hast das Potenzial, der Beste in der Mannschaft zu werden. Das spüren sie.« Die Finger stießen härter zu. »Die wollen dich mürbe machen, logisch. Ihr seid keine Freunde, ihr seid Konkurrenten.«

Dannys Brust schmerzte von den Stößen, aber das kümmerte ihn nicht. Er war der Beste, er war der Beste in der Mannschaft. Besser als dieser Schwachkopf Scooter, dieser Schisser Morello, diese Tunte Fraser, dieser Schleimer Wilkinson, dieses selbstgefällige, verzogene Reichensöhnchen Taylor. Er war besser als sie alle. Stärker, schneller, besser. Der Stärkste, der Schnellste, der Beste.

Der Trainer folgte ihm in den Duschraum. Danny war froh darüber; die anderen würden ihn in Ruhe lassen, wenn Frank Torma dabei war. Sie standen noch unter den Duschen, rissen Witze über Seife und Wilkinson. Diese dämliche Schwuchtel ließ sich alles gefallen, schlug nicht zurück. Der Trainer hat recht, dachte Danny. Du musst zurückschlagen. Ihnen wehtun, bevor sie dir wehtun.

Torma setzte sich auf die Bank, und Danny schlüpfte aus seiner Badehose und ging unter die Dusche. Er drehte den Warmwasserhahn auf, doch das Wasser schoss eiskalt heraus. Erst als Dampf aufzusteigen begann, drehte er auch den Kaltwasserhahn auf. Er seifte sich von Kopf bis Fuß ein, rubbelte sich kräftig, gewaltsam fast, wärmte sich mit der Reibung auf.

»Holst du dir etwa einen runter, Dino?«, fragte Taylor gespielt angewidert. Die anderen Idioten fingen wieder an zu wiehern.

Danny schaute zum Trainer zurück, der schweigend auf der Bank saß und ihn gerade ansah. *Du musst Kontra geben.* Jetzt begriff er, was der Mann meinte. *Du musst die Kontrolle behalten, immer.*

Er drehte sich zu den Jungen um, breitbeinig, stemmte die Hände in die Seiten – sollten sie ihn ruhig ansehen. Das Wasser strömte auf ihn herab, prasselte ihm auf Kopf und Schultern, gab ihm ein Gefühl der Stärke. »Ja, Taylor«, antwortete er und zupfte an seiner Vorhaut. »Wieso fragst du? Wolltest du mir einen blasen?«

Das saß. Taylor wandte prompt den Blick ab und suchte fieberhaft nach einer Retourkutsche. Morello konnte sich das Lachen nicht verbeißen. Frank Torma grinste, und seine Augen funkelten.

»Was gibt's da zu lachen?«, sagte Taylor.

Augenblicklich verstummte Morello. Danny wandte den anderen wieder den Rücken zu, doch sein Gesicht verzog sich zu einem Grinsen, so groß wie die Schwimmhalle, die Schule, das Universum. Er war besser als alle anderen. Er war der Beste. Er war der Stärkste.

Was mache ich hier?

Am Montag war Valentinstag gewesen, sein erster Tag am Cunts College. Seine Mutter hatte sich freigenommen und ihn bis vor das Tor des Schulgeländes gefahren. Und sie hatte es sich nicht nehmen lassen, ihn nach dem Training von der neuen Schwimmhalle abzuholen. »Aber nur heute«, hatte sie gesagt. »Morgen fährst du mit Bus und Bahn.«

Die Fahrt dauerte Stunden, so kam es ihm vor. Sie fuhren die Längsachse der Stadt entlang, bogen dann Richtung Osten ab, steckten im Stau, näherten sich langsam ihrem Ziel, es wurde grüner ringsum, die Häuser wurden größer und standen weiter auseinander. Er schmollte die ganze Fahrt über, das Gesicht ans Beifahrerfenster gedrückt. Er wollte in keine neue Schule. *Sie wird dich zu einem besseren Schwimmer machen.* Er wollte in kein neues Schwimmbad. *Es wird dich zu einem besseren Schwimmer machen.* Er wollte keinen neuen Trainer. *Er wird dich zu einem besseren Schwimmer machen.* Seine Mutter hielt vor dem Tor, das nicht so aussah, als gehöre es zu einer Schule, sondern eher zu einem herrschaftlichen Wohnsitz aus einem Film, einem Wohnsitz mit tausend Zimmern, mit Butlern, Dienstmädchen und Gespenstern. Die Umfassungsmauern waren aus massivem Blaustein, das schmiedeeiserne Tor glänzte schwarz, das vergoldete Schulwappen darüber zeigte einen drohend aufgerichteten, gekrönten Löwen, dessen Tatzen auf einem Kruzifix ruhten, eine lodernde Fackel und eine lateinische Inschrift. Die Auffahrt jenseits des Tores führte im Bogen zu einem zweiflügeligen grauen Gemäuer mit einer riesigen Kuppel. Es sah mehr wie ein Tempel aus, fand Danny. Das Gelände dehnte sich endlos, ein Zaun war nicht zu sehen, so wenig wie Läden, Lager- oder Wohnhäuser in der weiteren Umgebung.

Dann sah er die Jungen. Jungen im Gänsemarsch, Jungen zu zweit, Jungen zu dritt, zu viert, zu fünft, in lavendelblau und gelb gestreiften Jacken und dicken anthrazitgrauen Hosen, der Uniform, die Danny am Morgen höchst widerwillig angezogen hatte. Er hatte nicht gewusst, wie man die gestreifte Krawatte binden musste. Sein Vater hatte ihm zu helfen versucht, war aber gescheitert, hatte den Knoten gebunden und wieder gelöst, gebunden und wieder gelöst und schließlich die Schule verflucht, weil sie seinen Sohn aufnahm, das Stipendium verflucht, weil es die Möglichkeit bot, seine Frau verflucht, weil sie wollte, dass Danny auf diese Schule ging, die Krawatte verflucht, diese verfluchte Scheißkrawatte, und die ganze Zeit hatte Danny gedacht, er verflucht *mich*, er verflucht mein Schwimmen. Der Knoten drückte gegen seinen Adamsapfel, als presste ihm jemand eine Messerklinge an den Hals. Noch erbitterter schimpfte sein Vater auf das steife weiße Hemd, das Danny auf Geheiß seiner Mutter hatte anziehen müssen. »Wozu neue Hemden, was stimmt denn nicht mit den alten, was kostet uns der ganze verdammte Scheiß überhaupt?«

»Nichts!«, hatte seine Mutter mit erhobener Stimme gekontert, die nichts Gutes verhieß, und seinem Vater waren Zweifel gekommen. »Nichts kostet uns das alles, der Junge hat ein Stipendium.« Und sein Vater antwortete, leiser jetzt: »Ich seh trotzdem nicht ein, wieso alles neu sein muss. Wieso sind seine alten Schulhosen und -hemden auf einmal nicht mehr gut genug?«

Eine scharfe Entgegnung seiner Mutter – im Flüsterton, damit Danny sie nicht hörte – beendete das Thema. Doch Danny hatte sie gehört.

»Ich will nicht, dass er sich schämt. Ich will nicht, dass er denkt, er gehört da nicht hin.«

Die vergoldete Löwenkrone, das Kruzifix und die lodernde Fackel. Das Cunts College. Mein erster Tag am Cunts College, dachte Danny.

Seine Mutter schob ihn aus dem Auto, und er versuchte sich in dem Jackett zu verkriechen, das ihm schwer um die Schultern hing. Der dicke Wollstoff der Hose scheuerte an seinen Schenkeln und in den Kniekehlen. Er selbst stank bestimmt nach Chlor, und bestimmt bewegte er sich wie ein Behinderter, als er langsam die Auffahrt entlangging. Sie schien zu lang und zu breit für eine Schule, zu bombastisch. Die Blausteinmauern und der Kies, die Statuen und die Granitstufen, die Gebäude, die den Mief der Jahrhunderte verströmten – das alles wirkte eher wie eine Kathedrale, eine Kathedrale für den Papst. Containerklassenzimmer und Beton gab es hier nicht. Danny stieg eine, zwei, drei, vier, fünf, sechs, sieben Stufen hinauf, folgte dem Strom der Schüler durch einen Gewölbebogen in eine Eingangshalle, die so groß war wie ein ganzes Haus, höher als ein Haus, mit Buntglasfenstern weit oben und glatten cremefarbenen Wänden, von denen Porträts alter Männer auf ihn herabblickten, allesamt schnurrbärtig und kahl.

Jungen drängten sich hinter ihm, vor ihm, um ihn herum, alle mit der reinsten Haut, dem besten Haarschnitt und den weißesten, perfektesten Zähnen, die er je gesehen hatte. Er kam sich schmutzig und hässlich vor und war sich der Pickel auf seiner Stirn bewusst, der Pickelreihe an seinem Kinn, des abstoßenden roten Pickelstriemens an seinem Hals. Zurufe ertönten ringsum, alle kannten sich, aber keiner kannte ihn, er wurde geschoben, gerempelt, mitgeschleift, durch einen weiteren Torbogen aus Blaustein und Granit auf einen sauber gefegten Pflasterweg, der sich zwischen makellos gemähten, vollkommen ebenen Rasenflächen hindurchwand, deren perfektes Grün kein einziger verdorrter Grashalm trübte. Ein Gärtner arbeitete in einem Beet mit gelben und violetten Blumen. Die Jungen liefen an ihm vorbei, beachteten ihn nicht, doch Danny blieb stehen, betrachtete sein faltiges Gesicht und die eingesunkenen Wangen, lächelte ihm zu. Der Mann erwiderte sein Lächeln nicht, er blickte auf die Blumen hinab und jätete Unkraut. Erst jetzt erkannte Danny im Gelb und Violett der Blüten die Farben der Schuluniform. Selbst die Blumen folgten hier einem System. Und alles war schön und überwältigend, er hatte solche Türmchen noch nie gesehen, hatte sich solche Üppigkeit gar nicht vorstellen können, und wieder fragte er sich, wo die niedrigen, hässlichen Container waren, Backöfen im Sommer, fragte sich, wo die trockenen, pissgelben Laufbahnen, wo die Graffiti waren. Und dann ertönte eine Glocke, keine Sirene, keine Bohrmaschine im Ohr, eine richtige Glocke, wie eine Kirchenglocke, und plötzlich verschwanden alle Jungen, und nur Danny stand noch da und der Gärtner, der ihn nicht ansah, der weiter zu Boden schaute, auf die Blumen in den Farben der Schuluniform und des Schulwappens. Die Blumen, die keiner der Jungen eines Blickes würdigte. Und in dem Moment dachte Danny, wie gern die Mädchen in seiner Schule – seiner alten Schule, der richtigen Schule mit den beschissenen Containern, der ohrenbetäubenden elektronischen Klingel, den Tags und den Graffiti an den hässlichen Backsteinmauern –, wie gern die Mädchen durch einen Park mit so schönen Blumen gegangen wären. Aber hier gab es keine Mädchen, an dieser Schule waren keine Mädchen zugelassen.

Es war ein schrecklicher Gedanke, so schrecklich, dass Danny am liebsten die Flucht ergriffen hätte.

Sie wird dich zu einem besseren Schwimmer machen.

Da hörte er eine Stimme: »Hey, du, was stehst du da herum?«

Es waren die ersten Worte, die jemand am Cunts College an ihn richtete: Was stehst du da herum?

Kein Lehrer hatte die Frage gestellt, sondern ein älterer Junge mit strohblondem Haar und reiner Haut, wenn man von einem daumenabdruckgroßen dunklen Muttermal an seiner linken Wange absah. Er marschierte über den Rasen auf Danny zu.

»In welchem Haus wohnst du?«

Haus? Verwirrt versuchte Danny, die Frage zu entschlüsseln. Er würde hier nicht wohnen, auf keinen Fall würde er sich auch nur eine Minute länger hier aufhalten als unbedingt nötig. Er wusste jedoch, dass andere hier wohnten, hier verköstigt wurden, hier schliefen. Er war keiner von ihnen, würde nie einer von ihnen sein.

»Neu hier, stimmt's?«

Das konnte Danny beantworten. »Ja.«

»Name?«

»Danny.«

»Und weiter?«

»Kelly.«

»Okay, Kelly, ich bin Cosgrave. Ich bin hier Aufsichtsschüler.«

Cosgrave schien davon auszugehen, dass Danny wusste, was das bedeutete. Danny war sich nicht sicher, aber zumindest bedeutete es, dass dieser ältere Jugendliche irgendwie etwas zu sagen hatte, dass dieser ältere Jugendliche irgendwie perfekt war. Perfektes Haar, perfekte Haut.

Cosgrave schnaubte ungeduldig und zeigte über den Rasen auf die Stufen zum Hauptgebäude. »Abmarsch.«

Danny hörte, dass Cosgrave ihm im Gleichschritt folgte. Er kam sich vor wie ein Rekrut in einem Kriegsfilm. Gefreiter Danny Kelly, Blaues Haus.

Diesen ganzen ersten Tag über war es, als gleite er von sich fort und würde zur Uniform. Er wusste nicht, wie man an den massiven, frisch lasierten Holztischen im Klassenzimmer stillsaß, er wusste nicht, was er tun, was er sagen, wann er aufblicken, wann er sprechen und wann er nicht sprechen musste. Er traute sich selbst nicht in den großen, luftigen Klassenräumen, deren komplette Ausstattung neu zu sein schien. Die Bücher sahen so aus, als würden sie zum ersten Mal aufgeschlagen, die Lehrer setzten als selbstverständlich voraus, dass man ihnen zuhörte und sie nicht unterbrach. Es roch auch anders hier, nach Luft, nach Licht, aber auch nach den Umkleideräumen, in denen ein säuerlich nussiger Geruch nach Jungen hing, vermischt mit scharfem Schweiß und aufdringlichem Deodorant. Hier duftete es nicht nach Parfüm oder Handcreme, hier fehlten die süßen, blumigen Wohlgerüche der Mädchen. In dieser Welt erinnerte weit und breit nichts an Mädchen.

Mit der engen Krawatte, der Messerklinge an seinem Hals,

konnte Danny trotz der luftigen Räume nicht frei atmen, er verflüchtigte sich, und alles, was von ihm blieb, war eine Uniform, eine auszumalende Kontur. Er wurde zu Kelly.

Kannst du mir folgen, Kelly?

Ist dir das bekannt, Kelly?

Hör zu, Kelly!

Der Tag kroch dahin, die flache Messerklinge drückte gegen seinen Hals, und er begann zu fürchten, dass er für immer hier gefangen war, dass alles sich endlos wiederholen und er keine Chance haben würde, den wahren Danny wiederzufinden. Er wollte bei seinen Freunden sein, bei Boz und Shelley, bei Mia und Yianni und vor allem bei Demet, er sehnte sich nach den ramponierten Tischen und den dunkelbraunen Stühlen seiner alten Schule. Er vermisste das Schwatzen der Mädchen, die Papiergeschosse der Jungen, er vermisste den Lärm, die Witze, die Beleidigungen, das Hänseln. Der Tag kroch dahin, der Tag bewegte sich nicht von der Stelle. Danny war in den Tag hinein verschwunden. Er hatte sich verflüchtigt.

»Kelly!«

Sein Name war gerufen worden, einmal, ein zweites Mal. Er hatte ihn kaum verstanden. Ein dicker Mann stand in der Tür des Klassenzimmers und zeigte auf ihn, ein Mann in einer grauen Trainingshose und einem weißen T-Shirt, das sich um seinen prallen Bauch und den mächtigen Brustkasten spannte. Alle schauten zu Danny her. Der Lehrer sagte, er könne gehen.

»Na, los!«, rief der dicke Mann ungeduldig. Sein Akzent machte aus jedem Wort Sirup. Danny folgte ihm auf den Flur hinaus.

»Ich bin Frank Torma. Dein Schwimmtrainer.«

Erst jetzt erkannte er den Mann, der ihn bei dem Wettkampf in Bendigo hatte schwimmen sehen, der seiner Mutter gesagt hatte: »Ihr Sohn hat Talent.« Es war der Mann, der gesagt hatte: »Ich kann Ihren Sohn zum Champion machen.«

Das Schwimmzentrum lag auf einer Anhöhe, von der man

einen weiten Blick über die ganze Stadt hatte. Die anderen Jungen nahmen schwatzend und plaudernd ihre Taschen und drängten aus dem Transporter. Als Danny hinter ihnen die neue Schwimmhalle betrat, traf ihn ein Schwall feuchtwarmer Luft, er nahm den beißenden Chlorgeruch wahr, und plötzlich warf der Tag alles Träge ab. Er bewegte sich wieder. In der Umkleide zog Danny das schwere Jackett aus, die Seidenkrawatte, das steife neue Hemd, die Wollhose, Unterhose, Schuhe und Socken. Nackt stand er da, und es war, als könnte sein Körper plötzlich wieder atmen. Fast stürzte er hin, so eilig hatte er es, in seine Badehose zu schlüpfen.

Torma redete, Torma zeigte auf den einen oder anderen Jungen, aber Danny sah nur das unwirkliche Blau des Schwimmbeckens, fühlte nur, dass er nun jeden Moment vom Wasser umschlossen, vom Wasser gehalten und getragen sein würde, mit dem Wasser verschmelzen würde.

Torma sagte etwas, und Danny stellte sich mit den anderen Jungen in einer Reihe auf, er sah die weiße Haut des Jungen vor ihm, den Schwarm roter Sommersprossen auf seinen Schulterblättern, und der Erste in der Reihe hechtete ins Wasser, und der Nächste hechtete hinein, dann der Nächste, dann der Nächste, dann stand der Junge mit den sommersprossigen Schultern auf dem Startblock, endlos, so schien es Danny, er hätte ihn am liebsten hineingestoßen, er konnte es kaum erwarten, konnte es kaum erwarten, dann hechtete der Junge hinein, und Danny stieg auf den Block und sah in das aufgewühlte Wasser hinab, dann gab Frank Torma das Kommando, und Danny hechtete hinein und durchbrach den Tag.

Im Wasser zersplitterte der Tag, er strömte dahin, und Danny zog die Arme durch, schlug die Beine, atmete, um ihn zu überholen, um schneller zu sein als der Tag, der dem Ziel entgegenbrauste, aber der Tag gewann. Der Tag gewann immer. Danny konnte kaum glauben, dass schon zwei Stunden vergangen waren, dass er aus dem Wasser musste, dass er mit den anderen in die kalte Umkleide zurück und sich wieder anziehen musste.

»Wie war ich, Trainer?« Der große, schlanke Junge hatte die Frage gestellt, der, dessen Haut so weiß war, dass sie fast transparent schien; man sah das Blau der Adern durchscheinen.

»Gut, Taylor.«

Der Junge grinste und stieß mit einer triumphierenden Boxergeste die Arme in die Luft.

Dann zeigte Frank Torma auf Danny. »Aber Kelly war schneller.«

Taylors Arme sanken herab, als hätte Danny oder der Trainer ihm einen Schlag versetzt.

Als die Jungen einer nach dem anderen geduscht und angezogen die Umkleide verließen, rief jemand Dannys Namen. Seine Mutter hatte von den Bänken aus zugeschaut. Sie stolperte fast, als sie die Stufen hinunterlief, und blieb atemlos vor ihm stehen. Danny wäre am liebsten im Erdboden versunken. Er ertrug es nicht, sie anzusehen. Er wusste, dass alle sie anstarrten – natürlich: ihr gewelltes, pechschwarzes Haar mit der Sechzigerjahre-Frisur, den Schönheitsfleck, den sie morgens mit einem schwarzen Stift betonte, ihr enges, tief ausgeschnittenes scharlachrotes Kleid, die schwarzen Pumps mit den silbernen Schnallen. Meine Kanaken-Marilyn-Monroe nannte sein Vater sie, wenn er zur Musik von Hank Williams oder Sam Cooke für sie sang, mit ihr durch die enge Küche tanzte. Danny, Regan und Theo mussten immer lachen, wenn er das sagte. Doch jetzt gab es nichts zu lachen. Jetzt wollte Danny sie nicht hierhaben, seine Mutter, die aussah wie ein Filmstar von einst. Taylors Mutter sah ganz bestimmt nicht so aus. Scooters Mum auch nicht, Wilkinsons ebenso wenig. Ihre Mütter sahen mit Sicherheit *normal* aus.

Schließlich ergriff der Trainer das Wort und stellte sie den anderen vor. Danny konnte sie noch immer nicht ansehen. Die Jungen hatten garantiert anzüglich gegrinst. Kein Wunder bei den großen Titten, die sie zur Schau stellte. Er ging davon, und sie musste fast rennen, um ihn einzuholen. Es war nicht das erste Mal, dass seine Mutter ihm peinlich war, klar, wer wollte schon seine Mum oder seinen Dad dabeihaben, wem war seine Mutter oder sein alter

Herr nicht peinlich? Aber noch nie hatte er sich ihretwegen geschämt, noch nie hatte er gewollt, dass sie sich verpisste.

Auf der Heimfahrt sprach er kaum ein Wort. Doch sie merkte es gar nicht, die ganze Zeit ließ sie sich darüber aus, wie nett die Jungen zu sein schienen, wie höflich sie seien. »Richtige Gentlemen sind das, Danny«, sagte sie, und er wusste, dass sie es sich selbst einredete, während sie ihn zu beruhigen suchte. Er konnte sie nicht ansehen, blickte stur aus dem Fenster auf die Welt draußen. Du bist so leicht zu durchschauen, hätte er sie am liebsten angeschrien, du bist so leicht zu durchschauen, du hast dich viel zu sehr ins Zeug gelegt, alle haben es gemerkt.

In seinem Zimmer riss er sich förmlich die Uniform vom Leib. Er zog Kapuzenpulli und Jogginghose an und streckte sich auf dem Bett aus. Er wollte in seinem Zimmer bleiben, wollte geborgen sein in dem vertrauten Raum mit den Medaillen auf dem Bord, dem Poster des Sonnensystems, das im Dunkeln leuchtete, den Postern von Michael Jordan und Kieren Perkins, dem Modell des Brontosaurus, das er in der Grundschule gebaut hatte, der Box mit den *Zurück-in-die-Zukunft-DVDs*, die Demet und Boz ihm letztes Jahr zum dreizehnten Geburtstag geschenkt hatten. Er wollte das Zimmer nicht verlassen – es war Dannys Zimmer, nicht Kellys. Aber seine Mutter machte Frikadellen, und als ihm der Duft in die Nase stieg, meldete sich sein Magen. Er hatte einen Bärenhunger, er hätte alles allein aufessen können, ohne etwas für seine Geschwister, ohne etwas für seine Eltern übrigzulassen.

Er verzehrte sein Abendessen schweigend.

Es wird dich zu einem besseren Schwimmer machen.

Er telefonierte eine Stunde lang mit Demet. *Wie war's?* Scheiße war's.

Es wird dich zu einem besseren Schwimmer machen.

Er war so erschöpft, dass er sich nicht einmal mehr die Zähne putzte. Noch in T-Shirt und Jogginghose schlief er ein.

Gerade als es zur ersten Stunde läutete, sprach Taylor ihn bei den Spinden an. »Ist deine Mum beim Fernsehen?«

Danny knallte die Tür zu. »Meine Mum ist Friseurin.«

Taylor hob gespielt entschuldigend die Hände. »Cool, Dino. Die sieht so toll aus, da dachten wir, sie ist vielleicht Schauspielerin oder so was.« Er zwinkerte Danny zu. »Aber irgendjemand muss ja auch Haare schneiden.« Pfeifend und mit den Händen in den Taschen ging er davon.

An diesem Tag und am nächsten Tag und an allen folgenden Tagen sagte sich Danny immer wieder: *Es wird dich zu einem besseren Schwimmer machen.* Er war hier nicht willkommen, man wollte ihn hier nicht haben, aber er merkte schon jetzt, dass ihn der Trainer tatsächlich zu einem besseren Schwimmer machte. Er brachte ihm bei, seine Muskeln wahrzunehmen, er erklärte ihm genau, wie er atmen, wie er in Gedanken dem Wasser voraus sein musste. Und sein wertvollster, überraschendster Rat: »Zahl's ihnen heim, immer.« Die Jungen wollten ihn nicht an dieser verdammten Schule haben, nicht nur Taylor und die Schwimmer, auch die anderen Schüler mit ihrem perfekten Lächeln und ihrer perfekten Haut – niemand wollte ihn hierhaben. Bis auf den Trainer. Für den Trainer war er der Beste, und nur das zählte.

An diesem Wochenende schwamm er, schwamm morgens und abends, traf sich mit Boz und Sava und verbrachte jede freie Minute bei Demet. Als er sie am Sonntagabend verließ, fragte sie: »Meinst du, du kommst klar an der Schule?«

»Logisch«, antwortete er. »Kein Problem.« *Sie wird mich zu einem besseren Schwimmer machen.*

Am nächsten Tag, wieder in der dicken Uniform, deren Krawatte ihm gegen die Kehle drückte, merkte er, dass einige der Jungen hinter seinem Rücken tuschelten. Während der Morgenandacht achtete er nicht darauf, doch als er den Flur entlang zu seinem Spind ging, spürte er das Feixen und Kichern hinter sich. Er öffnete die Tür, und da sah er es, auf seinen Büchern: rosa Brustwarzen,

Schamhaar, Schamlippen, auf Hochglanzpapier. Es verschlug ihm den Atem, sein Körper verkrampfte sich. Er nahm das gefaltete Papier heraus, und ein paar Blätter fielen zu Boden.

Alle um ihn herum glotzten und johlten, und einer rief: »Ist das nicht deine Mum, Dino?« Der Ausfalter zu seinen Füßen zeigte ein vollbusiges, dunkelhäutiges Aktmodell. Mit einer Hand strich sie über ihr dichtes schwarzes Haar, mit der anderen spreizte sie unter einem schmalen Streifen dunklen Schamhaars die Lippen ihrer Vagina. Es war unerträglich: das lüsterne Grinsen der Frau, der Blick, mit dem sie zu ihm aufsah. Und der mit Filzstift hingeschmierte Schriftzug DANNY KELLYS PORNOSTAR-MUTTER. Er registrierte die Worte als Erstes, und er registrierte die Worte als Letztes, nur diese Worte zählten.

Warum musste sie mich auch abholen?, war sein erster Gedanke. Und der zweite: Ich hasse sie. Scheiße, ich hasse sie. Und dann kamen die Tränen; er spürte das Brennen an den Lidern eine Sekunde zu spät. Es tat zu weh.

Taylor legte ihm die Hand auf die Schulter und sagte: »Ist ja gut, Kumpel, ist ja gut.« Er verbiss sich das Lachen.

Danny wusste, dass Taylor die Sache arrangiert hatte.

Und er wusste, dass er sich einfach hätte umdrehen und ihm eine reinhauen müssen. Aber die anderen standen grinsend im Halbkreis um Taylor herum. Und sahen Danny Kelly weinen.

Am liebsten hätte er sie alle fertiggemacht. Er schwor sich, dass er es sich nie verzeihen würde, sollte er je wieder vor ihren Augen weinen. Nie wieder würde er zulassen, dass er sich so sehr schämte.

Die Scham krampfte sein Herz zusammen und schnürte ihm die Luft ab. Er wischte sich die Augen, griff sich die Seiten und riss das Foto in Fetzen.

Zahl's ihnen heim!, sagte er zu sich selbst, zahl's ihnen allen heim!

Und das würde er tun.

Aber er sagte kein Wort. Er nahm seine Bücher und ging zur

ersten Stunde. »Deine Mum ist beim Film?«, stichelte einer der Jungen. Doch Danny sagte kein Wort.

Den ganzen Tag redeten und dozierten die Lehrer, aber Danny bekam nichts mit. Den ganzen Tag näherten sich Jungen, liefen ihm hinterher, scharten sich um ihn, flüsterten, spotteten, johlten. Doch Danny sagte kein Wort.

Erst am Nachmittag, als er ins Schwimmbecken hechtete, sprach er endlich. Er bat das Wasser, ihn emporzuheben, ihn zu tragen, ihn zu rächen. Er ließ die Muskeln seinen Zorn ausdrücken, ließ jeden Beinschlag, jeden Armzug seinen Hass verkünden. Und das Wasser gehorchte, das Wasser gab ihm seine Rache. Keiner war schneller als er, nicht einer von den Scheißkerlen kam an ihn heran.

Als er am Beckenrand zitternd wieder zu Atem kam und sich beruhigte, hörte er, wie der Trainer den anderen in der Mannschaft die Leviten las. Hochrot im Gesicht brüllte Torma, machte sie mit seinen Beleidigungen nieder: »Ihr seid doch keinen Scheißdreck wert, ihr alle zusammen, der Einzige, der hier was taugt, ist Danny Kelly, ihr anderen seid als Scheißdreck geboren und werdet als Scheißdreck sterben, habt ihr mich verstanden?«

Danny sah ihnen bewusst in die Augen, jedem Einzelnen: Scooter, Wilco, Morello und Fraser. Besonders lange und bohrend fixierte er Taylor. Alle mussten sie seinem Blick begegnen. *Ich bin der Stärkste, ich bin der Schnellste, ich bin der Beste.*

Die Jungen schlichen zur Umkleide. Danny ging neben dem Trainer her. Er hatte nichts zu sagen.

Und er wusste, dass es der Hass war, den er nutzen würde, den er sich merken würde, der ihn zu einem besseren Schwimmer machen würde.

Nachdem ich fast zwei Stunden lang vergeblich in den Kaufhäusern und Boutiquen der Buchanan Street herumgesucht habe, kaufe ich einen Schal für meine Großtante Rosemary. Ich will etwas Besonderes für sie, denn ich bin seit acht Monaten in Glasgow und habe sie noch immer nicht besucht. Ich kenne sie gar nicht, nur aus Opa Bills Geschichten von damals, als sie noch ein Kind war. Jetzt eilt es allmählich, und nur deswegen greife ich nach dem königsblauen Kaschmirschal. Solche Schals gibt es überall, und als die Verkäuferin ihn einpackt, schäme ich mich, weil es ein so banales Geschenk ist. Doch im Hinausgehen, die Tüte unter den Arm geklemmt, sage ich mir, dass man einen Schal in Schottland immer gebrauchen kann.

In dem Moment fängt es an zu schütten. Man kann sich nirgendwo unterstellen, und bis ich am Bahnhof Queen Street anlange, bin ich bis auf die Haut durchnässt. Ich verfluche das Fehlen von Markisen in dieser Stadt, in der es sage und schreibe an zweihundertneununddreißig Tagen im Jahr regnet, wie Clyde stolz verkündet, als sei das ein Verkaufsargument, etwas, auf das man sich etwas einbilden kann. Ob Läden oder öffentliche Gebäude – nirgendwo hat man daran gedacht, Markisen anzubringen. Die Leute hier wollen es so, schimpfe ich innerlich, das gibt ihnen einen Grund mehr zum Jammern.

Ich stürme in den Bahnhof, frierend, durchweicht und stocksauer. Der Mann, bei dem ich mein Ticket nach Edinburgh kaufe, bekommt kaum die Zähne auseinander. Er weicht meinen Blick gezielt aus; die ganze Zeit unterhält er sich mit der jungen Frau am Schalter nebenan. Auch sie sieht mich nicht an, ich könnte genauso gut gar nicht da sein. Während die beiden plaudern, sehen sie geistesabwesend irgendwelche Unterlagen durch. Eine Schlange bildet sich hinter mir, und die Leute beginnen zu murren.

Ich betrachte den Mann: Er hat ein ernstes, langes australisches Gesicht.

Ich muss rennen, um den Zug zu erreichen, und schlüpfe durch das Drehkreuz, vorbei an dem älteren Mann, der die Tickets kontrolliert. Auch er hat ein rötliches australisches Gesicht. Ich steige ein, zwänge mich auf meinen Platz. Ein junger Mann sitzt mir an dem heruntergeklappten Plastiktisch gegenüber. Er sieht mich mürrisch an und zieht die Füße ein, um für meine Platz zu machen. Er wendet sich ab und schaut aus dem Fenster, ignoriert mich bewusst. An seinen großen runden Augen und der rosa Stupsnase erkenne ich das australische Gesicht. Auf der anderen Seite des Gangs plappert eine junge Mutter mit einem Kleinkind auf dem Schoß unentwegt in ihr Handy. Hinter mir schnattern und kichern vier Schulkinder. Die Mutter, die Schulkinder – auch an ihnen sehe ich das australische Gesicht. Am Bahnhof Waverley steige ich aus und gehe die Rampe zur Brücke hinauf, vorbei an Leuten, die zu den Abfahrtstafeln hochschauen, vorbei an Gruppen rauchender Bahnarbeiter, ich durchquere die Menge in der Princes Street, und wo ich auch hinschaue, überall sehe ich das australische Gesicht.

Ich folge der langen Hauptstraße nach Leith und gelange auf eine Anhöhe, von der aus ich den Firth of Forth sehen kann, dessen Wasser im klaren Winterlicht glitzert. Ich komme an Wettbüros und pakistanischen Lebensmittelläden vorbei, an Fitnessstudios und Pubs, an mürrisch blickenden Jugendlichen, deren Kapuzen ihre Gesichter verhüllen. Und überall das australische Gesicht.

Clyde hat mich neulich gefragt: »Meinst du nicht, du siehst das australische Gesicht nur deshalb überall, weil du es sehen willst?« Das stimmt, er hat mich durchschaut.

Heimweh, so stelle ich fest, hat nichts mit Klima oder Landschaft zu tun, es überkommt dich nicht beim Anblick ungewohnter Architektur. Heimweh trifft dich am härtesten mitten im Gewühl in einer großen fremden Stadt. Wie sehr ich das australische Gesicht vermisse!

Die Straße endet bei einer traurigen Ansammlung von Ladenfronten mit schmutzigen Schaufenstern. Ein paar Jungen sitzen auf dem verdreckten Betonrand eines wasserlosen Brunnens. Eine alte Frau mit einem roten Kopftuch schiebt resolut einen vollgepackten Einkaufswagen. Ich habe keine Ahnung, wo ich hin muss. »Entschuldigen Sie«, sage ich zu der alten Frau, »wissen Sie, wo ...« Doch sie lässt mich nicht ausreden, sie schüttelt nur den Kopf. »Weiß ich nicht, weiß ich nicht«, und so lasse ich sie weitergehen und schaue zu den Jungen hinüber. Einer von ihnen steht auf, mit grimmigem Blick und vorgeschobenem Kinn. Er sieht aus, als würde er gleich wie ein Hund zu knurren anfangen. Die ganze Gruppe wirkt auf mich wie ein Rudel wilder Hunde. Ich gehe weiter, durchquere einen feuchten, dunklen Tunnel, dessen Wände schwarz sind vom stetig herabrinnenden Wasser, es stinkt nach Urin und Abfällen. Dann stehe ich auf einem an drei Seiten von grauen Hochhäusern umgebenen Platz.

Ein riesiges Insekt von einem Mann kommt auf mich zu, so spindeldürr, dass ihm sein Kapuzenpulli und die Polyesterjogginghose nur so um den Körper schlottern. Die junge Frau neben ihm versucht mit ihm Schritt zu halten. Sie ist so mager wie er, hat aber riesige Brüste. Das lange Haar fällt ihr in schlaffen Strähnen auf die Schultern herab. Sie trägt einen hellblau glänzenden Jogginganzug und hält ein rosa Stofftier an sich gedrückt, ein Kaninchen, wie es scheint. Als wollte sie ihre Titten verbergen, als wollte sie die Welt glauben machen, sie sei ein Kind und keine Frau. Die beiden streiten, der Mann beschimpft sie, und sie sagt immer wieder: »Halt bloß deine verdammte Fresse, das ist alles deine Schuld, halt bloß deine verdammte Fresse.« Als die beiden auf meiner Höhe sind, frage ich sie nach der Adresse, die ich suche, worauf der Mann wie angewurzelt stehen bleibt, als hätte ich ihn geschlagen. Er legt den Kopf zurück und sagt etwas, so wütend und mit einem so starken Akzent, dass ich im Zweifel bin, ob er überhaupt Englisch spricht. Die Frau ist weitergegangen und schaut jetzt zu mir zurück, mustert mich wie einen Hundehaufen, in den sie getreten ist. Sie braucht nichts zu sagen, der Abscheu in ihrem Blick spricht Bände. Ich ziehe es vor weiterzugehen.

Da höre ich ein »Ja, ja, ja« und drehe mich. Der Mann kommt zu mir zurückgelaufen, aber es ist kein normales Laufen, er hält die eine Hand mit der anderen umschlossen, als verursachte ihm die Anstrengung Schmerzen, als brächte sie ihn schier um. »Ja, ja, ja«, sagt er immer wieder, als er vor mir stehen bleibt, unfähig, ein anderes Wort auszusprechen, vorgebeugt, nach Atem ringend. Er zwinkert mir mit einem breiten Lächeln zu und sagt: »Sie sind ein Aussie, ja? Stimmt's?«, und ich nicke, doch er ruft bereits zu der Frau zurück: »Ja, ja, ja, er ist ein Aussie.« Sie hat sich nicht von der Stelle bewegt, steht nur breitbeinig da, das rosa Kaninchen jetzt in der herabhängenden linken Hand, die rechte Faust in die Seite gestemmt. Sie reagiert nicht, sieht mich noch immer finster an, und er dreht sich wieder zu mir um und beschreibt mir den Weg, fragt, ob sie mich begleiten sollen, und ich sage: »Nein, aber vielen Dank, Kumpel«, sage bewusst »Kumpel«, immer wieder, »danke, Kumpel«, und er zwinkert mir noch einmal zu und geht zu der Frau zurück. Ich höre sie noch mit ihm schimpfen, als ich auf die grauen Hochhäuser zugehe, und diesmal ist er es, der sie mit einem »Halt bloß deine verdammte Fresse, ja? Halt bloß deine verdammte Fresse« zum Schweigen bringt.

Meine Großtante Rosemary wohnt im Erdgeschoss, im Schatten der Hochhäuser. An ihrer Tür ist ein schwerer Messingklopfer in Form eines Terrierkopfes angebracht. Ich klopfe, einmal, zweimal, dann höre ich schlurfende Schritte. Eine Stimme fragt in breitem Glasgower Dialekt: »Bist du das, Danny?« Ich antworte: »Ja«, und die Tür geht auf. Ein Geruch nach Spiegelei und ungelüfteten Räumen, nach Enge und Hausmannskost, nach verbranntem Toast und Eau de Cologne schlägt mir entgegen. Eine stämmige weißhaarige Frau lächelt zu mir auf und breitet die Arme aus, aber ich bin wie gelähmt. Einen Moment lang kommt es mir vor, als spielten mir Zeit und Raum einen Streich, als wollte mich mein Grandpa Bill umarmen. Da sagt sie: »Lass dich drücken, Lieber, lass dich drücken«, und Grandpa Bill ist verschwunden, die Fremde hat ihre Arme um mich gelegt, und ich rieche Pommes frites und billiges Parfüm, doch die Umarmung ist herzlich und vertrauensvoll.

Im Wohnzimmer brennt kein Licht, und so setzen wir uns in die Küche, die nach hinten hinausgeht. Zwei Stühle stehen an dem kleinen Tisch, Strickzeug liegt zusammengefaltet neben einer kleinen Muttergottes aus Porzellan, ein gerahmtes Schwarzweißfoto zeigt Großtante Rosemary als Braut. Ich setze mich, sie schlurft mühsam zum Wasserkocher, ich springe wieder auf, um ihr zu helfen, doch sie sagt: »Lass nur, lass nur«, macht Tee und stellt einen Teller mit Keksen auf den Tisch. Lächelnd und mit feuchten Augen nimmt sie mir gegenüber Platz. Über dem Herd ist ein Geschirrtuch mit Bildern von Melbourner Straßenbahnen an die Wand gepinnt, und von einem mit Tassen und Untertassen vollgestellten Bord schaut ein Plüschkoalababy herab. Darunter hängen gerahmte Fotos von meinem Grandpa als Kind, von meinen Eltern, von Regan und Theo und eines von mir, auf dem ich, in meiner schwarzen Badehose und von einem Ohr zum anderen grinsend, voller Stolz das Siegerband präsentiere. Auf einem weißen Zierdeckchen neben dem Wasserkocher steht eine Schneekugel mit einem roten Sockel: der Bahnhof Flinders Street in Miniatur. »Ja, Danny, ja, Danny«, sagt meine Großtante immer wieder, »ich kann's kaum glauben, dass wir uns endlich kennenlernen. Erzähl«, drängt sie, »erzähl mir alles, erzähl mir von Bill und Irene, erzähl mir von Neal und Stephanie.« Sie lebt seit mehr als fünfundvierzig Jahren in dieser Wohnung, kam als junge Braut hierher, hat aber den harten Glasgower Akzent nicht abgelegt. »Erzähl, Danny«, sagt sie, »erzähl mir alles.«

Und ich erzähle, bei einer weiteren Tasse Tee, Keksen und matschigem Schinken-Käse-Toast, den sie mir macht, und währenddessen wandert die Sonne über den Himmel und es wird allmählich dunkel in der Küche. Ich erzähle ihr alles, was ich weiß. Sie steht auf, um Licht zu machen, und sagt: »Weiter, Lieber, weiter, ich will alles hören.«

Also erzähle ich weiter, lasse Australien in Worten erstehen, zeichne die Konturen, fülle sie mit den Farben und Schattierungen von daheim aus, offenbar so überzeugend, dass es wärmer zu werden scheint in dem kleinen Raum. Ich ziehe meinen Pullover aus. Der scharfe Geruch nach verbranntem Toast verflüchtigt sich, als trügen meine Geschichten den Duft der Eukalyptuswälder heran, das Aroma von Bratfisch mit Pommes frites an einem glühend heißen Sommertag. Alles hier erinnert an meine Heimatstadt. Die Muttergottes und die Fotos schauen mir beim Erzählen zu. Und Großtante Rosemary lächelt traurig und nickt, und einmal, zweimal greift sie nach meiner Hand und drückt sie fest, trotz ihrer Arthritis, drückt sie fest und ignoriert den Schmerz. Und wieder könnte es mein Grandpa Bill sein, der hier bei mir ist.

Es kommt mir vor, als hätte ich stundenlang geredet, so viel wie noch nie, seit ich nach Schottland gekommen bin. Jetzt gehen mir die Worte aus. Sie nickt und zieht ein zerknülltes Papiertaschentuch aus dem Ärmel, putzt sich die Nase und tupft sich die Augen.

»Ich wollte auch nach Australien«, sagt sie leise, »aber dann ist Jimmy krank geworden. Und jetzt bist du hier.« Sie lächelt wieder. »Noch einen Tee?«

Es hat wieder angefangen zu regnen. Die Himmelsausschnitte, die man zwischen den Hochhäusern sieht, scheinen schwer und vollgepackt mit schwarzen Wolken. Schweigend sitzen wir da, und der Regen prasselt ans Fenster.

Sie tätschelt meine Hand. »Ich bin froh, dass Bill es geschafft hat, ich bin so froh. Er hat das Richtige getan, als er diese kalte, harte Stadt verlassen hat und nach Australien gegangen ist.« Sie schüttelt den Kopf, als riefe das Wort einen Zauber wach. »Er hatte mehr Möglichkeiten dort. Ja, ich weiß, mein Bruder musste schwer arbeiten, aber er hat zwei wunderbare Söhne großgezogen, er und Irene sind glücklich miteinander, und er hat ein Zuhause, das er liebt.« Sie nickt fortwährend, wie im Gebet.

Und dann überrascht sie mich. »Hast du gewusst, dass er studieren wollte?«

»Nein«, antworte ich, »das hab ich nicht gewusst.«

»Er war ein großes Sprachtalent. Er hatte einen Freund, einen kleinen Russen, der bei uns im Haus gewohnt hat, ich hab vergessen, wie er hieß, aber er und Bill haben immer miteinander gespielt. Bill hat die ganze Zeit Russisch gesprochen, er hat das so schnell aufgenommen. Er wollte Sprachen lernen, hat er immer gesagt, fünf oder sechs Sprachen wollte er sprechen, ja, das hat er gesagt.«

»Davon hatte ich keine Ahnung. Ich hab ihn immer nur Englisch sprechen hören.«

Sie scheint enttäuscht.

»Tja, unser Dad konnte es nicht leiden, wenn Bill Russisch gesprochen hat. Dann hat er ihn angeschrien, was er glaube, wer er sei, was für Träume das denn seien. Unsereins dürfe nicht träumen.«

Wieder tupft sie sich die Augen. Ich sage nichts.

»Kannst du dir das vorstellen, Danny, kannst du dir vorstellen? So ein kleines Kind, und kriegt zu hören, dass man nicht träumen darf! Aber so war das damals bei uns.« Sie schaut aus dem Fenster in die Dunkelheit hinaus. »Kein Wunder, dass Bill weg wollte, kein Wunder, dass er so weit wie nur möglich von hier weg wollte.«

Wieder überrascht sie mich, als ihr Lächeln zurückkehrt. »Und er hat's geschafft – weiter als bis Australien kann man ja nicht, oder?« Sie lächelt, nickt, möchte, dass ich ihr Recht gebe. »Oder, Danny? Es muss ja so wunderschön sein dort.«

In all der Zeit, seit ich hier bin, hat noch nie jemand davon gesprochen, dass es schön zu sein scheint in Australien. Clydes Freunde und seine Familie, selbst die, die dort waren, sagen: »Es ist okay, es gibt natürlich auch manches Schöne dort.« Aber sie halten sich bedeckt. Man merkt, dass sie auch das Hässliche, das Provinzielle gesehen oder zumindest davon gehört haben. Sie haben erlebt, *wie weit weg von allem* Australien ist. Ich habe gelernt zu schweigen, sie nicht dafür zu kritisieren, dass sie die Augen verschließen vor der Rolle der Briten in der kolonialen Tragödie meines Landes. Ich beiße mir auf die Zunge, lasse mir meinen Frust über ihr ewiges Gerede von der Unabhängigkeit Schottlands nicht anmerken – als ob *die* etwas ändern würde am Leben in Glasgow, geschweige denn am Leben auch nur eines einzigen Menschen irgendwo sonst auf der Welt. Ich habe gelernt, zu nicken und so zu tun, als sei ich ihrer Meinung. Ich bin Ausländer. Es ist meine Pflicht, höflich zu sein.

»Ja«, sage ich zu meiner Großtante Rosemary, »ich vermisse Australien.«

Sie schnaubt vernehmlich. »Natürlich. Es ist ja deine Heimat.«

Es ist stockdunkel, als ich nach Hause komme. Clyde telefoniert gerade, aber er unterbricht das Gespräch. »Moment mal eben, Dan ist zurück«, und er küsst mich auf den Mund und wuschelt mir durch die Haare, die mir nass am Kopf kleben. Als ich durch unser unaufgeräumtes Wohnzimmer in die Küche gehe, ruft er: »Warte mal, Dad will dich sprechen.« Er stellt das Telefon auf laut, und Alexanders Stimme dröhnt: »Hallo, wie geht's dir?«

»Danke, gut, Alexander.«

»Sehr schön, sehr schön.«

Wir wissen nichts Rechtes zu sagen, doch das Gespräch ist nicht unangenehm. Die Abneigung gegen Smalltalk, eine allgemeine Wortkargheit und ein Bedürfnis nach Rückzug, das haben Alexander und ich gemeinsam.

Wie immer, wenn ich mit ihm spreche, irritiert mich seine überkorrekte Aussprache. Anfangs hatte ich ihn für einen Engländer gehalten, und er hatte mir schüchtern erklärt, sein Akzent komme daher, dass man ihn als Kind auf ein englisches Internat geschickt habe. Ich hatte erwartet, dass in Glasgow alle wie mein Grandpa Bill sprechen würden, doch in den ersten Wochen hörte ich diese spezielle Variante nur selten. Auch Clydes Mutter Ruth hatte einen Akzent, einen weichen, singenden Tonfall, den ich noch nie gehört hatte. Er komme daher, erklärte sie, dass sie an der Grenze zu England aufgewachsen sei. Mittlerweile erkenne ich alle Varianten des Glasgower Akzents bei Clydes Freunden, Verwandten und Kollegen, aber noch immer treffe ich nur selten jemanden, der so spricht wie mein Grandpa Bill.

Bis auf Großtante Rosemary. Ich gehe in die Küche, mit müdem Schritt jetzt wieder. Die Landkarte der Mundarten hat mich einmal mehr daran erinnert, dass ich hier fremd bin.

Der Laptop steht auf dem Tisch, daneben liegt ein Brief vom Innenministerium, an mich adressiert, oben in der Ecke das königliche Wappen. Ich öffne ihn. Knapp und nüchtern wird mir in wenigen amtlichen Sätzen mitgeteilt, dass mein Antrag auf Verlängerung meiner Arbeitserlaubnis ein weiteres Gespräch erforderlich mache. Es bestünden noch Bedenken hinsichtlich der von mir beantragten Aufenthaltsgenehmigung. Ich lese die beiden Absätze ein zweites Mal. Wie eine Woge steigt der Überdruss in mir hoch, überflutet mich, erzeugt einen Geschmack nach Galle in meinem Mund. Ich schaudere bei dem Gedanken, mich schon wieder rechtfertigen, irgendeinen misstrauischen Bürokraten davon überzeugen zu müssen, dass ich keine Gefahr darstelle, kein Risiko. Ich setze mich an den Tisch und hämmere wütend in die Tasten des Laptops, um mich bei Hotmail einzuloggen. Nur Junkmails sind gekommen, und ich will mich schon wieder ausloggen, da entdecke ich eine Nachricht von Theo.

Sie ist typisch für meinen Bruder, trocken, präzise. Er teilt mir mit, dass Regan schwanger ist und wir Onkel werden, dass er aber nicht viel von dem Typen hält. Der werde sich nicht groß um das Kind kümmern. Hoffe, es geht dir gut, Dan, grüß Clyde von mir.

Ich höre, wie Clyde sich von seinem Vater verabschiedet, und zerknülle den Brief vom Ministerium schnell. Mit der anderen Hand schließe ich den Bildschirm.

Clyde tritt hinter mich, beginnt meine Schultern zu massieren und reibt sein Kinn an meinem Haar. Ich zwinge mich stillzuhalten, mir nicht anmerken zu lassen, dass ich seine Hände nicht an mir haben will. Ich wende alles an, was ich in jener weit zurückliegenden anderen Welt des Schwimmens gelernt habe, und bewege mich nicht, zügle meinen Atem. Ich gebe nichts preis.

Clyde küsst mich auf den Kopf und lehnt sich ans Fensterbrett. »Was steht in dem Brief?« Es klingt gelassen, aber ich weiß, er brennt darauf zu hören, dass mein Visum verlängert worden ist, dass ich schon bald auf Dauer bleiben kann.

Ich zucke die Schultern. »Ach nichts, irgendwelcher Quatsch, dass ich's denen mitteilen muss, wenn sich bei mir was ändert.«

Er sagt nichts, aber sein Kinn sinkt ein wenig herab und verrät seine Enttäuschung. Ich atme, fasse nach seiner Hand, drücke sie fest. Dann muss ich sie loslassen.

»Dad möchte, dass wir im Sommer mit ihm und Wanda auf die griechischen Inseln fahren. Ich hab ihm gesagt, du hast nicht viel fürs Wasser übrig und wir sollten uns vielleicht was anderes überlegen.«

Da ist sie wieder, denke ich boshaft, diese verdammte Lässigkeit, mit der die Europäer Länder sammeln. »Ja. Ich glaub, es wäre nicht in Ordnung, wenn ich noch vor Mum nach Griechenland komme.«

Clyde ist überrascht. Ich bemerke einen aggressiven Zug um seinen Mund, aber er sagt nur: »Okay, dann fahren wir hin, wenn deine Eltern rüberkommen.«

Es gelingt mir nicht, meinen Atem zu kontrollieren, ihn gleichmäßig fließen zu lassen. Ich weiß nicht, woher dieser Zorn kommt, diese Gehässigkeit. Um mich zu beruhigen, um gegen die Beklemmung anzugehen, sage ich mir im Stillen wieder und wieder, Clyde ist zu gut für mich, der Mann ist zu gut für mich.

»Bitte?«

Er hat etwas gesagt, und ich habe nicht zugehört.

»Wanda sagt, sie hat vielleicht einen Job für dich. Nur für ein paar Monate. Du würdest dich um Jugendliche mit erworbener Hirnschädigung kümmern. Sie meint, du würdest das hervorragend machen.«

Clyde spricht hastig, und erst jetzt bemerke ich seine Nervosität, seine Unsicherheit. »Sie kennt die Leute dort, sie hat ihnen von dir erzählt. Die haben kein Problem damit, dass du nur ein befristetes Arbeitsvisum hast.«

Alle Freunde und Verwandten von Clyde möchten Normalität herstellen für ihn und mich. Sie möchten mir eine Arbeit besorgen, sie möchten, dass ich ein *richtiges* Leben führe.

»Klingt gut.« Ich nicke. »Ich rede mal mit ihr.«

Ich kenne Clyde. Ich merke, dass er noch etwas loswerden muss. »Da ist nur noch eine Kleinigkeit, eine polizeiliche Überprüfung. Da du mit Kindern arbeiten würdest, wird eine Überprüfung verlangt.«

»Dann mach ich's nicht.«

Clyde versucht mich festzuhalten. »Aber das ist kein Problem. Wanda kann mit ihnen reden, das klappt schon.«

»Nein.« Es kommt so aggressiv heraus, dass er zurückweicht.

»Ich will nicht, dass Wanda Bescheid weiß, verdammt noch mal, das hab ich dir doch gesagt. Ich mach's nicht.«

Jetzt ist es Clyde, der seinen Atem verlangsamt, seine Worte zügelt.

Ich wende mich wieder dem Laptop zu.

»Okay, Dan. Kein Problem.« Von neuem berührt er mich an der Schulter. Ich lasse es zu. »Wie war's bei Rosemary?«

Ich atme aus. »Das ist eine richtig nette Frau, wirklich. Sie will dich kennenlernen.«

Clyde lächelt wieder. Er schlendert aus der Küche und sagt über die Schulter: »Klar, natürlich wird sie mich kennenlernen, sie wird mich so oft sehen, dass sie bald genug von mir hat. Linda und Brendan haben uns zum Abendessen eingeladen, ist das okay?«

»Ja, prima«, antworte ich matt.

Er schaltet den Fernseher im Wohnzimmer an, und ich höre die Nachrichten. Ich streiche das zerknitterte Schreiben glatt und lese es noch einmal, dann knülle ich es noch fester zusammen.

Ich werfe es in den Papierkorb, gehe nach nebenan und setze mich neben Clyde aufs Sofa. Draußen heult der Wind, und es regnet Bindfäden. Ich sitze neben Clyde, der in Glasgow glücklich und entspannt ist, und ich verschwinde ins Dasitzen und Fernsehen. Und ich weiß, ich weiß natürlich, dass es Zeit ist, nach Hause zurückzukehren.

Freitag, 8. April 1994

Der Anfang des Tages und das Ende des Tages, das war alles, was zählte. Abends stellte Danny als Letztes den Wecker auf halb fünf. Nie vergaß er das, obwohl sein Körper es nicht brauchte. Er wachte immer schon vorher auf, aber das Stellen des Weckers gehörte zu seiner täglichen Routine. Er ließ ihn nur summen, Musik wollte er nicht. Er wollte nicht, dass Fetzen von Songtexten oder penetrante Rhythmen in sein Gehirn einsickerten und seinen Fokus trübten.

Seine Mutter war immer schon auf, und ein kleines Frühstück stand für ihn bereit. Wenn sein Vater unterwegs war, fuhr sie ihn in die Stadt, bis vor die Schwimmhalle. »Das macht mir nichts aus«, sagte sie. »So früh am Morgen ist noch kein Verkehr, da ist das ein Klacks.« Wenn sein Vater daheim war, fuhr sie Danny zum Bahnhof.

Von sechs bis acht war er mit der Mannschaft im Wasser. Torma marschierte am Beckenrand auf und ab, brüllte Anweisungen und teilte Beschimpfungen aus. Ganz selten kam einmal ein Wort des Lobes. In diesen zwei Stunden war Danny mit dem Wasser eins, er flog.

Und nach der Schule flog er wieder, trainierte von neuem. Das war das Eigentliche, das waren Substanz und Wert des Tages. Der Rest war das Dazwischen, ein Dickicht aus verlorener Zeit, durch das er sich durchkämpfen musste. Das Dazwischen in der Schule.

Es war Mittagspause, und Danny stand das Dazwischen durch, indem er mit Luke im kühlen Dämmer der Schulbibliothek Schach spielte. Die Knie gegen den Tisch gestemmt, schaukelte er mit dem Stuhl und behielt dabei die Bibliothekarin an ihrem Schreibtisch im Auge. Argwöhnisch und mit saurer Miene schaute sie immer wieder zu ihm herüber. Er sah ihr an, dass sie der Meinung war, er gehöre nicht hierher, er habe draußen auf der Laufbahn zu sein oder in der Turnhalle und nicht in ihrer Bücherei, in ihrem Reich. Und so war es auch: Danny zuckte und zappelte, reckte und wand sich. Die gedämpfte Atmosphäre des Raumes vermochte ihn nicht zu bändigen. Die Bibliothek war etwas für Jungen wie Luke, die vom ersten bis zum letzten Läuten mit gesenktem Blick durch den Tag gingen. Danny senkte den Blick niemals, er sah allen gerade in die Augen, jedem Einzelnen, egal, ob Schüler oder Lehrer. Und so erwiderte er auch den finsteren Blick der Bibliothekarin. Die Frau wusste, dass er nicht hierher gehörte, dass sein rechtmäßiger Platz auf der Laufbahn, in der Turnhalle, in der Umkleide war, bei den anderen Jungen, die wie er niemals zu Boden schauten, sich jedoch so benahmen, als sei all das ihr Eigentum. Er hätte bei ihnen sein sollen, aber sie ließen ihn nicht. Wenn er in der Mittagspause näher kam und mit ihnen Fußball oder Kricket spielen wollte, trat jedes Mal ein ungeschriebener Verhaltenskodex in Kraft und sie brachen das Spiel ab und gingen davon. In der Schwimmhalle mussten sie ihn dulden, in der Schwimmhalle brauchten sie ihn, aber das war auch der einzige Ort, an dem sie ihn akzeptierten. Scheiß drauf, wenn ihn die Bibliothekarin hier nicht haben wollte. Er konnte sonst nirgendwo hin.

Er hielt ihrem Blick stand und sie seinem. Das Gefecht war eröffnet. Er gähnte ostentativ, mit weit aufgerissenem Mund. Jetzt wandte sie sich angewidert ab. Er schaukelte weiter, und der Stuhl kippte. Danny hielt sich am Tisch fest, während der Stuhl unter ihm wegflog, doch durch den Ruck fielen mit lautem Geklapper die Schachfiguren um. Alle schauten her.

Die Bibliothekarin sprang auf und kam mit wutverzerrter Miene angerauscht.

»Noch ein Mal, Kelly, und du bekommst Büchereiverbot!«

»Sorry, Mrs. Arnaud, tut mir leid.« Er stellte den Stuhl wieder auf, setzte sich richtig hin und wünschte, er wäre nicht errötet. Am liebsten hätte er ihr ordentlich die Meinung gesagt. Sie schüttelte den Kopf und ging an ihren Tisch zurück. Schlampe, sagte er lautlos. Das Wort laut auszusprechen, wagte er nicht.

Luke hatte die Figuren sorgsam wieder aufgestellt.

Danny versuchte, sich auf den nächsten Zug zu konzentrieren. Luke würde gewinnen, Luke gewann immer, aber Danny gab sich alle Mühe, die Möglichkeiten des Spiels zu begreifen. Sein Läufer stand so, dass er Lukes Springer hätte schlagen können, aber bevor es dazu kam, würde ihn einer von Lukes Bauern schlagen. Und dann? Und dann? Das war es, was Luke ihm in den vergangenen zwei Wochen beizubringen versucht hatte: vorauszudenken, zwei, drei oder sogar vier Züge vorwegzunehmen. Doch wenn er das tat und Luke dann einen unvorhergesehenen Zug machte, brach seine ganze Strategie zusammen. Luke wartete geduldig. Danny hatte seit mehreren Minuten keine Figur mehr bewegt. Scheiß drauf. Er schob seinen Läufer über das Brett und schlug den schwarzen Springer, doch Luke verlor keine Zeit und fegte mit seinem Turm die weiße Dame weg.

»Fuck!«

Die Bibliothekarin flüsterte nicht einmal mehr. Sie war wieder aufgesprungen und zeigte auf die Tür. »Raus hier, Kelly. Und für den Rest des Tages bleibst du draußen.«

Danny stieß seinen Stuhl auf den Teppich, knallte beim Aufräumen der Figuren das Schachbrett auf den Tisch, schwang sich seine Tasche über die Schulter und marschierte zur Tür.

»Eine Entschuldigung!«, sagte sie. Es klang empört.

»Bitte?«

Ihre Miene verdüsterte sich noch mehr.

»Was hab ich denn getan, Mrs. Arnaud?«

»Ich warte auf eine Entschuldigung.«

Ohne Entschuldigung würde sie ihn nicht gehen lassen. Er konnte sie zwar einfach ignorieren, aber das hätte Nachsitzen bedeutet, das hätte bedeutet: kein Schwimmen. Keine Chance aufzuatmen, dem Dazwischen zu entkommen.

»Tut mir leid, dass ich geflucht habe, Mrs. Arnaud.«

Sie setzte sich wieder, ohne ihn eines Blickes zu würdigen. Er wünschte, die Tür wäre so beschaffen, dass man sie zuknallen konnte, aber es war eine altmodische, teure Tür mit einem schweren hölzernen Rahmen und einer Feder, die kein Zuknallen erlaubte. Er ging hinaus, und dann stand er im Freien.

»Hättest du deinen Läufer vor deinen König gezogen, dann wären meine Dame und einer von meinen Türmen in Gefahr gewesen. Ich war mir ganz sicher, dass du's so machen würdest.«

Danny drehte sich verblüfft um. Diese verdammte Schachpartie, was interessierte ihn diese verdammte Schachpartie? Aber es war Luke so ernst, er war so versessen darauf, ihm etwas beizubringen, dass Danny lachen musste. Er zuckte die Schultern. »Ich bin eben nicht so clever wie du.«

Aber ich bin schneller, stärker, ich bin besser.

»Beim Schach kommt's nicht unbedingt drauf an, wer cleverer ist, obwohl man schon eine gewisse Intelligenz braucht.« Luke sah zu einer Gruppe lärmender Jungen auf dem Fußballplatz hinüber. »Die Idioten da drüben zum Beispiel. Von denen wäre jeder ein hoffnungsloser Fall.« Er setzte sich auf eine Steinbalustrade. »Du bist zwar clever, aber du hast keine Geduld.«

Danny sehnte sich danach, allein zu sein, konnte Luke jedoch nicht abschütteln. Der Kleinere hatte sich an ihn angeschlossen, so schnell, dass er es gar nicht richtig registriert hatte. Er wusste nicht einmal mehr, wann er Luke zum ersten Mal wirklich wahrgenommen hatte, wann Luke aus der Menge der anderen Jungen in der Klasse, in der Schule, hervorgetreten war. Vielleicht wurde auch einfach vorausgesetzt, dass sie Freunde werden würden, weil sie beide gemischter Abstammung waren. Keiner hatte es ihnen gesagt, und auch einander hatten sie nichts gesagt, aber Lukes Mutter war Vietnamesin, sein Vater war Grieche, und das erleichterte Danny irgendwie, denn es bedeutete, dass er nicht allein war. Luke war nicht der einzige Asiate in der Klasse und Danny nicht der einzige Kanake. Aber Ju und Leung mieden Luke und ignorierten seine Versuche, sich mit ihnen anzufreunden. Und Tsitsas, De Bosco und auch der ältere Moreno aus der Schwimmmannschaft schienen Danny zu hassen. Einmal hatte er im Vorbeigehen gehört, wie Tsitsas höhnisch sagte: »Die Schwuchtel ist nicht mal ein richtiger Kanake.« Schon in seiner ersten Woche hatte Danny gemerkt, dass Luke immer allein war, dass in den Pausen und beim Mittagessen niemand mit ihm sprach, dass alle glaubten, ihn schikanieren zu dürfen. Das lag daran, dass er so klein und schmächtig war und zu niemandem passte. Das Cunts College ließ keinen Zweifel daran, dass Luke Kazantsis nicht dazugehörte. Und so setzte sich Danny in seiner zweiten Woche eines Tages beim Mittagessen zu ihm. Und er war froh darüber: Luke war klug, witzig und nicht grausam. Inzwischen aber folgte er Danny auf Schritt und Tritt, offenbar in der Überzeugung, sie seien beste Freunde. Doch das waren sie nicht. Danny konnte es ihm nicht sagen, aber sie würden es nie sein. Seine beste Freundin war Demet. Man hatte nur einen einzigen besten Freund oder eine beste Freundin, und für Danny war das Demet.

»Wie spät ist es?«

Luke schaute auf die Uhr. Die war bestimmt teuer, dachte Danny. Über so etwas redete man in der Schule nicht, aber jeder wusste, wer Geld hatte und wer nicht.

»Halb eins.«

»Lass uns zum Fluss runtergehen.«

Luke wurde blass. »Das dürfen wir nicht.«

»Wie du willst.« Danny wandte sich ab. Kein Wunder, dass Luke gemobbt wurde, so feige, wie er war. Danny ging davon, doch nach kurzer Zeit hörte er Lukes Schritte hinter sich. Er drehte sich um und lächelte, aber er ärgerte sich auch ein wenig. Nirgendwo konnte man sich verstecken in dieser Schule. Nirgendwo konnte man allein sein.

Ein hoher Maschendrahtzaun trennte das Schulgelände von dem Buschland, das zum Fluss abfiel, doch Danny wusste genau, wie er dorthin kam. Er hatte den Pfad zum Fluss schon in der ersten Woche entdeckt. Überall waren Teile des Zauns ausgebessert worden, an einigen Stellen allerdings war der rostige Draht unberührt geblieben und hatte sich von den Pfosten gelöst. Danny duckte sich und schlüpfte mühelos darunter durch. Als er zurückblickte, sah er, wie Luke ihn von der anderen Seite aus anstarrte.

»Kommst du mit?«

Erwischt zu werden bedeutete zeitweiligen Schulausschluss. Lehrer und Aufsichtsschüler gingen hier regelmäßig Patrouille. Wer erwischt wurde, hatte ein ernstes Problem, und deshalb zögerte Luke. Doch schließlich kroch er vorsichtig unter dem Zaun durch, voller Angst, mit seiner Uniform an dem rostigen Draht hängenzubleiben. Danny schlug ihm vergnügt auf den Rücken, und Luke strahlte zu ihm auf. Der würde alles machen, was ich sage, dachte Danny, für den bin ich ein Held.

Danny saß in der Hocke am Ufer und blickte über den Fluss. Das Wasser strömte langsam dahin, wie Sirup, und im blaugrauen Blätterdach der Eukalyptusbäume kreischten Elstern. In den Bäumen am anderen Ufer entdeckte er das regenbogenfarbene Gefieder zweier Loris. Er konnte nicht fassen, wie schön es hier war, wie üppig und grün. Die Parks dort, wo er wohnte, sahen anders aus, waren karg, ausgedörrt.

»Wir müssen zurück.« Luke zappelte hinter ihm herum. Danny wusste, dass er ständig auf die Uhr sah, die Sekunden zählte. Aber er hatte keine Lust aufzustehen und den Frieden des Wassers, der Bäume und des Vogelgezwitschers zu verlassen.

»Ich hör niemanden mehr auf der Laufbahn«, drängte Luke. »Es hat bestimmt schon geläutet. Wir müssen zurück, wir müssen zurück, jetzt sofort!«

Hör auf mit dem Gejammer, hör verdammt noch mal auf mit dem Gejammer. Mit einem Mal war Danny auf den Füßen und rannte durchs Gebüsch, durchs hohe Gras. Eilig schlüpfte er durch die lose Stelle im Zaun. Er wusste, dass Luke Mühe hatte, ihm zu folgen, dass er sorgfältig darauf achtete, seine Jacke und seine Hose nicht zu beschädigen, dass er den Tränen nahe war, weil er keinen Ärger bekommen, seine makellose Schülerakte nicht beschmutzen wollte. Er war ein Schlappschwanz, ein Idiot und ein Schlappschwanz. Sollten sie ihn, Danny, ruhig nachsitzen lassen, sollten sie ihm ruhig das Schwimmtraining streichen – dann würde er eben ins Coburg-Schwimmbad gehen, würde eben wieder in sein altes Schwimmbad gehen. Er brauchte sie nicht. Er brauchte sie absolut nicht.

Er hörte Luke hinter sich keuchen. Den freundlosen Luke. Einen Jungen, der außer ihm niemanden hatte. Danny blieb stehen und drehte sich um, lenkte ein. »Ist ja gut, Kumpel, sag einfach, mir war schlecht und du hast dich um mich gekümmert. Dann kriegst du keinen Ärger.«

Luke nickte, und die Erleichterung stand ihm ins Gesicht geschrieben.

Als sie vorsichtig die Tür zum Klassenzimmer öffneten, in dem der Englischunterricht stattfand, merkten sie sofort, dass irgendetwas die starren Regeln und den festen Tagesablauf außer Kraft gesetzt hatte. »Warum kommt ihr zu spät?«, blaffte Mr. Gilbert sie an, wartete ihre Antwort aber nicht ab. Sie setzten sich auf ihre Plätze und sahen sich um. Die Jungen waren sichtlich aufgewühlt. Danny beugte sich zu Sullivan hinüber und flüsterte ihm zu: »Was ist passiert?«

»Kurt Cobain hat sich erschossen. Er ist tot.« Er sprach gedämpft, feierlich.

Irgendwie macht alles Sinn, war Dannys erster Gedanke, und der zweite: Ich muss unbedingt mit Demet sprechen.

Mr. Gilbert hatte den Unterricht für heute sausen lassen, er stellte den Schülern Fragen zu Cobain und Nirvana und wollte wissen, was die Musik für sie bedeute. Die Jungen stürzten sich in das Gespräch, teils mit wohldurchdachten, teils mit kummervollen und sogar leidenschaftlichen Äußerungen. Es ging so zivilisiert zu, so wortgewandt, dass Danny am liebsten gebrüllt hätte, sie sollten doch endlich die Klappe halten. Er wollte nicht preisgeben, was er empfand, dass er total down war, dass es ihm die Luft abschnürte – den Gefallen würde er ihnen nicht tun, er würde sie nicht in sein Inneres sehen lassen. Er musste zu Demet. Sie würde ihn brauchen. Sie würde untröstlich sein.

Haltet doch endlich die Klappe. Er wollte das Gequatsche dieser reichen Säcke nicht hören, es interessierte ihn einen Dreck, was sie dachten. Während sich Mr. Gilbert endlos über Musik und Kunst ausließ, über Selbstmord und Tod, darüber, wie wichtig es sei, mit jemandem zu reden und seine Gefühle rauszulassen, darüber, wo er gerade gewesen war, als er erfuhr, dass John Lennon erschossen worden war. Danny wollte nur eines: dass der Lehrer, die Jungs und überhaupt alle endlich die Klappe hielten. Doch da sprach ihn Mr. Gilbert an: »Und du, Danny, wie geht es dir damit?« Er pflegte die Schüler mit den Vornamen anzusprechen, aber heute wäre es Danny lieber gewesen, er hätte ihn Kelly genannt. Heute wollte er Mr. Gilbert nicht mögen, heute wollte er ihn hassen. Er schaute mürrisch auf, und alle sahen zu ihm her, selbst Luke, der keinen Schimmer von Musik hatte, aber ein trauriges Gesicht machte, weil er wusste, dass Danny auf Nirvana stand – doch Danny zuckte nur die Schultern und sagte tonlos: »Mir ist das eigentlich egal.«

Taylor lachte hinter ihm. Danny drehte sich nicht um.

»Der ist ein Homie, Sir«, hörte er ihn sagen, und auch ohne es zu sehen, wusste er, dass Taylor eine spöttische, bewusst unbeholfene Gangsta-Geste machte. »Du hörst nur Rap und Duff-duff, stimmt's, Dino? Weißt du überhaupt, wer Kurt Cobain war?«

»Duff duff duff duff duff duff«, skandierte Tsitsas.

»Duff duff duff duff duff duff«, fielen die anderen ein.

Bis Mr. Gilbert »Ruhe!« brüllte. Und da es nicht Dannys Schule war, die richtige Schule, sondern das Cunts College, verstummten die Jungen augenblicklich. Mr. Gilbert sah Danny gerade an, Mr. Gilbert war freundlich, er war ein netter Mann, und er sagte: »Natürlich weißt du, wer Kurt Cobain war, nicht wahr, Danny?« Und Danny antwortete: »Ja, er war ein jämmerlicher weißer Schwanzlutscher.«

Er spürte das Erschrecken, die Worte hatten Wucht und Tempo, ein Windstoß fuhr durch den Raum. Der Lehrer sah ihn wortlos an, und Danny wusste, dass er ihn verletzt hatte, wusste, dass ihm der Sänger wichtig gewesen war, so wie er Demet, so wie er ihm selbst wichtig gewesen war, aber er wusste nicht, wie er ihm das vermitteln sollte, ohne dass die anderen etwas davon mitbekamen. Und so schwieg er, gab nichts preis, konnte nichts preisgeben. Und damit war er besser als sie, war härter als sie, war stärker.

»Wenn ich das Wort noch einmal von dir höre, warst du heute das letzte Mal in meinem Unterricht.« Mr. Gilberts Augen verengten sich, und er verzog das Gesicht. Seine Stimme klang heiser, so angestrengt versuchte er, seinen Zorn zu unterdrücken. »Das ist ein schmutziges, ein ganz übles Wort. Das ist ein Wort, das nur schmutzige, ganz üble Menschen gebrauchen.«

Keiner machte einen Mucks.

»Hast du verstanden, Kelly?«

»Ja.«

»Wie bitte?«

»Ja, Sir.«

»Dafür könntest du suspendiert werden. Und Schlimmeres!« Mr. Gilbert brüllte das Wort förmlich heraus, und Danny zuckte zusammen. Alle zuckten zusammen.

»Aber das ist jetzt eine Ausnahmesituation.« Er senkte die Stimme. »Heute Abend nach der letzten Stunde bist du wieder hier. Du wirst nachsitzen.«

Taylor konnte sich einen schadenfrohen Juchzer nicht verkneifen.

»Und du bist still!«

Keiner machte einen Mucks.

»Okay, also für Kelly war Kurt Cobain ein Schwanzlutscher. Ist noch jemand dieser Meinung?«

Jetzt redeten sie wieder. Danny hörte nicht zu. Er kehrte in Gedanken an den Fluss zurück, zum Gesang der Vögel, zum Grün des Laubs. Er dachte an das Wasser und fand die Stille wieder, die Stimmen traten zurück, und als es läutete, erschrak er. Polternd stieß er seinen Stuhl zurück und war als Erster draußen.

In der Nachmittagspause ging er zu Frank Torma und sagte ihm, dass er nachsitzen müsse und am Abend nicht trainieren könne. Der Trainer beaufsichtigte gerade ein Fußballspiel der Siebtklässler.

»Was hast du angestellt?«

»Ich hab Kraftausdrücke gebraucht.«

»Bei wem?«

»Bei Mr. Gilbert.«

Torma sah ihn verärgert an.

»Du bist ein Idiot.« Er wandte sich ab, beachtete Danny nicht mehr, sah einem kleinen, aber mutigen Jungen zu, der sich den Ball schnappte und von der Meute wegrannte, ihn ein-, zwei-, dreimal aufspringen ließ und dann mit dem linken Fuß schoss. Der Ball stieg hoch, beschrieb einen Bogen und traf genau auf den Torpfosten.

»Was stehst du hier noch rum?«

»Ich weiß, dass ich heute Abend nicht mit der Mannschaft trainieren kann, aber ich geh dann später in die Schwimmhalle bei mir in der Nähe, gleich nach ...«

»Verschwinde.« Der Trainer schickte ihn mit einer schroffen Geste weg. »Mit mir trainierst du, allein paddelst du nur wie junger Hund herum.«

Und Danny wusste, dass er recht hatte: Ohne Torma, ohne das Training bei ihm blieb er im Dazwischen stecken.

Gleich nach der Pause hatten sie Sport. Danny merkte, dass die anderen etwas gegen ihn im Schilde führten, er spürte es. Die Luft war dick, erfüllt von Lärm und Hitze, und zwischen den Jungen liefen elektrische Ströme hin und her, eine vibrierende Energie. Sie zeigte sich in Sullivans Grinsen, in der Langsamkeit und Sorgfalt, mit der Taylor sich neben Danny auszog, ordentlich Hemd und Krawatte aufhängte und seine Hose faltete, als bereite er sich auf einen Kampf vor. Danny schlüpfte schnell in seine Sportsachen, wagte die anderen nicht anzusehen. Die Kampfansage lag nicht nur in der Luft: Auch das Keckern der Elstern kündigte an, dass Danny Ärger bekommen würde, die Drohung verbarg sich in den verhaltenen Bewegungen der anderen.

Mr. Oldfield ließ die Jungen drei Runden laufen. Nach dem Start registrierte Danny, dass Sullivan und Tsitsas mit ihm Schritt hielten und die ganze Zeit in hämmerndem Rhythmus *duff-duff-duff-duff* machten.

Als alle durch waren, bestimmte Mr. Oldfield Taylor zum Kapitän der einen Rugbymannschaft, Sullivan zu dem der anderen. Die beiden wählten abwechselnd die Mitglieder ihrer Teams aus, und Danny wusste genau, was jetzt kommen würde. Er sah geradeaus, sah Taylor gerade an, und auch Taylor hielt, während er die Namen rief, seine kühlen grauen Augen auf Danny gerichtet. Schließlich waren nur noch Danny und Luke übrig.

Taylor war an der Reihe. Noch immer fixierte er Danny. »Kelly, hier rüber.«

Danny ging hinüber. In seinem Herzen herrschte Winter. Er war vorbereitet, hatte sich gewappnet in der Umkleide, auf der Laufbahn, bei der Aufstellung der Mannschaften. Doch plötzlich wusste er, was die Luft um ihn herum flüsterte, und darauf war er nicht vorbereitet.

Sie hatten es auf Luke abgesehen.

Irgendwann im Gedränge, als alle gespannt waren, wer mit dem Ball daraus auftauchen würde, stieß Taylor einen Schrei aus und fiel zu Boden. Mr. Oldfield ließ seine Pfeife schrillen, die Jungen unterbrachen das Spiel, und er rannte zu Taylor. Das Lächeln, das Tsitsas und Sullivan tauschten, verriet, dass alles ein abgekartetes Spiel war. Der Lehrer massierte Taylors Wade, fragte ihn, ob es wieder gehe, und Taylor sagte: »Ich glaube, es ist eine Zerrung.« Mr. Oldfield stand auf und rief den anderen zu: »Ich bringe Taylor ins Krankenzimmer. Spielt ihr inzwischen weiter.«

»Okay«, erklärte Tsitsas, »dann bin ich jetzt Kapitän.« Er war ein bulliges Muskelpaket, einen Kopf größer als alle anderen. Niemand würde ihm die Führung streitig machen.

Das Match interessierte Danny nicht, es kümmerte ihn einen Dreck, ob seine Mannschaft gewann. Aber was auch immer hier gespielt wurde – er würde Luke nicht aus den Augen lassen.

Sullivan war als Mittelfeldspieler im Ballbesitz, und obwohl er sinnvollerweise hätte vorpreschen oder den Ball in Richtung Sturmreihe treten sollen, warf er ihn Luke zu, der Außenspieler war. Luke stürmte mit halb geschlossenen Augen in vollem Tempo darauf zu, voller Angst, ihn zu fangen, und noch mehr Angst, ihn zu verfehlen. Danny folgte ihm, aber Luke war zu schnell. Offenbar versuchte er verzweifelt, den Punkt zu erzielen, um sich vor den anderen zu bewähren. Tsitsas stieß einen Ruf aus, der so klang, als käme er von den Elstern, die über ihnen kreisten, und in dem Moment, als der Ball in Lukes Armen landete, stürzten vier Jungen auf ihn zu und warfen sich mit voller Wucht auf ihn. Danny versuchte durch das Knäuel von Körpern zu ihm vorzudringen, sah aber nur noch, wie Luke niedergewalzt wurde, sah, wie Tsitsas flach auf ihm lag, den Ellenbogen in seinen Nacken stemmte und seinen Kopf hinunterdrückte, sein Gesicht in die feuchte Erde presste. Danny biss und trat, er stieß und kratzte, die anderen schrien ihn an, und er glaubte, Sullivans Stimme zu erkennen: »Beißen ist unfair, Beißen ist unfair!«, doch er biss und trat weiter, er stieß und kratzte weiter, bis nur noch er, Luke und Tsitsas übrig waren. Er warf sich auf Tsitsas, riss ihn hoch, nahm ihn in den Schwitzkasten und dachte einen Moment lang, er könnte ihm den Hals brechen. Er hörte Luke husten und würgen, und als er die

Faust hob, um auf Tsitsas einzudreschen, umklammerten ihn zwei Arme, und er wurde selbst hochgerissen und in den Schwitzkasten genommen. Tsitsas war wieder auf den Füßen, hatte die Hände zu Fäusten geballt und schlug ihn in den Bauch und in die Seite, wieder und wieder. Danny krümmte sich vor Schmerzen, er bekam keine Luft mehr, aber sein erster Gedanke war: Wenn er mir bloß keine Rippe bricht, wenn er bloß nichts macht, was mich am Schwimmen hindert, und sein zweiter Gedanke war, dass er nicht weinen würde, egal, was passierte, egal, wie weh es tat, dass er nie wieder vor den anderen weinen würde, und obwohl ihm bei jedem Hieb die Luft wegblieb, senkte er nicht den Blick, sah Tsitsas gerade in die Augen, weinte nicht.

Tsitsas' Arme fielen herab. Sein Atem ging stoßweise. Der Junge, der Danny festgehalten hatte, ließ ihn los. Er taumelte, blieb aber auf den Füßen.

Tsitsas zeigte auf Luke, über dessen schmutzverschmiertes Gesicht zwei weiße Tränenbäche rannen. »Okay, du Schwuchtel«, sagte er zu Danny, »kümmer dich um deinen Freund.«

Danny sah ihm nach, als er davonging, die Muskeln spielen ließ und in Siegerpose die Arme hochreckte. Da lief er los, lief so schnell, dass es ihm vorkam, als berührten seine Füße kaum den Boden. Sullivan schrie: »Achtung, Tsitsas!«, und Tsitsas drehte sich um, ein gedankenverlorenes, spöttisches Grinsen auf dem hübschen pausbäckigen Gesicht, er hob die Hände, wie um zu zeigen, dass er unangreifbar sei, doch da stand Danny schon vor ihm und versetzte ihm einen Kopfstoß. Knochen krachte auf Knochen. Danny sah weder Sterne, noch verspürte er Schmerzen oder ein Schwindelgefühl. Und so tat er es noch einmal. Wieder der Aufprall, ein nasses, scharfes Geräusch, und Tsitsas strauchelte, das Hemd blutig, an der Nase eine rote Masse. Seine Knie knickten ein, er stürzte hin.

Vom anderen Ende des Geländes kam Mr. Oldfield auf Danny zugerannt. Taylor folgte ihm, sein Blick schweifte über den Platz und blieb dann an Danny hängen.

»Kelly!«, rief Mr. Oldfield. »Was ist hier los?«

Die Antwort gab Sullivan. »Kelly hat Tsitsas im Gedränge versehentlich einen Kopfstoß verpasst, Sir.«

Der Lehrer runzelte die Stirn, ging in die Hocke und inspizierte Tsitsas' blutende Nase.

»Stimmt das, Junge?«

Tsitsas bejahte leise und beschämt.

Mr. Oldfield half ihm auf und schickte alle in die Umkleide. Danny wartete auf Luke, der noch ganz aufgelöst war. Er wischte sich den Schmutz von Gesicht und Hals und fragte Danny besorgt, ob er okay sei.

Danny fing plötzlich an zu lachen und schaute, wie ein Irrer gackernd, den anderen nach, die mit gesenkten Köpfen davontrotteten. Taylor drehte sich immer wieder nach ihm um. Danny wischte sich den Mund. Seine Finger waren mit Tsitsas' Blut verschmiert. Er konnte gar nicht wieder aufhören zu lachen. An seiner alten Schule wäre er zu Brei geschlagen worden und läge jetzt am Boden, egal, ob ein Lehrer anwesend war oder nicht, man hätte ihn windelweich geprügelt. Aber das hier war nicht seine alte Schule, das hier war das Cunts College, und er war der Stärkste, der Schnellste und der Beste. Die Elstern kreisten über ihm, und er fühlte sich, als wäre er eine von ihnen, als schwebte er mit ihnen über den Himmel, über das Wasser.

»Ja, alles okay.« Er klopfte Luke auf die Schulter, zwang sich, langsamer zu atmen, und wischte sich das Blut vom Kinn. »Ich hab nicht mal eine Schramme abgekriegt.«

In der Umkleide sah ihn keiner an. Keiner wagte es, sich über ihn lustig zu machen, ihn auch nur anzusprechen. Er hörte nur das Gemurmel ringsum, sah die Reaktion auf das Getuschel in Lukes erstauntem und bewunderndem Blick. »Mann, dieser Danny Kelly«, flüsterten sie, »dieser Danny Kelly – voll der Psycho.«

An dem Tag, als Kurt Cobain starb, an jenem Tag wurde Danny Kelly zum Psycho.

»Wo bist du?«

»Bin eben nach Hause gekommen.«

»Komm rüber!«

»Ich muss noch trainieren.«

Demet stöhnte. »Scheiß auf dein Training.« Wut und Schmerz lagen in ihrer Stimme. »Ich brauch dich jetzt.«

Aber er musste ins Wasser, er musste unbedingt ins Wasser. »Ich komm gleich nach dem Training, versprochen.«

Schweigen. Er wartete. Sie würde es verstehen, sie musste es verstehen.

»Halb zehn, du Arsch, und wehe, du kommst zu spät.« Sie knallte den Hörer auf.

Das Telefon klingelte erneut, und er hob ab. »Dem?«

Doch es war seine Mutter. Sie war mit Regan und Theo im Pub, Fish and Chips essen. Er hörte, wie im Hintergrund Bestellungen gerufen wurden.

»Es tut mir so leid, Danny«, versuchte sie den Lärm zu übertönen. »Du weißt schon, wegen Kurt Cobain.«

»Ja, ich weiß.«

»Wir sind in einer Stunde da.«

»Ich muss heute Abend im Coburg trainieren.«

»Wieso?«

Er hätte lügen sollen, aber das hätte sie gemerkt. Sie merkte es immer.

»Ich musste nachsitzen.«

Sie fluchte auf Griechisch. »Du musst vorsichtiger sein, Danny. Es gibt nun mal Regeln, und die musst du einhalten, wenn du Stipendiat bleiben willst.«

»Ach, das war weiter nichts. Ich hatte eine Mathe-Hausaufgabe vergessen.«

»Wann kommst du nach Hause? Ich wollte beim Chinesen was für dich mitnehmen.«

»Ich geh noch zu Dem.«

»Ah, gut. Seda wird dich schon füttern.«

»Okay.«

Doch seine Mum legte nicht auf, seine Mum ließ ihn noch nicht los.

»Danny?«

»Ja?«

»Es tut mir wirklich leid«, sagte sie noch einmal.

Es fühlte sich beunruhigend fremd an, die Betonstufen zum Coburg-Schwimmbad hinaufzusteigen. Vier Jahre lang war Danny hier geschwommen, er kannte das gesamte Personal, hatte in diesem Pool Wettkämpfe gewonnen. Doch seit dem ersten Tag am Cunts College war er nicht mehr hier gewesen, und jetzt war ihm zumute wie am ersten Schultag nach den langen Sommerferien. Der Mann an der Kasse war neu, und Danny war heilfroh darüber. Er wollte mit niemandem reden, wollte nur ins Wasser. Die Mannschaften, die nach der Schule trainierten, waren schon weg, nur er und die älteren ernsthaften Schwimmer waren da.

Sein Herz machte einen Satz, als er ins Wasser hechtete. Armzug, Beinschlag, Armzug, atmen, Beinschlag, Armzug, Beinschlag, Armzug, atmen, Beinschlag. Er schnitt durchs Wasser, es glitt an ihm entlang, umfing ihn, hielt ihn. Armzug, Beinschlag, Armzug, atmen, Beinschlag. Er schlug an, schnellte sich mühelos in die Bahn zurück. Ein Mann war vor ihm, und er musste sein Tempo drosseln. Er hätte eine Bahn für sich allein gebraucht. Armzug, Beinschlag, Armzug, atmen, Beinschlag. Jedes Mal wenn er den linken Arm hob, spürte er ein schwaches Ziehen an der Seite, eine leichte Spannung; vermutlich hatten seine Rippen bei der Prügelei mit Tsitsas etwas abbekommen. Es tat zwar nicht weh, aber der Gedanke daran ließ sich nicht abschütteln, er hielt mit ihm und dem Wasser Schritt, und Danny wünschte, er könnte mit der Mannschaft trainieren – Frank Torma hätte genau gewusst, was zu tun war. Er verringerte die Kraft seines Armzugs, behielt die des Beinschlags bei und verlangsamte die Atmung. Präzise reduzierte er sein Tempo. Der Mann vor ihm pausierte an der Wand, ließ Danny vor. Danny nickte ihm zu, als er seine Wende einleitete, dann stieß er sich ab, drehte sich in dem Versuch, die Verletzung zu kompensieren, jedoch zu stark auf die rechte Seite, rollte ungeschickt zurück, verlor den Atemrhythmus, sein ganzes Gewicht jetzt links, Armzug, Beinschlag, doch er gewann die Balance zurück, und das Wasser hielt ihn wieder. Armzug, Beinschlag, Armzug, atmen, Beinschlag. Von neuem verlangsamte er das Tempo, eine Bahn, zwei Bahnen, dann wendete er und schoss dahin, drosch auf das Wasser ein und dachte nicht mehr an das Ziehen in der Seite, und dann kam es, dieses Gefühl, seine einzelnen Körperteile nicht mehr wahrzunehmen, weder Arme noch Beine noch die Muskeln an seiner linken, die Muskeln an seiner rechten Seite, und dann war er da, dieser Moment, er kam, die Stille kam, und Danny war das Wasser. Seine Gedanken begannen zu schweifen. Er dachte an Kurt Cobains Witwe, sah ihr Gesicht vor sich. Eines Tages würde er ein berühmter Schwimmer sein, er würde ihr auf einer Party begegnen, und er würde ihr sagen, wie viel sie ihm bedeuteten, die Musik, die sie schrieb, und die Musik, die sie sang, ihre Musik und die ihres Mannes, der Schmerz, von dem er sang. Armzug, Beinschlag, Armzug, atmen, Beinschlag. Seine Gedanken waren nicht mehr losgelöst von den Bewegungen seines Körpers. *All denial. All denial. I've made my bed, I'll lie in it, I've made my bed, I'll die in it.* Sie würde ihn auffordern, sich zu ihr zu setzen, würde ihm sagen, dass sie zugeschaut habe, als er bei den Olympischen Spielen in Sydney seine Goldmedaillen gewann. Ganz Australien und die ganze Welt hatten zugeschaut, hatten ihm zugejubelt, als er die vierhundert Meter und später die fünfzehnhundert Meter Freistil gewann, und der ohrenbetäubende Jubel hatte die ganze Arena überflutet, das ganze Land, die ganze Welt. Es würde einen Staatsfeiertag geben, er würde mit dem Premierminister durch Melbourne fahren, alle würden ihm zujubeln, außer Taylor, Scooter, Wilco, Morello und Fraser, außer Tsitsas und Sullivan, die würden nicht da sein, die würden sich nicht blicken lassen, weil sie wussten, dass er besser war, härter und stärker und mutiger und schneller.

Danny schlug an der Wand an, er setzte die Füße auf, kam zu sich, blickte über das Wasser. Niemand war mehr im Becken, nur eine einzige einsame Schwimmerin, deren verbissene Züge das Wasser kaum aufrührten. Danny spürte eine Anspannung im Bauch, ein Loch, einen gigantischen Hunger, der dringend gestillt werden musste. Sein Oberkörper war über und über rot, und er zitterte unkontrollierbar, fiebrig.

Er sah auf die Uhr. Zwanzig vor neun – er hatte anderthalb Stunden ununterbrochen geschwommen. *Halb zehn, du Arsch, und wehe, du kommst zu spät*. Er sprang aus dem Wasser, die Kälte schmerzte jetzt, er schnappte sich sein Handtuch und rannte in den Duschraum. Er war der Einzige dort und ließ das Wasser gerade lange genug laufen, um das Chlor abzuspülen, seifte sich gerade genug ein, um den Geruch zu überdecken. Seine Haut war noch feucht, als er sich anzog, seine Tasche nahm und loslief.

Es war fast neun, und seine Füße hämmerten über den harten, kalten Boden, er musste die Luft reiten, wie er das Wasser ritt, und er bot dem Verkehrsstrom in der Sydney Road die Stirn, schlängelte sich zwischen den Autos durch, ignorierte das Hupen. Er rang nach Atem, er hatte Schmerzen. Jetzt spürte er, wo ihn Tsitsas' Schläge getroffen hatten. Morgen musste er den Trainer fragen, was da zu tun war. Er versuchte, nicht zu hart aufzutreten, er durfte nicht stolpern, durfte sich keinen Muskel, keine Sehne zerren oder überdehnen, aber was noch wichtiger war: Er durfte nicht zu spät kommen, musste rechtzeitig bei Demet sein. Der Wind peitschte um ihn herum, doch er war schneller als der Wind, hatte den Wind überholt, er jagte die Murray Street hinunter, kam bei den Celikoglus an, klingelte, und als Mrs. Celikoglu aufmachte, konnte er nicht einmal mehr sprechen, der Schweiß lief ihm herunter, er war nass und hatte Schmerzen. Aber er war rechtzeitig da. Alles drehte sich, aber er war rechtzeitig da.

»Was ist, Danny?«, fragte Mrs. Celikoglu, doch er konnte nicht antworten, sein Atem rasselte und schmerzte, aber das machte nichts, denn er war rechtzeitig da, und dann kam Demet aus ihrem Zimmer, sie stürmte die Treppe hinunter, rannte fast ihren Vater um, schlang die Arme um Danny und drückte ihn so fest, dass er erst recht keine Luft mehr bekam, aber das machte nichts, er war daheim. Demets Arme umfingen ihn, er war daheim.

Sie wollte gleich mit ihm auf ihr Zimmer flüchten, doch ihre Mutter ließ sie nicht. Mrs. Celikoglu bestand darauf, dass Danny etwas aß, und er war froh darüber. Er war völlig ausgehungert. Er setzte sich an den kleinen runden Küchentisch. Es gab grüne Bohnen in Joghurtsoße und gegrillte Lammkoteletts, getoastetes Fladenbrot, Oliven und Salat, und in Minutenschnelle hatte er seinen Teller leergegessen. Seine Lippen glänzten fettig, als er das restliche Fladenbrot hinunterschlang, und als er fertig war, musste er rülpsen.

Er zuckte zusammen. »Entschuldigung.«

»Na, toll«, spottete Demet. »Entschuldigung«, wiederholte sie affektiert. Sie verschränkte die Arme und lehnte sich zurück. »Merkst du eigentlich, wie anders du jetzt sprichst?«

»Wovon redest du? Lass den Jungen in Ruhe«, sagte ihr Vater.

Demet ignorierte ihn. In dem Blick, den sie Danny zuwarf, lag Verachtung. »Du sprichst so was von schwul, seit du auf dieser neuen Schule bist.«

Mrs. Celikoglu wies sie auf Türkisch scharf zurecht.

Demet schaukelte mit ihrem Stuhl und sah Danny an. »Aber es stimmt, Mum. Er spricht anders als früher.«

Es stimmte eben nicht. Sein Ton war derselbe geblieben, er selbst war derselbe geblieben, das Cunts College würde ihn niemals verändern.

Demet stand auf und nahm ihn an der Hand. »Komm mit, komm in mein Zimmer.«

»Demet«, sagte Mr. Celikoglu leise und tippte mit seiner Zigarette auf den Tisch. »Bitte – nicht mehr weinen.«

Es erschreckte Danny, wie viel Gehässigkeit in ihrer Antwort lag. *Leck mich am Arsch!* Zorn flackerte im zerfurchten, schmalen Gesicht des Mannes auf, dann wich sein Ausdruck einer müden Ungläubigkeit.

»Dann heul doch, heul um einen dämlichen reichen Rockstar! Heul dir die Augen aus um diesen Idioten, der eine Frau und ein Kind zurücklässt.«

»Schsch, Ohman«, beschwichtigte seine Frau. Er schlug mit der Hand auf den Tisch, sagte aber nichts mehr.

Demet weinte doch. Sie saß auf dem Boden und stimmte eine lange, gleichförmige Klage an. Danny kniete neben ihr, hielt ihren zitternden Körper, drückte sein Kinn in ihr verfilztes dichtes Haar. Er wusste, dass sie mit diesem Ausbruch auch ihren Vater provozieren wollte. Er hätte es nicht auszusprechen gewagt, aber ihr Geheul hatte etwas Einstudiertes. Er kannte Demet nur zu gut. Sie weinte ebenso, um ihren Vater zu bestrafen, wie sie um Kurt Cobain weinte. Sie löste sich von Danny. Ihre Augen waren rot, ihr Gesicht fleckig, und der Rotz lief ihr aus der Nase. Danny wischte ihn ab, wischte sich die Finger dann an seiner Jogginghose ab. So lief das zwischen ihnen, dachte er, nie würden sie davor zurückscheuen, etwas für den anderen zu tun, egal, was es war.

Demet hatte sich ein wenig beruhigt, konnte aber noch nicht wieder sprechen. Sie versuchte, Worte zu formen, doch sie stockten, fielen in ihre Kehle zurück. Und so saßen die beiden da, dicht beieinander, mit dem Rücken ans Bett gelehnt, die Beine ausgestreckt. Demet spielte mit einem Fädchen am Ausschnitt von Dannys T-Shirt, er hakte seinen Arm in ihren.

»Du riechst nach Chlor.«

Danny atmete erleichtert auf. Ihre Stimme klang wieder normal oder nahezu normal. »Ich hab nur ganz kurz geduscht, ich wollte ja nicht zu spät kommen.«

»Okay«, schniefte sie und zupfte an dem Faden, löste ihn noch weiter.

»Soll ich was auflegen?«

»Nein.« Sie schüttelte heftig den Kopf. »Ich kann heute keine Musik hören.«

In ihrem Zimmer hatte sich etwas verändert, sie hatte die alten Poster des Carlton Football Club abgenommen. Jetzt klebte nur noch ein kleines Foto am Spiegel, das einen düster blickenden Kurt Cobain zeigte, und an der Wand hing eine aus einer Zeitschrift herausgerissene Reklame für *Pretty on the Inside* von Hole, daneben die Plattenhülle von Nirvanas *Bleach*. Die Poster hatten Staubränder hinterlassen. Danny verstand diese Veränderungen nicht, und sie gefielen ihm auch nicht, aber er sagte nichts. Sie hätte nur gekontert: »Du musst gerade von Veränderung reden. Du bist aufs Cunts College gegangen und hast mich allein gelassen.« Und so hielt er nur ihren Arm umfasst.

Dann wand sie sich aus seinem Griff, setzte sich ihm gegenüber und nahm seine Hand. Ihre war schweißnass, sie fühlte sich ölig und klebrig an, aber er konnte sie nicht loslassen.

»Du fehlst mir.« Es klang wie ein Klagelaut.

»Du mir auch.«

Ihre Eltern machten Witze darüber, zogen sie damit auf: Demet und Danny würden einmal heiraten, Demet und Danny gehörten zusammen. Nicht dass sie ein Paar gewesen wären, Danny konnte sich nicht einmal vorstellen, Demet zu küssen, selbst wenn sie alt genug dafür gewesen wären. Aber er wusste, dass es zwischen ihnen stimmte, alle wussten es. Er würde sich immer um Demet kümmern, und sie würde sich immer um ihn kümmern. Es musste doch noch ein anderes Wort geben als *Ehe*, dachte er, es musste doch ein Wort geben, das für sie passte.

»Hast du jetzt einen neuen besten Freund?«, fragte sie argwöhnisch und zog ihre Hand weg.

»Quatsch, natürlich nicht.« Und du?, hätte er gern zurückgefragt. Immerhin war sie bei Mia gewesen, als er mit ihr telefoniert hatte. Er konnte kaum fassen, wie hässlich und gemein, wie schrecklich ihm die Vorstellung erschien. Doch da lehnte sie wieder den Kopf an seine Schulter, und alles Schreckliche war vergessen.

»Wann hast du's erfahren? Dass Cobain … sich umgebracht hat?« Es sollte lässig klingen, aber sie zögerte und stolperte über das Wort.

»In der Schule, einer von den Jungs hat es mir gesagt.« Sullivan, mit gedämpfter, ängstlicher Stimme.

»Als ob die das kratzt.«

»Doch, tut es. Die waren alle total durch den Wind.«

Sie verdrehte die Augen, sie glaubte ihm nicht, und er wusste, dass die Jungen in seiner Schule nie Fleisch und Blut, nie real und immer fremd für sie sein würden. »Ach ja? Total durch den Wind?« Ihre Augen verengten sich. »Du schließt wohl schon Freundschaften dort, ja?«

Sie war eifersüchtig. Es war süß, es wärmte ihm das Herz, dass sie eifersüchtig war. Er hätte ihr gern von Luke erzählt, Luke, der Bücher las und Schach spielte, er hätte ihr gern erzählt, wie er ihn verteidigt hatte. Aber heute hielt er besser den Mund.

»Nein«, antwortete er, »ich hab keine Freunde dort.«

Sie nickte wie im Takt einer Musik in ihrem Kopf. Hörte sie ihm überhaupt zu?

»Ich hab heute Hackfleisch aus so einem arroganten Kanaken gemacht, so einem griechischen Oberarsch.«

Demet schnaubte. »Du? Dann müssen das ja ziemliche Weicheier sein. Alter, sogar ich kann dich verprügeln.« Sie runzelte die Stirn. »Es gibt also Kanaken am Cunts College?«

»Ja, aber solche Templestone-Kanaken mit Treuhandvermögen und Strandhäusern in Lorne.«

»Igitt«, sagte sie verächtlich, »das sind die schlimmsten Kanaken.«

Er musste kichern über diesen übertriebenen Abscheu. Sie verzog zwar noch immer das Gesicht, aber sein Kichern steckte sie an, und dann mussten sie beide lachen, so sehr, dass ihnen die Tränen kamen, so sehr, dass Danny wieder die Rippen wehtaten. Sie konnten gar nicht aufhören zu lachen, und plötzlich sagte Demet mit weit aufgerissenen Augen: »Siehst du das, Danny, siehst du das?« Sie zeigte auf die Luft zwischen ihnen und beschrieb eine Linie von ihrem Bauch zu seinem. »Da, Danny, siehst du's nicht? Dieses Licht da, das verbindet uns! Oh, wow, Danny, kannst du's sehen?« Es war die Erschöpfung, die Traurigkeit dieses Tages, das wusste er. Sie hatte eine Linie durch die Luft gezogen. Aber ein Licht war da nicht.

»Ja«, log er, »ich seh's.« Er wollte es sehen. Er wollte, dass es da war.

Demet klatschte in die Hände. »Wir sind Seelenzwillinge!«, rief sie begeistert. »Das heißt, wir sind für immer Seelenzwillinge. Das heißt, wir sind im nächsten Leben beste Freunde und im Leben danach auch.«

Mr. Celikoglu klopfte an, bevor er eintrat. Er fragte seine Tochter, ob alles in Ordnung sei, aber Demet gab nur ein Knurren von sich und wandte den Blick ab. »Danny«, sagte er, »es ist fast elf. Zeit, nach Hause zu gehen.«

»Er kann doch bleiben.«

»Nein.« Er ließ sich nicht erweichen. »Der Junge muss morgen früh zum Training.«

Danny war froh, dass Demets Vater das verstand: Das Schwimmen ging vor. Demet zuckte die Schultern.

»Bis dann«, sagte er.

»Bis dann«, antwortete sie, ohne aufzuschauen. Doch als er hinausging, fügte sie hinzu: »Ich hab dich lieb, Schwuchtel.«

»Ich dich auch, Schlampe.«

»Rufst du morgen an?«

»Gleich nach dem Training«, versprach er.

An der Haustür blieb Mr. Celikoglu stehen. Er hatte ein weißes Unterhemd und eine blaue Pyjamahose an. »Ich fahr dich nach Hause, muss mir nur schnell was anziehen.«

Danny schüttelte den Kopf. »Bitte nicht. Es ist ja nicht weit. Das geht schon.«

Mr. Celikoglu kniff ihn leicht in die Nase und legte sanft die

Hand an seine Wange, wie immer, seit Danny ein kleiner Junge gewesen war. »Danke. Grüß Neal und Stephanie von mir. Und danke, dass du Demet geholfen hast.«

Die Nacht war kühl, und Danny wünschte, er hätte eine Jacke dabei. Er musste die Arme um den Oberkörper schlingen, um sich warm zu halten.

Keine Menschenseele war zu sehen. Er war allein mit dem Summen der Straßenlampen und den Verkehrsgeräuschen von der Murray Road. Aber ein Song ging ihm hartnäckig im Kopf herum. Keiner von Nirvana und auch kein Hiphop oder Techno, kein Golden Oldie und auch keiner von den Rock-'n'-Roller-Songs seiner Eltern. Er bekam ihn nicht ganz zu fassen, erkannte ihn nicht richtig, aber er wusste, dass er da war, direkt über ihm. Er versuchte ihn aus der Luft zu greifen, sich einen Text ins Gedächtnis zu rufen, einen Vers, doch vergeblich. Er konnte sich einfach nicht an den Text erinnern.

Am Ende des Tages, am anderen Ende des Dazwischen, summte er den Song auf dem ganzen Nachhauseweg.

»HAST DU DAS SCHEISS-VISUM BEANTRAGT?«

Ich muss es ihm sagen. Jetzt ist der richtige Moment dafür.

»Ich bin noch nicht dazu gekommen.«

Clyde sieht mich an, als wäre ich nicht ganz richtig im Kopf, als fragte er sich, wie er sich je mit einem solchen Trottel hatte einlassen können. *Jetzt muss ich es ihm sagen.*

»Dan, die Flüge sind gebucht, und wir haben noch einiges vorzubereiten. Die Zeit läuft uns davon.«

»Ich weiß.«

»Dann mach verdammt noch mal einen Termin, Mann. Mir reicht's allmählich.«

Er stürmt ins Schlafzimmer. Ich höre seine Schuhe gegen die Wand poltern, als er sie von den Füßen schleudert. *Jetzt muss ich es ihm sagen.* Ich gehe hinüber. Er liegt auf dem Bett, die Augen geschlossen, die Krawatte gelockert. Er spürt, dass ich hereingekommen bin, und öffnet die Augen. Sein Blick ist misstrauisch, ablehnend. Ich setze mich neben ihm aufs Bett. Er rührt sich nicht.

»Wie war's bei der Arbeit?«

Keine Antwort.

Ich rede einfach drauflos, erwähne Kollegen von ihm, versuche mich zu erinnern, an welchen Projekten er zurzeit arbeitet, welche Kampagne er gerade abgeschlossen, welche er gerade begonnen hat. Ich plappere und stottere herum, bis er aufstöhnt und sagt: »Halt die Klappe, halt einfach die Klappe, ich will jetzt nicht über die Arbeit reden.«

Also halte ich die Klappe, ich bewege mich nicht mehr, und ich sage nichts mehr.

»Wie war dein Tag?«

Lenkt er ein? Lässt er mich an sich heran?

»Ich musste den Cache von Stanleys Computer leeren, musste eine gefühlte Million Tittenfotos löschen. Kein Wunder, dass die Scheißkiste so lahm war. Ich glaub, der guckt sich den ganzen Tag nur Pornos an und holt sich einen runter.«

»Was soll er sonst auch machen? Der Mann wird nie wieder gesund.«

Will er mich quälen? Tief in Clydes Innerem schlummert eine gewisse Grausamkeit. Sie ist weder hitzig noch gehässig, sie ist kalt und rational. Seiner Meinung nach sind Männer wie Stanley kaputt, irreparabel kaputt, und es wäre besser gewesen, Stanley wäre bei dem Autounfall ums Leben gekommen. Er will sie in unserer Wohnung nicht haben, er will nicht an sie denken. »Ich könnte nicht mit einem Hirnschaden leben«, erklärt er. »Ich könnte kein halber Mensch sein.« Irgendwo tief drinnen ist er kalt. Es macht mir Angst, dass er so unerbittlich ist.

Jetzt muss ich es ihm sagen.

»Ich mach den Termin morgen.«

»Gut.« Er lenkt noch immer nicht ein. Er will, dass ich die ganze Arbeit allein mache, er will, dass ich bettle. Aber das kann ich nicht, denn wenn ich erst einmal anfange, mich zu entschuldigen, kann ich nicht mehr aufhören. Es tut mir leid, dass ich so faul bin, es tut mir leid, dass ich so falsch bin, es tut mir leid, dass ich nicht gut genug, nicht mutig genug, nicht hart genug bin.

Jetzt muss ich es ihm sagen.

»Es tut mir leid.«

Seine Hand bewegt sich, ich spüre, wie er sich hinter mir auf die Seite dreht; sanft streicht er über mein Kreuz. »Du willst gar nicht nach Schottland, glaub ich, deswegen unternimmst du nichts wegen des Visums.«

Jetzt muss ich es ihm sagen.

Er hört auf, mir den Rücken zu massieren. »Ist das der Grund, Dan?«

Ich muss es ihm nicht sagen.

Er hat sich aufgesetzt, unsere Schultern berühren sich. Ich nehme den muffigen Bürogeruch an ihm wahr und einen Hauch des Essens, das er sich am Mittag aus einem Schnellimbiss geholt hat.

Er seufzt, ein tiefer, unglücklicher Seufzer, der von irgendwoher jenseits der Kaltschnäuzigkeit und Distanziertheit kommt. Von dort, wo Zärtlichkeit ist, wo ich Loyalität finde, wo er alles für mich tut. Er hat Angst, dass ich nicht fahren *will*, und ich habe Angst, dass ich nicht fahren *kann*. Meine Angst ist so groß, dass ich kein Wort herausbringe.

»Das heißt dann wohl, dass du nicht willst«, sagt er frostig.

Jetzt muss ich es ihm sagen. Dass ich sehr wohl will, dass ich dort sein will, wenn seine Schwester Nina ihr Kind bekommt, dass ich seinen Halbbruder kennenlernen will, seine Mutter, seinen Vater und seine Stiefmutter, dass ich sehen will, wo er aufgewachsen ist, die Schulen sehen will, die er besucht hat, die Freunde, die er damals hatte, dass ich über den Campus der Universität wandern will, an der er studiert hat, in die Clubs gehen will, in denen er getanzt hat, die Pubs, in denen er getrunken hat, dass ich seine Stadt kennenlernen will, ihren Gestank und ihre Schönheit, ihre Armut und ihre Ausstrahlung. Und ich möchte glauben, dass ich, wenn ich dort bin, aus meiner Haut kann, ein neuer Mensch werden kann. Ich will dorthin. Ich muss dorthin.

Aber ich habe Angst. Ich habe Angst, dass ich es nicht kann.

»Dan?«

Ich liebe es, mit welcher Wärme er meinen Namen flüstert.

Jetzt sage ich es ihm.

Es dauert ewig, bis die Worte kommen, sich formen, sich in Laute verwandeln. Ich fühle mich vollkommen leer, meine Stimme ist nicht meine eigene, aus meinem Körper ist alles gewichen, was mich zu einem Menschen macht: Blut, Gewebe, Muskeln, Eingeweide. Aber ich weine nicht. Ich kann nicht weinen.

»Clyde, ich muss dir was sagen.«

Jetzt ist er es, der Angst hat, er spürt die riesige Distanz zwischen uns. Sein ganzer Körper ist angespannt, seine Augen sind angstvoll aufgerissen.

»Ich war mal im Gefängnis.«

Ich habe jahrelang nicht mehr an sein Gesicht gedacht, nicht richtig. Ich habe an die Momente davor und die Millionen Momente danach gedacht, aber nicht an das Gesicht des Mannes, das unter meinen Hieben zu Brei wurde, an das Blut, an die aufgeplatzte Haut meiner Faust, als ich ihm das Gesicht zertrümmert habe. Daran, dass ich einem Menschen das angetan habe, ihn bewusstlos geschlagen, ihn an den Rand des Todes gebracht habe.

»Ich fürchte, die lassen mich nicht nach Großbritannien einreisen, Clyde, und ich finde, es ist ihr gutes Recht, Abschaum wie mich nicht reinzulassen.«

Ich sehe das Gesicht zum ersten Mal wieder, ich sehe, was ich getan habe, dass ich etwas zerstört habe. Aber da ist diese Ruhe in mir, sie fließt durch mich hindurch, sie betäubt mich. Ich spreche durch die Narkose eines Traums.

Und es ist Clyde, der weint.

»Ich war im Gefängnis, Clyde, ich habe einen Menschen fast umgebracht. So etwas habe ich getan. So ein Mensch bin ich.«

26.–27. Juli 1996

Er stand im Bad des Motels, in seinen Speedos, die Arme um den Oberkörper geschlungen. Seine Mutter rasierte ihm die Beine. An seinen Schenkeln, seinen Waden klebte dicker Schaum, durch den sie den Rasierer zog, langsam und vorsichtig, um ihn nicht zu verletzen. »Nicht bewegen, Danny«, sagte sie. »Ganz still stehen.«

Er mochte das schmutzige Seifenwasser um seine Füße herum kaum ansehen, in das seine Mum den Rasierer ausschlenkerte. Schwarze Haarkringel schwammen auf dem Schaum. Dannys Beine waren mit drahtigen schwarzen Haaren bedeckt. Er fand das hässlich, er war froh, dass sie abrasiert wurden, dass sie gleich weg sein würden. Allerdings würde dann die Haut an seinen Beinen mit dicken rosa Pusteln übersät sein. »Nicht bewegen«, sagte seine Mutter noch einmal. Im Badezimmerspiegel sah Danny seinen kleinen Bruder und seine Schwester nebenan auf dem Bett ausgestreckt. Theo lag auf dem Rücken, sein Kopf hing über den Rand der Matratze herab, und er sah umgekehrt fern. Regan lag auf dem Bauch, die Ellenbogen angewinkelt, das Kinn auf die Knöchel gestützt. Ihre Füße kickten auf die Matratze – auf, ab, auf, ab. Den Fernseher konnte Danny nicht sehen, aber er hörte den Sportreporter.

»Beeil dich, Mum, es geht gleich los.«

Seine Mutter antwortete nicht. Er schaute hinunter: Es sah aus, als schabte der Rasierer einen dichten schwarzen Pelz ab, als würde Danny wie ein Tier geschoren. Wieder schüttelte seine Mutter den Rasierer ins Wasser aus, und ein Haarknäuel schwamm um seinen linken Fuß.

»Okay, das linke Bein ist fertig.« Seine Mutter lächelte zu ihm auf. Die rasierten Partien juckten, und sie gab etwas Lotion in ihre Hand und rieb sein Bein damit ein. Das kühle Gel linderte den Juckreiz augenblicklich.

»Ich verpasse noch das Rennen«, beschwerte sich Danny. Er reckte den Hals, um im Spiegel einen Blick auf den Fernseher zu erhaschen. Doch er sah nur den hintenüberhängenden Kopf seines Bruders und die immer noch auf und ab hüpfenden Beine seiner Schwester.

»Theo«, rief seine Mutter, »hat's schon angefangen?«

»Nein.«

»Du sagst Bescheid, wenn's losgeht, ja?«

Danny sah seinen Bruder im Spiegel nicken. Der kleine Junge fing seinen Blick auf und lächelte ihm zu, doch so verkehrt herum sah es aus, als schaute er ihn böse an. Er schwang sich geschmeidig über das Bett und landete auf den Füßen, lief zur Badezimmertür und schaute zu, wie der Rasierer über die Rückseite von Dannys Schenkel glitt.

»Ganz schön haarig bist du.«

Ihre Mutter bespritzte ihn mit Schaum, und er schrie: »Nein, nicht!«

»Dann geh raus.«

Theo hüpfte zum Bett zurück.

»Soll ich die Tür zumachen?«, fragte seine Mutter.

Danny schüttelte den Kopf. Er hätte es komisch gefunden, wenn sie ihm die Beine bei geschlossener Tür rasiert hätte – irgendwie pervers. Er wollte diesen Gedanken nicht im Kopf haben. Er schauderte.

»Halt still, sonst schneide ich dich noch.«

Wenn sie ihn schnitt, würde er bluten. Und wenn er blutete, würde sich ein Schorf bilden, und er würde ihn im Wasser fühlen, er würde ihn beim Schwimmen spüren. Es würde eine ganz schwache Empfindung sein, ein leichtes Kribbeln nur, aber die Wirkung würde gewaltig sein. Wie wenn sich im Sommer eine

Fliege auf seine nackte Schulter setzte und er an nichts anderes mehr denken konnte. Man konnte an nichts anderes mehr denken als an dieses banale kleine Ding, und schon würde dieses Ding der Schorf sein, und er würde am nächsten Tag im Wasser an ihn denken, würde ihn spüren, wenn das Wasser daran entlangströmte, es würde jucken, und er würde sich kratzen wollen, würde ein Drittel eines Drittels einer Drittelsekunde innehalten. Aber das reichte schon, der Trainer sagte es immer wieder: Dieses Drittel eines Drittels einer Drittelsekunde konnte die Konzentration zunichtemachen, und dann fiel man zurück, verpatzte einen Armzug, und schon lag man eine viertel Körperlänge, dann eine halbe Körperlänge und schließlich eine ganze Körperlänge zurück. Es durfte nicht passieren, dass seine Mutter ihn schnitt, es durfte auf keinen Fall passieren.

Er stand vollkommen still.

Als beide Beine rasiert waren, hatte der Wettkampf noch immer nicht begonnen.

Während seine Mutter das Wasser abließ, verzog Danny sich nach nebenan. Im Fernsehen kam eine Werbepause, dann wurden ehemalige Olympiaschwimmer interviewt. Alle wollten nur von Perkins reden. Würde er es schaffen, würde er es nicht schaffen? Hatte er das Zeug dazu? Die meisten der Kommentatoren bezweifelten es stark. Er habe die Vorläufe nur knapp geschafft, gab einer zu bedenken, ein anderer zählte die früheren Verletzungen des Schwimmers auf. Der Dritte dagegen meinte stolz, schon allein das Kämpfen um eine olympische Medaille mobilisiere in einem wahren Athleten etwas Besonderes. Perkins könne es schaffen. Die anderen Kommentatoren konnten nichts dazu sagen, kannten diese Erfahrung nicht, hatten keine Ahnung, was für ein Gefühl es war. Im Wasser zu sein, um eine Medaille zu kämpfen. Vor den Augen der Welt.

Danny wollte etwas über Daniel Kowalski hören. Kowalski würde sich die Medaille holen. Danny wusste genau, was Kowalski dachte: dass er es diesmal schaffen konnte, aus Perkins' Schatten heraustreten konnte, dass dies sein Rennen werden würde. Warum redete keiner von Kowalski?

»Ich denke, Kowalski gewinnt diesen Wettbewerb.« Die anderen nickten, und einer setzte gerade zu einer Erwiderung an, als Dannys Mutter aus dem Bad nach Danny rief.

Er stellte sich taub. Er wollte etwas über Kowalski hören.

»Danny!«

Regan hob den Kopf, sah ihn an.

»Komm schon!«

Sie hatte frisches warmes Wasser eingelassen. Er zog das Handtuch von seinen Schultern und stieg in die Wanne. Seine Mutter hatte eine neue Klinge in den Rasierer eingelegt.

»Arm hoch.«

Er hob den rechten Arm, und sie begann seine Achselhöhle einzuseifen.

»Hat's schon angefangen?«, fragte sie.

»Nein«, rief Regan herüber. »Da reden nur irgendwelche Blödmänner irgendwelches langweilige Zeug. Können wir umschalten?«

»Untersteh dich!«, mahnte ihre Mutter.

»Ich lass sie schon nicht, Danny.«

Danny lächelte seinem Bruder im Badezimmerspiegel zu, und Theo grinste zurück. Danny wusste, was er dachte, er konnte in ihm lesen wie in einem offenen Buch, so als gelangten die Worte aus Theos Gehirn wie durch Telepathie direkt in seines. Theo dachte, dass eines Tages sein Bruder dort stehen würde, wo jetzt Perkins und Kowalski standen. Dass eines Tages Danny derjenige sein würde.

»Autsch!«

Der Rasierer schabte über die zarte Haut in seiner Achselhöhle. Seine Mutter zog ihn vorsichtig über die dickeren Haare dort.

»Sorry, Danny, aber da tut's nun mal mehr weh.«

»Pass auf, dass du mich nicht schneidest, Mum.«

»Ja, aber du musst stillhalten. Ich weiß schon, was ich tue.«

Machte sie das auch bei den Frauen, denen sie die Haare schnitt?

Sie hatte Wachs verwenden wollen wie für ihre Kundinnen, aber er hatte Angst gehabt, es könnte brennen, und wenn es brannte, könnten sich Blasen bilden. Und Blasen waren schlimmer als Schnitte. Blasen kribbelten schlimmer als alles andere.

Seine Mutter stand dicht vor ihm. Er atmete ihren Duft ein; ihr Parfüm roch fruchtig, aber auch irgendwie unangenehm, zu süß. Es kitzelte ihn in der Nase. Seine Beine waren ganz rosa vom Rasieren, sahen nicht mehr aus wie seine Beine. Er wandte sich ab, beeindruckt von dem, was ihm der Spiegel gezeigt hatte. Es waren kräftige Beine. Fast unmerklich spannte er die Pobacken an und warf einen Blick über die Schulter auf sein Spiegelbild. Er ließ die Oberschenkelmuskeln spielen. Klar konturiert zeichneten sie sich ab. Die Wadenmuskeln waren hart wie Stahl.

»Nicht bewegen«, schimpfte seine Mutter. Sie wischte die Haare an einem kleinen Waschlappen ab. Er hätte sich gern gekratzt; das Jucken war in ein Brennen übergegangen. Stocksteif stand er da, betrachtete wieder seine Beine. Er würde sich nicht kratzen, er würde sich nicht kratzen. Er verlor sich in den Wörtern, buchstabierte sie vorwärts und rückwärts. I-C-H Leerschritt W-E-R-D-E Leerschritt N-I-C-H-T Leerschritt K-R-A-T-Z-E-N Leerschritt N-E-Z-T-A-R-K Leerschritt T-H-C ... Nebenan ertönte aufgeregter Jubel.

»Geht's los?«

Die Buchstaben verschwanden, das Brennen in seiner Achselhöhle blieb. Er nahm einen starken Geruch war, wie Fleisch mit Erde vermischt, einen Geruch, der von seiner Mutter ausging. Noch nie war er einem solchen Geruch so nahe gewesen, und instinktiv wusste er, dass nur Frauen ihn hatten.

»Mum«, jammerte er, »es geht los!«

»Sind sie schon an den Startblöcken, Kinder?«

»Nein«, antwortete Theo. Aber wegen irgendetwas war er ganz aus dem Häuschen, er sah etwas, das Danny nicht sehen konnte, weil er nicht wie Theo mit Blick auf den Bildschirm auf dem Bett kniete.

»So«, verkündete seine Mutter befriedigt.

Die Haut unter Dannys Arm war rot, entzündet. Seine Mutter rieb ihn mit Lotion ein, aber das Brennen ließ kaum nach. Er zuckte zusammen, und sie lächelte spöttisch und küsste ihn unvermutet auf die Stirn.

»Jetzt weißt du, was wir Frauen durchmachen.«

Was? Er verstand nicht. Doch dann erinnerte er sich, wie sie, als er ein kleiner Junge war, im Sommer einmal in Whittlesea Picknick gemacht hatten und seine Mutter im Gras gelegen hatte, eine Zigarette in der einen, ein Glas Wein in der anderen Hand. Sie hatte ein ärmelloses Kleid angehabt, und immer wenn sie die Hand mit der Zigarette hob, hatte er einen Blick auf die schwarzen Stoppeln unter ihrer Achsel erhascht. Er hatte sich davor geekelt, wie vor dem Damenbart einer alten Frau.

Er hob den anderen Arm, damit ihn seine Mutter auch dort rasieren konnte.

Danny sagte sich die Namen auf wie eine Art Gebet: *Kowalski, Perkins, Brembilla, Kowalski, Perkins, Brembilla.* Darauf hoffte er: Kowalski, Perkins, Brembilla. Es wurde still im Hotelzimmer, und selbst die Reporter verstummten. Der erste Schwimmer wurde an den Startblock gerufen. Er hob die Arme, und rechts unten auf dem Bildschirm erschien die südafrikanische Flagge. Ryk Neethling. Ryk Neethling interessierte Danny nicht, er würde auf keinen Fall gewinnen. Nach Neethling kam Hoffmann aus Deutschland – er hatte eine Chance. Neethling, dann Hoffmann, dann Akatyev aus Russland. Danny beugte sich vor, als der junge Mann auf den Block zuging. Akatyev hatte er noch nie gesehen. Er drehte und wendete den Namen im Mund, der Klang gefiel ihm: A-KA-TY-EV. Es war ein viel besserer Name als Kelly.

Und dann kam Kowalski. Er versuchte zu lächeln, er winkte den Fahnen schwenkenden australischen Fans im Unterrang zu, aber Danny sah, dass er nur an eines dachte: an das Rennen, das vor ihm lag, das Rennen, das seines war, das jetzt ihm gehörte. Es ist dein Rennen, es ist deins, flüsterte Danny beschwörend, denn er wusste, dass alle Welt Perkins als Sieger sehen wollte, dass niemand mehr etwas von seiner Formkrise wissen wollte, der Krankheit, dem schlechten Jahr, davon, dass er um ein Haar das Finale verpasst hatte. Alle außer Danny wollten, dass Perkins gewann. Aber es war Kowalskis Rennen. Danny sah nicht, wie Graeme Smith, der Mann aus England, zu seinem Startblock ging, er sah nur noch die Anspannung in Kowalskis Gesicht, als er zu lächeln versuchte. Ein unbehagliches Gefühl beschlich Danny. Die Anspannung in Kowalskis Gesicht war ein schlechtes Zeichen.

Emiliano Brembilla wurde aufgerufen und ging zu seinem Block. Er wirkte entspannt. Danny fielen seine kräftigen langen Beine auf – so kräftig würden seine eigenen auch irgendwann sein. Irgendwann würde auch er auf einem olympischen Startblock stehen, ohne Angst, ohne Anspannung. Brembilla könnte gewinnen, dachte er, in den Vorläufen war er der Beste gewesen, Brembilla könnte Kowalski den Sieg streitig machen. *Kowalski, Brembilla, Perkins,* flüsterte er vor sich hin. *Kowalski, Brembilla, Perkins.*

Danny schaute auf den Bildschirm, aber er sah Masato Hirano aus Japan nicht. (Hirano kann es nicht schaffen, er kann nicht gewinnen.) Er sah nur Kowalski und Brembilla. Der Jubel zwang ihn schließlich, die Bilder vor seinen Augen zur Kenntnis zu nehmen. Theo und Regan jubelten, seine Mutter lächelte, Perkins hatte die Arme hochgerissen, und die Australier unter den Zuschauern machten einen Höllenspektakel. Es war, als jubelte die ganze Welt. Danny dachte an Kowalski. Wie es ihm damit wohl ging. Hatte nicht er all den Jubel verdient? Das mulmige Gefühl in Dannys Bauch verstärkte sich. Auf seinem Gesicht lag ein Lächeln, er hätte sogar zu Theo sagen können, dass Perkins es immer noch schaffen konnte, aber das wäre eine Lüge gewesen. So lautete sein Gebet nicht. Sein Gebet lautete Kowalski, Brembilla, Perkins, *Kowalski, Brembilla, Perkins.*

Sein Gebet wurde nicht erhört. Perkins lag auf Bahn zwanzig in Führung, nach hundert Metern, nach fünfhundert, nach tausend Metern. Danny sah zwar, dass er langsamer wurde, dass er müde wurde, aber die anderen Schwimmer waren ihm nicht gewachsen. Kowalski würde nur Silber holen, doch Danny fürchtete schon, er könnte das Rennen zu schnell angegangen haben. Er hatte Perkins von Anfang an gejagt. Perkins lag in Führung, dann Kowalski, dann lagen Perkins, Kowalski und Brembilla gleichauf, und einen Moment lang dachte Danny: *Er hat das Zeug dazu, er schafft den Durchbruch,* aber dann lagen Perkins, Hoffmann und Kowalski vorn und dann Smith, und es war Smith, der Danny allmählich Angst machte, weil Smith nicht ermüdete, im Gegensatz zu Brembilla und – Danny wusste es, als wäre er selbst dort im Wasser, als wäre er selbst derjenige, der zu kämpfen hatte – im Gegensatz zu Kowalski. Der Sieger stand lange vor Ende des Rennens fest. Perkins lag mit einer halben Körperlänge in Führung, dann mit einer ganzen Körperlänge, dann mit zwei Körperlängen, und dann zog er davon, an einen Ort, an dem der Sieg ihn vorwärtszutreiben schien, an dem der Sieg neben ihm zu schwimmen schien, an dem jeder Zweifel, jede Verletzung und jedes Versagen überwunden waren. Eine halbe Körperlänge Vorsprung, eine Körperlänge, zwei Körperlängen, dann fünf Meter, zehn Meter und schließlich zwanzig Meter, es waren die letzten hundert Meter, und Danny wurde das Herz schwer, auch wenn er sich nichts anmerken ließ, er brüllte genauso, wie seine Geschwister brüllten, die auf dem Bett herumhüpften: »Zieh, Kieren! Zieh, Kieren!«, genauso wie die Reporter brüllten, wie die Menge im Stadion brüllte, wie die ganze Welt brüllte. Die letzten hundert Meter, und Smith lag an zweiter Stelle, gefolgt von Kowalski, Brembilla konnte nicht mehr gewinnen, und dann die letzten fünfzig Meter, Kowalskis Wende war grandios, sie brachte ihn Kopf an Kopf mit Smith, und Danny hörte einen Reporter rufen, *Kämpf um Silber, Junge!*, und aus irgendeinem Grund glaubte er sich die Seele aus dem Leib brüllen zu müssen, *Kämpf um Silber, Daniel, kämpf um Silber, Mann*! Noch fünfundzwanzig Meter, Kowalski und Smith lagen Kopf an Kopf, noch zehn Meter, Perkins hatte Gold, Kowalski und Smith lagen noch immer Kopf an Kopf. Dann der Endspurt, und die erste Hand, die anschlug, war die des Schwimmers auf Bahn vier, und fast gleichzeitig schlug die Hand des Schwimmers auf Bahn fünf an. Perkins, Kowalski, Smith. Gold für Australien, Silber für Australien. Theo hüpfte so hoch, dass seine Mutter ihm zurief, er solle aufhören, sie fürchtete, er könnte mit dem Kopf an die Decke stoßen, Regan weinte, die ganze Welt brüllte, schrie und weinte. So fühlt es sich an, dachte Danny, so muss es sich anfühlen. Doch in seinem Innern war eine Leere.

Nein, da war keine Leere. Da konnte keine Leere sein.

Es war ein Rekord – Kieren Perkins hatte Geschichte geschrieben. Aber in Dannys Bauch war ein Loch. Nein, nein, da war kein Loch. Dies war einer der großen Momente des Sports.

Ja, ja, ja, schrie er. *Wir haben Silber, wir haben Gold. Kieren ist der Größte! Kieren ist der Größte!* Noch sah er nicht auf den Bildschirm, noch nicht, noch nicht, denn er wollte Kowalskis Gesicht nicht sehen.

»Schaut euch das an«, sagte seine Mutter, »schaut euch Perkins an, jetzt schüttelt er Daniel die Hand, als Allererstes. Daran sieht man, dass der Mann Format hat, was?«

Aber Danny konnte nicht hinschauen, konnte Kowalskis Gesicht nicht ansehen, konnte Brembillas Gesicht nicht ansehen, das Gesicht des Mannes, der Vierter geworden war, der nicht auf dem Treppchen stehen würde, dem keiner zujubeln würde. Nur einer hatte gewonnen. Danny hörte förmlich Frank Torma: *Nur einer kann gewinnen.* Perkins hatte gewonnen. Kowalski und Smith, Brembilla, Neethling, Hirano, Hoffmann, Akatyev – sie alle hatten verloren. *Nur einer kann gewinnen.* Silber und Gold, brüllte er und umarmte Theo, umarmte Regan, umarmte seine Mutter, tanzte durchs Zimmer. Aber es war nichts gewesen mit Kowalski, Brembilla, Perkins. Da wusste Danny, dass er etwas gelernt hatte, dass er gelernt hatte, sich nichts anmerken zu lassen.

Die Anspannung nicht zu zeigen, die Angst, die Panik. Niemals würde er sich etwas anmerken lassen. Nur Verlierer ließen sich etwas anmerken.

Später, nachdem sie gesehen hatten, wie Perkins, Kowalski und Smith ihre Medaillen umgehängt bekamen, nachdem sie die australische Nationalhymne gehört hatten, wurde Danny wieder ins Bad gerufen. »Wir sind noch nicht fertig, Danny«, sagte seine Mutter.

Sie hatte ein wenig lauwarmes Wasser eingelassen, und diesmal seifte sie seine Brust ein, verteilte den Schaum bis hinunter auf seinen flachen Bauch, direkt oberhalb seiner Speedos. Ihre Hände waren warm, aber er mochte ihre Hände nicht an sich haben, mochte nicht daran denken, wie nahe ihre Hände seinem besten Stück waren. Als er ein paar dünne schwarze Schamhaarkringel oben aus seiner Badehose hervorschauen sah, hätte er seine Mutter am liebsten von sich gestoßen. Er wollte, dass sie ihre Hände wegnahm. Er schloss die Augen, so fest, dass nur noch rote und weiße Lichtschlieren in der Schwärze tanzten. Doch inmitten der Lichtkreise und -wirbel sah er Daniel Kowalskis Gesicht, sah sein gezwungenes Lächeln auf dem Weg zum Startblock. Er, Danny, würde der Angst und Beklemmung nicht nachgeben. Er würde von Kowalski lernen, er würde ein ebenso guter Schwimmer werden wie Kowalski, aber ein besserer Wettkämpfer. Er hatte nicht die perfekte Haut, nicht das perfekte Lächeln, nicht die perfekte Herkunft, so wenig wie Kowalski. Bei den Schulwettkämpfen war es Taylor, dem alle zujubelten, dessen Name gerufen wurde, bei dem die Jungen auf der Tribüne mit den Füßen trampelten. Für Taylor brüllten sie *Tazza! Tazza! Tazza!*, nicht für Danny. Er würde gegen den Neid ankämpfen. Er würde die Herausforderung annehmen und es ihnen zeigen. Er würde nicht schwimmen, um bejubelt zu werden. Er würde schwimmen, um zu gewinnen.

Die kalte Klinge schabte über sein Brustbein. Erst als er glaubte, seine Mutter sei fertig, öffnete er die Augen wieder.

Er wollte aus der Wanne steigen.

»Hey, hey, hey«, schimpfte sie leise. »Wir sind noch nicht fertig. Dreh dich um.«

»Wieso?«

»Am Rücken hast du auch Haare.«

»Am Rücken!«

Er war wütend auf sie. Er hasste sie, und er hasste seinen Dad, der ihm keine Elektrolysebehandlung zahlen wollte. Der ihm überhaupt nichts zahlen wollte. Danny sah, dass Theo auf seinen Ausruf hin beunruhigt aufgeschaut hatte.

»Alles okay.« Er wusste, dass seine Mutter sich das Lachen verbiss. Er wollte sie beleidigen, ihr etwas Demütigendes an den Kopf werfen. *Schlampe.* Du *Schlampe.*

»Nur ein paar Härchen im Kreuz, das ist ganz normal. Das ist normal, Danny.«

Für Taylor oder für Perkins war es nicht normal. Für Kanaken war es normal. Für hässliche Kanaken wie sie war es normal.

»Schon gut, wir können's auch lassen.« Seine Reaktion hatte sie erschreckt.

Sie war nicht hässlich, sie war schön. Ihr Haar wurde grau, aber sie wirkte noch immer jünger und war attraktiver als die Mums aller anderen Jungen an der Schule. Bei diesen Frauen war alles scharf gezeichnet: die Frisur, das markante Kinn und die vorstehenden Wangenknochen, der Sitz ihrer Kleidung. Seine Mutter war nur Haut und Kurven. Seine Mutter war schön. Und sie hätte alles für ihn getan. Er schaute zu, wie sie das Gel in der Hand zu Schaum aufschäumte. Er war der Hässliche. Er drehte sich um und ließ sie machen.

Das ist dein Rennen. Es war das Erste, was er sich an diesem Morgen vorsagte, als er die Decke abwarf und an seinem neuen glatten Körper hinuntersah. *Das ist dein Rennen.* Er flüsterte es immer wieder, während er sich im Kraftraum aufwärmte. Er wiederholte es, als er vor den hohen Spiegeln die Muskeln spielen ließ, und er wünschte, er könnte sich ganz ausziehen, wünschte, es wäre wie in der Antike, als die Athleten ihre Wettkämpfe nackt austrugen, wünschte, es wäre damals und er könnte vor dem Spiegel stehen und seinen neuen haarlosen Körper lieben, an dem nun jede Wölbung, jede Vertiefung jedes einzelnen Muskels zu sehen war. Er trainierte mit den Hanteln, doch nicht zu intensiv, um sich keinen Muskel zu zerren. Schließlich legte er sie beiseite. Er schwitzte stark, ein glänzender Film auf seiner neuen Haut. Niemand sah zu ihm her, alle konzentrierten sich auf ihren eigenen Körper, ihre eigene Zukunft. Langsam zog er sein Trikot über die Brust hoch. Sein Bauch glänzte, die Brust schimmerte. Er bestand nur aus Muskeln, und er war sauber und glatt. Er sah aus wie Kowalski, Perkins und Brembilla.

Er würde die zweihundert Meter Freistil gewinnen. Er würde sie gewinnen, weil er es verdient hatte, weil es ihm zustand zu gewinnen. *Es war sein Rennen.*

Er sagte es sich immer wieder vor, auf jeder Bahn, die er an diesem Morgen schwamm. Das Wasser glitt an seinem neuen Körper entlang, liebkoste ihn. Im Wasser *spürte* er sein Tempo, seine Power.

Er konnte *diese* Geschwindigkeit und *diese* Kraft spüren, als er auf dem Block stand und auf das Startsignal wartete. Taylor schwamm auf Bahn drei, das wusste er, aber er dachte nicht mehr daran. Er dachte nicht mehr an Taylor, der das Rennen ebenfalls gewinnen wollte. Doch Taylor würde das Rennen nicht gewinnen. *Es ist mein Rennen.* Er stieß sich ab, sein Körper tauchte ins Wasser, und es war wie in einem der Träume, in denen Danny fliegen konnte. Wieder zog sich die Zeit zurück. Er glitt ins Wasser, und dann durchschnitt er das Wasser, und es gab nach, es wich zurück und wurde sein. Er atmete freier als an der Luft. Er wusste, dass er an der Fünfundzwanzig-Meter-Marke war, aber es gab keine Zeit mehr. Er atmete, schwamm, drückte das Wasser weg, war im Wasser. Hundert Meter, und er atmete, er drückte das Wasser weg, schob es beiseite. Hundertfünfundzwanzig Meter, und seine Muskeln, sein neuer Körper, machten alles, was er wollte. Bei jeder

Wende spürte er die Muskeln in den Schenkeln, in den Waden, in seinen Schultern, wenn seine Arme sich hoben und das Wasser durchbrachen und beiseiteschoben. Hundertfünfzig Meter, aber es gab keine Zeit mehr, und er drückte das Wasser weg, schob es beiseite, eroberte es. Seine Hand schlug an Beckenrand an, und er brauchte nicht eigens aufzusehen, man brauchte es ihm nicht eigens zu sagen: dass er gewonnen hatte.

Er hatte gewonnen.

Im Ausschwimmbecken zitterte er und musste gegen eine Übelkeitswelle nach der anderen ankämpfen. Die Schmerzen setzten ein, erst in der Brust, dann in seinen bleiernen Armen, die sich anfühlten, als blähten sich die Muskeln auf. Sie fühlten sich an, als könnte die Haut darüber aufplatzen, aber er wusste, dass sie sich in Wirklichkeit zusammenzogen, dass die Schmerzen tagsüber sporadisch wiederkehren und sich in der Nacht verstärken und vertiefen würden. Am Morgen würde sich sein Körper alles andere als neu anfühlen, doch er würde wieder ins Wasser müssen, würde sich mühen müssen, damit sein Körper das Wasser von neuem wegdrückte und eroberte. Das Wasser würde ihn nicht lieben wie während des Rennens, morgen würde es eher eine Macht sein, die es zu brechen, zu beherrschen, zu besiegen galt. Er atmete auf. Der Schmerz ließ ein wenig nach. Allmählich hörten seine Zähne auf zu klappern, seine Muskeln entspannten sich, die Krämpfe klangen ab. Er sah sich um. Taylor war neben ihm, ebenfalls zitternd. Er war größer als Danny, seine Brust war breiter, seine Arme länger, aber seine Beine waren weniger kräftig. Danny begriff plötzlich, dass er den Sieg seinem Beinschlag verdankte, in der Bahn und bei den Wenden. Er fasste an seine glatten neuen Schenkel und musste ein Stöhnen unterdrücken, als der Schmerz wieder aufflammte. Er hob den Arm, wie um Taylor zu grüßen.

Taylor nickte leicht und deutete ein Lächeln an – ein Verlierer, der zu lächeln versucht, dachte Danny. Taylor streckte ihm die Hand hin. »Gratuliere, Danny.«

Er hatte es versaut. Er hätte Taylor von sich aus die Hand geben müssen, so wie Perkins es bei Kowalski getan hatte. So machte man es als echter Athlet, so würde es an diesem Morgen garantiert in allen Zeitungen zu sehen sein: der Händedruck. Sollte er Taylor umarmen, oder war das Sache des Verlierers? Er hätte ihm von sich aus die Hand geben müssen. Nie wieder würde er diesen Fehler machen. Taylors Großmut war ein Versuch, ihn zu verunsichern. *Schlag zurück, zahl's ihm heim.* Er legte Taylor den Arm um die Schultern, lockerer, als eine Umarmung es gewesen wäre. Taylors Haut war glatt, eine Kinderhaut noch – er konnte sich eine Elektrolysebehandlung leisten, aber er brauchte sie nicht, seine Haut würde immer glatt sein. Dannys Arm lag nur auf seinen Schultern, er drückte ihn nicht an sich, es war nicht mehr als eine herzliche, scherzhafte Geste, die besagte: Wir beide waren gut, eine Zeitlang lagen wir Kopf an Kopf, aber ich habe gewonnen.

Taylor schüttelte seinen Arm ab.

»Wir waren gut«, sagte Danny mit einem breiten Grinsen.

»Nein«, antwortete Taylor mit ausdrucksloser Stimme. »Du hast gewonnen. Ich bin nur Dritter.«

Es war von vornherein klar, dass ich gewinne, dachte Danny. Es war von vornherein mein Rennen.

Als sie nach Hause kamen, war es schon dunkel. Sein Dad hatte auf sie gewartet und gab Danny die Hand. »Gratuliere, Dan, ich bin stolz auf dich. Und Grandpa Bill auch. Er ist schier ausgeflippt, als ich's ihm gesagt habe.«

Danny sah auf die Uhr. Grandpa Bill würde schon im Bett sein, es war zu spät, um noch anzurufen. Danny würde ihn morgen nach der Schule anrufen, um zu hören, wie stolz er auf ihn war.

Ehe er schlafen ging, bat er seine Mutter, ihn wie immer um halb fünf zu wecken.

Sein Vater erhob Einspruch, ehe sie antworten konnte. »Du hast anstrengende Tage hinter dir, Danny. Lass das Training morgen mal sein und schlaf aus.«

Sein Vater begriff nicht, dass es für Danny schwerer war, nicht zu trainieren, dass er sich, wenn er nicht trainierte, umso mühsamer durch das Dazwischen kämpfen musste. »Nein, ich muss morgen trainieren.«

Sein Vater presste die Lippen zusammen. »Gut, aber deine Mutter bringt dich nicht hin. Sie ist deinetwegen bis nach Albury und zurück gefahren – sie ist zu kaputt. Du kannst ja trainieren, wenn du willst, aber sie schläft aus.«

Danny holte tief Luft, er spürte, dass er gleich ausrasten und laut werden würde, doch das hätte nichts gebracht, es hätte seinen Vater nicht umgestimmt.

Er sah seine Mutter an, deren Blick zwischen ihm und seinem Vater hin und her huschte. »Schon gut, Neal, ich kann ihn doch fahren.«

Der Mann starrte Danny weiter an. Es war, als hätte er gar nicht gehört, was seine Frau gesagt hatte. Schließlich hob er die Hände und zuckte die Schultern. »Wie ihr meint.« Er winkte Theo und Regan heran, und sie stürzten sich in seine Arme. »Aber wir drei, wir schlafen aus, ja? Und ich mach uns Pfannkuchen mit Eis.«

Theo und Regan brachen in Jubel aus. Ihr Vater aber sah Danny nicht an, und Danny konnte seinen Vater nicht ansehen.

Danny schaute wie gebannt auf den Bildschirm, während er sich die Zähne putzte. Zum x-ten Mal kamen die Bilder von Perkins' Triumph. Immer wieder wurde die Frage gestellt, ob Kieren Perkins der größte Schwimmer aller Zeiten sei. Doch Danny hatte nur Augen für den Mann, der Zweiter geworden war, den Mann, der sich zu einem Lächeln zwang, dabei aber aussah, als sei er den Tränen nahe – weil der Zweite nicht gewann, weil der Zweite verlor. Von Kowalskis heroischem Kampf war die Rede, von einem großen Moment für den australischen Sport, von Kowalskis achtbarer Leistung – aber der Zweite gewann nicht, der Zweite verlor.

Das Telefon klingelte, und seine Mutter hob ab. »Für dich«, rief sie.

»Wie fühlst du dich, Champ?«

Er schluckte die Zahnpasta hinunter, hustete, verzog das Gesicht, weil sie im Hals brannte. »Ganz gut, ich …«

»Wir sind alle so stolz auf dich«, unterbrach ihn Demet. »Boz will im ganzen Keon Park Stadion Schilder mit deinem Namen aufhängen. Du bist Champion über zweihundert Meter Freistil bei den U-16! Wie fühlt man sich da, Mr. Kelly, wie fühlt man sich da?«

»Ganz gut.«

»Ganz gut? Das ist voll geil, du Penner! Hast du am Samstagabend Zeit? Wir wollen dich ausführen, dir in den Arsch kriechen, dir den Schwanz rubbeln, als Glücksbringer.«

»Ihr seid so was von widerlich.«

»Und du bist so was von behindert.«

Die alten Schulhofschimpfwärter brachten ihn zum Kichern, wie ein kleines Kind. Dann gab es ein peinliches Schweigen. Dems Stimme beeilte sich, es auszufüllen.

»Also Samstag bei McDonald's in der Bell Street?«

Samstag bei McDonald's. Taylor hätte sich totgelacht, Scooter hätte sich am Boden gewälzt vor Lachen. Er hörte die beiden förmlich: Du gehst mit denen zu McDonald's? Zum Feiern? Bist du noch zu retten? Er wollte nicht so denken, Demet durfte nie erfahren, dass er überhaupt so denken konnte.

»Ja, okay, alles klar, bei McDonald's.«

»All you can eat, mein Held.«

Er legte auf und warf noch einen Blick auf den Bildschirm. Wieder wurde das Rennen gezeigt. Wieder und wieder. Der Held und der Verlierer.

Am Bahnhof Flinders Street traf er ein paar Jungen aus seiner Schule, aber keiner von ihnen verlor ein Wort über den Tag zuvor, keiner fragte ihn nach den Meisterschaften, keiner erwähnte Perkins' Goldmedaille über fünfzehnhundert Meter, die doch die Schlagzeilen beherrschte. Keiner fragte ihn nach seinem Wettkampf. Er verkroch sich in einer Ecke des Wagens. Er hatte einen schäbigen U-16-Schwimmwettbewerb gewonnen. Na und? Deswegen war er noch lange kein Perkins. Er war himmelweit davon entfernt, ein Perkins zu sein.

Auf dem Weg vom Bahnhof zur Schule blieb er hinter den anderen zurück. Luke löste sich aus einer Gruppe, kam zu ihm und legte ihm den Arm um die Schultern, doch auch er sagte nichts.

Danny sah, dass Taylor, Fraser, Scooter und Wilco die Köpfe zusammensteckten. Taylor sagte etwas, und alle lachten, natürlich lachten sie. Wussten sie denn nicht, dass Taylor nur Dritter geworden war? Ließ es sie kalt, dass er ein Verlierer war?

Danny ging zur Morgenandacht in die Aula. Er hörte die Gebete nicht, hörte nicht, wie Rektor Canning über die großartige Schule hier und die großartige Schule da schwadronierte. Es interessierte niemanden, was für Medaillen er gewann. Man wollte ihn hier nicht haben, er gehörte nicht hierher.

Doch dann rüttelte Luke ihn und zeigte grinsend zum Podium. Und Rektor Canning blickte auf Danny herab, sah ihn gerade an und begann zu applaudieren. Luke schob Danny in den Mittelgang, und dann klatschten alle, Junge wie Alte, selbst die Lehrer, alle applaudierten, und dann setzte der Jubel ein, alle riefen seinen Namen, Danny Kelly, Danny Kelly, Danny Kelly! *Seine* Schule rief *seinen* Namen. Er ging nach vorn, und Cosgrave streckte ihm die Hand hin, und Danny schüttelte dem Aufsichtsschüler die Hand, und dann kam Radcliff dazu, ein anderer Aufsichtsschüler, und Danny schüttelte auch ihm die Hand. Sein Name donnerte durch die Aula, und als er die Stufen hinaufstieg und neben Rektor Canning Platz nahm, sah er Luke unten auf und ab hüpfen und wie ein Irrer brüllen, als sei dies der stolzeste Moment seines Lebens, und alle Jungen, alle Lehrer standen auf, trampelten, jubelten und klatschten. Der Trainer machte ein ernstes Gesicht, aber auch er war aufgestanden, auch er applaudierte. Danny suchte das Meer der Gesichter ab, suchte Taylor, er schüttelte Rektor Canning die Hand, aber die ganze Zeit suchte er Taylor, und als er ihn entdeckte, zwinkerte Taylor ihm zu und reckte die Arme hoch, klatschte mit den Händen über dem Kopf und rief dann so laut, dass er alle übertönte: »Tolle Leistung, Danny Kelly. Bravo, Barrakuda!«

Danny erstarrte. Tsitsas nahm den Ruf auf, ebenso Wilco und ebenso Scooter, alle brüllten sie jetzt, *Barrakuda*! War das eine Beleidigung, war das alles geplant? Danny kam sich hilflos vor, wie er so neben Rektor Canning stand. Er hatte keine Möglichkeit zurückzuschlagen.

»*Psycho*«, erhob sich Taylors Stimme von neuem über den Lärm, »gefährlicher, verrückter *Psycho*! *Barrakuda*!«

Und Tsitsas, Wilco und Fraser schrien mit ihm mit.

Barrakuda! Barrakuda!

Und die anderen Jungen fielen ein.

Barrakuda.

Und selbst der Trainer, selbst Frank Torma rief es.

Barrakuda.

Sie brüllten, klatschten, trampelten, jubelten. Alle jubelten ihm zu.

»Barrakuda!«

»Danny Kelly!«

»Barrakuda!«

»Danny Kelly!«

Da fühlte er es. Da bedeutete es wirklich etwas.

Am Nachmittag, als er sich fürs Training bereitmachte, kam Frank Torma in die Umkleide. Er ging an den anderen vorbei und steuerte direkt auf Danny zu, der ihm grinsend die Hand hinhielt.

Torma warf nur einen Blick darauf. »Wo warst du heute Morgen?«

Danny fiel in sich zusammen, fiel ins Nichts.

Der Trainer ließ ihm keine Zeit zu antworten. »Es gibt keine Entschuldigung dafür, nicht zum Training zu erscheinen. Kapiert?«

»Kapiert«, murmelte Danny und ließ die Hand sinken.

»Und was war gestern mit der Lagenstaffel? Hast du dein Bestes gegeben? Hast du alles gegeben für deine Mannschaft?«

Das Blut schoss Danny ins Gesicht. Er hatte sich so gut gefühlt, er war so high gewesen, und jetzt brannte seine Haut wie Feuer, und sein Blut gefror zu Eis. Der Trainer hatte ihn beschämt.

Und die Scham ließ ihn aufschauen, ließ ihn Frank Torma gerade ins Gesicht schauen. Schlag zurück, zahl es ihm tausendfach heim.

Kein Eis mehr jetzt, nur noch das Feuer, doch es brannte nicht mehr. »Ich fand, ich war gut«, antwortete er und schlüpfte aus seiner Unterhose. »Ja, ich glaub, ich hab alles gegeben. Die anderen waren nicht gut.«

Los, schlag mich.

Schlag mich.

Los.

Da machte der Trainer ein Geräusch, ein rauhes, hässliches Geräusch, das von tief drinnen kam, das Geräusch des Ausspuckens. Es war so voller Abscheu, so widerlich, dass Danny zusammenzuckte. Frank Torma hatte nicht ausgespuckt, aber er hatte sich klar ausgedrückt.

Der Trainer schnauzte alle an, als hasste er sie alle. »Ins Wasser, aber dalli!«

Er verstärkte den Beinschlag. Barrakuda. Atmete ein. Wild. Das Wasser teilte sich für ihn. Barrakuda. Atmete aus. Schnell. Das Wasser wich vor ihm zurück. Er atmete ein. Barrakuda. Das Wasser gehorchte ihm. Gefährlich. Er atmete aus.

Ich habe drei Nachtschichten hintereinander gemacht. Für zwei war ich eingetragen, eine habe ich Barry abgenommen. Ich freue mich auf das lange Wochenende – meine Version eines Wochenendes. Es ist Dienstag. Eben ist die Morgendämmerung von der Sonne überwältigt worden, die flammend im Osten aufgeht, und Hassan, der alte sudanesische Gentleman, der das Half Moon Café im Einkaufszentrum betreibt, spritzt den Weg vor seinem Restaurant mit einem Wasserschlauch ab. Es ist noch nicht geöffnet, aber er hat mir einen Kaffee gemacht, und ich sitze behaglich unter der Markise, trinke in kleinen Schlucken und wärme mir an der Tasse die Hände. Es ist die letzte Woche der Semesterferien, und bis Samstagnachmittag habe ich keine Schicht mehr im Rehabilitationszentrum. Keine Pflichten warten auf mich in den nächsten drei Tagen, ich muss niemanden füttern, ich muss niemanden waschen, ich muss hinter niemandem herräumen. So fühlt sich Freiheit an.

Doch dann wird mir flau im Magen. Es fällt mir wieder ein: Morgen treffe ich mich mit Lukes Freund. Der Kokon der Ruhe ist weg. Meine Freude löst sich augenblicklich in Luft auf.

Es war eine E-Mail, aus heiterem Himmel. *Danny, bist du das?,* stand im Betreff.

Ich musste Zugeständnisse ans einundzwanzigste Jahrhundert machen, als ich auf die Uni ging, als ich mich für den Diplomstudiengang Sozialarbeit einschrieb. Zu Hause habe ich immer noch kein Internet. Ehrlich gesagt habe ich Angst davor, was ich tun würde, wenn ich die Muße hätte, allein in diesem noch unerforschten Gebiet umherzustreifen. Ehrlich und genauer gesagt ist es die Welt der Pornografie, die mich in ihren Bann schlägt und mir Angst macht. Es ist nur so eine Ahnung, aber wenn ich mich in die Welt des Internets locken ließe, in der ich mich nicht zu erkennen geben muss – nicht meine Stimme, nicht meinen Körper, nicht meine Wahrheit –, dann würde ich in dieser Welt untergehen, mich in ihr verlieren. Als ich noch schwamm – wie seltsam das klingt, so absurd, als würde ich sagen, als ich noch eine Frau war, so fern und so fremd ist das heute für mich –, brauchte mir niemand zu sagen, dass ich nicht masturbieren dürfe, dass es meinen Willen zersetzen und zerstören würde. Ich wusste es auch so. Ich glaube, wir alle wussten es, wir Jungs in der Mannschaft, in den Vorläufen, in den Wettkämpfen, in den Pools und den Umkleideräumen damals, wir alle wussten, was passieren würde, wenn wir uns einem Rausch hingaben, der dem Schwimmen gleichkam. Heute weiß ich Bescheid über Pornografie und über das Internet. Ich weiß, wie die Sehnsucht durch sie beschmutzt wird, wie die Erinnerung durch sie vergiftet und die Zeit verfälscht wird. Ich besitze zwar einen gebrauchten Laptop – Regan hat ihn mir geschenkt –, aber ich benutze ihn nur für mein Studium. Ins Internet gehe ich in der Bibliothek oder in dem vietnamesischen Internet-Café in der Main Street. Meine Arbeiten speichere ich auf einem USB-Stick und drucke sie in der Bibliothek aus.

Ich spüre so etwas wie einen leichten Schmerz. Wahrscheinlich weil ich ans Schwimmen gedacht habe, an die Jungs, mit denen ich damals zusammen war. Eine Aufwallung von Scham durchschneidet mich, so real wie ein Messer, das mich von unten bis oben aufschlitzt. Die Jungs. Die Scham. Die Last, der Preis und die Schande dessen, was ich getan habe.

Ich seufze auf, so tief, dass Hassan sich zu mir umdreht. »Alles gut«, sage ich entschuldigend. Er antwortet nicht. Er stellt den Eimer umgedreht neben die Tür und geht hinein, um seinen Besen zu holen. Im Vorbeigehen drückt er mir leicht die Schulter. Auch das wortlos. Seit fast einem Jahr macht er mir Kaffee, und von den gängigsten Höflichkeitsfloskeln abgesehen, weiß ich noch immer nicht, ob er überhaupt Englisch spricht.

Lukes E-Mail hat mich aus der Bahn geworfen. Erst dachte ich, sie ist von Demet, der ich meine E-Mail-Adresse gegeben habe: dk03101980@hotmail.com. – meine Initialen und mein Geburtsdatum. Diese erste Nachricht war knapp – *Danny, bist du das?* –, aber seit meiner ebenfalls knappen Antwort – *Ja, ich bin's* – mailt er mir etwa alle zwei Wochen und erzählt von China, von seiner Arbeit, von der Familie, schickt mir Fotos von Kate und dem Kind. Er hatte Regan über Facebook gefunden, und sie hatte ihm meine E-Mail-Adresse gegeben. *Bist du auf Facebook, Danny?* Nein, schrieb ich zurück, nie gehört. Ich freue mich über seine Mails, ich bin stolz auf meinen Freund, den sensiblen Jungen von einst, der jetzt in China Manager ist, der mir Fotos mailt, die ihn in teuren Anzügen und mit einer modischen Frisur zeigen, der Tennis und Squash spielt und an einem exotisch klingenden Ort wohnt, in Shanghai, einer Stadt, in der mehr Menschen leben als in meinem ganzen riesigen Land. *Du musst unbedingt mal kommen*, schreibt er, und ich antworte: *Werden Ex-Knackis nach China reingelassen?* Eine Woche später lese ich an einem Computer in der Sunshine Library seine Fünf-Wort-Antwort: *Frisier den Visa-Antrag, du Idiot.* Dahinter drei Großbuchstaben: LOL. Ich verstehe nicht und muss meine Kommilitonin Sophie fragen. »Laugh out loud«, antwortet sie schnippisch und mit hochgezogenen Brauen, fassungslos über so viel Ahnungslosigkeit. »Mein Gott, Dan, wann lernst du's endlich?«

Katie hat einen Freund, einen Kommilitonen, mit dem sie in Glasgow studiert hat. Ich weiß von ihm nur, dass er mit Film, Video und Fernsehen zu tun hat, »mit der Produktion«. Er lebt seit über einem Jahr in Sydney und kommt erst jetzt zum ersten Mal nach Melbourne. Luke konnte es nicht lassen. Er fragte, ob ich mich mit diesem Clyde treffen könnte, und witzelte, es sei ja kein Wunder, dass Clyde nach fast zwei Jahren in Australien immer noch nicht in Melbourne gewesen sei. *Am Arsch der Welt*, schrieb er.

Ich trinke meinen Kaffee aus, ich gehe nach Hause, ich lese hundert Seiten von Dostojewskis *Dämonen*, tauche ein in den Roman aus dem neunzehnten Jahrhundert, in all seine Abschweifungen, seine Sackgassen, in eine Welt, in der das Leben der Menschen weit unbarmherziger vom Schicksal bestimmt wird als von ihren Entscheidungen oder Wünschen, in der die Jugend grausam ist in ihrem Einfallsreichtum und ihrer Selbstgerechtigkeit. Mehr und mehr sind dies die Welten, in die ich verschwinden möchte: Ich liebe es, mich in Dickens, Eliot und Hardy zu verlieren, ich verschlinge Dostojewski und Tolstoi, Zola, Balzac, Hugo und Stendhal. Ich wandere durch die Parks und die kleinen Seitenstraßen der Vororte und Wohnviertel ringsum, am Bach oder an den Bahngleisen entlang, und ich bin Jude Fawley, der von Christminister träumt, ich bin Julien Sorel, der so gern in die ruhmvolle Vergangenheit zurückkehren und sich Napoleons Armee anschließen würde. Ich bin Silas Marner, ausgestoßen aus der Welt und der Gemeinde, sein Gold geraubt, seine Träume zerstoben. Das war es, was ich mir für die nächsten drei Tage vorgenommen hatte: lesen und wandern, wandern und lesen. Ich will nicht reden müssen, will mich nicht um Worte, um Gesprächsstoff bemühen müssen. Ich will nicht in dieser Welt sein. Aber Luke zuliebe werde ich es tun. Ich werde mich mit diesem Glasgower treffen, wir werden einen Kaffee zusammen trinken, ich werde höflich sein und seine Fragen über meine Stadt beantworten. Ich muss lächeln bei dem Gedanken. Ich bin der Letzte, der weiß, was man in meiner Stadt machen kann, wohin man hier gehen kann. Luke hätte Demet fragen sollen. Ich werde diesen Fremden mit ihr zusammenbringen. Und dann werde ich meine Ruhe haben. Dann wird meine Einsamkeit mich wieder schützen.

An Clyde fällt mir als Erstes auf, dass sein Akzent mich an meinen Grandpa Bill erinnert. Er spricht in einem ähnlich tiefen, grollenden Singsang. Ich würde gern die Augen schließen, nur dieser Stimme lauschen, die so männlich, so melodisch und volltönend klingt, als hätte jemand die Höhen in seinem Kehlkopf ein klein wenig aufgedreht. Dann fallen mir die spärlichen kadmiumroten Haare an seinen Handgelenken auf, und es beunruhigt mich, wie sehr ich mir wünsche, ihn dort zu berühren. So lange habe ich niemanden mehr berührt.

Ich konnte mich ewig nicht entscheiden, wo wir uns treffen sollten, so als ginge es um ein Date. Unschlüssig wanderte ich in meinem Zimmer auf und ab. Meine erste Idee war die City, denn natürlich würde er die City sehen wollen, er war ja zum ersten Mal hier. Doch dann dachte ich, lieber nicht, ich weiß ja gar nicht, wohin man in der City so geht. Ich überlegte, ob wir uns nicht einfach in meiner Straße treffen sollten, machte mir aber schnell klar, dass auch das keine Option war. Ich wohnte in einem Vorort, man musste mit der Bahn fahren, und wozu sollte er einen Vorort sehen wollen? Schließlich entschied ich mich für ein Café in Brunswick, in dem ich vor ein paar Monaten mit Demet gewesen war, ein kleiner Laden, so lässig-trendig, dass man auf umgedrehten Milchkästen sitzen muss, so schick, dass einem bald der Arsch wehtut. In der Nacht schlief ich unruhig, ich wusste nicht mehr genau, wo das Café war, und so ging ich am Morgen als Erstes in das Internet-Café in meiner Nähe und googelte einen Plan von Brunswick. Ich suchte Demets Haus, folgte dem Weg, den wir gegangen waren, nach links in die Sydney Road, später nach rechts. Ich rechnete mir genau aus, wo es sein musste.

Ich schickte Clyde eine SMS, schrieb ihm, wo wir uns treffen würden.

Zehn Sekunden später kam die Antwort. *Cool*, stand da. *Freu mich drauf. x.* Ich starrte eine Ewigkeit auf das *x* und wunderte mich. Es erschien mir ziemlich dreist. Ich wagte nicht, noch einmal zurückzuschreiben, ich könnte eine SMS nie so beenden. *x.*

Clyde hat seinen Kaffee ausgetrunken. Ein kühler Wind weht durch die Straße, aber er möchte draußen sitzen, weil er da rauchen kann. Ich wünschte, ich hätte einen Schal mitgenommen. Es ist Frühling, doch der Winter hat die Stadt noch nicht ganz freigegeben, und ich zittere vor Kälte. Eine junge Bedienung mit Tattoos an den Armen kommt heraus, räumt unsere leeren Gläser ab und fragt: »Noch einen?« Clyde sieht mich an. »Ja, klar, ich trinke noch einen«, sage ich, und er grinst. Sie geht wieder hinein, und ich murmle: »Tut mir leid wegen des Scheißwetters.«

Als Antwort lacht er, so herzhaft und heiser wie mein Grandpa Bill. Er sieht auf eine imaginäre Armbanduhr und sagt: »Ich glaub's nicht. Eine halbe Stunde sitzen wir schon hier, und erst jetzt kommt das Wetter ins Spiel.« Sein Grinsen wird breiter. »Ich glaub, ich werd dich mögen, Kumpel.«

Kumpel. Das Wort klingt so warm und herzlich aus seinem Mund. Kumpel.

Um uns herum sitzen Studenten, die Mädchen in Secondhandjacken, bis obenhin zugeknöpft, und mit dunklen Siebzigerjahre-Sonnenbrillen, die Jungen in engen schwarzen Jeans und Converse-Sneakers.

»Das ist die reinste Manie hier«, fährt Clyde fort. »Ihr Aussies redet ständig vom Wetter. In Sydney gibt's kein anderes Scheiß-Thema. ›Ob morgen wohl die Sonne scheint? Ob wir schwimmen gehen können?‹ Das macht mich wahnsinnig.«

Ich bin perplex, wie ungeniert er mein Land schlechtmacht. Nach dieser halben Stunde weiß ich bereits, dass er uns narzisstisch findet, dass er uns faul findet und dass er findet, wir reden die ganze Zeit nur vom Wetter. Was willst du dann überhaupt hier?, würde ich ihn am liebsten fragen, aber ich lasse es sein. Ich nicke nur und betrachte die rötlichen Haare an seinen Handgelenken. Unwillkürlich frage ich mich, ob er am ganzen Körper behaart ist. Die Erregung, die mich bei dem Gedanken erfasst, wie er wohl nackt aussehen mag, erschreckt mich.

Wie seine Brust wohl aussieht? Seine Brustwarzen?

Er sagt, wie sehr ihn Sydney langweilt, dass ihm die Stadt zu weiß ist, zu wenig sozial gemischt und dass ihm die rohe Kraft des Ozeans Angst macht. Und dass es in Sydney zu viele Engländer gibt.

Wie seine Beine wohl aussehen? Ob er feste Oberschenkel hat, ob er stramme Waden hat?

Und er sagt, dass ihm Melbourne schon jetzt gefällt, dass es genauso hässlich ist wie Glasgow. Er lächelt einer jungen Türkin mit Kopftuch zu, die ihren Kinderwagen an den umgedrehten Milchkästen vorbeischiebt.

Ob er einen dicken Schwanz hat? Ob er beschnitten ist?

Und er erzählt, wie er im Landesinnern war, in Alice Springs und Uluru, und wie ihn die Apartheid dort – so nennt er es – schockiert hat, wie empörend er es fand, dass Weiße und Aborigines in zwei verschiedenen Welten leben, wie unmittelbar er sehen konnte, was für eine Schande das ist. »Ich konnte den Aborigines gar nicht in die Augen schauen, aber sie wollten sowieso nichts mit mir zu tun haben. Es sind noch nicht mal verschiedene Welten, Danny, es sind verschiedene Universen.«

Wie sein Schweiß wohl schmeckt?

»Mein Vater wäre ganz deiner Meinung«, antworte ich. »Er ist Fernfahrer, er kommt überall herum. Er würde auch von Apartheid sprechen.«

»Und du, denkst du auch so?«

Die direkte Frage irritiert mich. Ich spüre, dass ich rot werde. Es ist eine Frage, auf die es keine befriedigende Antwort gibt. Natürlich denke ich so, und natürlich denke ich nicht so, es gibt keine Antwort, die auf den ganzen weiten Kontinent zutrifft.

Ich werde ihn nie wieder sehen. Scheiß drauf, wenn er keinen Spaß versteht.

»Du kriegst hier keine Du-kommst-aus-dem-Gefängnis-frei-Karte, Kumpel. Du bist Europäer – ihr Arschlöcher habt uns den ganzen Schlamassel doch eingebrockt.«

Sein hemmungsloses Lachen gibt den Ausschlag: Der Typ gefällt mir. Er muss so lachen, dass er schier von seinem Milchkasten fällt.

Ich merke, dass alle uns anstarren. Ich senke den Blick.

Als ich wieder aufschaue, mustert er mich genau, taxiert mich, und dann scheint er einen Entschluss zu fassen.

»Ich wollte eigentlich mit meinem Partner rüberkommen, für ein Jahr. Und dann ist der Arsch mit so einem polnischen Twink auf und davon, den er in einer Disco kennengelernt hat.« Clyde zieht das letzte Wort in die Länge, sodass es hässlich klingt, sodass es ganz abscheulich klingt. »Da hab ich gedacht, scheiß drauf, ich fahr trotzdem, ich fahr ans andere Ende der Welt, mal sehen, ob ich ihn vergessen kann. Und heute Morgen, als ich aufgewacht bin, hat es genieselt, es war eiskalt, und ich hab aus dem Hotelfenster geschaut, und alles war grau und scheußlich, und da hab ich gemerkt, dass ich mich nicht mal mehr an das Gesicht von dem Penner erinnern kann. Da hab ich gedacht, Melbourne wird mir gefallen.«

Wir schweigen einen Moment, dann kommt der Kaffee und er sagt: »Aber erzähl doch von dir.«

Langsam, zögernd beginne ich zu sprechen. Über mein Studium, über meine Arbeit mit Menschen mit erworbener Hirnschädigung. Er will mehr wissen, will wissen, wie Luke früher in der Schule war, und meint, meine Eltern hätten bestimmt hart arbeiten müssen, um sich so eine Schule für mich leisten zu können.

Da weiß ich, dass Luke ihm nichts über mich erzählt hat, über mein Stipendium, über mein Schwimmen, darüber, was ich war und was ich getan habe. Und ich bin froh darüber, aber ich bin auch gekränkt: Vielleicht schämt er sich für mich. Und so spreche ich nicht über meine Vergangenheit, spreche nur über das Jetzt. Ich hoffe, das Jetzt genügt.

Die Bedienung kommt, um die leeren Gläser abzuräumen. Clyde senkt den Blick und sagt: »Ich kann unmöglich noch einen trinken.«

»Schon okay«, sage ich, »ich muss jetzt auch los.«

Clyde sieht mich gerade an, und ich bemerke, wie grau und selbstgewiss seine Augen sind, bemerke die gerade Linie seiner Nase, den tiefen Spalt in seinem Kinn. Er ist unrasiert, und an seiner Unterlippe klebt ein Kaffeerest. Er fragt: »Wollen wir heute Abend was trinken gehen, Danny? Ich wollte mich eigentlich mit Kollegen treffen, aber ich geh lieber mit dir einen trinken.« Er sagt es geradeheraus, ohne zu zögern.

Ich räuspere mich. »Dan«, sage ich. »Ich möchte lieber Dan genannt werden.«

»Ah.« Er scheint betroffen.

Und ich frage mich, ob ich wirklich mit ihm ausgehen will. Ob ich nicht lieber meine Version eines langen Wochenendes genießen will, wandern und lesen, mich verlieren in meinem eigenen Raum, mit niemandem reden, niemanden treffen, niemandem antworten.

»Luke sagt immer ›Danny‹, da dachte ich ...«

»Schon okay«, unterbreche ich ihn. »Mir ist Dan einfach lieber. Danny – das war vor langer Zeit.«

Er sieht mich aus seinen kühlen grauen Augen fragend an, sagt aber nichts.

Und so fahre ich fort: »Ja, klar, ich geh gern einen trinken.«

Wie wäre es, ihn zu küssen?

Labour-Day-Wochenende, März 1997

»Hier war mal die Haustür, aber Dad hat alles komplett umbauen lassen, bevor wir eingezogen sind.«

Danny und Martin standen auf dem Balkon von Martins Zimmer. Um dorthin zu gelangen, musste man durch das riesige Fenster steigen, ein Fenster mit einem weiß gestrichenen Massivholzrahmen und Bleigewichten rechts und links. Gerade mal vier Personen passten auf den Balkon. Martin zeigte auf die Häuser gegenüber, drei- und vierstöckig, mit Vorgärten wie Fußballfelder. Häuser wie das von Martin.

»Die meisten von denen«, sagte Martin, »gehören Juden. Dad wollte nicht in der Jew Street wohnen, deshalb hat er fast noch mal so viel wie für das Haus selbst dafür ausgegeben, die Mauern einzureißen und den Eingang in die Orrong Road zu verlegen.«

Danny nickte, als verstünde er, doch das war nicht der Fall. Was Martin ihm erzählt hatte, fand er irgendwie unanständig. Und was Mr. Taylor getan hatte, fand er ziemlich dumm und irgendwie ziemlich verschwenderisch und borniert. Wieder etwas, das er seinen Eltern nicht erzählen konnte. Sein Vater hätte getobt, seine Mutter hätte den Kopf geschüttelt und gesagt: *Das ist ja schrecklich!* Und Demet konnte er es natürlich auch nicht erzählen. Demet wäre durchgedreht. *Scheiß-Rassisten.* Er hörte es förmlich. Doch das alles blendete er aus. Demet und seine Eltern lebten in einer anderen Welt. Es war, als wären seine beiden Welten Teile verschiedener Puzzles. Anfangs hatte er versucht, sie zusammenzufügen, aber es gelang ihm nicht, es war unmöglich. Und so hielt er sie voneinander getrennt: Einige Teile gehörten auf diese Seite des Flusses, zu den breiten Allen und Boulevards von Toorak und Armadale, andere zu den platten, gleichförmigen Vororten, dorthin, wo er wohnte.

Martin zeigte auf eines der Häuser, das an allen vier Ecken schlossartige Türmchen hatte und im Vorgarten zwei hohe Amberbäume, zwischen denen Danny den Yarra River sehen konnte.

»Da wohnt Jacob Latter«, sagte Martin. »Hübsch hässlich, was?«

Jacob war Jude. In der Schule wurde er manchmal gehänselt: »Hey, Jacob, riecht's hier nicht nach Gas?« Hätte Demet das gehört, sie wäre ausgerastet. Bei Demet drehte sich neuerdings alles um Politik, um eine neue Weltordnung, um Srebrenica und um Arafat, der auf dem Rasen des Weißen Hauses die Palästinenser verriet. Für sie wären die Jungen, die Jacob ärgerten, rassistischer weißer Abschaum gewesen. Aber so war es nicht, das wusste Danny, so etwas kam an einer Jungenschule eben vor, da wurde nun mal gespottet und gehänselt, da wurden nun mal Witze gerissen. In der Dusche zum Beispiel, wenn Scooter sagte, man solle aufpassen, dass man in Tsitsas' Nähe nicht die Seife fallen ließ, oder wenn sie zu Luke sagten: *Wir nehmen sechsmal Flühlingslollen, einmal Schweinefleisch süß-sauel und zweimal Blatleis.* Es war nichts anderes als wenn Demet und Yanni ihn, Danny, Skippy nannten oder einen Proll, wenn die anderen Boz einen Bimbo, Shelley eine Curryfresserin oder Mia eine Lib nannten. Es war nichts anderes, und doch konnte Danny die Teile nicht zusammenfügen, sie passten einfach nicht. Er konnte es nicht erklären.

Es klopfte, und jemand rief leise: »Wo seid ihr?«

»Hier draußen.«

Martins Schwester Emma stieg durchs Fenster, fiel fast über Danny und hielt sich am Balkongeländer fest. Auf dem engen Raum mussten sich ihre Körper berühren. Danny und Martin standen Schulter an Schulter. Danny trat vom Geländer zurück, um Emma nur ja nicht zu nahe zu kommen. Bestimmt roch er nach Chlor. Emma war das umwerfendste Wesen, das er je gesehen hatte. Ihr blondes Haar war kurz geschnitten und ließ ihre blauen Augen riesig erscheinen. Sie trug ein viel zu großes weißes Herrenhemd; die beiden obersten Knöpfe standen offen, sodass der makellose weiße Hals zu sehen war. Danny versuchte, nicht hinzuschauen, nicht dorthin, wo der zweite Knopf den schwellenden Ansatz ihrer Brüste freigab. Emma war zwei Jahre älter als er, sie hatte gerade angefangen zu studieren. Sie war nicht nur das schönste Mädchen, das er je gesehen hatte, sondern auch das gescheiteste. Als er zum ersten Mal bei den Taylors gewesen war, hatte ihm Martin ihr Zimmer gezeigt, und er hatte seinen Augen nicht getraut, als er die vielen Bücher sah – eine ganze Wand mit Bücherregalen, Bücher auf dem Boden, ein Buch aufgeschlagen auf dem Bett, ein Bücherstapel auf dem Schreibtisch, einer auf dem Frisiertisch. Das Zimmer war die reinste Bibliothek, wo man auch hinsah, überall waren Bücher. »Emma liest ununterbrochen«, hatte Martin gesagt, und es hatte geklungen, als sei das etwas, wofür man sich schämen müsse. Demet wäre begeistert gewesen von Emmas Zimmer und Luke ebenso. Emma, Luke und Demet hätten sich kennenlernen müssen, aber die Teile passten einfach nicht zusammen.

Emma lächelte Danny an. »Ich bin so froh, dass du mitkommst, Danny.«

»Ich auch«, stieß Danny hervor, aber es kam nur ein unverständliches Grunzen heraus; er hatte einen Kloß im Hals.

Martin grinste süffisant. »Sie mag dich, Dan.«

Emma verdrehte die Augen und sagte: »Du bist ein solcher Idiot, Marty. Ich versteh nicht, wieso du mit dem rumhängst, Danny.« Seufzend blickte sie zur Silhouette der Dachgiebel und der europäischen Bäume hinüber. »Mein Gott, ich muss endlich weg aus Toorak. Hier zu wohnen, das ist wie lebenslänglich Privatschule.«

Martin sah sie verärgert an. »Was stimmt denn nicht mit Toorak?«

Sie wandte sich lächelnd an Danny. »Na los, sag ihm, was nicht stimmt mit Toorak.«

Danny wusste nicht, was er sagen sollte, was sie von ihm erwartete. War es eine Fangfrage, eine Provokation, ein Appell, ein Witz? Toorak war der teuerste Vorort von Melbourne. Sollte er das sagen? Aber das war ja allgemein bekannt. Je mehr er durcheinander geriet, desto hingerissener war er von Emma. Wie mochte es sein, ihre Haut zu berühren, wie mochten sich ihre Brüste anfühlen? Ich bin ein Astronaut, dachte er, und sie ist ein anderer Planet. Ist das kindisch? Toorak war auch ein anderer Planet. Er antwortete nicht, und Emma kehrte ihm den Rücken zu.

Er war sich nicht sicher, aber irgendwie sagte ihm dieses Abwenden, dass er sie enttäuscht hatte.

»Habt ihr schon gepackt? Mum will bald los.«

»Ja, wir sind fertig.«

Wir sind fertig. Es war schön, dass Martin ihn so selbstverständlich mit einschloss. Martin und Danny, fast immer hieß es jetzt Martin und Danny. In der Schule, beim Schwimmen hieß es jetzt nur noch Kelly und Taylor. Alle wussten es, setzten es voraus. Kelly und Taylor. Kumpels. Sie fuhren ans Meer, in ein Strandhaus der Taylors, um den fünfundsiebzigsten Geburtstag von Emmas und Martins Großmutter zu feiern. Martin hätte auch Wilco oder Fraser einladen können, die seine Familie von klein auf kannte, aber er hatte Danny eingeladen. Wilco hatte sich nicht beschwert, Fraser hatte kein Wort gesagt. Martin und Danny, so war es jetzt.

Emma zog ein Päckchen Zigaretten aus ihrer Jeanstasche. Als sie sich eine in den Mund stecken wollte, schüttelte Martin den Kopf.

»Hier wird nicht geraucht, der Rauch zieht in mein Zimmer.«

»Ich mach das Fenster zu.«

»Ich will aber deinen ekelhaften krebserregenden Rauch nicht einatmen.«

Emma leckte einen Finger an und streckte ihn in die Luft. »Der Wind kommt von Norden«, verkündete sie und schob Danny sanft zur Seite, um ans andere Ende des Balkons zu gelangen. »Ich blas euch den Rauch schon nicht ins Gesicht.« Sie zündete die Zigarette an und Martin schloss mit einem Knall das Fenster.

»Blöde Kuh.«

Emma blies ihm den Rauch direkt ins Gesicht.

Sie hat eine perfekte Haut, dachte Danny, beide haben eine Haut so weiß wie Milch. Bestimmt war Martins Haut rauh, und bestimmt war Emmas Haut zart. Das war wohl der einzige Unterschied.

Im Auto saß er mit Martin auf der Rückbank, und sie alberten herum, tauschten Schulklatsch aus und redeten übers Schwimmen. Vor allem redeten sie übers Schwimmen. Im Oktober würden die australischen Meisterschaften in Brisbane stattfinden und Danny war sich sicher, dass er und Taylor dabei sein würden. Er hätte gern an den PanPacs teilgenommen, den pan-pazifischen Schwimmmeisterschaften, er wollte sich bewähren, doch der Trainer hatte gemeint, dieses Jahr noch nicht, er sei noch nicht so weit. Aber er wollte sich vor der ganzen Welt beweisen, nicht nur vor Australien. Es musste jetzt die Welt sein, es musste die Welt sein, falls er die Chance bekommen sollte, im nächsten Jahr nach Kuala Lumpur zu fahren und zwei Jahre später nach Sydney. »Hab Geduld«, sagte der Trainer. »Du bist noch nicht so weit.« Wie sehr Danny diesen Satz hasste. Für ihn war es keine Frage der Geduld, für ihn ging es allein um den Wettkampf. Nur im Schwimmbecken, in der Beherrschung des Wassers und seines Atems und mit der Fähigkeit, im Körper zu sein und nicht im Kopf, würde er beweisen, dass er so weit war, dass er alle schlagen konnte.

»Hab Geduld«, sagte der Trainer. »Du bist noch nicht so weit.«

Danny würde ihm das Gegenteil beweisen. Er wusste, dass er so weit war. Erst die Australischen Meisterschaften, dann die PanPacs, dann die Commonwealth Games und schließlich die Olympischen Spiele in Sydney. Er war sich sicher, er hatte alles genau geplant. Er würde dort sein.

Martin knuffte ihn in den Oberschenkel.

»Was ist?«, fragte Danny.

Mrs. Taylor sah ihn im Rückspiegel an.

»Mum hat dich was gefragt.«

»Sorry, Mrs. Taylor.« Danny beugte sich vor. Mrs. Taylor hatte eine orangefarbene Haut, wie Danny sie noch nie an einem Menschen gesehen hatte, bis er Martins Mutter, Scooters Mutter und Frasers Mutter kennenlernte. Eine Haut, die im Solarium gegrillt und dann mit Lotionen, Ölen und Cremes eingerieben wurde.

»Warst du schon mal in Portsea, Danny?«

Das Haus lag in Sorrento, auf der falschen Seite von Portsea, das hatte ihm Emma erzählt. Martin hatte gesagt, sie solle den Mund halten. Doch Danny wusste auch von den anderen in der Schule, dass Portsea besser war als Sorrento.

»Nein, Mrs. Taylor, noch nie.«

»Aber in Rosebud warst du schon, oder, Danny?« Martin versuchte, Dannys Kanakenakzent nachzuahmen.

Danny boxte Martin in die Schulter, nicht sehr fest, nur um ihn daran zu erinnern, wer die kräftigeren Muskeln hatte. Martins Versuch war kläglich gescheitert. Danny war schon in Rosebud gewesen, ebenso in Dromana und Rye, wo die ganzen Prolls und Kanaken ihre Ferien verbrachten. Rye hatte er als Kind geliebt, hatte das seichte Wasser geliebt, in dem man so weit hinauswaten konnte, dass man Eltern und Geschwister beinahe aus den Augen verlor und sie nur noch Farbtupfer auf dem gelben Sand waren, schimmernde Reflexe im Sonnendunst. Danny lehnte sich wieder zurück und beachtete Martin nicht mehr. Sein Lächeln fühlte sich an, als könnte es sein ganzes Gesicht zum Bersten bringen, als könnte es wie in einem Sciencefiction-Film explodieren. Nur eines zählte: Er würde besser und schneller und stärker schwimmen als Martin. Besser, schneller, stärker.

Sorrento war der schönste Ort, den Danny je gesehen hatte. Es war ganz anders als Rosebud, ganz anders als Rye. Es war so grün – hohe Bäume mit dicken Ästen beschatteten die Straßen. Es war so blau – auf einer Seite das ruhige Wasser der Bucht und dann, als sie den Höhenzug der Halbinsel erreichten, das aufgewühlte Meer.

Es war so golden – die strahlende Frühherbstsonne, die gebräunten Schultern, Oberkörper, Arme und Beine der Menschen, die vor den Cafés und den Fisch- und Pommesbuden saßen.

Es war das schönste Haus, das Danny je gesehen hatte. Es war ganz mit Efeu bewachsen und stand im Schatten eines riesigen Lampenputzerbaums, der den Vorgarten beherrschte. Zimmer um Zimmer ging von dem endlos scheinenden dunklen Flur ab, und plötzlich standen sie in einem weiten offenen Raum mit einer Glasfront auf die Bucht hinaus und einem schwarzen Ledersofa, das eine ganze Wand einnahm. Eine teuer aussehende Stereoanlage gab es hier, einen Großbildfernseher, Regale voller Spiele, Bücher und Sportgeräte, ein zweites Sofa vor dem Fernseher und vier planlos über den Raum verteilte schwarze Ledersessel. Eine Flügeltür führte in ein Esszimmer, und dahinter lag die Küche. Danny trat ans Fenster und blickte auf den leicht abfallenden Garten hinaus. Es gab dort einen Rasentennisplatz und ein makellos gepflegtes Blumenbeet, und jenseits davon war nur noch Meer, meilenweit nichts als Meer.

Emma trat zu Danny. »Das ist fast ein Landenge«, erklärte sie. »Vom Garten führen Stufen runter zum Brandungsstrand.« Sie drehte sich um und zeigte auf die Wand gegenüber. »Und dahinten ist der Strand der Bucht, fünf bis zehn Gehminuten von hier entfernt.«

»Das ist alles s-so unglaublich«, stotterte Danny. Mehr brachte er nicht heraus.

Mrs. Taylor rief aus der Küche: »Martin, zeig Danny doch, wo er seine Tasche abstellen kann.«

»Okay. Und dann gehen wir schwimmen.«

Mrs. Taylor gab einen ärgerlichen Laut von sich.

»Wir müssen trainieren«, beharrte Martin.

Seine Mutter kam ins Wohnzimmer und kratzte geistesabwesend an einem weißen BH-Träger, der aus dem Ausschnitt ihres hellblauen Leinenkleides hervorschaute. Sie öffnete einen Schrank. »Ich wollte uns gerade Fisch mit Pommes bestellen.«

»Wir müssen trainieren. Danach essen wir.«

Eigentlich konnte es nicht sein, aber es klang, als erteilte Martin seiner Mutter einen Befehl. Doch Mrs. Taylor schien das nicht zu kümmern, sie spielte mit ihrem Silberarmband und inspizierte die Flaschen in den vollgestellten Fächern des Schranks. Als Danny mit Martin hinausging, hörte er sie noch sagen: »Ich hatte deinem Vater gesagt, er soll Bombay Sapphire Gin bestellen – er weiß doch, dass sie nur Bombay Sapphire trinkt.«

»Gehen wir an den Brandungsstrand, oder schwimmen wir in der Bucht?«, fragte Danny, und Martin sah ihn an, als wollte er sagen: Wovon zum Teufel redest du?

»Im Pool natürlich, du Blödmann«, antwortete er.

Danny stand mit seinen Speedos in der Hand nackt im Badezimmer und sah an sich hinab. Sein Brustkorb war kräftig, wie gemeißelt, und sein Bizeps wirkte kolossal, ebenso seine Waden- und Oberschenkelmuskeln. Nur an seiner Größe änderte sich nichts. Martin wurde immer größer, während er selbst überhaupt nicht mehr zu wachsen schien. Nur um das eine betete er: größer zu werden. Nur deshalb meinte der Trainer, er sei noch nicht so weit, nur deshalb musste er Geduld haben, nur deshalb hatte der Trainer sein Schwimmtraining, sein Krafttraining und sogar seinen Schwimmstil umgestellt. »Der Schmetterling, das ist deine Schwimmart, Danny, dein Körper diktiert dir die Schwimmart.« Danny wollte das nicht. Wenn er in seinen Träumen die Medaille überreicht bekam, wenn die Blitzlichter aufflammten und die Nationalhymne ertönte, dann nicht für einen Sieg im Schmetterling. »Das ist deine Schwimmart«, beharrte der Trainer. Hör auf deinen Körper. Das ist deine Schwimmart.« Doch Danny wollte diesen Körper nicht, er wollte diese Schwimmart nicht.

Der Pool der Taylors lag direkt unterhalb des Gartens. Man konnte auf der gekachelten Einfassung sitzen und aufs Meer hinausblicken, man konnte von hier aus den Sonnenuntergang sehen.

»Ich mach Freistil«, sagte Danny zu Martin.

»Wie du willst, Kleiner.«

Das Becken war nur sechs Meter lang, und so war es anfangs kein richtiges Training für Danny, und er dachte anfangs auch nicht an Martin, nahm ihn am anderen Ende des Pools kaum wahr. Ihn interessierte nur das Beherrschen des Wassers, doch dann, als er in seinen Rhythmus fand, brauchte er nicht mehr an Bewegung, Atmung und eine stabile Wasserlage zu denken, so wenig, wie er beim Gehen an Atmung und Balance denken musste. Er dachte an Emmas weißes Hemd über ihrer Brust, er dachte daran, was für ein Glück Martin hatte, dass seine Familie ein solches Strandhaus besaß. Er fühlte sich darin schon wie zu Hause, fühlte sich, als gehörte es ihm und als gehörten er und Martin zusammen. Er machte Pause und lehnte die Stirn an die weißen Kacheln.

Auf der anderen Seite des Pools pflügte Martin durchs Wasser. Wäre Frank Torma am Rand entlanggegangen, hätte er gerufen: »Verschieß dein Pulver nicht zu früh, Taylor! Mach langsam, mach langsam!« Das war Taylors Schwäche: Er schwamm zu früh zu schnell, er verausgabte sich. Danny glitt unter die Wasseroberfläche und verlangsamte seine Züge, bis er mit Martin gleichauf lag, bis sein linker Arm das Wasser synchron mit Martins linkem Arm durchschnitt, bis seine rechte Hand gleichzeitig mit Martins rechter Hand anschlug. Danny wendete, und Martin wendete, und Danny dachte: Ich schlag dich, du Scheißkerl.

Martin registrierte zunächst nicht, dass sie um die Wette schwammen. Danny hielt sein Tempo mit, sie lagen Kopf an Kopf, und plötzlich merkte er es. Danny verstärkte seinen Beinschlag, beschleunigte. Armzug, Beinschlag, Armzug, Atmen. Auch Martin wurde schneller, aber sein Beinschlag wurde zum Dreschen, er zog wie besessen die Arme durch und schoss vorwärts, doch seine Drehung bei der Wende geriet unelegant. Danny behielt sein Tempo bei, das Wasser verwandelte sich von Flüssigkeit in Luft. Er ließ Martin eine halbe Körperlänge Vorsprung, dann eine Länge, Armzug, Beinschlag, Armzug, Atmen, Danny glitt dahin, verstärkte den Beinschlag weiter, spürte den Zug und das Anschwellen seiner Arm- und Brustmuskeln, und dann lag er eine halbe Länge vorn, eine gleichbleibende halbe Länge, Atmen, Armzug, Beinschlag, Atmen, Armzug, Beinschlag, und das Wasser sprach zu ihm, flüsterte ihm Dinge zu, das Wasser war in Aufruhr, ein Wellenspritzen und -schlagen, als Martin aufholte, aber er würde es nicht schaffen, er hatte sich verausgabt, Danny spürte seine Beine wie Teile einer Maschine, Schlag, Schlag, Schlag, Schlag, und er lag eine ganze Länge in Führung, und das Wasser flüsterte ihm zu, dass Martin zurückfiel, dass Martin nicht mehr mit dem Wasser eins war, sondern das Wasser bekämpfte. Danny lag eine Länge vorn, zwei Längen, drei Längen, und Martin war verschwunden, er lag eine ganze Bahn zurück, genauso gut hätte er gar nicht mehr im Wasser sein können, und Danny glitt ans Ende seiner Bahn, er zog sich auf den Rand hoch und atmete durch, lange, tiefe Atemzüge, und er war besser und schneller und stärker, und es spielte keine Rolle, dass es kein Rennen war und dass der Trainer meinte, sein Körper verlange nach einer neuen Schwimmart. Er hatte gewonnen.

Martin schlug neben Danny an. Sein Gesicht war gerötet, hässlich von der Anstrengung, er rang nach Luft, spuckte Wasser, zitterte, sein Körper versuchte sich auf den Ruhezustand einzustellen. Danny aber war nicht erschöpft, er spürte die untergehende Sonne auf den Schultern, sah, wie sie den Himmel mit Feuer und rubinroten Strahlen überzog. Er wandte sich Martin zu. »Sag nie wieder Kleiner zu mir. Sonst mach ich Hackfleisch aus dir.«

Am nächsten Abend war das Haus voller Gäste. Mr. Taylor war aus seinem Büro in der Stadt gekommen. Er nickte Danny zu, sprach ihn aber nicht an. Nicht dass er ihn nicht mochte – so sei es nicht, hatte Martin ihm versichert. Aber sie konnten nicht miteinander reden, als gäbe es in ihrer gemeinsamen Sprache keine Wörter, mit denen sie sich hätten verständigen können. Mr. Taylor nickte

Danny nur zu, und Danny murmelte ein *Aho*, was ein Hallo sein sollte, und ein *Ke* für Danke.

Die Großmutter war noch nicht eingetroffen – sie sollte mit Martins jüngstem Onkel aus Melbourne kommen –, aber alle waren schon in dem riesigen Wohnzimmer versammelt und warteten auf sie: Mr. Taylors älteste Schwester mit ihrem Mann (sie sei ein Wrack, sagte Martin, sie trinke, und er sei ein Loser, der nicht mit Geld umgehen könne) und ihren Kindern, dem einundzwanzigjährigen Vincent (ein Junkie, erklärte Martin) und der neunzehnjährigen Siobhan (Emma und sie seien dicke Freundinnen), eine weitere Schwester mit ihrem Mann (ihrem zweiten, erläuterte Martin achselzuckend, ein kleiner Lehrer, stinklangweilig) und ein weiterer Bruder mit seiner Frau (Goldgräberin nennen wir sie, sagte Martin) und drei Kindern, alle unter zehn, ruhig und wohlerzogen, ganz anders als Regan und Theo. Danny trug sein weißes Schulhemd mit der Schulkrawatte und saß zwischen Martin und Vincent, der ein wenig müffelte, wie Parmesan, und dessen Knie fortwährend zitterte. Mr. Taylor holte ein Gemälde aus dem Arbeitszimmer und hielt es hoch, damit alle es sehen konnten. Es war so klein, dass er es mit einer Hand heben konnte, eine weiße Leinwand mit schwarzen Pinselstrichen, Konturen eines traurigen Frauengesichts. Zart wie ein Spinnennetz, dachte Danny, als könnte ein Regenschauer alles fortspülen.

»Und?«, fragte Mr. Taylor. »Wie finden wir's?«

Mrs. Taylor schüttelte den Kopf. »Mir wäre ein Streeton oder ein McCubbin zum Fünfundsiebzigsten wesentlich lieber«, seufzte sie.

»Mir auch, Schatz, aber Mama nicht.«

Emma und Siobhan meldeten sich zu Wort. Emma als Erste, doch Siobhans Echo folgte fast simultan: »Das ist perfekt! Joy Hester ist perfekt für Nanna.«

»Fünfunddreißigtausend«, flüsterte Martin, und Danny spürte den warmen Atem seines Freundes am Ohr. »Fünfunddreißigtausend haben die für den Scheiß ausgegeben – unfassbar.«

Die Ankunft der alten Dame ließ alle innehalten. Die Erwachsenen wirkten nervös, und selbst die Kinder sagten nichts mehr. »Schaltet bitte das Video ab«, rief Mrs. Taylor, jetzt mit hoher, angespannter Stimme. Alle Erwachsenen, Martin, Emma und ihre Cousins und Cousinen erhoben sich, und Danny dachte: Mein Gott, das ist ja, als käme die Queen. Auch er war aufgestanden, er war ein wenig aufgeregt, und seine Augen huschten von Martin zu Emma und weiter zu ihrem Vater und ihrer Mutter. Mrs. Taylor fasste sich an den Hals, als sei die alte Dame ein Scharfrichter, als könnte die alte Dame ihren Kopf fordern. Eine der Mütter zischte den Kindern zu: »Los, steht gerade!«, und dann erschien die alte Dame in der Tür, gefolgt von Martins jüngstem Onkel. Sein Haar war ebenso blond und gepflegt wie Martins und Mrs. Taylors, aber er trug keine Krawatte. Er trug ein T-Shirt mit dem Bild einer Frau, die Danny eigentlich hätte kennen müssen, einer Sängerin aus der Punk-Ära jedenfalls. Demet liebte sie, das wusste er. Die alte Dame sah nicht entfernt so aus wie die Queen. Ihr jüngster Sohn stützte ihren Arm, doch sie bewegte sich sicher und aufrecht. Sie war klein und zierlich, wie ein Vögelchen, fand Danny. Das pflaumenblaue Kleid reichte ihr bis knapp über die Knie. Ihre Haut spannte sich über den Kieferknochen, und ihre Wangenknochen lagen fast in einer Ebene mit den Augen. Sie trug riesige Perlenohrringe und funkelnde Armbänder, eines silbern, eines rot und eines golden. Mr. Taylor trat zu ihr, und sie bot ihm die Wangen zum Kuss, erst die eine, dann die andere, doch außer mit Lippen und Wangen berührten sie sich nicht.

»Alles Gute zum Geburtstag, Mutter.«

»Danke, Simon.«

Ihre glänzenden Augen waren im Gegensatz zum zarten Reispapier ihrer Haut dunkel und lebendig, und nichts entging ihnen. Einen Moment lang ruhten sie aufmerksam auf Danny, dann schweiften sie durch den Raum. »Sagt Nanna guten Tag«, drängte eine der Mütter, und die Kinder reihten sich auf, um sich ihre Wangenküsse abzuholen, eins, zwei, eins, zwei, dann waren Emma und Martin dran, Vincent und Siobhan, und schließlich küsste sie nacheinander die Erwachsenen, nur die Ehefrauen ihrer Söhne und den Mann ihrer Tochter küsste sie nicht, wie Danny registrierte. Bei ihnen küsste sie nur die Luft und trat dann zurück.

Danny stand allein in einer Ecke.

»Wer ist das?«, wollte die alte Dame wissen.

»Das ist mein Freund, Nanna, Danny Kelly«, sagte Martin. »Wir gehen zusammen zur Schule.«

Sie winkte Danny heran. Er gab ihr die Hand, doch sie ließ sie sofort wieder los.

»Bist du der Sohn von Eric Kelly?«

»Nein, ich bin der Sohn von Neal Kelly.«

»Von wem?« Es klang leicht gereizt.

»Wir kennen sie nicht, Mutter«, schaltete sich Mrs. Taylor ein, ihre Stimme noch immer ein angespanntes Piepsen, als sei ihr Kehlkopf langgezogen worden. Danny musste daran denken, wie sie im Biologieunterricht einmal einen Frosch seziert und an den zarten Schläuchen seines Darms gezogen hatten, bis sie rissen. »Danny ist Martins Schwimmfreund.«

Mr. Taylors jüngerer Bruder grinste Danny an. »Ich bin Alex«, sagte er und streckte ihm hinter seiner Mutter hervor die Hand entgegen. Danny ergriff sie, und diesmal war es ein fester Händedruck, den Danny von sich aus löste. Alex zwinkerte ihm zu und legte dann seiner Mutter den Arm um die Schultern. »Ich brauch jetzt unbedingt einen Drink«, erklärte er. »Was möchtest du, Mutter?«

»Einen Gin Tonic natürlich, Alex.« Sie wandte sich Mrs. Taylor zu, ohne sie anzusehen. »Ihr habt doch hoffentlich Bombay Sapphire da.«

Wären Mrs. Taylors Züge in diesem Moment erstarrt, dachte Danny, dann wäre ihr Gesicht für immer auf dem Höhepunkt eines heftigen Schmerzes stehen geblieben, als könnte es wie ein Teller auf dem harten Boden in tausend Stücke zerspringen. Ihre so offensichtliche Qual machte ihn befangen, und er wandte den Blick ab.

Die alte Dame ließ sich mit einer katzenhaften Bewegung auf der Armlehne eines Sessels nieder, beugte sich anmutig nach unten und stellte ihre Tasche auf den Boden, dann schlug sie mit einer weiteren abrupten Drehung die Beine übereinander. Danny konnte kaum glauben, wie makellos straff und glatt diese Beine in den hellen Seidenstrümpfen waren; keine hervortretenden Venen, nichts Schlaffes, keine Narben – es waren alles andere als alte Beine. Er musste die Augen abwenden, denn die alte Dame hatte seinen Blick bemerkt.

»Also, trinken wir jetzt was oder nicht?«

»Es tut mir schrecklich leid, Mutter, aber wir haben im Moment nur Beefeater im Haus.« Mrs. Taylors Stimme war ein Kreischen.

»Ach, Samantha, und das an meinem Geburtstag!« Ihre Schwiegermutter schnippte mit den Fingern, und im Nu war Alex an ihrer Seite.

»Was kann ich für dich tun, Mutter?«

»Würde es dir was ausmachen, rasch in die Stadt zu fahren, Schatz?«

»Natürlich nicht.«

»Wenn du mir keinen Gin machen kannst, Samantha, könntest du mir dann vielleicht einen Schluck Whisky geben, aber bitte etwas Genießbareres als euren üblichen Johnnie Walker Black. Einen Single Malt, aber einen *guten*, es muss ein *guter* sein.«

Als Danny aufsah, war der Blick der alten Dame direkt auf ihn gerichtet.

Erst bei der Suppe begriff er. Sie hatte das Geld. Deswegen hatten alle Angst vor ihr, deswegen benahmen sich die Kinder mustergültig, deswegen zankten sich die Geschwister nicht. Kurz bevor man sich zu Tisch setzte – schimmerndes weißes Geschirr, blitzendes Silberbesteck, alles vorbereitet und gedeckt von zwei Frauen, die auf der Halbinsel lebten, die zwischen Küche und Esszimmer hin und her eilten, die kochten, anrichteten, bedienten, die Danny nicht in die Augen sahen, die niemandem in die Augen sahen –, traf Virginia ein, eine Studienfreundin von Emma. Sie wurde neben Danny gesetzt, nahm aber keine Notiz von ihm. Sie stellte der Großmutter eine Frage nach der anderen. »Emma sagt, Sie waren nach dem Zweiten Weltkrieg Anwältin in London. Das muss ja wirklich faszinierend gewesen sein.« Die alte Dame tupfte sich einen Suppenrest vom Mundwinkel, trank einen Schluck Wein und sah ihre Enkelin böse an. Emma schaute auf ihre Serviette hinab. Schnell entfaltete Danny seine eigene Serviette, die er neben dem Teller hatte liegen lassen, und breitete sie über seinen Schoß.

»London war vom Krieg völlig zerstört. Ich denke, nur begriffsstutzige Menschen würden das als *faszinierend* bezeichnen.«

Fas-zi-nie-rend. Sie sprach es mit einem Hauchen aus, das die zweite Silbe liebkoste. *Fas-zi-nie-rend.* Dannys Lippen bewegten sich lautlos, spielten mit dem Wort.

Virginia trug eine Brille, hinter deren dicken Gläsern ihre Augen stark hervortraten. Sie erinnerten ihn an die Schnapperfische, die auf dem Preston Market auf Eisblöcken zum Verkauf angeboten wurden. Bei deren Anblick hatte er immer das Gefühl, ihre letzte Erkenntnis unmittelbar vor ihrem Tod sei die einer verzweifelten Sinnlosigkeit gewesen. Auch Virginia wirkte verzweifelt, wie alle am Tisch, sogar Martin, der kaum etwas sagte außer »ja«, »bitte«, »danke« und »wie schön«. Danny aber war nicht verzweifelt, und er verstand nicht, weshalb Virginia so erpicht darauf war zu gefallen. Sie würde doch von der alten Dame ohnehin kein Geld bekommen.

»Es muss natürlich sehr verstörend gewesen sein, die Folgen der Bombenangriffe und die Armut zu sehen. Wie mutig von Ihnen, ins Ausland zu gehen und dort zu arbeiten, obwohl alles drunter und drüber ging.«

»Ich finde immer, Karottensuppe braucht eine kräftigere Brühe.« Die alte Dame legte ihren Löffel weg, führte wie im Gebet die Hände zusammen und stützte ihr Kinn darauf. Sie fasste über den Tisch hinweg Virginia ins Auge. »Mit Mut hatte das nichts zu tun.

Ich war frisch verheiratet, mein Mann hatte gerade eine leitende Stellung in der Londoner Niederlassung der Firma angetreten, und unsere Wohnung in der Nähe dieser grässlichen High Street in Kensington war eine umgebaute Stallung. Wahrhaft mutig ist jemand, der seine Heimat verlässt, obwohl er gar nichts hat, kein Geld, keine Kontakte. Das ist wahrer Mut, und das ist wahre Freiheit.«

Virginia strampelte sich noch nach einer Antwort ab, da richtete die alte Dame das Wort an Danny. »Wie deine Mutter. Martin sagt, sie stammt aus Griechenland. Aus welcher Gegend in Griechenland, mein Lieber?«

Virginia sank auf ihrem Stuhl zusammen.

»Aus Kreta.«

Plötzlich sahen alle am Tisch zu ihm her. Es war ihm schrecklich unangenehm, am liebsten hätte er sich auf das türkis gefleckte Meer hinausgeflüchtet, das zwischen den Bäumen gerade noch zu sehen war. Er löffelte sich Suppe in den Mund, und sein Schlürfen stieß ihn selbst ab. Die Serviette fiel zwischen seinen Beinen zu Boden. Ein Ozean brodelte in seinen Ohren.

Die alte Dame lachte leise. »Du isst wie ein Kreter.«

Am liebsten hätte er ihr die Suppe ins Gesicht geschüttet, in ihr abgrundhässliches geliftetes Gesicht.

Es strengte Danny an, bei Tisch zu sitzen, aufpassen zu müssen, wo die anderen ihre Gläser abstellten und welches Besteck sie für welchen Gang benutzten, darauf zu achten, dass er nicht die Ellenbogen aufstützte. Er beobachtete sie und folgte ihrem Beispiel, aber er war mit jedem Gang als Erster fertig – es schien eine Ewigkeit zu dauern, bis die anderen den letzten Bissen zum Mund führten –, und er musste sich ständig ermahnen, stillzusitzen und nicht herumzuzappeln.

Bis zum Dessert waren alle Erwachsenen betrunken und hatten die Großmutter vergessen. Selbst Martin hatte zum Essen ein Glas Rotwein getrunken. Danny war entsetzt. Martins Wangen waren gerötet – schon allein sein Anblick zeigte, dass Alkohol Gift war. Danny lehnte ab. Als er gerade den Rest seines Blaubeerkuchens verzehrte, tippte ihm Emma von hinten auf die Schulter. Sie beugte sich über ihn und flüsterte: »Meine Großmutter möchte, dass du dich zu ihr setzt. Lass uns Plätze tauschen.« Er schluckte hinunter und stand auf. Er erinnerte sich, wie Alex hinter seiner Mutter stehen geblieben war, bis sie Platz genommen hatte. Also rückte er den Stuhl für Emma zurecht, dann nahm er sein Wasserglas und setzte sich zu der alten Frau.

»Warst du schon mal auf Kreta?«

Danny schüttelte den Kopf. Er tat so, als hörte er sich alles, was sie sagte, aufmerksam an, doch unter dem Tisch hob und senkte er langsam die Fersen und schob die Füße in den Schuhen nach vorn, um zu spüren, wie sich die Muskeln dehnten und wieder zusammenzogen.

Die Hände der alten Frau waren knotig und weiß; hier war die Haut nicht gestrafft, hier starb die Haut. »Dann musst du unbedingt mal hin, mein Lieber. Chania ist eine wunderbare Stadt, ganz herrlich. Ist deine Mutter auf der Insel geboren?«

»Nein, hier.« Er merkte, wie er das »h« des letzten Wortes verschluckte, und sagte es sich noch einmal vor. *H-i-e-r.*

»Ah, dann sind also schon deine Großeltern eingewandert. Weißt du, aus welcher Gegend auf Kreta sie stammen?«

Wieder schüttelte er den Kopf. Er wollte ihr nicht sagen, dass er seinen *Papou* und seine *Giagia* nicht mehr gesehen hatte, seit er sechs war, dass seine Mutter genug hatte von den ständigen Streitereien. »Das hört einfach nie auf, das hört nie auf«, hatte sie geheult und ihm damit Angst gemacht. Sein Vater hatte sie in den Arm genommen und gesagt: »Du musst sie nie wieder besuchen, wirklich, das musst du nicht. Wir reisen ab.« Danny erinnerte sich an die riesigen Hände seines Großvaters und daran, dass er ihn nie umarmt hatte. Und er erinnerte sich an die Hände seiner Großmutter, immer mit einem Überzug aus Mehl, wie Geisterhandschuhe. Doch von alldem sagte er Taylors Großmutter nichts. Sie hatte kein Anrecht darauf, nichts davon war zu verkaufen. Du bist besser, sagte er sich, du bist schneller, du bist stärker. Du bist besser als alle hier.

Ihr Blick irritierte ihn, und er musste sich zwingen, ihn zu erwidern. Doch sobald er ihr in die Augen sah, schaute sie weg.

»An der Südküste der Insel habe ich einmal ein ganz wunderbares orthodoxes Osterfest erlebt.« Sie klopfte leicht auf den Tisch und spitzte die Lippen, und einen Moment lang war sie erschreckend hässlich. »Wo war das noch mal?« Wieder klopfte sie ärgerlich auf den Tisch. »Altwerden ist scheiße.«

Er wusste nicht, woran es lag, vielleicht an ihrer selbstbewussten Aussprache jeder einzelnen Silbe, aber es klang nicht wie ein Schimpfwort, es klang nicht vulgär.

»Na, egal. Wir haben die ganze Karwoche dort verbracht, und ich erinnere mich noch an die schwarz gekleideten Witwen, die die Karfreitagsprozession über die Kliffs angeführt haben. Das Singen, der Weihrauch, die Kerzen, die alle in der Hand hatten, und unter uns das tosende Meer – es war märchenhaft.«

Die alte Dame hatte feuchte Augen bekommen. Es schien Danny, als könnte er, wenn er direkt in das Schwarz ihrer Pupillen blickte, dort das Spiegelbild ihrer Erinnerungen sehen, eine Kerzenflamme und die schäumende Brandung.

»Begeht deine Mutter das orthodoxe Osterfest?«

»Mum ist Zeugin Jehovas.« Es rutschte ihm so heraus, weil er nicht zugeben wollte, dass er nicht wusste, was das orthodoxe Osterfest war, worin es sich vom normalen Osterfest unterschied.

Die alte Dame fuhr wie angefasst zurück.

»Das heißt, sie war's«, fuhr er verzweifelt fort. »Jetzt ist sie's nicht mehr. Sie kann den Verein nicht mehr ausstehen.«

Sie nickte beifällig. »Das kann ich gut verstehen.«

Es war nicht auszuhalten, wie dämlich erleichtert er sich fühlte.

»Und dein Vater?«

Was? Er bremste sich gerade noch rechtzeitig. »Bitte?«

»War er auch bei den Zeugen Jehovas?«

»Nein, um Gottes willen, er hasst sie. Dad glaubt nicht an Gott.«

Sie verzog keine Miene. »Er ist kein Grieche?«

»Meine Grandma ist Irin, und mein Grandpa ist Schotte. Aber Dad ist ein Aussie, er ist hier geboren.«

»Dann waren offenbar deine beiden Großeltern die Mutigen.«

Warum lässt sie mich nicht in Ruhe? Zehen auf den Boden, Fersen hoch, Fersen runter.

»Und wo wohnst du, Danny?«

»In Reservoir.«

Er fragte sich, ob sie überhaupt je davon gehört hatte, ob sie wusste, wo das lag. Sie schnaubte und senkte den Blick. Einen Moment lang war er empört, weil er dachte, sie wollte jetzt nichts mehr mit ihm zu tun haben. Letztes Jahr bei Scooters Geburtstagsparty in einem kleinen Park in Hawthorn hatte sich Scooters Nachbarin, ein Inderin mit einer Halskette aus glatten weißen Perlen auf der kaffeebraunen Haut, neben ihn gesetzt und ihn gefragt: »Und Sie sind ein Freund von Paul?«, und als er bejahte, hatte sie ein wenig gelangweilt den Blick abgewandt und gefragt: »Dann wohnen Sie auch in Hawthorn«, es war nicht einmal eine Frage gewesen, und er hatte geantwortet: »Nein, ich wohne in Reservoir«, und sie war einfach aufgestanden und mit ihrem Teller und ihrem Glas weggegangen, als hätte er gefurzt, als hätte er geflucht, als würde er nach dem schmutzigen-schäbigen-verkommenen Reservoir riechen. Doch er hatte sich geirrt. Die alte Dame neigte sich so weit zu ihm, dass er schon glaubte, ihre Stirn würde seine berühren, und flüsterte: »Hör dir das an!«

Er senkte die Fersen auf den Boden.

Es war ein einziges Geschnatter und Geplapper, es waren Klatsch und Tratsch und dummes Gerede. Die Damen waren Elstern, die Herren waren Krähen, die Kinder waren Farmtiere, und selbst Emma, selbst Martin, selbst sie blökten wie Schafe. Es war sinnloser Lärm, es ging um Schulen, Rechtsanwälte, Aktien, Colleges und Shoppen. Es war Mist, es war Scheiße. Nur Alex, der Danny gegenübersaß, produzierte sich nicht, er quasselte und schwafelte nicht mit, er zwinkerte seiner Mutter zu und hob sein fast leeres Weinglas. Sie lachte leise und hob ihres. Niemand bemerkte es, alle waren in ihr Geschwätz vertieft. Alex stand mit einer Geste des Rauchens auf, legte seine Serviette weg und ging hinaus.

Die alte Dame seufzte. »Er fühlt sich denkbar unwohl hier«, erklärte sie, ohne die Stimme zu senken. Es hörte ohnehin niemand zu. »Seine Geschwister haben sich gegenseitig überboten in der Wahl des dämlichsten Ehepartners.« Sie legte den Kopf schräg und versuchte, etwas von den Gesprächen zu verstehen. Danny hörte nur Shopping bla Märkte bla Immobilienpreise bla Schulgebühren bla Shopping bla und noch mal Shopping bla Zinssätze bla und noch mehr Shopping bla. »Komm näher!«, flüsterte sie.

Danny senkte den Kopf.

»Ich habe die Arbeiterklasse immer bewundert, mein Lieber. Ihr wisst wenigstens genau, wer ihr seid, wie wir. Aber sieh dir die an.« Sie machte eine wegwerfende Geste, die alle anderen am Tisch einschloss. »Die wissen gar nicht, wie unsäglich sie sind. Mein Gott, wie ich die Mittelschicht hasse.«

Danny blickte in ihre strahlenden Augen, und er wusste, dass er soeben ein Geschenk empfangen hatte, aber er wusste nicht, wie er es auspacken sollte, war unschlüssig, wie er es entgegennehmen sollte. Die alte Dame zuckte die Schultern, erhob sich und warf ihre Serviette auf den Tisch.

Mrs. Taylor schaute auf. »Mutter!«, platzte sie heraus, »du sollst doch nicht rauchen.«

»Du kannst mich mal, Samantha«, antwortete die alte Dame und folgte ihrem Sohn in den Garten.

Das Lächeln auf Mrs. Taylors Gesicht weitete sich cartoonartig aus, als zöge ein unsichtbarer Puppenspieler ihre Wangen so weit wie nur möglich auseinander. Da saß sie mit ihrem immer breiteren Lächeln, einem Schmarotzer, der ihr ganzes Gesicht in Besitz nahm. Sie war ein Ballon kurz vor dem Platzen, und wenn das passierte, dann würden Danny, der Tisch, der ganze Raum mit ihrer

Haut bedeckt sein und da wären nicht Fleisch und Blut, sondern Plastik, Gummi und Glas.

Als eine der stummen Küchendamen abzuräumen begann und die andere Kaffee und Tee machte, versammelten sich alle im Wohnzimmer, um der alten Dame ihr Geburtstagsgeschenk zu überreichen. Alle waren Danny gegenüber reizend und zuvorkommend: Mrs. Taylor lächelte ihm zu und fragte, ob er etwas brauche, Martins Cousins und Cousinen bezogen ihn in ihre Gespräche ein, doch er stellte fest, dass er nichts beizutragen hatte. Sie redeten nicht über Musik, über Filme oder Politik, sie redeten nicht über die Welt. Die Unterhaltung drehte sich ausschließlich um Erinnerungen an Ferien in Lorne, Ferien in Sorrento, um gemeinsame Bekannte. Erst als die Sprache auf den Sport kam, traute sich Danny, etwas zu sagen und von der Vorbereitung auf die Meisterschaften im Oktober zu berichten. Doch als er gerade in Fahrt kam, sah er, wie Vincent ein Gähnen unterdrückte. Vincent entschuldigte sich, drängte Danny fortzufahren, aber Danny wusste, dass er ihn langweilte. Die Unterhaltung ging weiter, und Danny fand keine Lücke mehr, um seinen Bericht zu beenden. Ich werde gewinnen, ich werde den Schmetterling lernen, und ich werde gewinnen. An diesem Gedanken hielt er sich fest. Er würde alle schlagen, und wenn er die Leute hier das nächste Mal sah, würden sie *ihm* Fragen stellen, würden alles über *ihn* wissen wollen.

Obwohl sie reizend und zuvorkommend waren, hatte er die ganze Zeit das Gefühl, es gebe hier Geheimnisse, die ihm verborgen blieben, er würde von irgendetwas ausgeschlossen. Es war, als fassten sie einen Punkt hinter ihm ins Auge, selbst wenn sie ihn direkt ansahen. Er war sich sicher, dass bereits alles über ihn die Runde gemacht hatte, alle wussten, dass er am anderen Ende der Stadt wohnte, nördlich des Flusses, dass er an Taylors Schule Stipendiat war, dass sein Vater LKW-Fahrer war und seine Mutter Friseurin. Irgendwie wussten sie es alle.

Außer Virginia. Auch sie fühlte sich unbehaglich, ihre Augen huschten von einem Gesicht zum anderen, sie versuchte, der Unterhaltung zu folgen, doch sobald sie sich einklinken wollte, wurde das Thema gewechselt und sie kam jedes Mal einen Tick zu spät. Ich studiere Jura, begann sie, und er hörte heraus, wie stolz sie darauf war, doch da war schon nicht mehr von der Universität die Rede. Sie sank auf dem Sofa zusammen, und Danny hätte ihr gern gesagt, sie solle sich nicht so abmühen. Warum kam sie nicht von selbst darauf? »Studierst du mit Emma zusammen?«, fragte er sie, um höflich zu sein. Nein, antwortete sie scharf, nannte aber nicht den Namen ihrer Uni, sodass er annahm, sie schäme sich dafür. Wie er aus eigener Erfahrung wusste, bedeutete das vermutlich, dass sie nicht einmal eine staatliche Schule besucht hatte, dass sie dies nicht mit dem Stolz der Unterschicht von sich behaupten konnte. Sie musste auf irgendeiner Privatklitsche gewesen sein, einer katholischen wahrscheinlich, in irgendeinem Vorort. Er hätte ihr gern gesagt, dass solcher Übereifer hier nicht gern gesehen wurde. Er versuchte Konversation zu machen, um ihr die Befangenheit zu nehmen, und sie nickte und lächelte, aber er merkte, dass sie gar nicht zuhörte. Er musste an die Worte der alten Dame denken. Virginia wusste nicht, wer sie war, und deshalb würde sie immer einen Schritt zurück sein. Sie war nicht wie er. Sie wusste nicht, wie man siegte.

Als die alte Dame das glänzende Papier aufriss und das Gemälde zum Vorschein kam, schlug Virginia die Hände vor den Mund und ihre Augen leuchteten, als sei sie die Beschenkte. »Das ist wunderschön!«, hauchte sie. Die alte Dame blickte auf und zeigte das Bild herum. Plötzlich sah Danny etwas Wildes in den dicken schwarzen Linien, und er fand, das Frauengesicht wirke nicht nur traurig, sondern ebenso wütend.

»Was meinst du, Danny?« Die alte Dame beachtete Virginia nicht. »Gefällt's dir?« Er kramte in den Wörtern, sortierte sie aus, ließ sie in seine Kehle zurückfallen. »Es ist w-wunderschön«, stotterte er schließlich.

»Ach, Danny«, schimpfte sie und betrachtete das Bild noch einmal. »Es ist so trivial.«

»Es hat was Wildes«, meldete sich Emma zu Wort, und ihre Großmutter nickte zustimmend.

»Das ist richtig.« Sie lächelte Emma an. »Das ist völlig richtig.«

So kommt es mir auch vor, wollte Danny sagen. Das Wort hatte *ich* im Kopf. Er wollte es der Alten heimzahlen. Hätte er sie verfluchen können, er hätte es getan. Er hasste sie mehr als irgendjemanden sonst in diesem Raum. Zu Virginia, die verkrampft und gedemütigt neben ihm saß, hätte er gern gesagt: Schlag zurück, zahl's ihr heim, sag der alten Schlampe, sie kann sich ihr neues Bild in ihren schrumpligen alten Arsch schieben. Er fing Martins Blick auf und sagte unhörbar: »Ich geh ins Bett.« Martin sah ihn nur kalt an.

Die alte Dame bot Danny die Wange zum Kuss. Er gab acht, dass seine Lippen sie nicht berührten.

Er lag in einem Schlafsack auf einer Matratze am Boden neben Martins Bett und ließ eine Serie scharfer, stinkender Fürze fahren. Er fühlte sich schlapp, aufgebläht von dem schweren Essen. Er wünschte, er wäre zu Hause, er könnte den Wecker auf halb fünf stellen und seine Mum würde ihn zum Schwimmbad fahren. Der Pool der Taylors genügte ihm nicht, er fühlte sich eingesperrt darin. Morgen würde er gleich als Erstes im Meer schwimmen gehen. Er brauchte die Weite, die ungebändigte Kraft, die Erlösung, in wild schäumendem Wasser zu sein.

Als Martin hereinkam, wachte er auf. Er hörte, wie sein Freund im Dunkeln die Schuhe von den Füßen schleuderte, seine Gürtelschnalle öffnete, Hemd und Hose abwarf und seine Socken auszog. Er nahm den Pfefferminzgeruch der Zahnpasta wahr, die Martin benutzt hatte. Das Laken und die Decke wurden weggezogen, und Martin legte sich ins Bett. Da war Dannys eigener Atem, und da war Martins Atem. Da waren das Klopfen, Zittern und Poltern eines fremden Hauses, das Rauschen einer Toilettenspülung, das Gluckern in den Rohren. Da war sein Atem, und da war Martins

Atem und dahinter noch etwas anderes, ein Vibrieren, ein stetiges Pulsieren, das sich langsam steigerte. Martins Atem ging nicht mehr synchron mit seinem, er wurde flach, beschleunigte sich, und Danny wusste, dass Martin sich oben im Bett einen runterholte, er hörte das Tock-tock-tock des Kopfteils, das gegen die Wand schlug, hörte die anschwellenden Atemzüge. Danny wusste so gut, wie Martin es hätte wissen müssen, dass sie das nicht durften, dass sie damit Energie vergeudeten. Niemand hatte es ihm gesagt, aber er wusste es, weil er jedes Mal, wenn er dem Drang nachgab, gespürt hatte, wie seine Kraft und Power aus seinem Körper abgeflossen waren, weil er nach dem fieberhaften Gerubbel die Schwäche gespürt hatte, die erschlafften Muskeln, den ausgelaugten, ermatteten Körper. Doch manchmal konnte er nicht widerstehen, manchmal verlor er den Kampf mit sich selbst, und auch jetzt war es so, dieses eine Mal würde okay sein. Martin tat es, sie beide taten es. Das heisere, flache Atmen, das Quietschen der Matratze – es musste sein. Dannys Hand wanderte zu seinem Steifen hinunter, er spreizte die Beine, und in dem engen Hohlraum des Schlafsacks rieb er an seinem Schwanz auf und ab, auf und ab, und da war das Tock-tock-tock des Kopfteils, das gegen die Wand schlug, da war das Rascheln seiner Faust am Stoff des Schlafsacks, da war sein Atem, der immer schneller ging, da war Martins Atem, der immer schneller ging, und dann hörte Danny ein ersticktes Stöhnen, und als Antwort unterdrückte er seine eigene Erlösung, als das warme Sperma über seine Faust lief. Ein Wimmern, dann trat Stille ein. Er hörte Martins Atem und regulierte seinen eigenen Atem wieder synchron mit dem seines Freundes.

Mit einem leisen Aufprall landete etwas neben ihm auf dem Teppich. Es war ein zusammengeknüllter feuchter Waschlappen. Danny zog den Reißverschluss seines Schlafsacks auf und wischte sich die Hände, die Leistengegend, den Schwanz ab. Der nasse Lappen roch jetzt nach ihm und Martin. Er knüllte ihn wieder zusammen und kickte ihn ans Fußende des Schlafsacks. Danke, flüsterte er, aber es kam keine Antwort.

Am Morgen wachte er als Erster auf. Er schlüpfte aus dem Schlafsack, der penetrant nach Schweiß stank. Er hörte ein Gähnen und sah, dass auch Martin wach war.

Verlegen zeigte Danny auf den Waschlappen. »Den sollten wir waschen.«

Martin schien einen Moment lang verwirrt, dann lachte er. »Quatsch, die Putzfrauen kommen, sobald wir weg sind, die machen das schon. Das ist ihr Job.«

Sie zogen ihre Speedos an und gingen zum Pool. Danny sagte Martin nicht, wie gern er im Meer schwimmen würde, wie sehr es ihn danach verlangte, im wilden, aufgewühlten Ozean zu sein.

Er wollte nicht, dass Mrs. Taylor ihn zu Hause absetzte. Immer wieder sagte sie, das sei doch kein Problem, sie mache das gern, doch er bestand darauf, in der Flinders Street auszusteigen. Sie wirkte entspannter auf der Rückfahrt in die Stadt, als sei sie froh, das Wochenende hinter sich zu haben. Nein, wiederholte sie, ich bring dich nach Hause.

»Mum!«, fuhr Martin sie an. »Er will in der City abgesetzt werden. Dann mach das auch.«

Danny stieg aus, schwang sich seine Sporttasche über die Schulter und sagte zu Mrs. Taylor: »Vielen, vielen Dank, es war sehr schön.«

Die Frau lächelte freundlich. »Danny«, sagte sie, »du bist immer willkommen bei uns. Komm, wann immer du möchtest. Denk dran: Du bist immer willkommen.«

Das Erste, was seine Mutter sagte, als er zur Tür hereinkam, war: »Pst, dein Vater schläft.«

Sein Vater hatte eine lange Tour hinter sich, von Melbourne nach Perth, von dort nach Sydney und wieder zurück nach Melbourne. Danny konnte sich gar nicht vorstellen, wie man so lange Zeit in der Fahrerkabine eingesperrt sein konnte, in der es nach Takeaway-Essen, nach abgestandenem Schweiß und nach dem Zigarettenrauch roch, der an allen Flächen haftete, in den Kunststoff des Armaturenbretts eindrang, in den Kleidern hing, in den Raucher selbst eindrang. Sein Vater ließ seine Mutter nicht in seine Nähe, wenn er von einer dieser mörderischen Touren zurückkam, nicht, bevor er sich all den Schmutz und Schweiß abgewaschen hatte, den ranzigen Geruch nach Schlaflosigkeit, fettem Essen und zu vielen Zigaretten. Erst wenn er geduscht, sein stinkendes TWU-Shirt in die Wäsche geworfen, sich die kupferroten Bartstoppeln abrasiert und die Koteletten gekürzt hatte, wenn er sein Cowboyhemd mit den silbernen Kragenecken, saubere schwarze Jeans und seine Wildlederschuhe mit den silbernen Spitzen angezogen hatte – erst dann packte er seine Frau, packte seine Tochter, packte seinen jüngeren Sohn, umarmte und küsste sie, rieb kräftig sein frisch rasiertes, parfümiertes Kinn in Theos Haar, bis Theo aufkreischte, so wie er es früher mit Danny gemacht hatte. Er hielt Theo und Regan und seine Frau umklammert und sang: »No, I'm never gonna let you go, never ever ever ever.« Doch mit Danny tat er das nicht mehr, mit Danny tat er das schon seit Jahren nicht mehr.

Danny senkte die Stimme. »Ich muss trainieren, Mum. Ich muss ins Schwimmbad.«

»Kannst du nicht warten, bis Dad auf ist? Ich hab ihm gesagt, ich wecke ihn um vier.«

Doch Danny konnte nicht warten. Er musste in ein richtiges Schwimmbecken, er musste ernsthaft trainieren. Das lange Wochenende zog sich endlos hin. Er wünschte, der Montag wäre schon vorbei, es wäre schon Dienstag und er könnte wieder zum Training. Der Trainer würde sie anschreien, was für Weicheier sie seien, und Martin und Danny würden die anderen niedermachen. Er musste ins Wasser.

»Kannst du mich fahren, Mum?«

»Nein, Danny. Ich möchte hier sein, wenn Dad aufsteht.«

Sie begriff nicht, wie wichtig es war.

»Okay. Sag Dad, wir sehen uns, wenn ich zurück bin.«

Er sprang ins Wasser, und alle Teile fügten sich zusammen: Alles war flüssig, und im Flüssigsein wurde alles klar. Das Wasser teilte sich für ihn, das Wasser liebkoste ihn, das Wasser gehorchte ihm. Er schwamm, er schnellte durchs Wasser. Seine Muskeln bewegten sich so, wie sie sollten, er spürte die Kraft in seinen Gliedern, seine Lunge atmete, und sein Herz schlug in einer Harmonie, die rein und effizient war. Nur im Wasser waren er und die Welt ohne Makel. Er schwamm weit jenseits des Denkens, nahm nur noch den Körper wahr, und als er auftauchte, um Atem zu holen, hatte er auch seinen Körper hinter sich gelassen, und obwohl die Anstrengung blieb, obwohl auch weiterhin jeder Muskel so arbeitete, wie er sollte, fragte er sich, ob der Körper seines Vaters auf den langen Fahrten durch Wüsten und Ebenen, durch Morgen und Abend, nicht genauso übergangslos Schmerz und Zeit vergaß, ob das Fahren dann nicht, wie das Schwimmen, die einzige Konstante war – das Herz schlug, und die Lunge atmete – und ob nicht auch die endlosen Wüstenstraßen flüssig waren, nicht heiß und staubig, sondern klar und rein wie Wasser. Danny rechnete aus, welche Strecke sein Vater zurückgelegt hatte. Von Melbourne nach Sydney waren es neunhundert Kilometer, das wusste er. Am Rand seines Blickfeldes zeichnete er eine Landkarte, ein Palimpsest auf die breiten schwarzen Linien und die blauen Kacheln, eine Skizze auf den Boden des Beckens. Er raste über den Kontinent, ein Atlantis unter dem Torpedo seines Körpers. Von Melbourne nach Perth musste es mindestens dreimal so weit sein, von Perth nach Sydney viermal so weit. Melbourne–Perth, er atmete, dreitausend, Perth–Sydney, er atmete, viertausend, Sydney–Melbourne, er atmete, tausend. Achttausend Kilometer in einer knappen Woche. Dannys Körper kehrte zu ihm zurück, er spürte etwas im rechten Deltamuskel – nicht direkt einen Schmerz, eher eine Spannung, ein Zwicken, eine hauchdünne Bruchlinie, weil er rechts stärker belastete. Das war der Grund, warum der Trainer gemeint hatte, er müsse die Schwimmart wechseln. Er hatte Danny die Finger in die Brust gestoßen, so heftig, dass Danny rückwärts taumelte. »Du bist zu faul, du arbeitest nicht genug, da, *da*.« Der Trainer hatte ihn in seinen linken Trizeps geboxt. »*Da* musst du arbeiten.« Danny ließ seinen linken Arm das Wasser spalten, und das Wasser teilte sich und schuf einen Raum für ihn, suchte seinen Körper nach weiteren Kerben und Falten ab. Er atmete aus, ein letzter Beinschlag, dann lag seine Hand an den kühlen Kacheln. Sein Körper zitterte vor Schmerz, brannte, verzehrte heißhungrig sich selbst, verbrauchte die Flüssigkeiten, die in den vergangenen zwei Stunden freigesetzt worden waren. Seine Stirn berührte die Wand, und er ließ sich vom Wasser tragen, zitternd, bebend. Achttausend Kilometer. Das hätte er schwimmen können, dachte er. Er hätte ewig weiterschwimmen können.

Als er nach Hause kam, saß sein Vater mit Theo auf dem Schoß in der Küche, und Theo las ihm vor. Beide sahen auf, als Danny eintrat, und sein Vater fragte: »Wie war's?«

»Wie war was?«

»Die Strandparty.«

»Das war keine Strandparty.«

Es war, als könnten sich Danny und sein Vater nicht im selben Raum aufhalten. Sie mussten einander vorsichtig umkreisen, nichts, was sie sagten oder taten, war unverfänglich.

»Wo ist Mum?« Danny öffnete den Kühlschrank, nahm einen Schokokeks heraus und schlang ihn hinunter. Theo warf begehrliche Blicke auf ihn und den Keks.

»Sie ist schnell zum Supermarkt.«

»Ist was zu essen da?«

»Im Ofen.«

Danny hielt Theo einen Keks vor die Nase und zog ihn weg, als der kleine Junge danach greifen wollte. Theo fing an zu schreien und wollte vom Schoß seines Vaters herunter, da riss sein Vater Danny den Keks aus der Hand und gab ihn Theo, der seinem Bruder die Zunge herausstreckte und sich den Keks in den Mund schob.

Im Ofen stand eine mit Folie abgedeckte halbe Lasagne. Danny gab sie komplett auf einen Teller und machte sich gierig darüber her, Löffel um Löffel, schmeckte süße Paprika, Zwiebeln und Tomaten, herbes Olivenöl, bissfeste Nudelplatten, leicht bittere Zucchini. Er aß alles auf und hörte Theo zu, der fortfuhr, *Der glückliche Prinz* vorzulesen.

Früher hatte auch Danny das Märchen seinem Vater vorgelesen, ebenso Regan. Oscar Wilde sei einer der großen Helden Irlands, hatte sein Vater gesagt, als er ihm das Buch schenkte, und ihm sei großes Unrecht geschehen. Danny hatte erst vor kurzem erfahren, was genau ihm angetan worden war und warum es ihm angetan worden war, im Englischunterricht, begleitet vom immer wieder ausbrechenden Gewieher der Jungen. Danny ertrug es kaum, die Geschichte vom glücklichen Prinzen noch einmal zu hören – die Einsamkeit, die daraus sprach, überwältigte ihn. Theo würde bestimmt weinen, so wie er selbst geweint hatte, als die Schwalbe tot zu Füßen der Statue niederfiel, als die Statue eingeschmolzen wurde. Er ballte die Fäuste, er schluckte. Er war froh, als draußen ein Auto vorfuhr und die Schritte seiner Mutter auf dem Weg zu hören waren.

»Okay, kleiner Mann«, sagte sein Vater zu Theo. »Wir lesen morgen weiter.«

Seine Mutter trat ein, gefolgt von Regan, die ein Bounty mampfte. Sie wird allmählich dick, dachte Danny missbilligend. Er verstand nicht, warum seine Eltern nichts zu ihr sagten. Seine Mutter gab seinem Vater ein Bier aus dem Sechserpack, den sie mitgebracht hatte, und machte auch für sich selbst eines auf. Danny schaute zu, wie sie tranken. Sein Vater hatte starke, sehnige Arme, die von hellen Haaren bedeckt waren. Seine Schläfen zeigten das erste Grau. Sein Bauch wurde von Jahr zu Jahr dicker – das ständige Sitzen am Steuer, das billige, fette Essen. Auch seine Mutter wurde grau, doch sie kaschierte es, färbte sich die Haare bald blond, bald rot, meistens pechschwarz. Ihre Arme wurden allmählich schlaff; sie wabbelten, wenn sie das Bier zum Mund führte. Danny saß ganz still, war in seinem Körper, fühlte dessen klare Linien, dessen Straffheit. Kein Speck, kein Bauch, nichts Hässliches.

»Hast du die ganze Lasagne aufgegessen?«

»Da war ja nur noch die Hälfte übrig.«

Seine Mutter ging zu ihm und nahm ihn in den Arm. »Ich frag mich, wo das alles bleibt.«

Er nahm den sauren Geruch des Biers wahr, spürte das weiche Fleisch ihrer Unterarme an seiner straffen Haut. *Das ist Energie*, wollte er sagen, *das wandle ich alles in Energie um*. Es war ganz einfach, es war Grundlagenphysik. Er löste sich aus der Umarmung und stand auf. »Du fährst mich doch morgen früh zum Training, ja?« Sein Blick war auf seine Mutter gerichtet, aber er spürte, wie sein Vater sich versteifte, spürte eine plötzliche Spannung in der Luft.

»Deine Mutter schläft morgen aus!«

Es gab keinen möglichen Raum, keinen gefahrlosen Raum zwischen ihm und seinem Vater.

»Na gut.« Er öffnete den Kühlschrank und nahm noch einen Schokokeks heraus. »Dann fahr ich eben mit öffentlichen Verkehrsmitteln.« Er knallte die Tür zu. »Wieder mal.«

Regans Augen huschten vom Kühlschrank zu dem Keks, dann zu Danny, weiter zu ihrem Vater und wieder zurück zu Danny. Sie blieben an ihrer Mutter hängen, die ihr beruhigend zulächelte.

»Morgen ist Feiertag, Junge«, sagte sein Vater. »Da kannst du am Nachmittag schwimmen.«

Nein, er würde am Morgen schwimmen *und* er würde am Nachmittag schwimmen. Nach den zwei Tagen im Strandhaus der Taylors war er mit dem Training im Rückstand.

»Schon gut, Neal. Ich bring ihn morgen früh.«

»Nein!« Sein Vater brüllte fast. Theo ließ sein Buch fallen, und Regan lief zu Danny hin. »Wir beide schlafen morgen aus. Wenn er unbedingt schwimmen will, dann soll er verdammt noch mal zu Fuß gehen.«

Ich *will* nicht schwimmen, du blöder Arsch, ich *muss* schwimmen. Danny wünschte, sein Vater wäre gar nicht da, er hätte sich irgendwo in der Wüste verirrt. Regan legte die Hand in seine Armbeuge. Die zärtliche kleine Geste beruhigte ihn. Warum konnten sie nicht zu viert sein, er, Theo, Mum und Regan? Und niemand sonst.

»Okay, okay, Mum kann ausschlafen. Ich hab doch gesagt, ich fahr mit öffentlichen Verkehrsmitteln.« Doch er konnte nicht widerstehen, er musste seinem Vater noch eins auswischen. Leise, kaum hörbar, sagte er: »Zufrieden, Mr. Hinterwäldler-Fernfahrer?«

Doch sein Vater hörte es, sein Vater explodierte. »Du wirst überhaupt nicht schwimmen gehen, verdammt noch mal! Du bleibst hier, und wir verbringen den Tag zusammen, als Familie.«

Danny sah ihn nicht an. »Ich hab Wichtigeres zu tun.«

»Mit deinen Portsea-Kumpels auf ihren Strandpartys rumhängen zum Beispiel? Das wär dir lieber, was?«

So wie sein Vater es sagte, klang es schmutzig, ließ es die Taylors schmutzig erscheinen, ließ es Danny vor sich selbst schmutzig erscheinen. Konnte er nicht viertausend Kilometer weit weg sein, konnte er nicht in alle Ewigkeit weg sein?

Danny vermochte ihn nicht anzusehen, er wäre erstickt an seiner Verachtung. Schlag zurück, zahl's ihm heim.

»Das war keine Scheiß-Strandparty. Das war der Geburtstag von Martins Großmutter.«

Ich weiß, wer ich bin, hatte sie gesagt, ich bin nicht wie die Mittelschicht. Danny hätte gern eine Möglichkeit gefunden, das seinem Vater klarzumachen, die Dinge zurechtzurücken. Sein Vater hasste die Mittelschicht genauso, immer wieder sagte er, wie hoffnungslos kleinbürgerlich das Land sei. Doch Danny konnte den Raum, in dem er mit der alten Dame gewesen war, und den Raum, in dem er jetzt mit seinem Vater war, nicht miteinander verbinden.

Sein Vater knallte die Bierflasche auf den Tisch. »Kennst du die feine Dame überhaupt, deren Geburtstag du gestern gefeiert hast? Weißt du irgendwas von ihr? Weißt du, wer sie wirklich ist?«

Sie ist wie du. Ich kann's nicht erklären, aber sie ist genau wie du.

»Hast du eine Ahnung, wer ihr Mann war?«

Danny witterte die Gefahr, er wusste, dass er sich besser auf sein Zimmer verzog. Doch der höhnische Blick seines Vaters, der verachtungsvolle Ton seines Vaters – sie hielten ihn fest, ließen ihn nicht los.

»Ihr Mann war einer der größten Geldgeber der Liberal Party, einer ihrer Hauptförderer. Sein Geld stand jedes Mal dahinter, wenn sie versucht haben, einen Streik zu brechen, sein Geld hat unseren Scheiß-Premier dahin gebracht, wo er jetzt ist. Sein Geld hat dazu beigetragen, dass Howard jetzt Premierminister ist!« Seine Stimme zitterte. »Und mit so einem Pack verkehrst du. Glaubst du im Ernst, von so einer Scheiße bleibt nichts an dir kleben?«

Danny sah sich in der Küche um, betrachtete die vollgestopften Schränke, die Tassen mit den abgebrochenen Henkeln, die verbrannten Töpfe, den Herd, an dem eine Platte nicht funktionierte. Es war alles zu eng hier, zu schäbig. Nirgends war genug Platz.

»Ja, und? Du bist doch bloß neidisch.«

Sie hatten recht, die Jungen in der Schule hatten recht, wenn sie sagten, die Leute seien neidisch auf die Reichen. Sein Alter war neidisch auf ihn, er ertrug es nicht, dass sein Sohn es womöglich weiter bringen würde als er. Deswegen bestrafte er ihn. Danny musste es seinem Vater heimzahlen. Ihn demütigen.

»Ach, was weißt du schon! Du fährst deine beschissenen Touren von Melbourne nach Perth und wieder zurück, mehr tust du doch nicht. Irgendwann wird man Affen darauf dressieren, deinen Job zu machen.« Er sagte es kühl, verbannte jede Emotion aus seinem Tonfall. Das hatte er von Martin gelernt. Man blieb auf Sparflamme, man ließ nichts von sich selbst in seine Worte einfließen.

Sein Vater senkte den Kopf. Regan fing lautlos an zu weinen. Es kümmerte Danny nicht, es durfte ihn nicht kümmern. Das empörte Schimpfen seiner Mutter – auf Griechisch, damit er nichts verstand – hämmerte in seinen Ohren, als er auf sein Zimmer ging.

»Schlag zurück«, flüsterte er sich selbst zu, »zahl's ihnen heim, dann sind sie diejenigen, denen es wehtut.«

In seinem Zimmer setzte er sich aufs Fußende des Bettes und begann zu zittern. Er glaubte, ohnmächtig zu werden, wenn er aufstand. Die Scham zerriss ihn, zerbrach ihn. Niemand konnte ihn je wieder zusammenfügen, diese Möglichkeit gab es nicht.

Er holte tief Luft, spannte den Trizeps beider Arme an, bewegte dann die Arme und verlagerte die Energie auf den Bizeps. Er straffte seinen Rücken – die Kraft dort, die Power. Er atmete aus und hob den Blick, betrachtete die Poster, Fotos und Medaillen über seinem Schreibtisch. Da war das Bild, das er aus der *Herald Sun* herausgerissen hatte, ein Farbfoto: Perkins, der auf dem Siegertreppchen seine Medaille küsste, Kowalski, der Zweite, der starr geradeaus schaute. Danny würde Erster sein, alles würde gut sein, wenn er Erster wurde, alles würde wieder in Ordnung kommen. Er dachte daran, dass er der Beste war, und erst jetzt beruhigte er sich wieder.

Schon beim Start weiß er, dass er das Rennen gewinnen wird. Es ist ein Open-Air-Pool, die Sonne strahlt, der Himmel ist blau, und im ganzen Stadion wird sein Name gebrüllt. Er staunt, wie mühelos alles geht, er spürt seine Arme nicht, er spürt seine Beine nicht, er ist nicht nur *im* Wasser, er *ist* Wasser. Der Armzug, der Beinschlag – es ist genau wie Atmen. So muss sich ein Vogel fühlen. Er fliegt über den Himmel. Er ist im Wasser, aber er spürt die Sonne, berührt die Sonne. Das Rennen endet, und er ist Erster, natürlich ist er Erster. Er hat gewonnen. Er kneift die Augen zusammen. Er kann die anderen Schwimmer kaum sehen, sie versuchen, zu ihm zu gelangen, aber sie sind meilenweit weg, Punkte in weiter Ferne. Er hebt den Arm, winkt der Menge zu. Er schaut hoch, und die Hand seines Vaters streckt sich ihm entgegen, um ihn aus dem Wasser zu ziehen. Danny schüttelt den Kopf. Nein, er will hierbleiben, er will am Himmel und im Wasser bleiben. Er sieht sich um. Der Jubel ist verstummt, die Bänke sind leer. Erschrocken dreht er sich um, und jetzt stehen Martin und Emma links und rechts von seinem Vater. Und sie lachen, lachen und zeigen auf ihn. Danny schaut an sich hinab. Seine Speedos sind weg, er ist nackt, und er pinkelt. Der Strahl ist scheußlich acrylblau, er trübt das Wasser ringsum. »Du hast dich bepinkelt«, lacht Martin. Emma schiebt die Hand in den Mund, von hemmungslosem Gelächter geschüttelt. Und sein Vater, auch sein Vater kann gar nicht wieder aufhören zu lachen.

Danny fuhr hoch. Es war dunkel im Zimmer. Er hatte ins Bett gemacht, er war sich sicher, dass er in sein verdammtes Bett gemacht hatte. Seine Hände tasteten das Laken ab, dann fiel er erleichtert zurück. Es war trocken. Er schaute auf den Wecker: kurz vor zwei.

Er musste dringend pinkeln.

Im Flur brannte Licht, im Wohnzimmer brannte Licht. In der Küche war noch jemand. Er versuchte den Blasendruck zu ignorieren und blieb in der Tür stehen. Plattenhüllen lagen über den Boden verstreut, eine LP drehte sich noch auf dem Plattenteller, die Nadel fuhr klickend und knisternd immer wieder durch dieselbe tonlose Rille.

In der Küche hörte er seine Mutter sagen: »Ich finde, die Schule tut ihm gut.«

Und er hörte seinen Vater schnauben. »Ach ja? Weil er jetzt seinen Vater verachtet?«

»Er verachtet dich doch nicht, Neal. Er ist nur wütend. Wir beide verstehen das nicht, dass er sich so auf eine Sache konzentrieren muss, dass er so vom Schwimmen besessen ist.«

»Mein Gott, Steph, das Schwimmen ist doch nicht das Problem. Sein Egoismus ist das Problem, verdammt noch mal.«

Danny hörte, wie ein Zündholz angerissen wurde, und verzog das Gesicht, als ihm der beißende Geruch der Zigarette in die Nase stieg. Er hielt den Atem an, damit sie ihn nicht hörten, damit er die Antwort seiner Mutter hörte. Verteidige mich, bitte, verteidige mich.

»Dass er auf diese Schule geht, das ist eine Riesenchance für ihn, eine ganze besondere Chance, und die werde ich ihm nicht verbauen.«

Ein weiteres Zündholz wurde angerissen, eine weitere Zigarette wurde angezündet.

»Er hat die Chance, groß rauszukommen, Neal. Wie kannst du deinem Sohn so eine Chance verweigern?«

»Ich finde es einfach nicht fair. Regan kommt nächstes Jahr auf die Highschool. Was ist mit ihren Chancen? Sollen wir unsere Kinder denn alle auf solche Schulen schicken? Das könnten wir uns gar nicht leisten, Baby. Ist das fair Regan gegenüber, ist das fair Theo gegenüber?«

»Danny wird sich um seine Geschwister kümmern. Da bin ich mir ganz sicher. Er ist ein guter Junge, Neal, er wird sich uns gegenüber anständig verhalten, das weißt du doch, ja?«

Danny atmete langsam aus. Seine Mutter verstand ihn.

Er wartete auf die Antwort seines Vaters.

»Das ist eine ziemlich schwere Last auf den Schultern eines jungen Mannes.«

»Er wird Olympiasieger. Verstehst du nicht? Er wird einer von den ganz Großen.«

Wieder hielt Danny den Atem an. Seine volle Blase hatte er vergessen. Er wartete darauf, dass sein Vater zustimmte.

»Steph, Baby, was ist, wenn er nicht gut genug ist? Was ist, wenn er's nicht schafft?«

Danny schlich durch den Flur zurück. Er konnte jetzt nicht auf die Toilette, sie würden ihn hören. Auf keinen Fall durften sie wissen, dass er sie belauscht hatte. Leise schloss er seine Tür.

Er öffnete vorsichtig das Fenster. Es machte ein lautes Geräusch, und er zuckte zusammen. Reglos stand er da und wartete. Aber sie hatten nichts gehört. Ein kalter Windstoß fuhr ihm ins Gesicht. Er stellte sich auf die Zehenspitzen, zog die Hose herunter und ließ es laufen. Der Urinstrahl plätscherte gegen den Zaun an der Seite, doch es kümmerte Danny nicht mehr, ob seine Eltern es hörten. Wo der Strahl auftraf, stieg Dampf von den Zaunlatten auf. Endlich war seine Blase leer, und er schloss das Fenster behutsam wieder.

Es dauerte ewig, bis er einschlief. Er musste seine Muskeln durchzählen, sie anspannen und wieder entspannen, so wie er es gelernt hatte. Er hätte den Kopf freibekommen müssen, aber er konnte nur an eines denken: Er würde seinem Vater beweisen, dass er sich irrte. Ich werde der Schnellste, der Stärkste und der Beste sein, und ich werde mich um Mum, Regan und Theo kümmern, ich werde mich sogar um dich kümmern. Sogar um dich, du Arschloch.

Er atmete aus.

Er entspannte seine Schultern, ließ sich ins Bett sinken, stellte sich vor, er würde ins Wasser sinken. Er war jetzt entschlossen, er würde die verschiedenen Welten zusammenbringen. Er atmete ein. Es war richtig, dass sie ihn auf diese Schule schickten. Es war richtig, dass sie ihn unterstützten. Er war ihnen etwas schuldig, das wusste er. Er war ihnen etwas schuldig, aber alles würde in Ordnung kommen. Er atmete aus.

Er schlief ein, er wusste, dass alles in Ordnung kommen würde.

»ICH WILL NICHT, ICH WILL NICHT, ICH WILL NICHT.«

Er sagt es immer wieder, so oft, dass ich die Worte selbst gar nicht mehr registriere. Ich höre auf ihren Rhythmus, so als läge die eigentliche Bedeutung in den Hebungen und Senkungen, in der Form der Wörter. Vielleicht ist es ja tatsächlich so. Vor vier Jahren ist Kevin, nachdem er sich ein Gramm Speed gespritzt und fünfzehn Bier getrunken hatte, in Richmond durch die Burnley Street gerast, hat beim Abbiegen in die Highett Street die Kontrolle über seinen Wagen verloren und ist gegen eine der dicken Ulmen gekracht, die dort dicht an dicht stehen. Er war nicht angeschnallt und wurde durch die Windschutzscheibe gegen eine Gartenmauer geschleudert. Der rote Backstein zertrümmerte ihm den Schädel. Er war damals neunzehn, und er hatte noch Glück gehabt. Als ich mit ihm zu arbeiten anfing, sagte man mir, er wäre, wenn er angeschnallt gewesen wäre, mit dem Wagen zusammengefaltet worden, die Realität wäre vom Drei- ins Zwei- und dann ins Eindimensionale gestürzt und zur Animation geworden. Für den Anwohner, gegen dessen Mauer Kevin geprallt war, muss es sich angehört haben wie eine Explosion.

»Ich will nicht, ich will nicht, ich will nicht.« Kevin steht in seiner Duschecke, und ich versuche ihm die Hose herunterzuziehen. Er hat sich vollgeschissen und -gepisst. »Ich will nicht, ich will nicht, ich will nicht.« Als ich die Hose unter seinen Füßen wegzuziehen versuche, schmiere ich mir Scheiße und Pisse an Hände, Arme und Hemd. »Ich will nicht, ich will nicht, ich will nicht.«

»Verdammt noch mal, Kevin, halt still!«

Das Schimpfen hilft. Ich tue es ungern, aber Anschreien ist das Einzige, was ihn beruhigt. Ich weiß, warum er dieses Geschrei macht, warum er wieder und wieder *Ich will nicht, ich will nicht, ich will nicht* ruft, ich kenne mich damit aus. Man wiederholt endlos dieselben Worte, um die Scham auszublenden, um die Stimme auszublenden, die einen anbrüllt: *Was für eine Schweinerei, was für ein Monster, was für eine Niete, was für eine Schande, was für ein Idiot, was für ein Versager, was für ein Arschloch, was für ein Freak, was für ein Loser, Loser, Loser, Loser*, die Stimme, die nicht verstummt, nicht verstummen kann, die spottet und höhnt und schmäht und den Kopf ausfüllt, bis man die Worte einfach immer und immer wieder ausspricht, damit sie zu Musik werden, damit sie zu Rhythmus werden, damit sie einfach nur tönen, *bam, bam, bam, bam, bam, bam, bam, bam*. Die Scham, die sich wie ein Kolben in mich hineinrammt. Die Erinnerung, die mich häutet, mir die Haut abzieht. Noch immer zerschneidet mich die Scham in zwei, in vier, in acht Teile. Ich werde aufgehängt, gevierteilt und gepfählt ihretwegen.

»Okay, Kevin, ist ja gut, Kumpel, ist ja gut – ich versteh schon.«

»Ich will nicht, ich will nicht, ich will nicht.« Doch seine Stimme wird leiser. Ich hebe behutsam seine Füße über die Hose, und er ist nackt, umschließt seinen Schwanz und seine Eier mit den Händen.

»Alles gut, Kevin, alles gut, Kumpel. Ich will nur die Dusche aufdrehen.«

Es rattert und kreischt in den Rohren, dann ergießt sich das Wasser über ihn. Ich nehme den gelben Schwamm und schrubbe ihn ab. Es macht mir nichts aus, wenn ich nass werde, es wäscht meine Scham fort, wenn ich ihm Unterleib und Schenkel abreibe. Die Scheiße löst sich auf, während sie um den Abfluss kreiselt, wird flüssig, verschwindet, dann bleibt das Wasser klar.

Kevin ist jetzt still, Kevin ist jetzt ruhig. Sein Schwanz ist halb erigiert, und er zeigt darauf.

»Okay, Kumpel, das genügt.« Ich drehe die Dusche ab und beginne ihn abzutrocknen. Sein Schwanz ist jetzt ganz hart, und er kann gar nicht wieder aufhören zu kichern.

»Tut mir l-leid, Dan.«

Er schnieft, sein Gesicht verzerrt sich. »Du … du … du stinkst, Da-Da-Dan.«

Ich trockne ihn vollends ab, dann zeige ich auf die Tür. »Raus mit dir. Ich muss auch duschen.«

Ich mache schnell, schrubbe mich ab. Das Rauschen des heißen Wassers entspannt mich schließlich.

Meine Hose geht noch, aber mein Hemd ist beschmutzt. Ich hole eine Plastiktüte und stopfe das stinkende, durchweichte Bündel hinein. Nach einigem Herumkramen unter dem Waschbecken finde ich ein Desinfektionsmittel und mache das Bad sauber.

Als ich ins Wohnzimmer komme, sitzt Kevin am Sofaende, trinkt ein Bier und sieht sich einen Porno an. »Ist es okay für dich, wenn ich mir eins von deinen T-Shirts leihe?«

Er antwortet nicht, verfolgt wie gebannt die athletischen Verrenkungen der beiden Frauen und des Mannes auf dem Bildschirm.

Ich hole mir ein einfarbig blaues T-Shirt aus seinem Zimmer und ziehe es an. Eigentlich müsste ich mit ihm schimpfen: *Du sollst nicht trinken, das weißt du doch. Wenn du zu viel trinkst, verlierst du die Kontrolle über Blase und Darm, das weißt du doch, Kevin.* Er weiß es auch. Er weiß auch, dass er drei Jahre gebraucht hat, um wieder laufen zu lernen, drei Jahre, um langsam wieder Wörter zusammensetzen, drei Jahre, um wieder ohne Krankenschwestern, Ärzte und Kliniken leben zu können. Er weiß es. Ich sage nichts.

In Kevins Wohnung gibt es keine Waschmaschine, deshalb lege ich die Tüte mit den schmutzigen Sachen in den Kofferraum, um sie später in den Waschsalon zu bringen. Ich schließe ab, und wir tapern langsam in Richtung Sunshine-Schwimmbad. Manchmal muss ich ihm sagen, was er tun muss: den Fuß vor – ich zeige darauf – und jetzt den anderen Fuß vor – ich zeige auch darauf.

Den Fuß, den Fuß, wir schlurfen, wir kriechen, ich fasse seinen Arm, wenn er stolpert, wir langen am Schwimmbad an.

Er will sich nicht von mir ausziehen lassen, er will es selbst machen. Der Chlorgeruch, der Seifenduft, die feuchte Luft, die halbnackten Körper. *Ich will nicht, ich will nicht, ich will nicht.*

In der Halle nimmt ein fröhlicher junger Mann in Speedos Kevin an der Hand und will ihn mitziehen, will ihn zum Nichtschwimmerbereich führen.

»Nein. I-i-ich will nicht, Dan.«

»Geh schon, Kevin. Sean schwimmt mit dir, das weißt du doch.«

»Nein.« Kevin zerrt an meinem T-Shirt. Er will, dass ich mitkomme. Ich rühre mich nicht von der Stelle. Ich rieche und schmecke das Chlor, die Hitze und der Dampf dringen in mich ein. *Ich will nicht, ich will nicht, ich will nicht.*

»K-komm mit rein, Da-nie.«

»Nein!« Meine Heftigkeit tut ihm weh, als hätte ich ihn geschlagen. Er senkt den Blick, bekümmert, beschämt.

Ich entschuldige mich, umarme ihn. »Ach, Kevin, Kumpel, du weißt doch, dass ich nicht schwimmen kann.«

Ich schaue zu, wie Sean Kevin langsam wegführt, schaue zu, wie Sean Kevin wieder das Wassertreten beizubringen versucht. Ich setze mich weit weg vom Wasser, so weit es geht.

Ich schwimme nicht.

Ich will nicht, ich will nicht, ich will nicht.

Ich werde nicht schwimmen.

Ich will nicht, ich will nicht, ich will nicht.

Ich kann nicht schwimmen.

Australische Schwimmmeisterschaften, Brisbane, 20.–23. Mai 1997

»Gut siehst du aus, Danny. Findest du nicht auch, Regan? Sieht dein Bruder nicht gut aus?«

Danny verzog spöttisch den Mund und schaute seine Schwester an. Sie gab keine Antwort, lümmelte sich nur noch tiefer ins Sofa, das kanariengelbe Kapuzenshirt über die Knie gespannt. Wie gebannt sah sie auf den Bildschirm, auf dem die Schauspieler einander ständig anbrüllten. Alle zehn Sekunden wurde das Geschrei von einer Gewehrsalve unterbrochen, dem Publikumsgelächter vom Band. Von Zeit zu Zeit kicherte Regan. Die Serie hieß *Friends*, das wusste Danny, natürlich wusste er es, jeder wusste es, aber das Gebrüll und Gekreische verursachte ihm Kopfschmerzen.

Seine Mutter kniete vor ihm am Boden. Sie hatte Stecknadeln im Mund und schlug den Saum seiner Hosenbeine um. Er konnte es kaum erwarten, wieder aus dem neuen stahlblauen Anzug herauszukommen, den sie in einem Secondhandladen in der Albert Street für ihn gekauft hatte. Es war ein guter Anzug, ein Top-Aussielabel, und er stand ihm. Aber sein Hemdkragen kratzte, die Jacke hing ihm schwer auf den Schultern, und er war es leid, darin Modell zu stehen.

Seine Mutter wollte, dass er bei der Eröffnungsfeier richtig gekleidet war. Er selbst wollte nur schnell wieder in Shorts und Sweatshirt. Er hatte schon gepackt, er war bereit. Warum fand sie immer noch etwas zu verändern?

»Fertig«, sagte sie schließlich befriedigt. »Du kannst ihn ausziehen.«

Danny legte die Jacke vorsichtig über die Armlehne des Sofas, nahm die Krawatte ab und knöpfte das Hemd auf.

»Nicht!« Regan sah ihn böse an. »Nicht hier drin ausziehen.«

»Sorry.«

Er vergaß immer wieder, dass Regan ins Teenageralter kam. Im Gegensatz zu ihm war sie nicht daran gewöhnt, dass sich Leute vor ihr umzogen. Er selbst verschwendete keinen Gedanken an so etwas. Er klemmte sich Pulli und Shorts unter den Arm und ging in sein Zimmer. Als er zurückkam, saß seine Mutter an der Nähmaschine, die auf dem Küchentisch stand. Sie hatte Ohrhörer in den Ohren, und neben der Maschine lag ihr Walkman. Sie mag das Geschrei auch nicht, dachte Danny. Er wusste, dass sie Rock 'n' Roll hörte, etwas Altes, in Mono. Er ließ sich aufs Sofa plumpsen. »Rück mal«, sagte er zu Regan und schob ihre Füße weg.

»Rück selber.« Sie versetzte ihm einen Tritt. »Setz dich in den Sessel.«

Er musste kichern. Bald würde sie eine Jugendliche sein, eine richtig mürrische Teenager-Zicke.

Er hörte ein Geräusch und spitzte die Ohren. Das musste Frank Torma sein. Er sprang auf und stürzte hinaus, doch als er die Haustür aufriss, stand eine alte Frau vor ihm und strahlte ihn an, neben ihr eine ernst blickende junge Frau, die auf dem linken Auge schielte und einen Stapel Zeitschriften im Arm hielt.

»Guten Morgen, junger Mann«, sagte die alte Frau fröhlich und mit einem starken Akzent. »Haben Sie einen Moment Zeit? Wir würden gern mit Ihnen über die Ankunft des Herrn sprechen.«

Es waren Sektenleute, das verrieten ihre billigen Acrylpullover und ihre zielstrebige, defensive Höflichkeit. Wahrscheinlich Zeugen Jehovas. Von den Mormonen kamen nur Männer in weißen Hemden und mit schmalen schwarzen Krawatten. Von den Zeugen Jehovas kamen in der Regel Frauen.

Danny sah an ihnen vorbei auf die Straße. Warum war er noch nicht da? Sie würden sich verspäten.

Am liebsten hätte er den beiden die Tür vor der Nase zugeschlagen. Aber das ging nicht, seine Mutter hätte es nicht geduldet. »Lasst sie nicht rein«, hatte sie ihre Kinder von klein auf ermahnt. »Lasst sie nicht rein, hört euch ihr frommes Geschwätz nicht an, aber bleibt höflich. Bietet ihnen immer was zu trinken an.«

»Möchten Sie ein Glas Wasser?«, fragte er unfreundlich.

Die junge Frau nickte dankbar. »Danke, das ist sehr nett von Ihnen.«

Die alte Frau wollte eintreten, doch er hob abwehrend die Hand: »Warten Sie bitte hier.«

Seine Mutter unterbrach ihre Näharbeit und nahm ihre Ohrhörer heraus.

»Draußen sind Zeugen Jehovas«, sagte er. »Welche von deinem Verein, glaub ich.«

Sie versuchte ihm mit dem Maßband einen Klaps aufs Hinterteil zu geben, aber sie lachte dabei. »Ich bin nicht mehr bei den Zeugen Jehovas«, sagte sie. »Schon lange nicht mehr, Mister.«

Danny füllte zwei Gläser mit Wasser. »So hab ich das nicht gemeint. Ich glaub, es sind Griechen.«

Die alte Frau trank drei kleine Schlucke und gab Danny das Glas zurück. Die junge Frau stürzte ihres gierig hinunter.

»Haben Sie von Gott gehört?«, begann die alte Frau. »Haben Sie von Jesus Christus gehört?«

»Ja«, antwortete Danny knapp, »hab ich, und ich bin nicht interessiert.«

Er stieß die Tür mit dem Fuß zu, ließ sich wieder aufs Sofa fallen und versuchte sich auf die Sitcom zu konzentrieren.

Doch er konnte nicht stillsitzen. Er hörte ein Auto, er war sich sicher, dass draußen ein Auto vorfuhr. Diesmal musste er es sein.

»Er ist da, Mum.«

Sie hörte nichts. Er stürmte in die Küche und drückte auf die Stopp-Taste ihres Walkmans.

»Er ist da.«

»Na, dann mach auf und bitte ihn herein.«

Es war das erste Mal, dass Frank Torma zu Danny kam, das erste Mal, dass er sah, wo Danny wohnte.

Danny verschlug es die Sprache, als er die Tür öffnete. Der Trainer trug ein Hemd, ein rotes, das viel zu eng war für seinen Bauch. Zwischen den Knöpfen klaffte es auf, sodass man das weiße Unterhemd sah. Dazu trug er eine schwarze Hose, und in der Hand hielt er eine kleine, weiß eingewickelte Schachtel. Danny hatte ihn noch nie in Zivilklamotten gesehen, nie anders als in T-Shirt und Trainingshose. Verdattert streckte er die Hand nach dem Geschenk aus.

Doch der Trainer gab es nicht her. »Das ist nicht für dich«, sagte er, aber sein heiterer Ton verriet, dass er Danny nicht böse war. »Was ist, Mr. Kelly«, fuhr er fort, »lässt du mich nicht rein?«

Regan hatte sich aufgesetzt und nickte dem Trainer zu, als Danny alle vorstellte. Seine Mutter trat vor und hielt ihm die Hand hin, und der Trainer ergriff sie, beugte sich aber gleichzeitig vor und küsste sie erst auf die eine, dann auf die andere Wange. Danny sah, dass der erste Kuss seine Mutter überraschte. Den zweiten ließ sie sich gern gefallen.

Der Trainer überreichte ihr das Päckchen. »Das sind *piskóta* und *krémes*«, sagte er bescheiden und ein wenig verlegen. »Ungarische Süßigkeiten.«

Dannys Mutter war begeistert. Sie gab dem Trainer zwei schnelle Küsschen auf die Wangen, und er errötete. Er wirkte irgendwie größer und breiter in Dannys Haus. Zu groß für das kleine Wohnzimmer.

»Bist du fertig, Danny?«

»Ich muss nur noch schnell seinen Anzug einpacken, dann sind wir so weit. Nehmen Sie doch Platz«, drängte ihn Dannys Mutter. »Darf ich Ihnen etwas zu trinken anbieten?«

Darf ich Ihnen etwas zu trinken anbieten? Sie übertrieb, wirkte unecht.

Der Trainer schüttelte den Kopf. »Nein, vielen Dank. Der andere

Junge kommt in einer knappen Stunde zu mir. Wir müssen schleunigst los.«

Wilco. Der andere Junge war Wilco. Jetzt hieß es Wilco und Kelly, nur sie beide waren noch übrig. Scooter besuchte inzwischen eine weiterführende Schule und hatte sich entschlossen, doch kein Champion zu werden. Er trainierte nicht mehr. Fraser studierte am Australian Institute of Sport, und Morello – Morello hatte ohnehin nie etwas zustande gebracht, hatte nie auch nur annähernd eine Qualifikation geschafft. Ebenso wenig Taylor. Wilco und Kelly fuhren nach Brisbane.

Wie sehr wünschte Danny, es hieße noch Taylor und Kelly. So hätte es sein müssen.

Seine Mutter kam mit dem kleinen schwarzen Koffer zurück, den sie eigens für die Reise gekauft hatte. Sie wollte ihn Danny geben, doch Frank Torma nahm ihn ihr ab.

»Vielen Dank, dass Sie Danny abholen. Das ist ja ein großer Umweg für Sie.«

»Das mach ich doch gern, Mrs. Kelly.«

»Bitte nennen Sie mich Stephanie. Mrs. Kelly, das klingt, als wäre ich uralt.«

Jetzt klang sie wieder wie Dannys Mum. Einen Moment lang herrschte verlegenes Schweigen, dann sagte der Trainer hastig: »Äh, ja, und nennen Sie mich bitte Frank.«

Sie trat zu Danny und lehnte den Kopf an seine Schulter. »Ach, Schatz, ich wär so gern dabei.« Sie lächelte zu Frank Torma auf. »Er sieht so gut aus in seinem Anzug – er wird der bestaussehende Junge von allen sein bei der Eröffnungsfeier.«

Danny wäre am liebsten im Erdboden versunken. Er löste sich von ihr und sagte: »Sei still, Mum!«

Da tat der Trainer etwas Unerwartetes. Er zwinkerte Danny zu und lächelte seine Mutter an. »Ja, mit Sicherheit«, sagte er.

Danny musste auf der Stelle aus dem Haus. Er gab seiner Mutter einen flüchtigen Abschiedskuss und beugte sich dann zu Regan hinunter, drückte sie unbeholfen und trug ihr auf, Theo auszurichten, dass eine neue Medaille für seine Sammlung da sei, wenn er aus dem Trainingslager zurückkomme.

Regans kräftige Umarmung überraschte ihn. »Viel Glück, Kumpel«, flüsterte sie.

Sie fühlte sich pummelig an, sie wurde dick.

Auf dem Weg zum Auto sah er den Trainer an und sagte höflich: »Vielen Dank fürs Abholen, Mr. Torma.«

Klang es unecht?

»Schon okay«, antwortete Frank. »Ich hab's ja deiner Mutter schon gesagt: Das mach ich gern.«

Kaum hatte der Trainer die Tür aufgeschlossen, stürmte Danny an ihm vorbei, geradewegs nach oben in das vordere Schlafzimmer – geradewegs in sein Zimmer. Eigentlich war es das Schlafzimmer des Trainers, aber wenn die Mannschaft hier übernachtete, war es Dannys Zimmer. Er legte seinen Koffer aufs Bett und sah sich um, ob sich auch nichts verändert hatte seit dem letzten Mal. Da waren das Doppelbett, der Kleiderschrank mit dem hohen, schmalen Spiegel und die weiße Kommode neben dem Bett, auf der das einzige Foto stand, das es hier gab: die bejahrten Eltern des Trainers, ein streng und traurig blickendes Paar. Wie immer hatte der Trainer gesaugt, Staub gewischt und das Bett frisch bezogen. Alles war makellos sauber und ordentlich. Danny schob den Koffer zur Seite und legte sich aufs Bett, die Füße über der Kante, damit seine Turnschuhe nicht den Überwurf beschmutzten. Er sah zur Decke auf: weiß gestrichene Pressplatten und in der Mitte eine Stuckrosette, an der die würfelförmige rote Lampe hing. Danny reichte nicht an die Decke heran, auch nicht wenn er sich aufs Bett stellte, so hoch war sie; er versuchte es jedes Mal von neuem. Frank Tormas Haus war geräumig. Hier fühlte sich Danny nie eingesperrt.

Es war nicht riesig oder protzig wie das Haus der Taylors, die Häuser der anderen Jungen. Es war geräumig, aber nicht ausufernd, man verirrte sich nicht darin.

Sein Name wurde gerufen. Er strich den zerknitterten Überwurf glatt und lief in die Küche hinunter.

Der Trainer hatte Pizza bestellt und bat Danny, auf Wilco zu warten, während er sie abholen fuhr. Kaum war er weg, öffnete Danny den Kühlschrank und nahm eine Salami heraus. Er schnitt fünf dicke Scheiben davon ab und schlang sie gierig hinunter. Dann schlenderte er ins Wohnzimmer und sah die wenigen CDs durch. Er war sich sicher, dass beim letzten Mal Beethovens Fünfte Symphonie im CD-Player gelegen hatte. Er schaltete die Stereoanlage ein, drückte auf eine Taste, und die CD-Schublade glitt heraus. Er las die schwarze Beschriftung auf der silbernen Scheibe. Wieder Beethovens Fünfte. Hörte der Trainer sie ständig, oder hatte er seit dem letzten Mal keine Musik mehr gehört? Sie sahen fern, schauten Filme, aßen Pizza und spielten Karten. Aber Musik hatten sie hier noch nie gehört.

Ein lautes Schrillen riss ihn aus seiner Träumerei. Er schaltete die Anlage aus, spurtete den Flur hinunter und öffnete die Tür. Da stand Wilco, mit verlegener Miene, eine vollgepackte Sporttasche in der Hand, hinter ihm seine Mutter.

»Hi, Danny«, nuschelte er. Er hatte sich den Kopf kahl rasiert, mit einem erstklassigen Rasierer, genau wie Danny. Er wirkte älter dadurch.

»Hi. Hi, Mrs. Wilkinson.« Danny erwiderte den Kuss, den Wilcos Mum ihm auf die Wange drückte. Sie hatte ein schmales, mageres Gesicht mit tiefen Furchen in Wangen und Stirn. Ihr schütteres Haar war grau und zerzaust, und ihre Zähne standen etwas vor. Doch sie sah aus wie eine richtige Mum, und sie war immer freundlich.

Sie spähte in den Flur. »Ist Mr. Torma nicht da?«

»Er holt gerade Pizza.« Danny trat zur Seite, um Wilco und seine Mutter vorbeizulassen. Er genoss es, so zu tun, als sei er hier zu Hause, als begrüße er seine Gäste. Er führte sie in die Küche.

»Brrr.« Mrs. Wilkinson rieb sich die Hände. »In diesen alten Häusern ist es immer so kalt. Wo ist denn hier die Heizung?«

Danny ärgerte sich, Kritik an dem Haus wollte er nicht hören. Er drehte den kleinen weißen Heizkörper an der Wand hinter dem Küchentisch an.

»Großer Gott«, rief Mrs. Wilkinson und sah sich den Radiator genauer an. »So was hab ich ja seit meiner Kindheit nicht mehr gesehen.« Sie zog ihren Mantel enger um sich. »Das kann ewig dauern, bis es hier warm wird.« Sie lächelte Danny zu. »Du erfrierst ja, mein Junge. Hol dir doch einen Pullover.«

»Ist schon okay.« Und das war es auch, er fühlte sich wohl in dem Haus. Mrs. Wilkinson rückte sich einen Stuhl zurecht und nahm Platz. »Offenbar ist an dem Haus seit über dreißig Jahren nichts mehr gemacht worden. Aber es ist ein ganz zauberhaftes kleines Reihenhaus und in erstaunlich gutem Zustand. Heute würde das ein Vermögen kosten.«

Dannys Ärger verflog. »Möchten Sie vielleicht ein Glas Wasser?«

»Du fühlst dich hier schon ganz heimisch, nicht wahr, mein Lieber?«

Danny wurde rot. Wilco grinste ihn verstohlen an und sagte zu seiner Mutter: »Du kannst jetzt fahren.«

»Ich warte noch, bis Mr. Torma kommt, John, dann fahre ich. Und sprich nicht in diesem Ton mit mir. Du klingst wie dein Vater, wenn du so redest.« Sie wandte sich Danny zu. »Ja, mein Junge, ich nehme gern ein Glas Wasser. Danke.«

Danny füllte ein Glas mit Wasser für sie und eines für Wilco. Er sah ihn nicht an, als er es ihm gab. Wilcos Eltern hatten sich vor kurzem scheiden lassen. Wilco war bestimmt wütend auf seine Mutter und wünschte sie zum Teufel. In diesem Moment ging die Haustür auf, und sie hörten den Trainer durch den Flur kommen. Danny warf Wilco einen Blick zu und sah, wie erleichtert er war.

Jedes Mal, wenn der Trainer mit Pizza von dem Mazedonier am Ende der Straße zurückkam, trompetete er stolz: »Jungs, das ist die beste Pizza, die ihr je essen werdet!« Er sagte das jedes Mal. *Jedes* Mal.

Er hatte vier große Pizzen mitgebracht, eine davon mit gebratenen Auberginen und einer Schicht hauchdünner Kartoffelscheiben darauf – Dannys Lieblingspizza. Eine andere hatte einen Belag aus Joghurt und Hackfleisch mit Minzaroma. Dann gab es noch eine mit Pfeffersalami und eine vegetarische mit Artischocken. Sie machten sich heißhungrig darüber her. Es waren die besten Pizzen, die Danny je gegessen hatte.

Nach dem Essen hörten sich Danny und Wilco an, was Frank ihnen zu sagen hatte. Es ging dabei ausschließlich ums Schwimmen, um die australischen Meisterschaften. Natürlich – nur das zählte, nur daran konnten sie jetzt denken.

»Ihr müsst alles befolgen, was ich euch sage«, schärfte ihnen der Trainer immer wieder ein, und beide nickten eifrig.

Er zeigte auf Danny. »Du kannst es schaffen, du kannst die zweihundert Meter Schmetterling gewinnen, wenn du dich konzentrierst. Es ist dein Rennen, wenn du dich anstrengst.« Dann zeigte er auf Wilco. »Und die zweihundert Meter Freistil sind deins, wenn du das willst. Willst du das?«

»Ja!« Wilco schrie es förmlich heraus und stieß die Faust in die Luft.

»Gut«, sagte Frank. »Dann ist es deins.«

Danny hätte gern noch etwas zu den hundert Metern Freistil gehört. Sie waren sein Rennen. Die hundert Meter Freistil und die zweihundert Meter Schmetterling – beide waren seine Rennen. Doch Frank sagte nichts dazu.

»Ich werde auch die hundert Meter Freistil gewinnen«, platzte Danny schließlich heraus. »Ich werde beide Rennen gewinnen.«

»Genau.« Wieder stieß Wilco die Faust in die Luft. »Zieh, Barrakuda!«

Doch Frank reagierte gereizt. »Was hab ich gesagt?«

Danny begriff nicht.

»Ihr habt mir versprochen, dass ihr alles befolgt, was ich euch sage. Du konzentrierst dich auf die zweihundert Meter Schmetterling, Kelly. Das ist dein Rennen.«

Danny öffnete den Mund, doch ein Blick auf Frank genügte, und er schloss ihn wieder. Zu sich selbst aber sagte er: Ich werde beides gewinnen, ich werde dir beweisen, dass ich beides gewinnen kann. Er lehnte sich auf dem Sofa zurück. Er hörte Wilco und Frank nicht mehr, er dachte nur noch daran, dass er als Held heimkehren würde, dachte an die beiden Medaillen und daran, dass er sich für die panpazifischen Meisterschaften qualifizieren würde. Er würde dem Trainer beweisen, dass er beide Rennen gewinnen konnte.

Sie spielten noch rasch ein paar Runden Gin Rommé – Poker nicht, erklärte der Trainer kategorisch, sonst seid ihr nachher zu aufgedreht –, dann verkündete er, dass es Zeit sei, schlafen zu gehen.

»Nur noch ein Spiel«, bettelte Wilco.

»Nein. Wir stehen um halb fünf auf und trainieren noch mal, dann geht's direkt zum Flughafen. Es ist Zeit, schlafen zu gehen.«

Da fragte Wilco: »Kann ich heute mal im vorderen Zimmer schlafen?«

Frank zeigte auf Danny. »Da schläft Kelly, du schläfst im Gästezimmer. Ich schlafe auf dem Sofa.«

Wilco biss sich auf die Lippe. »Warum kriegt Danny immer das vordere Zimmer? Ich bin ein Jahr älter als er, ich bin in der Zwölften. Da müsste ich es doch kriegen.«

Danny überlegte fieberhaft, was er sagen sollte. Dass er als Erster da gewesen sei, dass es sein Zimmer sei, dass es immer sein Zimmer sein würde – weil er es verdiente: Er war der Stärkste, der Schnellste, der Beste. Er versuchte Worte zu formen, doch ehe er sie aussprechen konnte, stand Wilco lässig auf und sagte: »Ich hab dich bloß verarscht, Kleiner. Mir ist es egal, wo ich schlafe.«

An dem kleinen Waschbecken im Badezimmer putzten sich die beiden Jungen Seite an Seite die Zähne. Es war eiskalt in dem Raum, und das Wasser brauchte ewig, bis es warm wurde. Wilco spuckte die Zahnpasta aus und wusch sich dann Gesicht und Ohren. Er gurgelte noch einmal, spuckte aus, dann betrachtete er sich im Spiegel. »Mum findet, so kahl rasiert seh ich aus wie ein Hooligan.«

Danny spuckte ins Waschbecken und drehte den Hahn auf, um die Spucke fortzuspülen. »Ich finde deine Mum richtig nett.« Er wusste nicht, warum er das gesagt hatte, aber es stimmte. Mrs. Wilkinson war nett. Wilco drehte sich um und lehnte sich ans Waschbecken. Er zog die rechte Augenbraue hoch, wie um Danny zu taxieren. »Weißt du noch, Kelly, was für einen Scheiß wir damals über deine Mum geredet haben?« Die folgenden Sätze sprudelte er hastig hervor. »Das war echt bescheuerte Kinderkacke, das weißt du doch, oder? Wir alle finden deine Mum super, sie ist schön, sie ist total cool. Das weißt du doch, oder? Das war ein ganz dummer Scheiß, was wir damals gesagt haben.«

Danny schob Wilco beiseite, um seine Zahnbürste auszuspülen. Er wollte nicht an damals denken, wollte nicht an das abstoßende, obszöne Aktfoto erinnert werden. Es war ein Schock, wie sehr der Gedanke daran noch schmerzte.

Er spritzte sich Wasser ins Gesicht und drehte dann den Hahn zu. »Ja, ich weiß«, antwortete er.

Und wieder überraschte ihn Wilco: Er tippte ihm an die Stirn, nicht fest, nur dreimal ganz leicht. »Gute Nacht, Kleiner.«

Diesmal störte sich Danny nicht an dem Spitznamen. Er wusste, dass Wilco es nicht böse meinte.

Doch wie sehr wünschte er, es hieße Martin und Danny, Taylor und Kelly.

Auf dem Weg in sein Zimmer steckte er den Kopf durch die Wohnzimmertür, um dem Trainer gute Nacht zu sagen. Über das Sofa, das viel zu klein für den Trainer schien, war eine Decke gebreitet.

»Ich kann auch hier schlafen, Trainer«, sagte er. »Sieht gemütlich aus.«

»Nein«, antwortete der Trainer streng und fuhr dann sanfter fort: »Du hast übermorgen zwei Vorläufe, Danny. Du schläfst im Bett.«

Er hatte recht, natürlich hatte er recht. Das Einzige, was zählte, war der Wettkampf. Nicht nur für Danny, nicht nur für Wilco, sondern auch für den Trainer. Es war das Einzige, was zählte.

Danny fror in seinen Shorts und dem T-Shirt. Er saß mit Wilco hinten im Taxi zum Flughafen. Der Trainer saß vorn, zu groß für den Wagen. Doch das waren Wilco und Danny auch. Wilcos rasierter Schädel ließ ihn erwachsen wirken, gab seinem Kinn etwas Kraftvolles. Er war kein Junge mehr, er wurde zum Mann. Danny hoffte, dass ihn auch sein eigener rasierter Schädel älter wirken ließ. Er straffte die Schultern, hielt den Rücken gerade.

Wilco war mit seinem Handy beschäftigt. Es war neu, und er war ganz vernarrt in das Gerät, tippte ständig darauf herum, sichtlich erstaunt, was es alles konnte. Doch dann warf er einen Blick auf den Trainer, der eisern nach vorn schaute, steckte es in die Tasche und beugte sich zu Danny herüber. »Hör mal«, flüsterte er, »mein Dad sagt, er kann uns beiden ein Upgrade für die Businessclass besorgen. Soll ich das organisieren?«

Es hieß nicht mehr Martin und Danny. Es hieß jetzt Wilco und Danny.

Das Autoradio lief, und sie fuhren in hohem Tempo über die Schnellstraße – der Trainer konnte sie unmöglich hören. Danny würde zum ersten Mal fliegen; Businessclass wäre cool. Martin würde es imponieren, Luke würde ihn beneiden. Doch dann dachte er an seinen Vater, an Demet. Sie hätten etwas auszusetzen an Mr. Wilkinsons Geld, daran, wie er dazu gekommen war, daran, was er damit machte oder nicht machte. Und der Trainer?

Danny formte die Frage mit den Lippen. »Nein«, antwortete Wilco flüsternd, »ein Upgrade krieg ich nur für einen.«

»Dann lieber nicht, danke.«

»Wie du willst.« Wilco holte sein Handy wieder hervor. Er konnte nicht aufhören, damit zu spielen.

Auch Danny würde irgendwann eines besitzen, er würde sparen und sich so bald wie möglich eines kaufen. So eines wie Wilcos.

Als die Maschine langsam anrollte, bekam er Angst. Dieser riesige stählerne Koloss – wie konnte er überhaupt in der Luft bleiben? Der Trainer saß neben ihm, und auf der anderen Seite löste eine Frau ein Kreuzworträtsel. Wie immer wirkte Frank Torma riesig, zu groß auch für das Flugzeug. Doch das gab Danny ein sicheres Gefühl. Er war froh, dass er nicht mit Wilco nach vorn gegangen war. Neben dem Trainer war er sicher.

Die Maschine war anfangs im Schneckentempo über die Startbahn gerollt, doch jetzt beschleunigte sie. Einen Moment lang erzitterte die Kabine, die Schwerkraft wurde überlistet, und es kam Danny vor, als würde sein ganzer Körper nach vorn geschleudert, aber dann setzte der Rausch des Fliegens ein, sie verließen die Erde, gewannen an Höhe. Die Angst war weg, sie war es, die fortgeschleudert worden war.

Strahlend, die Augen leuchtend, die Augen weit geöffnet, wandte sich Danny dem Trainer zu und rief: »Das ist wie Schwimmen! Das ist genau wie Schwimmen!«

Der Trainer lächelte, ein seltener Anblick, und er nickte und sagte: »Stimmt, Danny. Es ist genau wie Schwimmen.«

Danny wäre am liebsten immer weiter aufgestiegen, höher und höher, schneller und schneller, bis das Dach des Himmels den Strahlenkranz der Sonne berührte. Er nahm sich vor, die wilde Freude, das unerklärliche Gefühl, dass alles stimmte – es war genau wie beim Schwimmen –, nie wieder zu vergessen, es mit nach Brisbane zu nehmen, es mit ins Schwimmbecken zu nehmen. Er musste sich einprägen, dass Wasser und Himmel ein und derselbe Stoff waren. Er würde dieses Gefühl mit ins Wasser nehmen, und er würde nicht nur schwimmen, er würde fliegen.

Als sie in Brisbane landeten, waren sie nichts Besonderes mehr. Teilnehmer aus ganz Australien waren da, aus Orten mit Namen wie Esperance und Geraldton, Maroochydore und Tuggeranong. Eine gestresste junge Frau nahm sie in Empfang; das Swimming-Australia-Namensschild an ihrem grauen Trainingsanzug verriet, dass sie Ellen hieß. Noch während der Begrüßung hakte sie ihre Namen auf einem Klemmbrett ab, dann erklärte sie ihnen hastig den Weg zum Bus. Der Trainer sagte, die Jungen müssten erst noch ihre Taschen holen, was sie aus irgendeinem Grund zu irritieren schien. Sie riss ein bedrucktes Blatt ab und gab es ihm. »Halten Sie sich genau an die Anweisungen für die Registrierung«, ordnete sie an, dann wandte sie sich abrupt ab und verschwand. Danny war empört. Noch nie hatte er jemanden so mit dem Trainer reden hören.

Draußen schlug ihnen die drückende, feuchtheiße Luft Brisbanes entgegen, und Danny war froh, dass er Shorts anhatte. Hier würde alles langsamer vonstattengehen, das spürte er. Der Trainer hatte ihnen gesagt, dass sie sich darauf würden einstellen müssen. Sie würden bei allem einen Gang herunterschalten müssen: beim Gehen, beim Sprechen, beim Essen und besonders beim Krafttraining. »Geht sparsam um mit eurer Energie«, hatte er gesagt. »Nur im Pool dürft ihr euch puschen.«

Und dann saßen sie im Bus, es war voll und laut darin, und es erschien Danny seltsam, mit Mädchen in einem Bus zu fahren. Er hatte vergessen, wie redselig Mädchen waren, wie sie die Köpfe zusammensteckten und miteinander tuschelten, als sei alles, was sie einander zu sagen hatten, ein Geheimnis. Das Stimmengewirr, das Lachen, das Kreischen – es war ohrenbetäubend.

Und dann waren sie im Kongresszentrum. Es wimmelte dort von Menschen, Hunderte von Erwachsenen – so schien es ihnen – trugen Swimming-Australia-Namensschilder, und es gab Warteschlangen und noch mehr Anweisungen, es gab Betreuer und Trainer, medizinisches Personal und noch mehr Offizielle. Sie wurden in eine Liste eingetragen und bekamen eine Broschüre ausgehändigt, die sie lesen sollten, ein Mann sagte ungeduldig zu Danny: »Okay, du kannst gehen«, und wandte sich ab, um den Nächsten einzutragen, und all das ließ den Trainer, Wilco und Danny kleiner erscheinen. Und dann waren da die Golden Boys und die Golden Girls, die Schwimmer und Schwimmerinnen, die

Danny im Fernsehen gesehen hatte, als sie Gold-, Silber- und Bronzemedaillen gewonnen und Weltrekorde gebrochen hatten. Alle hatten nur Augen für die Golden Boys und die Golden Girls, niemand hatte Augen für ihn oder Wilco, niemand interessierte sich für ihn oder Wilco, niemand interessierte sich für den Trainer. Und all das bewirkte, dass sie sich klein fühlten.

Sie bekamen ihre Zimmer zugewiesen. Sie wurden für die Vorläufe eingeteilt. Sie erhielten weitere Anweisungen, dann wurden sie weggeschickt.

Nicht so die Golden Boys und die Golden Girls. Jedermann lächelte ihnen zu, war höflich, versuchte zu scherzen und Konversation mit ihnen zu machen.

Danny konnte es kaum erwarten, beim nächsten Mal wieder hier zu sein, bei den nächsten australischen Meisterschaften. Dann würde er einer von ihnen sein, dann würde auch er ein Golden Boy sein.

Sie kamen an einer Gruppe von Männern in schneeweißen T-Shirts mit dem Logo des Australian Institute of Sport vorbei. Einer von ihnen sah auf und nickte dem Trainer zu, ein baumlanger Mensch mit makellos gebräunter Haut und einem gestutzten graumelierten Bart. Er löste sich von der Gruppe und rief Franks Namen. Die anderen sahen auf, und einige nickten dem Trainer zu, kamen aber nicht herüber. Sie setzten ihre Unterhaltung fort.

»Das ist Ben Whitter«, stellte der Trainer den Mann vor und schüttelte ihm die Hand. »Ben ist Trainer am AIS.«

Ben lächelte auf Danny und Wilco herab und wandte sich sofort wieder Frank zu. »Ich möchte mich noch dafür bedanken, dass du uns den jungen Michael Fraser geschickt hast. Er ist gut, er ist wirklich sehr gut.« Er klopfte dem Trainer auf den Rücken. Danny konnte kaum glauben, dass jemand so mit Frank umging.

»Ja, er ist gut. Aber man muss ihn ständig puschen«, sagte Frank. »Er hat ein Disziplinproblem.«

»Na, Disziplinprobleme haben sie alle, wenn sie zu uns kommen. Keine Sorge, ich nehm ihn hart ran.« Ben zwinkerte dem

Trainer zu, und wieder wunderte sich Danny über seine kumpelhafte Art. »Könnte sein, dass er dein erster Olympiateilnehmer wird, Frank. Er könnte es schaffen.«

Danny wusste, dass Wilco dasselbe dachte wie er: Frank Torma hatte noch nie einen Olympiateilnehmer trainiert.

»Er wird nicht mein erster sein«, sagte der Trainer mit einem wütenden Unterton. Er ärgerte sich sichtlich. Er zeigte auf Danny und Wilco. »Einer von den beiden wird mein erster sein.« Er wies auf beide, sah aber nur Danny an.

Bens Lachen klang zynisch. Er verabschiedete sich, ohne Wilco oder Danny noch eines Blickes zu würdigen.

Danny wünschte sich, der Trainer hätte Kontra gegeben. Er spürte, dass Frank Torma beleidigt worden war, auch wenn er nicht genau wusste, wodurch. Gib Kontra, flüsterte er, gib Kontra.

Doch Frank Torma sagte kein Wort.

Es gab ein Dinner und einen kleinen Umzug durch das Stadion neben der Schwimmsportanlage. Es gab Fotografen und Fernsehkameras, es gab eine Ansprache des Sportministers von Queensland, eine Ansprache des Chefs der Hauptsponsorfirma, eine Ansprache eines anderen Firmenchefs und schließlich noch eine Ansprache eines Vertreters von Swimming Australia. Alle Männer und Jungen trugen Anzüge, alle Frauen und Mädchen trugen ihre besten Kleider, und Danny sah, dass seine Mutter sich gründlich geirrt hatte, als sie meinte, er würde der bestaussehende Junge an dem Abend sein. Es waren viele besser aussehende Jungen in viel besseren Anzügen da, und die bestaussehenden waren die Golden Boys, um sie drängten sich die Fotografen, sie wurden von den Reportern mit Fragen bestürmt, sie wurden den Firmenchefs und dem Sportminister vorgestellt. Als das Gruppenfoto aufgenommen wurde, stand Danny irgendwo in der zweiten Reihe, Wilco in der vierten, und Danny wusste, dass er darauf klein und unbedeutend aussehen würde. Danny wusste, dass er darauf verschwinden würde.

Wenn er das nächste Mal hier war, sagte er zu sich selbst, wenn er seine Rennen gewonnen hatte, dann würde auch er ein Golden Boy sein.

All das war vergessen, als er am nächsten Morgen in den Pool sprang. Es war das schönste Gefühl der Welt. Das Wasser nahm ihm seine Bürde ab.

Doch als er in die Umkleide zurückging, kam ein junger Offizieller angelaufen und vertrat ihm den Weg. Danny wollte protestieren, da zischte der Mann: »Pst, das Fernsehen ist da!«

Einer der Golden Boys gab ein Interview. Kabel lagen überall, Männer hielten Mikrofone. Danny machte sich los und ergriff die Flucht.

Er hasste sie, er hasste sie aus tiefster Seele, diese Golden Boys. Er hasste ihr blondes Haar, ihr falsches Lächeln, ihre Designer-Sonnenbrillen, ihre Designer-Badehosen und ihre Designer-Sportkleidung. Gegen sie kam er sich dunkel, klein und schmutzig vor. Er verabscheute sie, und doch konnte er es kaum erwarten, selbst diese Sonnenbrillen, selbst Sweatshirts mit diesen Markennamen zu tragen, konnte es kaum erwarten, selbst vor diesen Mikrofonen, diesen Kameras zu stehen.

Er fand Wilco, und zusammen gingen sie zu dem Bus, der sie in ihr Quartier zurückbrachte. Die Luft war so feucht, dass es ihnen vorkam, als liefen sie durch Dampf. Danny hatte darauf geachtet, sich beim Training nicht zu sehr zu verausgaben. Er wusste, dass er mit der schwülen Hitze zurechtkommen musste, mit dem Feuchtigkeitsfilm, der an seinem Gesicht, an seiner Haut haftete, der in seine Achselhöhlen drang, in die Falten zwischen seinen Beinen schlüpfte. Er ignorierte den Juckreiz, zwang sich, die Hände stillzuhalten. Sie fanden zwei Plätze nebeneinander in der Mitte des Busses. Die Golden Boys saßen alle hinten. Chlorgeruch stieg Danny in die Nase und der penetrante mehlige Geruch der Seife in der Umkleide. Wilcos Schweißgeruch stieg ihm in die Nase und der Gestank nach faulenden Früchten, den sie alle verströmten. Alle stanken nach Chlor, faulenden Früchten und mehliger Seife. Ein Offizieller hakte ihre Namen auf einer Liste ab, dann setzte sich der Bus rumpelnd in Bewegung. Danny war schweißgebadet, sein T-Shirt klebte an der Lehne. Er setzte sich anders hin, er atmete, er sagte sich, dass er diese Luft kenne, dass er die Hitze nicht spüre, dass es ihn nirgendwo jucke. Er saß still, sah geradeaus. Wilco sagte etwas, und Danny nickte, aber er hörte nicht zu, versuchte an nichts und niemanden zu denken. Er konzentrierte sich auf seinen Atem, auf die ein- und ausströmende Luft. Er hörte alles, nahm aber nichts auf. Da war nichts mehr, keine Hitze, keine Schwüle, kein Jucken, keine Golden Boys, keine Golden Girls, keine Körper, keine Haut mehr. Er war allein. Da war niemand mehr außer Danny Kelly.

Als sie aus dem Bus stiegen, stand der Trainer da. Er wollte Danny sprechen. Wilco drehte sich immer wieder um, während er davonging, und fragte sich, was Torma Danny zu sagen hatte. Bestimmt war er neidisch auf ihn, dachte Danny. Als die Letzten den Bus verließen, hielt der Bus mit den Frauen. Der Trainer schwieg, während die Mädchen plaudernd ausstiegen und sich ihre Sporttaschen über die Schulter schwangen. Danny stand mit gesenktem Kopf da, als sie vorbeigingen. Als Schwimmerinnen im oder am Pool, nur im Badeanzug, konnte er sie nüchtern und kritisch betrachten. Draußen aber, wenn sie ihre normalen Kleider trugen, wusste er nicht, wie er sich verhalten sollte. Es ging kein Windhauch, die Luft war schwer wie ein Vorhang, sein T-Shirt klebte ihm am Rücken und unter den Armen, der Schweiß rann ihm in die Arschfalte. Er atmete ein, verwandelte den Atem in Luft, die er kontrollieren konnte.

Der Trainer legte ihm die Hand auf die Brust, als wollte er seinen Atem prüfen, seine Herzfrequenz messen.

Er ließ die Hand wieder sinken. »Bist du bereit?«

Danny sah ihn überrascht an. »Klar bin ich bereit«, wollte er schnippisch erwidern, doch der ernste Ton der Frage hielt ihn davon ab. Frank Torma war das Klima in Queensland nicht gewöhnt. Sein Gesicht war gerötet, sein Hemd durchweicht, auf der Stirn, am Kinn und unter den Augen standen ihm Schweißperlen. Seine Hand hatte einen feuchten Fleck auf Dannys T-Shirt hinterlassen.

»Ja, natürlich«, sagte Danny leise.

»Du bist ein junger Mann, Kelly«, sagte der Trainer. »Ein Junge noch, aber du bist stark.«

Danny hatte alle Anweisungen des Trainers befolgt, er hatte im Kraftraum trainiert, seine Muskeln gekräftigt, seine Brust, seinen Rücken, seine Beine. Er hatte Kraft und Power.

»Die anderen Teilnehmer sind älter als du, aber du bist stark genug, um dich morgen Nachmittag zu qualifizieren.« Der Trainer drehte und wendete das letzte Wort, machte zwei Wörter daraus: *quali-fizieren.*

Und am Vormittag? Danny hätte gern etwas zu dem Vorlauf am Vormittag gehört, den hundert Metern Freistil. Eigentlich war jetzt nicht mehr die Zeit für Ratschläge – es kam jetzt nur noch auf ihn selbst an. Dennoch hätte er gern etwas gehört, etwas Ermutigendes. Doch Frank hatte sich schon in Bewegung gesetzt und drehte sich erstaunt um, weil Danny nicht folgte.

Danny wusste nicht, wie er die Frage stellen sollte, er fand es unfair, dass er selbst die Worte dafür finden musste. Seine Mundwinkel zogen sich schmollend herab.

»Setz deine Kraft ein.« Der Trainer hatte sich erneut umgedreht. »Setz sie am Vormittag ein, und setz sie am Nachmittag ein.«

Da konnte Danny wieder lächeln. Am liebsten wäre er dem Trainer nachgerannt und hätte ihn umarmt. Am liebsten hätte er diese Worte wieder und wieder gehört. *Setz deine Kraft ein.* Er war der Stärkste. Er konnte seine Kraft in beiden Rennen einsetzen. Der Trainer hatte gewollt, dass er ausschließlich am Schmetterling arbeitete, hatte gewollt, dass er sich auf die neue Schwimmart konzentrierte. Das hatte er getan. Er beherrschte sie jetzt. Aber er konnte beides, das wusste er. Er würde es nicht vermasseln, er würde dem Trainer zeigen, dass er es konnte. Freistil – das war seine Schwimmart. Sie gehörte ihm.

Danny schlotterte, sein Körper krümmte sich. Er fühlte sich, als hätte ihm jemand in den Bauch gefasst und seine Eingeweide herausgepresst, sodass nichts mehr in ihm war. Er bibberte, er war leer, seine Zähne klapperten, seine Hoden waren geschrumpft und in den Bauch hinaufgetrieben worden, und er umschlang seinen zitternden Oberkörper, befahl sich, nicht zu erbrechen, nicht zu scheißen, nicht zu pissen, als er humpelnd den Pool verließ. Doch die Luft attackierte ihn, er geriet in Panik, rang nach Atem, und so zwang er seine Lunge zu funktionieren, befahl seinem Körper zu funktionieren, und er stieß die Luft aus, Wasser strömte ihm aus der Nase und quoll ihm aus dem Mund, er war nur noch Rotz und Wasser, mehr Meerestier als Mensch. Aber dann atmete er endlich wieder und konnte auch seine Muskeln zwingen zu funktionieren, seine Arme und Beine zwingen, sich zu bewegen, und er ging und atmete und kam langsam wieder zu sich. Als er an den Sitzreihen vorbeikam, sah er Blitzlichter aufflammen und Menschen hasten, Fotos wurden gemacht, Schwimmer kamen in den Poolbereich, und dann stand er unter der Dusche, und das kalte Wasser regnete auf seinen Kopf und seine Schultern herab, und er zitterte nicht mehr, glaubte nicht mehr, sein Bauch würde aufreißen, seine Eingeweide würden platzen. Er konnte wieder denken, er konnte wieder denken, sehen und hören. Ein Raunen lief durchs Publikum, und er vermochte nur einen Gedanken zu fassen: dass er den dritten Platz belegt hatte, dass er sich in dem Vorlauf nicht qualifiziert hatte, dass ihm die Schwimmart nicht mehr gehörte, dass er nicht gut genug, nicht stark genug war. Zwei Schwimmer waren besser gewesen als er, ein Golden Boy, ein Golden Boy natürlich, aber auch ein junger Schwimmer, ein jüngerer Schwimmer als er sogar, ein schlaksiger, unbeholfener Typ mit mächtigen Händen und Füßen, und dieser Junge war Erster geworden, der Golden Boy war Zweiter geworden, und Danny war Dritter geworden.

Dritter. Ein beschissener, mieser, unbedeutender, nutzloser, verfluchter Dritter.

Er hatte sich nicht qualifiziert. Er hatte verloren. Er war ein Verlierer.

Der Trainer stand mit einem Handtuch in der Hand da, sagte, er habe eine gute Leistung abgeliefert, er brauche sich für nichts zu schämen, er müsse sich auf das nächste Rennen konzentrieren, das nächste Rennen werde sein Rennen sein, und Danny hörte zu und nickte und redete sich ein, dass das nächste Rennen auf jeden Fall sein Rennen sein werde. Doch an der Peripherie seines Bewusstseins formte sich ein Gedanke, der fast mit Händen zu greifen war, aber er wusste, dass er es nicht durfte, nicht konnte. Er schüttelte den Kopf, er schob den Gedanken weit von sich. Doch der Gedanke würde warten, und später, wenn er seinen nächsten Vorlauf gewonnen hatte, wenn er als Bester abgeschnitten hatte, konnte er ihn wieder hervorholen. Aber nicht jetzt. Der Trainer traute ihm zu, sich im nächsten Rennen zu plazieren, und er wollte dieses Vertrauen aus dem Mund des Trainers hören, er musste es hören, um daran glauben zu können: dass er der Beste, der Stärkste, der Schnellste war. Er musste jetzt all sein Vertrauen auf den Trainer setzen. Nur das zählte.

Danny saß im Stadion in der letzten Reihe und schaute zu, als Wilco in seinem Vorlauf zu den zweihundert Metern Freistil den ersten Platz belegte. Wilco schlug einen der Golden Boys. Nein, das stimmt nicht, dachte Danny missmutig, Wilco ist selbst ein Golden Boy. Hinterher wartete er, bis Wilco endlich aus der Umkleide kam, dann sprang er die Stufen hinunter und streckte ihm die Hand hin. Der Ältere stieß die Faust in die Luft, reckte sie triumphierend hoch. Er glaubt, er ist der Größte, dachte Danny mit einer Gehässigkeit, die einen üblen Geschmack in seinem Mund hinterließ. Aber er wusste sie zu verbergen, er wusste genau, was er zu tun hatte.

»Das war der Hammer«, sagte er und schüttelte Wilco kräftig die Hand. »Das war der absolute Oberhammer.«

Wilco konnte kaum stillstehen, die Freude hatte sich über sein ganzes Gesicht gebreitet, belebte seine Arme und Beine, seinen ganzen Körper, so sehr, dass er wieder wie ein kleiner Junge wirkte. Danny ließ seine Hand los, sagte aber immer wieder: Gratuliere. Es war das einzige Wort, das ihm einfiel. Er würde nicht zeigen, was in ihm vorging – dass ein tödliches Sägemesser mitten durch ihn hindurchschnitt. Er wusste, dass er es nicht ertragen würde, wenn er sich in seinem nächsten Vorlauf nicht qualifizierte. Er würde es nicht aushalten, wenn Wilco Champion wurde und er nicht. Es würde ihn umbringen, so viel war sicher. Das Messer würde mitten durch ihn hindurchschneiden, würde ihn zerschneiden. Würde ihn zerstören.

Bei der letzten Wende wusste er, dass es sein Rennen war. Doch er malträtierte das Wasser deswegen nicht weniger. Der Schmetterling war nie ein Kinderspiel, der Schmetterling war immer Arbeit. Ein minimales Nachlassen der Anstrengung, und man scheiterte. Bei dieser Schwimmart war Danny nicht Teil des Wassers, er wurde nicht eins mit Substanz, Materie und DNA des Wassers. Bei dieser Schwimmart war er eine Maschine, bei dieser Schwimmart wurde sein Körper zu einem Schnellboot, das einen Pfad durchs Wasser fräste. Er bekämpfte, bezwang, verwandelte das Element. Bei der zweiten Wende waren Dannys Brustkorb, seine Lunge und sein Brustbein zu einem eigenständigen Muskel geworden, seine Arme zu einem Rad, seine Hüften, Beine und Füße, in einer einzigen Bewegung verschmolzen, zu einer Dreschmaschine. Bis zur letzten Wende war er ein perfekt funktionierender Mechanismus, und das Wasser war verschwunden, hatte sich seinem Willen gebeugt, und jetzt flog er, das Wasser war besiegt, und er war nur noch Energie in einer präzisen zyklischen Bewegung, und es war sein Rennen. Da war kein Wasser mehr, da waren keine anderen Schwimmer mehr, da waren keine schwarzen Linien mehr, da war nicht einmal mehr der Pool. Nichts anderes war mehr da, nichts anderes existierte mehr, nur noch Danny. Er spürte die Power seines Brustkorbs, die Kraft seines Rückens, die Härte seines Bauchs und die Macht seiner Arme – das Potenzial eines makellosen Körpers –, und so war er nicht überrascht, als er anschlug: Er wusste, dass er gewonnen hatte. Er war erschöpft, er war außer Atem, sein Brustkorb drohte zu bersten, aber er war nicht entkräftet. Er hätte, wenn nötig, noch einmal starten können. Er war zu der Schwimmart geworden, es war jetzt seine Schwimmart. Der Trainer hatte recht gehabt. Und noch während er die Faust in die Luft stieß, noch während sein Name gerufen wurde, während er den anderen Schwimmern, die unter den Seilen durchtauchten, um ihm zu gratulieren, die Hände schüttelte, schob er einen Gedanken beiseite. Noch nicht, noch nicht. Er war der Stärkste, der Schnellste, der Beste. Er war im Finale. Im Finale würde er es beweisen.

Und das tat er. Bei den australischen Schwimmmeisterschaften von 1997 belegte Danny Kelly über zweihundert Meter Schmetterling der Männer den ersten Platz.

Erst unter der Dusche fand er Zeit zum Nachdenken. Er ging jeden Moment des Rennens noch einmal durch. Es war der Kopf. Zum ersten Mal begriff er, was genau der Trainer meinte, was die großen Athleten und Schwimmer meinten, wenn sie sagten, es spiele sich alles im Kopf ab. Ohne die Kraft und Power seines Körpers hätte er es nicht geschafft, aber er hatte diese Kraft und Power auch in seinem Innern. Auch innerlich war er stark und kraftvoll: Körper und Kopf waren eins, und deshalb konnten sie nicht ausfallen, konnten nicht versagen.

Nach dem Duschen sprach ihn ein unrasierter untersetzter Mann an, gratulierte ihm und stellte sich als Journalist einer Brisbaner Zeitung vor. Er wolle Danny ein paar Fragen stellen. Der Mann verströmte einen unangenehmen säuerlicheren Geruch nach zu vielen Zigaretten und gestockter Milch, aber Danny beantwortete seine Fragen voller Eifer.

»Und Ihr Name ist Danny Kelly, richtig?«

»Daniel Kelly«, verbesserte Danny.

Während der Mann sich Notizen machte, sah sich Danny nach den Fotografen um. Es waren keine da. Aber beim nächsten Mal – beim nächsten Mal würden Fotografen da sein, das wusste er.

Diesmal war er darauf vorbereitet, als das Flugzeug seine Kraft beweisen musste, die Schwerkraft davon überzeugen musste, dass es stärker war als sie. Während die Maschine abhob, war es wieder, als würde er von seinem Sitz gelöst, von seinem eigenen Körper fortgeschleudert. Dann war er wieder ganz bei sich, und wieder war es wie Schwimmen, und er spürte ein Kribbeln im Bauch und ein Kribbeln zwischen den Beinen.

Diesmal schaute Danny nicht aus dem Fenster, als das Flugzeug über die Wolken aufgestiegen war und durch die sonnige Weite des Himmels schwebte. Er dachte an Wilco vorn in der Businessclass, dachte daran, dass auch er, Danny, einmal Businessclass fliegen würde. Aber von seinem eigenen Geld, er würde von niemandem abhängig sein. Seine Eltern würde er zu ihren Hochzeitstagen erster Klasse in fremde Länder fliegen lassen, Regan würde er Reisen nach Europa, Theo Flüge nach Südamerika und zu den Polen spendieren.

Und jetzt, über den schneeweißen Wolken, auf dem Gesicht das reinste, gleißendste Licht des Universums, gestattete er sich, in die entfernten Winkel seines Geistes zu schweifen, zuzulassen, dass der ketzerische Gedanke, den er tagelang zurückgehalten hatte, Gestalt annahm. Er wusste, dass er stark war, dass er schnell war, dass er der Beste war. Körper *und* Geist. Innen *und* außen. Er war jetzt überzeugt, dass hundert Meter zu wenig für ihn waren. Er war Kraft, er war Power. Er legte die Hand auf seine Brust, dorthin, wo sich die Muskeln auf Befehl entfalten konnten, wo sie zuckten, gierig und lebendig. Der Trainer hatte ihn die hundert Meter nicht mehr schwimmen lassen, weil er glaubte, sie würden ihn zu viel Energie kosten, ihn für das nächste Rennen schwächen. *Konzentriere dich auf den Schmetterling, das ist deine Schwimmart.* Doch Danny wusste jetzt, dass er mit diesen zusätzlichen hundert

Metern das Tempo gefunden hätte, die Power gefunden hätte. Er konnte so hoch fliegen, wie er wollte, er konnte die Sonne berühren. Er wusste es. Er blickte auf das endlose Wolkenmeer hinab. Frank Torma hatte noch nie einen Olympiateilnehmer trainiert. Deswegen hatte er nicht Kontra geben können, deswegen hatte er Ben Whitters Äußerungen hingenommen. Der Trainer wusste nicht, wozu Danny fähig war.

Danny Kelly konnte Weltbester werden. Er konnte beide Schwimmarten meistern, es war in ihm, es war eine Offenbarung, die in ihm geschrieben stand, auf seine Muskeln gezeichnet, in sein Gehirn geprägt, in seine Seele geätzt. Der Schmetterling war Fakt, *seine* Schwimmart aber war und blieb der Freistil. Sein Gewissen regte sich bei dem Gedanken, und er erschrak wie vor einer verbotenen Gefahr: Der beste Trainer hätte es gewusst, ein besserer Trainer hätte es umgesetzt.

Er schloss die Augen. Er flog, und er schwamm, und es war ein und dasselbe Gefühl. Er schwamm und er flog in seine Zukunft hinein.

»Es tut mir so leid. Es ist wirklich unverzeihlich, dass ich dich nicht besucht habe.«

Sie ahnt nicht, wie froh ich bin, dass sie das sagt. Wir sind im Hof einer Kneipe abseits der Lygon Street, es ist ein dunkler Winterabend, und sie zittert vor Kälte, aber sie möchte draußen sitzen, damit sie rauchen kann. Es ist die Sorte Kneipe, in der es keinen Hauswein und nur Importbier gibt. Ich wärme mir die Hände zwischen den Schenkeln. Es weht ein scharfer Wind, die Kälte schmerzt fast, aber das macht mir nichts aus. Das Rauchen erinnert mich an die alte Demet; der feste Scherengriff, mit dem sie die Zigarette hält, die Heftigkeit, mit der sie daran zieht, die Art, wie ihre Finger zwischen den Zügen mit der Packung spielen – das alles ruft sie mir ins Gedächtnis zurück.

»Schon gut«, antworte ich lächelnd. »Das macht doch nichts. In meiner Wohnung spürt man die Isolation nur umso stärker, wenn jemand zu Besuch kommt. Ich hab mich jedes Mal schlechter gefühlt, wenn Mum da war. Ich hab mich hinterher jedes Mal beschissen gefühlt.«

Meine Worte stolpern übereinander, so eilig habe ich es, Demet zu versichern, dass ich ihr nicht böse bin, dass ich keinen Groll hege. Das habe ich im Gefängnis gelernt, das war die wichtigste Lektion: dass ich einen Fehler gemacht habe und dass ich für das, was ich getan habe, bezahlen muss. Man baut eine Leiter, und man steigt diese Leiter hoch, heraus aus der selbstgeschaffenen Hölle und zurück in die reale Welt. Das ist Sühne, ein Wort, das ich dort drin gelernt habe. An solchen Orten wohnt das Wort, dort wird es verständlich. Und so weit bin ich noch nicht, würde ich Dem gern sagen, da bin ich noch nicht angekommen. Ich habe genug an meinen eigenen Schuldgefühlen, noch immer finde ich nachts manchmal keinen Schlaf, weil ich wieder diese brennende Scham durchlebe. Ich habe selbst genug Schuldgefühle. Ich brauche ihre nicht. Ich will ihre nicht.

Sie nimmt sich noch eine Zigarette, zündet sie an, wirft mir aus dem Augenwinkel einen Blick zu. Ich will die alte Demet, die sarkastisch, höhnisch, stur und stark ist, nicht diese höfliche Fremde.

»Luke hat dich besucht, oder?«

Das klingt schon eher nach Demet. Die alte Rivalität. *Er ist dein bester Freund*, hat sie immer gesagt, *aber wir beide sind Seelenverwandte.*

»Ja, Luke hat mich besucht.«

Die erste Veränderung, die ich an Demet bemerkt habe: Sie hat abgenommen. Ich hätte es nie für möglich gehalten, aber sie ist fit. Ich könnte wetten, dass sie trainiert, dass sie ins Fitnessstudio geht. Am liebsten würde ich laut lachen. Nie hätte ich das gedacht, nach allem, was sie mir wegen meines Schwimmtrainings an den Kopf geworfen hat.

»Du trainierst, stimmt's?«

Ein tönendes Lachen, tief aus dem Bauch heraus. Es tut so gut, das zu hören.

»Ja, stimmt.« Reumütig betrachtet sie ihre Zigarette. »Aber ich rauche immer noch diese Scheißkippen.«

Ich muss mich bremsen, um nicht zu sagen: Hör nicht auf damit, das gehört zu dir. Diese Leidenschaft fürs Rauchen ist ein Charakterzug von ihr, ein Persönlichkeitsmerkmal. Ohne die Kippen kann ich mir Demet gar nicht vorstellen. Etwas würde fehlen. Das Rauchen zentriert sie.

Sie hat sich die Haare schneiden lassen. Sie sind jetzt so kurz geschoren, dass man die Kopfhaut sieht. Die wilden rabenschwarzen Locken, den Wuschelkopf – es gibt sie nicht mehr. Der Haarschnitt steht ihr. Demet wird nie hübsch sein, aber das Wort würde ohnehin nicht zu ihr passen. Die neue Frisur betont das Kantige, Strenge ihres Gesichts, ihre stark gewölbte Stirn, die Augen mit den schweren Lidern, die scharfe Linie ihrer Nase, den vorstehenden Mund, diesen Mund, der als Erstes ins Auge fällt, wenn man sie betrachtet. Ich habe sie Jahre nicht mehr gesehen, und es verblüfft mich, wie wenig die einzelnen Teile ihres Gesichts zusammenpassen: Alles – Augen, Stirn, Wangen, Nase, Mund – scheint zu groß, zu viel. Aber das ist Dem, sie selbst ist zu viel. Und gerade das liebe ich an ihr.

Es fühlt sich gut an, ich lasse diesen Gedanken einsinken und fasse nach ihrer Hand.

»Wirklich schön, dich wiederzusehen. Ich hab dich vermisst.«

Ich bin derjenige, der sich entschuldigen müsste. Weil ich nicht ein einziges Mal den Mut gefunden habe, sie anzurufen, um zu erfahren, wo sie jetzt wohnt, weil ich ihr nicht geschrieben habe, um ihr zu sagen, dass ich nicht weg war, dass sie nicht aus meinen Gedanken verschwunden war. Aber ich wusste nicht, ob sie mich überhaupt jemals wiedersehen wollte. Nein, das stimmt nicht. Ich dachte, es sei völlig ausgeschlossen, dass sie mich jemals wiedersehen wollte.

Sie drückt meine Hand. »Ich dich auch, Arschgesicht.«

Als Nächstes stelle ich fest, wie gut geschnitten ihre Kleider sind, wie modisch sie angezogen ist. Stil hatte sie schon immer, schon in der Highschool hat sie sich damit von den anderen abgehoben. Doch damals war das ein Mischmasch aus unförmigen langen Secondhand-Mänteln, Che-Guevara-Stickern und Arbeitsstiefeln mit dicken Sohlen. Ihre Erscheinung hat nach wie vor etwas Männliches – die strenge Frisur, die zweckmäßig geschnittenen langen Hosen, die flachen Schuhe –, aber der bis oben zugeknöpfte rote Mantel ist aus dünnem, samtenem Leder, die Bluse, deren Manschetten aus den Ärmeln hervorschauen, ist aus feinem Stoff, die elegante Hose ist maßgeschneidert.

Sie lässt meine Hand los und trinkt von ihrem Wein. »Hast du was von Luke gehört?«

Ich schüttle den Kopf. »Schon länger nicht mehr. Vor ein paar Monaten hab ich eine Karte von ihm aus Beijing bekommen, aber seitdem nichts mehr. Er wird viel zu tun haben.«

»Wahrscheinlich reitet er in vollem Tempo den asiatischen Tiger. Da liegt ja wohl unsere Zukunft. Neulich hab ich eine E-Mail von ihm bekommen, eine Sammelmail, darin schreibt er, wie viel Geld man im totalitären kapitalistischen China machen kann. Bla bla bla. Bist du sicher, dass du sie nicht bekommen hast?«

»Ich hab keine E-Mail.«

»Was?« Sie kann es kaum glauben. Ich bin diese Reaktion gewöhnt. Weil ich kein Internet habe, bin ich aus der Welt, bin ich unsichtbar. Aber ich weiß, dass mein Leben im Verborgenen dem Ende entgegengeht.

»Ich muss mir unbedingt einen Computer zulegen. Nächstes Jahr fange ich ein Studium an, dann muss ich E-Mail haben, auch wenn ich die Scheißdinger nicht ausstehen kann.«

»Was für ein Studium?«

»Sozialarbeit. Oder Sozialpädagogik, wie sich's nennt. Ein Diplomstudiengang, nichts Schickes. Im Moment arbeite ich ehrenamtlich mit Erwachsenen, die eine erworbene Hirnschädigung haben, durch Verletzung oder Unfall. Ich dachte mir, vielleicht krieg ich mit dem Abschluss leichter einen Job.«

Ich werde rot. Es macht mich unbeholfen und verlegen, etwas von mir preiszugeben. Fast habe ich Angst, nicht mehr damit aufhören zu können. Ich habe lange mit niemandem mehr ein so persönliches Gespräch geführt. Als ich mich unter den kahlen Ulmen in diesem eiskalten Hof mit Demet unterhalte, merke ich, dass ich schon fast vergessen habe, wie es ist, sich jemandem zu offenbaren.

»Na ja«, murmle ich abschließend, »das ist jedenfalls der Plan.«

Sie sieht mich aufmerksam an, sieht mir gerade in die Augen. Es macht mich nervös. »Sehr gut, Danny. Ich bin so stolz auf dich.«

Weil ich keinen Mist baue? Weil ich dich nicht in Verlegenheit bringe? Weil ich kein Loser bin?

Ich war in der Lygon Street buchstäblich in sie hineingerannt. Ich hatte es eilig, um rechtzeitig ins Kino zu kommen, wollte mir einen Film ansehen, wie ich es seit einigen Monaten häufig tat, irgendeinen Film, montags zum halben Preis. Diese wöchentlichen Kinobesuche gaben meinem Leben etwas wohltuend Regelmäßiges – Regelmäßigkeit ist mir nach wie vor ungeheuer wichtig – und zwangen mich zugleich, mich in die Welt zu begeben. Ich ging allein hin, meine Gespräche beschränkten sich auf die Abwicklung des Kartenkaufs. Aber es war ein Schritt weiter in die Welt.

Ich war spät dran, weil ich nach meiner Nachtschicht im Supermarkt *Der menschliche Makel* von Philip Roth zu lesen angefangen hatte und mitten am Vormittag noch immer in das Buch vertieft war: Auch hier gab es Scham, auch hier gab es Wut, auch hier gab es Entwürdigung, auch hier gab es den Rückzug von der Welt. Ich hatte mir den Wecker gestellt, das Summen aber nicht gehört, sodass mir nach dem Aufwachen nur noch eine Dreiviertelstunde bis zum Beginn des Films blieb. In der Swanston Street war ich aus der Straßenbahn gesprungen, war blindlings die Cardigan Street hinuntergerannt und hatte mich in höchster Eile durch das Gedränge der Studenten geschlängelt, und als ich durch die Lygon Street spurtete, stieß ich mit einer Frau zusammen, die aus der Buchhandlung Readings kam. »Hey«, schimpfte sie, und ich, außer Puste, holte tief Luft und setzte zu einer Entschuldigung an, da sah ich – kein Übergewicht mehr, die Haare kurz, die Kleidung modisch –, dass es Demet war. Ihre verärgerte Miene wich einem verblüfften Erkennen. »Danny?«

»Ja«, antwortete ich, »ja, ich bin's.«

Erst dachte ich, sie wollte nicht mit mir reden, nahm an, sie wollte nichts mehr mit mir zu tun haben. Sie sah mir nicht in die Augen, es schien, als wollte sie nur schnell weg.

»Was machst du?« Eine idiotische Frage, aber etwas anderes fiel mir nicht ein.

»Ich hab ein bisschen gestöbert«, antwortete sie und fügte dann hinzu: »Ich arbeite an der Uni, gleich da vorn. Und du?«

»Ich will mir einen Film anschauen.« Ich zeigte auf das Carlton gegenüber. Ich hatte rasch einen Blick auf mein Handy geworfen. Wenn ich jetzt nicht ging, würde ich zu spät kommen. Ich musste mich verabschieden. Sie hatte mich nicht geküsst oder umarmt – sie wollte nichts mehr mit mir zu tun haben.

»Hast du's eilig?«, fragte sie, und ich nickte, doch dann – obwohl es mir Angst machte und meinen Tagesrythmus durcheinanderbrachte – platzte ich heraus: »Ach, ins Kino kann ich auch ein andermal. Gehen wir was trinken?«

Das letzte Wort alarmierte sie sichtbar; sie wich förmlich davor zurück. Natürlich, klar, sie dachte an den Abend, an dem wir uns das letzte Mal gesehen hatten. Die Scham pochte erbarmungslos in meinen Schläfen, die Scham war der Erdboden, in dem ich am liebsten versunken wäre, die Scham war Demütigung und Feuer. Demet hat Angst, ich könnte mich betrinken und zu einem miesen, gewalttätigen Idioten werden. Vielleicht hat sie Angst, ich könnte auch sie schlagen. Sie kann mir natürlich nie wieder trauen.

Scham. Ich versuche, mich nicht von ihr überwältigen zu lassen, mich ihr nicht verpflichtet zu fühlen, einen Ort zu finden, an dem ich überleben kann, an dem sie mich nicht zerbricht. Ich weiß nicht, ob das je geschehen wird, ob es überhaupt geschehen kann. Ich kann die Last all der Entschuldigungen, die ich aussprechen muss, nicht mehr tragen. Am Morgen habe ich in dem Buch eine Passage unterstrichen, in der eine Frau, die als Putzfrau arbeitet, gefragt wird, wie sie die Erinnerung daran aushalte, dass sie als Kind von ihrem Stiefvater missbraucht wurde, und sie antwortet: *Es ist, als würde man ein ganzes Haus auf dem Rücken tragen.* Ich habe beim Unterstreichen so fest aufgedrückt, dass der Stift das Papier eingeritzt hat. Das ist Scham, das sind der Preis und die Bürde und die nicht wiedergutzumachende Tatsache.

Es waren zu viele Menschen auf der Straße, es war zu hell, zu laut. Am liebsten wäre ich wieder zu Hause gewesen, bei verschlossener Tür, nur ich, meine Matratze, meine Bücher und meine vier Wände. Demet wollte nichts trinken gehen mit mir, es war offensichtlich, dass sie nichts mehr mit mir zu tun haben wollte. Ich war Gift, ich war kontaminiert. Ich sollte einfach gehen, dachte ich, ich sollte die Straße überqueren und mir einen Film ansehen, egal, welchen. Ich sollte einfach aus ihrer Welt verschwinden. Und bevor sie antworten konnte, bevor sie lügen und sagen konnte, sie habe es eilig, sie müsse noch arbeiten oder sie müsse ein Dinner vorbereiten, sprach ich die Worte für sie aus: »Na ja, du hast natürlich viel zu tun. Dann ein andermal.« Da sah sie plötzlich ganz traurig aus. Wieder einmal hatte ich Worte falsch eingeschätzt, hatte sie zu etwas Verzagtem, Vernichtendem gemacht.

»Danny«, sagte sie schließlich und strich mir zärtlich über die Wange. »Natürlich hab ich Zeit. Für dich doch immer.«

»Es ist nichts Besonderes«, sage ich. »Ich helfe da eben gern aus. Das ist nun wirklich keine Großtat.«

Und das ist es auch nicht. Groll regt sich in meinem Bauch, ich spüre es in dem plötzlichen Drang, mich von Demet zurückzuziehen.

Sie sieht mich an wie ein Kind, das eine Prüfung bestanden, das einen Preis mit nach Hause gebracht hat. »Sehr gut, Danny«, sagt sie. »Du machst was richtig Gutes, du kümmerst dich um die Benachteiligten der Gesellschaft.« Aber garantiert denkt sie: Das ist ideal für einen Loser wie ihn, sich um andere Loser zu kümmern.

Ich möchte ihr sagen, dass ich meine Arbeit mag, dass ich mich von den Typen, um die ich mich kümmere, nicht verurteilt, taxiert oder kritisiert fühle. Der alte Deutsche, dessen Gehirn vom vielen Alkohol zerstört ist, der Jugendliche, der sich den Schädel zerquetscht hat, als er unangeschnallt viel zu schnell gefahren ist, der

Schreiner um die vierzig, der sich zu viel Heroin in den Körper gejagt hat und eine Minute lang tot war. Rolf, Kevin und Jeremy. Ich wasche Rolfs Wäsche. Er pisst sich ständig in die Hose. Ich bringe Kevin bei, sich allein anzuziehen, bringe Jeremy bei, sich allein zu waschen, ich helfe ihm auf die Toilette, wenn er scheißen muss – das alles mache ich, und ich gehe darin auf, verliere mich darin. Ich kenne mich mit Körpern aus, weiß, wie sie geformt, gestaltet und gedreht werden müssen, damit sie funktionieren. Ich weiß nicht viel, aber das eine weiß ich: dass der Körper trainiert werden kann, dass der Körper verändert werden kann, dass der Körper in Bewegung ist, niemals statisch ist. Und ich weiß, dass der Körper manchmal seine Grenzen hinausschreit, kundtut, dass es nicht mehr weitergeht, dass manche Möglichkeiten nie realisiert werden, allem Wünschen, Hoffen und Wollen zum Trotz. Das weiß ich besser als irgendetwas sonst. Auch der Körper scheitert. Das wissen auch Rolf, Kevin und Jeremy. Rolf, Kevin, Jeremy und ich, wir *sind* Loser, und auch das wissen wir; aber nicht so, wie die Leute glauben. Wir brauchen kein Mitleid, wir brauchen kein aufmunterndes Wort, kein Schulterklopfen. Wir tragen unser Haus auf dem Rücken.

Demet sagt noch etwas, redet von meinem Altruismus, meiner inneren Stärke oder – verflucht, auch das noch – von meinem Mut.

»Wirklich, es ist nichts Besonderes«, unterbreche ich sie. »Es ist nur ein Job.«

Da lacht sie wieder, und mein Groll ist verflogen. »Okay, Danny Kelly, okay. Es ist ein Job.« Sie hat sich noch eine Zigarette angezündet, hat ihren Wein ausgetrunken. »Bestimmt ein besserer Job als meiner.«

»Gefällt dir die Arbeit als Tutorin nicht?«

»Die Arbeitszeiten gefallen mir nicht. Es gefällt mir nicht, dass ich das jetzt seit zwei Jahren mache und immer noch bloß Aushilfskraft bin, mir gefallen nicht die ewig jammernden Studenten an der Uni hier, und am wenigsten gefällt mir ihre Anspruchshaltung.« Sie stöhnt. »Mimosen sind das, sag ich dir!«

Sie holt tief Luft. »Ich bin fix und fertig, Danny, ich glaub, das ist es. Ich sitze seit zwei Jahren an meiner Doktorarbeit, ich hab das Gefühl, ich werde nie fertig, und ich weiß, dass jeder Idiot, der eine Doktorarbeit schreibt, dasselbe sagt und denkt. Ich langweile mich, Danny. Und wenn ich mich langweile, bin ich zu nichts zu gebrauchen, das weißt du ja, dann bin ich unausstehlich – zu meiner Freundin, zu meinen Studenten, zu mir selbst.« Sie betrachtet ihr leeres Glas. »Ich trinke noch einen. Du auch?«

Ich habe meinen Wein in einem Zug ausgetrunken, so wie ein Baby an der Brust saugt. Gierig. Aber Demet auch. Wir können uns nicht entspannen, finden nicht zu der Leichtigkeit und Freiheit unserer einstigen Freundschaft zurück. Seit wir hier sitzen, hat sie nicht mehr auf das Gefängnis angespielt. Als ob mit ihrer Entschuldigung von vorhin der Fall erledigt und alles vergeben und vergessen wäre. Doch als ich ihr so gegenübersitze, muss ich daran denken, was zwischen uns war, und der Groll vertreibt meine Scham. Es *hat* wehgetan, dass sie mich nicht besucht hat, es hat mich fertiggemacht, dass sie keinerlei Versuch unternommen hat zu erfahren, wie es mir geht, dass sie mir nicht einmal geschrieben hat. Ich würde es ihr nie sagen, aber an jedem Besuchstag habe ich erwartet, sie zu sehen. Sie hatte es mir ja versichert: dass wir Seelenverwandte seien. Und das hat sie verraten. Ich schaue auf mein leeres Glas hinab. Will ich noch einen Wein mit ihr trinken?

»Ja«, antworte ich, und als sie an der Bar ist, denke ich, dass Loyalität viel häufiger durch Gedankenlosigkeit Schaden nimmt als durch Boshaftigkeit, und ich denke, wie schön es ist, das Lachen einer guten Freundin zu hören, und ich denke, dass auch ich unsere Freundschaft für selbstverständlich genommen habe – ich hatte geglaubt, Demet würde mir folgen, egal, wohin mich das Cunts College und das Schwimmen führen würden. Auch ich war gedankenlos gewesen. Wir beide waren unachtsam gewesen.

Musik spielt in dem Hof, wilde Jazz-Improvisationen, leicht und spritzig, die Töne pfeifen von den Lautsprechern herab, die

Melodie perlt und plätschert und rauscht durch die kahlen Äste der Ulmen. Sie ist Stille, und sie ist Überschwang.

Demet kommt zurück, und ich hebe mein Glas. »Schön, dich zu sehen«, und Demet sagt: »Find ich auch.« Dann sagt sie: »Cheers«, und ich antworte mit »Şerefe.« Darüber müssen wir beide lachen. Und nach diesem gemeinsamen Heiterkeitsausbruch wegen meiner üblichen Verstümmelung des türkischen Wortes weiß ich, dass wir zueinander zurückgefunden haben. Das Lachen erleichtert uns, entspannt uns, und wir sind erlöst. Endlich haben wir zu unserer Freundschaft zurückgefunden. Und wie die hüpfende, springende, fröhliche Musik über uns brauchen wir keine Worte. Ich kann es nicht sehen, aber ich bin mir sicher, dass ein Licht zwischen uns tanzt, ein Licht, das sie berührt, das mich berührt. Es singt von unserer gemeinsamen Vergangenheit und davon, dass uns verziehen ist.

Fukuoka, Japan, August 1997

Wenn du das willst, ist es dein Rennen, sagte der Trainer. *Du kannst es schaffen. Willst du das?*

Ja, Sir! Das will ich, Sir.

Er brüllte es stumm heraus, hustete es von tief drinnen herauf, spie es aus, Schleim und Blut, als sei er ein Rekrut in einem amerikanischen Kriegsfilm, als sei er Bruce Willis oder Tom Cruise. Aber er tat es lautlos, um Wilco nicht zu wecken, der im Bett nebenan schlief. Er brüllte es lautlos tief aus dem Bauch heraus, tief aus der Kehle heraus. *Ja, Sir! Das will ich, Sir.* Doch da war dieser nagende Zweifel, den er zu ignorieren versuchte, dieses aufsteigende Glucksen, das unbedingt herauswollte: Du redest wie ein Wichser, wen veralberst du eigentlich, wer spricht denn so, so sprechen doch nur die Scheiß-Yankees. Er hörte förmlich seinen Vater: »Du klingst wie die Scheiß-Nike-Werbung.« Das ist doch nicht dein Ernst, oder, das kann doch nicht dein Ernst sein?

Ja, Sir! Das will ich, Sir.

Diesmal sagte er es laut. Als wäre der Trainer da, als stünde er vor ihm, forderte ihn heraus, fragte ihn mitten ins Gesicht: *Zum Teufel noch mal, willst du das wirklich?*

Ja, Sir! Das will ich, Sir.

Jetzt brüllte er es heraus, und aus dem Bett neben ihm kam ein Ächzen. Wilco wälzte sich herum, beugte sich über sein Kissen zu ihm herüber. »Alles okay, Kelly?«

»Ja, sorry, alles okay. Ich hab nur geträumt.«

Danny blieb still liegen. Wilco atmete gleichmäßig, wach. Danny lag still da und wartete darauf, dass der andere wieder einschlief. Er schloss die Augen, blendete das Zimmer aus, das Bett, den Jungen im anderen Bett. Er stellte sich den Pool vor, das Plätschern des Wassers an den Kacheln, die Hitze und den Dampf, die kalten Umkleideräume, versuchte sich das Bild des Trainers zurückzurufen. Er war wieder in Melbourne, kurz vor dem Start. Er sagte dem Trainer, wie sehr er es wollte und dass es sein Rennen werden würde.

Er hörte ein Kichern. »Du willst dir einen runterholen, stimmt's, Kelly?« Dann ein angewidertes Schnauben. »Aber nicht hier drin, Kumpel, das wär eine Sauerei. Mach's auf dem Klo, wenn's unbedingt sein muss.«

Danny zwang sich, nicht an das Zimmer zu denken, an das Mondlicht, an Japan, an diesen verdammten Wilco. Er wünschte, Taylor wäre mit ihm hier, nicht dieser verdammte Wilco.

Vergiss ihn, ermahnte er sich, lass dich nicht nerven. Konzentrier dich. Bleib fokussiert. Das war die goldene Regel, die alle kannten, Schwimmer, Leichtathleten, alle Sportler. Jeder, dem der Kick des Wettkampfs vertraut war. Konzentrier dich, schalte alles aus, was dich ablenken könnte.

Er atmete langsam ein, ein heftiger Schauer fuhr seine Wirbelsäule hinab, ein Krampf lief in einer Welle von seinem Nacken den Rücken hinunter. Er musste all seine Willenskraft aufbieten, um sich nicht zu bewegen. Er atmete aus, die Hände flach auf dem kühlen Laken. Aber Melbourne war weg, der Trainer war weg, der Pool war weg, und nichts davon konnte er wieder zurückholen. Dieser verdammte Wilco hatte es ihm verpfuscht. Danny atmete ein. Die Hände flach auf dem kalten Laken, die Beine gespreizt, lag er da und wünschte, Taylor wäre hier. Ein Rascheln im anderen Bett, dann war Wilcos leises Schnarchen zu hören. Danny versuchte sich den Pool zurückzurufen, das Rennen, das stetige Gleiten durch Wasser und Zeit. Aber sein Schwanz war prall, das Blut strömte hinein, dort war jetzt sein Körperschwerpunkt.

Du willst dir einen runterholen, stimmt's, Kelly?

Er warf die Decke ab, stand auf und suchte nach seinem T-Shirt und der Trainingshose. Aus dem anderen Bett war ein Tasten zu hören, dann war der Raum in gleißendes Licht getaucht.

»Was machst du denn da?«

Wilco hatte sich aufgesetzt, und die Decke rutschte auf seine Hüften herab. Danny wandte den Blick ab, sah aber noch Wilcos mondbleichen Körper, weißer als Licht, weiß wie die Laken. So weiß, dass Wilcos knubbelige rosa Brustwarzen und das vollendete Rund der Warzenhöfe geradezu obszön wirkten, so weiß, dass die Sommersprossen auf Schultern und Nacken des Jungen wie Goldsprenkel leuchteten. Du siehst aus wie ein gehäutetes Kaninchen, dachte Danny. Er erinnerte sich, wie er mit seinem Grandpa Bill in Mernda auf die Jagd gegangen war, erinnerte sich an den Gewehrknall, erinnerte sich, wie das Kaninchen hochgerissen wurde und herumschnellte, wie sein Großvater zum Messer griff und Fell und Haut vom Fleisch löste, erinnerte sich an das rohe, tote rosa Fleisch. Er wandte sich ab, so schnell, dass Wilco seine Erektion in der weißen Unterhose, das hässliche schwarze Schamhaarbüschel, das durch den Stoff durchschien, nicht sehen konnte. Wilco ließ sich wachsen, von Kopf bis Fuß, jeden Zentimeter, alle vier Wochen. Sein Scheißvater zahlte dafür, dass er wie ein gehäutetes Kaninchen aussah.

Danny stieg in seine Trainingshose, streifte das T-Shirt über, setzte sich aufs Bett und zog sich Socken an. »Ich kann nicht schlafen. Ich mach einen Spaziergang.«

Wilco schaute auf die Uhr auf dem Sideboard. Es war kurz nach elf. »Du hast morgen dein Rennen, du verdammter Idiot.«

Danny merkte, dass Wilco drauf und dran war, ihm einen Vortrag zu halten. So war das zwischen ihnen. Wilco war gerade mal ein Jahr älter als er, fühlte sich aber als der Überlegene. Er öffnete den Mund, um fortzufahren, doch Danny kam ihm zuvor.

»Ich kann jetzt nicht schlafen. Ich brauch frische Luft.«

Wilco machte das Licht aus und zog die Decke hoch. »Wenn sie dich erwischen, bist du tot.«

Er war versucht, die Treppe zu nehmen, bis ins Erdgeschoss hinunterzurennen und dann durch die Lobby zu schlendern. Zu dem Mann an der Rezeption würde er ganz lässig *konbanwa* sagen, das war das richtige Wort, nicht *konichiwa, konichiwa* kannte jeder, es hieß einfach nur hallo. Danny wollte es förmlicher. Er würde guten Abend sagen, und er würde es korrekt aussprechen, kurz und knapp, mit einer ganz leichten Veränderung des Tonfalls auf der letzten Silbe – so hatte es ihm Mr. D'Angelo in der Schule beigebracht. *Konbanwa*, dann durch die Drehtür; er würde die fremde Luft atmen, er würde zu einem neuen Nachthimmel mit unbekannten Sternbildern aufblicken, er würde in eine andere Welt hinaustreten. Das Kribbeln begann in seinem Bauch und breitete sich dann in Ausbrüchen elektrischer Energie bis in den letzten Winkel seines Körpers aus. Er war in einer anderen Welt. Er wollte nicht eingesperrt sein wie die anderen Schwimmer. Er wollte nicht hinter den Fenstern des Busses gefangen sein, der sie vom Flughafen zum Hotel, zum Shinkansen, zum Schwimmzentrum, zum Hotel brachte. Er wollte nicht betreut, abgehakt, überwacht werden. Er wollte aussteigen, wollte in diese andere Welt fliegen.

Wenn sie dich erwischen, bist du tot.

Das Kribbeln war weg. Und Danny wusste, dass Wilco recht hatte. Er durfte ihnen keinen Vorwand liefern, ihn zu bestrafen, keinen Grund, ihn aus der Mannschaft auszuschließen. Sie wollten ihn nicht. Er war aus dem Nichts gekommen, und er gehörte nicht zu ihnen. Er hatte einen Golden Boy geschlagen, er nahm den rechtmäßigen Platz eines Golden Boys bei einem panpazifischen Wettbewerb ein, und deshalb warfen sie ihm missgünstige Blicke zu, ließen ihn jede Frage, jede Bitte wiederholen. *Was hast du gesagt, Kelly? Sprich deutlich, Junge. Musst du immer so nuscheln, Kelly?* Für sie gehörte er nicht hierher. Sie wollten ihn hier nicht haben.

Zwischen den weißen Wänden des schmalen Flurs zögerte er. Ein Pulsieren war zu hören, ein dumpfes Pochen aus den Lüftungsschlitzen der Klimaanlage. Am Ende des Gangs war eine Tür mit einem schwarzen Schriftzeichen, daneben ein kleines Piktogramm: ein Strichmännchen, das eine Treppe hinunterstieg. Danny fasste einen Entschluss und steuerte auf den Notausgang zu.

Es war nur so ein Gefühl, es konnte auch zu nichts führen, aber er wollte es versuchen. Er musste ins Freie, er glaubte zu ersticken in der künstlichen klimatisierten Luft. Er musste raus aus dem erdrückenden *Dazwischen* der Unterkunft. Er rannte drei Betontreppen hinauf und stemmte sich mit aller Kraft gegen die Tür oben. Der Rahmen ächzte und bebte, dann schwang die Tür auf.

Er spürte die Luftfeuchtigkeit, als er langsam auf die Brüstung am Rand des Dachs zuging. Die Aussicht war überraschend dunkel. Er hatte erwartet, dass die Nacht in Japan von grellen Neonreklamen und gleißenden Werbeflächen taghell erleuchtet sein würde. Doch die meisten Gebäude unter ihm und gegenüber waren in Dunkel gehüllt. Er hörte die Brandung, atmete den Geruch nach Meer, Fisch und Salz vom Hafen her ein, nahm den Gestank des am Strand verrottenden Seetangs wahr.

Arigato gozaimasu, flüsterte er der Stadt zu. Er atmete ein, sog alles in seine Lunge, wollte die Stadt in sich haben.

Danny hatte sich als Einziger in der australischen Schwimmmannschaft die Mühe gemacht, ein wenig Japanisch zu lernen. Mr. D'Angelo hatte ihm eine Liste mit Wörtern und Redewendungen ausgedruckt, und im Flugzeug hatte er auswendig gelernt, was bitte, danke, keine Ursache, guten Tag und auf Wiedersehen hieß. Mehr hatte er sich nicht eingeprägt, mehr jedoch als alle anderen. Und das galt nicht nur für die Schwimmer. Auch die Trainer und ihre Assistenten, die Ärzte und Physiotherapeuten, die Funktionäre und die Jugendschutzbeauftragten, die sich um die unter Achtzehnjährigen kümmerten – keiner hatte es für nötig gehalten, auch nur ein einziges japanisches Wort zu lernen.

Er blickte in die fremde Dunkelheit hinaus. Ich bin in Japan, sagte er zu sich selbst, ein freudiges Grinsen auf dem Gesicht. Auf der anderen Seite des Meeres lag China, im Norden Russland. Er hatte angefangen, die Welt zu sehen. Seine Eltern waren nie weiter gereist als bis Phuket, und zweimal waren sie auf Bali gewesen. Bei ihm würde es anders sein, er hatte schon jetzt mehr gesehen als sie. Auch mehr als Demet. In der Schule dagegen hatten die meisten mehr von der Welt gesehen als er. Martin war zweimal in Europa gewesen, Wilco war in Los Angeles gewesen, am Grand Canyon und in Disneyland, Luke war in Vietnam, Kambodscha, Griechenland und Rom gewesen. Sie waren gereist, aber im Gegensatz zu ihm hatten sie nichts *gesehen.* Wilco mochte das japanische Essen nicht und beklagte sich lautstark darüber, dass so wenige Japaner Englisch sprachen. Als Danny bei einem Gang über die Fischmärkte von Fukuoka ganz aufgeregt auf eine alte Frau mit gelben Zähnen gezeigt hatte, die ein Tablett mit winzigen Fischen vollpackte, hatte er nur erstaunt geschaut: »Ja? Und?« Da hatte Danny erkannt, dass Wilco nichts *sah*, dass er blind an alldem vorbeiging und nichts wirklich wahrnahm. Er sah nicht die Schönheit des dünnen, durchscheinenden Reispapiers, die klare Symmetrie, mit der die alte Frau die Fische anordnete, die feinen Linien der smaragdgrünen Aufschrift auf der Papierverpackung. Danny hatte sich nicht die Mühe gemacht, ihm etwas zu erklären. Wilco und die Golden Boys würden es nie begreifen. Wäre Demet mit ihm hier gewesen, sie hätte es begriffen. Die Golden Boys und die Golden Girls aber waren nicht daran interessiert, die Welt zu erleben – im Pool trugen sie Schwimmerbrillen, außerhalb Scheuklappen. Er nicht. Er würde die Welt in ihrer Ganzheit wahrnehmen, besitzen. *Aussie, Aussie, Aussie, oi, oi, oi?* Scheiß drauf. Er wollte mehr.

Er atmete ein, genoss den ungewohnten Duft der feuchten Luft. Am Horizont, dort wo das schwarze Meer den Nachthimmel berührte, blinkte ein rotes Licht.

Allein dort oben, hoch über Fukuoka, gestattete sich Danny, es auszusprechen: *Ja, Sir! Das will ich, Sir.* Er würde die Golden Boys besiegen. Er war stärker, schneller, besser.

Auf der Fahrt zum Flughafen hatte sein Vater gesagt: »Gut gemacht, Danny. Ich bin stolz auf dich.« Doch dann hatte er noch hinzufügen müssen: »Du vergisst hoffentlich nie, was für ein Glück du hast, Junge.«

Deswegen war sein Vater nie weiter gekommen als bis Scheiß-Phuket und Scheiß-Bali. Der Trainer aber wusste es, der Trainer hatte es ausgesprochen: »Glück gibt es nicht. Es gibt nur Arbeit, Disziplin, Talent und Mut.« Danny war in Japan, weil er der Stärkste und der Schnellste war. Er war der Beste.

Danny atmete aus.

Wilcos Bett war leer, als Danny sich wieder ins Zimmer schlich. Unter der Badezimmertür drang Licht durch, und man hörte eine Furzsalve und ein Aufplatschen in der Toilettenschüssel. Danny musste kichern. Er zog sich bis auf die Unterhose aus und kroch schnell unter die Decke. Die Spülung rauschte, und als Wilco hereinkam, hielt sich Danny die Nase zu.

»Mann, Wilco, das stinkt ja bestialisch!«

»Fick dich, Kelly.« Aber auch Wilco bekam einen Kicheranfall. Er hüpfte ins Bett. »Kannst du jetzt schlafen?«

Danny durfte nicht antworten, er musste ein Schnarchen vortäuschen. Er musste dringend schlafen, und er begann seinen Körper mental zu entspannen, erst die Fußmuskeln, dann hinauf zu den Waden. Allmählich wurde er schläfrig.

»Was meinst du, wie spät es jetzt zu Hause ist?«

Danny stöhnte. Dieser Arsch würde ihn nicht schlafen lassen. »Melbourne ist eine Stunde voraus.« Wieso wusste Wilco das nicht? Wie konnte er nur so desinteressiert sein?

Aus dem anderen Bett war ein Rascheln zu hören, aus dem Bad das Nachlaufen des Wassers in den Spülkasten. Danny drehte sich unwillkürlich um und sah zu Wilco hinüber. Der Ältere lag auf der Seite, nur bis zur Taille zugedeckt. Im schwachen Mondlicht, das durchs Fenster fiel, schimmerte seine Haut silbern und seine Augen waren Lichtpunkte.

»Hoffentlich holen wir beide Gold«, flüsterte er. »Ich wünsch mir wirklich, dass wir beide Gold holen.«

Danny hielt den Atem an. Konnte er Wilco trauen?

»Dad sagt, wenn ich hier eine Medaille gewinne, kriege ich nächstes Jahr einen Platz am AIS. Keine Gebühren, alles frei, die besten Trainer der Welt.«

Danny brauchte noch mindestens ein Jahr lang nicht über ein Studium nachzudenken – natürlich würde er studieren, und natürlich würde man ihn am Australian Institute of Sports nehmen. Er brauchte jetzt nicht an den ganzen Mist zu denken, er musste dringend schlafen. Dieser verdammte Wilco, seinetwegen dachte er jetzt doch daran. Irgendwie wurmte es ihn, dass Mr. Wilkinson seinen Sohn ermutigte, ans AIS zu gehen. Er musste an seinen eigenen Vater denken. »Dieses Scheißland«, pflegte Neal Kelly lachend, aber mit einem bitteren Unterton zu sagen. »Für Gesundheit und Bildung ist kein Geld da, für die Kunst auch nicht, aber der Sport kriegt es nur so nachgeschmissen.«

Danny ärgerte sich, versuchte aber, einen möglichst lässigen Ton irgendwo zwischen Gähnen und Lamentieren anzuschlagen. »Scheiß-Australien, Mann, das ganze Geld, das da in den Sport gepumpt wird. Ich weiß nicht, ob ich überhaupt ans AIS will. Das ist doch ungerecht, dass Sportler alles gratis kriegen, während jeder andere Student zahlen muss.« Er ahmte genau Neal Kellys Tonfall nach.

»Ja, findest du?« Wilcos Antwort klang wenig überzeugt. »Das stimmt zwar, Kelly, aber der Sport ist nun mal der einzige Bereich, in dem Australien punkten kann. Würden wir nicht in den Sport investieren, wären wir in allem scheiße.« Wilco wälzte sich herum. »Du schaffst das, Kelly, du bist doch ein sicherer Kandidat. Du hast ein Stipendium für die Schule, und du kriegst auch eins für die Uni.« Ein langes, müdes Gähnen folgte. »Du bist schon ein verdammter Glückspilz, Psycho Kelly. Du bist der größte Glückspilz, der uns je begegnet ist, das finden wir alle. Dir fällt alles nur so in den Schoß.«

Danny hatte recht gehabt. Er hätte Wilco nicht trauen dürfen. Wilco war ein Golden Boy, auch für ihn gehörte Danny nicht hierher. Danny war empört, als er ein leises Schnarchen aus dem anderen Bett hörte. Wilco hatte es geschafft, ihn aus der Fassung zu bringen. Dannys Körper fühlte sich steif an, er bekam kaum Luft und musste schwer atmen, sonst glaubte er zu ersticken. Er hatte Gallegeschmack im Mund. Er musste schlafen. Er musste schlafen.

Er begann wieder bei den Füßen, spannte sie an und entspannte sie, dann die Waden, brachte die Muskeln dort dazu, sich zu lockern. Von den Waden zu den Oberschenkeln, dann zog er eine Linie über seine Körpermitte zum Gesäß, gab einen Befehl in Form eines Gebets: Lass mich schlafen. Lass mich schlafen. *Du bist schon ein verdammter Glückspilz.* Die Worte hallten in ihm wider, er verkrampfte sich und musste noch einmal von vorn anfangen. Er konzentrierte sich auf die Zehen, die Füße, die Waden. *Dir fällt alles nur so in den Schoß.* Von wegen! Er war kein Golden Boy, er hatte nie gehabt, was die anderen hatten. Aus Neid hatte Wilco das gesagt, es war ein Gift, es war das Gift der Eifersucht. Warum konnte Taylor nicht mit ihm hier sein? Taylor hätte so etwas nie gesagt, er wusste, was Danny war. Danny fing wieder bei den Füßen an.

Er schlug die Augen auf. Das Mondlicht zerschnitt den Raum in zwei Teile. Er hatte es nicht zur Kenntnis nehmen wollen, hatte sich dagegen gewehrt, aber sein Ständer spannte den Stoff seiner Unterhose, machte jede Konzentration unmöglich, den Schlaf unerreichbar. Er versuchte es von neuem.

Er begann bei den Füßen. *Du bist schon ein verdammter Glückspilz.* Er ging weiter zu den Waden, den Schenkeln. Die Spitze seines Penis hatte sich aus der Hose geschoben und rieb an der Decke. Danny musste sich zwingen, nicht darauf zu achten, sich nicht zu bewegen. Er musste den Schlaf zurückholen, ihn erwischen, ihn einfangen. Er konnte es, er hatte seinen Körper im Griff. Er versuchte es von neuem.

Er begann bei den Füßen. Doch schon wirbelten ihm wieder Wilcos Worte durch den Kopf, und das Blut pochte in seinen Ohren. *Du bist der größte Glückspilz, der uns je begegnet ist.*

Danny atmete ein und versuchte es von neuem.

Er begann wieder bei den Füßen, und diesmal hastete er durch die Meditation, ging von den Waden rasch weiter zu den Schenkeln, zu Gesäß, Bauch und Brustkorb, suchte den Schlaf. Er kam zu den Händen, den Unterarmen, und es begann zu wirken – seine Arme, noch auf dem kühlen Laken, fühlten sich bleischwer an. *Du vergisst hoffentlich nie, was für ein Glück du hast, Junge.* Und wieder geriet sein Blut in Aufruhr, seine Ohren glühten, und in seinem Kopf pochte es. Er atmete aus. Er musste wieder von vorn anfangen.

Seine Wirbelsäule war durchgestreckt, er musste sich bewegen. Er legte sich anders hin. Und als er das tat, als er sich herumwälzte, schob sich die Decke nach oben, und der Stoff rieb an seinem Penis, liebkoste den Schaft, die Eichel. Danny erschauerte, als das Sperma herausschoss. Doch fast im selben Augenblick stieg Panik in ihm auf, und Scham erfasste ihn, als die klebrige warme Flüssigkeit über seinen Bauch und seine Schenkel auf das weiße Laken rann.

Er war erschlafft, erschöpft. Er zwang sich, langsam zu atmen. Und diesmal suchte er nicht den Schlaf, er suchte den Zorn. Er spie es aus, ein lautes, rauhes Flüstern, und es kümmerte ihn nicht, ob Wilco es hörte. Sollte er es ruhig hören, sollte er ruhig aufwachen; er hoffte, dass seine Worte wenigstens in Wilcos Träumen Schrecken verbreiteten: *Es ist nicht Glück, es war nie Glück, es ist, weil ich der Beste bin und weil ich Gold holen werde, und du kommst nicht damit klar, dass ich besser bin als du.*

Warum konnte nicht Taylor mit ihm hier sein? Ihm war übel: Sein Körper hatte ihn im Stich gelassen. Es war ein fremdes, erschreckendes Gefühl, das er noch nie erlebt hatte: Sein Körper und er selbst waren nicht mehr eins.

Danny horchte auf das mechanische Vibrieren der Klimaanlage, hörte das Schnarchen im anderen Bett. Sein Körper hatte ihn im Stich gelassen, aber wenigstens war er jetzt müde. Es hatte funktioniert. Er schlief ein.

Er sitzt auf einem Plastikstuhl vor dem Startblock von Bahn drei, die Beine ausgestreckt, die Arme hinter der orangefarbenen Lehne herabhängend. Danny weiß, dass er im Schwimmzentrum von Fukuoka ist, er weiß, dass da noch fünf andere Schwimmer sind, er weiß, dass eine kleine Zuschauermenge auf der Tribüne sitzt. Alle warten auf den Beginn des Rennens. Australische Fahnen, japanische Fahnen, amerikanische und kanadische Fahnen flattern über ihm, überall sind rote, blaue und weiße Girlanden gespannt. Das alles weiß er, aber er sieht es nicht. Danny schaut geradeaus, an Bahn drei entlang, fünfzig Meter klaren Wassers, ein blauer Spiegel, schnurgerade schwarze Linien. Er sieht das Wasser, er sieht die Bahn, er sieht das Rennen. Er sieht sich hineinspringen, er sieht sich schwimmen, er sieht sich gewinnen. Mehr braucht er nicht zu sehen.

Und es ist sein Rennen, er weiß es, sobald der Startschuss fällt, sobald er vom Block springt, sobald sein Körper eintaucht, Schmetterling schwimmt, vom Wasser aufgenommen wird. Als er die Wasserfläche durchbricht, sind sein Brustkorb, seine Arme, seine Beine, seine Füße, sein ganzer Körper eine unbezähmbare Dreschmaschine. Und trotzdem ist er in den schaumigen Armen des Wassers von einer sanften Ruhe eingehüllt. Er braucht nicht zu denken. Sein Kopf, sein Körper und das Wasser sind eins. All seine Arbeit, all seine Mühe, all sein Talent finden ihre Bestätigung. Er hat gewonnen. Das Wasser ist die Zukunft, und ihm hat er immer gehört.

Bei der letzten Wende passiert es: Das Wasser verrät ihn. Er führt die Wende perfekt aus, er spürt einen Hauch von Göttlichkeit. Doch dann wirft er einen schnellen Blick auf die Welt, die sich in der Unterseite der Wasserfläche spiegelt, und sieht, dass ein anderer Schwimmer die Wende vor ihm geschafft hat. Und dieser andere Schwimmer stürmt bereits dem Ziel entgegen. Was nicht sein kann, denn das Ziel gehört ihm, Danny.

Und dann erfasst ihn eine Art Schwindel, das Wasser sinkt weg, und es ist nur ein Zeitfunke, ein Sekundenbruchteil, aber Danny strampelt sich ab, kämpft im Wasser. Er und das Wasser sind nicht mehr eins. Er versteht nicht, warum seine Arme so langsam nach vorn schwingen, als seien sie mit Bleigewichten beschwert, warum seine Beine so träge schlagen, warum seine Brust bei jedem Atemzug so eng ist, warum ihm das Ende der Bahn wie ein unerreichbarer Horizont erscheint. Das Rennen ist noch nicht zu Ende, doch die Erschöpfung erfasst ihn wie eine Lawine. Er ist entkräftet. Er brüllt sein Nein ins Wasser, und in diesem Moment antwortet das Wasser. Danny verstärkt seinen Beinschlag, gewinnt neues Selbstvertrauen, findet zurück zur Power und Dynamik seines Körpers. Er darf nicht denken, er kann nur auf seinen Körper und auf das Wasser bauen. Es ist *sein* Rennen. Er drängt vorwärts, er schießt dahin, drischt auf das Wasser ein, und er besitzt es wieder; das Wasser hat sich geteilt, um Raum für ihn zu schaffen. Er denkt nicht an die anderen Schwimmer. Sein Körper lässt ihn nicht im Stich, sein Kopf lässt ihn nicht im Stich. Natürlich wird er gewinnen. Natürlich muss er gewinnen. Da ist kein Zögern, kein Zweifel, als sein Körper durchs Wasser jagt, seine Muskeln beugen und strecken sich auf sein Kommando, sein Wille treibt ihn an, schneller zu schwimmen als je zuvor, den anderen Schwimmer zu jagen. Doch das Wasser weiß, was sein Körper weiß. Dies ist sein Rennen. Sein Körper, das Wasser – sie werden ihn nicht verraten. Er schnellt sich dem Ziel entgegen, seine Hände schlagen an den Kacheln an. Er hebt den Kopf aus dem Wasser, und die Geräusche, die Lichter und die Farben der Welt draußen explodieren um ihn herum.

Natürlich hat er gewonnen. Er hat alles gegeben, was er hat. Mehr hat er nicht zu geben.

Über die zweihundert Meter Schmetterling bei den panpazifischen Schwimmmeisterschaften in Fukuoka, Japan, wird ein australischer Golden Boy Erster, ein Amerikaner wird Zweiter, ein Japaner Dritter. Danny Kelly wird Fünfter.

Danny Kelly hat verloren.

Danny Kelly keucht, heult, weint wie ein kleines Kind, sein Körper zittert und krümmt sich. Sein Körper hat ihn so schwer enttäuscht, dass er Angst hat, er könnte ins Wasser pinkeln. Schaum steht ihm vor dem Mund; er will seine Schwimmbrille nicht absetzen, obwohl sie beschlagen ist, obwohl er die Welt nur durch einen Schleier aus Dampf und Tränen sieht. Er will die Welt nicht sehen, er kann sich nicht vorstellen, wie er in dieser neuen Welt existieren soll. Er merkt, dass einer der Schwimmer neben ihm unter dem Seil durchgleitet, er spürt eine Hand auf seiner Schulter. Er fährt erschrocken zurück, reißt sich die Brille herunter und sieht den Golden Boy vor sich. Das Grinsen des Golden Boys ist wie aufgeklebt, riesig, nichts als Zähne und Zahnfleisch, seine Augen sind Funken und Feuer und Hitze, und er streckt Danny die Hand hin, aber Danny ergreift sie nicht. Danny dreht sich den kühlen Kacheln zu. Danny will den Golden Boy nicht ansehen, er will der Welt nicht ins Auge sehen. »Komm schon!«, hört er. »Komm schon, gib mir die Hand.« Doch Danny weigert sich.

Die anderen Schwimmer sind aus dem Wasser gesprungen, äußern Glückwünsche oder bekunden Mitleid, stellen sich den Kameras oder dem einsamen Gang der Besiegten ins Ausschwimmbecken, nur Danny will nicht aus dem Wasser. Er will nur eines: die Zeit zurückdrehen und noch einmal starten. Dann wird er gewinnen, das weiß er. Er kann beweisen, dass man ihn falsch eingeschätzt hat.

Er hat sein Bestes gegeben. Er ist der Stärkste, der Schnellste, der Beste. Fünfter? Unmöglich. Sein Bestes kann kein fünfter Platz sein.

»Komm schon, Junge, komm raus aus dem Wasser.«

Ein junger Mann, einer der australischen Trainer, kniet am Beckenrand, schaut auf ihn herab, hält ihm die Hände hin. Danny sieht das Mitleid in seinen Augen, aber er sieht noch etwas anderes: Erleichterung, Verlegenheit. Er zittert, sein Körper beginnt zu krampfen, jeder einzelne Muskel zieht sich zusammen. Hände strecken sich nach ihm aus, Hände fassen ihn und ziehen ihn hoch, und er schreit, er will das alles nicht in sich verschließen, er will ihnen ihren Neid und ihre Eifersucht nicht verzeihen, ihren Groll, weil er den Platz eines ihrer Golden Boys eingenommen hat, sie wollten ihn hier nicht haben, für sie gehört er nicht hierher. Man zieht ihn aus dem Wasser, und Danny schlägt um sich und windet sich, und Danny schreit: »Scheiße noch mal, das ist ganz allein eure Schuld! Ihr wolltet mich hier nicht haben. Scheiße noch mal, ich hasse euch, ich hasse euch Arschlöcher, alle miteinander! Ihr Arschlöcher! Ihr Arschlöcher! Ich hasse euch Arschlöcher, mehr als ihr mich jemals hassen könntet.« Dann setzt das Schluchzen ein, so heftig, dass alle Worte verstummen, alle Bewegungen erlahmen. Zwei Männer stützen ihn, tragen ihn fast, vorbei an anderen Schwimmern, die ihn nicht ansehen können, die sich abwenden, vorbei an einem Mann mit einer Kamera auf der Schulter, vorbei an den japanischen Helfern, die nur zu Boden schauen können, vorbei am Planschbecken, in einen Flur, in die Umkleide. Sie drücken ihn auf eine Bank, und jemand hält ihn, und er wird von Schluchzern geschüttelt, und einer der Mannschaftsärzte zückt eine Spritze, und jemand hält seinen Arm fest. Danny schluchzt noch immer, er versucht, genug Energie aufzubringen, um sie wegzustoßen, aber er ist so schwach, als ob er tausend Meilen geschwommen wäre und nicht zweihundert Meter, und er ist so erschöpft, dass er leicht wie ein Blatt ist und schwer wie ein Felsblock, und er lässt sie auf seinen Arm klopfen, und er schaut zu, wie sich die Nadel in seine Vene schiebt, und Galle tropft von seinen Lippen, als sich der Kolben mit seinem Blut füllt, und dann ist er still. Er sieht geradeaus, und auch die Welt ist verstummt. Er hört keinen Laut mehr, hört nicht mehr, was der Arzt zu ihm sagt, hört keine Geräusche mehr vom Pool draußen, nichts mehr. Er versucht sich zu erheben, er denkt, ich muss aufstehen, ich muss mich bewegen. Doch seine Muskeln gehören ihm nicht mehr, sein Körper ist nicht mehr seiner. Ich kann nicht fliegen, denkt Danny, und das Kinn sinkt ihm auf die Brust herab, ich klebe an der Erde. Und aus dem Augenwinkel sieht er gerade noch den jungen Trainer, der ihn aus dem Wasser gezogen hat, er sagt etwas zu dem Arzt, und Danny erkennt, dass der Trainer gar nicht so jung ist, denn sein gestutzter Bart ist mit Grau durchsetzt. Und obwohl er keinen Laut hört, weiß er genau, was der Mann zu dem Arzt sagt. Er hört es nicht, aber es ist, als erreichten ihn die Worte durch sein Herz statt durch die Ohren, und dies sind die Worte: *Dafür wird er sich sein Leben lang schämen.*

Aus Luke ist ein attraktiver Mann geworden. Er hat Gewicht zugelegt, und dieses Kompakte steht ihm. Als wir jung waren, fand ich immer, dass vietnamesische und griechische Gene nicht zusammenpassten. Damals war er so klein und schmächtig, dass er fast affenartig wirkte. Ich habe ihm das nie gesagt, so sehr habe ich mich schon für den bloßen Gedanken geschämt. Doch seit er erwachsen ist, hat sein Gesicht an Symmetrie gewonnen. Er ist ein gutaussehender Mann.

Er spricht hastig, kratzt sich am Ellenbogen, schaut immer wieder ängstlich zum Wärter hinüber, erschrickt bei jedem lauten Geräusch. Aber diese Nervosität stört mich nicht. Ich bin auch einmal bei jedem Türenschlagen zusammengefahren, bei jedem schweren Schritt, jeder erhobenen Stimme. Dabei hat er nichts zu befürchten. Man hat uns erlaubt, in einem der vorderen Höfe auf einer Bank zu sitzen, bewacht von Jackson, dem jüngsten Wärter, einem dummen, aber wohlmeinenden Menschen. Gemeinheit ist ihm fremd. Ich wünschte, Luke würde aufhören, mit den Füßen zu scharren und Beklommenheit auszustrahlen, aber es nervt mich nicht. Ich bin ihm dankbar, dass er mich besucht.

Ich versuche nicht daran zu denken, dass mein Arbeitshemd an den empfindlichen Striemen unterhalb meiner Schulterblätter scheuert. Ich sitze so still wie irgend möglich, denn bei jeder Bewegung reibt der grobe Stoff über die Wunden von den frischen Tattoos und ein stechender Schmerz durchzuckt mich. Vor drei Tagen hat Angus das letzte Tattoo fertiggestellt, und seit drei Tagen reißen die Wunden jedes Mal, wenn ich abends mein Hemd ausziehe, wieder auf und bluten. Aber ich bin jetzt gezeichnet – die Narben dessen, der ich war und der ich bin, sind nun für immer ein Teil von mir.

Ich sitze still und lächle Luke an, der von seinem Studium und der Arbeit erzählt, vom Leben draußen. Er spricht es nicht aus, doch jedes Wort verrät seine Besorgnis darüber, dass ich dieses Leben verpasse, dass ich auf den Tag warte, an dem dieses Leben zu mir zurückkehrt. Ich lächle einfach, höre nur mit halbem Ohr zu. Aber ich registriere die feine Linie seiner Nase, die Grübchen in seinen Wangen, die dunklen Haare an seinen weißen Armen. Er erzählt von seinem Studium und der Arbeit, vom Leben draußen, und ich sitze da und stelle mir Form und Farbe seiner Brustwarzen vor – sie sind dunkel, klein, seine Brust ist spärlich behaart, ich stelle mir einen Wirbel um die Warzen vor – und ich denke an die Linie der feinen Haare von seinem Brustkorb zum Bauch und hinunter zum Schritt. Ich stelle mir seinen Schwanz vor, lang und dünn, das Schamhaar dicht und weich. Ich lächle, und mit jedem Schlag meines Herzens pocht das Blut in den Wunden auf meinem Rücken. Ich beuge mich vor und stützte die Ellenbogen auf die Knie, um meine Erektion zu verbergen.

Gleich werden wir in die Zellen geschickt. Carlo sitzt auf dem Stuhl neben mir, unsere Knie berühren sich – nur sie, aber dieser einzige Kontakt genügt, um mich zu elektrisieren, ein heftiges Pulsieren in meinem Körper auszulösen. Carlo beugt sich zu mir herüber und flüstert: »Dieser Kumpel von dir, der dich heute besucht hat: Sag ihm, er kann dich nicht haben.« Die Worte gleiten in mich hinein und durch mich hindurch, ich muss mich beherrschen, um nicht darauf zu reagieren. Ich passe auf, dass ich nichts preisgebe, dass keine Mimik die vorgetäuschte Langeweile auf meinem Gesicht verändert. Das war eine der ersten Lektionen, die ich hier gelernt habe: wie wichtig es ist, sich unbeteiligt und unbewegt zu geben.

Meine Augen bleiben auf den Bildschirm gerichtet, mein Körper regt sich nicht, meine Beine sind ausgestreckt, meine Arme verschränkt, ich biete ein Bild unbekümmerter Lässigkeit; aber ich spüre Carlos warmen Atem auf meinem Gesicht, den feinen Sprühnebel seines Speichels an meiner Wange. Später am Abend, im Bett, werde ich mit dem Finger über diese Wange streichen, den Finger dann in den Mund stecken, um Carlo zu schmecken. Mehr brauche ich nicht für einen Orgasmus. Ich werde in ein Papiertaschentuch kommen, und das Papiertaschentuch werde ich ihm am Morgen geben, und er wird mir seines geben, in das er sich ergossen hat. Ich werde tagsüber kleine Streifen davon abreißen, in der Küche, in der Bibliothek, im Hof. Ich werde sie kauen, und ich werde sein Sperma schmecken und durch das Sperma werde ich seinen Schwanz schmecken, und durch seinen Schwanz werde ich ihn ganz schmecken. Manchmal schüttelt er die letzten Pissetropfen in ein Papiertaschentuch, manchmal hat er sich den Arsch damit abgewischt. Ich bitte ihn, eines die ganze lange Nacht über in seiner Achselhöhle zu behalten. Am Morgen, wenn er mir das noch feuchte Tuch gibt, zwinkert er mir zu, fordert mich heraus zu erraten, welche Ausscheidung ich in mich aufnehmen werde. *In das hast du gewichst*, sage ich dann. Oder ich flüstere: *Ich schmecke deine Pisse, stimmt's?* Oder: *Ich lecke deinen Arsch.* Oder: *Ich trinke deinen Schweiß.* Das erregt ihn so sehr, dass seine Stimme ganz heiser wird. *Du bist ein Schwein*, Danny Boy, *du bist ein Dreckschwein.* Er liebt dieses Wort, es ist ein Kosewort, eine Anmache, eine Bitte. *Ich möchte dich so gern ficken.*

Und wir ficken auch. Aber selten. Wir suchen immer nach einer Gelegenheit. Nach dieser Gelegenheit suchen und lesen – das sind die beiden Dinge, die mir durch die Stunden helfen, durch die Tage. Ich könnte mich nicht zwischen ihnen entscheiden. Würde man mir die Pistole auf die Brust setzen und mir befehlen, eine Wahl zu treffen, ich wäre wie gelähmt. Die Freude und Freiheit, die ich in den Worten finde, und die Geborgenheit und Wonne, die ich erlebe, wenn Carlos Schwanz in mich eingedrungen ist –

beide Erfahrungen sind hier so lebenswichtig für mich geworden wie Sauerstoff und Wasser. Ich brauche sie, um atmen, um leben zu können. Beide sind Fluchtmöglichkeiten für mich. Das eine setzt meine Fantasie frei und lässt mich über Mauern, Beton und Stahl emporsteigen. Das andere befreit mich von meinem Willen, und wenn Carlo heftig in mich stößt, durchlebe ich Erniedrigung und Qual und werde gefühllos gegen beides. Das ist im Gefängnis kein geringes Geschenk. Das ist nirgendwo ein geringes Geschenk.

»Und helle Augen ohne falschen Blick«, flüstere ich zurück, *»Vergolden alles, was sie sich betrachten.«* Meine Lippen verharren über seiner rauhen Haut, mein Atem befeuchtet nur die Stoppeln einer Kotelette. Er bewegt sich so wenig wie ich, sein Blick ist unverwandt auf den Bildschirm gerichtet. Shakespeare kennt er nicht, was ich da zitiere, geht ihm am Arsch vorbei. Aber sein Knie drückt stärker gegen meines. Ich krame in meiner Tasche und reiße einen neuen Streifen von dem Papiertaschentuch ab. Ich muss die Streifen rationieren. Sie müssen die Nacht über reichen, bis zum Morgen, wenn ich ihn wiedersehe.

Was wäre, wenn ich Luke erzählte, dass ich hier drin doch noch zu Shakespeare gefunden habe? All die Versuche des armen Mr. Gilbert, mir *Julius Cäsar* nahezubringen, all die Möglichkeiten unser privilegierten reichen Schule – und erst im Gefängnis erschließen sich mir Shakespeares Schönheit, der Geist seiner Worte, die unerhörte Kühnheit seiner Sprache. Was wäre, wenn ich sagte: »Luke, ich habe hier drin Shakespeare entdeckt, und ich habe entdeckt, wie es ist, in den Arsch gefickt zu werden. Und beides ist schön, beides ist Seligkeit.« Ich wünschte, ich könnte ihm erklären, dass ich Shakespeare entdeckt habe, weil ich in den Arsch gefickt werde, und dass ich mich Shakespeares wegen in den Arsch ficken lasse.

»Gut siehst du aus, Danny, wirklich.«

Ich muss mich beherrschen, um nicht herauszuplatzen: »Klar. Weil ich zufrieden bin hier drin.« Aber ich sage es nicht. Es würde ihn erschrecken, ihn an meinem Verstand zweifeln lassen. Doch obwohl ich im Gefängnis sitze, habe ich zu einer gewissen Regelmäßigkeit zurückgefunden. Luke kennt mich, seit ich ein Junge war. Er weiß, wie wichtig mir Regelmäßigkeit ist.

»Ich mache zweimal am Tag Krafttraining«, sage ich. »Wann immer ich kann. Die haben mich für den Küchendienst eingeteilt, da lerne ich was.« Und dann – so aufgeregt, dass ich mich fast vergessen und nach seiner Hand gegriffen hätte, wäre ich nicht durch eine Veränderung in der Haltung des Wärters in die Schranken gewiesen worden – erzähle ich ihm, wie viel ich lese. Das freut Luke ganz besonders, und ich muss lächeln. So gut er jetzt auch aussieht, so souverän und selbstbewusst er auftritt – er ist und bleibt ein Bücherwurm. Ich erzähle ihm von den Büchern, die ich lese: antike Dialoge, Romane von Hemingway, Shakespeare-Sonette, Revolutionsgeschichten, Biografien von Napoleon, Tolstoi und Keating. Er lacht gutmütig und meint, das sei ja eine ziemlich bunte Mischung. Das trifft mich wie eine Zurechtweisung, und ich versteife mich, aber er merkt es nicht. Das Studium hat ihm nicht nur Selbstvertrauen gegeben, es hat ihn auch arrogant gemacht. Egal was ich sage, egal was ich lese – immer glaubt er mehr zu wissen als ich. Er denkt, wir haben hier eine gut sortierte Bibliothek, er weiß nicht, dass ich scharf auf alles bin, was ich aus den verdammten Regalen nehmen, aufschlagen und lesen kann. Wir in der Bibliothek, wir sind wie die Elstern, wir schnappen uns, was wir kriegen können.

»*In einem andern Land* ist das beste Buch, das ich je gelesen habe«, sage ich.

»Für Hemingway kann ich mich nicht begeistern. Er schreibt mir ein bisschen zu utilitaristisch.«

Ich winde mich unwillkürlich bei diesem erneuten Tadel.

Er bemerkt meine veränderte Stimmung. »Alles okay mit dir?«

»Ja, ja.« Ich muss erst verarbeiten, was er gesagt hat, muss versuchen, seine Kritik zu verstehen. Ich kenne das Wort »utilitaristisch«, es ist ein philosophischer Begriff, der mir schon einmal begegnet ist. Er hat etwas mit dem höheren Wohl zu tun; keine Ahnung, warum Luke ihn mit Hemingway in Verbindung bringt. Ich muss Alec in der Bibliothek fragen, was das Schreiben von Romanen mit der bestmöglichen Gestaltung des höheren Wohls zu tun hat. Ich komme mir dumm vor. Luke hat bewirkt, dass ich mir dumm vorkomme.

Auf dem Weg zu den Zellen erzähle ich Carlo, dass Luke ein halbes Schlitzauge ist, dass seine Mutter Vietnamesin ist. Carlo verzieht angewidert den Mund. Er kann Asiaten nicht ausstehen. Er kann Asiaten, Aborigines, Schwarze und Araber nicht ausstehen. Für Carlo gibt es nur Italiener und Aussies. Alle anderen zählen nicht, alle anderen sollte es gar nicht geben. »Ich hasse diese Scheiß-Schlitzaugen«, zischt er zurück. »Die hab ich gefressen.« Luke braucht nicht zu wissen, dass ich auf diese Weise zu meiner Rache komme.

Ich hatte gedacht, ich kenne mich aus in Sachen Hass, dabei hatte ich vor dem Gefängnis keine Ahnung, wie viel Hass es auf der Welt gibt. Aber vor dem Gefängnis wusste ich auch noch nicht, wie viele Farben Haut haben kann. Über Jahre habe ich mich neben weißer Haut ausgezogen und geduscht, immer nur neben bleicher, leuchtender Haut mit wenigen Farbnuancen. Dabei gibt es Haut so schwarz wie die schwärzeste Tinte, Haut, die so weiß ist wie frisch gepresstes Papier, gelblich gefleckte Haut, Haut von der Farbe schwarzen Kaffees mit ein paar Tropfen Milch darin, Haut in allen Schattierungen von Gelb und Rot. Es gibt Haut, die so schwarz ist, dass sie bläulich schimmert. Es gibt Haut, die grau und aschfarben ist, die Haut der Amphetaminjunkies und Heroinkonsumenten, die Haut, die stirbt.

Carlos Haut hat die Farbe eines Blattes im Spätherbst kurz vor dem Absterben, die Farbe von Erde, auf die erste Regentropfen fallen. Carlo hat erdfarbene Haut.

Luke weiß nicht, wie er sich verabschieden soll, er ist nicht fähig, schweigend dazusitzen. Das ist etwas, das er von mir lernen kann.

»Ich bin wirklich froh, dass du gekommen bist, Luke.«

Ich sehe erschrocken, dass seine Augen feucht sind, sehe verblüfft, dass er mit den Tränen kämpft. So sind die Augen meiner Mutter, wenn sie mich besucht. Mein Vater war nur einmal hier, und seine Augen sind trocken geblieben. Meine Mum hat geredet und geredet, und mein Vater hat geschwiegen. Ich möchte nicht, dass sie Regan oder Theo mitbringen.

»Schon gut, Danny. Es war schön, dich zu sehen. Ich komme wieder.«

»Nicht mehr lange, dann bin ich draußen.«

Nein, nicht mehr lange, nur noch ein paar Monate. Luke nickt, als wäre das die beste Nachricht der Welt. Aber mir macht der Gedanke daran Angst. Es gibt keine Bibliotheken für mich in der Welt, die er kennt, kein Läuten zum Frühstück, zum Mittag- und Abendessen und zur Schlafenszeit. Es gibt keinen Carlo in Lukes Welt.

Carlo kommt erst in fünf Jahren für eine Entlassung auf Bewährung infrage. Ich könnte jemanden verprügeln, ich könnte einen Wärter schlagen, ich könnte einen Wärter umbringen, dann könnte ich hierbleiben. Aber ich werde es nicht tun, und ich werde auch nicht auf Carlo warten. Ich bin die Sorte Mann, die er verachten würde, er würde mich in der Welt draußen abgrundtief hassen. Und ich werde niemanden schlagen, zum Krüppel machen oder umbringen, weil ich mir geschworen habe, nie wieder jemanden zu schlagen, zu verprügeln oder zu verletzen. Doch dazu muss ich mich von der Welt fernhalten. Das macht mir am meisten Angst vor dem Tag, an dem ich wieder in die Sonne hinaustrete. Ich muss die unterirdische Welt suchen, sobald ich draußen bin. Ich muss die Welt ohne Sonne suchen.

»Hier gibt es keine Sonne.«

Luke erschrickt, er versteht nicht.

Ich versuche es ihm zu erklären. »Nicht mal im Hof, bei Tag, wenn die Sonne scheint und der Himmel blau ist. Ich glaube, das ist gar nicht die richtige Sonne. Es ist eine ganz andere Sonne.« Das macht Luke nur noch trauriger, aber ich bin froh, dass ich es gesagt habe, dass ich mir die Wahrheit eingestanden habe. Ich lebe in einem anderen Sonnensystem, einer anderen Galaxie. Dort lebe ich.

Luke weiß nicht, wie er sich von mir verabschieden soll. Er weiß nicht, ob er mir die Hand geben, mich umarmen oder mich abklatschen darf. Wir sind erwachsen – wie halten wir es jetzt? Soll er mich auf die Wangen küssen? Ich nuschle noch einmal etwas davon, wie froh ich sei, dass er gekommen ist, und er nuschelt etwas davon, dass es doch das Mindeste sei, was er tun könne. Wir müssen beide ein bisschen lachen über unsere Förmlichkeit, und ich fühle mich plötzlich an den schüchternen Außenseiter von damals in der Schule erinnert. Wir umarmen uns nicht, wir küssen uns nicht. Wir geben uns die Hand. Wir verabschieden uns züchtig.

In der Nacht höre ich in meiner Zelle, wie Kyle sich einen runterholt. Er rubbelt so fieberhaft, dass die Koje zittert und gegen die Backsteinwand schlägt. Als er kommt, keucht er erstickt. Ich höre, wie er seine nasse Hand an der Decke abwischt, und Sekunden später schnarcht er. Erst jetzt fange ich selbst an zu masturbieren. Ich liege auf dem Bauch; auf dem Rücken ist es noch viel zu schmerzhaft. Ich stoße in die Matratze, ich denke an Luke, stelle mir aber Carlos Schwanz in mir vor. Es tut immer weh, es wird immer ein qualvoller Moment für mich sein, wenn er in mich eindringt, über mich herfällt. Ob es für Frauen auch so ist, ob es für Frauen auch jedes Mal schmerzhaft ist, wenn sie gefickt werden? Oder sind nur beim Analverkehr Schmerz und Lust so untrennbar miteinander verknüpft?

Ich habe das letzte Stück Papiertaschentuch im Mund. Ich schmecke Carlo, er fickt mich, und ich sehe Luke vor mir, der seine Beine um mich geschlungen hat, ich ficke *ihn*. Ein Zittern durchläuft mich, als ich komme, die warme Flüssigkeit läuft mir über die Schenkel, nässt das Laken. Ich schlucke den Zellstofffetzen hinunter. Ich liege auf dem Bauch, und als die Lust abebbt, spüre ich das Pochen in Schultern und Blase. Der Schmerz hält mich wach, doch während ich mich an ihn gewöhne, geleitet er mich in den Schlaf.

Es hat mich einen Wochenlohn von dem gekostet, was ich in der Küche verdiene. Das hat es mich gekostet, mehr nicht. Angus, der Tätowierer, war nervös und eingeschüchtert in Carlos Gegenwart. Carlo wird respektiert und gefürchtet, mein Lover, mein Beschützer.

Angus zerbrach einen Kugelschreiber und ließ die Tinte vorsichtig in eine Tasse tropfen. »Also, was soll ich dir machen?«

»Ich will zwei Narben, an jedem Schulterblatt eine.«

Angus zuckte verwirrt die Schultern. »Was meinst du?«

»Zwei Narben«, wiederholte ich. »Da, wo meine Flügel waren, wo man mir meine Flügel ausgerissen hat.«

»Ah.« Er nickte, begriff jetzt, entzündete sein Feuerzeug und liebkoste die Nadel mit der blauen Flamme. Mehr brauchte ich nicht zu sagen, er verstand. Wir teilen dieselbe unechte Sonne.

Freitag, 28. August 1998

Kein Licht, nur schwarze Nacht, kein Mond, kein Laut außer dem Summen des Weckers. Dan ließ seine Träume los, zwang sich aufzuwachen, stellte den Wecker ab und kämpfte gegen die warme Trägheit an, die ihn in den Schlaf zurückzuziehen versuchte. *Füße auf den Teppich*, befahl er sich, dann streifte er seine Unterhose ab, kramte in der Schublade schläfrig nach einer frischen und zog sie an, dazu die Trainingshose von gestern und ein langärmeliges T-Shirt. Bis auf die roten Leuchtziffern der Digitaluhr war ringsum schwarze Nacht. Er öffnete die Tür.

Im Flur hörte er Theos abgehacktes Schnarchen. Eine Diele knarrte und zitterte unter seinen leisen Schritten. Seine Turnschuhe hatte er in der Hand, die Socken stopfte er in seine Hosentaschen. Er schlich durchs Wohnzimmer in die Küche, trank ein Glas Wasser und aß rasch eine Banane, alles noch immer in schwarzer Nacht. Im Bad drückte er Zahnpasta auf seine Zahnbürste, bürstete oben links dreimal auf und ab, oben rechts dreimal auf und ab, unten links dreimal auf und ab und unten rechts dreimal auf und ab, einmal, zweimal, dreimal hinten im Mund, dann gurgelte er, spülte und spuckte aus.

Er war schon fast an der Haustür, als seine Mutter aus dem Schlafzimmer rief: »Bist du das, Danny?«

Er hielt inne, in einer Hand die Turnschuhe, die andere an der Tür. »Ja, Mum«, flüsterte er. »Ich geh laufen.« Bleib liegen, bitte bleib liegen.

Dann trat wieder beruhigende Stille ein, und er öffnete die Tür und stand draußen in der Nacht. Die Vögel fingen gerade an zu singen, und gleich würde die Morgendämmerung anbrechen.

Er hatte noch eine Stunde bis Viertel nach sechs, dann erwartete ihn Boon wie immer auf dem Parkplatz am Bahnhof Keon Park. Dan zog sich Socken und Schuhe an und knotete die Schnürsenkel fest zu. Er atmete ein, er atmete aus, und er lief los.

Nach fünf Minuten hatte er die Cheddar Road überquert, und nach zehn Minuten war er am Bach, die Nacht verblasste, und der Chor der Vögel schwoll an. Dan dachte nicht mehr, er war nur noch Bewegung. Der Schweiß hatte die Kälte vertrieben, und er nahm seinen eigenen scharfen, hefigen Geruch wahr, während er das Tempo steigerte und dem mit Disteln und Unkraut überwucherten Pfad folgte, und auch als es bergauf ging, vorbei an Lagerhäusern und Fabriken, an Leuten auf dem Weg zur Arbeit, hielt er sein Tempo, kam nicht aus dem Tritt. Jetzt roch der Morgen nicht mehr nach ihm und auch nicht mehr nach der verrottenden Welt des Bachs. Ein beißender, säuerlicher, menschengemachter Chemiegestank hing in der Luft. Er atmete, er rannte, und fast konnte er sich einbilden, er würde fliegen, könnte vorbeifliegen an den Gerüchen und den Schatten, doch bei dem Gedanken stockten seine Schritte, und er wurde langsamer, denn er dachte: Das ist nicht Fliegen.

Andere Gedanken kamen und wollten nicht wieder weichen, und der Schmerz kehrte zurück, er spürte ihn in der linken Ferse, in seiner rechten Seite, spürte, wie er Herz und Lunge einschnürte. Er biss die Zähne zusammen, zwang sich weiterzulaufen, doch die Gedanken wollten nicht weichen, Gedanken daran, dass dies nicht Fliegen war und dass Emma morgen Geburtstag hatte. Martin hatte ihm gesagt, dass sie Geburtstag hatte, und ihm fiel kein Geschenk ein – es musste etwas Besonderes sein, aber er wusste nicht, was sie schon hatte, und er wusste nicht, was sie sich wünschte, und er ertrug die Vorstellung nicht, dass sie sein Geschenk hässlich oder albern oder dumm finden könnte, was aber wahrscheinlich war. Der Schmerz war jetzt so stechend, dass er nach Luft japsen musste, doch bis zum Bahnhof Keon Park war es noch eine Viertelstunde. Sollte er ihr Musik schenken? Aber er verstand nichts von Musik. Sollte er ihr ein Buch kaufen? Bestimmt hatte sie schon alles gelesen. Der Schmerz war inzwischen allgegenwärtig, in den Zehen, in den Fersen, im Bauch, im Kopf, und bis zum Bahnhof Keon Park waren es noch zehn Minuten. Er konnte Martin fragen, was ihr gefallen könnte und was sie noch nicht hatte, aber Taylor würde nur lachen, das wusste er.

Dan würde Martin nicht fragen. Er zwang sich, schneller zu laufen, er forderte den anbrechenden Tag heraus, das Schicksal, und er stürmte über eine Straße, ohne nach links und rechts zu schauen, er wagte, und er gewann, und er sah es als Omen: Er würde ihr etwas schenken, und sie würde es zu schätzen wissen, sie musste es zu schätzen wissen. Taylor würde ihn aufziehen, Taylor würde den Arm um ihn legen, ihn zum Schein boxen; mittlerweile roch Taylor nicht mehr nur nach Zitrus und frischer Seife, er roch hin und wieder auch nach den Zigaretten, die er verbotenerweise rauchte, eine vor und eine nach der Schule. Dan spürte förmlich Martins Arm auf seinen Schultern, spürte die Berührung Haut an Haut, und dann war er auf dem Parkplatz und machte Halt. Er beugte sich vor, atmete unter Schmerzen ein und aus, ein und aus. Er spürte förmlich die Berührung Haut an Haut.

Auf dem Bahnsteig standen schon Leute und schauten die Gleise entlang. Die Toiletten waren geschlossen, und so trat Dan hinter einen Müllcontainer, zog sein Shirt aus und wischte sich damit die Achselhöhlen. Taylor stank nie so – wie kam es, dass andere Jungen immer so gut rochen? In der Umkleide war es natürlich etwas anderes, dort dämpfte das Chlor den Gestank, dort gehörte der Geruch zu niemand Bestimmtem, er gehörte zu allen. Doch Dan war seit Monaten in keiner Umkleide mehr gewesen.

Er hatte diesen Geruch vergessen. Er wusste nicht mehr, wie es in einer Umkleide roch.

Er zog das Hemd wieder an, spürte wieder die Kälte. Ein Auto hupte. Boon wartete. Erneutes Hupen, und die Leute auf dem

Bahnsteig drehten sich um. Der Himmel hinter ihnen war jetzt violett, der Mond eine durchscheinende Sichel. Das Auto sah wie ein Taxi aus mit dem klobigen Aufsatz auf dem Dach, auf dem *Boon Tan's Driving School* auf der einen Seite stand und auf der anderen vermutlich dasselbe in Mandarin.

»Okay, okay, bin ja schon da.«

»Du kommst zu spät.«

Die Uhr im Armaturenbrett zeigte siebzehn nach sechs, aber Dan wollte nicht diskutieren. Argumente hörte Boon sich gar nicht erst an, er schüttelte nur den Kopf und sagte: »Ich bin der Lehrer, und wenn ich sage, du liegst falsch, dann liegst du falsch.«

»Tut mir leid.«

Boon nickte befriedigt. Er stieg aus, und Dan setzte sich ans Steuer. Boon war übergewichtig und trug stets einen beigefarbenen Anzug, der ihm eine Nummer zu klein war. Er watschelte auf die Beifahrerseite hinüber und hievte sich auf den Sitz. Dann klopfte er ungeduldig ans Armaturenbrett. »Los, los, worauf wartest du?«, zischte er. »Lass die Karre an.«

Niemand durfte wissen, dass Dan den Führerschein machte. Es waren nur noch vier Wochen bis zur Fahrprüfung, nur noch gut vier Wochen, dann war er achtzehn und konnte die Prüfung machen und seinen Führerschein bekommen. In der Schule würde er der Einzige sein, der den Führerschein hatte. Aber er konnte es niemandem sagen, nicht Luke, nicht Taylor, nicht seiner Familie. Sie durften es nicht wissen, bis er die Prüfung hinter sich hatte. Er konnte ja immer noch durchfallen. Er konnte den Motor abwürgen, er konnte vergessen, dass er an einem Stoppschild die vorgeschriebenen drei Sekunden warten musste; wegen so einer Lappalie konnte er durchfallen, und er durfte nicht durchfallen. Alles Geld, das er mit seinem Job in dem Zeitschriftenladen in der High Street verdiente, floss in die Fahrstunden.

Er konnte es vor allem kaum erwarten, Theo davon zu erzählen. Er wollte, dass Theo wieder stolz auf ihn war. Er war versucht, es ihm jetzt schon zu sagen, um den Stolz im Gesicht seines Bruders zu sehen. Aber er würde es für sich behalten, bis er die Prüfung hinter sich hatte. Er durfte nicht durchfallen.

Alle waren auf und saßen in der Küche, als er zurückkam. Alle außer seinem Vater, der auf Tour war. Im vergangenen Jahr hatte er seiner Mutter immer wieder versprochen: »Wenn Regan mit der Highschool fertig ist, wenn das und das ist, dann bin ich weg von der verdammten Straße, für immer. Dann werd ich Möbelpacker oder Kurier, egal was, Hauptsache, ich komme weg von dieser Scheißstraße.« Seine Mutter, Regan und Theo waren ganz aus dem Häuschen gewesen, als sie das hörten. Dan nicht. Er genoss den Raum um sich herum, wenn sein Vater unterwegs war. Das Haus war zu klein für sie beide.

Die schwarze Nacht war vorbei, aber der Morgen zeigte sich grau in grau. Tief hängende Wolken zogen einen Vorhang vor die Sonne. Im Flur und in der Küche brannte Licht.

Alle sahen auf, als Dan hereinkam: Theo, der gerade einen Löffel zum Mund führte, Regan, die darauf wartete, dass ihr Toast heraussprang, seine Mutter, die Kaffee in den Trichtereinsatz der Espressokanne füllte. Dan wusste nichts zu sagen, und so murmelte er nur ein »Guten Morgen« und murmelte dann noch irgendetwas auf die Frage seiner Mutter, wie es beim Joggen gewesen sei.

Es war eine Erleichterung, ins Bad zu gehen und die Tür zu schließen.

Es war ein Genuss, die Hähne aufzudrehen, die verschwitzten Sachen auszuziehen und das warme Wasser auf der Haut zu spüren. Er schrubbte sich kräftig unter den Armen, schrubbte sich zwischen den Beinen, um den Gestank loszuwerden. Er seifte sich ein und schrubbte sein Gesicht, schrubbte sich hinter den Ohren, schrubbte sich Hals und Nase, wo die vielen Pickel saßen, rot und hässlich.

Es war ein Genuss, dazustehen und sich vom sauberen warmen Wasser reinigen zu lassen. Kein Genuss war es jedoch, nach dem Abtrocknen dazustehen und in den Spiegel zu schauen.

Dan straffte die Schultern, glättete seine vom Trockenrubbeln kreuz und quer hochstehenden Haare. Er zwang sich, sein Spiegelbild zu betrachten. Seine Haut war rot und fleckig. Die Pickel auf seiner Stirn waren rosa und rissig, auf der Oberlippe hatte er schwarze Stoppeln, am Kinn einen schwarzen Flaum. Morgen würde er sich rasieren müssen, am Sonntagabend wahrscheinlich noch einmal. Die Haare würden nicht aufhören zu wachsen.

Er musste schauen, er musste nach unten schauen.

Dan musste ihn genau beobachten, seinen neuen Körper, er musste ihn täglich inspizieren, musste wachsam sein. Mit dem anderen Körper, mit Dannys Körper, war das nicht so gewesen. *Dieser* Körper war fit gewesen, *dieser* Körper war schlank geblieben, um ihn hatte er sich keine Gedanken machen müssen. Der neue Körper aber leistete Widerstand, es war, als wäre es gar nicht Dans Körper. Deswegen musste Dan jeden Morgen joggen, deswegen machte er jetzt drei- bis viermal in der Woche nach der Schule Krafttraining: um den neuen Körper in Schuss zu halten, unter Kontrolle zu halten. Deswegen musste er darauf achten, was er aß – keinen Zucker mehr, kein Fett mehr. Der andere Danny hatte Burger, Pizza und Toblerone in sich hineingestopft und gar nicht gewusst, was für ein Glück er hatte. Der neue Körper blähte sich, der neue Körper wurde schlaff. Danny, dieser blöde Arsch, hatte gar nicht geahnt, was für ein Glück er hatte.

Er zwang sich, wieder in den Spiegel zu schauen. Und sofort stießen ihn die vielen Haare ab. Er ekelte sich davor. Er hatte gehört, dass Haare nach dem Rasieren nur umso dichter nachwachsen, und so schien es tatsächlich zu sein. Da waren hässliche Zotteln auf der Brust und unten am Bauch, dichte schwarze Büschel in den Achselhöhlen. Er hasste die Haare, die zu seinen Schulterblättern hinaufkrochen – sie kamen ihm vor wie ein Virus, der in seinen Körper eindrang –, er hasste den Wildwuchs im Schritt, die Haare, die sich seine Beine hinaufzogen und an den Schenkeln dichter und schwärzer wurden. Irgendwann würde er sich wachsen lassen, würde sich operieren lassen, um die ganze Schweinerei loszuwerden. Sie widerte ihn an.

Er kniff in die Speckfalten links und rechts, das Fett, das schlaff auf seinen Hüften lag. Es wurde deutlich weniger – das viele Laufen und das Bauchtraining zahlten sich aus. Er quetschte es zwischen den Fingern. Der andere Danny hatte das verdammte Fett nie fürchten müssen.

Dan ließ die Hände sinken. Er war fertig. Er wandte sich vom Spiegel ab.

In seinem weißen Hemd mit der gestreiften Krawatte, seinem feinen Wollpullover, der dicken Wollhose und den blank geputzten Schuhen – der Blazer hing ordentlich über der Stuhllehne – saß er am Küchentisch und frühstückte, vorsichtig, damit kein Fleck auf Hemd oder Krawatte kam. Seine Mutter machte sich im Schlafzimmer für die Arbeit zurecht, Theo schaute im Wohnzimmer Trickfilme, nur Regan aß noch ihren Toast mit Vegemite-Hefe-Extrakt. Dan und seine Schwester sprachen nicht miteinander, jeder kaute nur sein Essen. Regan trug schwarze Jeans und das hässliche Sweatshirt, das zu ihrer Schuluniform gehörte, erbsengrün, der Name der Schule gelb aufgestickt. Die Jeans und auch das Sweatshirt waren ihr zu klein. Ihre Brüste wirkten riesig, ihre Schenkel fett. Er fragte sich, ob sie neidisch war auf seine schicke, propere, teure Uniform. Er musste mit ihr reden. Seine Mutter traute sich nicht, weil Regan sofort aus der Haut fuhr. *Er* musste es tun, musste ihr sagen, dass es ein Wort gab für das, was sie allmählich wurde, ein Wort, das Mrs. Taylor einmal gebraucht hatte, als von Mädchen die Rede war, die sich nicht zu kleiden wussten, Mädchen, die staatliche Schulen besuchten. Das Wort war *schludrig.*

Dan sah von seinem Teller auf und lächelte seine Schwester an. Regan strahlte. Sie war dankbar für sein Lächeln. Sie verlangte nichts von ihm, sie fragte ihn nicht aus wie seine Mutter, forderte keine Antworten wie sein Vater. Anders als Theo träumte sie auch nicht davon, dass Dan zum Schwimmen zurückkehrte. Wären nur Regan und er hier gewesen, hätte es genug Raum gegeben, hätte es allen Raum gegeben, den er brauchte.

Dan wandte sich wieder seinem Teller zu. Er musste vorsichtig essen. Früher hatte er eine Uniformzulage von der Schule bekommen, als Teil des Stipendiums. Doch seit er aus der Schwimmmannschaft ausgeschieden war, gab es nichts mehr. Auch deshalb musste er aufpassen und seinen Körper in Schuss halten. Seine Familie konnte es sich buchstäblich nicht leisten, dass er dick wurde.

Die Schule hatte für den anderen Danny gezahlt, sie hatte den anderen Danny unterstützt, weil der andere Danny Wasser gewesen war. Er war Wasser gewesen, und er war Luft gewesen. Er war geflogen. Der neue Dan war feste Erde. Er war kein Schwimmer mehr, er flog nicht mehr. Scham quälte ihn, sie würde wohl nie vergehen. Wie sehr schon das bloße Wort *Schwimmer* schmerzen konnte, ihn daran erinnern konnte, wie tief er gefallen war.

Dan wartete ganz am Ende des Bahnsteigs auf den Zug, so weit entfernt wie irgend möglich von den anderen Schülern, den Mädchen in Jeans oder nuttig kurzen Röcken, den Jungen, die keine Krawatten tragen mussten. Der andere Danny hatte stets aufrecht gestanden, hatte gewusst, dass er gut aussah. Der andere Danny hatte zu seiner Uniform gepasst. Dan zog sich das Hemd aus der Hose und lockerte den Krawattenknoten. *Schludrig.* Er kostete das Wort aus, es fühlte sich im Mund so schön an. So schludrig hätte er sich nie kleiden können wie diese Jungen, diese Mädchen von den Regelschulen. Sie zeigten selbst mitten im Winter nackte Haut, die Jungen in kurzen Ärmeln, die Mädchen in Röcken, die weit über dem Knie endeten. Als sie den Zug in die Innenstadt bestiegen, versuchte Dan nicht hinzuschauen, versuchte Haare und Haut zu ignorieren. Der andere Danny hatte so etwas gar nicht wahrgenommen. Dan aber sah neuerdings nur noch Haut.

Es war eine Erleichterung, am Bahnhof Flinders Street auszusteigen, den überfüllten Wagen zu verlassen, in die Bahn zur Schule zu springen. Er fand auch gleich einen Sitzplatz; nur wenige Leute fuhren stadtauswärts. Am anderen Ende des Wagens entdeckte er drei Jungen aus seiner Schule, drei jüngere in farbigen Blazern, die Jacken faltenlos, die Krawatten ohne Flecken. Einer von ihnen sah auf und erkannte ihn. Dan schaute ihn böse an, und der Junge senkte den Kopf. Dans grimmige Miene wich einem Lächeln. Der Knirps hatte Angst vor ihm, alle fürchteten Kelly, den Psycho.

Die Bahn rumpelte langsam in den Bahnhof. Dan wartete, bis die drei Jungen ausgestiegen waren, erst danach stieg er selbst aus. Die Jungen verschwanden in der Menge der anderen Schüler. Dan kniete sich hin, löste seine Schnürsenkel und band sie neu, um Abstand zwischen sich und den anderen zu schaffen. Er wartete, bis alle den Bahnhof verlassen hatten, dann ging er langsam die Anhöhe zur Schule hinauf.

An der Straßenbahnhaltestelle stand Luke, die Hände hinter dem Rücken, adrett in seinem Blazer mit der perfekt gebundenen Krawatte. Luke war jetzt Aufsichtsschüler, er musste kontrollieren, ob die Hemden der Jungen nicht aus der Hose hingen, ob ihre Haare nicht zu lang waren, ob sie auch nichts taten, was dem Ruf der Schule schaden konnte. Dan lächelte und wartete darauf, dass Luke ihn bemerkte. Er zog an seinen Hemdschößen und lockerte seine Krawatte noch weiter.

Im Näherkommen, hörte er, wie Luke einen Acht- oder Neuntklässler anblaffte. Der Kleine wurde rot, nickte dümmlich, kämpfte mit den Tränen. Seine beiden Freunde sahen tatenlos zu. Keiner wagte den Aufsichtsschüler anzusprechen. Sie hatten Glück, dass sie an Luke geraten waren, der die Schulvorschriften zwar genau kannte, aber nicht unfreundlich war, im Gegensatz zu einigen brutalen Typen, denen es einen Kick gab, die Jüngeren zusammenzuscheißen. Nicht so Luke. Er wollte nur, dass sie sich an die Regeln hielten. Der Kopf des Kleinen wippte noch immer auf und ab wie der eines Spielzeugvogels, dann ließ Luke ihn gehen, und er rannte zu seinen Freunden. Während Luke nach der nächsten Straßenbahn Ausschau hielt, hob der Junge hinter seinem Rücken den Mittelfinger, und seine Freunde lachten los.

Dan stürmte an Luke vorbei, der sich verwundert umdrehte und gerade noch sah, wie Dan den Jungen in den Schwitzkasten nahm. Der Kleine kreischte wie ein Huhn. Dan versetzte ihm mit dem Handrücken einen Klaps auf den Kopf, und der Junge stieß ein letztes Quieken aus.

»Wenn du meinem Freund noch einmal den Finger zeigst, du kleiner Wichser, dann hau ich dir die Hucke voll.« Dan ließ ihn los, und der Junge rannte davon. Dan grinste Luke an. »Die haben alle Angst vor Kelly, dem Psycho.«

Luke sah ihn nur wortlos an.

Dan wusste, dass die Jungen ihn zwar nicht respektierten, aber Angst vor ihm hatten. Selbst Luke, selbst sein bester Freund hatte Angst vor ihm. Weil dieser neue Dan härter war, tougher. Er war der härteste, toughste Junge an der Schule.

»Wenn dir das kleine Arschloch noch mal dumm kommt, sag mir Bescheid, dann knöpf ich ihn mir vor.«

Luke schrak zurück. Vor dem Kraftausdruck, vor Dans durchsichtigem Manöver mit der schlampigen Uniform. Worte formten sich auf seinen Lippen. Dan wartete, forderte Luke heraus, sie auszusprechen.

Luke wandte sich ab und überquerte zwischen haltenden Autos hindurch die Straße. Dan schwang sich seine Tasche über die Schulter und folgte ihm. Ein Wagen, der gerade wieder angefahren war, musste scharf bremsen, und der wütende Fahrer drückte auf die Hupe. Alle Jungen, die dem Schultor zustrebten, drehten sich um.

»Verpiss dich, du Wichser«, rief Dan lachend und zeigte dem Fahrer den Finger.

Luke hatte nicht auf ihn gewartet, er ging weiter, so schnell er konnte.

»Hey«, rief Dan ihm nach, »nicht so schnell!«

Luke fuhr wütend herum. »Binde dir gefälligst anständig die Krawatte. Du siehst aus wie ein Penner.«

Ein Zittern lief wie eine Grasnatter Dans Rückgrat hinauf. Seine Miene verfinsterte sich, er spannte sich an. Luke wich zurück und hob schützend die Hand.

Er denkt, ich will ihn schlagen. Dan lächelte, dann band er seine Krawatte neu und stopfte sich das Hemd in die Hose. »Besser so?«

Luke verstand nicht – er verstand nie. Probleme in der Schule waren für ihn das Schlimmste, was ihm hätte passieren können. Hätte er jemals nachsitzen müssen, wäre seine Welt zusammengebrochen. Luke begriff einfach nicht, begriff nicht, dass jenem anderen Danny das Schlimmste längst passiert war, dass jener andere Danny fertiggemacht und in der Luft zerrissen worden war. Luke begriff nicht, dass man Dan nichts mehr anhaben konnte. Hätte Dan sich an die Regeln gehalten, hätte er sich jeder Anweisung seiner Lehrer gebeugt, im Unterricht aufmerksam genickt, jedes Buch gelesen, das er lesen sollte, an den Sportveranstaltungen der Schule teilgenommen und mitgejubelt, wäre er ein perfekter Schüler gewesen, gehorsam, demütig und respektvoll, dann hätten sie ihn gehasst und nie aufgehört, über ihn zu lachen. Immer wieder hätten sie ihn daran erinnert, dass er sie enttäuscht hatte, dass er von Anfang an nicht hierher gehört hatte.

Das begriff Luke einfach nicht.

Wenn sie Angst vor ihm hatten, konnten sie ihn nicht treffen. Konnten ihm nicht wehtun.

Die Jungen strömten an ihnen vorbei. Dan hätte gern Lukes Arm gefasst, er wusste, dass er es hätte tun sollen, er hätte Luke so gern berührt, aber er hatte Angst, Luke würde seine Hand abschütteln, würde ihn, der mit einem solchen Makel behaftet war, nicht an sich heran lassen.

»Hey, Kazantsis«, sagte Dan, noch immer grinsend. »Tut mir leid, Kumpel.«

Und plötzlich brauchten sie sich nicht mehr zu berühren, plötzlich sah Luke ihn gerade an und durch ihn hindurch, sah hinter sein Grinsen und durch sein Grinsen hindurch, und er erkannte, wie sehr sein Freund litt. Es war so, wie Demet es vor Jahren einmal beschrieben hatte: Ein Licht lief von seinem Herzen zum Herzen seines Freundes und wieder zu ihm zurück, und das war alles, was sie an Berührung brauchten. Dan wollte sich noch einmal entschuldigen, diesmal ohne sein dummes, überlegenes Grinsen, doch in dem Moment rief jemand: »Kelly!«

Es war Martin.

Das Grinsen kehrte auf Dans Gesicht zurück. Er streckte die Arme aus und rief Martin zu: »Wie geht's, du alte Schwuchtel?«

Er wartete, bis Martin heran war, und schlenderte dann im Gleichschritt mit ihm die Einfahrt hinauf. Beiden war bewusst, dass sie von allen beobachtet wurden, beide spürten die starke Wirkung, als sich der Strom der Jungen teilte, um sie durchzulassen. Erst als sie bei den Schulgebäuden anlangten – Martin ließ sich gerade darüber aus, was für eine großartige Fußballmannschaft die Hawks seien –, merkte Dan, dass Luke nicht mehr neben ihm war, dass Luke nicht auf ihn gewartet hatte.

Auf dem Weg zur Morgenandacht in der Aula fragte Martin ganz beiläufig: »Weißt du, dass wir heute eine Sonderveranstaltung haben? Für John Wilkinson. Hast du das gewusst? Die haben den Wichser als Special Guest eingeladen.« Martin schüttelte verächtlich den Kopf. »Wilco soll uns inspirieren. Gehst du hin?«

Nicht gehen *wir* hin, sondern *du*, Kelly, gehst *du* hin.

Dan ließ sich nichts anmerken, aber das Herz fiel ihm in die Hose. Er schluckte, bewahrte die Fassung. Martin fixierte ihn. Er musste sich abwenden.

Wilco war Mitglied der Schwimmmannschaft für die Commonwealth Games. Es spielte keine Rolle mehr, wie tough Dan war, es spielte keine Rolle mehr, wie viel Angst die anderen vor ihm hatten, das alles spielte keine Rolle mehr. Auf keinen Fall würde er sich in die Aula stellen und diesem Arschloch zujubeln. Auf keinen Fall.

Er stellte seine Tasche in sein Schließfach. »Geh schon mal vor. Ich muss noch schnell aufs Klo.«

Martins Augen verengten sich, fixierten ihn wie etwas auf dem Objektträger eines Mikroskops, etwas Kleines, Schmutziges unter einer Linse. »Ich warte auf dich.« Martins Augen ließen ihn nicht los.

Dans Lächeln wurde breiter. Er hielt Martins Blick stand, gab Kontra. »Soll ich dir Händchen halten, oder was?«

Martins Augen irrten ab. Er setzte zu einem Grinsen an, dann verzog sich sein Gesicht, und er wurde verlegen. Er boxte Dan gegen die Schulter. »Du machst mich fertig, Danny Kelly.«

Dan boxte zurück, aber härter, um klarzustellen, wer der Tougheree war. Er hatte Martin aufgefordert, ihn Dan zu nennen, aber Martin wollte nicht, Martin tat ständig so, als hätte er es vergessen. Er rieb sich die Schulter. Der Schlag hatte wehgetan. Umso besser.

Dan ging pfeifend davon, in Richtung Toiletten. Ein Junge kam ihm entgegengelaufen, ein Siebtklässer mit glattem schwarzem Haar und Alabasterhaut, auf dessen Wangen, Stirn und Kinn hässliche Aknepickel sprossen. Er versuchte Dan auszuweichen, aber Dan machte einen Schritt zur Seite, eine kleine Bewegung nur, die aber ausreichte, um den Jungen in ihn hineinrennen zu lassen. Ein Schulterstoß von Dan, und er wirbelte gegen die Schließfächer. Der Aufprall auf den Metalltüren und sein Schmerzensschrei ließen alle herumfahren. Dan schaute nicht zurück. Noch immer pfeifend, die Hände in den Taschen, stieg er die Treppe hinunter.

Er war kein Held, aber sie hatten Angst vor ihm. Er war Kelly, der Psycho. Keiner wagte sich mit ihm anzulegen.

Außer ihm war niemand in der Toilette, und kaum war er eingetreten, ballte er die Faust und stieß sie mit voller Wucht gegen den Händetrockner, genoss das Geräusch des nachgebenden Metalls. Er stieß noch einmal zu. Und noch einmal. Und noch einmal. Blutstropfen traten aus seinen aufgeschürften Knöcheln. Voller Genugtuung über den angerichteten Schaden, über den scharfen, stechenden Schmerz hob er die Faust an den Mund und saugte das

Blut weg. Er stellte sich Wilcos Gesicht vor, stellte sich vor, wie es wäre, auf ihn einzuschlagen, mit voller Wucht, so wie er auf den Händetrockner eingeschlagen hatte. Wie gut würde sich das anfühlen? Wilco zu treten, sich hinter ihn zu stellen, seinen Arm hochzureißen und zu verdrehen, seine Knochen brechen zu hören, sodass er nie wieder würde schwimmen können.

Dan warf die Kabinentür zu, die noch dreimal zurückprallte und gegen die Wand schlug. Er zog sie zu, verriegelte sie und setzte sich auf die Brille, atmete ein und atmete aus, versuchte, nicht an die Lobeshymnen für Wilco zu denken, sich nicht vorzustellen, wie er im Jackett der australischen Mannschaft, den blank geputzten Schuhen und der ordentlich gebundenen Krawatte auf der Bühne saß. Mit seinem typischen Grinsen würde er aufstehen, sich in der Aula umsehen, inmitten der nicht endenden Jubelrufe und Beifallsstürme Dannys Gesicht suchen, nach Danny Kelly Ausschau halten, würde ihm zeigen wollen, dass er, Wilco, der Stärkste, der Schnellste, der Beste war. Er, Wilco, würde in Kuala Lumpur auf dem Siegerpodest stehen, man würde ihm noch lauter zujubeln, noch begeisterter applaudieren als hier, dabei hätte es Dan sein müssen, der dort oben stand. Aber er war nicht gut genug, er war nicht schnell, nicht stark genug. Er war nicht der Beste. Dan stieß die Faust mit solcher Kraft gegen die Kabinenwand, dass sein Kopf zurückschnellte.

Auch Trainer Torma würde in der Aula sein, würde Beifall klatschen. Wilco würde vielleicht sein erster Olympiateilnehmer sein.

Wein bloß nicht, du Arsch, wein bloß nicht. Lieber würde er sich umbringen.

Er wollte nicht in diese Welt hinaus, in der Wilco ein Held war. Lieber würde er den ganzen Tag in der Toilette bleiben, als den Jungen gegenüberzutreten, die Wilco zugejubelt hatten. Aber bald hörte er die Woge der Jungen durch den Innenhof rollen, hörte durch die Holzlamellen des Fensters ihre Rufe und ihr Gelächter, hörte ihr Trampeln und Schlurfen im Flur, hörte die Toilettentür aufgehen und die Jungen neben ihm pissen und scheißen, hörte das Wasser laufen. Er verließ die Kabine, wusch sich die Hände, und das geronnene Blut an seinen Knöcheln begann wieder zu fließen. Er machte sich die Haare nass, klatschte sie an, entdeckte Bartstoppeln an seinem Kinn. Luke hätte ihn darauf aufmerksam machen müssen, irgendein Lehrer würde ihn deswegen zur Rede stellen: Er könne doch nicht unrasiert in der Schule erscheinen, wenn das noch einmal vorkomme, gebe es Strafpunkte, das nächste Mal müsse er nachsitzen. Dan stieß mit dem Fuß die Tür auf, schob die Hände in die Taschen und schlenderte hinaus, so langsam, dass es aussah, als habe er alle Zeit der Welt. Er hatte das vor dem Spiegel geübt, hatte seinen Körper darauf trainiert, anders zu gehen, sich anders zu bewegen als der Körper, der Danny gehört hatte, der Dan nun nicht mehr gehörte.

Die Aufsichtsschüler gingen gemeinsam zum Schulgebäude zurück. Eigentlich hätte Martin bei ihnen sein sollen, doch er war letzte Woche beim Rauchen erwischt und degradiert worden. Nächste Woche würde er wieder dabei sein; alle Taylors waren Aufsichtsschüler, das war Martin zufolge Familientradition. Die Schule würde nicht wagen, ihn allzu lange zu bestrafen.

Dan wünschte, er hätte mit Martin sprechen können. Martin hätte ihn nur zu gern unterstützt, hätte den Kick der Mutprobe gesucht. Doch da Martin nicht da war, musste es eben Luke sein. Er gab ihm ein Zeichen, und sein Freund wartete, bis er heran war.

»Hör mal«, flüsterte er. »Du musst mir einen Gefallen tun.«

Die anderen Aufsichtsschüler sahen zu ihnen her. Dan schaute sie böse an und wünschte, er könnte ihnen den Stinkefinger zeigen. Aber Probleme in der Schule konnte er sich nicht leisten, nicht jetzt. Und der Blick, den er ihnen zuwarf, genügte. Sie wandten sich ab.

»Was ist?«, fragte Luke.

»Ich mach heute blau.«

»Das geht nicht.«

»Doch. Beim Appell kannst du ja sagen, ich lerne in der Bibliothek für die Abschlussprüfung, das hättest du mir erlaubt. Bis zur Mittagspause bin ich wieder da. Versprochen.«

Luke schüttelte den Kopf.

»Das klappt schon.«

»Und wenn du erwischt wirst?« Lukes Stimme klang jetzt jünger, unsicher.

»Komm schon. Ich werd nicht erwischt, und du kriegst keine Probleme.« Dan zwinkerte ihm zu. »Die schmeißen dich schon nicht raus, du bist doch hier der Star. Damit würden sie sich ja ihre Anmeldezahlen versauen.«

Die Unsicherheit wich aus Lukes Miene. »Dann hau eben ab, Kelly.« Er verschränkte die Arme und ging mit großen Schritten über den Hof davon.

Dan sah sich rasch um, ob auch kein Lehrer in der Nähe war, überzeugte sich, dass niemand ihn sehen konnte. Nur der Gärtner war da, ein neuer Mann. Dan war lange genug an der Schule, um zu wissen, dass ein Gärtner nicht zählte. Er rannte zu den Schließfächern.

Luke würde ihm den Gefallen tun, Luke würde ihn decken. Er wusste, dass er sich auf Luke verlassen konnte.

Er hatte eine Trainingshose, Turnschuhe und ein paar alte T-Shirts in seinem Schließfach, die er zum Krafttraining in der Mittagspause oder nach der Schule anzog. Er raffte alles zusammen, ging mit dem Bündel leise den Flur hinunter und steuerte dann zielstrebiger auf die Laufbahn zu. Dort angelangt, setzte er sich in Trab.

Nicht weit vom Fluss stand eine Baumgruppe, ein Kreis von Eichen, die vor hundert Jahren gepflanzt worden waren. Hierher kamen einige der Jungen, um zu rauchen, hierher kam Dan, um allein zu sein. Man war hier sicherer als am Flussufer, wo Aufsichtschüler und Lehrer patrouillierten.

Schnell zog Dan seine Schuluniform aus, schlüpfte in die Sportsachen, stopfte die Uniform in ein T-Shirt und schob es in einen hohlen Baumstamm. Er atmete ein, und er atmete aus.

Endlich war er frei. Schuleschwänzen war das Schönste, was es gab.

Dan folgte einem Pfad, der im Schutz von Büschen und Bäumen am Fluss entlangführte. Nach einer Biegung ging es eine kleine Anhöhe hinauf zu den Bahngleisen. Ein verwahrloster Schotterweg verlief parallel dazu. Jenseits der Gleise sah man die Rückseiten imposanter Villen. Auf einer der Gartenmauern waren Glasscherben einzementiert. Es war verlockend – irgendwann würde Dan hinübersteigen, nur um zu beweisen, dass er es schaffte. Das würde selbst Martin beeindrucken.

Eine kleine Brücke führte über die Gleise, dann war er am Stadtrand. Er ging eine schmale baumbestandene Straße entlang, überquerte die Malvern Road und erreichte den Bahnhof Toorak. Hier würde ihm kein Lehrer begegnen, niemand patrouillierte so weit von der Schule entfernt. Er ging bis ans Ende des Bahnsteigs, die Hände in den Taschen seiner Trainingshose. Die Kälte schnitt ihm ins Fleisch, doch er achtete nicht darauf. Als der Zug kam, stieg er in den letzten Wagen, dann war er auf dem Weg zur Stadt.

Er war gern in der City: Er konnte dort im Getriebe verschwinden, niemand beachtete ihn, der Verkehr, das Gewühl, der Lärm – nichts hatte klare Grenzen, alles ging ineinander über, sodass nicht zu erkennen war, wo etwas anfing und wo es endete.

Dan schlenderte durch Gassen und Einkaufspassagen, betrat das eine oder andere Geschäft. Die Zeit versank. Er sah nicht auf seine Armbanduhr, er vermied es, zur Rathausuhr hochzuschauen, er verließ sich auf seine Instinkte, er genoss jede Minute. Hier brauchte er niemand zu sein, hier konnte er einfach nur durch die Stadt schlendern, verschwinden.

Er wünschte, Martin wäre bei ihm, sie könnten gehen und reden, könnten gemeinsam verschwinden. Und wenn nicht Martin, dann Luke. Aber die beiden schwänzten nie, das trauten sie sich nicht. Dan war mutiger und tougher als sie. Er hätte Demet anrufen können, sie hätte ebenfalls schwänzen können, an ihrer Schule nahm man es nicht so genau. Doch inzwischen würde wohl nicht einmal mehr Demet blaumachen, nicht im letzten Schuljahr. Sie war zur Streberin geworden, sie lernte nur noch, wollte studieren. Wie Martin und Luke. Dan war allein, und er verschwand, eroberte die Stadt.

Der Gedanke an Martin erinnerte ihn daran, dass er noch ein Geburtstagsgeschenk für Emma kaufen musste.

Schon seit längerem bekam er Bauchschmerzen, und es schnitt ihm ins Herz, wenn er an Emma dachte. Das war der Preis des Scheiterns, sagte er sich, auf ein Mädchen wie Emma verzichten zu müssen. Ein dummer Gedanke natürlich – sie war älter als er, hatte ihr Studium schon fast beendet. Hätte er aber Gold geholt, dann hätten die vier Jahre keine Rolle gespielt. Doch er hatte sie enttäuscht. Sie würden nie zusammenkommen. Er hatte nichts zu bieten, das wusste er. Sie war vollkommen, und er verdiente sie nicht, auch das wusste er. Sie gehörte zum anderen Danny. Sie war ein Vogel, sie flog hoch über ihm, während er an der Erde klebte. Sie gehörte zum Himmel, nicht zur Erde.

Die City brach in Geräusche, Farben und Gerüche aus: der wummernde Technobeat aus einem Restpostenladen, das stumpfe Grau des Asphalts, der beißende Geruch nach Gewürzen und Fett aus den Noodle Shops. Dan ging nicht mehr ziellos umher. Er wusste jetzt, wo er hinwollte.

Bei David Jones fand er das perfekte Geschenk für Emma: einen schlichten weißen Porzellanteller mit einem blauen Finken darauf. Er war hauchdünn, er war die Zerbrechlichkeit selbst. Dan würde kaum wagen, ihn in die Hand zu nehmen. Er schaute gar nicht erst auf das Preisschild, er wusste auch so, dass er sich den Teller nicht leisten konnte. Und er schaute sich auch nicht um, ob jemand hersah. Er durfte nicht zögern, durfte nicht vorsichtig vorgehen. Er atmete ein, seine Hand schoss vor, er atmete aus, und der kleine Teller steckte in seiner Tasche. Langsam und selbstbewusst ging er zum Ausgang, vorbei an den Kunden, vorbei an den Verkäuferinnen in der Parfümerieabteilung, blieb sogar stehen, um eine Rollstuhlfahrerin vorbeizulassen, eine junge Frau mit einem silbernen Piercing in der Oberlippe, die ihm knapp zunickte, als verabscheute sie seine Geste, müsste sie aber wohl oder übel honorieren, dann war sie vorbei, und er war am Ausgang, und seine Schritte hatten sich nicht beschleunigt, und sein Atem war gleichmäßig geblieben, und er war auf der Straße draußen, um ihn herum Geräusche, Farben, Gerüche und Lichter der Stadt, und nur sein Herz schlug so schnell, als hätte er gerade seinen Morgenlauf hinter sich. Niemand rief hinter ihm her, niemand rannte ihm nach. Er überquerte die Straßenbahngleise und verschwand, noch immer klopfenden Herzens, in einer Einkaufspassage. Der Nervenkitzel war berauschend. Einen Moment lang, einen kurzen, herrlichen Moment lang fühlte er sich wieder wie der andere Danny.

Diesmal nahm er nicht den Zug. Noch beschwingt von seinem Diebstahl und um so schnell wie möglich zurückzukommen, wagte er sich in die Straßenbahn. Beim Umsteigen lief er zwei Jungen über den Weg. Sie waren nicht von seiner Schule, ihre Blazer hatten andere Streifen, sie waren von einer anderen Privatschule. Sie waren von der Schule, die seine Schule seit langem zu schlagen versuchte, der Schule, die seine Schule hasste. Es war eine katholische Schule, und aus irgendeinem Grund wurde sie zum Teil gerade deswegen gehasst, obwohl es auch an Dans Schule Katholiken gab – die ständig damit gehänselt wurden, dass sie von ihren Priestern gefickt würden. Im Vorbeilaufen stieß er einen der Jungen versehentlich mit dem Ellenbogen gegen die Hüfte, der Junge stolperte, dann drehte er sich um und rief etwas, das Dan nicht verstand. Die Straßenbahn kam, aber er achtete nicht darauf. Er wusste, was er zu tun hatte.

»Was hast du gesagt?«

»Pass auf, wo du hinläufst, hab ich gesagt, du Idiot.«

Der andere Junge stieß seinen Freund an und flüsterte ihm etwas zu.

»Ich kenn dich«, sagte der Erste mit einem hinterhältigen, gemeinen Grinsen. »Du bist doch diese Heulsuse, stimmt's? Dieser

Loser von einem Schwimmer. Aber ihr seid ja alle Heulsusen an eurer Schwulenschule.«

Dan musste sich beherrschen, *nicht jetzt*, musste das Schreien in seinem Kopf zum Schweigen bringen. Es ging jetzt nicht, nicht hier in der Öffentlichkeit. In seinem Kopf aber schrie es: *Ich bring dich um, du Arschloch, ich zerreiß dich in der Luft.*

Er nannte nur den Ort, einen Park, und den Zeitpunkt, zu dem sie sich nach der Schule treffen würden. Der andere war nervös geworden, beide Jungen waren nervös, aber sie konnten nicht kneifen, das wusste Dan. Die nächste Straßenbahn kam, und er lief los. »Fünf Uhr«, rief er noch einmal. »Ich bin da.« Und in seinem Überschwang schickte er das berauschende Wort hinterher: »Arschloch.«

Eine Frau warf ihm einen vernichtenden, verachtungsvollen Blick zu. Es kümmerte ihn nicht. Er war nicht in Uniform.

Doch als er in der Bahn saß und wieder zu Atem kam, ging ihm das Wort unaufhörlich im Kopf herum: *Heulsuse.* Genau das war er, und sein Scheitern traf ihn wie ein Fausthieb, sodass er kaum noch Luft bekam. Seine Haut glühte, seine Hände zitterten, das Blut pochte so heftig in seinem Kopf, dass er nichts mehr sah, und die schlimmen Erinnerungen kamen wieder, sie würden ihn nie mehr loslassen. Er saß da, und die Scham brannte so heftig, dass er glaubte, in Flammen aufgehen zu müssen.

Er hatte gedacht, er käme ungeschoren davon, doch als er sich wieder auf das Schulgelände schleichen wollte, bellte jemand seinen Namen. Er erkannte die harten Konsonanten und die abgehackten Vokale sofort.

Er setzte eine ausdruckslose Miene auf. Der Mann sollte nicht wissen, wie sehr er ihn hasste.

»Wo bist du gewesen?« Der Trainer kam über die Straße auf ihn zugelaufen. Dan staunte unwillkürlich über seinen gewaltigen Bauch, der so straff war, dass er nicht einmal wackelte. Waren das etwa alles Muskeln?

Als der Trainer vor ihm stand, wiederholte er seine Frage: »Wo bist du gewesen?«

»Ich hab geschwänzt.« Etwas anderes fiel Dan nicht ein.

Die Schultern des Mannes sanken herab. »Junge, das ist dein letztes Schuljahr, und deine Noten sind nicht gut. Was soll denn das?«

Was geht dich das an?, war Dans erster Gedanke. Und der zweite, gleich darauf: Woher weißt du das, und was kümmert es dich?

»Danny, ich möchte mit dir reden.«

»Krieg ich Probleme?«

»Ich hab gesagt, ich möchte mit dir reden.«

»Krieg ich Probleme?« Du hast mich enttäuscht. Nicht ich hab dich enttäuscht, du hast *mich* enttäuscht.

»Du dummer Junge, ist dir denn nicht klar, dass die hier nur einen Vorwand suchen, um dich loszuwerden?«

Weil ich ein Versager bin, weil ich zu nichts zu gebrauchen bin.

»Krieg ich Probleme?« Er genoss es, die Frage zu wiederholen, genoss es zu sehen, wie wütend er den Trainer damit machte. Das Gesicht des Mannes war dunkelrot angelaufen, und er bleckte die Zähne. Das sind wir, dachte Dan, zwei Hunde, die sich am liebsten gegenseitig zerfleischen würden.

Die Gesichtszüge des Mannes erschlafften, wurden plötzlich ausdruckslos. »Geh. Geh rein.«

Soll ich ihm etwa dankbar dafür sein, dass er mich nicht verpfeift?, fragte sich Dan. Da kann er lange warten. Er schob die Hände in die Taschen, fühlte die glatte, kühle Fläche des Tellers. »Okay, ich geh schon.«

»Danny.« Der Mann hielt ihn zurück. Die Worte kamen mühsam hervor, als schämte er sich dafür. »Mein Angebot steht. Wenn du willst, dass ich dich wieder trainiere, dann tu ich's. Wenn du vorbeikommen und reden willst, egal worüber – ich helfe dir gern. Du bist immer willkommen bei mir.«

Der Mann wartete. Gespannt. Wie ein Hund auf einen Knochen.

Da sagte Dan leise und entschlossen: »Mr. Torma, erinnern Sie sich an die Pizzen, die Sie immer für uns geholt haben? Die Sie so grandios fanden, die besten der Welt? Die waren nichts, Sir, die waren sauschlecht, Sir, das fanden wir alle. Wir haben Sie angelogen. In Wirklichkeit fanden wir Ihre Pizzen beschissen.«

Es war aus dem Nichts gekommen, tief aus seinem Innern, und es war genau das Richtige. Wieso war es ihm nicht schon längst eingefallen? Der fette Idiot war am Boden zerstört, als hätte Dan ihn k.o. geschlagen, er blinzelte, war sprachlos. Dan hatte ihn anschreien wollen, aber das hier war besser. Cleverer. Kein Gefluche, kein Wutausbruch. Er hatte den fetten Idioten lediglich in die Schranken verwiesen. Die Scham, die ihn in der Straßenbahn gequält hatte, die Schmach, dass er so war, wie er war – alles fiel von ihm ab. Er hätte am liebsten losgebrüllt vor Lachen, als er am Rand des Schulgeländes entlanglief, über den Zaun bei der Laufbahn kletterte, zum Fluss hinunterrannte und seine Uniform wieder anzog. Er schaffte es gerade noch rechtzeitig zum Klingeln für den Englischunterricht. Martin zwinkerte ihm zu, als er sich auf seinen Platz setzte. Luke stand die Erleichterung ins Gesicht geschrieben.

Es war eine Doppelstunde, zwei Stunden Englisch, und Dan arbeitete konzentriert mit. Er hatte Mr. Gilbert immer gemocht; manchmal hatte er geglaubt, Mr. Gilbert sei der einzige Lehrer, der auch ihn mochte, der ihm verzieh, dass er dauernd Mist baute. Sie nahmen *Das Leben des Galilei* durch, und Dan hob zwar nicht die Hand und stellte keine Fragen, aber er genoss die Lektüre des Stücks. Der Text beruhigte ihn irgendwie. Das war seltsam – eigentlich hätte es ihn empören müssen, was diesem Mann, dem besten und klügsten seiner Zeit, angetan wurde. Es war skrupellos gewesen. Dieses Wort hatte Mr. Gilbert gebraucht, und es passte genau. Das Stück machte Dan Mut. Er versenkte sich in die eigentümliche Syntax und die ungewohnten Sprachmuster, in denen es keinen Bruch zwischen Gesagtem und Gemeintem zu geben schien. Mr. Gilbert forderte die Klasse zwar auf, zwischen den Zeilen zu lesen, auf den Subtext zu achten, aber Danny gefiel an dem Stück gerade, dass die Worte die Wahrheit sprachen. Sie heuchelten nicht, sie verstellten sich nicht, sie trogen nicht. Dass all dies Fantasie war, wusste er natürlich, in der realen Welt funktionierten Worte nicht so. Er empfand Mitleid mit dem armen Galilei, der die Wahrheit sprach und zum Lügen gezwungen wurde. Der Schimpf und Schande hinnahm – auch dies ein Ausdruck, den Mr. Gilbert gebrauchte. So erging es den Besten und den Klügsten. Die Welt hasste sie und zwang sie zur Feigheit, zwang sie zur Lüge.

Dan verlor sich in dem Text, bis es klingelte, dann schrammten Stühle über den Boden, und ihm fiel wieder ein, dass er kämpfen musste. Er musste kämpfen, und er musste siegen.

Er sagte es Martin. Luke wagte er es nicht zu sagen.

»Okay, alles klar.« Martin flüsterte ein paar anderen Jungen etwas zu.

Bei den Schließfächern holte Dan vorsichtig den Teller mit dem blauen Finken heraus und zeigte ihn Martin. »Der ist für Emma, zum Geburtstag.«

Martin war überrascht. »Du hast an ihren Geburtstag gedacht?«

»Ja, klar.«

Martin besah sich den Teller und zog die Brauen hoch. »Woher hast du den?«

Dan musste an sich halten, um nicht damit herauszuplatzen, dass er ihn geklaut hatte. Das hätte Martin zwar beeindruckt, aber Emma durfte es nicht wissen; er hätte sich geschämt, wenn sie es erfahren hätte.

Martin streckte die Hand aus. »Ich geb ihn ihr.«

Dan drückte den Teller an sich. »Nein, den geb ich ihr selbst. Ich kann ja heute Abend mit dir nach Hause gehen, nach dem Kampf.«

Martin versteifte sich. »Sie ist aber nicht da.« Es klang mürrisch, gereizt. »Sie wohnt nicht mehr zu Hause, sie hat jetzt eine eigene Wohnung.« Wieder streckte er die Hand nach dem Teller aus. »Ich geb ihn ihr, wenn sie am Sonntag zum Essen kommt, okay?«

Doch Dan wollte den Teller nicht loslassen. Es war sein Geschenk für sie, er wollte es ihr selbst überreichen und ihr Gesicht sehen, wenn sie es auspackte. Morgen würde er im Zeitschriftenladen Goldpapier kaufen, das war dem Geschenk angemessen.

»Dann komm ich am Sonntag vorbei. Um wie viel Uhr?«

»Mann!«

Dan verstand nicht, warum Martin so genervt reagierte, warum er seine Schließfachtür so zuknallte.

»Raffst du's nicht?«, fragte Martin leise und ohne Dan anzusehen. »Raffst du's nach all den Jahren immer noch nicht, dass du nicht einfach so vorbeikommen kannst? Das gehört sich nicht.« Taylor machte einen Witz aus den letzten vier Wörtern, sprach sie so gepresst aus, dass sie wie ein Witz klangen. »Du bist nicht eingeladen.«

Dann lade mich doch ein, dachte Dan. Er musste daran denken, wie ihn Mrs. Taylor nach dem Wochenende am Strand in der Stadt abgesetzt hatte. »Deine Mum hat gesagt, ich bin immer willkommen bei euch.« Er hatte ihre Worte noch genau im Kopf: *Danny, du bist immer willkommen bei uns.*

Martin reagierte jetzt nicht mehr genervt, er verdrehte nur noch die Augen. »Aber doch nur aus Höflichkeit, du Schwachkopf. Raffst du's denn nicht?« Und diesmal schnappte er sich den Teller. »Ich geb ihn Emma am Sonntag. Ich pack ihn sogar ein, was sagst du dazu?«

Dan hätte den Teller am liebsten wieder an sich gerissen, ihn hochgehoben und dann losgelassen, sodass er in tausend Stücke zersprang.

Der Junge, mit dem er sich prügeln würde, trug Sportsachen. Dan wollte mit nacktem Oberkörper kämpfen, er konnte es sich nicht leisten, sein T-Shirt zu zerreißen. Er drehte den beiden Gruppen wartender Jungen aus beiden Schulen den Rücken zu und zog seine Uniform aus. Sein ekliges Brusthaar war ihm peinlich.

Die Jungen fingen an zu klatschen, die Gegenpartei brach in die Anfeuerungsrufe ihrer Schule aus, und Tsitsas und Martin antworteten mit ihren eigenen. Nicht zu laut, damit niemand es hörte.

Ich bin der Toughere, sagte sich Dan, ich bin der Stärkere. Er musste einfach siegen. Nicht beißen, ermahnte er sich, nicht treten, nicht unter die Gürtellinie. Er durfte nicht unehrenhaft siegen. Er pflanzte sich vor seinem Gegner auf und hob die Fäuste.

Der andere versetzte ihm einen schnellen Schlag, der Dan überrumpelte. Er spürte keinen Schmerz, aber er stolperte und stürzte. Die Rufe waren verstummt. Er rappelte sich wieder hoch und war froh, dass sein Gegner sich nicht auf ihn gestürzt hatte, dass er ihm die Chance gegeben hatte, wieder aufzustehen. Dan preschte auf ihn los, rammte ihn und schickte ihn zu Boden, aber Dan wartete nicht ab, Dan warf sich sofort auf ihn, warf sich mit seinem ganzen Gewicht auf die Brust des Jungen. »Runter von mir! Runter von mir!«, schrie der andere, doch Dan stieß ihm das Knie nur noch härter in die Brust. Er holte aus und schlug zu, drei Fausthiebe in rascher Folge. Wie gern hätte er mit voller Wucht zugeschlagen, wie gern hätte er dem Jungen Kiefer, Nase und Zähne gebrochen, und er wäre auch dazu fähig gewesen – ein Hieb für Torma, einer für Wilco und einer für Mrs. Taylor –, doch er hielt sich zurück. Er drückte den Jungen weiter zu Boden, ermahnte sich aber, kühlen Kopf zu bewahren, sagte sich, dass es ohnehin vorbei sei.

Und das war es auch. Der Junge sagte: »Geh runter von mir, okay? Du hast gewonnen, aber geh runter von mir.«

Martin half Dan auf und riss seine Hand hoch. Und während die Verlierer abzogen, stimmten Dans Freunde das Schullied der anderen an. Sie sangen aus voller Kehle, und es kümmerte sie nicht mehr, ob jemand sie hören konnte, doch statt von Stolz, Ehre und Vergangenheit sangen sie von perversen Priestern und mannstollen Nonnen. Martin, der immer noch Dans Hand hochhielt, fing an, »Barrakuda, Barrakuda« zu skandieren, aber Dan machte sich los und wandte sich seinem Freund zu.

»Hör auf. Hör auf damit, verdammt.«

»Okay.« Martin sah Dan lächelnd beim Anziehen zu. »Wie du willst, Scheiß-Psycho.«

Als sie den Park verließen, lag Martins Arm um Dans Schultern.

Er fühlte sich schwer und leicht zugleich an. Dan begriff nicht, weshalb er einerseits wollte, dass Martins Arm dort blieb, und ihn andererseits am liebsten abgeschüttelt hätte. Er lächelte, als die anderen ihn beglückwünschten, aber er war nicht zufrieden. Er hatte gewonnen, aber er empfand nichts dabei. Er hatte gewonnen, aber es war nichts wert.

Am nächsten Morgen im Zeitschriftenladen – der Besitzer schimpfte, weil Dan fünf Minuten zu spät kam – dachte er immer wieder darüber nach, warum der Trainer ihm dieses Angebot gemacht hatte, warum er sich überhaupt noch mit ihm abgab. Und dann kam er darauf. Der Trainer glaubte nicht mehr an ihn, der Trainer wusste, dass es den anderen Danny nicht mehr gab. Der Trainer hatte Mitleid mit ihm, das war es.

Mehr war Dan nicht mehr wert. Nur noch Mitleid.

Dan hasste den Mann für sein Mitleid, er wünschte ihm die Pest an den Hals, und einen Sekundenbruchteil lang erwärmte ihn dieser kindische, böswillige Gedanke. Dann kehrte in einem eisigen Schwall die Scham zurück.

Als seine Schicht zu Ende war, machte er die Kasse und schloss dann ab. Er dachte daran, wie er zu Martin gesagt hatte, *Ich komm vorbei*, und wie Martin geantwortet hatte, *Raffst du's nicht? Das gehört sich nicht.* Damit hatte er gemeint, dass er und Dan in verschiedenen Welten lebten, damit hatte er gemeint, dass Dan ungehobelt und unhöflich war. Er hat gemeint, dachte Dan, dass ich *schludrig* bin.

Ein hässliches Wort. Aber genau das war er. Wieder durchlief ihn die Scham, schmerzhaft siedend wie kochendes Wasser. Dann kam die Kälte zurück, hüllte ihn ein und ließ sein Herz erstarren. Auch die Kälte war schmerzhaft.

»Du wirst mal ein guter Fahrer.«

Es tut gut, dass Dad das sagt, während er die Knöpfe des Autoradios drückt, um einen Song zu finden, der ihm gefällt. Das Radio in Mums Datsun funktioniert, aber der CD-Player geht schon seit einem Jahr nicht mehr. Jedes Mal wenn wir einsteigen, sagt Mum: »Ich weiß nicht, was mit dem los ist. Plötzlich hat er gestreikt, von einem Tag auf den anderen. Scheißding.«

Wenn Regan und ich mitfahren, wagen wir uns nicht anzusehen, sonst platzen wir los. Was Mum nicht weiß: Vorigen Sommer hat Regan mit zwei Freundinnen im Auto gesessen, ohne zu fahren, für den Führerschein waren sie noch zu jung. Sie haben sich gelangweilt, haben einfach im Auto abgehangen und Musik gehört, und Regan hat eine Zweidollarmünze ins CD-Fach geschoben, nur so zum Spaß, um irgendwas zu tun. Die Münze ist stecken geblieben, und seitdem funktioniert der CD-Player nicht mehr.

Dad bleibt schließlich bei einem Song auf einem Golden-Oldies-Sender. Ich kenne das Stück, so etwas hört man beim Friseur oder im Supermarkt. *I think it's going to be a long time.*

Dad lehnt sich zurück. Sein Fenster ist offen, und er summt mit. »Elton John – der war mal gut.«

»Mhm.« Ich kenne Elton John. Halbglatze, verrückte Brille, eine Oberschwuchtel.

»*Madman Across the Water.* Das Album hatte ich als Teenager, das hab ich bis zum Gehtnichtmehr gehört. Das war noch okay, und *Tumbleweed Connection* war auch gut. Aber in den Achtzigern war das dann alles nichts mehr.« Er grinst spöttisch. Das sagt er immer: Alles war nichts mehr in den Achtzigern.

Mit Dad im Auto kann ich mich nicht entspannen. Er beobachtet mich aus dem Augenwinkel, auch jetzt, und dabei schaut er aus dem Fenster und tut so, als würde er nur zuhören. Mein Vater fährt Auto, seit er zwölf ist, er kann jeden Wagen fahren, jeden Laster, er kann ihn zerlegen und wieder zusammenbauen, er kann bei Nebel fahren, bei Nässe und in einem Tropensturm, er kann über das Meer des Hume Highway und den Ozean der Nullarbor-Wüste navigieren. Mum meint, Dad fährt nicht, er fliegt.

Sein Kompliment glimmt noch nach, ein Funke in meinem Innern, aber ich bin deswegen nicht weniger ängstlich. Es macht mir jedes Schalten, jedes Bremsen, Kuppeln und Beschleunigen bewusster. Ich wünschte, wir wären draußen vor der Stadt, auf freier Strecke, und ich könnte ihm richtig zeigen, wie ich das Fahrzeug beherrschen lerne. Aber noch lieber wäre ich allein auf freier Strecke.

Es ist eine Woche vor Weihnachten, und im Stop-and-go-Verkehr auf der Glenferrie Road kann ich nicht rasen oder fliegen. Wir brauchen ewig von einer Ampel zur nächsten.

»Langsam, Junge«, sagt Dad. »Wir haben jede Menge Zeit. Wir kommen schon nicht zu spät.«

Mir wird klar, dass ihm genauso graut wie mir.

Als wir endlich die Riversdale Road überqueren und zur Schule hinunterfahren, schaltet er das Radio aus. Ich biege nach links ab, in die kleine Straße, die unten am Schulgelände entlangführt. Dad stößt einen langen Pfiff aus.

»Herr im Himmel«, staunt er. »Die ist ja riesig.«

Er sieht meine Schule zum ersten Mal.

»Warte, bis wir drin sind«, sage ich und steuere vorsichtig eine Parklücke zwischen einem neuem Mercedes und einem schwarzen Pajero an. Es soll ein müheloses Hineingleiten werden, das perfekte Einparken. Dad presst unwillkürlich die Hand aufs Armaturenbrett. Eine elegante Lenkraddrehung, und der Datsun steht. Vertrau mir, würde ich am liebsten sagen. Kannst du mir nicht einfach vertrauen?

Er bleibt stumm, während wir die lange gepflasterte Einfahrt hinaufgehen und den Innenhof betreten. Die Blumen dort sind längst verblüht. Ohne die Schüler wirkt das Gelände noch größer, und diese Weiträumigkeit überwältigt mich. Mein Vater schweigt, als wir die imposanten Blausteinmauern der Kapelle passieren.

»Was ist das?«

Die rote Backsteinsporthalle auf der anderen Seite des Innenhofs ist eingerüstet; man sieht Leitern, Seile und blaue Planen. Arbeiter in orangefarbenen Leuchtwesten kauern dort und machen Pause. Sie nehmen keine Notiz von uns.

»Das ist die Sporthalle«, erkläre ich, »die wird erweitert.« Ich spüre die Missbilligung meines Vaters. Er setzt zum Sprechen an, lässt es dann aber. Ein Schnauben kann er sich allerdings nicht verkneifen, ein lautes, höhnisches, tief aus der Kehle heraus. Es ist nicht das Erste an diesem Vormittag. Ich wünschte, Mum wäre mitgefahren, und mein alter Herr wäre hier nie auch nur in die Nähe gekommen.

»Kann ich Ihnen helfen?« Hinter der Empfangstheke des Verwaltungsgebäudes steht Mrs. Marchant. Sie ist alt, nervös, ihr Hals ist faltig, und die dünnrandige Brille sitzt bedenklich tief auf ihrer Nase. Ihre Finger fliegen über die Tastatur ihres Computers. Sie wartet auf unsere Antwort.

»Wir möchten Mr. Canning sprechen«, sagt mein Vater mit lauter, rauher Stimme. Einer Aussiestimme.

Die alte Dame tippt weiter, während sie fragt: »Haben Sie einen Termin?«

»Ja. Mein Name ist Neal Kelly.«

Sie hält inne, nimmt die Brille ab und blinzelt uns an, dann lächelt sie freundlich. »Hallo, Danny«, sagt sie. »Freut mich, Sie kennenzulernen, Mr. Kelly.«

Ich wundere mich, dass sie meinen Namen weiß. In den letzten zwei Jahren habe ich alles getan, um mich an dieser Schule unsichtbar zu machen. Doch dann dämmert es mir: Sie kennt mich noch von damals, als ich Medaillen für die Schule gewonnen habe, als ich noch jemand war. Ich antworte nicht. Ich verschränke die Arme und warte.

Rektor Canning wirkt besorgt, als er uns in sein Büro führt. Der Schreibtisch aus gebeiztem Holz ist so groß wie ein Billardtisch. An der Wand reichen Bücherregale aus demselben Holz bis zur Decke. Aber ich habe keinen Blick für die Titel der ledergebundenen Bände, so befangen bin ich wegen meines Vaters, der genauso nervös zu sein scheint, sich genauso unbehaglich zu fühlen scheint wie ich. Stumm stehen wir vor dem Schreibtisch, beide mit den Händen auf dem Rücken, als erwarteten wir, bestraft zu werden.

»Nehmen Sie doch Platz.«

Dad sinkt schwer in den Ledersessel, der dabei knarzt; es klingt wie ein Furz.

»Danke, dass Sie gekommen sind, Mr. Kelly.« Rektor Canning wendet sich mir zu. »Und ich bin froh, dass du's auch einrichten konntest, Dan.«

Ich setze mich. Aber ich antworte nicht. Ich weiß, dass das nicht stimmt.

Meine Mutter war am Telefon, als in der ersten Ferienwoche der Anruf kam. Sie war einverstanden gewesen, hatte gesagt, natürlich werde sie in die Schule kommen, sehr gern sei sie zu einem Gespräch über meine Zukunft bereit. Doch als sie Dad davon erzählte, wollte er selbst hin und ich sollte mitkommen.

»Nein«, hatte meine Mutter gesagt, »nur wir, sie wollen die Eltern sprechen. Von Danny war nicht die Rede.«

Aber Dad hatte sich nicht davon abbringen lassen. »Es geht doch um seine Zukunft, oder? Wenn's um seine Zukunft geht, dann muss er mit. Er kommt mit.«

Das alles hat mir Mum gestern erzählt, als ich herumgejammert habe, weil ich wieder in die Schule muss, mir gewünscht habe, die Schule wäre für mich gestorben, ich müsste nie wieder einen Fuß dorthin setzen. In einem Ton, der keinen Widerspruch duldete, einem bei ihr seltenen vorwurfsvollen Ton hatte Mum gesagt: »Du fährst mit, Danny. Dein Vater besteht darauf. Es geht um deine Zukunft – wir sind beide der Meinung, dass du dabei sein solltest.«

»Mr. Kelly …«, beginnt Rektor Canning.

»Bitte nennen Sie mich Neal«, unterbricht ihn mein Vater.

Ich warte darauf, dass auch Canning seinen Vornamen nennt, aber er tut es nicht.

»Gut, Neal. Ich weiß, die Situation ist etwas ungewöhnlich, weil die Prüfungsergebnisse erst in einigen Wochen vorliegen werden, ich wollte nur schon einmal die Möglichkeiten für Dans Zukunft mit Ihnen erörtern.« Er hält den Blick unverwandt auf meinen Vater gerichtet. Kein einziges Mal sieht er mich an. »Die Ergebnisse könnten uns alle natürlich noch überraschen, aber ich habe nach den Prüfungen mit Dan gesprochen, ich habe auch mit seinen Lehrern gesprochen, und ich fürchte, es besteht die Wahrscheinlichkeit, dass er den Anforderungen nicht genügt hat. Sollte er doch bestehen, dann bestenfalls sehr knapp.«

Erst jetzt wendet er sich mir zu, mit einem ruhigen, klaren Blick, der mich förmlich durchbohrt. »Oder siehst du das anders, Kelly?«

Mein Vater versteift sich. Es gefällt ihm nicht, dass ich mit dem Nachnamen angesprochen werde.

»Nein«, antworte ich schroff, und meine Arme gleiten hinter die Stuhllehne. Ich kann die Hände nicht stillhalten.

»Wollten Sie uns deswegen sprechen? Um uns zu sagen, dass Danny sich verpissen soll, vielen Dank, aber wir wollen ihn hier nicht mehr haben?«

Das muss man ihm lassen, das muss man Canning lassen: Er zuckt nicht mit der Wimper, scheint nicht einmal beleidigt wegen Dads Ausdrucksweise. Seufzend beugt er sich vor.

»Mr. Kelly – Neal. Es gibt hier viele Lehrer, die sich für Dan einsetzen, die das Beste für ihn wollen. Colin Gilbert, Frank Torma, alle haben angeboten, nächstes Jahr intensiv mit Dan zu arbeiten. Sie sind der Meinung, dass er mit einiger Anstrengung und Disziplin gute Leistungen bringen kann, wenn er das zwölfte Schuljahr wiederholt.« Wieder durchbohrt er mich mit seinem Blick. »Sie glauben an dich, Junge, und ich auch. Aber ich muss die Gewissheit haben, dass du dich wirklich ins Zeug legst, dass du dein Bestes gibst.«

»Mein Sohn hat dieser Schule bereits sein Bestes gegeben.«

Ich bin perplex. Ich kann Dad nicht ansehen, kann Canning nicht ansehen. Die Rosensträucher draußen vor dem Fenster stehen kahl und armselig da. Ich kann niemanden ansehen, sonst würde sich der Kloß in meinem Hals lösen. Ich denke an den Trainer und daran, dass er an mich glaubt. Das hilft. Die Wut besiegt die Scham, und beinahe platze ich heraus: *Ich will seine Hilfe nicht. Ich will nichts von euch allen. Ich will euer Scheißmitleid nicht.*

»Und Sie wären bereit, Danny an der Schule zu behalten?«

»Ja.«

Cannings Antwort verblüfft meinen Vater sichtlich. Das hat er nicht erwartet; ihm fehlen die Worte. Ich kenne meinen alten Herrn, ich weiß, dass er auf der ganzen Fahrt hierher seinen Text geprobt hat: Es gehe dieser Schule doch nur ums Geld, man lasse mich fallen, weil ich nichts mehr zu bieten hätte, seit ich nicht mehr in der Schwimmmannschaft bin, keine Medaillen mehr gewinne. Und auch ich bin geschockt. Ich dachte, sie wären froh, mich loszuwerden. Das habe ich erwartet, und das habe ich verdient. Einen Versager will keiner haben.

»Die Entscheidung liegt bei Danny.«

»Sehr richtig«, sagt Rektor Canning. »Es muss seine Entscheidung sein, in Absprache mit Ihnen und Ihrer Frau. Wie schon gesagt: Ich bin mir der besonderen Umstände bewusst, aber Sie alle sollen wissen, dass wir bereit sind, Dan zu behalten.«

»Danke.« Dad flüstert fast, das Wort klingt kläglich aus seinem

Mund. Er möchte noch etwas hinzufügen und setzt zum Sprechen an, doch er weiß nicht, wie er es sagen soll, und bewegt sich unbehaglich in seinem Sessel.

Rektor Canning räuspert sich. »Natürlich wäre sein Schulbesuch nicht mehr durch das Stipendium abgedeckt, wenn er das zwölfte Schuljahr wiederholt. Es würden dann die vollen Gebühren anfallen.« Canning weiß, warum mein Dad sich so unbehaglich fühlt. Canning spürt, dass es jetzt nur noch ums Geld geht.

»Und von welchem Betrag reden wir?« Nachdem es heraus ist, wird Dads Stimme ruhig, sein Ton schroff und irgendwie desinteressiert.

»Über die Einzelheiten kann Sie Mrs. Marchant draußen informieren. Sie wird Ihnen gern unsere Gebührenstruktur erläutern.«

Mein Vater bleibt aufrecht sitzen, die Hände auf den Knien.

»Wie viel, hab ich gefragt.«

Rektor Canning blinzelt und räuspert sich wieder. »Siebentausendfünfhundert Dollar pro Trimester. Zweiundzwanzigtausendfünfhundert Dollar pro Jahr.«

Mein Vater steht auf, und als ich seinem Beispiel folge, bleibe ich mit dem Fuß an der Teppichkante hängen und stolpere. Meine Wangen glühen. Ich rechne nach, was man in mich investiert hat: zweiundzwanzigtausendfünfhundert Dollar für jedes der fünf Jahre, die ich hier war. Über hundert Riesen – ich habe die Schule über hundert Riesen gekostet. Meine Wangen brennen, und ich kann nicht aufsehen. Nicht dass ich mich schäme – ich kenne das Gefühl und weiß damit umzugehen. Es ist nicht die Scham, auch wenn sie ein Teil von mir ist: Meine Scham ist immer da, so wie der Hass, sie sind eins mit meinem Blut, mit meiner Lunge. Neu ist ein klares Bewusstsein meiner Wertlosigkeit – ein schneidender Schmerz in meinem Innern. Ich bin die Schuld, die nie beglichen werden kann.

Mein Vater tut, was er vorhin nicht getan hat. Er hält Rektor Canning die Hand hin. »Danke.«

Rektor Canning sieht mich noch einmal an. Was er sagt, höre

ich nicht, ich muss mich abwenden von diesem Mitgefühl, von diesem zutiefst verletzenden Mitleid.

Mein Vater und ich reden kein Wort, als wir durch das Schultor hinausgehen. Dann sage ich: »Du musst dir keine Sorgen machen, Dad. Ich werde nicht wiederholen. Auch nicht, wenn ich durchfalle.«

Mein Vater ist stehen geblieben. Er drückt mich nicht an sich. Das kann er nicht. Er schüttelt nur den Kopf. »Keine Sorge, mein Junge. Wir werden das Geld schon auftreiben, mach dir deswegen keine Gedanken. Wir schaffen das schon.«

»Nein«, beharre ich. Ich halte mich an dem Wort fest. »Nein. Ich will nicht wiederholen, ich will anfangen zu leben.« Und nachdem ich es ausgesprochen habe, hole ich tief Luft: Ich bin fertig mit der Schule, ich bin hier raus. Kalter Schweiß bricht mir aus, und ich zittere, aber ich weiß, dass ich das Richtige tue. Ich habe Angst und bin zugleich außer mir vor Freude. Ich will anfangen zu leben.

Und dann ist es wieder vorbei, die Euphorie verpufft. Ich merke, dass ich dieses Leben nicht sehe. Ich habe keine Vision von einem Leben.

»Du musst dich ja nicht sofort entscheiden«, sagt mein Vater sanft, als wir zum Auto gehen. Wir verstummen wieder. Ich weiß, dass wir beide an das Geld denken.

In der Denmark Street bremst plötzlich ein lindgrüner kleiner Hyundai vor mir. Meine Augen zucken zum Rückspiegel, zum Außenspiegel. Links von mir ist niemand. Ich schere aus, überhole den stehenden Wagen. Mein Vater sieht mich an. »Ich hatte recht. Du wirst mal ein guter Fahrer.«

Ich fahre weiter, die Zukunft wartet. Die Schule habe ich hinter mir, aber vor mir habe ich keinen klaren Weg, nichts Festes unter den Füßen. Ich muss einfach weiterfahren. Ich beschleunige und brause in diese Schatten hinein.

Freitag, 15. September 2000

Sein erstes Bier schmeckte nach Erde und Licht, nach der ersten Sommersonne auf nassem Boden.

Sein erster Bourbon – ein Geschmack nach Zucker und Schwefel, der beißende Geruch heißer Karamellmasse.

Sein erster Wodka war Lakritz, sein erster Wein war Fruchtsaft, der zu lange in der Sonne gestanden hat, in seinem ersten Rum schmeckte er nur die Cola, und sein erster Whisky war Feuer. Feuer und Wärme.

»Du musst aufpassen, Kumpel, du kriegst einen Bauch.« Bennie beugte sich über den Tisch und klopfte auf Dans T-Shirt.

Omar prustete los, und da mussten auch Dylan und Herc lachen. Dan packte Bennies Arm und verdrehte ihn. Nicht zu stark, aber doch so, dass Bennie ein wenig das Gesicht verzog.

Es stimmte, er bekam einen Bauch. Er musste morgens wieder laufen, schon drei Tage war er nicht mehr gelaufen. Entweder er lief morgen früh, oder er trank eine Woche lang kein Bier mehr.

Sie saßen in ihren weißen Supermarktshirts und den grauen Hosen vor der Hähnchenbude am South Preston Shopping Centre. Die Reste ihres Mittagessens lagen über den Tisch verstreut. Omar schnippte die Asche seiner Zigarette in eine leere Box, wo sie sich mit dem gallertartigen Bodensatz aus Sojasoße und Öl vermischte. Dan war der Einzige, der nicht rauchte, er konnte sich noch immer nicht dazu überwinden. Er hatte Zigaretten und Joints probiert, hatte sogar an einer Bong gezogen, aber bei jedem Inhalieren hatte er gespürt, wie das Gift durch die Lunge in sein Blut gelangte.

Er hatte die Verunreinigung sofort gespürt. Beim Alkohol war es anders. Beim Alkohol machte sich die zerstörerische Wirkung der Giftstoffe erst am nächsten Tag bemerkbar. Das war das Verführerische daran. Alkohol war verlockend, war trügerisch. Selbst das Feuer des Whiskys, das den Körper sofort auf Touren brachte, hatte etwas Medizinisches.

Elena kam auf den Tisch zu, in der Hand einen Obstkuchen aus der vietnamesischen Bäckerei. Sie blieb stehen. »Schaut ihr euch heute Abend die Eröffnungsfeier an?«, fragte sie mit vollem Mund.

Elena sprudelte Äußerungen oder Fragen so schnell hervor, als redete sie nur äußerst ungern. Auch jetzt sah sie dabei niemanden an, richtete die Frage an den Parkplatz.

»Ja«, antwortete Bennie. »Bei mir. Kommst du auch?«

Dan sah auf seine Hände hinab, inspizierte die Wunde, die er sich am Morgen beim Aufschneiden von Kartons zugezogen hatte. Er hatte den anderen noch nicht gesagt, dass er nicht kommen würde. Auf keinen Fall würde er sich diese beschissene Eröffnungsfeier ansehen.

Elena hatte noch nicht geantwortet. Sie kaute ihren Kuchen, den Blick auf den Parkplatz gerichtet.

»Wann sollen wir denn anrücken?«, fragte Omar.

Bennie zuckte die Schultern. »Um sieben, würd ich sagen. Da geht's los. Oder nein, besser um halb sieben.«

Dans Finger pulsierte, ein leichter, aber anhaltender Schmerz. Er würde ihn tagelang spüren.

»Okay«, sagte Elena.

Bennie zog ein Gesicht, und Omar musste kichern.

»Okay was?«, fragte Herc.

»Okay, ich komme.« Elena wischte die Kuchenkrümel von ihrem T-Shirt und ging davon.

Als sie außer Hörweite war, beugte sich Bennie über den Tisch und flüsterte: »Fettarsch.« Omar prustete wieder los.

Dylan zündete sich eine Zigarette an. »Ich mag's, wenn ein bisschen was dran ist am Arsch von einem Mädchen.« Er flüsterte gar nicht erst. »Fetter Arsch und fette Titten, so mag ich's.«

»Igitt.« Bennie machte ein angewidertes Gesicht. »Ich mag die Tussen schlank, da darf kein Gramm Fett dran sein.«

Dylan blies ihm den Rauch ins Gesicht. »Das ist keine Tusse, Mann. Das ist ein Kerl.«

Omar fiel fast vom Stuhl vor Lachen.

Dan stand auf und schaute auf sein Handy, um zu sehen, wie spät es war. »Ich geh wieder rein.«

Bennie hatte sich eine zweite Zigarette angezündet und hielt sie hoch. »Ich rauch die noch zu Ende.«

Dan hörte die anderen lachen, als er über den Parkplatz auf den Eingang von Safeway zuging. Es konnte nicht sein, das wusste er, aber es kam ihm immer so vor, als würden sie über ihn lachen.

Alle fragten Dan: *Und was willst du jetzt machen?* Nach dem Job bei Safeway, meinten sie. In Wirklichkeit fragten sie: *Wann suchst du dir eine richtige Arbeit?* Meist antwortete er, dass er ein, zwei Jahre aussetzen und sich etwas zusammensparen wolle, um dann ein Studium anzufangen. Wenn sie nicht lockerließen und fragten, was er studieren wolle, erfand er irgendetwas. *Elektrotechnik wahrscheinlich.* Oder: *Ich denke an Gesundheitswissenschaften.* Oder: *Kommunikationswissenschaft vielleicht.* Gewöhnlich wurde dann nicht weitergefragt. Es schien zu genügen, dass er sich Gedanken über seine Zukunft machte.

Eigentlich hätte er gern geantwortet: *Mir gefällt die Arbeit im Supermarkt, mir gefällt es, Regale einzuräumen, mir gefällt es im Lager.* An der Kasse gefiel es ihm weniger, und die Inventur hasste er, aber die fand nur zweimal im Jahr statt. Alles in allem machte ihm sein Job Spaß.

Demet, Martin oder Luke hätte er das nicht sagen können. Alle drei studierten, Luke und Martin an der Melbourne, Demet an der La Trobe University. Für sie war die Arbeit in einem Supermarkt etwas, das man nebenbei machte. Dass sie Lebensinhalt sein konnte, war ihnen unvorstellbar. Dan wiederum erschien ihre Welt unwirklich.

Er mochte seinen Job, er mochte die Leute dort, er mochte es, dass er sich ganz in das vertiefen konnte, was er tat, dass er manchmal über Stunden in einer Tätigkeit versunken war: Klebestreifen von Kartons entfernen, Posten auf einer Lagerliste abhaken, Regale einräumen und ordnen. *Job ist Job*, sagte Demet. *Wenigstens kannst du dabei was zusammensparen*, ermunterte ihn Luke. *Sind die da alle hirntot?*, fragte Martin.

Seine Mutter besorgte ihm Studieninformationen. Sein Vater wollte wissen, ob er sich überlegt habe, was er langfristig machen wolle. Sie schämten sich für ihn, das wusste Dan. Manchmal, wenn ein Chef ihn rüffelte, weil er eine Bestellung verbockt hatte, oder wenn ein ungeduldiger Kunde ihn beschimpfte, weil der Joghurt abgelaufen war, machte er sich klar, dass seine Familie und seine Freunde sich für ihn geschämt hätten, wenn sie dabei gewesen wären.

Na und, dachte er. Und wenn schon.

Er stapelte Suppendosen in ein Regal in Gang acht. Jede Dose zeigte die olympischen Ringe und die Aufschrift *Olympische Spiele Sydney 2000*.

»Aussie, Aussie, Aussie«, murmelte Dan. »Oi, oi, oi.«

Das waren die eigentlichen Hirntoten. Leute die *Aussie, Aussie, Aussie, oi, oi, oi* brüllten.

Er hatte um eine Doppelschicht gebeten, er wollte heute Abend arbeiten. Doch Jim, der Abteilungsleiter, hatte ihn angelächelt und gesagt: »Aber nein, heute ist doch die Eröffnungsfeier. Wir haben genug Teilzeitkräfte, die das machen können, keine Sorge.« Jim – graues Haar und säuerlicher Raucheratem – hatte ihm zugezwinkert und gesagt: »Aussie, Aussie, Aussie, oi, oi, oi.«

Er hätte darauf bestehen sollen, er hätte heute Abend arbeiten sollen.

Bei Schichtende rief ihm Bennie von der Tabaktheke aus zu: »Bis heute Abend, Dan!«

»Ja, bis später.« Aber Dan würde auf keinen Fall hingehen.

Auf dem Heimweg vibrierte das Handy in seiner Tasche. Es war Demet.

»Wie geht's?«, fragte er.

»Alles okay. Wie war's bei der Arbeit?« Demets Sprechweise hatte sich verändert. Sie verschliff die Wörter nicht mehr. Sie nannte niemanden mehr Fotze. Sie habe Probleme mit dem Wort *Fotze*, sagte sie. Es sei sexistisch, sagte sie. Viele Wörter seien sexistisch, sagte sie, und wenn nicht sexistisch, dann seien sie rassistisch, und wenn nicht rassistisch, dann seien sie he-te-ro-NORM-a-tiv, ein Wort, das er jedes Mal im Kopf buchstabieren musste. Er konnte sich nie merken, was es bedeutete, aber es musste etwas Schlimmes sein.

Demet wollte gar nicht wissen, wie es bei der Arbeit gewesen war.

»Was ist los?«, fragte er.

Er kannte sie gut genug, um ihr Zögern zu bemerken. »Luke und ich dachten, wir könnten uns doch heute Abend treffen. Hättest du Lust? In einem Pub hier in der Nähe. Kennst du das Curry Hotel in Collingwood, in der Wellington Street?«

Es versetzte ihm einen Stich. So absurd und albern es auch war: Es tat weh, dass sie zuerst mit Luke gesprochen hatte und nicht mit ihm. Luke und Demet sahen sich jetzt ständig, sie besuchten zusammen Gigs, sie diskutierten über Politik, Bücher, Filme und Musik. Es tat auch weh, dass sie überall in der Stadt Pubs, Kneipen und Cafés kannten. Er hatte gar nicht gewusst, dass es so viele gab.

»Okay. Das finde ich schon.«

Er wusste, dass sie über ihn geredet hatten, dass sie sich Sorgen um ihn machten. Er hätte froh sein sollen, dass sie sich mit ihm treffen wollten, dass sie sich heute Abend um ihn kümmern wollten. Aber er merkte es an Demets Zögern: Sie taten es aus Mitleid.

»Cool, um sieben sind wir da.«

Ehe er fragen konnte, wer »wir« sei, hatte sie schon aufgelegt. Hoffentlich nur Demet und Luke.

Dan checkte sein Handy. Ein Anruf in Abwesenheit von Luke, eine SMS von Regan. Er schrieb Luke zurück, dass er sich für den Abend mit Demet verabredet habe.

Dann las er die SMS seiner Schwester. *Theo macht sich in die Hose wegen heute Abend. Kommst du?* Es war im Grunde keine Frage. Er steckte das Handy wieder ein. Er schrieb nicht zurück, er rief nicht an.

Der Wind peitschte ihm eisig gegen den Hals und die nackten Unterarme. Wäre er schneller gegangen, wäre ihm warm geworden. Aber Dan liebte seinen Heimweg, die Dreiviertelstunde vom Safeway zur katholischen Kathedrale in der Bell Street und durch den chinesischen Lebensmittelladen in der High Street auf den Markt. Er wollte sich nicht hetzen. Er liebte es, durch die engen Gänge des Ladens zu schlendern, vorbei an den mit Konservendosen vollgestopften Regalen, der Wand mit den Kühlschränken voller undefinierbarer Fleischstücke und Tabletts mit tiefgefrorenen Klößen. Er ging nach hinten durch, passierte die orangefarbenen Plastikbänder des Fliegenvorhangs am Ausgang, und obwohl er das drei-, viermal in der Woche tat, nahm niemand auch nur die geringste Notiz von ihm. Die orangefarbenen Plastikbänder glitten über seine Schultern, er wartete, bis ein Gabelstapler zwei große Kisten mit japanischen Auberginen aufgeladen hatte, dann betrat er die hangarähnliche Markthalle. Der Duft von Orangen stieg ihm in die Nase, der starke Geruch reifender Früchte, das kräftige Aroma von Petersilie und Koriander, vietnamesischer Minze und Basilikum. Er wich Kunden aus, die das Obst musterten und Kräuter auf Schadstellen untersuchten – eine Kunst, die Dan, so glaubte er, nie lernen würde. Es musste ein Talent sein, über das nur Einwanderer verfügten; von den gebürtigen Aussies, die er kannte, besaß es kein Einziger. Er trat zur Seite, um einer verschleierten Afrikanerin Platz zu machen, die mit einer Tüte Okra auf den Verkaufstresen zusteuerte. Er kam an einem Mann vorbei, der Kartoffelpuffer, Pommes frites und Bratwurst-Hotdogs verkaufte. Das Wasser lief Dan im Mund zusammen, und er war versucht stehen zu bleiben. *Du musst aufpassen, Kumpel, du kriegst einen Bauch.* Er blieb nicht stehen. Seit drei Tagen war er nicht mehr gelaufen.

Dan behielt sein Arbeitsshirt für den Heimweg stets an. Die anderen zogen sich nach Schichtende sofort um oder streiften ein Sweatshirt über, weil ihnen die Arbeitskleidung und der Job, für den sie stand, peinlich waren. Sie wollten nicht als Supermarkthelfer erkannt werden. Dan dagegen war froh um die Kluft, die eine Station in seinem Leben markierte und ihm eine Rolle zuwies. Er mochte das Regelmäßige seiner Arbeit, mochte die Struktur, die seine Supermarktschichten dem Tag und der Woche verliehen.

Jedes Mal wenn sein Vater von einer Tour zurückkam, wollte er wissen, ob Dan sich Gedanken über seine Zukunft gemacht habe. Was er vorhabe. Vor ein paar Monaten hatte Dan davon geredet, dass er Manager werden wolle, in der Annahme, das könne die Besorgnis seines Vaters mildern, ihm den Stachel aus dem Fleisch ziehen. Sein Vater hatte sich bemüht, gelassen zu bleiben, aber einen Moment lang, nur einen Sekundenbruchteil, wie ein Geisterbild auf einem alten Videoband, flackerte etwas in seinen Augen auf, ganz kurz nur, etwas wie Verachtung. Dan hatte sich gedemütigt gefühlt. »Na ja«, hatte sein alter Herr nach einer langen Pause gesagt, »du musst dir nur darüber im Klaren sein, dass diese Managertitel oft einen Dreck wert sind. Da wird dir vorgegaukelt, du wärst wer, aber deswegen wirst du nicht besser bezahlt, und du lernst auch nichts. Das kann eine Sackgasse sein – das weißt du doch, mein Junge, ja?«

Dan überquerte die Bahngleise. *Hast du dir Gedanken über deine Zukunft gemacht, Dan?* Es schnürte ihm die Brust ein.

Dan bewegte die rechte Hand, öffnete und schloss sie, streckte die Finger, bis sie kribbelten, dann ballte er die Faust. Manchmal fand er im Garten vertrocknete Pflaumenkerne, die den ganzen Winter über in der Erde gesteckt hatten und dann wieder aufgetaucht waren. Wenn er so einen verschrumpelten erdfarbenen Kern aufhob, zerfiel er in seiner Hand zu Staub. Das war die Zukunft, das war aus ihr geworden.

Seine Hand öffnete und schloss sich.

Früher hatte er eine Zukunft gehabt. Sie war hart und stark gewesen wie das steinerne Herz einer unreifen Pflaume, so stark, dass nur ein Hammerschlag sie hätte zertrümmern können. Er hatte jahrelang eine Zukunft gehabt, aber auch sie war zu Staub zerfallen. Er vertrat die Theorie, dass man nur eine einzige Zukunft hat, von der man träumen kann. Er hatte sich seine verbaut. Er hatte versagt, und jetzt gab es sie nicht mehr.

Er wanderte durch die Außenbezirke der Stadt. Die Sonne war fast untergegangen, und das grau-violette Dämmerlicht ließ alles kälter erscheinen. Er konzentrierte sich darauf, langsamer zu gehen. Gleich würde er zu Hause sein.

Ein Schulfreund übernachtete bei Theo, Joel, ein schüchterner Junge mit einem niedlichen Gesicht, der nur aus Ellenbogen und Knien zu bestehen schien. Spinne nannte ihn Regan hinter seinem Rücken. Die Jungen saßen vor dem Fernseher auf dem Sofa.

Theo war nervös. »Noch eine Stunde«, sagte er mit vor Aufregung piepsiger Stimme. »Du schaust doch mit, oder?«

Die Kommentatoren flippten bereits aus: Würde die Feier etwas werden, würde sie der Welt gefallen, würde die Welt sie gutheißen? Einer redete ununterbrochen von Sydney, nannte den Namen wieder und wieder, sprach ihn affektiert wie ein Sportreporter aus, machte drei Silben daraus. Und im Hintergrund hörte Dan den bewussten Schlachtruf, den hässlichen, stumpfsinnigen Schlachtruf der Menge: *Aussie, Aussie, Aussie, oi, oi, oi.*

Lass es einen Flop werden, bitte lass es einen Flop werden.

Dan schüttelte den Kopf. »Nein, Theo, ich geh heute Abend weg.«

Theo zog die Knie hoch, schlang die Arme darum und wandte ostentativ den Blick ab.

Seine Mum erschien in der Tür. »Ich mach dir dein Abendessen warm, Schatz. Wie war's bei der Arbeit?«

Dan folgte ihr in die Küche, wo sie einen vollgehäuften Teller in die Mikrowelle stellte. Ein säuerlicher Duft nach Chilis und Ingwer hing in der Luft.

Dan holte sein Portemonnaie hervor, nahm drei Scheine heraus und gab sie seinem Vater. Er spürte, wie seine Mutter sich hinter ihm anspannte. Sein Vater nahm das Kostgeld, steckte es ein und murmelte ein »Danke«.

»Kein Problem.«

Dan öffnete den Kühlschrank. Im obersten Fach stand ein Sechserpack Cascade-Bier.

Sein erstes Bier schmeckte nach Erde und Licht, nach der ersten Sommersonne auf nassem Boden.

Er zog eine Flasche aus der Packung. »Kann ich mir ein Bier nehmen, Dad?«

Sein Vater nickte, und Dan trank einen Schluck, während seine Mutter den Teller mit Hähnchen vor ihn hinstellte.

Er aß langsam, denn wenn er sich nicht bremste, würde er alles auf ein Mal hinunterschlingen, und dann würde er sich überessen. Er musste an Bennies süffisante Bemerkung über seinen Bauch denken, die ihm unter die Haut gegangen war, über die alle gelacht hatten.

Er legte die Gabel hin, wischte sich mit dem Handrücken über den Mund und trank aus der Flasche.

»Mehr isst du nicht?«, fragte seine Mutter.

Dan und sein Vater sahen sich an. Mach hier keinen Zirkus, sagte der Blick seines Vaters, setz dich und lass den Jungen in Ruhe. Als hätte er es laut ausgesprochen, nahm seine Mum den Teller und kippte die Reste in den Abfalleimer. Dass Dan seinem Vater Geld für Unterkunft und Verpflegung gab, regte seine Mutter auf. Jedes Mal wieder. Darüber stritten sie sich seit Jahren. Sein Vater war der Meinung, mit achtzehn sollte ein Jugendlicher wie ein Erwachsener Verantwortung übernehmen, doch seine Mutter schoss zurück: »Nein, wir sind Kanaken, wir tun unseren Kindern so was nicht an – wir sorgen für sie.«

Sein Vater stöhnte: »Das tu ich doch«, antwortete er. »Kindern Verantwortung beizubringen heißt doch, dass man für sie sorgt – man bereitet sie auf die reale Welt vor.« Doch seine Mutter wollte nichts davon hören und erklärte, sie werde das keinesfalls zulassen. »Und was ist, wenn sie einundzwanzig sind?«, konterte sein Vater. »Können wir's dann von ihnen verlangen?«, und seine Mutter giftete zurück.

Da wurde sein Vater wütend. »Und wenn er mit einundvierzig immer noch zu Hause wohnt? Dürfen wir dann auch kein Geld von ihm verlangen?«

»Nein!«, schrie seine Mutter. »Auch nicht, wenn er einundvierzig ist!«

Das alles hatte im Jahr zuvor angefangen, an Dans neunzehntem Geburtstag, als er von der Arbeit nach Hause gekommen war und seinem Vater drei Scheine gegeben hatte, einen Fünfziger, einen Zwanziger und einen Zehner. »Ist das genug, Dad?«, hatte er gefragt. »Sind achtzig pro Woche als Kostgeld in Ordnung?«

Sein Vater hatte gelächelt, ein richtiges, breites Lächeln, und Dan wusste noch, wie erfreut er ausgesehen hatte, wie erleichtert er geklungen hatte. »Ja, Danny, danke, mein Junge. Ich würde sagen, das ist in Ordnung.«

»Kann ich mir noch eins nehmen?« Dan zeigte auf die leere Flasche.

Sein Vater nickte, aber er schaute Dan nicht an, er schaute seine Frau an, die mit dem Rücken zu ihnen an der Spüle stand. *Something told me it was over When I saw you and her talkin'*, sang er.

Dan sah, dass seine Mutter sich entspannt hatte. Sie umklammerte nicht mehr den Rand der Arbeitsplatte.

Die Stimme seines Vaters war tief und klangvoll, mit einem leichten Krächzen darin, doch plötzlich hob sie sich. *Something deep in my soul said, Cry, girl, when I saw you and that girl walkin' by.*

Dans Mutter hatte sich umgedreht, sie lächelte jetzt und begann mitzusingen. Sein Dad stieß seinen Stuhl weg und nahm sie in die Arme, und sie wiegten sich, ihr Arm um seine Schultern, ihre andere Hand in seinem Kreuz.

I would rather go blind, boy, Than see you walk away from me, child.

Regan war leise in die Küche gekommen und sah, auf einen Stuhl gestützt, ihren Eltern beim Tanzen zu. Sie sahen toll aus, fand Dan, zurechtgemacht für einen Tanzabend in ihrem Lieblingsclub. Sie würden die ganze Nacht tanzen, zu Motown und Rock-'n'-Roll-Songs. Seine Mum trug ein trägerloses schwarzweiß kariertes Kleid, fein gemusterte rote Spitzenstrümpfe und ihre besten Schuhe, glänzende schwarze Pumps. Sein Vater hatte sein Lieblings-Cowboyhemd an, schwarz mit weißen Paspeln, und seine schwarzen Wildleder-Oxfordschuhe. Die gegelte Frisur mit der Tolle ließ ihn trotz der weißen Strähnen im einst sandblonden Haar jugendlich wirken. Sie waren ein schönes Paar. Dan warf seiner Schwester einen verstohlenen Blick zu. Regan machte ein mürrisches Gesicht. Sie hatte sich monatelang nicht mehr die Haare schneiden lassen, strähnig und fettig hingen sie herab, und sie trug stets billige Sachen, Sweatshirts und Jeans aus dem Northland-Einkaufszentrum. Sie versucht es gar nicht erst, dachte Dan, sie konkurriert nicht mit Mum. Er trank von seinem Bier und betrachtete sein eigenes zerknittertes Arbeitsshirt, die formlose graue Hose und die einfachen weißen Turnschuhe. Seine Mutter und sein Vater sahen gut aus, ihre Kinder sahen gewöhnlich aus.

Regan setzte sich auf den Stuhl neben ihm. Ihre Eltern tanzten noch, sangen aber nicht mehr mit. Sie wiegten sich nur noch zu den Songs in ihren Köpfen. Regan beugte sich zu Dan herüber und flüsterte: »Theo ist sauer, er will, dass du dableibst und mit ihm die Eröffnungsfeier schaust. Musst du wirklich weg?«

Er hörte nichts aus ihrem Ton heraus, keinen Ärger, keinen Tadel. Trotzdem machten ihre Worte ihn wütend. Er trank noch einen Schluck Bier.

»Geh rüber und rede mit ihm, okay?«

Er war drauf und dran, sie abblitzen zu lassen. Er würde nicht dableiben. Er beobachtete seine Eltern, die noch immer versunken tanzten, weit weg von ihren Kindern.

»Keine Sorge, Dan, ich bleib hier«, flüsterte Regan, »aber geh rüber und rede mit ihm, sag ihm, du schaust dir morgen die Wiederholung mit ihm an. Du weißt doch, wie wichtig ihm das ist.«

Es klang nicht verärgert, aber es klang drängend. Konflikte hielt Regan nicht aus, Streit ertrug sie nicht. Dan machte sich Sorgen um sie – wie würde sie zurechtkommen, wenn sie merkte, dass die Dinge in der Welt einfach ihren Lauf nahmen: Man konnte nicht aus etwas Falschem nachträglich etwas Richtiges machen.

»Okay.« Er zwinkerte ihr zu. »Okay.« Er nahm sein Bier und ging ins Wohnzimmer hinüber.

Er ließ sich zwischen Theo und Joel aufs Sofa fallen. Die Jungen rückten weiter auseinander und umfassten die Armlehnen, den Blick weiter auf den Bildschirm gerichtet, obwohl gerade Werbung lief. Theo trug eine Baseballmütze mit der Aufschrift Sydney 2000. Den Schirm hatte er nach hinten gedreht.

Lass es einen Flop werden.

»Tut mir leid, Theo, aber ich muss weg.«

Theo reagierte nicht.

Dan wandte sich Joel zu. »Stehst du auf Sport?«

Der Junge nickte scheu und rückte noch weiter in die Sofaecke. Beide Jungen trugen Baggyshorts, obwohl der Frühling den Winter noch nicht besiegt hatte. Dans Knie berührte Joels Knie; die Beine des Jungen waren mit feinen langen Haaren bedeckt. Theos Beine dagegen waren mollig und fast glatt. Vielleicht hatte er auch noch keine Schamhaare. Sein Kumpel aber war behaart, sein Kumpel hatte bestimmt einen Busch da unten. Dan konzentrierte sich auf den Bildschirm. Er durfte nicht ständig an Haut denken. Das kam davon, wenn man noch Jungfrau war: Man hatte abartige Gedanken und bekam bestimmte Bilder nicht aus dem Kopf. Die wilde Flut dieser Gedanken, die sich einfach nicht vertreiben ließen, verblüffte Dan. So viele Jahre hatte er geschwommen, so lange war er von halbnackten Jungen und Mädchen umgeben gewesen, und kein einziges Mal hatte ihn die viele nackte Haut erregt. Er hatte diese Jungen und Mädchen als bloße Maschinen betrachtet, hatte sie nur nach ihrer Fähigkeit beurteilt, das Wasser zu beherrschen. Sie waren nicht Gesichter gewesen, nicht Haut, nicht Haar, nicht Arme, nicht Hände, nicht Brustkorb, nicht Brüste, nicht Schwänze, nicht Vaginas – sie waren Technik gewesen. Jetzt aber waren Körper Haut, sie waren Haut und Geruch, sie waren Haar und Berührung. Dan zwang sich, auf den Bildschirm zu schauen.

Die Kamera schwenkte über das Meer der Gesichter auf den Tribünen in Sydney. Tausende von Blitzlichtern flammten auf, doch in der Menge herrschte erwartungsvolle Stille. *Lass es einen Flop werden, lass es ein Desaster werden.*

»Meint ihr, das wird was?«

Theo hatte den Daumen im Mund. Er nickte nachdrücklich. Er mochte es nicht, wenn man die Möglichkeit eines Desasters in Betracht zog, wollte sich die Klagen seines Vaters über das viele Geld, das für die Olympischen Spiele ausgegeben und das an ihnen verdient wurde, nicht anhören. Dan wusste, dass sein Bruder ebenso gespannt und hoffnungsvoll auf diesen Abend gewartet hatte wie er selbst früher.

Regan ließ sich in den Sessel ihnen gegenüber fallen. Eine plötzliche Bewegung von Joel verriet Dan, dass der Junge ihre Titten musterte.

»Kannst du wirklich nicht dableiben, Danny?«, bettelte Theo. Die Menge in der Arena hatte angefangen zu jubeln und zu brüllen.

Dan stand auf. »Nein, leider, es geht nicht. Ich bin mit Luke und Demet verabredet. Wir können uns ja morgen die Wiederholung anschauen.«

»Okay, Danny.« Theo nickte widerstrebend, aber sein Gesicht verzog sich zu einem Grinsen. »Ja, okay. Die schauen wir uns morgen zusammen an.«

»Und ich bleib bis zum Schluss«, sagte Regan und lächelte Theo zu, aber es war auch ein Lächeln für Danny. Theo zuckte die Schultern, und Regan setzte sich anders hin und verschränkte die Arme. Sie hatte Joels Blick bemerkt.

Ihre Mutter rief: »Danny, falls wir dich in die Stadt mitnehmen sollen – in zwanzig Minuten müssen wir los.«

Dan sah auf die Uhr. Sehr gut, in zwanzig Minuten begann die Feier. Zwanzig Minuten bedeuteten, dass er nicht mehr hier war, wenn das *Aussie, Aussie, Aussie, oi, oi, oi* losging. Er spurtete ins Bad, duschte, putzte sich die Zähne. Nach zwanzig Minuten hatte er Jeans und Hemd, einen dünnen V-Ausschnittpullover und seine besten Schuhe an.

»Bis später«, sagte er zu Regan, drückte seinem Bruder die Schulter und versicherte ihm noch einmal, dass sie sich morgen zusammen die Wiederholung ansehen würden. Dann war er draußen in der kalten, dunklen Nacht. Durch die Ritzen zwischen den Vorhängen der Häuser sah er, dass überall in der Straße die Fernseher liefen. Überall dasselbe Bild: die gespannt wartende Menge – *Aussie, Aussie, Aussie, oi, oi, oi.*

Bitte lass es ein Desaster werden, bitte lass es schiefgehen.

Auf der Fahrt in die Stadt hörten seine Eltern keine Musik, und Dan wusste nicht, ob sie seinetwegen darauf verzichteten. Seine Mutter summte nur, die Andeutung einer Melodie, und von Zeit zu Zeit drehte sie sich zu ihm um und lächelte ihm zu. Er wünschte, sie würde es nicht tun. Er sah die Liebe in ihrem Lächeln, natürlich sah er sie. Aber wie immer lag auch Mitleid in ihrem Blick.

Nachdem sie ihn abgesetzt hatten und bevor er das Pub betrat, überkam ihn ein wunderbar warmes Gefühl der Erleichterung. Mit Freuden wäre er hiergeblieben, in der Kälte, in der Dunkelheit, im Dazwischen. Ein betrunkenes Pärchen schlenderte die Straße entlang – der Mann hatte den Arm um die Schultern des mageren Mädchens gelegt –, und Dan musste zur Seite treten, um sie vorbeizulassen. »Sorry, Kumpel«, rief der Mann über die Schulter zurück und dann: »Fröhliche Olympiade, Mann«, und das Mädchen sagte naserümpfend: »Das wird doch scheiße.«

Drinnen verflog das Wohlgefühl bald. Es war ein altmodisches Pub von der Sorte, die es bald nicht mehr geben würde. Es standen keine Spielautomaten in dem gemütlichen, beengten Raum, an den Wänden hingen ausgebleichte Bier- und Whiskyplakate, und hinter der Bar nahm ein signiertes Poster der 1990 Collingwood Premiers einen Ehrenplatz ein. Und es war voll. Das Erste, was Dan ins Auge fiel, war der Fernseher am Ende der Bar. Man sah, dass er normalerweise nicht hier stand – ein kompaktes australisches Modell, offensichtlich eigens für den Abend aufgestellt. Alle schauten hin. Der Bildschirm zog auch Dans Blick an: das in Dunkel gehüllte Stadion in Sydney, in dem sich Lichtblitze über das schwarze Meer bewegten. Dann gewannen die Lichter Konturen, füllten sich mit Farbe und nahmen die Form der Regenbogenschlange an, und plötzlich – in dem Pub, auf dem Bildschirm, in der Arena – war der erste Tag der Traumzeit da. Eine junge Frau neben Dan rief »Gott, ist das schön!« und erschrak sichtlich selbst darüber. Sie war bis auf eine lila Baskenmütze schwarz gekleidet. Ihr Freund, mit Kinnbart und kahl rasiertem Schädel, nickte zustimmend. Wahrscheinlich, dachte Danny, hatten sie sich vor einer Woche noch darüber beklagt, was das alles koste und dass man die Aborigines von den Straßen vertrieben habe, aber jetzt fanden sie es schön. Blöde Arschlöcher.

Unter den monotonen Didgeridooklängen stieg eine neue Musik auf, und ein Clown in Frack und Zylinder kam in die Arena geradelt, auf dem Gepäckträger ein Käfig mit einem Kaninchen. Eine Frau an der Bar sagte: »Das ist gut, das sind wir, wie wir unsere Schlange in den Garten Eden bringen, das ist toll«, und eine Männerstimme dröhnte: »Verflucht noch mal, ich glaub, das wird gut. Ich glaub, die kriegen das hin.« Lichtexplosionen füllten den Bildschirm, und Dan wurde übel, er glaubte sein eigenes Gewicht nicht mehr tragen zu können. Es fühlte sich an, als würde er in Erde sinken. Doch da wurde sein Name gerufen.

Demet und Luke saßen in einer Nische um die Ecke der Bar. Demet war mit Leanne gekommen, ihrer Partnerin. Dan war kein bisschen überrascht gewesen, als sie ihm von Leanne erzählt hatte, aber es machte ihm zu schaffen, dass sie jemand anderen hatte, mit dem sie ihr Leben teilte. Er befürchtete, Leanne könnte etwas gegen Demets Freundschaft mit ihm haben, sie könnte denken, er sei es nicht wert. Sie nahm kaum Notiz von ihm, als er näher kam. Sie kippte ihren Stuhl zurück, um den Bildschirm sehen zu können. Luke stand auf und winkte ihn heran. Eine Frau, die er nicht kannte, saß mit ihnen am Tisch und lächelte schüchtern zu ihm auf.

Luke umarmte ihn. In der Schule hatten sie sich nie berührt, nie umarmt, doch nachdem Luke im Jahr zuvor angefangen hatte zu studieren, hatte er sich angewöhnt, ihn zu umarmen. Dan ließ es sich gefallen, stand aber steif da und wusste nicht, wie er reagieren sollte, wusste nicht, wie er einen anderen Körper halten sollte. Luke schien sein Unbehagen zu spüren und ließ ihn schnell wieder los, flüsterte ihm zuvor aber noch zu: »Tut mir leid, Dan, hier gab's bisher keinen Fernseher, deswegen wollte ich ja hierher.«

Dan zog die Mundwinkel auseinander und schob das Kinn vor, um ein Lächeln auf sein Gesicht zu zwingen. »Schon okay«, antwortete er und drehte sich zu dem Gerät um. »Verflucht noch mal, ey. Ich glaub, die kriegen das hin.«

Und dann umarmte ihn Demet, Leanne warf ihm eine Kusshand zu, und Luke zeigte auf die dritte Frau und sagte strahlend: »Danny – sorry, Dan –, das ist Katie.«

Katie stand auf, küsste ihn auf die Wangen und sagte aufgeregt: »Ich freu mich so, dich kennenzulernen, ich hab mir so gewünscht, dich kennenzulernen.«

Und Dan wusste sofort, dass Katie und Luke zusammen waren.

»Was möchtest du, Dan?«, fragte Luke. »Die Runde geht auf mich.«

Sein erster Bourbon – ein Geschmack nach Zucker und Schwefel, der beißende Geruch heißer Karamellmasse.

»Einen Bourbon-Cola«, sagte er.

Es waren nicht genug Stühle da, und Katie forderte ihn mit einer Geste auf, sich neben sie auf die Bank gegenüber der Wand zu quetschen. Er war froh darüber – von hier aus war der Bildschirm nicht zu sehen. Er hörte die Musik, spürte die Feststimmung hinter sich, konnte sich sogar die Lichter und die Farben vorstellen. Aber es war gut, dass er sie nicht sah, das hätte er nicht ertragen.

»Wie bist du hergekommen?«, fragte Demet.

»Mum und Dad haben mich abgesetzt.«

»Gehen sie mal wieder tanzen?«

Er nickte und spürte Katies Hand auf seinem Handgelenk.

»Luke sagt, deine Eltern sind Rock 'n' Roller. Das find ich cool.«

»Neal und Stephanie *sind* cool«, stimmte Demet zu. »Die sind die coolsten Eltern der Welt.« Auch sie hatte sich weit zur Seite gelehnt, um den Bildschirm sehen zu können. Nicht einmal Demet konnte sich das verkneifen. Dabei wusste er genau, dass sie sich über die gewaltigen Kosten der Feier aufgeregt, für ihre Studentenzeitung Artikel über den Rassismus der Straßensäuberungen in Sydney geschrieben hatte. Sogar Demet ließ sich von dem Spektakel gefangen nehmen.

Luke kam mit den Getränken zurück, und Dan musste sich ermahnen, sein Glas nicht in einem Zug zu leeren, obwohl das widerlich süße Glühen des Alkohols genau das war, was er jetzt brauchte.

Er saß da und hörte zu, wie sich Leanne, Demet, Katie und Luke über die Universität unterhielten, über Leute, die er nicht kannte, Ideen, die er nicht verstand, eine Zukunft, die er nicht teilen konnte. Demet und Luke besuchten nicht einmal dieselbe Universität, aber schon allein dadurch, dass beide studierten, schienen sie ein gemeinsames Leben zu haben.

Dan warf Katie immer wieder verstohlene Blicke zu; er fand sie wunderschön. Sie hatte eine durchscheinende Haut und elfenhaft zarte Züge. Wie ihre Haut sich wohl anfühlte, wie glatt sie wohl war? Er stellte sich vor, wie die Hände seines Freundes ihre Brüste berührten, sie überall berührten. Dan hatte noch nie eine Frau berührt. Er trank sein Glas aus und zerbiss das schmelzende Eis. Er streckte die Beine aus, und sein Schenkel stieß sacht an Katies Bein. Sie rückte kaum merklich von ihm ab.

Sie war so schön, und er war so abstoßend. Er war ein Tier.

Dan schaute von seinem Drink auf und sah, dass Demet ihn gespannt beobachtete – würde sie ihn den ganzen Abend im Auge behalten? Das rührte ihn, und zugleich ärgerte es ihn. Wenn sie ihn schon bemuttern musste, sollte sie ihm wenigstens einen Scheißdrink besorgen.

Sie griff nach seinem leeren Glas und hielt es schräg. »Brauchst du noch einen?« Sie kannte ihn, sie würde tatsächlich den ganzen Abend auf ihn aufpassen. Er nickte dankbar.

Das Pub war brechend voll, das Jubelgeschrei ohrenbetäubend. Dan konnte Katie kaum verstehen, aber der Lärm übertönte auch die Musik und die Kommentare aus dem Fernseher. Demet schlängelte sich mit einem Tablett voller Gläser vorsichtig durch das Gedränge. Dan stand auf, um ihr zu helfen, und in dem Moment erhoben sich auch die Leute um ihn herum, wie von einem Sog in Richtung Fernseher gezogen. Dan musste sich mit den Ellenbogen einen Weg bahnen. Er nahm zwei Gläser von dem Tablett.

Demet nickte zu der Meute vor dem Fernseher hin. »Die Mannschaften marschieren ein!«, rief sie.

Sie zwängten sich wieder in ihre Nische, und Dan setzte sich auf seinen alten Platz, von dem aus der Bildschirm nicht zu sehen war.

»Kommen die Australier als Erste?«

Dan konnte Demet und Luke nicht ansehen. Er wusste, dass ihre Blicke auf ihm ruhten.

»Nein.« Es klang wie ein Knurren. Er merkte, dass Katie erschrocken war, und fuhr entschuldigend und sanfter fort: »Als Erste marschieren immer die Griechen ein, das Gastgeberland kommt ganz zum Schluss. Das ist so üblich.«

»Meine Fresse«, rief Leanne und griff nach ihrem Tabaksbeutel. »Der Zirkus geht die ganze Nacht durch.«

In diesem Moment vergötterte Dan sie, ihre Ruppigkeit, ihr Unbeeindrucktsein von dem Spektakel. Er musste sich mehr Mühe geben mit ihr, musste freundlicher, liebenswürdiger zu ihr sein.

Er umfasste sein Glas mit beiden Händen und nahm einen tiefen Schluck, obwohl er wusste, dass er es langsam angehen musste, aber er schaffte es nicht. Der süße Drink wärmte ihn, beruhigte ihn.

Er trank und hörte den anderen zu. Die Unterhaltung drehte sich noch immer um die Uni, und Dan verstand nicht, warum dabei nie vom Lernen, von Kursen oder von Büchern die Rede war. Es war die Welt um die Universität herum, die die anderen so faszinierte, eine Welt, die ihm fremd war. Also konzentrierte er sich auf das, was sie sagten, nicht auf den Inhalt, sondern auf den Klang. Auf diese Weise brauchte er die Jubelrufe nicht zu hören, bekam die Hochstimmung im Pub, den Begeisterungstaumel auf dem Bildschirm nicht mit, brauchte das alles nicht an sich heranzulassen. Er registrierte nur Laute: Leanne sprach näselnd und atmete durch den Mund, als sei sie erkältet. Katies Stimme war leise, schwach, ihre Worte waren wie Federn, und Dan musste sich zu ihr beugen, um sie zu verstehen. Luke redete in selbstbewusstem Ton, ohne eine Spur seines einstigen Stotterns. Seine tiefe Stimme klang angenehm, störend war nur eine Tendenz zur Monotonie. Du hattest schon immer etwas Wichtigtuerisches an dir, dachte Dan boshaft. Und Demets durchdringende Stimme klang so streitbar wie früher, neu war nur, dass sie das Ende ihrer Sätze nicht mehr verschluckte. Die Universität hatte ihr das abtrainiert.

Dan griff nach seinem leeren Glas. »Noch eine Runde?«

Leannes Glas war ebenfalls leer, die anderen schüttelten den Kopf. Auf dem Weg zur Bar sah Dan geradeaus, vermied bewusst den Blick zum Fernseher. Die Barkeeperin nahm seine Bestellung lächelnd entgegen, wandte die Augen aber nicht vom Bildschirm, nicht einmal während sie das Bier zapfte und seinen Drink mixte.

»Meine Fresse«, sagte Dan. »Der Zirkus geht die ganze Nacht durch.«

Das Lächeln erlosch. »Fünfzehn Dollar«, sagte sie schnippisch, die Augen weiter auf dem Fernseher.

Als er an den Tisch zurückkam, redete Katie gerade davon, dass sie gern im Ausland leben würde. »Am liebsten würde ich meinen Master in England machen, aber dazu bräuchte ich ein Stipendium, und das ist schwer zu kriegen.«

»Du bist doch so gescheit«, warf Luke ein. Er griff unter dem Tisch nach ihrer Hand und fügte hinzu: »Und so hübsch.«

»Von wegen hübsch«, sagte Demet. »Katie ist schön.«

Leanne drehte Zigaretten, eine für sich und eine für Demet. »Europa, das ist Disneyland«, sagte sie. »Mich zieht's nach Asien. Ich will mit Demet nach Thailand, stimmt's, Demet?«

»Bitte nimm mich mit, lass mich deine Mätresse sein.«

»Du warst mal in Europa?«, fragte Katie.

Leanne nickte und leckte das Zigarettenpapier an. »Ich hab mir nach der Schule ein Jahr Auszeit genommen und bin in Europa herumgereist, in West- und Osteuropa, aber auf dem Rückweg war ich noch in Vietnam und Thailand, und das war super. Das war real.« Sie gab Demet die gedrehte Zigarette.

»Warst du mal in Asien?«

Katie schüttelte den Kopf. »Nein. Ich bin zwar chinesischer Abstammung, aber meine Familie lebt schon seit drei Generationen hier. Ich bin ein Aussie-Chinesen-Mix.« Sie grinste selbstironisch, und Dan fand, dass sie sehr wohl hübsch war, das Wort passte genau zu ihr. Sie war zierlich, zart, zerbrechlich wie ein Vögelchen.

»Luke will mit mir nach Vietnam«, fuhr sie fort. »Und nach Griechenland.«

»Warum nicht?«, platzte Luke heraus. »Wir haben Häuser in beiden Ländern. Beide werden dir gefallen.« Er klopfte auf Leannes Tabaksbeutel. »Darf ich?«

»Bedien dich.«

In Dans Kopf drehte sich alles. Er hatte nicht gewusst, dass Luke rauchte. Früher hatte Luke das Rauchen verabscheut. Dan trank einen Schluck und betrachtete das Eis in der goldbraunen Flüssigkeit. Er fühlte sich hilflos angesichts dieser Gespräche über Reisen, der Selbstverständlichkeit, mit der die vier sich Flüge und Schiffsreisen vorstellen konnten, der Sachlichkeit, mit der sie die Welt vereinnahmten.

Die anderen drei gingen zum Rauchen hinaus. Das Schweigen, das zwischen ihm und Katie eintrat, machte Dan befangen. Er wünschte, sie würde etwas sagen, würde den Fernseher, die stolze Ausgelassenheit der Zuschauer übertönen.

»Würdest du auch gern reisen, Danny?«

Unwillkürlich hatte sie ihn Danny genannt. Am liebsten hätte er gesagt: »Der Name passt nicht mehr zu mir, der passt zu jemand anderem.« Aber das hätte er erklären müssen, und das schaffte er nicht, dazu fehlte ihm der Mut.

Sie lächelte, wartete geduldig.

»Ja, schon.« Er zitterte, hätte sich ohrfeigen können für diese banale Antwort. Es war noch nicht lange her, da war er davon ausgegangen, dass auch er einmal reisen würde, hatte geglaubt, Anspruch darauf zu haben, auf die gleiche Weise, wie die anderen eben davon geredet hatten. Aber er hatte diesen Anspruch aus seinem Talent hergeleitet. Das Wasser und das Schwimmen sollten ihn erfüllen – er wollte jede Großstadt der Welt sehen, wollte alle fünf Kontinente bereisen. Sein Talent – das sollten seine Flügel sein. Aber es hatte ihn im Stich gelassen. Er war nicht gut genug gewesen.

Und jetzt, wohin würde er jetzt fahren? Was hatte er zu bieten? Wer würde ihn noch wollen?

Katie wartete darauf, dass er weitersprach. Er hätte sagen können, dass er in Japan gewesen war. Aber dann hätte er ihr vom anderen Danny erzählen müssen, und er wusste nicht, wie, wusste nicht, wie er den Jugendlichen von damals wieder zum Leben erwecken sollte. Er hatte keine Ahnung, wo der Junge von damals abgeblieben war.

Aber vielleicht wusste Katie ja längst Bescheid. Lukes Hände überall auf ihrem Körper, ihre Hände auf seinem – vielleicht hatte er ihr alles erzählt. Alles war Nacktheit, und alles war längst offenbart, nur perverse, noch unberührte Widerlinge wie er lebten in unterirdischen Welten. Bestimmt wusste sie Bescheid, bestimmt kannte sie jedes schändliche, erbärmliche Detail, das es über ihn zu wissen gab.

Dan blickte ihr zum ersten Mal gerade in die Augen, suchte nach Anzeichen von Mitgefühl. Er war sich sicher, es in ihren samtdunklen Augen zu entdecken, einen Hauch von Traurigkeit darin auszumachen. Er sah das Mitleid.

Hinter ihm brandete Jubel auf. Eine Männerstimme rief: »Spanien vor!« Stürmischer Beifall für Spanien ertönte, dann fuhr eine andere Männerstimme dazwischen: »Aussie, Aussie, Aussie, oi, oi, oi!« Höhnisches Gelächter folgte, doch dann stimmten auch andere ein: »Aussie, Aussie, Aussie, oi, oi, oi!«

Katie hatte die Hand wieder auf Dans Handgelenk gelegt, doch er zog seinen Arm weg.

»Was ist los, Danny?«

»Nichts ist los«, antwortete er. »Wie ich diesen Schlachtruf hasse!«

Sie nickte zustimmend. Seine abrupte Bewegung hatte sie verunsichert; nervös kratzte sie sich am Ellenbogen. »Deswegen möchte ich auch von hier weg und eine Zeitlang im Ausland leben: Ich hasse diesen ganzen nationalistischen Schwachsinn, das ist so was von verlogen, dahinter versteckt sich doch der pure Rassismus.« Sie stieß einen gewollt entnervten Seufzer aus.

Ihre aufgesetzte Empörung, ihre arrogante Selbstgefälligkeit fand Dan überheblich.

»Manchmal macht mich dieses Land ganz krank«, fuhr sie fort. »Dann wird mir richtig schlecht.«

Das sagte auch Demet, das sagte auch Luke: *Dieses Land macht mich krank.* Als würde ihnen irgendwo anders nicht schlecht, als könnten sie sich irgendwo anders heimisch fühlen.

Katie redete ununterbrochen weiter, lamentierte genau wie Demet darüber, wie klein Australien sei – ein großes Land mit einer kleinen Seele –, machte sich über den Rassismus lustig, schimpfte auf die Regierung. Dans Glas war leer, und er überlegte, wie er sie unterbrechen sollte, um zu fragen, ob sie noch etwas trinken wolle. Sein nächstes Getränk musste ein Bier sein, das wusste er. Der Bourbon war in jeden Winkel seines Inneren eingesickert, auch in seine Gedanken, ihm war warm, und er fühlte sich benommen. Katie redete ohne Punkt und Komma, Klagen über Klagen kamen über ihre Lippen, und er dachte nur: Wenn man den Finger in die Möse einer Frau steckt, ist es dann heiß da drin? Bestimmt ist es nass und klebrig, und er nickte, so wie er nickte, wenn sein Vater über die Missstände auf der Welt schwadronierte oder wenn Demet sich darüber ausließ, wie beschissen hier alles sei, er nickte nur und dachte: Ich könnte die Hand unter ihren Rock und die Finger in ihren Slip schieben, das würde das Mitleid aus ihrem Gesicht vertreiben.

»Hier, Kumpel.« Luke reichte Dan lächelnd einen neuen Bourbon-Cola. Demet und Leanne ließen sich wieder auf ihre Plätze fallen, und Dan trank gierig, ließ den Whisky Zunge und Hals besänftigen, ließ sich ganz vom Whisky durchdringen.

Demet lächelte ihm über den Tisch hinweg zu, Luke streckte den Arm über Katies Schultern nach ihm aus. Sie hielten ihn für den anderen Danny, sie wussten nicht, wie krank er war, zu was für einem Monster er geworden war.

Beifallsstürme tönten aus dem Fernseher und wurden in dem Pub mit gutmütigem Spott quittiert. Die Gespräche in der Nische brachen ab, weil ein neuer Sog alle zum Bildschirm hinzog, diesmal mit elementarer Macht. Alle drängten nach vorn, und der Tisch in der Nische wirkte wie von der Menge abgeschnitten und seinem Schicksal überlassen. Luke musterte niedergeschlagen sein Bier, Leanne spielte mit dem Tabaksbeutel, Katie hatte die Hände zwischen die Knie geklemmt, und Demet fixierte Dan. Er wusste, dass der Sog auch die vier erfasste, dass sie das Gleiche wollten wie die anderen, dass auch sie feiern und Spaß haben wollten. Aber sie konnten es nicht, sie durften es nicht, weil er dabei war, weil der Loser dabei war, und auch Leanne wusste Bescheid, und selbst Katie, die ihn erst an diesem Abend kennengelernt hatte, wusste, dass er so mutlos war, so schwach, so erbärmlich, so *bemitleidenswert*, dass sie ihn vor diesem Sog schützen mussten.

Er stürzte seinen Bourbon in einem Zug hinunter und wischte sich den Mund ab. Dann stand er auf. »Kommt, wir schauen uns das an.«

Mit Ellenbogen und Schultern, mit seinem ganzen Gewicht kämpfte er sich durch das Gedränge. Er schob einen Mann zur Seite, und der Mann drehte sich kampfbereit zu ihm um, aber ein Blick auf Dans Gesicht brachte ihn zum Schweigen.

Hinter einer kleinen jungen Frau blieb Dan stehen. Lukes Kopf hüpfte über seiner Schulter auf und ab.

Die Jugoslawen marschierten ein, in weißen Hemden und glänzenden blauen Anzügen. »Scharf sehen die aus, auf ein paar von den Jungs könnte sogar ich abfahren.« Dan erkannte Leannes näselnde Stimme und sah, dass die drei Frauen hinter ihm standen. Er trat zur Seite, und Demet, Katie und Leanne quetschten sich dankbar zwischen ihn und Luke.

Sein Blick war auf den Bildschirm gerichtet, aber er sah die Menschen nicht, und er sah die Menge nicht. Er übersetzte Form in Schatten und Bewegung, das Flackern und Funkeln Tausender Blitzlichter in schimmernde Wellen, die das Licht streuten. Sein Vater hatte ihm als Kind die Geschichten von Aladin, die Märchen aus Tausendundeiner Nacht vorgelesen, und an sie musste er jetzt denken, an jene Märchen von unermesslichen Schätzen, in Höhlen verborgen. Wer all die Pracht und Schönheit aufspürte, wurde mit Blindheit geschlagen. Er sah nicht die Elektrizität in den sprühenden, splitternden Lichtern, er sah strahlende Diamanten, Rubine, Saphire und Smaragde, sah Bernstein und Opale, alle Farben der Welt, die die Nacht zum Tage machten. Die Menschen auf dem Bildschirm waren keine Menschen, es waren juwelenbesetzte Gebilde, die darüber hinwegglitten. Er wollte sie nicht zu Menschen machen, wollte keine Gesichter erkennen, denn Gesichter zu sehen hätte bedeutet, Freude zu sehen, Triumph zu sehen. Demet hatte seine Hand gefasst und drückte sie. Er konnte sie nicht wegziehen, aber er wollte die Berührung nicht.

Hinter der IOC-Flagge marschierte die letzte Gästemannschaft ein, vier tanzende Jugendliche aus Osttimor, noch ohne eigenes Land, und aus dem Gedränge um Dan herum stieg ein einziges freudiges Gebrüll auf. Selbst Leanne jubelte mit, selbst sie reckte die Faust hoch. Der Lärm aus dem Fernseher und der Lärm in dem Pub – sie wanden sich um Dan herum, durch ihn hindurch, umschlossen ihn so eng, dass er kaum noch Luft bekam, es war, als jubelte ein einziger Körper, eine einzige Stimme, und der Lärm war ein einziges ekstatisches Verströmen. Ein Basketballer trug stolz die australische Flagge, *Aussie, Aussie, Aussie, oi, oi, oi* wurde gebrüllt, und Dans Ohren konnten nicht hören, und seine Augen konnten nicht sehen, und er hatte Demets Hand losgelassen, und er hielt sich die Ohren zu und rang nach Luft, all seiner Mühe wegen, des jahrelangen Trainings wegen, seiner Jugend und seiner Träume, seines ganzen Ichs wegen. Er hätte dort im Stadion sein müssen. Und weil er nicht dort war, weil er diese simple Bedingung nicht erfüllte, war er weniger als nichts, er hatte es nicht geschafft zu existieren, und obwohl seine Augen geschlossen waren und obwohl er den Ton auszublenden versuchte, war die Welt wieder herangeströmt, und er konnte sie nicht aufhalten, sie sickerte in ihn ein und durch ihn hindurch und um ihn herum: Rote und gelbe Lichtsprenkel zuckten kreuz und quer durch das Dunkel hinter seinen geschlossenen Lidern, komplettierten die Körper und zauberten die Athleten herbei. Er öffnete die Augen wieder, und da waren Kieren und Perkins in Nahaufnahme, sie winkten der fiebernden Menge zu, und als die Kamera über die australische Mannschaft schwenkte, die Golden Boys und die Golden Girls, da wusste Dan, dass er einatmen musste, seine Lunge öffnen musste, und er drehte sich um und rang nach Luft, stieß und schob und trat und drängte, bis er sich durch die johlende Menge gekämpft hatte und draußen auf dem Bürgersteig stand, an der frischen Luft. Kein Auto war zu sehen, niemand war auf der Straße, kein anderer Mensch war da, der seine Demütigung mit ihm hätte teilen können. Er war allein und elend auf der Welt.

Er war allein. Er sog tief die Luft ein.

Er hielt sich an der Hauswand fest. Es widerte ihn an, wie viel Hass er in sich trug. Ich bin nichts als Hass, dachte Dan.

»Danny, alles okay?«

Dan fuhr herum. Luke stand vor ihm. »Wie oft muss ich's dir noch sagen, du Arsch? Ich heiße Dan und nicht Danny. Ich bin *Dan*!«

Luke trat bestürzt einen Schritt zurück. Alle Farbe war aus seinem Gesicht gewichen. Er sah so unglücklich aus, dass Dan schon glaubte, er würde gleich anfangen zu weinen. So funktioniert es, sagte sich Dan, so kann ich das Mitleid aus ihren Augen vertreiben, es aus ihnen herausreißen. Luke wirkte jetzt nicht mehr wie ein Mann, er war wieder der grüne Junge von einst, der alles für Danny getan hatte, der Danny angebetet hatte.

Aber diesen Danny gab es nicht mehr. Dieser Danny existierte nicht mehr.

Demet war ebenfalls herausgekommen. Sie legte den Arm um Dan und zog seinen Kopf so nahe an ihren, dass sie sich berührten. Er wollte sich losmachen, besann sich dann aber anders. Es gab keine Worte, und das wusste sie.

Luke aber, der Leser, der Streber, der Aufsichts- und Einserschüler, er musste Worte gebrauchen, musste reden. »Lasst uns doch alle zusammen zu Katie gehen, sie wohnt gleich hier um die Ecke.« Er zeigte Dan ein zaghaftes Lächeln. »Da gibt's garantiert keinen Fernseher.«

Dan zuckte die Schultern, es war ihm egal. Wenn es nur noch mehr Alkohol gab. Wie hatte er nur so lange darauf verzichten können? Alkohol dämpfte die Gedanken und betäubte die Gefühle, bescherte eine wunderbare Benommenheit. Dan würde trinken, bis er das Bewusstsein verlor. Auf Katies Boden, auf der Straße – egal wo.

»Hat Katie Alk im Haus?«

Er bemerkte den Blick, den seine Freunde wechselten.

Demet drückte an der gefliesten Wand des Pubs ihre Zigarette aus. »Ich hol die anderen. Ein Stück die Straße runter ist ein Getränkemarkt.«

Die beiden Männer blieben allein zurück. *Sag nichts, Luke, sag einfach gar nichts.*

Doch Luke sagte etwas. »Ich bin so froh, dass du dich für uns entschieden hast, Kumpel.« Er legte Dan die Hand auf die Schulter. »Ich war mir sicher, dass du heute Abend zu Taylors Party gehen würdest. Es bedeutet mir viel, dass du hier bist und nicht dort.«

Erst verstand Dan nicht richtig. Er hörte die Wörter zwar, aber sie ergaben keinen Sinn, waren nur noch weitere Geräusche in der Nacht. Lallte Luke, war er betrunken? Doch dann fügten sich die Wörter zu einer Struktur, und die Struktur formte einen Satz, und der Satz verblüffte ihn. »Wovon redest du?«

Wieder sah Luke aus wie ein ängstlicher Schuljunge.

»Wovon zum Teufel redest du?«, wiederholte Dan.

»Entschuldige, Danny, Dan, tut mir leid. Ich dachte, du wüsstest von der großen Party bei Taylor heute Abend. Ich hab Taylor diese Woche in der Uni getroffen, da hat er mir davon erzählt, deswegen dachte ich, du wüsstest Bescheid.«

Da sagte Dan leise, lächelnd jetzt: »Ja, klar, die Party. Scheiße, ja, die hab ich ganz vergessen.« Er achtete darauf zu grinsen, aufrecht zu stehen, einzuatmen und auszuatmen, so als wäre alles normal, als wäre Nacht nicht Tag und das Himmelsgewölbe wäre nicht geborsten. Luke und Martin zusammen an der Universität, zusammen in ihrer Welt, der Welt, in die er nicht gehörte.

Er lächelte, er stand aufrecht, er atmete normal. Aber im Innern, tief in seinem Innern begriff er, was die Songs meinten, dass die

Songs die Wahrheit sagten, wenn darin von einem gebrochenen Herzen die Rede war.

Er nahm Luke in einen Ringergriff, hielt ihn von hinten fest, flüsterte ihm heiser ins Ohr: »Natürlich wollte ich heute Abend lieber mit dir und Demet zusammen sein. Ist doch klar.« Er ließ Luke los. Ich könnte es einfach sagen, dachte er, ich könnte auf meinen Freund zugehen, ich könnte einfach sagen, dass es mir leid tut.

Er stellte sich Taylor und Luke vor, gemeinsam an der Uni, gemeinsam in jener anderen Welt.

Er nahm all seine Willenskraft zusammen und täuschte ein langes, gelangweiltes Gähnen vor. Er zwang sich zu einem munteren Ton. »Ich bin ziemlich geschafft, Kumpel. Ich glaub, ich geh besser nach Hause. Ich glaub, es wird höchste Zeit, dass ich mich auf den Weg mache.«

Er ignorierte Lukes Protest, ging ein paar Schritte rückwärts, drehte sich dann um und trabte los. Er hörte Luke nach ihm rufen, hörte, dass Luke ihm nachrannte. Aber Dan lief so schnell, dass seine Füße förmlich auf den Asphalt einhämmerten.

Er lief. Keine Autos waren unterwegs, keine Taxis, keine Fußgänger. Er lief wie ein Roboter, ohne zu denken, ohne zu sein. Er bog abrupt um eine Ecke, gelangte in eine Straße voller Leuchtreklamen und vergitterter Schaufenster. Er hielt an, beugte sich vor, um zu verschnaufen. Mit dem Ärmel wischte er sich den Schweiß von Stirn und Hals. Gedanken und Erinnerungen brachen wie eine Springflut wieder hervor. Die Eröffnungsfeier war eine Wasserstoffbombe gewesen, sie hatte die Welt von Menschen leergefegt. Er war als Einziger noch am Leben. Und er hatte keine Ahnung, wo er sich befand, er sah kein Straßenschild.

In einem Elektrogeschäft auf der anderen Straßenseite liefen drei Fernseher, und alle zeigten die Eröffnungsfeier.

Dan ging hinüber und schaute durch das Eisengitter auf den größten der drei Bildschirme. Die Feier war noch in vollem Gange, aber ohne Ton wirkte alles – die Menge und die Athleten, alles und jeder – klein und mickrig. Es war kein überwältigendes Spektakel mehr wie in dem Pub. Es ist nichts, was man fürchten müsste, sagte er zu sich selbst. Es war nur Klang, Licht und Bewegung.

Das Stadion war in Dunkel gehüllt, und eine alte Dame im Rollstuhl reckte die olympische Fackel hoch. Es war Betty Cuthbert, und den Rollstuhl schob Raelene Boyle. »Cuthbert«, flüsterte Dan, »du warst in Melbourne und in Rom dabei, und Boyle, du hast in Mexico City Silber geholt.« Er streckte einen Finger aus, als wollte er den Bildschirm berühren. »Ich weiß, dass man dich in Montreal betrogen hat. Ich glaube, ich kann mir vorstellen, wie schlimm es für dich war, nicht mit nach Moskau zu können.«

Er betrachtete das Spiel von Licht und Schatten.

Als die Fackel an Shane Gould übergeben wurde, verschränkte er die Arme, so fest, dass seine Lunge sich zusammenzog. Die Frau drehte eine Runde durch das Stadion, zwischen zwei Reihen lautlos jubelnder Helfer und Offizieller hindurch, in gleichmäßigem Trab, den Blick geradeaus gerichtet, die Fackel hoch erhoben. Zum Rhythmus ihrer Schritte auf der Laufbahn sagte Dan unhörbar: München, zweihundert Meter Lagen – Gold, zweihundert Meter Freistil – Gold, vierhundert Meter Freistil – Gold, achthundert Meter Freistil – Silber, hundert Meter Freistil – Bronze. Shane Gould übergab die Fackel an eine andere Athletin, die Dan im ersten Moment nicht erkannte. Dann erinnerte er sich an das Gesicht: Es war Debbie Flintoff-King, die in Seoul die vierhundert Meter Hürden gewonnen hatte, bei den Olympischen Spielen von 1988, den ersten, die er als Kind gesehen hatte.

Cath-ee, Cath-ee!

Dan fuhr erschrocken zurück, weil der Ton plötzlich wieder da war. Doch die Rufe kamen nicht aus den Fernsehern. Er sah auf. Über Wände und Fenster einer Wohnung über dem Laden huschte silbern, grau und weiß der Schein eines Fernsehers. Eine Party war dort im Gange, und Dan hörte gedämpften Jubel. Er schaute wieder auf den Bildschirm. Gerade wurde die Fackel an Cathy Freeman übergeben, die junge Aborigine-Läuferin. Dan umklammerte das Gitter, konnte den Blick nicht von den Bildern lösen. Als die Athletin die Fackel in Empfang nahm, erhellte ein Blitzlichtgewitter die Arena. Cathy Freeman begann, die strahlend weiße, erleuchtete Treppe emporzulaufen, Rauch kräuselte sich und floss wie Wasser die perlmuttglänzenden Stufen hinab – *Cath-ee! Cath-ee!* –, und plötzlich war sich Dan sicher, dass die Sprechchöre nicht nur aus der Wohnung oben kamen. Für ihn waren sie das Echo der Raserei eines ganzen Landes, der ganzen Welt. »Lauf, Cathy«, rief Dan leise durch das Gitter. »Lauf, Cathy. Du bist keins von diesen Golden Girls.«

Ein heftiger Schauer durchlief ihn.

Die junge Athletin schritt vor dem Hintergrund eines Wasservorhangs in die Mitte eines weiten Wasserbassins. Sie beugte sich vor und berührte es mit der Fackel, und um sie herum flammte ein Feuerring auf, hob sich hoch in die Luft und begann dann schräg emporzusteigen. Plötzlich trat eine Störung ein, der Feuerring stockte und blieb stehen. Aus der Wohnung oben war eine niedergeschlagene Frauenstimme zu hören: »Ich hab's doch gewusst, wir verbocken's.«

»Bitte«, sagte Dan, »lass es einen Flop werden.«

Mit einem Ruck setzte sich die Maschinerie wieder in Bewegung. Der Flammenring glitt weiter aufwärts und berührte die hoch aufragende Feuerschale.

Die Welt brach in Flammen und Licht aus. Musik dröhnte von oben, so abrupt, als ließe man eine CD nach einer Unterbrechung weiterspielen.

Dan würde diesen Augenblick nie mehr vergessen. Für den Moment war es ihm unvorstellbar, wie ein solcher Verlust abzumildern sei. Er hätte dabei sein müssen. Er hatte seine Zukunft fest in Händen gehalten. Staub. Und jetzt war alles nur noch Staub.

Sein erster Wodka war Lakritz.

Die Kneipe war brechend voll, eine Wand von Lärm, alles drängte sich vor einer riesigen Leinwand hinten im Raum. Die Wiederholung der Eröffnungsfeier hatte begonnen. »Das dauert ewig«, flüsterte Dan über den Rand seines Glases hinweg.

Aber wenigstens konnte er an der Bar sitzen, dort waren noch Hocker frei, und er konnte sich von der Leinwand abwenden. Er trank einen Wodka-Limone. In all den Jahren des Trainings hatte man dem anderen Danny immer wieder gesagt, er solle auf seinen Körper hören. Er hatte bisher nur zweimal Wodka getrunken, einmal am Abend seines achtzehnten Geburtstags und einmal auf einer Kneipentour mit Bennie, Omar und Herc. Wodka hatte einen klaren Geschmack, er wirkte schnell, er machte den Kopf frei, er beschleunigte alles. Wodka würde ihn wieder ins Lot bringen, Wodka war genau das, was er jetzt brauchte.

Er holte sein Handy hervor und scrollte durch die Kontakte. Immer wieder drückte er auf Martin Taylors Nummer und dann auf die Zurück-Taste. Taylors Nummer suchen und zurück zum Home-Bildschirm: Er konnte gar nicht wieder damit aufhören.

Dan sagte sich, dass Martin viel für sein Jurastudium arbeiten müsse und einfach vergessen habe, ihm wegen der Party Bescheid zu sagen. Martin rief selten zurück, er hatte keine Zeit. »Das ist was anderes als Schule, Kelly. An der Uni geht's zur Sache, da muss man hart arbeiten. Das ist kein Pipifax wie ein Job an der Tankstelle oder im Supermarkt.« Martin brachte das Wort *Supermarkt* kaum über die Lippen, so als hätte er es noch nie in seinem Leben aussprechen müssen.

Was willst du machen, Kelly? Was willst du mit deinem Leben machen?

»Einen Weißwein bitte. Einen Riesling, wenn ihr welchen habt.«

Sein erster Wein, Fruchtsaft, der zu lange in der Sonne gestanden hat.

Er sah von seinem Handy auf. Die junge Frau, die den Drink bestellt hatte, lehnte neben ihm an der Bar. Sie war klein und zierlich, und ihre Haut hatte den gelblichen Farbton von Olivenöl. Bestimmt fühlt sich ihre Haut wunderbar weich an, dachte Dan, und er musste sich bremsen, um nicht die Hand auszustrecken und darüberzustreichen. Bestimmt war er high, so musste es sich anfühlen, wenn man high war. Er spürte, wie beschwingt der Alkohol durch seinen Körper strömte. Wodka machte high.

Die Frau merkte, dass er sie anstarrte, und zeigte ihm ein verwirrtes, schüchternes Lächeln. Dann wandte sie verlegen den Blick ab.

Sag irgendwas, du Idiot. Martin hätte eine geistreiche Bemerkung parat gehabt, Bennie hätte einen Witz gemacht, Omar hätte seine Muskeln spielen lassen, und Herc hätte um Feuer gebeten. Luke hätte gar nichts zu sagen brauchen. Die Mädchen sprachen ihn mittlerweile von sich aus an.

Sag *irgendwas.* Sie war blond, das strohblonde Haar fiel ihr seidig und glatt wie Metallfolie auf die Schultern herab. Dan wollte sein erstes Mal mit einer Blondine erleben. Die schönsten Menschen, die er kannte, Emma und Martin, waren beide blond.

Sag irgendwas. Der Barmann hatte der Frau ihren Wein hingestellt, und sie kramte in ihrer Tasche nach dem Geld.

»Hi.« Das war alles, was er zustande brachte, alles was ihm einfiel. Doch die junge Frau wandte sich ihm zu, lächelte und sagte Hallo. Was sollte er als Nächstes sagen? Immerhin war sie an der Bar stehen geblieben.

Er glitt von seinem Hocker und bot ihn der Frau an.

»Möchtest du dich nicht setzen?«

Sie zögerte, sah sich um, errötete, dann nahm sie Platz. »Danke.«

»Ich bin Dan.«

»Ich bin Mila.«

Mila klang genau richtig, ein schöner Name. Er sagte ihn sich lautlos vor. Und dann blitzte eine Erinnerung in seinem Kopf auf.

»Mila heißt auf Griechisch ›Äpfel‹.«

Die Frau trank von ihrem Wein, schien verwirrt.

»Mila«, wiederholte er, verlegen jetzt. »Das heißt auf Griechisch ›Äpfel‹.«

»Bist du Grieche?«

»Nein. Das heißt, meine Mum, aber ich nicht.«

Sie antwortete nicht, nippte nur an ihrem Wein, sah hin und wieder zu ihm auf – taxierte ihn mit verhaltener, aber selbstbewusster Miene –, die meiste Zeit aber blickte sie über seine Schulter hinweg zur Leinwand, auf der sich das ewige Jetzt der Eröffnungsfeier entfaltete. Er schaute nicht hin.

Mila zeigte darauf. »War das nicht grandios? Das hätte ich nicht erwartet.« Sie war wieder errötet, suchte nach Worten. »Ich glaub, ich war einfach nur stolz«, sprudelte sie schließlich hervor.

»Ich hab's mir nicht angeschaut.«

Darauf wusste sie nichts zu sagen. Stimmengewirr, Rufe und Musik erfüllten die Kneipe, eine Straßenbahn rumpelte durch die Smith Street, aber zwischen Mila und ihm, dachte Dan, war die Luft leblos.

»Triffst du dich hier mit Freunden, Dan?«

Er schüttelte den Kopf.

»Ah.« Mila schien misstrauisch.

»Und du?«

»Ich treff mich mit ein paar Freundinnen.«

Er musste an sich halten, um nicht zu sagen: »Kann ich mit dir hierbleiben, kann ich einfach mit dir abhängen? Ich will nicht nach Hause. Kann ich bitte mit dir hierbleiben?« Er wagte nicht, es auszusprechen.

»Bist du Student?«

Er würde lügen. Er würde ihr nicht sagen, was er machte. Sie wirkte intelligent und souverän. Er nickte.

»Ich auch. Welche Uni?«

»La Trobe«, log er.

»Ach ja? Ich auch«, sagte sie erfreut, doch dann verengten sich ihre Augen. Das missfiel ihm, es erinnerte ihn an eine Maus.

»Ich hab dich da noch nie gesehen.«

Und ihre Zähne waren zu groß, fand er. Das schien ihr auch bewusst zu sein, denn wenn sie nicht redete, hielt sie den Mund geschlossen. Ihre Zähne waren zu groß für ihr rundes kleines Gesicht.

»Ich dich auch nicht.« Das Lügen ging wunderbar leicht. Für Mila konnte er sein, was er wollte. Er dachte an Demets Berichte von ihren Lehrveranstaltungen.

»Ich studiere Soziologie«, sagte er, »und außerdem Film und Gender Studies.« Er trank seinen Wodka-Limone aus und suchte den Blick des Barmanns. Der Wodka machte das Lügen leicht, der Wodka erzählte die Story. »Für dich auch noch einen?«

Ihr Glas war noch fast voll, und sie schüttelte den Kopf.

Er versuchte nachzusehen, wie viel Geld er bei sich hatte, ohne dass sie es merkte. Als sein Drink kam, hob sie ihr Glas und stieß mit ihm an.

»Frohe Olympiade«, sagte sie.

Dan lächelte, antwortete aber nicht.

»Ich studiere Gesundheitswissenschaften«, fuhr Mila fort. »Im zweiten Jahr.«

»Ich bin auch im zweiten.«

Dann sprach sie von Leuten, von denen sie glaubte, er könnte sie kennen, und er musste jedes Mal sagen, er kenne sie nicht, sorry. Ihre Augen verengten sich erneut, und wieder sah sie aus wie eine Maus.

Die Luft zwischen ihnen war wieder abgestorben. Milas Rock war hochgerutscht und gab die weiße Haut ihrer Schenkel frei. Würde Bennie sie jetzt berühren? Omar auch? Dan senkte die Hand, und sein Handrücken glitt über ihr Bein.

Es war das Falsche. Sie erschrak und rückte von ihm ab, ohne die Augen von der Leinwand zu wenden.

Jemand rief ihren Namen, und Dan spürte, wie erleichtert sie war. Sie sprang vom Hocker und sagte hastig: »Danke, Dan, meine Freundinnen sind gekommen.« Damit verschwand sie.

Dan wollte sich nicht umdrehen, wollte nicht sehen, wie sie ihre Freundinnen begrüßte, wie sie über ihn tuschelten, über ihn lachten. Über den Loser. Den Freak. Er trank sein noch volles Glas in einem Zug aus. Der Wodka brannte in seinem Hals. Er stellte das Glas auf den Tresen und verließ die Kneipe, ging ruhig auf die Straße hinaus. Er wollte nicht dorthin zurückschauen, wo man über ihn lachte.

Er sagte sich, er wisse nicht, was er jetzt machen werde, als er dort auf der Straße stand, er habe sich noch nicht entschieden, wohin er wolle, dabei winkte er bereits einem Taxi. Er sagte sich, er werde aufs Geratewohl in die Nacht hineinfahren, er habe kein bestimmtes Ziel, dabei bat er den Fahrer, ihn über den Fluss nach Toorak zu bringen, wo er seit seiner Schulzeit nicht mehr gewesen war. Es war keine Entscheidung, es war Schicksal. Er wisse nur, sagte er sich, dass es noch zu früh sei, um nach Hause zu gehen, dass er es nicht ertragen könne, Theo gegenüberzutreten, der zweifellos auf ihn wartete und jede Minute der Feier mit ihm durchsprechen wollte, obwohl sie sich morgen zusammen die Wiederholung ansehen würden. Nein, das konnte er nicht ertragen, besser war es, in ein Taxi zu springen und einfach in die Nacht hineinzufahren. Dan war so fest davon überzeugt, keine Entscheidung über das Fahrtziel getroffen zu haben, dass es ihn wie ein Schock traf, als sie vor dem Haus der Taylors hielten. Die Straße war dunkel, die riesigen düsteren Ulmen waren kahl. Er zahlte und stieg aus.

Dan drückte auf die Klingel am Gartentor, und nach wenigen Augenblicken fragte eine Stimme: »Ja, wer ist da?«

Er erkannte Mrs. Taylors schroffen Ton. Sie wiederholte die Frage, ungeduldig jetzt.

Er war so fassungslos darüber, sich hier wiederzufinden, dass er nicht einmal seinen richtigen Namen nannte. Er wurde wieder zum anderen Danny.

»Danny, Danny Kelly.«

Der Wind fegte durch die kahlen Äste, und Dan merkte, dass er fror. Einen Moment lang war er überzeugt, dass sie ihn nicht hereinlassen würde, dass sie sagen würde, er könne nicht einfach uneingeladen hier aufkreuzen, so etwas gehöre sich nicht.

Doch dann ertönte ein Summen, ein Mechanismus surrte, und das Tor ging langsam auf.

Benommen und noch immer ungläubig – es musste am Wodka liegen, der ihn high gemacht hatte, es konnte nur daran liegen – ging Dan die lange Einfahrt zu Martin Taylors Haus hinauf.

In seinem ersten Rum schmeckte er nur die Cola.

Es war Mrs. Taylor, die ihm einen Drink gab, die sagte, wie schön es sei, ihn zu sehen, ihn aber nicht fragte, was er mache, wo er arbeite, wie es seiner Familie gehe. Ihre Lippen fühlten sich an seinen Wangen kalt an.

»Ich trinke Rum-Cola. Möchtest du auch einen?«

Er nickte.

Er erinnerte sich an den langen Flur mit dem Fliesenboden, das quadratische Gemälde mit dem schweren Goldrahmen an der Wand – dicke, schwungvolle Ölkreidestriche, ein Porträt von Mrs. Taylor. An der anderen Wand hing ein riesiges Familienfoto, Emma und ihre Mutter auf einem Sofa, die Tochter in einem bauschigen safrangelben Kleid, die Mutter in cremefarbenem Satin, hinter ihnen stehend die Männer, Mr. Taylor im Anzug und ein finster blickender Martin in seiner Schuluniform. Dan erinnerte sich, dass von dem Flur aus Stufen in ein tiefer gelegenes gemütliches Zimmer führten. Dort unten saß Mr. Taylor auf einem weißen Ledersofa; Dan sah seinen kahlen Schädel. Mr. Taylor drehte sich nicht um, begrüßte ihn nicht.

Mrs. Taylor führte Dan in die Küche, machte ihm den Drink und schubste ihn fast in den Garten, wo ein Partyzelt aufgebaut war, dessen hauchdünne Wände sich im Wind wölbten und blähten.

»Martin!«, rief Mrs. Taylor, und die jungen Männer und Frauen, die auf dem Rasen miteinander plauderten, drehten sich zu Dan um. Von den Männern kannte er einige. Einer, ein hochgewachsener Mensch in einem blau-weiß gestreiften Hemd, kam mit ausgestreckter Hand auf ihn zu.

»Mein Gott, Kelly«, rief er. »Bist du's wirklich?«

Mrs. Taylor schob Dan sanft in die Nacht hinaus. »Viel Spaß, Danny«, sagte sie, dann schloss sie die Küchentür.

Es war wie an seinem ersten Tag in der Schule.

Sullivan hatte ihn erkannt, Sullivan – er trug jetzt einen gestutzten Kinnbart – klopfte ihm auf den Rücken und stellte ihn den anderen vor. »Wir studieren zusammen«; »Das ist Danny Kelly, wir waren zusammen in der Schule«; »Was machst du so, Danny?«, aber er hatte keine Zeit zu antworten, er wurde Verena und Scott vorgestellt, Marcus und Benjamin, Callista und Chloe – Namen, die er wieder vergessen, Gesichter, an die er sich am Morgen nicht mehr erinnern würde. Ein gutaussehender Ober mit einem markanten Kinn brachte ein Tablett mit Kuchenstücken, aber Dan kam nicht dazu, sich eines zu nehmen, denn es gab noch mehr Leute kennenzulernen, einen Seb und einen Cameron, eine Jacinta und eine Melinda – »Was machst du, Danny?« und »Ah, du bist ein Freund von Martin, ja, Danny?« und »War die Eröffnungsfeier nicht großartig, Danny? Bist du nicht auch stolz, Danny? Ich bin heute Abend so stolz auf Australien, du auch, Danny?«

Er nickte wie ein braver Hund, hörte sich sagen: »Ja, das war wirklich großartig«, und musste sich bremsen, um nicht wie ein braver Hund *Aussie, Aussie, Aussie, oi, oi, oi!* zu bellen. Er nickte mit dem Kopf, und es kam ihm vor, als würde er mit dem Schwanz wedeln.

Da übertönte eine vertraute Stimme den Lärm unter dem Zeltdach und rief ihm zu, ihm direkt, nur ihm: »Danny Kelly, was machst du denn hier?«

Martin Taylor, in einem weißen Anzughemd und weiten schwarzen Hüfthosen, kam mit ausgestreckter Hand auf ihn zu. Dan ergriff sie, hielt sie, die Handfläche kühl und trocken. Sie schüttelten sich die Hände, bis Martin losließ. Er hatte nicht zugenommen und sah, sofern das überhaupt möglich war, noch besser aus als früher. Dan zog den Bauch ein, straffte die Schultern. Sie umarmten sich nicht, lächelten nicht. Sie forderten einander mit Blicken heraus.

»Ich hab gehört, dass hier so eine Schwuchtel eine Party schmeißt.«

Und Martin lachte, schüttelte ihm noch einmal die Hand und legte ihm den Arm um die Schultern, und Martin sagte: »Hast du was gegessen? Es ist noch jede Menge da. Noch einen Drink? Was trinkst du, ich besorg dir noch einen Rum«, aber Dan konnte nur an eines denken: dass Martins erste Frage keine Erkundigung gewesen war und dass sie nicht erfreut geklungen hatte. Eis war darin gewesen, dieselbe Frostigkeit wie in Mrs. Taylors Tonfall.

Danny Kelly, was machst du denn hier?

Eine junge Frau war zu Martin getreten. Sie war klein und zierlich, und ihr feines, flaumiges Haar gab ihr etwas fast Ätherisches. Solches Haar hatten sonst nur sehr alte Menschen oder Wesen aus anderen Welten. Ihr trägerloses Kleid aus edler Seide rief eine zeitlose klassische Vergangenheit wach. Dans Mutter hätte dieses elegante Outfit gefallen. Die Frau berührte Martins Ellenbogen, umfasste ihn nicht, berührte ihn nur, aber dieses Antippen mit den Fingerspitzen hatte etwas Besitzergreifendes, Souveränes. Zu seinem Erstaunen spürte Dan einen Anflug von Eifersucht. Er war randvoll mit diesem Gefühl, es drohte ihn zu ersticken. Taylor hatte schon andere Freundinnen gehabt, Taylor war mit Frauen zusammen gewesen. Aber keine hatte mit der Autorität und dem Nachdruck dieser schlichten Geste Anspruch auf ihn erhoben.

»Lauren, darf ich vorstellen?« Taylor nahm den Arm von Dans Schulter und zog die Frau eng an sich. »Das ist Danny, ein alter Freund von mir.«

Sie hielt ihm ihre kleine Hand hin. Ein schmales Goldarmband umschloss ihr Handgelenk. »Hallo, Danny, schön, dich kennenzulernen.«

Und aus der Frage, die Dan aus ihrer höflichen Begrüßung heraushörte, schloss er, dass sie keine Ahnung hatte, wer er war, dass sie seinen Namen noch nie gehört hatte.

Martin beugte sich vor und küsste Lauren auf den Mund. Es wurde ein langer Kuss. Dann löste er sich lachend von ihr und sagte voller Stolz: »Wir haben gerade unsere Verlobung bekanntgegeben.«

Martins graue Augen, seine langen blonden Wimpern, seine schönen glatten Wangen. Am liebsten hätte Dan seinem Freund über die Wange gestrichen. Nein, am liebsten hätte Dan Martin Taylor die Lippen aus dem Gesicht gerissen. Stattdessen ermahnte er sich: Pass auf, dass dein Ton ruhig bleibt. Stattdessen sagte er: »Ich freu mich für dich, Kumpel.« Und Martin trat einen Schritt vor, um sich umarmen zu lassen, um Dan zu umarmen, doch Dan trat einen Schritt zurück und streckte ihm nur die Hand hin. »Ich freu mich sehr für dich.« Er konnte Taylor nicht umarmen. Wenn er Taylor umarmte, würde er ihn totdrücken.

Lauren hatte Martins Hand gefasst. »Hast du die Eröffnungsfeier gesehen, Danny?«, sprudelte sie hervor. »War das nicht wunderbar? Wir wollten es eigentlich noch niemandem sagen, aber es war einfach der perfekte Abend, um unsere Verlobung publik zu machen.«

Er antwortete nicht.

»Hast du's gesehen?«

Dan schaute Martin nicht an, hielt den Blick auf Lauren gerichtet. »Nein«, sagte er, »ich hatte keine Lust.«

Lauren machte ein langes Gesicht, buchstäblich: Ihre Lider senkten sich, ihr Kinn fiel herab. Als wäre er auf sie losgegangen, als wäre seine Antwort ein Affront. »Warum denn nicht?« Als könnte sie gar nicht verstehen, wie man sich ein solches Vergnügen entgehen lassen konnte, als könnte sie nicht begreifen, dass man nichts von dieser hirnlosen Feier wissen wollte. *Aussie, Aussie, Aussie, oi, oi, oi.*

Dan sah sich über Laurens Kopf hinweg in dem Zelt um, sah überallhin, sah alle an, nur nicht Martin. Er brachte es nicht über sich, Martin anzusehen. »Ich interessiere mich nicht für die olympischen Spiele«, sagte er schließlich. »Ich hab nicht viel für Sport übrig.«

Taylor beugte sich so weit zu Lauren hinab, dass sein Kinn fast auf ihrer Schulter lag, und flüsterte ihr etwas zu. Und dann geschah es. Ihr Gesichtsausdruck wurde weich. Ihre Augen waren feucht und liebenswürdig, als sie ihn wieder anschaute, und er sah das Mitleid darin.

Am liebsten hätte er die Hand in ihr hübsches Gesicht gekrallt und ihr die Haut weggerissen. So sehr hasste er sie. Er trank seinen Rum aus, zerbiss geräuschvoll das Eis und hielt Martin das leere Glas hin. »Apport, Taylor«, sagte er strahlend. »Hol mir noch einen, ja?«

Die Beleidigung ließ Taylor erstarren. Hol mir noch einen, *braver Hund.*

Dann kehrte das Lächeln auf sein Gesicht zurück. Er nahm das Glas. »Klar, Kumpel. An deiner Stelle hätte ich heute Abend wahrscheinlich auch das Bedürfnis, mich volllaufen zu lassen.«

Dan war begraben, er war flügellos in die Erde gesunken. Taylor hatte gewonnen, und er, Dan, hatte verloren.

Und Dan trinkt. Er trinkt einen Rum-Cola und dann noch einen. Dan trinkt, und er tanzt, mit wilden, hässlichen Bewegungen, seine Arme fegen durch die Luft, er erfindet Texte zu dem dröhnenden Technobeat, der durch den Garten wummert. Doch er tanzt nicht, er hüpft und springt, er trampelt mit seinen Schuhen auf dem Rasen herum. Schweißtropfen fliegen von seiner Stirn, die anderen rücken von ihm ab, aber es kümmert ihn nicht. Er ist außer Rand und Band, er verrenkt sich, fuchtelt mit den Armen, zerbricht die Nacht. *Your name, I remember, like a fever or a flame.* Immer wieder ruft er es, brüllt es hinaus, sodass eine junge Frau, die neben ihm tanzt, mit angewiderter Miene zurückweicht. Es kümmert ihn nicht, er liebt den Song, grölt *Your name, I remember, like a fever or a flame.* Und als der Song verklingt, braust abgehackter Beat auf, überrollt und erstickt den Song, den Song, der, wie Dan glaubt, für immer sein Song sein wird. Er hält abrupt inne, fokussiert, seine Kehle ist ausgedörrt, all die Fremden sehen ihn an. Sehen ihn an, als wäre er Dreck, als wäre er Scheiße, als gehörte er nicht hierher.

Es ist sein erster Tag am Cunts College, und er gehört nicht hierher.

Er steht still. Um ihn herum tanzen Paare mit vornehmen kleinen Schritten, blonde Mädchen mit umgehängten Schultertaschen, sandhaarige Jungen, die sich vorsichtig neben ihnen drehen. Gepflegtheit und Sauberkeit, Ordnung und Schönheit. Dan riecht seinen eigenen Gestank, er ist schweißgebadet. Langsam und mit Bedacht knöpft er sein Hemd auf, reißt es sich dann herunter, wischt sich die Achselhöhlen damit, tupft sich Gesicht, Hals und Schultern. Sollen sie ihn doch in seiner ganzen behaarten Hässlichkeit sehen, seine Wampe, die dichten drahtigen Haare, verfilzt und nass auf seiner Haut. Sollen sie ihn doch betrachten, sollen sie ihn doch mustern. Eine Frau kichert, ein Mann ruft sarkastisch: »Ausziehen, ausziehen, ausziehen!«, und irgendjemand fängt langsam an zu klatschen. Warum nicht, denkt Dan, ich zieh mich aus, ich zieh mich aus und pisse hier den Rasen voll. Ich zieh mich aus und pisse, und vielleicht lege ich auch ein Ei mitten auf ihren Scheißrasen, das erwarten sie doch von mir. *Aussie, Aussie, Aussie, oi, oi, oi.*

Eine Hand auf seiner Schulter, eine leise Stimme: »Komm mit, Danny!«

Benommen lässt er sich von Emma aus dem Zelt führen, vorbei an den Gesichtern, die sich abwenden, vorbei an Getuschel und spöttischen Bemerkungen. Sie führt ihn in die Küche, sie hält ihn fest an der Hand und geht mit ihm die Treppe hinauf in eines der Schlafzimmer. Sie schiebt ihn sanft aufs Bett, und er bleibt dort sitzen, während sie hinausgeht und die Tür hinter sich schließt.

Heißt das, er soll hierbleiben? Will sie ihn hier festsetzen? Er sieht sich um. Alles ist noch genau so, wie er es in Erinnerung hat: die Wilderness-Society-Poster, die Klassenfotos, der klobige Mahagonischreibtisch, die drei Bücherwände – allerdings steht jetzt nur noch ein Handvoll Kinder- und Schulbücher in den Regalen.

Emma kommt zurück und wirft ihm ein T-Shirt zu. »Das ist ein altes von Martin«, sagt sie. »Das müsste dir passen.«

Dan zieht es an, schnuppert daran. Er riecht nicht nach Martin, nur nach Waschmittel und Weichspüler.

Emma setzt sich neben ihn. Sie sieht sich in ihrem früheren Zimmer um. »O Gott«, sagt sie kopfschüttelnd, »wie ich dieses Zimmer hasse! Das Zimmer eines armen, reichen kleinen Mädchens.« Sie stöhnt. »Wenn sie hier nur endlich was ändern würden, wenn sie ein Gästezimmer draus machen würden oder irgendwas anderes, Hauptsache, es erinnert mich nicht mehr daran, dass ich mal hier gelebt habe.«

Anders als die anderen Frauen auf der Party ist Emma nicht in Abendkleidung. Sie trägt einen regenbogenfarbenen Hänger. Ihre Haut ist so dunkel und honigfarben wie der Schreibtisch. Ohne zu überlegen, streckt Dan die Hand aus und berührt den kleinen Höcker auf ihrer Schulter. »Schön braungebrannt bist du.« Alles, was er sagt, alles was er in diesem Haus tut, erscheint idiotisch.

Emma trägt kein Make-up, ihre Haare sind kurz geschnitten, ihr Atem riecht nach Rauch. »Ich hab ein Jahr in Asien gearbeitet, Danny. Hat Martin das nicht erzählt?«

Dan schüttelt den Kopf.

Emma schnaubt laut. »War ja zu erwarten.«

Der Ausschnitt ihres Kleides hängt lose um ihre Brüste, ihre Haut ist auch dort tiefbraun. Er spürt ihren Atem unter seiner Berührung. Doch dann schiebt Emma seine Hand sanft fort. Sie fällt leblos und mit einem dumpfen Laut auf das Bett.

Was Emma dann sagt, schockt Dan. »Ich weiß, er ist mein Bruder, Danny, aber er ist es nicht wert. Martin Taylor ist ein Arschloch. Er ist ein Arschloch in einer endlos langen Reihe von Arschlöchern.«

Er versteht nicht, warum sie ihm das sagt, er misstraut ihren Worten. Er wirft einen Blick auf die Halskette, die schief auf der prallen Wölbung ihrer linken Brust liegt.

Emma bemerkt es und hält den Anhänger hoch, damit er ihn betrachten kann. Es ist eine feine silberne Spirale. »Das ist aus Laos, das Symbol der Barmherzigkeit.« Sie lässt den Anhänger los. »Den hab ich in einem Heim bekommen, wo ich mich um Aids-Waisen gekümmert habe.« Sie hat den Anhänger losgelassen, doch ihr Finger zeichnet die Spirale nach. »Ich war immer skeptisch, was das Wort *Barmherzigkeit* angeht, ich dachte, das ist so ein christlicher Mittelschichtkomplex. Aber ich hab gelernt, dass es ein universeller Wert ist. Ich hab es schätzen gelernt.«

Er spürt, wie traurig sie ist. Er versucht, im Kopf Worte zu formen, Worte, die ihre Melancholie vertreiben. Jedes Wort, das diese schöne Frau ausspricht, jedes Wort schwimmt in Traurigkeit.

»Ich wünschte, es gäbe hier mehr Barmherzigkeit«, sagt sie bitter. »In diesem Haus, in dieser Stadt, in diesem Land.«

»Aussie, Aussie, Aussie, oi, oi, oi«, platzt Dan heraus.

Das bringt sie zum Lachen, das verscheucht die Traurigkeit. »Völlig richtig, Danny. Du hast völlig recht.« Sie nimmt den Ruf auf: »Aussie, Aussie, Aussie, scheiß oi, oi, oi!«

Sie lassen sich rücklings aufs Bett fallen, schütteln sich vor Lachen. Emma greift nach seiner Hand. »Das muss hart für dich gewesen sein heute Abend«, sagt sie. »Ich weiß, wie gern du bei diesen Olympischen Spielen dabei gewesen wärst. Ich weiß, wie wichtig dir das war.«

Er versteift sich. Sein Herz, seine Lunge, sein ganzes Sein – alles ist erkaltet, er ist erstarrt. Sie ebenfalls. Mitleid – das ist alles, was man hier für ihn empfindet. Seine Lippen sind gesprungen, seine Zunge fühlt sich schwer an. »Ich brauch was zu trinken.«

Emma reckt sich zum Schreibtisch neben dem Bett hinüber, zieht eine Schublade auf und nimmt eine Flasche mit einer dunkel ockerfarbenen Flüssigkeit heraus. Dann zeigt sie auf den Schrank. »Du bist größer als ich. Da oben drauf, ganz hinten, steht eine alte Puppenküche, da müssten zwei Tassen dabei sein.«

Dan springt vom Bett auf und stellt sich auf die Zehenspitzen. Seine suchende Hand wirbelt Staub auf und schiebt einen alten Teddybären beiseite, aus dessen abgeschabtem Fell da und dort ausgebleichter Rupfen hervorschaut. Er ertastet einen Walkman, dann eine dünne Scheibe. Er zieht sie nach vorn. Der Teller ist mit einer Schmutz- und Staubschicht überzogen, der blaue Fink auf dem weißen Porzellan kaum noch zu erkennen. Er schiebt ihn wieder nach hinten, weit nach hinten, und nimmt zwei Spielzeugplastiktassen herunter.

Er gibt sie Emma, sie wischt sie mit dem Saum ihres Kleides sauber und schenkt dann großzügig ein. »Der Whisky gehört Mum«, erklärt sie. »Sie hat eine Flasche hier drin, eine im Bad und ein paar in der Küche. So ist immer für Nachschub gesorgt.« Es klingt dumpf, ausdruckslos. Sie hebt ihre Tasse. »Auf die scheiß Olympischen scheiß Spiele scheiß zwei scheiß tausend.«

Und sein erster Whisky war Feuer. Eindeutig Feuer.

Die Hitze des Whiskys bricht das Eis. Er trinkt eine Tasse, dann noch eine. Und noch eine. Er will nachschenken, doch Emma fasst sein Handgelenk.

»Es reicht, Danny«, sagt sie. »Ich ruf dir ein Taxi. Du solltest nach Hause fahren.«

Aber er tut es nicht. Als er die Treppe hinuntergeht, erscheinen ihm die Stufen riesig, und er muss denken: Ich setze den linken Fuß auf die, den rechten Fuß auf die. Er bemüht sich, nicht zu fallen, Emma kichert hinter ihm, dann sind sie in der Küche, und die Rumflasche steht an der Spüle, sie ist fast leer, und er sagt: »Vielleicht trink ich noch einen«, und Emma zuckt die Schultern. Dan spült ein Glas aus und schenkt sich ein, und in dem Moment schiebt Martin die Tür auf. Dan steht an der Spüle, er hat den Kopf in den Nacken gelegt, er hat den Rest Rum getrunken, sein Mund ist weit geöffnet, und er schüttelt die letzten Tropfen aus dem Glas auf seine Zunge. Martin hat die Tür aufgeschoben und starrt ihn an. Dan hört ihn genervt mit der Zunge schnalzen.

»Hör mal, Kumpel«, sagt Taylor mit fester Stimme, »ich glaub, es wird Zeit, dass du abhaust.«

Dan hört einen Riff und hämmernde Akkorde, die er kennt. Sie kommen aus dem Garten, aus den sich blähenden Zeltwänden hervor. Er nimmt Emmas Hand. »Komm tanzen«, sagt er. »Das ist Nirvana.«

Doch Taylor hat die Tür geschlossen. Durch die Scheibe sieht Dan Lauren am Eingang des Zeltes stehen, mit besorgter Miene, die Hand am Mund, ihre Haut vom Licht der vielen Lampions im Garten rötlich überhaucht.

Taylor hat die Tür geschlossen, er steht mit verschränkten Armen da und schüttelt den Kopf. »Kelly, du gehst jetzt!«

Emma hat Dan ihre Hand entzogen. »Martin hat recht, Danny, ich ruf dir ein Taxi.«

Doch er hört noch immer den penetranten Gitarrenriff, den hypnotischen Bass, das simple, vorwärtstreibende Drum-Pattern. Es ruft ihn. »Ich will nur noch zu dem einen Song tanzen, ich tanze noch zu dem Song, und dann geh ich.«

»Verdammt noch mal, Kelly, du bist so ein Scheißloser. Du hast es nun mal nicht zur Olympiade geschafft. Du warst einfach nicht gut genug. Finde dich damit ab!«

Dan muss sein Gesicht berühren. Diese Worte – er hat sie durch die Luft fliegen und auf seinem Gesicht aufschlagen sehen. Er geht auf Taylor zu, er sieht den Schweiß auf der Oberlippe des Mannes glänzen. Nein, kein Mann – sie sind Jungen, sie sind zusammen, wetteifern miteinander. Wer wird der Stärkste, der Schnellste, der Beste sein? »Du wolltest es doch auch«, sagt Dan, und als es heraus ist, fühlt er sich unendlich erleichtert. Sie sind beide gescheitert. Sie werden immer zusammen sein, er und Martin, denn sie sind beide gescheitert.

Doch Taylor schüttelt den Kopf. »Nein. Ich wollte es nie so wie du. Wie du und Wilco.« Er ist näher gekommen, sein Atem liebkost Dans Gesicht. »Du hast sie nicht gesehen, oder, die Eröffnungsfeier? Du hast Wilco nicht gesehen, wie er mit hoch erhobenem Kopf dastand, voller Stolz, weil er in der Schwimmmannschaft ist? Das hast du nicht gesehen, oder?«

Die Musik ist verstummt, Emma ist nicht mehr da, Lauren späht nicht mehr besorgt aus dem Dunkel herüber. Nur Kelly und Taylor sind noch da. Und Taylor weiß, Taylor weiß, dass Dan stärker, schneller, besser war als Wilco. Taylor *weiß es.*

»Der schafft's natürlich nicht über die Vorläufe raus, aber der Drecksack hat gelächelt, als ob er sein Glück nicht fassen kann. Und zu Recht, würd ich sagen. Der dürfte gar nicht dabei sein.« Es klingt angewidert – nicht ganz, aber fast. Und als wären sie noch Teenager in der Umkleide, bohrt Taylor Dan den Finger in die Brust. »*Du* müsstest dabei sein. Nicht er.«

Dan schlägt Martins Hand weg, so heftig, dass Martin zusammenzuckt. Durch die Scheibe sieht er Lauren näher kommen. »Und du? Was ist mit dir? Du wolltest es doch genauso.«

Martins Miene verdüstert sich, und er reibt sich das Handgelenk. Dans Schlag hat wehgetan. »Nein, ich war nie so scharf drauf. Früher fand ich's schön, wenn ich dich besiegen konnte, aber als mir klar wurde, dass du besser bist als ich, war's mir egal. Und wenn's einem egal ist, dann bringt man's zu nichts. Du bist derjenige, der es unbedingt wollte.« Taylor senkt angewidert die Hand. »Aber was soll's? Du weißt ja, was du nicht getan hast. Du weißt genau, was ich meine.«

Könnte er nur die Augen schließen, könnte er nur Taylors Sticheleien und den Lärm und das Licht und die Leute ausblenden.

»Hör auf, Martin!« Emmas Stimme durchschneidet die Nacht, und einen Moment lang dämpft sie das grelle Licht. Aber Dan erträgt es nicht, wie Emma ihn ansieht. Genauso sieht ihn seine Mutter an, genauso sehen ihn Demet und Luke an – als wären Mitleid und Mitgefühl das Einzige, was sie für ihn empfinden können.

Lauren schiebt die Tür auf und fragt mit hoher, ängstlicher Stimme: »Ist alles in Ordnung?«

Er hasst sie, er hasst *sie* am meisten von allen.

Ohne sie zu beachten, antwortet er Emma: »Nein. Lass ihn sagen, was er zu sagen hat.« Er wendet sich Martin zu. »Was hab ich nicht getan, Taylor? Sag's mir.« Starr ihn nieder, gib Kontra, gib sofort Kontra. »Sag schon, du Arsch, was hab ich nicht getan?«

Es tut gut, das Wort auszusprechen, Lauren japsen zu hören, Emma zurückschaudern zu sehen.

Taylor wendet den Blick ab, Taylor kann ihm nicht in die Augen schauen. Seine Schultern sinken schlaff herab, und damit sagt er alles: dass Dan es nicht wert ist.

Lauren hat sich zwischen die beiden Männer geschoben, wendet sich Dan zu. »Würdest du jetzt bitte gehen? Du regst Martin auf.«

Als ob das Haus ihr gehörte.

Dan schüttelt den Kopf. Der Song endet, Dan wird tanzen, er wird tanzen und springen und fliegen. Er stürzt zur Tür, aber Martin packt ihn am Arm und zieht ihn zurück. Und als Dan seinen Arm wegreißt, trifft er Lauren mit dem Handrücken ins Gesicht. Bestürzte Stille tritt ein, dann fängt sie an zu weinen. Blut läuft in einem dünnen Rinnsal aus ihrem linken Nasenloch.

Da schreit Taylor es in die Welt hinaus: »Du verdammter Loser!«

Martin hält Lauren im Arm, Dan sagt wieder und wieder: »Entschuldige, entschuldige, das hab ich nicht gewollt«, aber Martin stößt ihn weg.

Emma hat ein Geschirrtuch angefeuchtet, und Martin lässt sie Laurens Nase abwischen. Er dreht sich zu Dan um, und die beiden Männer stehen so nahe voreinander, dass ihre Rippen, ihre Nasen sich fast berühren.

»Du wolltest doch immer wissen, was andere von dir denken, Kelly.« Martin spricht leise, unemotional, kühl. »Weißt du, was wir von dir gedacht haben? Dass du ein Loser bist. Du hattest damals keine Eier in der Hose, und du hast auch jetzt keine Eier in der Hose. Deswegen warst du heute Abend nicht dabei, deswegen wirst du immer ein Scheißloser bleiben.«

Die Wahrheit. Martin sagt der Welt die Wahrheit.

Und jetzt versetzt Martin ihm einen Stoß und sagt kalt: »Raus, raus aus meinem Haus!«, er wiederholt es, und Dan stößt zurück, so heftig, dass Martin gegen die Glastür kracht, sie zittert, sie gibt nach, ein lautes Knacken ertönt, und Martin rappelt sich wieder hoch, er stürzt sich auf Dan, und Emma geht dazwischen, und Dan hört von irgendwoher Mrs. Taylors empörtes Geschrei, und alle kommen über den Rasen zur Küche gelaufen, und Lauren weint immer noch, und Martin stößt Dan zurück, und die Musik schreit dieses eine Wort hinaus, Loser, wieder und wieder, *all denial*, Loser, wieder und wieder, und Dans Hand krampft sich um das leere Glas, und er denkt: Ich kann es zerdrücken, es wird in Millionen Scherben zerspringen, und es wird mir die Hand aufschneiden, und dann versetzt Martin ihm erneut einen Stoß, und Mrs. Taylor schreit, und Emma weint, aber Dan kümmert es nicht, sie ist eine von *ihnen*, er denkt an den Teller auf dem Schrank, sein verschmähtes Geschenk. Sie sind alle gleich, nichts als Mitleid und Spott, wie müssen sie in all den Jahren über ihn gelacht haben, wie müssen sie Witze über ihn, diesen linkischen, tölpelhaften, hässlichen, ungehobelten Scheißloser, gerissen haben. Emma weint, soll sie doch weinen, und Lauren heult, soll sie doch heulen, und um all dem ein Ende zu setzen, um all das verschwinden zu lassen, um sich selbst verschwinden zu lassen, hebt er den Arm, und dabei scheint es ihm einen Moment lang, als würde er selbst emporgehoben, als ragte er hoch über die Menschen auf, die ihn attackieren wollen, und er kann über ihre Köpfe hinweg aus dem Fenster in die Nacht hinausblicken, nur ist es keine Nacht, sondern eine Leinwand, und auf der Leinwand übergibt eine Frau mit weißer Haut die Fackel einer Frau mit schwarzer Haut, und er denkt: Ich bin dort irgendwo dazwischen, ich bin im Dazwischen des Hellen meines Vaters und des Dunklen meiner Mutter, und als die Frau die olympische Fackel hochhält, bereit, das Feuer zu entzünden, und als Martin ihn zurückstößt und die anderen, die hinter Martin stehen, nach ihm greifen, ihn packen wollen, da weiß er, dass sie beide dort sind, er und Martin, dass sie beide dort im Stadion sind, das bronzefarben von der Wüste ist und silbern vom Meer und golden von der Traumzeit, und dass das Glas in seiner Hand die Fackel in der Hand der Frau ist, und als er sie auf Martins Gesicht senkt, hört er den Schleier der Leinwand reißen, und durch dieses Reißen hindurch klingt die Stimme der Frau jetzt flehend, und sie kämpfen und ringen, als führte die Frau Dans Hand, sie führt sein Schicksal, und das Blut fällt wie heißer Regen auf seine Wangen, und er zerschneidet dem Mann das Gesicht, hebt das Glas wieder und wieder, und seine Hiebe treffen auf Kopf und Gesicht und Nacken und Kehle und Brust und Bauch und Arme und Beine des Mannes, und der Mann krümmt sich und stürzt zu Boden, Dan seufzt erleichtert auf, denn er ist mit ihm zusammen durch den Sprung in der Schiebetür und durch den Sprung im Haus und durch den Sprung in der Stadt in das Nichts gestürzt, in das er gehört. Martin Taylors Blut ist an seinen Lippen, er kann es schmecken. Er stürzt ins Dunkel, und unmittelbar bevor ein Stiefel in seinen Schädel kracht, genießt er den Moment, in dem sein und Martins Blut und Schweiß vereint sind: Er und Martin sind wieder zusammen, sind eins.

ZWEITER TEIL

AUSATMEN

Ich muss wieder atmen lernen.

Ich stehe unter der riesigen Sumpfeiche, die ihren Schatten auf Frank Tormas Haus wirft. Ich zwinge meinen Körper, die Angst auszuschalten. Der Stein in meiner Hand ist glatt wie Glas. Der Griff meiner Hand ist kräftig. Der Stein ist glatt wie Glas, aber uralt und unzerstörbar.

Ich muss wieder atmen lernen, weil Frank Torma mich beobachtet – ich weiß, dass er mich ständig beobachtet. Er beobachtet mich beim Schwimmen, aber er beobachtet mich auch dabei, wie ich zur Umkleide gehe, wie ich mich ausziehe, wie ich meine Sporttasche über der Schulter trage. Er registriert alles, was ich mache – und alles, was ich mache, mache ich falsch.

»Steh nicht so krumm«, bellt er und kommt von hinten heran, legt mir eine Hand auf den unteren Rücken und drückt mir die andere in den Bauch, sodass ich mich aufrichte. »Seit wann stehst du so krumm?«, brüllt er. »Seit wann, sag schon, seit wann?«

Ich antworte nicht. Er muss es doch wissen, er muss doch wissen, welche Last ich trage. Ich straffe die Schultern, ich zwinge mich, einen Fuß vor den anderen zu setzen. Ich atme ein, versuche, mir nicht bewusst zu machen, wie meine Lunge arbeitet, wie mein Körper vorwärtsdrängt. Aber ich atme zu früh, ich komme aus dem Rhythmus. Selbst etwas so Simples wie das Gehen macht mir Angst. Ich traue der Maschine nicht mehr, die mein Körper ist.

Ich muss wieder atmen lernen.

Nebel treibt auf dem Fluss, die Stadt wirkt geisterhaft durch die blauen und grauen Schleier. Durch die Glastür sehe ich die Angestellten im Eingangsbereich, eine Putzfrau mit Eimer und Wischlappen. Ich bin der Erste am Hallenbad, ich stehe draußen, hüpfe erst auf einem Fuß, dann auf dem anderen, puste mir in die Hände, reibe sie aneinander, um sie zu wärmen. Eine der Frauen drinnen erbarmt sich, kommt an die Tür und betätigt einen Schalter, obwohl es noch nicht sechs ist. Die Tür gleitet auf.

»Danke, Sonia.«

Sie nickt knapp, überzeugt sich, dass ich ihren Ärger bemerkt habe, doch dann ruft sie über die Schulter zurück: »Die Heizung in der Umkleide ist eben erst angegangen, Junge. Es ist noch eiskalt da drin.«

Allerdings, es ist, als gehe man in einen eisigen Dunst hinein, der direkt vom Südpol kommt. Aber ich ziehe mich aus, schlüpfe in meine Speedos, hänge mir die Schwimmerbrille um den Hals und laufe zum Pool. Ich springe ins Wasser.

Das stimmt nicht ganz: Ein Moment ist dazwischen, eine Pause. Ich zögere und springe dann ins Wasser.

Dieses Zögern ist immer da, es ist die Last auf meinem Rücken. Es bleibt auch, wenn ich eine Bahn beende und die nächste beginne. Das Wasser spürt es und weicht nicht vor mir zurück. Ich habe meine Muskeln bearbeitet, ich habe sie modelliert, sie sind geschmeidig, sie sind stark. Alles ist in Ordnung, alles ist in Form. Aber das Wasser gibt nicht nach, das Wasser setzt mir Widerstand entgegen, drückt gegen mich. Nach hundert Metern muss ich nach Luft schnappen.

Als der Rest der Mannschaft kommt, darunter auch Wilco, trete ich am östlichen Ende des Beckens Wasser. Sie sehen nicht her, grüßen mich nicht. Nur der Trainer nickt mir zu und ruft mich zu sich. Ich schwimme die Bahn, ich schwimme die fünfzig Meter, und auf meinem Rücken liegt die Last. Es ist das Gewicht ihrer

Blicke, es ist ihr Taxieren meines Tempos, meiner Zeit, meines Stils. Ich durchbreche die Wasseroberfläche, und in meinen Ohren ist ein Dröhnen. Ich kann ihre Gedanken hören: Das war mal Barrakuda.

Ich schaue auf. Die Mannschaft beachtet mich nicht. Sie machen Dehnübungen, warten auf ein Signal des Trainers. Die Mannschaft einer anderen Privatschule kommt in die Halle marschiert, und wir alle werfen den Jungen argwöhnische Blicke zu. Gegen einige von ihnen bin ich geschwommen, einige dieser Jungen habe ich geschlagen, haushoch besiegt. In zwei Wochen sind die australischen Meisterschaften, dann muss ich diese Jungen erneut fertigmachen. Ich tauche unter, um meine Wangen, mein Gesicht zu kühlen. Ich muss diese Jungen erneut schlagen.

Als ich wieder auftauche, winkt mich der Trainer heran, und ich springe aus dem Wasser.

Wilco sagt endlich »Hi, Kelly«, und ich bin erbärmlich dankbar dafür, dass er mich zur Kenntnis nimmt. Ich atme ein.

Wilco und ich sind jetzt die Ältesten in der Mannschaft. Kein Taylor ist mehr da, kein Fraser, kein Scooter. Sullivan ist auch weg, und Morello ist schon vor langer Zeit ausgeschieden. Die Jüngeren bleiben auf Abstand, als sei ich ansteckend. Einer von ihnen, Lensman, ist alt genug, um meine Siege noch gesehen zu haben, die anderen wissen nur von meinem Scheitern. Ich stehe an der Seite, während der Trainer spricht, am Rand des Halbkreises, der sich um ihn gebildet hat. Er teilt uns paarweise ein. Ich komme zu Costello, einem Achtklässler. Ich sehe den Blick, den er mit Lensman wechselt, das Grinsen in seinem Mundwinkel.

Ich hechte sauber hinein, ich zögere nicht. Ich pflüge wie eine Dreschmaschine durchs Wasser, ich denke nicht an meinen Atem, meinen Beinschlag, meinen Armzug. Und wie um mir meine Loyalität zu vergelten, trägt mich das Wasser, gibt das Wasser für mich nach und weicht vor mir zurück. Ich bin nicht Bewusstsein, ich bin Vortrieb, und ich bin Körper, und ich bin Kraft. Meine Arme hämmern auf das Wasser ein, mühelos teilen sie das Wasser.

In mir sind keine Gedanken, aber ich fordere mich heraus, die Worte sind untrennbar vom Wasser und von meinem Körper, sie sind eins: Ich bin der Stärkste, der Schnellste, der Beste. Ich bin der Stärkste, der Schnellste, der Beste.

Wogen freudiger Erregung durchfluten mich. Ich schlage Costello, ich züchtige ihn. Er will mir etwas sagen, meinen Sieg anerkennen, aber ich lasse ihn nicht zu Wort kommen und recke die Arme hoch, den Bizeps angespannt, die Fäuste triumphierend geballt. Ich stoße einen Laut aus, halb Knurren, halb Kreischen, und ich wiederhole ihn. Damit Costello weiß, dass ich ihn geschlagen habe. Er sagt kein Wort und taucht wieder unter.

Ich *werde* wieder atmen lernen.

Als ich mit den anderen in den Kleinbus steigen will, der uns zur Schule bringen soll, tippt mir der Trainer auf die Schulter, nimmt mich beiseite. Die anderen drehen sich beim Einsteigen nach uns um.

Der Trainer wartet, bis die Jungen drin sind, dann bedeutet er dem Fahrer mit hochgereckten Daumen loszufahren. »Komm, Danny«, sagt er, »du fährst mit mir.«

Auf der ganzen Fahrt aus der Stadt hinaus reden wir kein Wort. Erst als er sich auf die Schnellstraße einfädelt, die das Rückgrat der südöstlichen Vororte bildet, sieht er mich an. »Vertraust du mir, Danny?«

Ich muss dir vertrauen, niemand sonst würde es noch einmal mit mir versuchen. Aber das sage ich nicht. Ich nicke nur brav.

»Gut. Du musst mir auch vertrauen, mein Junge. Du musst mir vertrauen, wenn du wieder ein Schwimmer sein willst.«

Zwei Gedanken prallen aufeinander: Er hat *mein Junge* gesagt, und er weiß, dass ich nicht der Stärkste, der Schnellste, der Beste bin. Ich muss lernen, dass ich nicht beides unter einen Hut bringen kann – es verwirrt mich und macht mich stumm.

Ich ziehe meine Tasche auf meinen Schoß, krame nach der Wasserflasche und trinke gierig. »Ich fand, ich war gut heute«, sage ich bescheiden, und ich schaue ihn dabei nicht an, ich schaue auf den gleichmäßig fließenden Verkehr hinaus. »Es hat gut getan, Costello zu schlagen.«

Der Trainer stößt einen hässlichen, spöttischen Laut aus. Seine Knöchel sind weiß, so fest umklammert er das Steuer. »Costello ist vierzehn, fast drei Jahre jünger als du – er hat Talent, aber er ist kein Champion.« Seine linke Hand gleitet vom Steuer und sein Zeigefinger trommelt hart gegen meine Brust. »Und mit so jemandem willst du dich vergleichen? Ist das alles, was du von dir erwartest?«

Ich kann nicht sprechen. Ich wünschte, sein Finger wäre eine Faust, ich wünschte, er würde mich boxen, mich schlagen. Alles ist besser als seine verachtungsvollen Worte. Dabei sind sie nicht schlimmer als das, was ich zu mir selbst sage, seit ich aus Japan zurück bin, sie sind sogar wesentlich harmloser. Er hat mich nicht Loser genannt, er hat mich nicht Feigling genannt. Er hat das eine Wort nicht ausgesprochen, das die Last auf meinem Rücken ist, er hat mich nicht Versager genannt.

Aber er und ich, wir beide wissen, was ich bin.

»Antworte, Junge. Was willst du?«

Ich bin zu eingeschüchtert, um zu antworten. Ich wage die Worte nicht auszusprechen.

Der Trainer nimmt erneut die Hand vom Steuer und sagt: »Ich kann dich trainieren, Junge, ich kann deine Muskeln aufbauen, *da*« – er spuckt die Worte förmlich aus und schlägt sich dabei heftig gegen die Brust –, »ich kann dich stark machen, *da*« – und er klatscht sich auf den Bizeps –, »ich kann dich so hart rannehmen, dass am Ende jeder Teil deines Körpers perfekt ist. *Da*«, brüllt er und rammt von neuem die Faust in seine Brust, »*da*«, er boxt sich in den Bizeps, »und *da*«, er versetzt seinem Schenkel einen Hieb. »Aber eins kann ich nicht, Danny«, und er zeigt auf meinen Kopf, »*da* kann ich nichts machen.«

Er setzt den Blinker und fährt von der Schnellstraße ab. Wir sind fast an der Schule. Ich weiß, dass ich etwas sagen muss, dass er mich beiseitegenommen hat, um mir ein Ultimatum zu stellen, dass er wissen will, ob das Schwimmen für mich gestorben ist. Und ich kann es nicht fassen, aber mein Körper verrät mich von neuem, Tränen treten mir in die Augen. Ich kneife sie fest zu, ich atme ein, ich reiße mich zusammen. Ich darf mein Versprechen nicht brechen, das Versprechen, das ich mir selbst gegeben habe: dass ich nie, *nie wieder* weinen werde.

Ich muss wieder atmen lernen.

Ich öffne die Augen: Die Welt in meinem Blickfeld ist trocken. Ich wende mich dem Trainer zu. »Ich will Olympiaschwimmer werden.«

Wir stehen auf dem Parkplatz der Schule. Der Trainer stellt den Motor ab und schaut mich an.

Und ich schaue ihn an. Ich sehe nicht die hängenden Wangen, das fette Gesicht, den Stiernacken. Ich sehe große, dunkle, klare Augen, einen feuchten Schimmer in dem Schwarz.

»Du stehst an einem Scheideweg, mein Junge, aber ich glaube daran, dass du ein großer Schwimmer werden kannst. Glaubst du auch daran?«

Ich kann nur an eines denken: dass er wieder »mein Junge« gesagt hat. Er will fortfahren, verschluckt die Worte dann aber.

Ich muss an mich halten, um nicht zu sagen: Sagen Sie's mir, sagen Sie mir, was ich tun soll, was ich denken soll. Sagen Sie's mir. Ich muss Ihnen vertrauen.

Er fordert mich auf auszusteigen.

Ich gehe nicht auf das Schulgebäude zu, sondern schwinge mir meine Tasche über die Schulter, überquere die Laufbahn und schlüpfe unter dem Zaun durch. Ich will zum Fluss hinunter. Von irgendwoher kommt Zigarettengeruch, wahrscheinlich rauchen bei der Baumgruppe ein paar Jungen. Ich trample einen Pfad durch das hohe Gras. Am Ufer lasse ich die Tasche zu Boden gleiten und kauere mich hin. Ich blicke über das Wasser.

Das Wort, das der Trainer gebraucht hat, das Wort *Scheideweg*, geht mir nicht aus dem Kopf, es erinnert mich dunkel an irgendetwas. Ein Ast kreiselt im Wasser und wird von der Strömung fortgetragen. Überall ringsum singen Vögel.

Dann fällt es mir ein: Es ist eine Geschichte, die mir mein Vater erzählt hat, als ich ein kleiner Junge im Flanellpyjama war. Manchmal las er mir vor, aber meist erzählte er lieber Geschichten. Vom jungen Elvis Presley in Memphis oder von einem Sklavensohn namens Lead Belly, der in einem Bordell aufwuchs und in einer Sträflingskolonne sein Gesangstalent entdeckte.

»Musik ist die beste Erziehung, Danny«, sagte mein Vater. »Richtige Erziehung, nicht so was wie der Mist, den man heute im Radio hört.«

Und er erzählte mir von Robert Johnson am Scheideweg. An jenem Abend zeigte er mir eine Plattenhülle, auf der Johnson mit einer Zigarette im Mund zu sehen war, die Hand am Hals einer Gitarre. Der Musiker sah so jung aus, dass man ihn kaum einen Mann nennen konnte.

Robert Johnson begegnete am Scheideweg dem Teufel, erzählte mein Vater, und weil er unbedingt den Blues spielen wollte, schloss er einen Pakt mit dem Teufel. Er verkaufte ihm seine Seele. So wichtig war ihm die Musik, einen so hohen Preis bezahlte er dafür.

Das Wasser rauscht an mir vorüber, ein Schwarm gelbschwänziger Kakadus schwingt sich von den Bäumen, und ihr Krächzen erfüllt die Luft.

Du stehst an einem Scheideweg, mein Junge.

Ich bin nicht mit Gott aufgewachsen, deshalb ist mir der Teufel nicht vertraut. Doch als ich so über den Fluss blicke, bin ich mir sicher, dass ich beide im Wasser gespürt habe. Poseidon ist der Gott des Meeres, und Poseidon trägt einen Dreizack. Daran erinnere ich mich.

Mum wollte nicht, dass ich von Gott höre, Gott sei einfach nur das Gute, sagte sie. Und das Böse? Ich habe sie nie nach dem Bösen gefragt.

Wie stark ist mein Wunsch?

Ich sehe mich um. Das Gebüsch ist leer, niemand ist in der Nähe. Da flüstere ich: »Ich werde meine Seele verkaufen.«

Der Fluss, die Vögel, sie sind die Einzigen, die mich hören.

Und ich kenne Gott nicht, und ich kenne den Teufel nicht. Was würde er dafür wollen? Was wäre ein Opfer?

Der Gedanke rauscht durch mich hindurch. Und jetzt spüre ich die Kälte, jetzt ist da nur noch Kälte.

Ich würde meinen Vater opfern. Ich würde meine Mutter opfern.

Ich sehe es, ich sehe es deutlich vor mir: ein Lastwagen, der von der Fernstraße abkommt.

Ich werde meinen Vater opfern, und ich werde meine Mutter opfern.

Und ich würde Luke opfern, ich würde Martin opfern.

Und es fühlt sich richtig an, es ist richtig. Martin bleibt in alle Ewigkeit jung und schön.

Ich werde meine Freunde opfern.

Und Demet?

Ich werde meine beste Freundin opfern.

Und die Kälte ist mein Blut, und mein Blut ist Eis.

Jetzt verstehe ich das Böse. Der Lichtstrahl zwischen uns, von ihrem Herzen zu meinem Herzen. Ich werde dieses Licht zerstören. So stark ist mein Wunsch.

Und Regan?

Dieses scheue kleine Mädchen, das sich hinter seinem sandfarbenen Haar versteckt, das geduldig wartet, bis ich vom Training nach Hause komme, das es nicht erträgt, wenn mein Vater mich anschreit, das es nicht erträgt, wenn man mir wehtut. Das mich vergöttert.

Ich werde meine Schwester opfern.

Und Theo?

Der morgens da ist und der abends da ist, der mir vertraut, der an mich glaubt. Was für einen Sinn hätte alles ohne Theo? Ich kann Theo nicht opfern.

Was willst du?

Ich habe den Atem angehalten, und jetzt atme ich aus.

Die Vögel singen nicht mehr. Selbst der Fluss schweigt.

Ich werde Theo opfern.

Das Gezwitscher kehrt wieder, das Rauschen des Wassers.

Ich stehe auf, doch in meinem Kopf pulsiert ein Gedanke, er ist Strömung und Woge, er braust durch mich hindurch: Ist es das wert? Ich bin nichts als Scham.

Aber es gibt keinen Gott, und es gibt keinen Teufel, denn am Nachmittag im Pool sind meine Beine wie Blei, meine Arme sind zentnerschwer, meine Lunge ringt nach Luft, ich schlucke Wasser. Der Trainer braucht kein Wort zu sagen, ich brauche ihn nicht anzusehen. Ich weiß, welche Enttäuschung in seinem Blick liegt.

Ich muss wieder atmen lernen.

Und nach dem Training, als wir geduscht und uns angezogen haben, ruft uns der Trainer zusammen und sagt, er habe sich entschieden, wer an den Vorläufen für die australische Meisterschaft teilnehmen wird: Wilco, versteht sich, und sogar Costello. Und dann sagt er: Und was die zweihundert Meter Schmetterling angeht, die soll Lensman schwimmen.

Sie beobachten mich, warten darauf, dass ich ausraste. Ich starre geradeaus, rühre mich nicht, sage kein Wort. Zum Glück bleiben meine Augen trocken. Ich gehe zu Wilco, zu Costello, zu Lensman, ich schüttle ihnen die Hand. Den Trainer wage ich nicht anzusehen.

Vertraust du mir, Danny?

Zahl's ihm heim. Aber gibt es eine Vergeltung, die gewaltig genug ist, um solch einen Verrat zu rächen?

Am nächsten Morgen beginne ich wieder zu atmen.

Ich wache auf, bevor der Wecker klingelt, ich strecke die Beine, ich hebe die Arme, ich lasse die Muskeln spielen und boxe in die

Luft. Aber ich stehe nicht auf. Ich schalte den Wecker ab, drehe mich um und stelle mich schlafend.

Mum klopft an die Tür. »Du kommst zu spät, Danny. Was ist los, Junge?«

»Mir ist schlecht«, knurre ich.

Kurz darauf höre ich Theo im Flur ungläubig fragen: »Warum ist Danny noch nicht auf? Warum ist er nicht beim Training?«

Die geflüsterte Antwort meiner Mutter verstehe ich nicht.

Um sieben stehe ich auf und frühstücke. Theo und Mum beobachten mich argwöhnisch, Regan fragt immer wieder, ob mit mir alles in Ordnung sei. Ich schlinge mein Frühstück hinunter.

»Mir geht's gut«, sage ich grinsend, den Mund voll Cornflakes. »Mir ging's nie besser. Alles okay.«

Im Zug und auf dem Fußweg zur Schule bin ich aufgekratzt, ich muss mich bremsen, um nicht zu pfeifen. Ich sage mir, dass ich mich bereits verändere – ich bin eine Larve, ich werde zu einem völlig neuen Wesen. Das Licht kommt mir anders vor als sonst, schärfer, lebendiger, als könnte ich die Photonen darin unterscheiden. Ich muss mich bremsen, um nicht zu pfeifen.

Nach der Andacht in der Kapelle kommt der Trainer auf mich zu. »Warum warst du nicht beim Training?«

»Mir war schlecht, würd ich sagen.«

»Würdest du sagen?« Er kratzt sich am Kopf. Seine Enttäuschung riecht, ich nehme den Geruch wahr, den Geruch danach, wie widerlich er mich findet. »Ich hab's dir gesagt, Danny: Du stehst an einem Scheideweg.«

Ich warte, ich bin gespannt, ich bin aufgedreht, und ich bin bereit: Komm schon, sag *mein Junge*, komm schon, sag einfach *mein Junge*. Sag's, und ich geh auf dich los, sag's, und es ist mir egal, was ich dir antue, welchen Preis ich dafür zahle. Komm schon, du Arschloch, sag's.

»Wenn du heute Nachmittag nicht kommst, bist du raus aus der Mannschaft.«

Ich gehe zu meinem Schließfach, die erste Stunde fängt gleich an. Lensman kommt mir entgegen. Dieser Knirps, diese kleine Schwuchtel mit ihrem arroganten Grinsen. Er steuert direkt auf mich zu. Es ist ein Wettkampf: Wer wird zur Seite treten, wer wird nachgeben? Wir sind beide darauf trainiert, Verletzungen zu fürchten – eine Verstauchung, eine Prellung, eine Schürfwunde –, die uns beim Schwimmen beeinträchtigen könnten.

Mit meinem Körper, meinem modellierten, geformten, perfekten Körper ramme ich ihn, so hart, dass er das Gleichgewicht verliert und mit dem Kopf gegen die Schließfächer kracht. Ich spüre das Pochen in meiner Schulter, aber ich fasse nicht hin, ich lasse mir nicht anmerken, dass es wehtut.

Lensman hält sich die Rippen, er liegt am Boden, voller Empörung und Angst. Ich sehe seine Empörung, ich rieche seine Angst.

»Sorry, Lensman.« Ich grinse höhnisch auf ihn hinab. »Pass nächstes Mal gefälligst auf, wo du gehst.«

Pfeifend schlendere ich in den Innenhof hinaus.

Ich muss wieder atmen lernen.

Ich stehe unter der riesigen Sumpfeiche, die ihren Schatten auf das Haus des Trainers wirft. Ich sehe die kaputte Gartentür, die massive blaue Haustür, die gesprungenen Betonstufen, das verzierte Erkerfenster, hinter dem früher *mein* Zimmer war. Die Mannschaft dürfte inzwischen die Hälfte des Trainings hinter sich haben. Wie der Trainer sie anbrüllen wird, wie er sie fertigmachen wird, wie er sich über sie lustig machen wird!

Vertraust du mir, Danny?

Der Stein in meiner Hand ist glatt wie Glas.

Ich schaue die Straße hinauf und hinunter: Es ist niemand zu sehen. Ich schaue mich noch einmal rasch um, und dann trete ich an den Zaun und werfe den Stein, mit der ganzen Kraft und Energie und Präzision meines modellierten, perfekten Körpers. Der Knall ist so laut, dass ich mich ducke. Eine Fensterscheibe ist zerbrochen, Scherben stieben über die Veranda.

Ich renne, so schnell ich kann, denn bestimmt hat es jemand gehört, bestimmt ruft jemand die Polizei, aber das macht nichts, denn ich bin schneller als alle anderen. Mein Körper ist trainiert, mein Körper ist furchtlos.

Ich renne bis zur Studley-Park-Brücke, doch ich bin nicht außer Atem. Ich habe wieder atmen gelernt. Ich erreiche die Hauptstraße, und ich renne weiter. Ich bin vergnügt, aber ich weiß, was mir im Nacken sitzt, ich kann es hören, ich kann es sogar riechen, den üblen Geruch eines Körpers, der nicht hören will, eines Körpers, der verrät, eines Körpers, der alles opfert und dennoch nichts taugt. Es ist das Versagen, das ich rieche.

Und ich erkenne, ich *weiß*, dass das Versagen das Böse ist.

Und so renne ich, mit Riesenschritten, unbekümmert darum, in wen ich hineinrenne, wen ich verletze. Ich renne so schnell, dass ich den Boden verletze, auf den meine Füße trommeln. Ich renne so schnell, dass ich Feuer bin. Der Teufel ist in mir. Ich bin eine Larve, und was aus ihr hervorkommt, ist abscheulich, ist schlimmer als das, was vorher da war.

Ostern 2003

Er schob den Hobel über das Holz, Späne fielen leise zu Boden. Dan mochte die gleichmäßige Bewegung, das Werkzeug, das unter seiner Hand dahinglitt, die abschilfernde Farbe, die fadendünnen Adern der Maserung. Feiner Staub legte sich auf seine Hände und Arme, auf seine Kleider.

Sein Grandpa Bill saß in einem klapprigen Gartenstuhl, der so alt war, dass das Aluminiumgestell eine bronzefarbene Patina angesetzt hatte. Auf der Armlehne stand ein uraltes Transistorradio, auf einen Sender mit Songs aus der Jugendzeit von Dans Großeltern eingestellt: Elvis Presley und Frank Sinatra, Dusty Springfield und Helen Reddy. Popsongs nannte sein Grandpa Bill geringschätzig *Yeah-yeah-yeah-Musik*, doch diesen summte er mit: *I ain't mama's little girl no more, Baby you're the first to know*. Dan hätte am liebsten gelacht über den weißhaarigen alten Mann, der mit beiden Händen den Griff seines Gehstocks gefasst hielt, seinem Enkel bei der Arbeit zuschaute und *I ain't mama's little girl no more* sang.

Dan wischte sich den Schweiß von der Stirn. Die Morgenwolken hatten sich aufgelöst, und die Sonne stand direkt über dem Garten. Dan zog sein altes graues Sweatshirt aus. Sein blaues Unterhemd war schweißfeucht. Er wischte sich mit dem Sweatshirt über Gesicht, Achselhöhlen und Brust. Dann drehte er das Brett um und begann die andere Seite abzuziehen.

»Du erkältest dich noch, Schatz.« Seine Großmutter brachte ein Tablett mit zwei Flaschen kaltem Bier, einem Krug Wasser, einem

Glas und einem weißen Teller mit Keksen heraus und stellte es auf dem kleinen Gartentisch ab.

»Schon okay, Nan, die Sonne scheint ja.«

Sie schnaubte leise. »Der Sommer ist vorbei, Danny. Das Wetter kann jeden Moment umschlagen.«

»Lass den Jungen, Irene. Er sagt doch, dass es okay ist.« Dans Großvater ließ nichts auf ihn kommen, nie.

Seine Großmutter trank einen Schluck Bier, trat zu Dan und strich über das Brett, das er bearbeitet hatte.

»Bis zum Abendessen ist das Regal fertig«, erklärte er. »Versprochen.« Seine Nan lächelte ihm zu.

Dan trank sein Wasser in einem Zug aus und schenkte sich nach. Er spürte die Muskeln in seiner Brust, in seinen Unterarmen, stramm und kräftig, dicke Stränge unter der Haut. Er stürzte auch das zweite Glas hinunter und stand auf. »Okay, Pause beendet.«

Am meisten gefiel ihm am Zusammensein mit seinen Großeltern, dass nicht geredet werden musste. Er konnte arbeiten, Radio hören, seine Muskeln dehnen, schuften. Oft sprach er tagelang mit niemandem, erlebte Tage und Nächte der Stille. Manchmal fand er alle Worte sinnlos. Für ihn war Stille nicht gleichbedeutend mit Leere, ganz im Gegenteil, für ihn war sie Ruhe und Frieden. Nur im Gespräch lauerten Probleme.

Deswegen mochte er die Nachtschicht im Supermarkt. Zwar musste er dort mit Kunden reden, aber nie mehr als *Hallo, wie geht's? Eine Tüte? Gute Nacht.* Morgens begrüßte er die Jungs, die neue Ware brachten, und rief Vikram *Schönen Tag* zu, wenn er zu seiner Schicht kam. Doch das war auch schon alles, es mussten nicht Tausende sinnloser Worte gesprochen werden. Stille hieß nicht Einsamkeit. Einsamkeit konnte im Gespräch liegen, sie lauerte in den Worten.

Seine Nan hatte die Küche freigeräumt, Tisch und Stühle waren am Kühlschrank gestapelt. Dan hätte mit Freuden alles selbst gemacht, die Nägel eingeschlagen, das Regal aufgebaut, aber er wusste, dass sein Grandpa helfen, sich nützlich machen wollte. Und so arbeiteten sie schweigend zusammen, und nach einer Stunde war das Regal fertig, und Tisch und Stühle standen wieder an ihrem Platz. Seine Nan kam mit einem Strauß Blumen vom Garten herein, blaue Löwenmäulchen und Geißblatt. Aus der Waschküche holte sie eine Jadevase, das einzige Geschenk, das sie zur Hochzeit bekommen hatten. Dan kannte die Geschichte: Jenny hatte sie seinen Großeltern geschenkt, eine Frau, die mit ihnen auf dem Schiff von Glasgow gekommen und später ihre beste Freundin geworden war. Seine Nan arrangierte die Blumen in der Vase und stellte sie in das mittlere Fach, neben ihr einziges Hochzeitsfoto, eine Schwarzweißaufnahme, sein Grandpa im hellen Anzug, seine Großmutter in einem schicken Kostüm. Neben ihr stand Jenny, neben seinem Grandpa dessen bester Freund Bruno, der als Einziger lächelte. Seine Nan blickte ernst, sein Grandpa stand halb abgewandt, als hasste er es, fotografiert zu werden. Die Männer waren es, die etwas hermachten, die gut aussahen, die Frauen wirkten besorgt, als wären sie die feinen Kleider nicht gewöhnt, als sei ihnen bewusst, dass sie Rollen spielten, die nicht zu ihnen passten, als fürchteten sie, zu vornehm gekleidet zu sein vor den schmucklosen Wänden des Standesamtes.

Dan warf seinem Grandpa einen Blick zu, versuchte eine Ähnlichkeit zwischen dem jungen Mann auf dem Foto und dem alten Mann in der Küche zu entdecken. Noch vor wenigen Jahren, als Teenager, hatte er sie gesehen, hatte im reifen, faltigen Gesicht seines Großvaters das glatte Gesicht des Burschen auf dem Bild wiedererkannt. In den letzten Jahren aber waren Alterung und Zeit rascher fortgeschritten. Sein Großvater war geschrumpft, seine Kleider hingen ihm schlaff um den abmagernden Leib.

Dan schlang den Arm um die knochigen Schultern seines Grandpas. »Sieht ganz okay aus, was?«

»Ja. Hast du gut gemacht, Junge. Danke.«

»Soll ich's nicht noch lackieren?«

»Ach, ich liege ja noch nicht im Grab, so ein Regal schaff ich schon noch.«

»Ruf mich an, wenn du Hilfe brauchst.« Dan schloss seinen Grandpa einen Moment lang in die Arme. Seine Nan hatte angefangen, Teller, Tassen und weitere Fotos in das neue Regal zu stellen, Fotos von Dans Familie, von seinem Onkel Pat und seiner Tante Diana, von seinen Cousins und Cousinen. Dazu gesellten sich eine kleine Kuckucksuhr, Tabletts und Schalen. Bald wurde das Hochzeitsfoto hinter einen Wasserkrug aus Edelstahl verdrängt, und Brunos lächelndes Gesicht verschwand hinter einer Karaffe aus undurchsichtigem rosa Glas. »Wie geht's Onkel Bruno?«

Sein Grandpa hatte sich, auf seinen Stock gestützt, vorsichtig auf einem Küchenstuhl niedergelassen. Er und seine Frau warfen sich einen verstohlenen Blick zu, als hätte Dans Frage sie irgendwie in Verlegenheit gebracht.

»Bruno ist tot, Schatz«, sagte seine Nan leise. »Er ist vor einem Jahr gestorben.«

Dan wusste, was sie verlegen machte. Bruno musste gestorben sein, während er im Gefängnis war. Sie brauchten es nicht auszusprechen, er erkannte es daran, dass sich die Stille verändert hatte, dass sich ein Unbehagen eingeschlichen hatte. Auch seine Nan spürte es und begann zu schwatzen, ließ sich über die nötigen Einkäufe und die Osterfeiertage aus, erinnerte ihren Mann daran, dass die Kraftfahrzeugsteuer fällig war.

Dan hörte nicht zu, blendete die Worte aus, wünschte, er wüsste, wie er seinen Großeltern sagen sollte, dass sie keine Angst zu haben brauchten wegen der acht Monate, die er weg gewesen war, jener Monate, die er aus der Welt gewesen war. Er wünschte, er wüsste, wie er seinen Großeltern vermitteln sollte, dass er sich abgefunden hatte mit den verlorenen Monaten – dass er sogar dankbar für sie war.

Aber gerade deshalb stolperte er immer wieder über die Worte. Im Gefängnis hatte er die Regelmäßigkeit wiederentdeckt, im Gefängnis war ihm wieder bewusst geworden, wie kostbar ihm Gewohnheit war, wie sehr er Ordnung und Wiederholung brauchte. Er hatte entdeckt, welche Freude es war, jeden Morgen zu genau derselben Zeit aufzuwachen, jeden Morgen, Mittag und Abend zu denselben Zeiten zu essen, immer zu denselben Zeiten und in denselben Schichten zu arbeiten. Hinzu kamen das Krafttraining jeden Nachmittag und seine täglichen Besuche in der Bibliothek. Das war seine Lieblingsbeschäftigung gewesen: Kaum war er in Küche oder Werkstatt fertig, war er dorthin geeilt. Arbeit, Sporthalle, Bibliothek und dann Lesen, bis das Licht ausging, jeden Abend um genau dieselbe Zeit.

Dan stand vom Tisch auf und tastete in seinen Taschen nach Portemonnaie und Schlüsseln.

»Du willst doch nicht schon gehen, Danny? Bleibst du nicht noch zum Essen?«

Doch er wollte los, er brauchte Bewegung. Er schüttelte den Kopf. »Ich hab noch was zu erledigen vor meiner Schicht heute Nachmittag.« Er wandte sich seinem Grandpa zu. »Bist du sicher, dass du mit dem Lackieren klarkommst? Ich könnte am Wochenende noch mal vorbeischauen.«

»Du hast schon genug gemacht, Kind. Und so hab ich was zu tun.«

Seine Großeltern beobachteten ihn ängstlich. Worte formten sich auf den Lippen seiner Nan, sie wollte, dass er blieb, hatte jedes Mal Angst, wenn er in die Welt hinausging. Er wünschte, er hätte ihr sagen können: Ich bin sicher da draußen, wenn ich mit niemandem reden muss, wenn ich allein bin. Das ist viel sicherer.

Als er sich zu ihr hinunterbeugte, um sie auf die Wange zu küssen, sagte sie: »Danny, Lieber, warum rufst du deine Mum nicht an?«

Worte. Sie umgarnten einen, sie verunsicherten einen. Sie erinnerten einen daran, dass man nichts wert war.

»Das mach ich schon noch.« Und er hatte es auch wirklich vor, er machte keine falschen Versprechungen. Jeden Tag dachte er: Ich muss anrufen, ich muss hingehen. Und jeder Tag verging, ohne dass er es getan hatte.

»Deine *Giagia* ist krank.«

Er hatte das Wort Jahre nicht mehr gehört. Es hatte immer seltsam geklungen aus dem Mund seiner Nan, wie der Name eines Spielzeugs: *Ja-ja*. Nur wenn seine Mutter es sagte, klang es normal, und sie hatte es jahrelang nicht mehr ausgesprochen.

Dan stand reglos in der kleinen Küche und sah auf seine Nan hinab. Sie war die einzige Großmutter, die er hatte, das stand für ihn fest. Seine andere Großmutter – das waren nur Erinnerungssplitter, nichts Greifbares.

»Oh.« Mehr sagte er nicht.

»Ich weiß, dass Stephanie dich braucht, sie hätte gern, dass du mit ihr nach Adelaide fährst. Es ist ihr wirklich wichtig, Dan. Ich finde, du solltest es tun.« Dan nannte sie ihn nur, wenn es ernst war, manchmal auch Daniel, wenn sie sauer auf ihn war.

Er sah zu seinem Grandpa hinüber, der nur ein schiefes Lächeln zustande brachte. Doch das genügte als Antwort. Wenn sein Großvater nichts sagte, war er mit seiner Frau einer Meinung.

»Kann Dad nicht mit ihr fahren?«

Seine Nan schnaubte, so verächtlich, dass er errötete. »Du weißt doch, dass Neal das nicht kann. Er war mit Stephanie dort, als ihr Vater gestorben ist, und das war die reine Katastrophe.« Sie schüttelte heftig den Kopf. »Nein, Dan, du musst mit!«

Es war ein Befehl. Dan hätte am liebsten die Flucht ergriffen.

»Regan ist in New South Wales, und dein Vater kann nicht mit.« Es klang jetzt etwas milder, aber noch sehr bestimmt.

»Sie könnte doch Theo mitnehmen.«

Wieder schnaubte sie. »Den hat seine Großmutter noch nie gesehen.«

Da meldete sich sein Grandpa zu Wort. »Und wer ist schuld daran?«

Seine Nan wirkte abgespannt und müde. »Ach, Bill, das weiß ich doch. Die alte Schachtel hat drei wunderbare Enkelkinder, die sie überhaupt nicht kennt, die sie auch nicht erkennen würde, wenn sie direkt vor ihr stünden. Aber sie ist nun mal die Mutter von unserer Stephanie, und Stephanie will sie noch mal sehen, bevor sie stirbt.« Sie umklammerte Dans Handgelenk. »Du musst mit ihr hin, Schatz.«

»Aber ich muss arbeiten.«

»Am Wochenende ist Ostern, da kannst du dir sicher freinehmen.«

Wahrscheinlich konnte er das. Er hatte, seit er nach dem Gefängnis im Supermarkt angefangen hatte, noch keinen einzigen freien Tag gehabt, er hatte um keinen gebeten, und er hatte keinen gebraucht. Aber ein freier Tag unterbrach die Routine, und das tat ihm nicht gut. Seine Großmutter hielt ihn noch immer fest, ihre Finger drückten sich in seinen Arm.

»Okay, Nan, okay. Ich ruf sie an. Versprochen.«

Sie tätschelte ihm sanft den Arm, und sein Grandpa seufzte erleichtert auf.

Der Bahnhof lag am Ende der Straße, in der seine Großeltern wohnten, aber Dan ging daran vorbei, so schnell, dass sein Rucksack gegen seine Schulterblätter schlug. Er spurtete die Straße hinunter, als könnte sein Tempo ihn von der Last des Versprechens befreien, das er seinen Großeltern gegeben hatte – als könnte er es überholen, es abschütteln. Er überquerte die Gleise, folgte ihnen bis zum nächsten Bahnhof und beschloss dann, noch einen Bahnhof weiter zu gehen. Ein Zug donnerte vorbei, und er überlegte, ob er nicht sogar zu Fuß bis in die Stadt gehen konnte.

Die Sonne stand tief im Westen und blendete ihn. Er kam in einen kleinen Park und setzte sich auf eine Bank unter einem riesigen Ahornbaum, dessen goldenes Laub bald abfallen würde. Er holte sein Handy hervor und scrollte zu *mum & dad*, dann blieb sein Finger über der Anruftaste stehen. Er drückte sie nicht.

Die Schule war aus, zwei Mädchen kamen in den Park und gingen taschenschwingend und kichernd an ihm vorbei. Ein Stück hinter ihnen kam ein Junge den Weg entlang, langsam, lässig, die überladene Schultertasche kurz vor dem Abrutschen. Der Junge war groß und schlaksig, und unter seinem grauen Schulpullover sah das weiße Hemd hervor. Seine fettigen schwarzen Haare waren wild zerzaust, schwarzer Flaum bedeckte seine Oberlippe, und seine Wangen waren hochrot und picklig. Dan beobachtete ihn, wie er in wohlüberlegtem Abstand hinter den noch immer kichernden Mädchen herschlurfte. Eine von ihnen brach in schallendes Gelächter aus. Der Junge verlangsamte seinen Schritt noch weiter. Dan wusste genau, was er dachte: Er dachte, dass sie über ihn lachten, dass sie ihn hässlich fanden, einen Loser.

Dan wäre am liebsten hinter ihm hergerannt und hätte ihm gesagt: Das stimmt nicht, du weißt gar nicht, wie schön du bist. Er zwang sich, den Blick von ihm abzuwenden. Er sah wieder auf sein Handy, strich über die numerierten Tasten, und das Display leuchtete auf: *mum & dad.*

Er hatte eine Erektion, sein Schwanz war dick und drückte gegen seinen engen Slip. Zwei junge Mütter mit Kinderwagen kamen den Weg entlang. Verärgert, beinahe wütend nahm er seinen Rucksack auf den Schoß. Die beiden Frauen waren in ein angeregtes Gespräch vertieft, aber eine von ihnen, eine Blondine, die ihr Haar über die Schulter zurückgestrichen hatte, sah im Vorbeigehen zu ihm her und lächelte ihm fast unmerklich zu. Er lächelte zurück und dachte: Du weißt nicht, was ich bin, du wärst entsetzt, wenn du wüsstest, dass ich hier sitze und daran denke, wie es sich anfühlen würde, den Schwanz von diesem Schuljungen im Arsch zu haben.

Seine Erektion war verschwunden. Weiße Wolken hatten sich vor die Sonne geschoben. Der Wind hatte aufgefrischt, und im Schatten war es kalt. Dan streckte die Arme aus und hakte sie über die Lehne der Bank. Er sah auf *mum & dad* hinab und rief an.

Seine Mutter nahm sofort ab, als hätte sie den Anruf erwartet, als hätte sie gewusst, dass er anrufen würde. Im Hintergrund hörte er Frauenstimmen und den dumpfen, monotonen Beat eines kommerziellen Radiosenders, Musik, die seine Mutter hasste.

Er gebrauchte keine Ausreden, warum er nicht angerufen hatte, er entschuldigte sich nicht, fragte nicht, wie es ihr gehe und ob sie etwas von Regan gehört habe, er fragte weder nach seinem Dad noch nach Theo. Er sagte nur: »Nan sagt, *Giagia* ist krank. Ich fahr mit dir nach Adelaide.«

Seine Mutter weinte, als sie vereinbarten, am Samstagmorgen zu fahren, und sie weinte noch immer, als er sich verabschiedete. Er hörte ihr Weinen noch, ihr *Danke, danke, danke*, als er sein Handy zuklappte.

In Dans Wohnung gab es keinen Fernseher, kein Radio, keine Stereoanlage. Er trat durch die Tür und ließ sich aufs Sofa fallen, die Hände flach auf den Schenkeln, den Blick nach vorn aus dem Fenster, auf die Eisenbahnbrücke, die Gleisanlagen, die durchhängenden schwarzen Telefonleitungen, die aschfarbenen Wolken. Er schaute, ohne zu sehen, nahm nicht einmal die Züge wahr, die dröhnend in den Bahnhof Footscray einfuhren oder ihn verließen.

Er lauschte, ohne zu hören, lauschte seinem Atem, der wieder ruhig ging, seit er zu Hause war, seit er still war.

Er wollte keinen Fernseher, er brauchte kein Radio. Er wollte die Welt nicht hereinlassen. Er hasste die Nachrichten, konnte sie nicht glauben: die Bomben, der Terror, das Leid der Boatpeople; das Öl, das Geld, die Boden- und Immobilienpreise. Er ertrug nicht die falsche Hysterie der Soaps, die gezwungene Fröhlichkeit der Sitcoms, die geheuchelte Empörung der Kommentatoren, die Gäste der Polit-Talkshows. Er besaß auch keinen Computer. Er brauchte nicht die Versuchungen des Internets. Er zog die Stille vor, das Alleinsein, das ihn beruhigte. Er wollte nicht den Aufruhr, den unaufhörlichen Lärm. Nur Bücher – Bücher waren alles, was er wollte, und sie lagen überall in seiner Wohnung. Bücher aus der Leihbücherei, Bücher, die er auf Flohmärkten erstanden hatte. Lesend konnte er sich ganz in sich zurückziehen. Lesend konnte er das Getöse der Welt ausblenden.

Dan setzte sich aufs Sofa und schaute wieder aus dem Fenster. Bleigraue Quellwolken zogen langsam über die Telefonleitungen hinweg. Er sah die Eisenbahnbrücke und einen Zug, der sich aus dem Bahnhof schob. Er betrachtete die tief hängenden Wolken und lauschte auf das Ein- und Ausströmen seines Atems. Nach und nach setzte eine Sinfonie ein. Er hörte, wie die alte Frau in der Nachbarwohnung einen Wasserhahn aufdrehte, hörte aus der Wäscherei unten das Wummern einer Waschmaschine. Er hörte die schnellen Schritte des Studenten nebenan, hörte, wie sich sein Schlüssel im Schloss drehte. Aus der Küche unter ihm drang ein leises Zischen herauf – die Frau dort öffnete, kaum kam sie nach Hause, ihre Schränke und fing an zu kochen, und immer roch es dann durchdringend nach Knoblauch. Die schweren säuerlichen Düfte ihrer Tamilgerichte zogen herauf, und im Hintergrund war leise der Fernseher zu hören. All diese Geräusche verschmolzen miteinander, vermischten sich mit seinem Atem, nahmen Gestalt an. Und aus Gestalt formten sie Musik, und aus Musik wurden sie wieder Stille, verstummten. Nur das Ein und Aus seines Atems blieb. Die Welt ringsum versank, er sah noch immer den schweren wandernden Wolken nach, der Horizont wurde dunkler, und die Nacht brach an. Dan fuhr zusammen; fast wäre er eingeschlafen. Er merkte, dass er glücklich war.

Er las zwei Kapitel von Graham Greenes *Das Herz aller Dinge* und musste sich dann zwingen, das Buch wegzulegen. Er hatte Greene im Gefängnis entdeckt, er hatte ihn förmlich verschlungen und tat das seit seiner Entlassung auch weiterhin. Er verstand Greenes Figuren, er konnte ihnen ihre Schwächen, ihre Feigheit nachfühlen, er war vor allem empfänglich für ihre Weigerung, Ausreden für ihr Versagen zu gebrauchen. Alec, der ernste junge Mann, der ehrenamtlich in der Gefängnisbibliothek arbeitete, hatte immer gesagt: »Dan, Mann, willst du nicht mal was Modernes lesen? Wieso holst du dir immer diese alten Schwarten?« Dan nahm die Hänselei gutmütig hin, weil sie den Nagel auf den Kopf traf. Zeitgenössische Autoren nervten ihn, ihre Welten waren ihm zu eng, ihr Stil zu reflektiert und ironisch. Es war eine Literatur, die nicht zu ihm passte.

Dan hätte stundenlang Greene lesen können, aber er musste zur Arbeit.

Er duschte, putzte sich die Zähne und zog seine Arbeitskluft an. Bis zum Supermarkt war es zu Fuß eine Stunde, eine Stunde, in der er spürte und genoss, wie seine Waden sich dehnten, seine Muskeln sich anspannten, seine Sehnen schmerzten. Es wurde dunkel. An Hadjis Kebab-Wagen holte er sich eine Falafel und sah, während er sie auf der Brücke verzehrte, in die dunklen Fluten des Maribyrnong River hinab.

Im Supermarkt nickte er Seeav hinter der Theke zu und ging ins Lager, um Kartons mit Keksen und Schokolade, Schachteln mit Flüssigseife und Shampoo auszupacken. Er mochte es, wie sein Bizeps sich wölbte, wenn er die Kartons hochhob, wie sein Trizeps arbeitete, wenn er das Klebeband abriss, sein Bauch sich streckte und die Muskeln sich anspannten, wenn er die Ware in die Regale stellte. Die Nacht war ruhig, bis auf den üblichen Ansturm ausgehungerter Taxifahrer um vier Uhr früh. In der ersten Morgendämmerung machte Dan sich auf den Heimweg, den er nur für einen Orangensaft und ein Schinken-Käse-Brötchen im Bakers Delight in der Union Road unterbrach.

Zu Hause setzte er sich wieder aufs Sofa und blickte auf das heller werdende Blau des Himmels hinaus. Die Sonne war teilweise von Wolken verdeckt, aber ihr Licht blendete schon. Er zwang sich, nicht zu blinzeln, zu schauen, ohne zu sehen. Seine Hände lagen flach auf seinen Schenkeln, und er lauschte seinem Atem. Die Luft strömte ein, sie strömte aus, und er hörte, wie nach und nach die Welt ringsum erwachte und sich regte: Im ganzen Gebäude begannen Rohre zu rumoren, Fernseher wurden eingeschaltet, Autotüren wurden geöffnet, Motoren angelassen. Er lauschte, ohne zu hören, er schaute, ohne zu sehen. Er dachte daran, dass er in zwei Tagen seine Eltern treffen würde, seinen Bruder, dass er mit seiner Mutter nach Adelaide fahren würde – ein Gedanke, der schwer auf seinen Schultern lastete. Mit einem Stöhnen stand er auf und ging ins Schlafzimmer hinüber, putzte sich nicht die Zähne, wollte nicht duschen. Er legte sich auf die Matratze – ein Bett gab es nicht, nur eine Matratze auf dem Boden, eine Kiste mit Büchern und eine Leselampe, die er bei Forges gebraucht gekauft hatte. Er schlenkerte seine Schuhe von den Füßen, streifte die Socken ab und löste seinen Gürtel, zog sich aber nicht aus. Er las noch zwanzig Seiten von *Das Herz aller Dinge*, dann legte er das Buch aufgeschlagen auf den Teppich und deckte sich zu. Wieder rumorten Rohre, lärmten Radios und Fernseher. Das gefiel ihm am Wohnen in einem Apartment: dass er hinter seinen vier Wänden verborgen war und dennoch Geräusche, Bewegung und Energie ringsum mitbekam. Ringsum war Leben, aber er war davor geschützt. Es war wie im Gefängnis, wenn er in seine Zelle eingeschlossen wurde, wenn er wieder frei atmen konnte, wenn er nicht mehr daran denken musste, wie er sich verhalten, wie er sich schützen sollte. Er lauschte, ohne zu hören. Er schloss die Augen. Ein Sekundenbruchteil, und er schlief tief und fest.

Theo machte auf. Er sah Dan mürrisch an, drehte sich um und rief in den Flur: »Mum! Dad! Danny ist da.« Dann ging er ohne ein weiteres Wort in sein Zimmer und knallte die Tür zu. Die Brüder hatten seit dem Abend vor zwei Jahren, als Danny vom Polizeirevier Prahran aus angerufen hatte, nicht mehr miteinander geredet, nicht wirklich geredet. Theo war damals am Telefon gewesen. Dan nahm es ihm nicht übel, dass er ihn verachtete oder sich seiner schämte, aber er mochte sich jetzt nicht damit befassen, und so sann er darüber nach, dass die Risse in den Flurwänden seit damals, als er noch hier gewohnt hatte, breiter geworden waren, dass es im Haus jetzt stärker nach Feuchtigkeit und Erde roch und dass das Erdige dieses Geruchs vom Duft nach Kochen und bewohnten Räumen abgemildert wurde.

Seine Mutter lief ihm durch den Flur entgegen. Sie hatte kein Make-up aufgelegt – ihm wurde bewusst, wie selten man sie so sah – und trug ein altes schwarzes T-Shirt, dessen einst greller gotischer Schriftzug, *The Beasts of Bourbon*, verblasst war. Sie umarmte ihn, küsste ihn aufs Gesicht, auf die Wangen, sogar auf den Mund. Dann gab sie ihn frei, und er atmete aus, doch seine Hand ließ sie nicht los. Er atmete ein, und sie zog ihn an Theos Zimmer vorbei, an seinem alten Zimmer vorbei. Er atmete aus, er wurde ins Wohnzimmer geschleift, der Fernseher lief ohne Ton, *The Age* lag aufgeschlagen auf dem Couchtisch. Sie führte ihn in die Küche, wo sein Vater in einem braunen T-Shirt und einer cremefarbenen Pyjamahose steif dastand. Dan atmete ein. Seine Mutter ließ seine Hand los, und die beiden Männer machten einen Schritt aufeinander zu, umarmten sich flüchtig, ihre Körper berührten sich kaum, gerade so lange, dass Dan ein geflüstertes »Schön dich zu sehen, mein Junge« hörte.

Dan atmete aus.

Sein Vater war vollkommen grau geworden. Er hatte zwar noch seine Elvis-Tolle und seine Rockabilly-Koteletten, aber sein Haar zeigte jetzt einen schmutzig-silbernen Farbton, um seinen Mund hatten sich tiefe Furchen eingegraben, und sein Bauchansatz war endgültig zum Bauch geworden. Er wird alt, dachte Dan.

»Wollt ihr euch nicht setzen? Man könnte ja meinen, ihr kennt euch überhaupt nicht, wenn man euch so sieht.«

Dans Mutter machte sich in der Küche zu schaffen. Ihre Worte zauberten ein schiefes Lächeln auf das Gesicht seines Vaters und nahm ihnen beiden die Befangenheit. Sie setzten sich einander gegenüber, und seine Mutter schwirrte um sie herum, stellte Käse und Oliven auf den Tisch, schnitt Brot. Auf dem Herd stand ein Teller mit frisch gemachten Frikadellen. Sie gab Öl in eine Pfanne.

»Du hast hoffentlich Hunger, Danny«, sagte sie strahlend. »Ich mache *Keftedes*. Dein Lieblingsessen.«

Wirklich?, wäre er beinahe herausgeplatzt. Ist das noch mein Lieblingsessen? Aber er schluckte die Worte hinunter, denn er wusste, er würde sie damit nur verletzen. Als die Frikadellen in der Pfanne zu brutzeln begannen und der Duft nach Fleisch, Petersilie und Zwiebeln durch die Küche zog, musste er daran denken, wie sehr er ihr Essen liebte. Er erinnerte sich, mit welchem Heißhunger er früher vom Training nach Hause gekommen war, nachdem er durch den Pool geglitten war, das Wasser beherrscht hatte. Oft hatte seine Mutter zwei Ladungen *Keftedes* gemacht, eine für ihn und eine für den Rest der Familie. Er konnte seine Portion restlos vertilgen, ein ganzes Pfund Fleisch, er hätte die doppelte Menge essen können. Dazu gab es Salat, Röstgemüse und Brot. Dann war sein Hunger vielleicht gestillt. Es schien ihm Jahre her, seit er die Frikadellen seiner Mutter zuletzt gegessen hatte. Aber so lange konnte es nicht zurückliegen. Es war nur vor dem Gefängnis gewesen, und dort hatte sich die Zeit gedehnt und der Raum hatte ihn verändert, hatte ihn umschlossen, hatte bewirkt, dass er sich tief in sich selbst vergraben hatte. Er gehörte nicht mehr dem Himmel an, dem Wasser, er war jetzt in der Erde. Er wusste nicht, ob die *Keftedes* noch sein Lieblingsessen waren. Es war, als müsste er neu entdecken, was ihm schmeckte und worauf er Lust hatte.

Seine Mutter sah den Rucksack zu seinen Füßen. »Mehr nimmst du nicht mit nach Adelaide? Da bist du wie dein Dad.«

Vater und Sohn wechselten einen Blick, dann senkten sie die Augen schnell wieder.

Die Nervosität seines Vaters ihm gegenüber war neu. Früher waren sie oft befangen gewesen, das schon. Sie hatten einander genervt, sie hatten endlos gestritten. Heute verstand er das, oder zumindest glaubte er es allmählich zu verstehen: Es hatte seinen Vater geärgert, dass sich Zeit, Energie und Erwartungen der Familie ganz auf das älteste Kind konzentrierten. Schwimmen, Training, Vorläufe, Wettkämpfe – etwas anderes hatte Dan nicht im Kopf gehabt. Und nicht nur er. Über viele Jahre hatten auch Theo, seine Mutter und Regan nichts anderes im Kopf gehabt. Nur sein Vater hatte sich zurückgehalten, nur sein Vater, das wusste Dan jetzt, hatte vorausgedacht und sich gefragt, was sein würde, wenn Dan nicht mehr schwimmen konnte. Dan zuckte zusammen. Sein Vater hatte vorausgedacht und sich gefragt, was werden sollte, wenn Dan scheiterte. Nur er hatte ein Scheitern vorhergesehen.

Seinen Vater hatte der Gewaltakt, der Dan ins Gefängnis gebracht hatte, erschreckt und verstört. Das einzige Mal, dass er Dan dort besuchte, hatte er kaum ein Wort herausgebracht, hatte einfach nicht gewusst, was er sagen sollte. Er hatte aufrecht dagesessen, starr und stumm, unfähig zu sprechen. Während des ganzen Besuchs waren seine Augen wässrig gewesen, als könnte er nur mit Mühe die Tränen zurückhalten. Am Ende des Besuchs war Dan nur noch erleichtert gewesen – und so erschöpft, als wäre er stundenlang geschwommen.

Ich bin schuld, dachte Dan. Ich bin schuld daran, dass er gealtert ist.

»Ich brauch nicht viel, Mum. Wir sind ja nur ein paar Tage weg.«

»Ich bin wirklich froh, dass du mit deiner Mum fährst«, sagte sein Vater unvermittelt. »Das bedeutet ihr viel.« Seine Mutter, die noch am Herd stand, fasste nach hinten und drückte ihm die Schulter.

Als die *Keftedes* fertig waren, bat sie Dan, seinen Bruder zu holen. Dan ging durch den Flur und klopfte bei Theo an. Als keine Antwort kam, klopfte er noch einmal, dann öffnete er die Tür.

Die Vorhänge waren zugezogen, und Theo lag auf dem Bett. Marihuanageruch stieg Dan in die Nase, und ein geballter Gestank nach Schweiß und Jugendlichem drang stark und penetrant direkt in seine Lunge. Theos T-Shirt war hochgerutscht, und Dan erschrak, als er den dichten Pelz drahtiger Locken auf dem flachen Bauch seines Bruders sah.

Theo schaute ihn böse an. »Was willst du?«

»Das Essen ist fertig.«

»Ich hab keinen Hunger.«

An den Wänden hingen keine Schwimmposter mehr, kein Kieren, kein Perkins, keine Susie O'Neill, überhaupt keine Athleten, nichts, was mit Sport zu tun hatte, außer einem Anhänger der Magpies-Rugbymannschaft. Dans sämtliche Trophäen und seine Siegerbänder waren verschwunden. Stattdessen waren da riesige Poster verschiedener Musikgruppen, schaurig überzeichnete Gesichter, ein Männergesicht weiß geschminkt, die Lippen blutrot bemalt, der Mund zu einem expressionistischen Schrei aufgerissen. Auf einem kleineren Poster war ein Supermodel im Bikini zu sehen, ein schwarzweißes A4-Flugblatt rief zu einer Demonstration gegen den Irakkrieg auf, ein Poster zeigte einen stiernackigen, geradezu grotesk muskelbepackten schwarzen Rapper, auf dessen Basecap ein Dollarzeichen prangte. Seine gewaltige, ölig glänzende Brust schmückten Goldketten. Dan kannte keine der Personen, wusste nicht, was sie waren, was sie sangen, was sie bedeuteten.

Theos Augen waren geschlossen.

Dan versuchte es noch einmal. »Komm schon, tu's für Mum.«

Der Junge setzte sich abrupt auf. »Mum war dir doch immer scheißegal!« Seine Worte troffen nur so von ungläubiger Verachtung, und die Empörung ließ seine Stimme zu einem pubertären Krächzen ansteigen. Sie zitterte, und er bekam sie nicht unter Kontrolle. »Du hast dich doch immer einen Dreck um andere geschert, du hast doch immer nur an dich gedacht. Wann hast du Regan das letzte Mal angerufen? Hast du überhaupt ihre Adresse, hast du ihre Scheißtelefonnummer?«

Dan wusste nichts zu sagen.

»Dachte ich mir. Und sie verteidigt dich immer noch, sie glaubt immer noch, wir bedeuten dir was.« Theo legte sich wieder zurück und drehte sich zur Wand. Seine nächsten Worte kamen halb erstickt heraus. »Verpiss dich aus meinem Zimmer.«

Doch Dan hatte sie deutlich gehört. Er stand da, ballte die Fäuste und löste sie wieder. Ich könnte dich umbringen, verflucht, ich könnte dich am Hals packen und zudrücken, bis du erstickst. Er ermahnte sich zu atmen, anzuwenden, was er im Gefängnis gelernt hatte: von zehn abwärtszuzählen, langsam, nicht durch die Zahlen zu hetzen, sie stumm auszusprechen, sie zu visualisieren, dazwischen ein- und auszuatmen. Es war ein simpler Trick, und er kam sich dabei immer ein bisschen albern vor, aber er funktionierte. Bei sieben hatten sich seine Hände entspannt, bei drei war die Wut verraucht.

»Okay, Kumpel, ich sag Mum, sie soll dir was aufheben.«

Er schloss die Tür, hörte aber noch das Wort »Scheiß-Loser«.

Die *Keftedes* schmeckten lecker, die *Keftedes* schmeckten so, wie er sie in Erinnerung hatte. Aber er wusste nicht, ob sie noch sein Lieblingsessen waren, das musste er erst wieder herausfinden.

Nach dem Essen machten sie sich auf den Weg. Die Abfahrt hatte sich verzögert, weil seine Mutter noch CDs für unterwegs herausgesucht hatte. Den alten Datsun hatte sie endlich abgestoßen – er war am Ende eine einzige Rostlaube gewesen – und sich einen fünf Jahre alten Hyundai zugelegt.

»Der hat nicht viel unter der Haube«, erklärte sein Vater grinsend. Er lehnte mit verschränkten Armen in der Wohnzimmertür und schaute zu, wie seine Frau hektisch in den CDs kramte. »Aber dafür eine Eins-a-Stereoanlage, alles andere interessiert deine Mutter ja nicht.«

Sie hatte gute Musik für die lange Fahrt über die Grenze ausgesucht. Da waren die Sängerinnen mit den kräftigen Lungen und den samtenen Stimmen, die sie vergötterte: Etta James und Mavis Staples. Da waren die mit den sonoren Stimmen: Johnny Cash und Waylon Jennings, Janis Joplin und Nick Cave. Und da waren jene, die sie Engel nannte, jene, deren Gesang heilte: Aretha Franklin, Nina Simone, Elvis Presley. Bei allen sang sie mit. Der Sänger in der Familie war eigentlich Dans Vater. Neal hatte eine kräftige, ausgeprägte Stimme, die den Ton halten und bändigen konnte. Die Stimme seiner Mutter dagegen klang durchdringend, hohen und tiefen Lagen war sie nicht gewachsen. Sie konnte eine Melodie verhunzen, konnte schrecklich falsch singen. Doch das kümmerte Dan nicht. Als sie aus der Stadt in das ebene Farm- und Buschland gelangten, freute er sich darüber, dass sie Spaß an der Musik hatte, dass sie auf freier Strecke fuhren, dass der Raum zwischen ihnen mit Musik ausgefüllt war statt mit Gesprächen. Er fühlte sich geborgen in der Musik, er fühlte sich darin zu Hause.

Am Ende einer George-Jones-CD sagte seine Mutter: »Ich

hab auch was von Soundgarden eingepackt, und ich hab *Nevermind.*«

Sie hatte es für ihn mitgenommen, das wusste er, aber ihm wurde flau, als er die Nirvana-CD einschob. Die Akkorde wummerten und dröhnten durch den Wagen, peitschten ihm um die Ohren. Schnell drückte er auf die Auswurftaste. Seine Mutter schwieg, während er eine andere CD aus dem Stapel nahm, einen Everly-Brothers-Sampler. Zu »Unchained Melody« sang sie mit, beim Schlussrefrain von »You've Lost that Loving Feeling« überschlug sich ihre Stimme, doch bei »Cathy's Clown« hielt sie den Ton. Die Texte fielen Dan alle wieder ein. Er fand Trost in den vertrauten Worten, Klängen und Melodien.

In Ararat machten sie Pause. Die Läden hatten für das Ostersamstagsgeschäft geöffnet. Sie kamen an einem Antiquariat vorbei. »Können wir da mal rein?«, fragte seine Mutter, und er stimmte erfreut zu. Eine gute Viertelstunde stöberten sie in den staubigen Regalen. Dan suchte sich zerlesene Exemplare von William Faulkners *Schall und Wahn* und David Maloufs *Jenseits von Babylon* aus.

Seine Mutter lachte leise, als sie neben ihm an der Kasse stand und die Bücher bezahlte. »Scheint ziemlich schwere Kost zu sein, Junge«, sagte sie auf dem Weg zurück zum Wagen. Sie warf ihm einen schelmischen Blick zu. »Ich kann mich nicht erinnern, dass du in deiner Schulzeit viel gelesen hättest.«

Dan zögerte. Er hätte ihr gern erzählt, dass er im Gefängnis lesen, richtig lesen gelernt hatte. Er hätte ihr gern erzählt, dass er sich dort am liebsten in der Bibliothek aufgehalten hatte, dass er bei der Lektüre von *Als ich im Sterben lag* eine Stimme gefunden hatte, die Zeit und Raum, so wie er sie im Gefängnis erlebte, mit Sinn erfüllt hatte, dass sie klarer und tiefgründiger zu ihm gesprochen hatte als irgendeine Stimme zuvor: davon, dass die Vergangenheit untrennbar mit der Erinnerung verknüpft ist, davon, dass nicht nur die Zeit einen Menschen verändert, sondern auch die Erinnerung. Er wünschte, er hätte ihr erzählen können, wie er *Johnno* an einem Tisch in der Bibliothek in einem Zug durchgelesen hatte und dass er noch einmal von vorn angefangen hatte, bevor am Abend das Licht ausging. Er wünschte, er hätte ihr erzählen können, wie er die Worte entdeckt hatte und dass die Worte zu Gesang werden konnten. Das hatte er in der Schule nicht begriffen. Nicht dass er sich jemals abfällig über Bücher geäußert hatte, das hätten seine Eltern nicht geduldet – auch das Misstrauen seines Vaters gegenüber den Gelehrten hatte sich nicht auf das Lernen selbst erstreckt, dazu hatte er zu viel für Geschichten übrig. Aber der junge Danny hatte es nie geschafft, sich für das Lesen Zeit zu nehmen, er hatte geglaubt, die Hingabe, die dazu nötig war, würde ihn von der Routine abbringen, von seinem Körper, vom angestrebten Erfolg. Im Gefängnis aber, wo alles durch Zeit geregelt, die Zeit selbst jedoch schwer fassbar war, außer Reichweite war, hatte er erkannt, dass er sich, was Bücher anging, geirrt hatte.

An einem Tisch in der Bibliothek, in seiner Zelle, vertieft in ein zerlesenes Exemplar von *1984*, war er mit seinem ganzen Sein eingetaucht in die wilde Lust auf Flucht, die Winston Smith antreibt. Der Roman hatte ihn so erschüttert, dass er nach Atem ringen musste, als hätte er einen Ozean durchschwommen. Begierde und Verrat: George Orwell war zum Chronisten von Dans Seele geworden. Wenig später hatte Dan einen schmalen Band aus einer gespendeten Bücherkiste hervorgezogen, Kurzgeschichten von Tschechow, der Buchrücken eingerissen, die Seiten zum Teil lose. Dan hatte bis dahin noch nie eine Kurzgeschichte gelesen. Zu einer von Tschechows Geschichten aber war er immer wieder zurückgekehrt, hatte sie wie besessen verschlungen: »Ein Tag vor der Stadt« beschrieb eine unschuldige ländliche Welt, die doch unmöglich demselben Universum angehören könnte wie die brutale, beschämende Welt des Gefängnisses. Es war Dan ein Rätsel, wie er zu dem Bauernjungen Danilka werden konnte, woher er wusste, wie der Junge sich bewegte, wie er atmete, Dan verstand nicht, wie er den Schmerz an Danilkas Arm spüren konnte, nachdem der alte Schuster ihn aus dem Astloch befreit hatte, wie er bei der Passage mit dem Rückweg durch die Felder ins Dorf den Duft von Faulbaum, Honigklee und Maiglöckchen nach dem Gewitter riechen konnte. Er hatte die Geschichte gleich noch einmal gelesen und erkannt, dass er sich geirrt hatte: Tschechow hatte mit der Szene, als der alte Mann in die verlassene Scheune kommt und das Kreuzzeichen über den schlafenden Waisenkindern schlägt, sehr wohl etwas von der Brutalität –, aber auch von der Zärtlichkeit der Welt eingefangen. Dan hatte die Seiten heimlich aus dem Buch herausgerissen – das Buch war so zerfleddert, dass niemand es merken würde –, und er hatte die Geschichte während der letzten Monate seiner Haftzeit zusammengefaltet in einem Riss in seiner Matratze versteckt. Die Geschichte hatte ihn in seine Kindheit zurückversetzt, hatte ihn mit einer unbändigen, fast erotischen Freude erfüllt. Hatte er solche Freude je zuvor erlebt?

Dan hatte erkannt, dass er sich geirrt hatte: Bücher existierten nicht außerhalb des Körpers, nur im Geist; Worte waren Atem, sie wurden durch die Untrennbarkeit von Geist und Körper erlebt und verstanden, Worte waren Wasser, Lesen war Schwimmen. Wie früher im Wasser konnte er sich auch im Lesen verlieren: Geist und Körper wurden eins. Bei seiner Entlassung hatte er die Tschechow-Geschichte mitgenommen. Jetzt steckten die Seiten zu einem kompakten Rechteck gefaltet in dem einzigen Geschenk, das er je von Carlo bekommen hatte, einem PVC-Beutel, in dem er Tabak und Drogen aufbewahrt hatte. Der Beutel lag in einem selbstgebauten Regal neben der Matratze in seinem Schlafzimmer. Die Geschichte war ein Lied: Wenn er sie las, glaubte er, seine Lunge zu öffnen und zu singen.

Er wusste nicht, wie er seiner Mutter das alles erklären sollte, aber in diesem Moment, mit den Büchern unter dem Arm, beschloss er, ihr seine Wohnung zu zeigen, wenn sie wieder in Melbourne waren, seine Wohnung, in der es keinen Fernseher und kein Radio gab, keine Stereoanlage und keinen Computer, nur Bücher. Und er würde ihr erzählen, was ihn das Gefängnis gelehrt hatte: dass Bücher alles waren, was er brauchte, dass ihm Bücher genügten. Sie waren Musik und Licht und Klang für ihn – sie waren die Welt.

»Jetzt lese ich gern«, antwortete er nur und streckte die Hand nach dem Autoschlüssel aus. »Ich bin dran mit Fahren.«

Sie hörten eine Liveaufnahme von Aretha Franklin mit einem Gospelchor und waren noch nicht lange unterwegs, als seine Mutter die Musik leiser stellte. »Die Leserin war immer Regan«, erklärte sie unvermittelt und fuhr dann in verändertem Tonfall fort: »Hast du was von ihr gehört?« Es klang fast flehend.

»Nein.« Beschämt dachte er an die höhnischen Worte seines Bruders. »Du?«

Seine Mutter wiegte sich mit geschlossenen Augen zur Musik und antwortete nicht gleich. »Mit deinem Vater redet sie. Er hat sie besucht, als er oben im Norden war. Wir möchten, dass sie wieder zur Schule geht und ihren Abschluss macht, aber sie will nichts davon wissen.«

Das Call and Response des Gospels flocht sich um die Worte seiner Mutter.

Sie war den Tränen nahe, und ihre Stimme zitterte. »Ich hab das Gefühl, ich hab sie im Stich gelassen, Danny. Ich hab genau das gemacht, was meine Mutter mit mir gemacht hat. Ich hab meine Tochter für selbstverständlich genommen, ich weiß auch nicht, warum.«

Sie hielt den Blick unverwandt auf die Straße gerichtet, auf das ausgedörrte weizenfarbene Farmland. Sie stellte den Ton wieder lauter. Aretha Franklins ekstatischer Gesang erfüllte den Wagen, und Dan konnte endlich ausatmen, konnte aufatmen.

Es war pechschwarze Nacht, als sie von den Hügeln nach Adelaide hinabfuhren, nur die hin und her schwenkenden Scheinwerfer durchbrachen das hartnäckige Dunkel. Die Straße hatte jäh bergab geführt, beängstigend steil, plötzlich hatte das funkelnde Lichtermeer der Stadt unter ihnen gelegen. Dan war müde, er musste sich immer wieder straffen und fürchtete bei jeder Kehre, die Kontrolle über den Wagen zu verlieren und in die Nacht hinauszufliegen. Etwas in ihm wünschte sich dieses Fliegen, diese Erlösung.

Seine Mutter hatte das Radio ausgeschaltet. Es herrschte Stille.

»Ich hab Angst, Danny«, sagte sie schließlich.

»Sorry, ich fahr langsamer.«

»Nein, nicht deswegen. Ich hab Angst davor, nach Hause zu kommen.«

Nach Hause. Es überraschte ihn, dass sie das Wort noch für diese Stadt gebrauchte. »Vielleicht wär's doch besser gewesen, Dad wäre mitgekommen?«

Sie schüttelte entschieden den Kopf. Dan konzentrierte sich auf die gefährlichen Serpentinen und warf ihr nur einen schnellen Blick zu. Kein Make-up, aschgraue Strähnen in dem einst kohlschwarzen Haar, das sie zu einem strengen Dutt frisiert hatte. Sie trug ein weißes Top mit einer maisgelben Strickjacke darüber und weite dunkle Leinenhosen. Keine kunstvoll durchbrochenen Strümpfe, keine hohen Absätze. Das war nicht die Mutter, die er kannte, die Frau, die ihre Freude an Accessoires, raffinierter Kleidung, berauschenden Düften hatte. Übrig war nur noch eine Frau jenseits der mittleren Jahre.

»Dein Dad war letztes Mal dabei«, erklärte sie schließlich. »Das war die reine Katastrophe. Dein *Papou* lag im Sterben, er war schwer krank, aber er hat es fertiggebracht, noch mal von seinem Sterbebett aufzustehen und deinen Vater und mich rauszuschmeißen.« Wieder schüttelte sie heftig den Kopf, als könnte sie damit an ihren Erinnerungen rütteln, sie herauslösen und wegwerfen. »Er hat mich aufs Übelste beschimpft – es war furchtbar. Ich dachte schon, dein Vater verprügelt ihn.«

Sie berührte das Handgelenk ihres Sohnes, ganz sacht nur, dann legte sie die Hand wieder in den Schoß. »Ich bin dir wirklich dankbar, Danny. Ich brauche dich hier, aber es tut mir leid, dass ich dir das zumute.«

Sein Genick tat weh, er war fix und fertig vom Fahren und von ihren Worten. Ein dumpfer Schmerz pochte in seinem Hinterkopf. Aber er konnte sie nicht enttäuschen, er durfte sie nicht enttäuschen.

»Du musst dich nicht bedanken, Mum. Ich bin froh, dass ich mitgekommen bin.«

Er hatte keine Ahnung, wo sie waren, während sie durch die Straßen fuhren. Seine Mutter lotste ihn, aber dann verloren sie die Orientierung und mussten an einer noch geöffneten Tankstelle nach dem Weg fragen. Schließlich bogen sie in eine dunkle Sackgasse ein und hielten vor einem kastenförmigen dunklen Backsteinhaus mit einer gepflegten kleinen Rasenfläche davor. Einen Zaun gab es nicht, das gelbe Gras reichte bis an den Bürgersteig. Dan nahm seinen Rucksack und den Koffer seiner Mutter aus dem Kofferraum, dann gingen sie den Weg hinauf und klingelten. Während sie warteten, merkte er, wie nervös seine Mutter war. Schritte näherten sich, und eine füllige junge Frau mit lebhaften, dicht bewimperten Augen, blond gefärbtem Haar und riesigen goldenen Ohrreifen riss die Tür auf.

Sie sah Dan und seine Mutter verärgert an, doch dann hellte sich ihre Miene auf. »Hallo, Tante Stephanie«, sagte sie mit Wärme. Ihre sanft gurrende Stimme, ihre Befangenheit, als sie ihn und seine Mutter hineinführte, und die raschen Küsse, die sie seiner Mutter gab, erinnerten Dan an ein scheues Haustier. Sie drehte sich zu ihm um. »Hallo«, sagte sie und küsste auch ihn auf die Wangen. »Du musst Daniel sein. Ich bin deine Cousine Joanna.«

Die ersten Minuten waren hektisch. Dan folgte seiner Mutter und seiner Cousine durchs Haus – Plüschteppiche und üppig gemusterte Läufer, protzige Möbel und an den Wänden Unmengen von Fotos. Das Wohnzimmer wurde von einem riesigen Fernseher beherrscht. Zwei Jungen saßen auf einem weißen Ledersofa und stritten sich um eine Spielkonsole. Als die Erwachsenen eintraten, hielten sie inne und sahen verlegen auf. Der Jüngere versuchte, die Konsole hinter seinem Rücken zu verstecken. In einem weißen Ledersessel ihnen gegenübersaß ein Mann in einer Trainingshose und einem schwarzen T-Shirt mit dem Aufdruck AC/DC in pseudogotischen weißen Lettern. Er war barfuß. Er stand weder auf, um sie zu begrüßen, noch sah er sie an.

»Das ist mein Bruder, dein Cousin Dennis«, sagte Joanna zu Dan, dann zeigte sie auf die Jungen. »Mein Ältester, Michael, und mein Kleiner, Paul.«

Dan registrierte die Namen nicht, vergaß sie sofort wieder. Die beiden Jungen saßen mit offenem Mund da und konnten ihr Erstaunen darüber, ihm vorgestellt zu werden, nicht verhehlen. Ihre eindringlich prüfenden Blicke behagten ihm nicht, er fühlte sich zur Schau gestellt, als wären er und seine Mutter exotische Tiere. Seine Mutter aber schien es entweder nicht zu merken, oder es kümmerte sie nicht: Sie stürzte sich auf die beiden, schloss sie fest in die Arme und küsste sie. Die Jungen warfen ihrer Mutter beklommene Blicke zu, und Dan sah, wie seine Cousine ihnen verstohlen zunickte, worauf sie die Umarmung ihrer Großtante erwiderten. Seine Mutter drehte sich zu dem bulligen Mann um, der noch immer nicht aufgestanden war und sie noch immer nicht ansah. Dan hätte ihn dieser Missachtung wegen am liebsten vorn am Hemd gepackt und hochgerissen, diesen muskelbepackten Kanakenpenner mit seinem Ballonbizeps und dem aufgeblähten Bodybuilder-Brustkorb. Doch seine Mutter störte sich nicht im Mindesten daran, sie strich Dennis liebevoll über die Wange und wuschelte ihm durch die Igelfrisur. Der Mann entspannte sich ein wenig und sah sie an, jedoch ohne zu lächeln, ohne ihre Umarmung wirklich zu erwidern.

»Erinnerst du dich noch an mich?«, fragte sie. »Erinnerst du dich an deine *Thea* Steph?« Dan verstand nicht, weshalb sie mit dem Mann redete wie mit einem Kind.

Sie ließen die Jungen und Dennis im Wohnzimmer zurück und gingen mit Joanna in die kleine Küche. Auch hier waren die Wände mit Fotos gepflastert, aber es waren keine von seiner Mutter dabei, weder als Erwachsene noch als Kind, und keine von ihm selbst, seinem Vater oder seinen Geschwistern. Joanna fragte, ob sie Kaffee wollten. Dan ließ seine Mutter nicht aus den Augen. Er spürte, wie nervös, wie verunsichert sie hier war. Er würde erst antworten, wenn sie es tat. Noch nie hatte er so stark das Bedürfnis verspürt, sie zu beschützen. Er hielt sich dicht neben ihr, rückte ihr einen Stuhl zurecht und blieb hinter ihr stehen, als müsste er sie bewachen.

Draußen wurde eine Autotür zugeschlagen, und seine Mutter erstarrte. Dann hörte man einen Schlüssel im Schloss, und Joanna sah unruhig zur Tür.

»Jo, die Jungs müssen ins Bett.« Ein laute, rauhe Stimme, so tief, dass Dan sie im ersten Moment für eine Männerstimme hielt, doch in der Küchentür erschien eine Frau. Sie war einfach gekleidet: ein riesiger Pullover mit dem Logo des Crows-Footballclubs und eine dunkelblaue Hose. Ihr Haar war feucht, ihre Haut gerötet, als hätte sie gerade geduscht.

»Hallo, Bettina, wie geht's?«

Die Frau beachtete seine Mutter nicht. Sie trat in die Wohnzimmertür und rief nach den beiden Jungen. Sie liefen zu ihrer Großmutter und umarmten sie, winkten Dan und seiner Mutter einen schüchternen Gutenachtgruß zu und gingen nach oben, um sich bettfertig zu machen.

Bettina kam, die Arme noch verschränkt, in die Küche zurück und wies auf die Digitaluhr an der Wand. Die roten Leuchtziffern zeigten zehn Uhr dreiundvierzig. »Ihr kommt ja reichlich spät.«

Dans Mutter antwortete erstaunlich ruhig: »Ich hatte Joanna angerufen und ihr gesagt, dass wir erst nach dem Mittagessen losfahren.« Sie lächelte ihrer Nichte zu. »Tut mir leid, Joanna, wir wollten dir keine Unannehmlichkeiten machen.«

Jo schüttelte den Kopf und drückte gemahlenen Kaffee in den Trichtereinsatz einer Espressokanne. »Aber ihr macht mir doch keine Unannehmlichkeiten. Ich freu mich, euch zu sehen.« Sie wandte sich ihrer Mutter zu. »Mach hier keine Szene, Mum, ja?«

Bettina sagte etwas auf Griechisch, und Dans Mutter lief rot an, und ihre Hände zitterten. Am liebsten hätte Dan dem Miststück einen Hieb verpasst, hätte gespürt, wie seine Faust durch ihre Zähne brach, durch Fleisch und Knochen. Er würde nicht von zehn abwärtszählen, er wollte seine Wut nicht loslassen.

»War ja klar«, fuhr Bettina auf Englisch fort, »was ist von Stephanie auch anderes zu erwarten? Alles dreht sich doch immer nur um sie. Die anderen sind ihr egal.«

»Was fällt dir ein, so mit meiner Mutter zu reden, verdammt noch mal!«

Joanna blieb der Mund offen, und ihre Augen weiteten sich. Dans Mutter zuckte zurück, als hätte sie sich an seinen Worten verbrannt. Bettina aber stemmte die Hände auf ihre breiten Hüften und nickte.

»Danny, bitte«, sagte seine Mutter matt, »bleib höflich, das ist deine Tante Bettina.«

Die Frau trat zu ihm, sah ihn gerade an. Er wollte nicht höflich sein, musste ihr aber widerstrebend zugutehalten, dass sie ihn nicht zu küssen versuchte, keine Zuneigung, keine verwandtschaftlichen Gefühle heuchelte. Sie war die älteste Schwester seiner Mutter, die nur etwa ein Jahr jünger war, wie er aus ihren Erzählungen wusste, aber er stellte erfreut fest, dass sie viel älter aussah. Sie war übergewichtig, unförmig und reizlos, das Gesicht hart und unerbittlich.

»Erinnerst du dich an mich?«

Er schüttelte den Kopf. Er konnte sich kaum an seinen ersten Besuch in Adelaide entsinnen, sah nur noch deutlich den zornigen alten Mann vor sich, der seine Mutter zum Weinen gebracht und zu ihm selbst gesagt hatte: »Du bist nicht mein Enkel.« Damals waren noch andere dabei gewesen, aber sie waren nur noch Schatten, Geister in seiner Erinnerung.

»Du hast ein bisschen Ähnlichkeit mit deinem Cousin Dennis. Man sieht, dass ihr verwandt seid.«

Zum ersten Mal wurde sie weicher, zum ersten Mal strahlte sie Wärme aus. Doch Dan rührte sich nicht, lächelte nicht, stand weiter Wache neben seiner Mutter.

»Hast du nur Kaffee da?«, wandte sich Bettina an ihre Tochter. »Gibt's nichts zu essen?«

»Mum.« Joanna verdrehte genervt die Augen. »Ich wärme gerade was auf, es steht im Ofen.«

Endlich nahm Bettina Platz, und auch Dan setzte sich, sicherheitshalber neben seine Mutter.

Der Kaffee wurde auf den Tisch gestellt, dann das Essen. Seit Ararat hatten sie sich nur eine Tüte Chips geteilt, und Dan hatte Hunger. Joannas Limonenkartoffeln und die gegrillten, in Rosmarin marinierten Lammstreifen schmeckten köstlich. Gesprochen wurde wenig, Bettina und Joanna sahen ihnen beim Essen zu. Dan war nach wenigen Minuten fertig und wischte seinen Teller mit Pitabrot sauber.

Wieder musste seine Tante lächeln. »Du isst sogar wie dein Cousin Dennis.«

Als auch Dans Mutter aufgegessen hatte, erkundigte sich Joanna nach seinem Vater, nach Regan und Theo. Dan war verblüfft, wie schnell das Gespräch in eine andere Sprache wechselte, er staunte, wie fließend seiner Mutter das Griechische über die Lippen kam. Er entschuldigte sich und ging ins Wohnzimmer hinüber.

Sein Cousin Dennis lümmelte wie zuvor in dem Ledersessel und sah fern. Der Ton war leise gestellt. Dennis wandte die Augen nicht vom Bildschirm, richtete sich aber ein wenig auf.

»Was schaust du?«, fragte Dan.

Die Antwort verstand er nicht ganz. Fast klang es, als würden die Wörter ausgehustet. Sie schienen ohne Zusammenhang, so als koste jede einzelne Silbe einige Anstrengung. War er behindert?

»*Big … Big … B-brother* f-fängt an«, brachte Dennis schließlich hervor.

Plötzlich drangen aus der Küche laute Stimmen herüber. Bettina schrie etwas, und Dans Mutter schrie zurück. Dan sprang vom Sofa auf.

Seine Tante kam ins Zimmer gestürmt, tränenüberströmt. »Steh auf, Dennis«, rief sie ihrem Sohn zu. »Steh auf!.Wir fahren nach Hause.«

Dennis hielt den Kopf von ihr abgewandt. Er rührte sich nicht.

»Los, Dennis«, brüllte sie. »Wir fahren!«

Langsam und mit gesenktem Blick erhob er sich.

Zitternd wandte sich Bettina Dan zu. Ihre Augen waren gerötet, und sie wischte sich mit der Hand über die Nase. Vergeblich versuchte sie, ihre Stimme unter Kontrolle zu bringen. »Tut mir leid, Daniel«, sagte sie, »aber ihr hättet nicht kommen sollen. Fahr deine Mum wieder nach Hause, fahr sie gleich morgen wieder nach Hause.«

Dan fegte an ihr vorbei in die Küche. Seine Mutter saß von Schluchzern geschüttelt am Tisch, Joanna stand gebeugt hinter ihr und strich ihr über Arme und Nacken.

»Wird sie mir denn nie verzeihen, Jo? Wird sie's denn nie gut sein lassen?«, stieß seine Mutter zwischen Schluchzen und Atemholen hervor.

»Kann ich was tun, Mum? Willst du fahren?«

Seine Mutter sah auf, als sie seine Stimme hörte, dankbar, dass er da war. Sie fasste nach seiner Hand und drückte sie an ihre Wange, küsste sie, nässte sie mit ihren Tränen.

»O Gott«, sagte sie, »jetzt brauch ich was zu trinken.«

»Schsch.« Joanna legte den Finger an die Lippen, doch dann fiel die Haustür ins Schloss und sie hörten einen Motor anspringen. Bettina und Dennis waren gegangen.

»Okay«, sagte Joanna, nun nicht mehr flüsternd, »jetzt können wir uns einen Drink genehmigen.«

Seine Mutter und seine Cousine tranken, Dan blieb nüchtern. Der Whisky duftete verführerisch, torfig und berauschend, aber Dan wollte einen klaren Kopf behalten, er war müde vom Fahren, von der Begegnung mit all den fremden Menschen – wenn er trank, konnte er für nichts garantieren. Seine Mutter war bei ihrem zweiten Glas, als Joannas Mann Spiro kam. Er hatte volle Wangen mit

Grübchen, einen ungepflegten graumelierten Bart, sanfte, glänzende Augen, und in seinem Haar, das bis über den Kragen hinabreichte, zeigten sich silberne Strähnen. Er und Dans Mutter umarmten sich herzlich.

»Was macht die Arbeit?«, fragte sie ihn. »Wie läuft das Restaurant?«

»Ganz okay, ganz okay«, antwortete Spiro lässig und begrüßte Dan mit einer ungeniert engen Umarmung.

Spiro war Dan ebenso wie Joanna sofort sympathisch. Trotzdem konnte er es kaum erwarten, bis die beiden zu Bett gingen und er mit seiner Mutter allein war. Er missgönnte Spiro den Whisky, den er sich einschenkte, die Zigarette, die er sich drehte. Geh schlafen, geh verdammt noch mal schlafen, wiederholte er wie ein Mantra in seinem Kopf.

»Wie war deine Mum heute Abend?«, wandte sich Spiro an Joanna.

»Wie sie eben so ist. Genau so, wie du's prophezeit hast.«

Spiro blinzelte. »Sorry, Steph, sorry, Dan. War's sehr schlimm?«

»Nicht schlimmer als sonst.« Seine Mutter sah Dan niedergeschlagen an. »Es tut mir so leid, dass du das miterleben musstest.«

Er zuckte die Schultern. »Schon okay.« Und das war es auch. Die Beklemmung war von seiner Mutter gewichen, nachdem Bettina abgefahren war.

Spiro zwinkerte ihm zu. »Scheiß Zeugen Jehovas, was, Danny?«

Es missfiel Dan, dass sie das als Entschuldigung gelten ließen. »Ich versteh das nicht«, knurrte er. »Warum ist sie so gemein? Was für ein Problem hat sie damit, dass Mum früher mal beigetreten ist?«

Das Gelächter, das seine Frage hervorrief, überraschte ihn. Joanna musste sich die Tränen abwischen. »Ach, Danny«, brachte sie schließlich hervor, »lass das bloß nie meine Mum hören. Bei den Zeugen Jehovas tritt man nicht bei. Deine Mum ist *getauft* worden, sie ist nicht beigetreten.«

»Na, und? Dann ist sie eben getauft worden.« Er stieß das Wort hervor, als wäre es etwas Unanständiges. »Scheiß drauf.«

Der Kraftausdruck wirkte. Das Gelächter verstummte.

Spiro kippte den Rest aus seinem Glas hinunter. »Komm«, sagte er zu seiner Frau. »Zeit, schlafen zu gehen.«

Dann waren Dan und seine Mutter allein. Sie schenkte sich Whisky nach. Dan machte ihr ein Zeichen, dass er jetzt auch ein Glas wollte.

Er saß geduldig da und trank von Zeit zu Zeit einen Schluck. Seine Mutter schwieg lange. Es störte ihn nicht. Schweigen war etwas Vertrautes, er verstand es. Er wartete, horchte auf die Geräusche, die seine Cousine und ihr Mann oben machten.

Seine Mutter hatte ihr Glas ausgetrunken und schenkte sich noch einmal nach. Dann seufzte sie und fasste über den Tisch nach seiner Hand. »Das alles ist schwer zu verstehen, ich weiß, Schatz, aber ich hab mit euch dreien nie darüber geredet, weil ich meine Kinder vor dem ganzen verdammten Scheiß bewahren wollte.«

»Ich versteh nicht. Ist Joanna nicht bei den Zeugen Jehovas? Und Spiro auch nicht?«

»Deine Cousine Joanna ist nicht mehr dabei, sie ist schon vor langer Zeit ausgestiegen. Aber sie hatte sich auch nie taufen lassen. Das war meine Sünde, Dan: Ich habe Gott angenommen und mich dann wieder von ihm losgesagt. Deine Tante Bettina bringt ein großes Opfer damit, dass sie überhaupt mit mir redet, sogar wenn wir beide uns im selben Haus aufhalten.« Seine Mutter legte den Kopf zurück und trank ihr Glas aus. »Ich bin verflucht, Junge. Ich hab das Versprechen gebrochen, das ich Gott gegeben hatte. Das kann sie mir nicht verzeihen, selbst wenn sie wollte. Ihretwegen nicht, wegen unserer Eltern nicht. Ich bin für immer ausgestoßen.«

Sie forderte ihn mit einer Geste auf, ihr nachzuschenken. Er hätte sie bremsen müssen, er hätte dafür sorgen müssen, dass sie schlafen ging. Ihre Hand umklammerte seine noch immer, unangenehm klebrig. Ihre Scham brannte durch ihre Haut hindurch.

So vieles hätte er ihr gern erzählt. Von Carlo und vom Gefängnis, davon, wie vertraut ihm Schande und Scham waren, davon, wie schwer es war, aus der Erde hervorzukommen und wieder zum Himmel aufzublicken. Es gab so vieles, was er ihr gern erzählt hätte, aber er wusste noch nicht, wie. Er brauchte das Schweigen, er musste erst wieder lernen, Worte zu verwenden, auf Worte zu vertrauen, damit er seine Wahrheit aussprechen konnte, ohne zu stocken, ohne zu verstummen. Er konnte es nicht, noch nicht. Er musste auf das Schweigen zwischen ihnen und auf ihre Geduld bauen.

»Meinem Vater hab ich verziehen«, sagte sie mit ausdrucksloser Stimme, das Gesicht halb abgewandt, ihr Profil streng und starr und alt im Lampenlicht. »Ich hab ihm verziehen, bevor er gestorben ist. Aber meiner Mutter kann ich nicht verzeihen. Ich kann ihr einfach nicht verzeihen, dass sie geschwiegen hat, dass sie mich nie verteidigt hat, dass sie so schwach war, dass sie so verdammt schwach war. Dass sie nie eingegriffen hat.«

Also war Dan nicht der Erste, der sie im Stich gelassen, der sie verraten hatte.

»Trau nie den Selbstgerechten, Dan, egal wie überzeugend sie reden. Du bist nie gut genug, und wenn du dich noch so sehr anstrengst. Du bist nie vollkommen, und das verzeihen sie dir nicht.«

Sie blickte in ihr Glas und nahm noch einen tiefen Schluck. Etwas von dem Whisky rann ihr übers Kinn und tropfte auf ihr weißes Top. Ihre nächsten Worte gingen unter, sie sprach in ihren Whisky hinein, sodass Dan nichts verstand.

»Was hast du gesagt, Mum?«

Sie hielt das Glas ein Stück von ihrem Mund weg und flüsterte wie ein Kind: »Er macht mir Angst. Manchmal macht er mir Angst.«

»Wer?«

Ihre Augen suchten seine. »Neal. Dein Vater kann auch selbstgerecht sein – dann macht er mir Angst.« Sie ließ seine Hand los, hielt sich den Mund zu. »O Danny, entschuldige. Entschuldige.«

»Schon okay.«

Er rieb seine kalte Hand an seinem Hosenbein und streckte die Finger, damit das Blut wieder zirkulierte. Er nahm ihr das Glas ab, ignorierte ihren vorwurfsvollen Blick. »Es reicht Mum, du bist hundemüde und durcheinander. Du brauchst Schlaf.«

Sie hatte die Augen geschlossen. War sie eingeschlafen?

Erst formte er die Worte mit den Lippen, dann sprach er sie flüsternd aus: »Ich weiß, was du meinst.«

Unvermittelt öffnete sie die Augen. In ihrem Blick lag pure Dankbarkeit.

Er brachte seine Mutter zu Bett und machte dann das Zimmer ausfindig, in dem er schlafen sollte. Ein Mobile hing dort von der Decke, die Wände schmückten Poster von Footballspielern. Er zog sich aus und schlüpfte in das schmale Bett. Lange Zeit lag er da, blickte angestrengt ins Dunkel und versuchte, die Geräusche in dem fremden Haus zu entschlüsseln. Irgendwo in der Ferne ratterte leise ein Zug, über Fenster und Balken schrammten Zweige. Das Haus atmete nicht, es hieß ihn nicht willkommen, es wich ihm aus. Er knipste die Nachttischlampe an und holte Graham Greene aus seinem Rucksack. Das erste Tageslicht lugte durch die Jalousien, als er den Roman ausgelesen hatte, das erste Tageslicht berührte sein Gesicht, als er einschlief.

Spiro fuhr sie ins Krankenhaus. Dan saß auf dem Beifahrersitz, das Fenster war einen Spalt geöffnet. Die Luft war frisch. Die Farben Adelaides waren der kobaltblaue wolkenlose Himmel, die stahlgraue Rinde der Eukalyptusbäume, der verwitterte Sandstein der Häuser. Dan entsann sich nicht an die Stadt, und doch kamen ihm die Vororte bekannt vor, die Straßen, die Parks, die Bürogebäude – alles erinnerte ihn an die Wohnsiedlungen, die Stadtteile, die Einkaufszentren Melbournes. Vielleicht waren alle Städte miteinander verwandt, dachte er, vielleicht hatten alle Städte dieselbe DNA.

Sie stellten den Wagen ab, und Spiro führte sie durch die Eingangshalle, mit dem Aufzug in den zweiten Stock, vorbei an einem Aufenthaltsraum, dessen Jalousien hochgezogen waren, um die Sonne hereinzulassen. Alte Leute saßen dort im Kreis, einige im Rollstuhl, andere in ihrem Sessel zusammengesunken. Am Schwesternzimmer vorbei ging es durch einen leeren Speiseraum, in dem aus einem Radio Discomusik vergangener Zeiten plärrte. Sie bogen in einen Flur ein, und Joanna klopfte an die Tür mit der Nummer achtzehn.

»Ja?« Es war Bettinas Stimme, rauh und gebieterisch.

Spiro öffnete die Tür, und sie traten einer nach dem anderen ein, Dan und seine Mutter als Letzte, seine Hand auf ihrer Schulter.

Bettina saß am Kopfende des Bettes. Die alte Frau, die darin lag, erkannte niemanden, nicht einmal ihre Tochter. Es war Dans *Giagia*, ihr Kopf ein Totenschädel, Mund und Augen geöffnet, der Blick leer – fast schon ein Leichnam. Dan ekelte sich vor ihrem Anblick.

Zwei Männer in dem Raum wurden ihm als seine Onkel vorgestellt; auch ihre Frauen waren anwesend. Es waren die Brüder seiner Mutter, die Schwägerinnen seiner Mutter, aber sie würdigten sie keines Blickes. Sie nickten Dan zu und sagten guten Tag, doch er versuchte gar nicht erst, freundlich zu sein. Um seiner Mutter Kummer zu ersparen, gab er den Männern die Hand, aber sein Händedruck war so schlaff wie ihrer.

In einem Sessel in der Ecke saß Dennis, wieder in seinem AC/DC-Shirt, und zupfte mit gesenktem Kopf am Bezug der Armlehne. Als Dan zu ihm trat, bemerkte er das dichte Haar in seinem Nacken, das wie ein Fellüberzug im Ausschnitt des T-Shirts verschwand.

Die anderen hatten einen Halbkreis um das Fußende des Bettes gebildet, wie Publikum, das auf den Beginn eines Theaterstücks wartet, nur Dans Mutter hatte sich gegenüber ihrer ernst blickenden Schwester am Kopfende postiert. Sie beugte sich hinab und küsste die alte Frau auf die eingesunkene Wange. »Hi, Mum, wie geht's dir?«

Ihre Mutter sah blicklos vor sich hin. In der dicken blauen Vene an ihrem Handgelenk steckte eine Kanüle, in die aus einem Beutel über dem Bett eine klare Flüssigkeit tropfte.

»Sie weiß nicht, wer du bist.«

Dans Mutter beachtete Bettina nicht, sie sprach auf Griechisch leise zu der alten Frau, die nicht das leiseste Erkennen zeigte. »Komm her, Danny.« Sie winkte ihn heran. »Komm und sag deiner *Giagia* guten Tag.«

Der Heizkörper gab ein langsames, gleichmäßiges Ticken von sich. Der Raum war überheizt, und es roch penetrant nach Desinfektionsmitteln. Dan trat neben seiner Mutter an das Bett.

»Mama, das ist Danny. Dein Enkel.«

Als er auf sie hinabschaute, sah er, dass ihre Augen verschleiert waren, ein trüber silberner Film auf den Pupillen. Ihr Atem ging unregelmäßig und erschreckend schwach. Dan konnte kaum fassen, wie zart ihre Haut war, ein hauchdünnes Gewebe, das aussah, als könnte es bei der leisesten Berührung zerreißen. Die Haare waren ihr ausgefallen, und sie hatte auch keine Augenbrauen mehr. Da waren keine Muskeln, kein Fleisch, nur die Knochen zeichneten sich unter der unwirklichen Haut ab. Dan spürte intensiv, wie leicht ihr Körper wog und wie schwer die Angst im Raum lastete. Seine Mutter schluchzte. Er sah auf das erlöschende Leben hinab und empfand allenfalls ein wenig Mitleid, mehr nicht.

Bettina sagte in ihrem schroffen Ton etwas auf Griechisch. Dann zuckte sie die Schultern und sah Dan an. »Nimm's nicht persönlich. Uns erkennt sie auch nicht.«

»Ich nehm's nicht persönlich.« Ihre Worte stimmten ihn etwas milder, trotz ihres garstigen Benehmens seiner Mutter gegenüber, trotz ihrer unversöhnlichen Haltung. Anscheinend gingen sie davon aus, dass er zu ihnen gehörte, anscheinend wollten sie sogar, dass er zu dem gehörte, was sie waren. Doch als er so im Kreis seiner Verwandten am Bett seiner Großmutter stand, wusste er, dass er niemals zu dem gehören würde, was sie waren. Er dachte an den melodischen Glasgower Akzent seines Grandpas, an die stürmische, fürsorgliche Liebe seiner Nan. Er war wie sie: Sie lebten, sie waren Haut, Muskeln und Blut, sie waren reale Erinnerung und Vergangenheit. Sie waren Liebe. Für die alte Griechin empfand er so wenig wie für die trübsinnige Greisenrunde im Aufenthaltsraum: sinnloses Mitleid, mehr nicht.

Dennis erhob sich aus seinem Sessel, und Bettinas Kopf fuhr herum. »Wo willst du hin?«

Dan verstand nur die vier Silben von *Zigarette*, zu einem einzigen Stöhnen gedehnt und verzerrt.

»Aber komm dann gleich wieder«, sagte Bettina. »Du findest doch hierher zurück? Zimmer achtzehn.«

Dennis blickte über die anderen hinweg auf einen nur für ihn sichtbaren Punkt hoch oben an der Wand, der ihn zu faszinieren schien.

Dan sah die Fluchtmöglichkeit. Er nickte seinem Cousin zu. »Hey, Kumpel, ich komm mit.«

»Ra-rauchen?«

Dan hatte seine Jacke im Zimmer gelassen, und es wehte ein eisiger Wind, aber das kümmerte ihn nicht. Es tat gut, an der frischen Luft zu sein, heraus aus der künstlichen Hitze des Krankenzimmers, weg von den missbilligenden Blicken all der fremden Menschen.

Sein Cousin war ein gutes Stück größer als er, nichts als Muskeln, Stiernacken und breite Schultern. Er schien die Kälte und den peitschenden Wind nicht zu spüren, trotz der Gänsehaut an seinen Unterarmen. Wieder sagte er etwas.

»Bitte? Kannst du das bitte noch mal wiederholen?«, sagte Dan.

Es war der längste Satz, den er bisher von Dennis gehört hatte, aber er hatte kein Wort davon verstanden. Dennis rauchte seine Zigarette zu Ende und trat sie mit seinem Turnschuh aus. Wieder schien er etwas zu betrachten, was sich unsichtbar über Dans Kopf abspielte.

»D-du. Bis. A-a-also. Ma-ma-mein. Cou. Sin?«

Du bist also mein Cousin? »Ja, bin ich.«

»Un du bis aus Mel-mel-mel. Barn?«

Am liebsten hätte Dan ihn unterbrochen und den Satz für ihn vollendet, aber er hielt sich zurück. »Ja, warst du mal dort?«

Zum ersten Mal sah sein Cousin ihn an. Seine tief liegenden klaren Augen hatten die Farbe von nassem Granit, er hatte sich offensichtlich einmal das Nasenbein gebrochen, und an seiner linken Schläfe zog sich eine kleine Narbe bis unter das gewellte dunkle Haar.

»Ja.« Dennis atmete feucht aus und wappnete sich für den Kampf um die nächsten Wörter. »W-war nich sch-schön. Mel-babarn. Nein. W-war. War zu g-groß!«

»Ja, es ist eine große Stadt.«

»Ja.«

»Gehen wir wieder rein? Es ist eisig hier draußen.«

Dennis antwortete nicht. Er hatte den Blick wieder abgewandt, als hätte er Dan nicht gehört, als wäre Dan gar nicht da. »Ja-ja. S-sie. S-s-s-sterb.« Seine Worte, ein Mischmasch aus harten Konsonanten und verschliffenen Zischlauten, ergaben für Dan keinen Sinn.

»Sorry, Kumpel, das hab ich jetzt nicht verstanden.«

Dennis wischte sich ärgerlich den Speichel aus den Mundwinkeln. Sein Gesicht war gerötet, und er schien verlegen, als wäre er wütend auf Dan. »S-sie soll s-sterb. S-sterb. Soll end. S-soll e-endlich s-s-sterben.«

Seine harten Worte schockierten Dan, doch dann sah er, dass sein Cousin nur mit Mühe die Tränen zurückhielt. Er fragte sich, wie lange Dennis wohl schon in dieses Krankenhaus kam und mit ansah, wie die alte Frau immer weniger wurde. Wie lange er sie schon sterben sah. Für Dan war seine *Giagia* immer eine Fremde gewesen. Für Dennis aber war sie möglicherweise eine richtige Großmutter gewesen, hatte sich um ihn gekümmert, seine Windeln gewechselt, ihm Geschichten erzählt, ihn aufwachsen sehen. Vielleicht hatte sie ihn geliebt – und er sie.

»Tut mir echt leid, Kumpel.«

»I-i-ich ha-hasse das K-k-k-ranken. Haus.« Er stieß die Worte so heftig hervor, dass Spucke auf Dans Wange sprühte. »D-das Sch-sch-scheiß. K-k-k-ranken. Haus.«

Ich hasse es auch, dachte Danny. Ich fände es schrecklich, wenn ich jeden Tag hierherkommen und diese alte Frau sehen müsste, deren Seele sie längst verlassen hat, die nur noch Haut und Knochen ist. Was ihr widerfuhr, war kein Leben mehr. Ihr Leben war vorbei.

»Dennis«, sagte er, »wollen wir irgendwohin, du und ich? Lass uns einfach abhauen.«

Seine Mutter und seine Tante hatten sich nicht von ihren Plätzen links und rechts der sterbenden Frau weggerührt. Beide waren sichtlich überrascht, als Dan vorschlug, seinen Cousin nach Hause zu fahren. Einen Moment lang zögerte Dan. Seine Mutter wirkte so verloren, so zerbrechlich, und er wusste, dass er sie im Stich ließ, aber die Hitze, der Geruch und das Geflüster in einer Sprache, die er nicht verstand, erdrückten ihn, und als seine Tante Bettina ihm den Autoschlüssel gab, war er nur noch erleichtert.

»Komm, Dennis«, sagte er fröhlich und errötete dann wegen des durchsichtigen Manövers. Doch seine Mutter zwinkerte ihm zu, sodass er beruhigt gehen konnte. Er küsste sie zum Abschied und sah auf die alte Frau hinab, auf ihre leeren Augen. Seine Onkel und Tanten erwarteten, dass er seine Großmutter küsste, das wusste er. Aber er brachte es nicht über sich, sie zu berühren, es wäre gewesen, als würde er den Tod küssen.

Als er sich mit Dennis zum Gehen wandte, sagte seine Tante: »Aber lass Dennis nicht ans Steuer.«

Dennis konnte also Auto fahren. Oder hatte es einmal gekonnt.

Im Auto war sein Cousin guter Stimmung. Er redete nicht viel, zeigte nur auf die Straßen, in die Dan abbiegen musste, doch auf seinem Gesicht lag ein breites Grinsen. Er sah zum wolkenlos blauen Himmel auf. Sie fuhren an einem riesigen Park am Stadtrand entlang. Die Bäume verloren bereits ihr Laub, und ihre blaugrau gefleckten Äste ragten hoch in den Himmel.

Der Vorgarten vor Bettinas holzverschaltem kleinem Haus war verwildert, und auf der Veranda schlief eine seidig glänzende graue Katze. Sie öffnete ein Auge, als die beiden Männer vorbeigingen, dann rollte sie sich auf den Rücken, streckte sich und ließ sich schnurrend von Dennis den Bauch kraulen.

Der vordere Teil des Hauses war dunkel, der Flur winzig, doch die Küche hinten war ausgebaut worden, um Platz für einen langen Esstisch zu schaffen. Durch die großen Fenster sah man in einen kleinen, aber makellos gepflegten Garten. Dennis öffnete als Erstes den Kühlschrank, nahm eine Flasche Diätcola heraus und schenkte jedem ein Glas ein. Überall hingen Familienfotos: Dennis mit seiner Mutter, Dennis mit seinen Großeltern, und Dan erkannte auch eine schlanke junge Joanna. Fotos von seiner Mutter oder ihrer Familie fehlten hier ebenso wie in Jos Haus. Auch Dennis' Vater, wer immer er sein mochte, war auf keinem Bild zu sehen. Dan wusste kaum etwas über seinen Cousin. Dennis hievte seinen kompakten Körper auf den Drehsitz eines hohen Hockers, noch immer grinsend, den Blick noch immer nach oben gerichtet, durch das kleine Oberlicht in den Himmel. Plötzlich hörte er auf, sich zu drehen.

»M-m-magst du s-sehen. M-magst du mein-mein Z-Zimmer sehen?«

In einer Ecke stand Dennis' Bett, sonst sah das Zimmer eher aus wie ein Kraftraum: Überall lagen Hanteln und Gewichte, ein teuer aussehendes Rudergerät stand da und im rechten Winkel zu einem Ganzkörperspiegel eine Drückbank. Poster von Bodybuildern – Männern und Frauen – schmückten die Wände. Hier gab es nur zwei Fotos in schlichten schwarzen Rahmen über dem Bett. Eines zeigte Dennis als Teenager, im dunklen Anzug, einen Arm um seine Mutter gelegt, den anderen um seine Schwester. Auf dem zweiten Bild stand ein älterer Dennis in Lederkluft und mit einem Helm in der Hand neben einem Motorrad, an seiner Seite eine dunkelhäutige Frau, auch sie mit einem Helm in der Hand, die andere Hand in seiner. Dan stieg vorsichtig über die Hanteln hinweg, um sich die Aufnahme näher anzusehen.

Dennis hatte sich auf das Rudergerät gesetzt und glitt langsam vor und zurück. »Ma-ma-mama. Sie ha-ha-hasst. Ha-hasst das Fo-fo-fo. To. Fo. To.« Dennis' Blick war nach hoch oben gerichtet, auf die Welt jenseits der Zimmerdecke. Er grinste. Die Silben kamen noch immer stockend heraus, aber er schien dadurch nicht mehr belastet oder frustriert. »Da-da-das. Das w-war ich. V-v-or. Vor d-dem. Dem. Un. Un. F-fall.«

Dan sah sich das Bild, das attraktive knapp zwanzigjährige Paar noch einmal an.

»Gut hab ich ausgesehen, was?«

Allmählich gelang es Dan, die Silben, die sein Cousin so mühsam hervorstieß, miteinander zu verbinden, die Laute von dem Speichel zu trennen, der sich dabei in Dennis' Mund sammelte.

»Ja, ganz nett«, zog Dan ihn auf und zeigte auf die junge Frau. »Aber die Hübschere ist sie. Wie heißt sie?«

Als Antwort begann Dennis wie wild zu rudern. Dan setzte sich aufs Bett, schaute ihm zu. Nach wenigen Minuten war Dennis nass geschwitzt; der Schweiß lief ihm über Stirn und Nacken und klatschte seine Haare an. Dan wartete darauf, dass Dennis aufhörte, aber er ruderte weiter, warf sich vor und zurück, die Mechanik des Geräts summte und klackte und gab bei jedem Zug ein leises Pfeifen von sich. Dennis' T-Shirt klebte an seinem mächtigen Oberkörper. Und die ganze Zeit blickte er nach oben, als wollte er seinen Körper zum Abheben bringen, dachte Dan, als wünschte er sich, er könnte durch Putz, Balken und Dachziegel in den Himmel durchbrechen. Ein Klirren ertönte, als sein Fuß vom Pedal rutschte.

»Verdammte Scheiße!«

Das Rad drehte sich wie wild weiter, und Dennis brachte es mit einem Griff zum Stehen.

»Christine. Sie war meine Freundin.« Ein Spucken und Rumoren, ein Kampf in seinem Kehlkopf ging seinen Worten voran.

»Ist ihr bei dem Unfall was passiert?«

Dennis zitterte. »Nein, o Gott, nein. Sie ist einfach gegangen.« Er sah seinen Cousin an. »Hatte wohl genug davon, mit einem Behinderten rumzuhängen.«

Dan blinzelte, mit solcher Wucht traf ihn das Wort, so heftig stieß Dennis es hervor. »Vermisst du sie?«

Dennis' Blick schweifte wieder ab. »Nicht so wie mein Scheißmotorrad.«

Ein erstickter Laut aus Dennis' Mund beunruhigte Dan einen Moment lang. Sein Cousin schnappte gurgelnd nach Luft, und der Speichel rann ihm aus dem Mundwinkel. Aber seine Augen tanzten. Er lachte.

Dan sprang auf, griff sich den Autoschlüssel und warf ihn Dennis zu, der ihn mit einer anmutigen Bewegung auffing.

»Komm«, sagte Dan. »Wir fahren ein Stück.«

Dan und Dennis spielten auf der Playstation Mortal Kombat, als Bettina nach Hause kam. Es ärgerte sie sichtlich, dass die beiden Männer so gemütlich auf dem Sofa lümmelten, aber es freute sie auch. Dan gab seinem Cousin die Konsole und folgte ihr in die Küche, um ihr den Autoschlüssel zurückzugeben.

»Wir sind ein bisschen rumgefahren. Dennis hat mir West Beach gezeigt.«

»Das ist sein Lieblingsplatz in Adelaide«, sagte sie. »Er war schon immer gern am Wasser.« Sie stand in der Speisekammertür und inspizierte die Reihen der Konserven, um dann nach einer Thunfischdose und einer Packung Nudeln zu greifen. »Isst du mit uns?«

»Nein, danke. Ich sollte mit Mum essen.«

Bettina seufzte. Dan konnte nicht erkennen, ob sie enttäuscht oder erleichtert war.

»Auf dem Weg zum Strand hab ich Dennis ein Stück fahren lassen.«

Sie kam mit finsterer Miene auf ihn zu und knallte Dose und Nudeln auf die Arbeitsplatte. Sie ist zum Fürchten, dachte Dan. Kein Wunder, dass seine Mum solche Angst vor ihr hatte. Sie war eine Furie.

»Was hab ich denn gesagt? Ist dir klar, was da hätte passieren können? Wie konntest du nur!«

Dan suchte fieberhaft nach Worten, um ihr zu erklären, dass Dennis nur auf einer einsamen unbefestigten Straße nahe dem Strand gefahren war, dass dort weit und breit keine anderen Autos unterwegs gewesen waren, dass Dennis ein guter Fahrer war. Aber die Worte wollten nicht kommen, und er bezweifelte auch, dass sie bei dieser rachsüchtigen, wütenden Frau etwas bewirkt hätten. Er war der Sohn seiner Mutter – ihre zornfunkelnden Augen verrieten, dass sie bereit war, ihn genauso zu hassen wie ihre eigene Schwester.

»Mama, alles okay, das war nicht gefährlich. Es waren auch nur ein paar Minuten auf einer leeren Straße. Ich wollte es, und es hat Spaß gemacht. Gib nicht Danny die Schuld.«

Bis Dennis die Sätze herausgebracht hatte, war Dans Angst geschwunden und die Wut seiner Tante verraucht. Dennis schien erschöpft von der Anstrengung.

»Ich fahr Danny jetzt zu Jo«, sagte Bettina besänftigt. »Möchtest du mitkommen?«

Dennis wandte den Blick nicht von der Decke, und Dan musste dem Drang widerstehen, ebenfalls hochzuschauen.

»Wollen wir uns morgen noch mal treffen?«

»Ja«, sagte Dan, ohne zu zögern. »Ja, das wär schön.«

Dennis nickte zu Bettina hin. »Nein, ich bleib hier und spiel auf der Playstation.«

Dan klopfte auf seine Gesäßtasche und holte sein Handy hervor. »Wie ist deine Nummer, Kumpel?«

Dennis nannte die Nummer, Dan tippte sie ein, und Bettina wiederholte jede einzelne Ziffer.

»Schon gut, Mama, Danny versteht mich.«

Bettina verstummte, und Dan speicherte die Nummer. Dann schrieb er eine kurze SMS und schickte sie ab. Techno tönte blechern aus Dennis' Hosentasche.

»Alles bestens.«

Alles bestens.

Bettina sagte nicht viel während der Fahrt, erst kurz, bevor sie bei Joanna und Spiro ankamen, fragte sie: »Arbeitest du mit Behinderten, Danny?«

Er schüttelte den Kopf.

»Du machst das wirklich gut mit deinem Cousin. Du kannst zuhören, und du hast Geduld. Danke, dass du dich heute mit ihm beschäftigt hast. Er hat das richtig genossen.«

Du musst dich nicht bedanken, hätte er gern gesagt. Und hör auf, ihn wie ein Baby zu behandeln. Er will das nicht, er findet es schrecklich, dass du ihn wie ein Kind behandelst und nicht wie einen Mann. Aber er wusste nicht, wie er es formulieren sollte, ohne sie zu kränken. Und er war verunsichert: Aus Loyalität mit seiner Familie musste er sie als Feindin betrachten – er wollte und konnte ihr nicht verzeihen, wie weh sie seiner Mutter getan hatte –, aber andererseits wollte er nichts mit dieser Feindschaft zu tun haben. *Du machst das wirklich gut mit deinem Cousin.* Er war ihr dankbar für diese Worte. So lange hatte ihm niemand mehr gesagt, dass er etwas gut machte. Dass er zu irgendetwas gut war.

Seine Mutter war allein im Haus, sie stand in der Küche und schnitt Hähnchenbrust in Scheiben. Auf der Arbeitsplatte standen zwei Einkaufstüten. Sie trug ein tristes dunkles Top und Schlabberhosen, und sie hatte noch immer kein Make-up aufgelegt. Sie sah fremd aus, nicht wie seine Mutter – Dan glaubte, eine Ähnlichkeit zwischen ihr und Bettina zu erkennen, und um den Mund herum auch zwischen ihr und Dennis.

»Ich bin so froh, dass du kommst«, sagte sie. »Ich mach was zu essen für heute Abend, zum Dank, dass wir bei Jo wohnen können. Wie lief's mit Dennis?«

»Super. Ich mag ihn richtig gern.«

»Scheint ein netter Kerl zu sein.«

Dan setzte sich. »Was ist mit ihm passiert?«

»Er hatte einen Motorradunfall, mit neunzehn. Das Motorrad hatte er noch nicht lange. Sie dachten, er stirbt, fast vier Monate hat er im Koma gelegen.« Seine Mutter schüttelte den Kopf. »Es war furchtbar – für Bettina muss es der Horror gewesen sein.«

»Wann hast du das erfahren?«

»Erst vor ein paar Jahren.« Sie lächelte wehmütig und resigniert. »Falls du's noch nicht gemerkt hast: Wir reden nicht viel miteinander, deine Tante und ich.«

»Was ist mit seinem Vater?«

»Der ist schon lange tot. Krebs. Soweit ich weiß, war es ein langsamer, qualvoller Tod. Deine Tante hat wirklich viel gelitten.«

»Deswegen muss sie dich noch lange nicht so mies behandeln.«

Seine Mutter zuckte die Schultern, wischte sich die Hände an einer Schürze ab und begann, einen Zweig Zitronengras zu klopfen. Sie wollte offensichtlich nicht darüber reden, nicht an Bettina denken.

Dans Handy vibrierte. Eine SMS von Dennis: *Hoffe Mum ist dir nicht auf den Sack gegangen.*

Alles cool, schrieb Dan zurück und steckte das Handy wieder ein.

»Möchtest du heute Nachmittag mit mir ins Krankenhaus?«

Dan konnte nicht fassen, dass sie noch einmal dorthin mussten. Seine Großmutter vegetierte doch nur noch dahin. Sie würde gar nicht merken, ob sie da waren oder nicht. »Wenn du willst.«

»Danke für alles, Schatz.« Seine Mutter nahm eine kleine Packung Chilis aus der Einkaufstüte und begann einen davon kleinzuschneiden.

»Hoffentlich mögen Jo und Spiro asiatisches Essen«, sagte sie. »Ich kann hier keinen Wok finden.«

Nicht das Asiatische war ein Problem für Joanna und Spiro, sondern das Fleisch. Die beiden kamen am Nachmittag nach Hause, als Dan und seine Mutter gerade wieder ins Krankenhaus wollten.

»Jo«, sagte Dans Mutter fröhlich, »ich hab uns was zu essen gemacht. Es ist in der Kasserolle, wir können es heute Abend aufwärmen.«

Joanna biss sich auf die Unterlippe und sagte etwas auf Griechisch.

Dans Mutter machte ein langes Gesicht. »Oh«, sagte sie nur, »daran hab ich nicht gedacht.«

»Wo ist das Problem?«, fragte Dan.

Joanna kratzte sich sichtlich verlegen am Ohr. »Nächste Woche ist unser Osterfest, und Spiro und ich fasten. Wir dürfen kein Fleisch essen.«

Dan sah seine Mutter an. »Ist das irgend so was Komisches von den Zeugen Jehovas?«

Spiro musste lachen. »Nein, nein! Das ist was Orthodoxes – deine Tante und ich sind orthodoxe Christen, und bei uns ist Ostern nicht diese Woche, sondern erst nächste.«

»Ah.« Dan marschierte zum Herd und häufte zwei Teller voll, setzte sich an den Tisch und winkte seine Mutter heran. »Wir essen jetzt«, verkündete er. »Ich hab noch nicht zu Mittag gegessen, ich bin am Verhungern.«

Er machte sich über das Essen her, kostete jeden Bissen, jede Gewürzexplosion im Mund aus. Er kaute langsam, holte so viel Geschmack und Genuss heraus wie irgend möglich. Er aß mit Appetit und mit einer Loyalität, die ihn als den Sohn seiner Mutter auswies.

Nur Dan, seine Mutter und seine sterbende Großmutter befanden sich in dem Krankenzimmer. Seine Mutter hatte sich nicht gesetzt, sie stand am Kopfende des Bettes und hielt die schlaffe, vogelknochige Hand der alten Frau.

Dan saß im Sessel und blätterte in einer Ausgabe von *Woman's Day* – Gesichter, die er nicht kannte, Gesichter, die nicht existierten, wenn man keinen Fernseher hatte. Einmal kam eine Krankenschwester mit einem Rollwagen herein und lächelte aufmunternd. Mit einem weichen pazifischen Akzent fragte sie, ob mit Antonia alles in Ordnung sei, schlug die Decke zurück und tauschte den Katheterbeutel aus. »Braucht Antonia irgendetwas?« Antonia ist mehr tot als lebendig, dachte Dan gehässig, Antonia ist nur noch ein Fleischklumpen. Doch er lächelte der Schwester zu und betrachtete ihr Hinterteil, das unter dem festen weißen Stoff ihrer Tracht hin und her schwang, als sie den Rollwagen hinausschob.

Ab und zu sagte seine Mutter etwas auf Griechisch. Es klang wie eine alte Sprache, fand Dan, es klang viel altertümlicher als Englisch.

Um acht weckte ihn ein Räuspern. Die Krankenschwester steckte den Kopf durch die Tür und sagte in entschuldigendem Ton, dass die Besuchszeit vorbei sei. Dan sprang auf, doch seine Mutter rührte sich nicht, wollte die Hand seiner Großmutter nicht loslassen. Die Schwester ging zu ihr und tätschelte ihr sanft den Arm. »Zeit zu gehen, meine Liebe«, sagte sie leise. »Sie können sie ja morgen wiedersehen.«

»O Gott, ich will nicht zu Jo und Spiro zurück. Ich will keinen mehr von dieser beschissenen Familie sehen, nicht mal die Guten. Ich will nur noch mit dir zusammen sein.« Seine Mutter hatte den Zündschlüssel ins Schloss gesteckt, ihre Hand lag auf der Handbremse.

»Wir müssen ja nicht zurück«, sagte er.

Dan wusste, was seine Mutter wollte. Ihr Verlangen strömte durch ihre Adern, und ihr Blut und ihr Verlangen strömten auch durch seine Adern. Sie wollten beide dasselbe.

»Gehen wir was trinken?«

Erst war es nur ein leichtes Kräuseln ihrer Mundwinkel, dann eine Falte, eine Furche, die ihre leuchtenden Augen erreichte. Ein Lächeln übergoss das Gesicht seiner Mutter und fand seinen Weg zu ihm.

»Spiro hätte bestimmt gern was von dem Wokgericht gegessen.«

Dans Mutter brach in heftiges Gekicher aus. »Der arme Kerl, scheint ein ziemliches Weichei zu sein, was? Das ist das Problem: Griechische Männer sind in der Ehe entweder totale Machos, oder sie stehen unter dem Pantoffel. Mach, was du willst, Dan, aber lass dich bloß nie mit einer Griechin ein. Das sind richtige Biester.«

Dan betrachtete einen älteren Mann an der Bar. Er hatte kurz geschorene, sonnengebleichte Haare und die wettergegerbte, an Hals und Unterarmen gebräunte Haut des Farmers. Er machte ein finsteres Gesicht, doch sein Groll schien sich gegen niemanden und nichts im Raum zu richten. Er ist betrunken, dachte Dan, noch ein paar Gläser mehr, und er sucht Streit. Er sah ganz anders aus als Dennis – klein, unsportlich, Schmerbauch und wabbelige Arme –, aber irgendetwas an der Art, wie er dort saß, der Art, wie er in die Ferne blickte, erinnerte Dan an seinen Cousin.

Dans Mutter rührte mit dem Strohhalm in ihrem Gin Tonic. »Noch eine Nacht in dieser Stadt halte ich nicht aus«, sagte sie. »Das ist so bedrückend hier.«

Dan trank einen Wodka Tonic, ein geruchloser Drink, der auch nach nichts schmeckte. Das Zitronenmark hatte sich am Boden des Glases abgesetzt. Dan hatte noch kaum daran genippt. Seine Mutter hatte ihr Glas schon fast ausgetrunken.

»Auf der Fahrt hierher hatte ich fest vor zu bleiben, bis sie stirbt. Ich wollte ihr und den anderen zeigen, dass ich eine gute Tochter bin. Ich wollte dir sagen, du sollst den Wagen nehmen und allein nach Melbourne zurückfahren, während ich mich hier um sie kümmere. Ich wollte bleiben, bis sie stirbt.« Sie machte eine genervte Handbewegung. »Aber jetzt will ich das nicht mehr. Ich will nach Hause, ich will in meinem eigenen Haus sein, ich will deinen Vater küssen und mit ihm schlafen, ich will Theo umarmen, ich will alte Platten hören und Make-up auflegen und mich schön machen und zu toller Musik tanzen, und ich will lachen: Ich will tanzen und lachen und ficken.«

Sie schüttelte den Kopf. »Bei meinen Eltern hat nie Musik gespielt, da wurde nie gelacht. Kein Wunder, dass ich so schnell wie möglich weg wollte. Kein Wunder, verdammt noch mal.«

Sie war bei ihrem dritten Gin Tonic. Jetzt wird sie trübsinnig, dachte Dan.

Doch dann hellte sich ihre Miene auf. »Ich erinnere mich noch, wie ich zum allerersten Mal getanzt habe. In dem Friseursalon, in dem ich meine Lehre gemacht habe, war ein Mädchen, das jeden Freitagabend zu einem Tanzkurs in einem Studio in die Rundle Mall ging. Sie hat mich immer wieder eingeladen mitzukommen, und ich hab immer wieder abgelehnt, aber einmal bin ich dann mit.« Seine Mutter trommelte mit den Fingern auf den Tisch. »Wie hieß sie noch gleich?« Sie knallte ihr Glas auf den Tisch. »Renee! Stimmt, Renee hieß sie. Sie hat mich also mit zum Tanzen genommen, und es war das Schönste, was ich je erlebt hatte. Die Musik, die Schritte, die Kleider, die strahlenden Gesichter – so ein Strahlen hatte ich noch nie gesehen. Ich hab an dem Freitag dort getanzt, und am nächsten Freitag bin ich wieder hin und am übernächsten auch. Und an dem dritten Freitag ist mein Vater mir nachgegangen und hat mich nach Hause geschleift, hat mich buchstäblich an den Haaren durch die ganze Stadt und durch den Park nach Mile End gezerrt. Und geschlagen hat er mich, und wir hatten einen Riesenkrach, und ich hab meinen Eltern gesagt, dass ich nie mehr in die Versammlung gehe, dass ich auch nie mehr predigen gehe. Ich hab ihnen gesagt, dass Gott nicht in ihrem Scheiß-Königreichssaal ist, ich hab gesagt, dass Gott in der Musik ist und im Tanzen. Ich hab ihnen gesagt, dass ich nicht mehr an ihren Gott glaube. Da haben sie mich rausgeschmissen. Mit einem kleinen Koffer und einem Paar Stiefel unterm Arm bin ich gegangen.«

Die Erinnerung ließ sie stocken, und die Melancholie kehrte auf ihr Gesicht zurück. »Lustigerweise war es genau so, wie mein Vater immer gesagt hatte: ›Ihr Aussiekinder wisst gar nicht, wie gut ihr's habt. Schaut euch um, was ihr alles habt. Ich selber bin nur mit einem Koffer und einem Paar Schuhe in der Hand in dieses Land gekommen. Mehr hatte ich nicht.‹« Ihre Augen waren nass, als sie den Blick auf Dan richtete. »Ach, zum Teufel mit ihm. Ich weiß jedenfalls, wie das ist. Ich hab's am eigenen Leib erfahren.«

Dan rieb sich das Gesicht, kratzte fast daran. Er verstand nicht ganz, was seine Mutter damit sagen wollte, glaubte etwas überhört zu haben. »Und dann wollten sie dich nie mehr wiedersehen? Nur weil du nicht mehr an Gott geglaubt hast?«

Seine Mutter seufzte. »Vielleicht war das eine Ausrede, vielleicht hatten sie schon länger nach einem Grund gesucht, mich an die Luft zu setzen. Ich war ihnen zu großmäulig, zu eigensinnig, zu unabhängig. Ich hab damals schon ihre idiotischen Regeln infrage gestellt. Als ich deinen Vater kennengelernt habe, war ich schon ein paar Jahre weg von zu Hause und hab in dieser Kneipe in Broken Hill gearbeitet. Ich war härter geworden, Junge, mir blieb gar nichts anderes übrig.«

Seine Mum sah sich in dem Pub um, als merkte sie erst jetzt, dass auch noch andere Gäste da waren, dass auch noch andere Leben gelebt wurden. »Dein Vater hat mit dem Glauben nichts am Hut. Er versteht ihn nicht. Mein alter Herr, meine Mum – man kann viel über sie sagen, aber scheinheilig waren sie nicht. Nein, die haben wirklich geglaubt, dass ich aus ihrer Gemeinschaft ausgestoßen bin.«

Sie trank ihren Gin Tonic aus und warf einen wehmütigen Blick auf das leere Glas. »Noch einen? Ist das okay?«

»Klar. Ich hol ihn.« Er ging an die Bar und bestellte noch einen Gin, nahm aber auch ein großes Glas Wasser für seine Mutter mit.

Kaum saß er wieder am Tisch, ließ sie einen neuen Wortschwall vom Stapel. »Ich will denen wohl immer noch beweisen, dass ich ein guter Mensch bin, dass ich kein Monster bin – schrecklich ist das. Nur darum ging's, als ich mir vorgestellt habe, ich würde bei ihr bleiben, bis sie stirbt. Es ging gar nicht um sie, es ging darum, Bettina und meinen Idioten von Brüdern was zu beweisen. Aber wozu? Sie können mir nicht verzeihen, sie müssen mit Gott im

Reinen sein. Wieso sollte mich das kratzen? Ich hab tolle Kinder, ich hab einen wunderbaren Mann, ich hab ein gutes Leben. Was will ich also beweisen?«

Und plötzlich begriff Dan: Sie wissen, dass ich im Gefängnis war, sie wissen, was ich getan habe. Deswegen wollte sie, dass ich mitkomme und nicht Regan oder Theo – um ihnen zu beweisen, dass ich ein guter Mensch bin, um ihnen zu zeigen, dass *ich* kein Monster bin.

»Ist mir scheißegal, was die denken. Das ist nicht meine Familie.«

Seine Mutter schrak zurück, und sofort bereute er seine scharfen Worte. Er hatte nicht so hart sein wollen, sie sollte nur wissen, dass in dieser fremden Stadt nur sie und er zählten, niemand sonst. Worte, dachte er, Worte sind trügerisch. Wieder dachte er an Dennis: Es spielte keine Rolle, wie verstümmelt die Silben, wie gequält die Laute herauskamen. Dennis sagte, was er dachte, zwangsläufig – um die Dinge herumzureden, hätte zu viel Energie gekostet. Dennis war ehrlich.

»Mum«, sagte er und nahm sein Handy. »Ich geh mal aufs Klo.«

Er schrieb Dennis eine SMS: *Mum und ich sind im Torrens Arms. Magst du dazukommen?* Er schickte die Nachricht ab, wartete. Dennis kann gar nicht kommen, dachte er, seine Mutter behandelt ihn wie ein Baby, sie wird ihn nicht weglassen. Und wie soll er hierherkommen? Darf er überhaupt Alkohol trinken? Gerade als Dan die Toilettentür öffnete, vibrierte das Handy in seiner Tasche.

»Dennis kommt«, sagte er, als er sich wieder zu seiner Mutter setzte.

»Echt?« Und dann argwöhnisch: »Allein?«

»Ich nehm's an.«

»Gut. Ein netter Junge.«

Er ist ein Mann. Er ist erwachsen. »Ist er nicht in meinem Alter?«

»Zwei Jahre älter.« Seine Mutter sah sich in der Kneipe um, betrachtete den niedergeschlagenen Mann an der Bar, die gelangweilte Bedienung, die auf die Zigarettenpackung in ihrer Schürzentasche klopfte, die drei stämmigen Männer, die sich in einer Ecke lautstark unterhielten und Witze rissen, auf ihrem Tisch ein Wald von leeren Gläsern. Sie rümpfte die Nase, als sei ihr das alles zuwider. »Ich hab erst lange nach seiner Geburt von ihm erfahren. Erst nachdem du auf die Welt gekommen warst. Da hab ich zu Hause angerufen, um ihnen zu sagen, dass sie einen Enkel haben. Mein alter Herr war am Telefon. Und weißt du, was er gesagt hat? Ich hab schon einen Enkel, hat er gesagt, ich will deinen nicht. Ich hab Bettinas Sohn, ich hab Dionysos.«

Zu seiner Überraschung warf sie den Kopf zurück, fing an zu kichern und bog sich schließlich vor Lachen. »Mein Gott, was für ein harter alter Knochen.« Sie wischte sich die Tränen aus den Augen. »Der letzte der alten Patriarchen, das muss man ihm lassen.« Sie hob ihr Glas. »Trinken wir darauf. Trinken wir auf das Aussterben der alten Garde. Auf dass wir solche Arschlöcher wie ihn nie wieder sehen.«

Sie trank ihr Glas in einem Zug aus, knallte es auf den Tisch und erhob sich schwankend. »Dennis kommt, da holen wir uns noch was.«

Dan griff nach ihrer Hand und zeigte auf das Glas Wasser. »Erst trinkst du das!«, befahl er.

Sie schien überrascht, setzte sich aber gehorsam wieder hin und trank aus dem Glas.

»Was hat *Giagia* gesagt, als du ihr von mir erzählt hast?«

»Ich hab gar nicht mit ihr gesprochen, der alte Mistkerl hat mich nicht gelassen. Sie hat mir nur so eine blöde Karte geschickt, ein Storch war drauf, mit einem blauen Ballon im Schnabel. Und es stand nicht mal was dabei – sie hatte kaum Schulbildung, ich weiß, aber noch nicht mal mein Name? Nur diese dämliche Karte mit fünfzig Dollar drin.« Sie zeigte verschmitzt auf Dan. »Das waren vier Wochen Windeln für dich. So ist meine Mutter, so war sie.« Sie verbesserte sich leise: »So *ist* sie.«

Der verschrumpelte Kadaver, das maskenhafte Gesicht, die leeren Augen. Dan hatte keinerlei Gefühl dafür, wer diese Frau einmal gewesen war. Er sah nur das Fleisch ihres sterbenden Körpers und ihren Schatten in seiner Erinnerung, ein Geist schon jetzt, überschattet von der unbändigen Vitalität ihres Mannes.

»Wie war sie eigentlich, Mum?«

Er glaubte, sie würde gar nicht antworten. Die Minuten verstrichen, und seine Mutter hatte sich tief in sich selbst zurückgezogen, hatte vergessen, dass er da war.

»Verängstigt«, sagte sie endlich. »Sie hatte Angst, sie hatte immer nur Angst. Die ganze Zeit ist sie hinter uns hergelaufen und hat gesagt, wir sollen still sein, wir sollen den alten Herrn nicht stören. Sie hatte kein bisschen Mumm in den Knochen.« Dan war erstaunt, wie nüchtern und unemotional sie sprach. »Sie war eine ängstliche Glucke, das ist mein Bild von ihr. Zu Hause hab ich sie nie lächeln sehen, nur beim Predigen. Das hat sie geliebt – sonntagmorgens aufzustehen, uns beiden unsere Predigtsachen anzuziehen und mit mir loszugehen; ich musste ja für sie sprechen. Da hab ich sie glücklich gesehen, sonst nie.«

Dan wollte mehr wissen. Das alles schloss nicht die Lücken, erfüllte das Bündel aus Fleisch, Knochen und Haut in dem Krankenhausbett nicht mit Blut, Leben und Bewegung.

»Vielleicht«, sagte er vorsichtig, »hatte sie mehr Mumm, als du denkst. Immerhin ist sie ausgewandert. Ich meine, da hat sie doch was riskiert.«

Noch bevor er geendet hatte, schüttelte seine Mutter schon den Kopf. »Nein, Danny. Auch da nicht. Ihr Bruder, mein *Theo* Arthur, hat ihr die Überfahrt finanziert. Sie hatten nicht das Geld, um sie in Griechenland zu verheiraten, also haben sie sie hierhergebracht. Nicht mal das war ihre eigene Entscheidung.« Ihre Stimme belebte sich. »Es ist diese Passivität, die ich so schlimm finde. Ihre Passivität hat mich wütend gemacht, so wütend wie ich auf deinen Dad nie war. Fuck!«

Ihr Ausbruch erschreckte Dan.

»Fuck, fuck, fuck, fuck, fuck! Es war ein vergeudetes Leben, Danny. Sie hat ihr Leben in Angst vergeudet.«

Verzeih ihr, dachte Dan, geh morgen zu ihr und flüstere ihr das ins Ohr. Er stellte sich Verzeihen wie Fliegen vor, stellte sich vor, dass man dadurch emporgehoben wurde. Er stellte es sich wie einen Adler vor, einen silbernen Blitz am Himmel, wie reines Licht.

»Ich hab einen Entschluss gefasst.«

»Du bist betrunken«, sagte er. »Du bist vielleicht nicht in der besten Verfassung für Entschlüsse.«

Doch seine Mutter tat den Einwand mit einer Handbewegung ab. »Doch, bin ich wohl, verdammt. Hör zu, Danny. Wir fahren morgen wieder los, zurück nach Melbourne. Und ich setz dich bei dir ab – ich möchte so gern deine Wohnung sehen, Schatz, es ist nicht in Ordnung, dass ich deine Wohnung nicht kenne.« Sie verschliff die Worte ein wenig, sprach aber ruhig und wohlüberlegt. »Anschließend fahr ich nach Hause, zu deinem Dad und Theo. Ich sag ihnen, wie lieb ich sie hab, und dann nehm ich meine CDs und fahr rauf an die Küste zu meiner Tochter. Ich dürfte gar nicht hier sein, Dan, ich müsste bei Regan sein, ich muss rauskriegen, wie's ihr geht, was sie mir zu sagen hat, das Gute und das Schlechte. Ich weiß ja gar nicht, was sie will, was sie mit ihrem Leben anfangen will. Ich weiß gar nicht, wer sie ist. Aber das muss ich wissen, das muss ich unbedingt wissen.«

Was will ich mit meinem Leben anfangen? Er war vor dieser Frage geflohen. Er war nicht in den Norden gegangen, er hatte Melbourne nicht verlassen, und doch war er vor dieser Frage davongelaufen. *Was konnte er anfangen? Wozu taugte er?*

Er nahm die Hand seiner Mutter. »Klingt nach einem verdammt guten Plan.«

Sie sah über seine Schulter, zog ihre Hand weg und winkte.

Dennis stand in der Tür. Dan hatte erwartet, dass sein Cousin wie üblich in seinem AC/DC-Shirt, in Trainingshose und Turnschuhen erscheinen würde, aber er trug ein gebügeltes schwarzes Hemd, dunkle Jeans und glänzende schwarze Slipper.

Dennis lächelte ihnen zu und setzte sich neben Dan.

»Was möchtest du trinken, Dennis?«, fragte Dans Mutter. »Die Runde geht auf mich.«

»Ein Bier.«

Dan übersetzte nicht. Seine Mutter würde schon verstehen.

»Wie bist du hergekommen?«

»Meine Mum hat mich gebracht.«

Dans Mutter schlug die Hände vor den Mund. »Oh, entschuldige, Dennis, bestimmt will sie nicht, dass du in eine Kneipe gehst.«

»Schon okay, *Thea* Stephanie, ich wollte hierher, ich hab ihr gesagt, dass ich hierher will.«

Dans Mutter trank nur noch ein Glas, dann mahnte Dan zum Aufbruch. Alles war dunkel bei Joanna und Spiro, alle schliefen.

»Ich bring noch Dennis nach Hause«, sagte Dan zu seiner Mutter. »Dauert nicht lange.«

Im Auto sah er seinen Cousin an. »Lass uns nach West Beach fahren – hast du Lust?«

Dennis nickte enthusiastisch. Und dann, als Dan gerade den Motor anlassen wollte, fragte er: »Sag mal, ist dir Danny lieber oder Dan?«

»Dan.«

Dennis' Frage machte ihn ein wenig zum Freund.

In West Beach donnerten die Wellen auf den Strand, der Mond war hinter dichten Wolken verschwunden, das Meer ein Wogen schwarzer und grauer Schatten. Sie setzten sich nebeneinander, lauschten dem Tosen der Brandung.

»Mir fehlen die Mädchen«, sagte Dennis unvermittelt. Die Silben stürzten im Rhythmus der Brecher hervor. »Ich hab schon so lange nicht mehr gefickt. Mir fehlen die Mädchen. Mir fehlen ihre Küsse, ihre Titten, der Geschmack ihrer Pussy.« Dennis sah zur nächtlichen Himmelskuppel auf, in Gedanken scheinbar weit weg, doch Dan fühlte, wie nah sie einander waren, das Gespräch eine Berührung voller Wärme. »Weißt du, was ich meine?«

Dan glaubte, sein Herz würde stehenbleiben, als er zum Ozean hin sprach wie Dennis zuvor zum Himmel: »Ja, Kumpel, das weiß ich. Ich hab auch viel zu lange nicht mehr gefickt. Aber mir fehlen die Jungs, Dennis, mir fehlen ihre Eier, ihre Umarmung, mir fehlt das Gefühl, wenn sich ihr Schwanz an meinen drückt.«

Stille trat ein, trotz der tobenden See. Sie saßen Seite an Seite, verfolgten das Kommen und Gehen der Wellen.

»Komm«, sagte Dennis schließlich, »lass uns schwimmen.«

Dan sagte ihm nicht, dass er nicht schwimmen konnte, nicht schwimmen wollte. »Nein, ich schau dir zu.« Und er schaute zu, als sein Cousin sich bis auf die Unterhose auszog und in die Wellen patschte.

Als Dennis wieder herauskam, trocknete er sich mit seinem Unterhemd die Beine ab.

»Komm«, sagte Dan, »gehen wir.«

Dennis sah zu den Sternen auf und schüttelte den Kopf. »Ich kenne einen Laden in Richmond, den gibt's bestimmt noch. Da sind hauptsächlich Mädchen, aber ein paar Jungs arbeiten auch dort, hab ich gehört, für Leute, die auf so was stehen.«

Und dann schaute ihn Dennis gerade an, seine Augen glänzten, und ein verschmitztes Lächeln spielte um seinen Mund. Dan sah ihn fragend an.

»Steh auf, du blöde Schwuchtel. Wir schieben eine Nummer.«

Als Dan seinen Cousin absetzte, sagte er leise: »Ich muss nach Hause, Kumpel. Wir fahren morgen früh nach Melbourne zurück.«

Dennis antwortete nicht. Doch bevor er ausstieg, beugte er sich zu Dan herüber und umarmte ihn, schloss ihn fest in die Arme, drückte ihn. Es war eine kraftvolle Umarmung; Worte waren überflüssig. Als sie sich endlich voneinander lösten, war Dans Gesicht feucht vom Schweiß seines Cousins.

Dan und seine Mutter schauten noch einmal im Krankenhaus vorbei, ehe sie sich auf den Weg machten. Die samoanische Krankenschwester war wieder da. Dan sah ihr Namensschild – sie hieß Naomi. Sie wusch seiner Großmutter die Arme.

»Kann ich das machen?«

Naomi gab ihm den Schwamm. Dan nahm die Hand der alten Frau. Er konnte nicht fassen, wie leicht sie war, wie ein vom Baum gefallener Zweig. Vorsichtig wusch er ihren rechten Arm, reinigte Achselhöhlen und Schultern, dann drückte er den Schwamm über der Nierenschale aus und führte ihn sanft über den Hals seiner Großmutter.

Seine Mutter weinte. »Er hat gute Hände«, sagte die Schwester zu ihr. Dan drückte den Schwamm noch einmal aus und sah Naomi fragend an.

»Schon gut, Lieber«, sagte sie leise und nahm ihm den Schwamm ab. »Den Rest mach ich selbst.«

Es hatte sich gut angefühlt, seine Großmutter zu waschen, es hatte sich irgendwie richtig angefühlt. Doch als er einen letzten Kuss auf die papierne Haut drückte, empfand er nichts. Weil da nichts war.

Sein Handy summte, während er mit seiner Mutter das Krankenhaus verließ. Eine SMS von Dennis: *Gute Fahrt. ICH MEIN'S ERNST! D.* Er musste lächeln.

In Dimboola machten sie Rast, aßen Sandwiches und tranken Kaffee. Seine Mutter lief rasch über die Straße, um eine Zeitung zu kaufen. Als sie aus dem Laden kam, weinte sie.

»Was hast du?« Er dachte an den Irakkrieg, dachte an irgendeine Aktion von Amerikanern oder Briten im Irak. Aber er irrte sich.

»Nina Simone ist gestorben«, antwortete sie mit zittriger Stimme. »Es ist albern, ich weiß, aber ich bin in dem Laden glatt in Tränen ausgebrochen, als ich's gelesen habe. Du weißt ja, wie ich Nina Simone verehre.«

Wieder im Auto, kramte sie im Handschuhfach. CDs, Stifte und Zettel fielen heraus, landeten zu ihren Füßen. Sie fand die gesuchte CD und drehte die Lautstärke hoch. Während der ganzen Fahrt zurück nach Melbourne sangen sie mit zu »Mississippi Goddam«, »Feeling Good«, »Obeah Woman«, »I Want a Little Sugar in My Bowl«. Während der ganzen Fahrt zurück nach Melbourne sangen sie Nina Simone.

Dan sehnte sich danach, allein in seiner Wohnung zu sein, auf dem Sofa zu sitzen, aus dem Fenster zu schauen und die Welt draußen zu beobachten, ohne sie zu sehen. Doch als seine Mutter mit hinein wollte, konnte er nicht nein sagen.

»Schöne Wohnung.« Sie öffnete die Küchenschränke und schaute in den Kühlschrank. »Ich besorg dir ein paar Töpfe und Pfannen.« Sie duldete keinen Widerspruch. »Wenn ich aus dem Norden zurück bin, komm ich mal mit deinem Dad vorbei. Wir schulden dir ein Einweihungsgeschenk.«

Sie sah sich ein letztes Mal um. »Die Wände sind zu kahl, Danny. Du brauchst was für die Wände. Da.« Sie zeigte auf die Fläche über einem Bücherregal, das er aus Brettern und Backsteinen zusammengebaut hatte. »Ich hab ein Poster von Irma Thomas, das wär perfekt dafür.« Sie wirbelte herum. »Ich hab auch einen Matisse-Druck, der würde sich da drüben gut machen.«

Sie umarmte ihn lange, bevor sie ging, hielt ihn so fest, dass er sich vorbeugen musste, dass seine Schultern schmerzten. »Danke, danke, danke, Danny«, sagte sie. Endlich ließ sie ihn los.

Er konnte nicht anders: Er seufzte erleichtert auf, als sie gegangen war.

Die Sonne ging unter, indigofarbene und goldene, scharlachrote und blutrote Streifen zogen sich über den Himmel. Er saß da, gerade aufgerichtet, die Hände auf den Schenkeln, und schaute, ohne zu sehen, lauschte seinem Atem. Nach und nach drangen die Geräusche aus den anderen Wohnungen in sein Bewusstsein. Die alte Frau drehte ihre Wasserhähne auf, die Kinder sahen fern. Lange Zeit saß er so und genoss das Glück, allein zu sein, bis es ganz dunkel war und er vor Kälte zu zittern begann. Er holte einen

Pullover aus dem Schlafzimmer und machte Licht. Dann lauschte er wieder seinem Atem und wartete darauf, dass ihn Wärme durchströmte, wartete auf den Balsam des Alleinseins.

Er atmete ein, er atmete aus.

Was sollte er tun?

Er nahm sein Handy. Die Liste seiner Kontakte war kurz: sein Grandpa und seine Nan, seine Eltern, sein Bewährungshelfer Leon, die Supermarkt-Nummern. Er scrollte zu Dennis' Nummer und schickte ihm eine SMS. *Gut angekommen.* Er hielt inne und schrieb dann schnell noch: *Und falls du mal nach Melbourne kommst, Kumpel, du kannst jederzeit bei mir übernachten. Mein Haus ist dein Haus.*

Das war gigantisch. Das war absolut gigantisch. Die anderen sind nicht mal in meine Nähe gekommen, ich lag drei, vier, vielleicht sogar fünf Längen in Führung. Kelly, Kelly!, brüllt Taylor – ich höre seine Stimme aus dem Jubel und den Sprechchören in der Halle heraus. Die ganze Schule steht auf den Bänken, trampelt mit den Füßen, ich kann es nicht sehen, aber Hören ist besser als Sehen, Hören gibt mir das Gefühl, als würde ich alles von hoch oben sehen. Ich kann hinunterschauen und die Jungen von den anderen Schulen dort unten sitzen sehen, stumm und missmutig, aber die von meiner Schule, alle, von den kleinen Hosenscheißern aus der Siebten bis hin zu den Zwölftklässlern, die einen sonst keines Blickes würdigen, alle trampeln auf den Bänken herum, brüllen aus vollem Hals unser Schullied, keiner hat die Hände in den Taschen. Ich habe das Spektakel hier dominiert, ich habe Schwimmer, die drei Jahre älter sind als ich, haushoch geschlagen. Ich habe in zwei Wettkämpfen den Schulrekord gebrochen.

Ich spüre es in dem Augenblick, als das Kältezittern einsetzt, als ich anfange zu schlottern, als die Schinderei der vergangenen Minuten in meinem Blut, in meinem Bauch zu blubbern beginnt, ich spüre es, ich weiß es. Ich kann der Beste sein. Das war gigantisch. Ich kann der *Beste* sein.

Ich höre Martin Taylor. Kelly, Kelly!, ruft er immer wieder. Ich höre seine Stimme, sie steigt höher und höher, zu mir herauf. Ich bin in der Sonne, ich bin höher, weiter – jenseits der Sonne.

Die Säure beginnt allmählich an meinem Körper zu nagen, lässt meine Muskeln verkrampfen, schnürt sie ab. Ich bin wieder im Wasser, das Rufen und Trampeln verstummt. Ich stoße mich tiefer ins Wasser, ich strecke die Arme, stoße mich wieder hoch, spüre, wie meine Muskeln sich zusammenziehen. Die Krämpfe schneiden mir ins Fleisch, und meine Zähne klappern so stark, als würden sie gleich zerspringen.

»Ausschwimmen«, kommandiert der Trainer. Er steht am Beckenrand, der Bauch riesig, aber straff wie das Fell einer Trommel, die Arme verschränkt. Er blickt ernst.

»Ich hab's geschafft, Trainer.« Ich bringe die Worte kaum heraus, meine Zähne sind Eissplitter. Ich kann kaum sprechen.

»Ausschwimmen, Kelly, sofort!« Er lächelt nicht, er gratuliert mir nicht, er sagt nicht: Gut gemacht. Aber das muss er auch nicht, er weiß, wie gut ich war. Er legt mir ein Handtuch um die Schultern, als ich aus dem Wasser komme, mehr tut er nicht, mehr muss er nicht tun. Meine Beine schwanken, als wären sie gar nicht an meinem Rumpf festgemacht, als wären sie nicht mit mir verbunden. Er wickelt mich in das Handtuch, stützt mich, nur einen Moment lang, nur eine Hand in meinem Kreuz.

Mehr braucht er nicht zu tun. Er ist stolz auf mich, er ist so verdammt stolz auf mich. Aber er denkt nur an eines: Die Säure, die mein Körper ausgeschüttet hat, muss gestoppt werden, damit mir nicht schlecht wird, die Säure, die in meine Adern, mein Blut, meinen Bauch, meinen Kopf dringt.

»Los, los«, beharrt er, »ab ins Ausschwimmbecken. Sofort!«

Es ist schmerzhaft, es ist wie Fieber – das Schwimmen hat Gift in meinen Körper gepumpt. Aber so weiß ich auch, wie hart ich gearbeitet habe. So weiß ich, dass es die Sache wert ist.

Im Bus zur Schule sitze ich hinten zwischen Taylor und Wilco. Ich rede nicht viel, ich schaue geradeaus. Die Siebtklässler drehen sich zu mir um, sehen mich an, tuscheln über mich. Pass auf, dass du nicht eingebildet rüberkommst, sage ich zu mir selbst. So wird es sein, wenn du bei den Commonwealth Games gewinnst, wenn du bei den Olympischen Spielen 2000 eine Medaille holst. Ich werde dabei sein, das weiß ich jetzt, das weiß ich seit heute, ich werde dabei sein. Heb jetzt nicht ab, bleib cool. *Alle* werden dann tuscheln, *alle* werden sich mein Bild in der Zeitung, mein Rennen im Fernsehen ansehen, alle werden mich ansehen, werden über mich reden, jeder Einzelne im Land. Das ist die Zukunft, ich weiß es, ich sehe sie vor mir. Sie ist mir geschenkt worden.

Ein paar Plätze vor uns streiten sich zwei Achtklässler. Der eine hat eine wilde Mähne in der Farbe von Ahornsirup. Er knufft den anderen, einen kleinen, blassen Blonden, der das Wettkampfprogramm in der Hand hält und sich immer wieder zu uns umdreht, um dann schnell den Blick abzuwenden. »Nein, das geht doch nicht«, höre ich ihn sagen. Der Zottelkopf stößt ihm den Ellenbogen in die Seite. »Los, mach schon.«

Der kleine Blonde steht auf und kommt auf uns zu, das Programm fest umklammert, müht sich, in dem schwankenden Bus das Gleichgewicht zu halten. Sein Gesicht nimmt alle Schattierungen von Rot und Rosa an. Vor lauter Angst quiekt er förmlich: »Entschuldige, Kelly, kannst du mein Programm signieren?«

Vor lauter Angst zittert er. Ringsum wird gelacht. Ich lache nicht, Taylor und Wilco auch nicht. Der Kleine errötet noch tiefer. Er hält mir das Programm hin, und ich nehme es.

»Hast du was zu schreiben?«

Er kann nicht sprechen. Vor lauter Ehrfurcht kann er nicht mit mir sprechen. Er schüttelt nur dümmlich den Kopf, scheint verwirrt, als sei die Frage zu hoch für ihn, als hätte er sie nicht verstanden.

»Ich hab was«, ruft der Zottelkopf, als sei es das Wichtigste auf der Welt, ein Autogramm von mir zu bekommen.

Sie wollen ein Autogramm *von mir, ein Autogramm von mir.*

»Ich hab was!«, ruft er noch einmal und stürzt zu seinem Freund, doch da fährt der Bus um eine scharfe Kurve, und er landet bei zwei Kindern vor uns auf dem Schoß. Auch er läuft rot an, und sein Mund geht wie ein Fischmaul auf und zu, auf und zu.

Der dünne Blonde schnappt sich den Stift und gibt ihn mir.

»Wie heißt du?«

Die Antwort ist ein hohes Quieken, das ich nicht verstehe.

»Bitte?«

»Byron!«, brüllt er.

Und ich schreibe *Für Byron* oben auf das Programm, dann halte ich inne und denke: Wie groß muss so eine Unterschrift sein? Taylor und Wilco schauen mir gespannt über die Schultern. Zu groß darf sie nicht sein, denke ich, sonst wirkt sie angeberisch, zu klein darf sie auch nicht sein, sonst sieht sie albern aus, und so kritzle ich sie hin – sie ist groß, ohne dass ich es wollte, sie ist riesig –, und ich unterschreibe mit *Daniel Kelly*. Das werde ich sein, mit diesem Namen werde ich unterschreiben, so wird man mich kennen. Nicht Danny, nicht Danny, der Grieche, nicht Dino. Ich werde Daniel sein, Daniel Kelly.

»Gib her.« Taylor reißt mir das Programm aus der Hand, und ich denke: Du darfst nicht unterschreiben, dein Autogramm wollen sie nicht, du bist nur Vierter geworden, Kumpel, mickriger Vierter, aber Taylor schreibt nicht seinen Namen, er schreibt mit sehr akkuraten Großbuchstaben unter meinen Nachnamen: ALIAS BARRAKUDA. Dann gibt er dem Jungen das Programm zurück.

Das Gesicht des Kleinen ist immer noch gerötet, aber er freut sich, meine Unterschrift ist Gold wert, sie bedeutet etwas. »Danke«, quiekt er und geht an seinen Platz zurück, doch er und der Zottelkopf drehen sich immer wieder zu uns um und tuscheln miteinander.

Taylor lehnt sich zu mir herüber. »Du bist ein Held, Kelly«, flüstert er.

»Halt's Maul!« Ich boxe ihn in den Arm. Ich kann gar nicht wieder aufhören zu grinsen.

Am Abend bin ich kaum zur Tür herein, da will Theo auf meinen Schultern reiten. Ich gebe ihm das Band und den Pokal – er richtet in seinem Zimmer eigens ein Regal für meine Pokale und Siegerbänder ein. Ich laufe mit meinem kleinen Bruder auf den Schultern durchs Haus, und er singt: »Danny ist der Champion, Danny ist der Champion!«

Mum sagt: »Gratuliere, mein Junge«, und umarmt mich, lässt mich gar nicht wieder los. Regan ist sprachlos, aber der Stolz in ihren Augen ist so gut wie eine Medaille, so gut wie jeder Pokal, ihre Augen leuchten heller als ein Sonnenstrahl auf Metall.

Und sogar Dad, der seit drei Tagen zu Hause ist, der so müde ist, dass er kaum noch aus dem Pyjama herauskommt, dass er die ganze Zeit nur Rock 'n' Roll hört und auf dem Sofa liest, sogar Dad sagt: »Gut gemacht, Dan, ich bin stolz auf dich.« Er sagt es. Er ist stolz auf mich.

Ich bin ein Champion.

Jedenfalls bis zum Abendessen. Ich schaufle mir das Essen hinein, ich rede wie ein Wasserfall, ich erzähle, dass der Trainer mich, Taylor, Scooter und Wilco zum Essen eingeladen hat, dass es dort die beste Pizza der Welt geben wird, dass der Trainer uns genau sagen wird, welche Wettkämpfe als nächste anstehen und wen wir schlagen müssen und was Swimming Australia tut und wer Geld hineinsteckt und wen wir uns ansehen müssen und wen wir beeindrucken müssen. Ich habe mein erstes Autogramm gegeben, und morgen Abend feiern wir beim Trainer. Ich bin so aufgedreht, dass ich gleichzeitig esse und rede, dass mir vor lauter Hast das Essen aus dem Mund spritzt. Und dann merke ich, dass keiner etwas sagt.

Dad schiebt seinen Teller weg. »Morgen Abend feiern wir Theos Geburtstag.«

Nur langsam dringt es zu mir durch. Morgen Abend feiern wir Theos Geburtstag, wir gehen mit ihm bowlen. Er hat schon die Mannschaften eingeteilt: Mum, Dad und Regan gegen Theo und mich.

Ich sehe zu meinem kleinen Bruder hinüber. Er schiebt seine Gabel auf dem Teller hin und her, schaut mich nicht an. Ich fühle mich beschissen, aber ich weiß, dass ich nicht mitgehen werde.

Ich weiß, dass ich zum Trainer gehen werde, ich muss beim Trainer sein. Das habe ich verdient. Verdirb mir das nicht, Theo, denke ich, bitte, verdirb mir das nicht.

»Du kommst mit uns.« Nicht Dad hat es gesagt, sondern Mum. Ich kann nicht fassen, dass *Mum* es gesagt hat.

»Tut mir leid«, beginne ich. »Ich hätte dran denken müssen, ich weiß …«

»Danny *muss* beim Trainer Pizza essen, er *muss* da hin.« Theo hat es hervorgestoßen, Theo sieht Mum und Dad böse an.

»Nein, Theo, du hast Geburtstag, und er geht mit uns bowlen und anschließend essen.«

»Nein!«, schreit Theo so laut, dass wir erschrecken. Theo war noch nie aufsässig, er rastet nie aus. Aber jetzt schlägt er mit der Faust auf den Tisch. Teller hüpfen, Wasser schwappt über. »Ich will nicht zu dem Scheißbowling, ich will nicht!« Und mein kleiner Bruder weint, er weint richtig, man könnte meinen, es zerreißt ihn innerlich. Es ist ein Sturm, der uns alle erfasst, ein Weinen, das wehtut, wenn man es hört. Mum ist zu ihm gestürzt, will ihn in die Arme nehmen, aber er lässt sich nicht in die Arme nehmen, er hört nicht auf zu weinen. »Ich will da nicht hin, ich will nicht!«

»Theo«, sagt Dad scharf. »Hör auf, Theo! Wir gehen am Sonntagabend, ja? Dan kann morgen zum Pizzaessen und am Sonntag gehen wir bowlen. Die ganze Familie.« Die letzten drei Wörter richten sich an mich, sie treffen mich wie Schläge.

Theo kann nicht aufhören zu schluchzen, er versucht es, aber nachdem er einmal angefangen hat, kann er nicht wieder aufhören, doch er lässt sich von Mum in den Arm nehmen, und er nickt, und der Rotz läuft ihm aus der Nase.

Und ich denke, meine erste Goldmedaille bekommt er. Ich schwöre mir, dass Theo meine erste Goldmedaille bekommt.

Mum wendet sich Dad zu. »Musst du nicht am Montagmorgen nach Sydney?«, wendet sie ein.

Er zuckt die Schultern. »Doch, aber das ist schon in Ordnung.«

»Okay, abgemacht«, sagt Mum. »Dann gehen wir am Sonntag bowlen.«

Bevor ich mich schlafen lege, schaue ich in Theos Zimmer. Seine Nachttischlampe brennt, aber er schläft, die linke Hand fest um einen Gegenstand geschlossen. Es ist das Band, es ist mein Siegerband.

»Meine erste Goldmedaille bekommst du«, flüstere ich ihm zu, »das verspreche ich dir, Kumpel.« Es ist ein gutes Gefühl, dieses Gelübde abzulegen. »Theo«, wiederhole ich leise, »meine erste Goldmedaille bekommst du.«

Australia Day, 2006

Es war ein Fehler gewesen, ans Meer zu fahren, mit Demet und Margarita wegzufahren. Dan trat aus der Dusche, nahm das klamme Handtuch und rubbelte sich kräftig ab, als hätte das heiße Wasser noch nicht genügt, um sich von dem Sand zwischen seinen Zehen, in den Beinhaaren, in seiner Arschfalte zu befreien. Er trocknete sich ab, zog seine Unterhose an und schüttelte sein T-Shirt aus. Feine Sandkörner rieselten auf die nassen Fliesen. Dieser Scheißsand, überall dieser Scheißsand. Dan atmete ein und hielt den Atem an.

Clyde rauchte auf dem Balkon eine Zigarette. Er sah nicht auf, als Dan die Glastür aufschob und sich neben ihn setzte. Die Sonne sank als lodernder Feuerball in das tintendunkle Wasser.

»Toll, was?«

Dan atmete aus. Er registrierte das Einlenken in Clydes Worten.

»Ja, schön ist das.«

»Wenn ich am Meer bin, weiß ich wieder, warum ich in diesem Land lebe.« Clyde drückte seine Zigarette aus und lächelte Dan an. »Nur schade, dass hier alles voll von Scheißaustraliern ist.«

Sollte er lachen? Er sollte lachen.

Doch Clyde war ernst, sein Blick forschend. Dan musste die Augen abwenden.

»Ich versteh das nicht, Kumpel. Warum kannst du nicht schwimmen?«

Sie waren an einem herrlichen Morgen aufgewacht. Die Sonne schien durch die Ritzen der Fensterläden, Lichtstrahlen stahlen sich in ihren Schlaf. Dan war als Erster aufgestanden. Clyde regte sich, drehte sich um und schlief weiter. Am Abend zuvor war es kühl gewesen, doch der Morgen hatte die Kälte vertrieben. Es war noch nicht einmal acht, aber schon jetzt erfüllte eine sanfte Wärme die Wohnung. Dan hatte gerade kochendes Wasser in die Cafetière gefüllt, als Clyde gähnend aus dem Schlafzimmer gewankt kam. Der rostrote Flaum auf seinem Oberkörper, der dichte kupferfarbene Busch, der sich um seinen Schwanz und seine Eier kräuselte, vom Licht golden gefärbt – ein heftiges Verlangen ließ Dan erschauern, drängend wie Hunger.

Das war es, was ihn an diesen Mann band. Der aufgebrühte Kaffee wurde kalt, während Clyde ihn auf dem Boden fickte, wild und schonungslos, sein Körper über Dans Körper gebreitet. Hinterher, als Dan aus der Toilette kam, stand Clyde, noch nackt, auf dem Balkon und sah aufs Meer und den Ort Lorne hinaus. Dan widerstand dem Impuls, ihn zurechtzuweisen, ihm zu sagen, er solle sich verdammt noch mal etwas anziehen. Stattdessen kippte er den kalten Kaffee ins Spülbecken und setzte neues Wasser auf. Er hörte, wie Clyde Margarita oder Demet auf dem Balkon nebenan begrüßte. Und dann: »Zieh dir verdammt noch mal was an, Mann.« Es war Demet. »Danke«, flüsterte Dan mit zusammengebissenen Zähnen.

»Komm, Kumpel. Komm ins Wasser.«

Er hatte in seinem Buch gelesen, hatte nur ab und zu aufgeblickt, um seinem Lover und den beiden Mädchen im Wasser zuzuschauen. Sie waren ein Stück aus dem Ort hinausgefahren und hatten eine kleine Bucht entdeckt, die man nur über einen steilen, felsigen Pfad durch eine Schlucht erreichte. Den Strand an einer Flussmündung jenseits der Felsen hatten andere bereits mit Beschlag belegt, die versteckte Bucht hatten sie zum Glück für sich allein. Dan genoss den Tag in vollen Zügen, die Sonne brannte auf ihn herab, die Worte in dem Buch flossen in sein Bewusstsein und flossen wieder daraus ab. Er las Salman Rushdies *Mitternachtskinder*, und in der friedlichen Ruhe des Vormittags drang der Text über die Teilung Indiens, über Vertreibung und Exil nur mühsam zu ihm durch, sodass er manche Sätze und Absätze ein zweites Mal lesen musste. Das träge, lustvolle Verweilen an einem sommerlichen Strand in Australien negierte die Worte. Schließlich legte er sich das Buch aufs Gesicht, um seine Augen vor der gleißenden Sonne zu schützen. Da fiel Clydes Schatten auf ihn.

»Komm, Kumpel, komm ins Wasser.«

Dan blinzelte unter dem Buch hervor.

»Nein, lass mal. Ich find's schön, einfach hier zu sitzen.«

»Sei kein Idiot, Mann, es ist fantastisch da draußen. Komm!« Clyde streckte ihm die Hand hin, wartete.

»Nein, mir geht's gut hier.«

»Komm schon.« Es klang jetzt nicht mehr bittend, es klang gereizt.

»Ich hab gesagt, mir geht's gut.«

»Jetzt komm schon.«

»Ich. Will. Nicht. Verdammt.«

»Lass ihn, Clyde. Du weißt doch, dass er nicht gern schwimmt.«

Obwohl die Sonne ihn blendete, sah Dan, dass sich Clydes Miene bei Demets Worten veränderte, dass er sich versteifte. Sie hatte das Falsche gesagt, es suggerierte einen Besitzanspruch, den Clyde nicht würde verzeihen können. Sie hatte das Falsche gesagt, aber für Clyde wäre alles, was sie sagte, das Falsche gewesen.

Clyde lief zurück in die Brandung.

Demet breitete ihr Handtuch neben Dan aus und ließ sich darauf fallen. »Alles okay bei dir?«, fragte sie und schnippte ihm Wasser auf den nackten Arm.

»Ja, klar.«

»Und zwischen dir und Clyde?« Sie hatte ganz beiläufig gefragt, doch er war sofort auf Habacht. Er war vorsichtig, wenn er mit Demet über Clyde sprach, und auch, wenn Clyde ihn nach

Demet fragte. »Bei mir ist alles okay und zwischen Clyde und mir auch.« Er nahm sein Buch und las den letzten Absatz noch einmal, aber die Worte sperrten sich.

»Cool.« Demet sah aufs Wasser hinaus, wo Margarita und Clyde einander nassspritzten und untertauchten. »Sie genießt das hier. Sie mag Clyde wirklich, die beiden haben Spaß zusammen.«

Zuneigung und Wärme lagen in der Art, wie Demet von ihrer Freundin sprach. Zwischen Dan und Clyde gab es diese Leichtigkeit nicht, nur den wilden Rausch der Lust. Leichtigkeit und Wärme stellten sich erst ein, wenn ihre Körper ermattet waren, wenn die Glut des Orgasmus erloschen war. Erst dann, wenn überhaupt, war Licht zwischen ihnen.

Dan ermahnte sich, nett zu sein. Er hatte sich vorgenommen, an diesem Wochenende nett zu sein, liebevoll mit Clyde umzugehen.

Am Nachmittag, in dem Café an der Esplanade, hatte Clyde gelacht und gescherzt, er hatte mit Margarita geblödelt und sogar Demet gegenüber einen freundlich-spöttischen Ton angeschlagen. Die mürrische Miene der blutjungen Bedienung mit dem Nasenring und den rosa Strähnen im Haar hatte sich sichtlich aufgehellt, als sie Clydes Akzent hörte. Später, als Clyde zum Bezahlen nach vorn ging, hatte Dan ihn mit der Kassiererin schäkern sehen. Aber mit ihm hatte Clyde seit der Szene am Strand kein Wort mehr geredet.

Er wusste nicht, wie er die Frage »Warum kannst du nicht schwimmen?« beantworten sollte. Eine ehrliche Antwort wäre darauf hinausgelaufen, Clyde zu sagen, dass er ihn überhaupt nicht kenne. Sie hätte bedeutet, dass er sich seinem Lover restlos hätte offenbaren müssen. Ein unvorstellbares Risiko.

Er atmete aus und schlug einen beiläufigen Ton an: »Ich hab dir doch gesagt, dass ich als Jugendlicher fast jeden Tag vier Stunden in der Scheißschwimmhalle trainiert habe. Ich hab für den Rest meines Lebens genug vom Schwimmen.«

Clydes Finger verharrten über seinem Tabaksbeutel, es juckte ihn, sich eine Zigarette zu drehen, doch dann schob er den Beutel weg. »Und es fehlt dir wirklich nicht?«

»Scheiße noch mal, ich hab's gehasst, verstehst du? Ich hab das Schwimmen gehasst!«

Clyde seufzte laut.

Dan schaute zu, wie sich die Sonne in den Schlund des Meeres ergoss, und blickte auf den langsam fließenden Verkehr auf der Esplanade hinab. Nur BMWs, Volvos und wuchtige Geländewagen fuhren unten vorüber. Er und Clyde hätten nicht herkommen, hätten die Einladung nicht annehmen dürfen. Der Ozean war prachtvoll hier, das kälteste Blau der Welt, es war spektakulär, wie das Meer emporstieg und die grünen Hügel küsste – aber er hatte kein Recht, hier zu sein. Es war die Welt der Jungen aus der Schule, ihnen gehörte dieser Küstenstreifen. In dieser Welt war der andere Danny nur Gast gewesen, der Danny, den Clyde nie gekannt hatte, nie kennenlernen durfte. Sie hätten nicht herkommen dürfen.

Der Gedanke, jemandem aus dieser Welt zu begegnen, wurde zu einem Kloß im Hals, der ihn zu ersticken drohte. Sie sind nicht hier, sagte er sich krampfhaft. Bestimmt sind sie in Europa oder an teuren Urlaubsorten in Asien. In der Touristensaison ist es ihnen hier bestimmt zu voll, zu plebejisch.

Er schluckte und konnte wieder atmen.

»Alles okay?« Clyde schien besorgt.

»Fick mich.« Es klang wie ein Appell.

Die beiden Männer fickten wie Tiere. Dan, das Gesicht in den billigen, rauhen Acrylteppich gedrückt, zwang sich, das grün-gelbe Blumenmuster im Kopf nachzuzeichnen, er durfte an nichts anderes denken, aber die Linien verschwammen, weil seine Zähne so heftig gegeneinanderknirschten, dass er glaubte, sie würden zerspringen. Er konnte jedoch den Mund nicht öffnen, sonst hätte ihn der schneidende Schmerz des Stauchens und Reißens in seinen Eingeweiden aufheulen lassen. Er glaubte zu bersten. Schau auf das Muster, konzentrier dich darauf, nur darauf, dachte er und malträtierte seine Zähne, sagte zu sich selbst: Nicht scheißen, nicht scheißen, während Clyde wie rasend in ihn stieß. Es war wild und brutal, und schon nach wenigen Minuten brüllte Clyde so machtvoll und glückselig auf, dass Dan sich endlich entspannen konnte. Clyde zuckte krampfhaft, er ächzte, als er kam, fiel auf ihn. Das Zimmer war vom Tag her noch der reinste Backofen, sodass es wie ein Furz klang, wenn nasse Haut auf nasse Haut traf. Dan schob Clyde von sich herunter, kniete sich mit gespreizten Beinen über ihn, bearbeitete nur sekundenlang heftig seinen Schwanz, jagte fieberhaft jenen kurzen Moment des Lichts, dann landeten drei Spermaspritzer auf Clydes Brust und Hals.

Die Männer lagen nebeneinander auf dem Boden. Dans Haut brannte von dem Teppich. Er strich über die feuchten Haarbüschel auf Clydes Brust und Bauch, schnippte antrocknendes Sperma von seinem Kruzifix. Ihrer beider Atem ging langsamer, driftete auseinander. Das Rauschen der Brandung und das leise Brummen des Verkehrs traten wieder in Dans Bewusstsein. Er streifte das Kondom von Clydes Schwanz, stand auf und ging ins Bad. Er warf das glitschige Gummi in die Toilette, setzte sich dann und gönnte sich augenblicklich die Erlösung, nach der er sich gesehnt hatte, sobald Clydes Schwanz in ihn eingedrungen war: Die Scheiße, feucht und stinkend, glitt mühelos aus seinem Darm. Er roch das Essen vom Abend zuvor darin: Lamm, Knoblauch und Wein. Er spülte und ging ins Wohnzimmer zurück.

Clyde lag noch immer nackt auf dem Boden ausgestreckt. Er hob die Hand, inspizierte seine Finger, verzog angewidert den Mund. »Ich muss unbedingt duschen, ich komm mir vor wie ein räudiger Hund.« Er wischte seine Hand am Teppich ab und rümpfte voller Abscheu die Nase. »Deine Wichse«, stieß er scherzhaft hervor.

Dan konnte sich entspannen. Es hatte funktioniert. Clyde hatte das Wasser und seine Frage, warum Dan nicht schwimmen wollte, vergessen.

Dan sah noch einmal auf sein Handy. Es war fünf vor halb acht, und Clyde war immer noch im Bad. Um halb acht sollten sie sich nebenan mit den Mädchen treffen – sie würden sich verspäten. Dan verstand einfach nicht, weshalb Clyde nicht mit seiner Zeit klarkam. Es war doch so einfach – Zeit wurde in separaten Einheiten zugeteilt –, und es war logisch, der Tag bemaß sich nach Zeit. Wieso begriff Clyde das nicht? Wieder schaute Dan auf das Handy. Vier vor halb acht. Er konnte nicht anders: Er öffnete die Badezimmertür, um Clyde zu sagen, dass sie zu spät kommen würden, doch dann blieb er verblüfft stehen.

Clyde lächelte ihm im Spiegel zu. Er stand nackt da, in der Hand einen Rasierapparat, Brust, Bauch und Schambein rot und fleckig. Dan war wie vom Donner gerührt.

Clyde runzelte die Stirn. »Gefällt's dir nicht?« Er strich sich über die rasierte Brust. »Es wird höllisch jucken, ich weiß, aber ich wollte es schon immer mal probieren. Ich hab die Nase voll davon, dass mich den ganzen Tag der Sand kratzt. Gefällt's dir nicht?«

Eine Erinnerung, die Dan zurückdrängen musste, ein Scherz aus jener anderen Welt: Du siehst aus wie ein gehäutetes Kaninchen.

Dan wusste nicht, was er sagen sollte. Es war Clydes Gesicht, aber es war nicht sein Körper. Es war der Körper eines Jugendlichen, ein Blick in die Vergangenheit, in die Umkleideräume nach einem Wettkampf. Es war glatte weiße Haut. Es war Clydes Gesicht, aber es war Martins Körper.

Und zum ersten Mal durchfuhr ihn beim Anblick seines Lovers nicht wie ein gleißender Blitz die Lust. Es war, als würde er durch die Erde fallen, und zugleich war es wie Fliegen. Es war berauschend. War es Liebe?

Clyde sah wortlos zu, wie Dan eine Tube Feuchtigkeitscreme aus seinem Kulturbeutel hervorkramte. Beide schwiegen, während Dan sorgsam und liebevoll Clydes ganzen frisch rasierten Körper einrieb.

»Es wird noch tagelang jucken«, sagte er leise und schloss die Hände um Clydes Eier. »Aber du darfst nicht kratzen.«

Er fuhr fort, die lindernde Creme auf die Haut seines Partners aufzutragen. Dass Demet und Margarita warteten, hatte er vergessen. Die Zeit war angehalten worden, sie war bezwungen worden.

Margarita hatte einen Tisch in einem griechischen Restaurant an der Mole reserviert, am Ende der Terrasse, mit Blick aufs Meer. Eine junge Bedienung händigte ihnen schwungvoll die Speisekarten aus, nahm die Getränkebestellung auf und wollte gerade zu einem Vortrag über die Spezialitäten des Abends ansetzen, als Clyde die Hand hob. »Wir trinken erst was, dann entscheiden wir uns, was wir essen.« Aber er lächelte dabei charmant und milderte seinen schottischen Akzent durch einen besonders melodischen Tonfall ab. Es funktionierte, wie immer. Das Mädchen erwiderte sein Lächeln und schenkte allen Wasser ein.

Als sie ging, griff er sich eine Speisekarte und begann sich damit zu fächeln. »O Gott«, sagte er übertrieben abgehackt, »ist das eine Scheißhitze.«

Demet streckte ihm die Zunge heraus. »Das Wetter ist perfekt. Halt die Klappe, du wehleidige schottische Tunte.«

Eine ältere Frau am Nebentisch verzog indigniert das Gesicht und sagte etwas zu dem alten Mann, der ihr gegenübersaß. Er sah herüber, begegnete Dans Blick und schaute schnell wieder weg.

Seid nicht so laut, flucht nicht so viel, beschwor Dan seine Freunde im Stillen.

Die Getränke kamen, und Clyde hob sein Glas. »Na dann, frohen Australia Day.«

»Frohen Invasion Day, meinst du«, sagte Demet so laut, dass die beiden am Nebentisch es hören mussten. Sie wollte, dass alle ringsum es hörten, das wusste Dan.

»Frohen Invasion Day«, wiederholte Clyde, sie stießen an, und er konnte sich nicht verkneifen, noch hinzuzufügen: »Du bist also nicht allzu empört über den Feiertag?«

Ein Funkeln trat in Demets Augen, doch dann zuckte sie die Schultern und lachte leise. »Gut beobachtet, Scotsman«, sagte sie und trank von ihrem Champagner. »Ich bin eine Heuchlerin.«

Clydes Miene verdüsterte sich einen Moment lang. Es ärgerte ihn, wie sie das Wort *Scotsman* aussprach, mit der Betonung auf der zweiten Silbe. *Ich weiß nicht, wie sie das schafft*, hatte er sich einmal bei Dan beklagt, *aber es klingt jedes Mal wie eine Beleidigung.*

»Heuchelei ist unvermeidlich.«

Alle sahen Margarita an. Sie hielt sich ihr kühles Glas an die Wange.

»Wie meinst du das?«

Margarita berührte ihre Freundin am Arm. »Ich will hier kein Fass aufmachen, ich meine nur, dass ja kaum zu übersehen ist, was für Heuchler wir sind. Wir glauben doch alle an Aussöhnung, wir glauben an die Forderung der Aborigines nach Selbstbestimmung, wir glauben an soziale Gerechtigkeit. Und was machen wir? An dem Tag, der doch eigentlich daran erinnern sollte, dass man das Land seinen ursprünglichen Besitzern gestohlen hat, lassen wir's uns am teuersten Küstenstreifen Australiens gut gehen. Das war's schon.« Sie war anders als Demet, sie musste das nicht öffentlich verkünden. Sie hatte so leise gesprochen, dass man es nur am Tisch hörte.

»Ich meine«, fuhr sie noch leiser fort, als schämte sie sich für das, was sie sagen wollte, »lebt denn in dem beschissenen Ort hier auch nur ein einziger Aborigine?«

Clyde tätschelte ihr die Hand. »Mach dir deswegen keinen Kopf, Süße. Du hast hier die dunkelste Hautfarbe.« Er umfasste das Restaurant mit einer ausgreifenden Geste. »Die denken wahrscheinlich alle, *du* bist eine Aborigine.«

Demets Auflachen war ein Donnerschlag, der das Paar am Nebentisch zusammenzucken ließ. Doch das kümmerte Dan nicht. Er war jedes Mal froh, wenn Clyde etwas sagte, was Demet zum Lachen brachte. Ich kann mich entspannen, dachte er, als Clyde sich eine Zigarette anzündete. Es wird gut gehen.

Die Bedienung kam angelaufen und rief: »Entschuldigung, Sir, aber hier ist Rauchen verboten.«

»Wieso, wir sitzen doch im Freien«, schaltete Demet sich ein.

Die junge Frau machte ein ernstes Gesicht. »Ja, aber wir servieren hier Essen, deswegen darf bis elf nicht geraucht werden.« Sie zeigte auf einen wenige Meter entfernten Bootssteg. »Sie können dort rauchen, wenn Sie möchten. Sie müssen nur einen Abstand von mindestens neun Metern zum Essbereich einhalten.«

Dan hatte das Gefühl, als würden sie alle vier getadelt.

Demet hatte ihre Zigarettenpackung hervorgeholt. »Ich komm mit, Clyde.« Doch im Weggehen rief sie über die Schulter zurück: »Das ist doch ein griechisches Restaurant hier, verdammt noch mal!«

Die Bedienung schien gekränkt. »Okay. Sie bestellen das Essen, wenn die beiden zurück sind, ja?«, erklärte sie und machte auf dem Absatz kehrt.

Clyde betrank sich. Auf den ersten Gin Tonic folgte der zweite, nachdem Demet und er ihre Zigaretten geraucht hatten. Nicht dass Dan die Drinks gezählt hätte – er war froh, dass die beiden in ihrer Empörung über die Kleinlichkeit der Australier eine Gemeinsamkeit und etwas zu lachen gefunden hatten. Auch Margarita war sichtlich erleichtert, dass der Abend nicht wieder in einen Sparringskampf zwischen Demet und Clyde ausgeartet war. Dan kannte die Mantras seines Lovers. Clydes Analysen Australiens wurden immer bitterer und resignierter, je mehr sein Frust über das Land wuchs.

Und so hörte Dan nur zu, während Clyde alles aufzählte, was ihn an den Australiern nervte und verwirrte. »Ihr haltet euch für so egalitär, dabei habt ihr ein Statusstreben, wie ich es sonst noch nirgends erlebt habe. Ihr bezeichnet euch als locker und entspannt, dabei seid ihr die ganze Zeit sauer und launisch. Ihr sagt, hier existieren keine Klassenunterschiede, dabei habt ihr eine Heidenangst vor den Armen, und ihr sagt, ihr seid antiautoritär, dabei gibt es hier für alles und jedes Vorschriften, das hab ich sofort gemerkt, als ich in Sydney angekommen bin, Vorschriften, was man tun und was man lassen muss, Hochklettern verboten, Zutritt verboten, Rauchen verboten, Trinken verboten, Spielen verboten, Alkohol am Steuer verboten, Tempolimit überschreiten verboten – alles Menschliche ist hier verboten. Ihr habt solche Angst vor dem Sterben, dass ihr euch nicht zu leben traut. Scheiße noch mal, wir sind Menschen, wir sterben, das gehört doch zum Leben dazu. So ist das Leben nun mal.«

Und Demet lieferte den Refrain, beantwortete jede Beschimpfung, jede Stichelei mit ihrer eigenen Beschwerdelitanei, die Dan auswendig kannte; er hätte sie mit ihr gemeinsam abspulen können. Wir sind provinziell und engstirnig, wir sind rassistisch und kleinlich, wir bewohnen dieses Land unrechtmäßig, wir kriechen vor den Briten und buckeln vor den Amerikanern. Es war ein Wechselgesang zwischen Demet und Clyde.

Das ältere Paar am Nebentisch war verstummt. Dan hätte sich gern bei ihnen entschuldigt, ihnen gesagt, Demet und Clyde sei gar nicht bewusst, dass sie sie beleidigten, sie nähmen sie gar nicht wahr. Die junge Bedienung lächelte nicht mehr, sie schenkte Wasser nach und brachte neue Drinks, ohne jemanden anzusehen, sie fand Clydes Akzent nicht mehr charmant. Als die beiden ihr Gespräch mit einem Knalleffekt beendeten – Clyde sagte: »Es ist ein seelenloses Land«, und Demet wiederholte prompt: »Stimmt, Kumpel, es ist ein seelenloses Land« –, schwieg Dan. Seinem Lover hätte er sagen können, dass er es so sehe, weil Australien nicht seine Heimat sei – denn das war gemeint, wenn jemand ein Land als seelenlos bezeichnete, es bedeutete, dass es nicht seine Heimat war, dass er es nicht kannte –, aber was hätte er seiner Freundin sagen können? Wo willst du sonst hin? Wo findest du Frieden? Wo musst du hin, um Seele zu finden? Das hier ist unsere Heimat, wir haben keine andere.

Die Bedienung hatte die Teller fortgenommen und gefragt, ob sie ein Dessert wünschten. Margarita hatte lächelnd den Kopf geschüttelt und um die Rechnung gebeten. Dan sah zum Mond auf, der sich anstrengte, seinen vollen Glanz zu entfalten, und lauschte auf das Plätschern der Wellen an den Pfosten des Stegs. Die Tische ringsum waren abgeräumt, und am Ufer spielte eine Gruppe Teenager laute, hämmernde Tanzmusik. Von da an lief alles schief.

Als die Rechnung kam, beugte sich Demet vor und sagte: »Das geht auf uns.«

Clyde schüttelte den Kopf. »Aber nein, das müsst ihr doch nicht.«

Margarita griff nach Demets Hand und drückte sie an ihre Brust, so als wollten die beiden Frauen ein Gelübde ablegen. »Doch, es geht auf uns, wir haben uns dieses Wochenende mit euch gewünscht, weil wir euch um einen Gefallen bitten wollen.«

Demet nickte und ermunterte Margarita fortzufahren. Anfangs noch stockend, dann immer mutiger sprudelte sie hervor: »Demet und ich wollen ein Kind, wir wollen Eltern werden, und wir kennen keine zwei Männer, die wir lieber als Väter für unser Kind hätten. Seid ihr interessiert? Überlegt ihr's euch?«

Dan hatte den Sinn ihrer Worte noch kaum erfasst, da fügte Demet hinzu: »Es bliebe natürlich ganz euch überlassen, wie viel oder wie wenig Verantwortung ihr bei der Erziehung übernehmen wollt.«

Da drangen die Worte zu Dan durch, und er dachte: Ich möchte sie aber kennen, ich möchte meine Tochter kennen, denn sein erster Gedanken galt Regan – ein Kind von ihm und Demet würde vielleicht wie Regan aussehen. Doch dann merkte er, dass Clyde erstarrt war, und das machte es ihm unmöglich zu antworten. Das machte es ihm unmöglich, überhaupt etwas zu sagen.

»Und, was meint ihr?« Margarita, sichtlich erschrocken und bestürzt über Clydes entschlossenes Schweigen, suchte Dans Blick.

Auch Clyde sah ihn an, doch Dan konnte weder sprechen noch seinen Blick erwidern. Der Mond spiegelte sich glänzend und vollkommen in der ruhigen Wasserfläche. Seine Lichtstrahlen waren Pfade in eine Zukunft. Demet und Margarita boten ihm eine Zukunft. Aber er konnte nicht sprechen, er konnte Clydes und Demets Dazwischen nicht überbrücken.

»Was meinst du?«, wandte sich Margarita an Clyde.

Clyde räusperte sich. Er klang jetzt nicht mehr betrunken. »Darauf sollte nicht ich antworten«, sagte er mit eisiger Höflichkeit. »Ihr fragt nicht mich, ob ich der Vater eures Kindes werden will, ihr fragt Dan.«

Das stimmte. Das verlegene Schweigen der beiden Frauen bestätigte, dass hier Dans Zukunft ersonnen und gestaltet werden sollte, *seine* Zukunft.

Clyde wandte sich ihm zu. »Möchtest du Vater werden, Dan?«

Demet gebrauchte seinen früheren Namen und bestätigte es damit erneut, als sie nach seiner Hand fasste und sagte: »Bitte sag ja, Danny. Wir fänden es so schön, wenn du der Vater wärst.«

Er sah sie vor sich, seine kleine Tochter, er konnte sie heraufbeschwören: Regans friedfertiges Wesen, sein eigenes Bedürfnis zu gefallen. Sie würde Demets dunkel karamellfarbene Mandelaugen haben, mit einem Funkeln von Dans Mutter darin. Aber er konnte Clydes Frage nicht beantworten, weil er nicht wusste, was Clyde wollte, und solange er nicht wusste, was Clyde wollte, konnte er nichts sagen.

Da sagte Margarita: »Wir haben das lang und breit besprochen, wir sind bereit, Eltern zu werden.« Sie konnte ihre Freude, ihren Stolz kaum verhehlen. Auch sie sah ihre Zukunft, sah sie vor sich ausgebreitet, so lebendig, so klar und verlockend wie der Mond am Himmel. Dan hätte gern ja gesagt. Doch Clyde saß steif neben ihm, unnachgiebig und abweisend.

Das Schweigen währte lange. Vom Strand her schallte die Musik, die Wellen brachen sich, Teller und Besteck klapperten, die letzten Gäste lachten und unterhielten sich leise. Überall waren Geräusche, doch darüber lag dieses düstere Schweigen. Die anderen drei warteten darauf, dass Dan etwas sagte.

Schließlich schnalzte Clyde verärgert mit der Zunge. Er griff nach der Flasche und schenkte sich nach. Er mied Dans Blick. »Ich weiß ja gar nicht, ob ich überhaupt in Australien bleibe. Ich kann da nicht mitmachen.«

Dan spürte ein Zucken im Rücken, und ein beunruhigendes Schwindelgefühl erfasste ihn wie eine Woge. War es Angst? War es Erleichterung?

Margarita schüttelte den Kopf. »Wir erwarten nicht, dass ihr eure Pläne auf Eis legt. Das Ganze soll euch nicht davon abhalten, nach Europa zu gehen und dort zu leben, wenn ihr das wollt, bitte glaubt uns das.«

Die beiden Männer konnten sich nicht ansehen. Clyde ließ die Arme sinken. »Ich weiß es zu schätzen, dass ihr mich fragt, wirklich, danke, aber ich hatte nie vor, Vater zu werden.«

Dan blickte auf das Tischtuch hinab, auf die rosa Flecken vom Fischrogensalat. Er spürte, dass Margarita bei Clydes Worten blass geworden war. Als er aufblickte, sah er, dass sich auch Demets Miene verdüstert hatte. »Das ist doch Quatsch, Clyde«, sagte sie. »Das nehm ich dir nicht ab, dass du nie daran gedacht hast, Vater zu werden.«

Clydes Finger trommelten auf seinen Tabaksbeutel. In spöttisch geziertem Ton antwortete er: »Tja, einmal schon, Schätzchen, du hast recht. Das war 1999, auf einem Pillentrip, ganze zehn Minuten hat's gedauert.«

»Ja, ja, mach dich nur lustig«, fauchte Demet. »Warum sagst du nicht einfach, was du denkst? Warum sagst du nicht offen und ehrlich, dass du keine Lust hast, mit *uns* ein Kind zu haben?«

»Bitte, Schatz.« Margarita legte ihrer Partnerin warnend die Hand auf den Arm.

Doch Demet ließ sich nicht beschwichtigen. Das ist die alte Dem, dachte Dan, die wilde, wütende Demet von früher, die Demet, die immer recht zu haben glaubte. Er hätte ihr gern gesagt, dass sie in diesem Fall unrecht hatte. Clyde hielt mit seiner Meinung nicht hinterm Berg, Clyde hatte nie mit ihm über Kinder gesprochen. Das war nicht Clydes Zukunft. Aber es hätte Dans Zukunft sein können, sie hätte ihm gehören können.

Clyde atmete heftig, er schien frustriert. Dan warf ihm einen verstohlenen Blick zu. Konnte es sein, dass seinem Partner die Worte fehlten?

»Schon gut, Jungs. Demet und ich wollten euch ganz bestimmt nicht unter Druck setzen. Reden wir nicht mehr davon.« Margarita sprach in maßvollem Ton. Sie wollte Frieden schließen. Sie wandte sich Demet zu. »Lass mal, wir waren uns doch einig, dass niemand gleich heute Abend eine Entscheidung treffen muss.«

Doch Demet ließ nicht locker. »Was genau ist eigentlich dein Problem damit, Kinder zu bekommen?«

»Herrgott noch mal!« Clyde begann sich eine Zigarette zu drehen. »Ich hab nun mal nichts übrig für diese bürgerlichen Softi-Fantasien. Ich will nicht heiraten, ich will nicht die Verantwortung, die Kinder mit sich bringen. Wenn ihr beide das wollt, du und Margarita – nur zu. Viel Glück damit. Aber für mich ist das nichts.«

Die rosa Krusten auf dem Tischtuch faszinierten Dan und stießen ihn zugleich ab. Er spürte einen Druck im Bauch, in der Blase. Er wollte ja sagen zu Demets und Margaritas Vorschlag, aber er wollte Clyde nicht verprellen. Er wagte nicht aufzublicken. Bestimmt sahen ihn alle an: sein Lover, seine beste Freundin und ihre Partnerin. Sie wollten, dass er etwas sagte.

»Wir müssen erwachsen werden, Clyde.« Demets Ton war verletzend, hart und verächtlich. »Wenn man schwul ist, heißt das verdammt noch mal nicht, dass man ewig Peter Pan bleibt. Es ist nicht bürgerlich, Verantwortung übernehmen zu wollen.«

»Nein? Und Moralisieren ist auch nicht bürgerlich?« Es klang genauso höhnisch. »Wofür hältst du dich eigentlich, dass du hier Verantwortung und Erwachsenwerden predigst? Glaubst du, als selbsternannte Heldin der Arbeiterklasse kannst du dir alles erlauben? Nur weil deine Eltern Migranten sind, gehörst du noch lange nicht zur Arbeiterklasse, jedenfalls nicht da, wo ich herkomme. Ich sollte dich mal nach Glasgow mitnehmen und dich mitten in

Easterhouse absetzen, dann würde man ja sehen, wie weit die Solidarität der Arbeiterklasse reicht.«

Er hielt inne, leckte das Zigarettenpapier an und klebte es zu. Die Art, wie er mit der Zunge darüberfuhr, verriet seine Empörung. »Wie lange willst du noch darauf herumreiten, was deine Leute erlebt haben, und so tun, als hättest du's selbst erlebt? Du hast studiert, du bist Akademikerin. Wenn hier jemand bürgerlich ist, dann du, verflucht noch mal.«

Dan schloss die Augen. Jetzt würde sie auf Clyde losgehen, sie würde sich auf ihn stürzen, ihm die Augen auskratzen. Sie würde zurückschlagen, mit allem, was sie war, mit ihrem ganzen Stolz auf das, was sie war.

Doch nichts geschah. Dan öffnete die Augen wieder. Demets Züge waren erschlafft. Sie starrte Clyde an, mit offenem Mund, rot im Gesicht, benommen. Dan erkannte die Scham, erriet ihre Bestürzung. Und zum ersten Mal begriff er, dass die Universität sie geprägt und geformt hatte, dass die Universität Demets Cunts College war.

Clyde konnte nicht wissen, was dieser Verlust, diese Erkenntnis für sie bedeuteten. Alles was er gesagt hatte, traf zu, er hatte sie entlarvt: Demet war selbstbewusst, sie wusste sich auszudrücken, sie hatte Manieren – sie hatte alles, was Wissen und Chancen hervorzubringen vermochten. Sie lebte jetzt in einer anderen Welt. Shelley und Boz, Mia und Yianni – diese Freundschaften, diese Vergangenheit, diese Welt gab es nicht mehr. Sie *war* bürgerlich, und Dan war es ebenfalls. Was Clyde nicht begriff, das wussten Dan und Demet instinktiv. Clyde war der Sohn eines Apothekers und einer Lehrerin, er war Einserschüler an einer renommierten Schule gewesen, er war in einem Viertel von Glasgow aufgewachsen, in dem Dans Grandpa nie gewesen war – »Unsereins war da nicht erwünscht«, hatte er Clyde aufgezogen, als sie einander vorgestellt wurden –, er war ein Kosmopolit mit der Freiheit, die ein EU-Pass verlieh, aber eines würde er nie verstehen, weil er sich so etwas gar nicht vorstellen konnte, weil er gar nicht auf den Gedanken kam: Ungeachtet all dessen, was sie erreicht hatten, teilten Dan und Demet dieselbe Befürchtung: dass das Bürgertum vielleicht nicht so erstrebenswert war.

Warum sah Demet ihn nicht an? Er wünschte sich sehnlichst, sie würde ihn ansehen. Dann würde Licht zwischen ihnen sein, das wusste er, ein Licht, das sie gemeinsam hatten. Eine Vergangenheit vor der Universität und dem Cunts College.

Aber Demet war eingeschüchtert, ihre Unterlippe zitterte. Margarita wollte etwas sagen, wollte die Spannung mildern, die Harmonie am Tisch wiederherstellen, doch Dan konnte es nicht zulassen. Margarita begriff nicht, dass trotz ihrer Reden von sozialer Gerechtigkeit und Menschenrechten – sie war immer noch die Tochter einer erfolgreichen Anwältin und eines Vaters, der eine Spitzenposition im öffentlichen Dienst innehatte – nicht sie es sein konnte, die Demet verteidigte, dass Dan es sein musste. Das war immer Dans Rolle gewesen.

Er straffte sich, ignorierte den schmerzhaften Blasendruck. Margarita hatte zum Sprechen angesetzt, aber er unterbrach sie, schnitt ihr das Wort ab, ohne sich dafür zu entschuldigen, und wandte sich an Clyde. »Diese Welt, die du beschreibst, diese Welt in Glasgow, von der du die ganze Zeit redest, du weißt schon, diese Welt der Mietskasernen, der Drogen, der Arbeitslosigkeit in dritter Generation, diese Welt, in die du mich und Demet stecken willst: Das ist nicht die Arbeiterklasse, Clyde, verdammt noch mal. Ich weiß nicht, was es ist, aber die Arbeiterklasse ist es nicht.«

Es funktionierte. Es war ein Überraschungsschlag, der wiederum Clyde einen Dämpfer aufsetzte. Margarita schien verunsichert und durcheinander, als hätte Dan in einer fremden Sprache gesprochen. Aber Demet sah auf, Dan hatte erreicht, dass Demet aufsah. Doch ihren Gesichtsausdruck vermochte er nicht zu deuten.

Er war erschöpft. Und er musste dringend pinkeln.

Clyde fasste sich rasch wieder und fragte ungläubig und aufgebracht: »Wovon zum Teufel redest du? Wenn die nicht die Arbeiterklasse sind, wer dann, verdammt?«

Dan wusste, dass er nur deshalb sauer war, weil er, Dan, Demet verteidigt hatte. Sie waren wieder auf dem Schulhof, und er hatte Demet verteidigt. Er suchte nach Worten, die seinen Lover besänftigen konnten, zugleich aber seine Loyalität Demet gegenüber ausdrückten. Doch Worte waren und blieben gefährlich, trügerisch, er vermochte sie nicht in die Richtung zu bewegen, die seine Gedanken und Vorstellungen nahmen. Er sah sich im Supermarkt Kartons aufschneiden und Regale einräumen, er roch seinen sauren, scharfen Schweiß am Ende einer Nachtschicht, sah seinen Vater über das Meer der Nullarbor-Wüste fahren, sah seine Mutter Haare schneiden. *Irgendjemand muss ja Haare schneiden.* Er dachte daran, wie viele Jahre Mr. Celikoglu im Fordwerk in Campbellfield gearbeitet hatte, dass Mrs. Celikoglu ihr Leben lang als Näherin gearbeitet hatte, sein Grandpa Bill als Maurer und seine Nan als Stenotypistin, er dachte an all die Mühsal, die Anstrengung, den Schweiß, dachte daran, wie die Arbeit den Körper formte und veränderte.

Er rang um Worte. »Ich weiß nicht, Kumpel, ich weiß nicht, was diese Leute sind, von denen du redest. Aber zu meiner Klasse gehören sie nicht.«

Clyde und Margarita waren noch nicht zufrieden, ihnen genügten Worte nicht. Demet aber wandte sich Dan zu, nickte und formte verstohlen ein Wort mit den Lippen. Er verstand es, hörte es förmlich: »Danke.«

Seine und Demets Tochter. Kein Clyde, keine Margarita – in dieser Zukunft kamen die beiden nicht vor.

Die Geräusche kehrten zurück: das Meer, die Musik, das Restaurant.

Clyde steckte sich die gedrehte Zigarette in den Mund. »Genug jetzt. Wir wollten doch hier Urlaub machen.« Es klang versöhnlich, sein Zorn war verraucht. Er trommelte mit dem Finger einen Double Stroke Roll in Dans Kreuz. »Ich geh rauchen.« Er nickte Demet schüchtern zu. »Kommst du mit?«

Sie ließ ihn noch ein wenig zappeln, ließ noch ein paar angespannte Sekunden verstreichen. Alle hielten den Atem an. Dann nahm sie ihre Zigaretten und folgte Clyde auf den Bootssteg.

Margarita und Dan saßen in beklommenem Schweigen da und beobachteten ihre Partner. Clyde sagte etwas zu Demet, und sie antwortete mit einem rauhen Lachen.

Margarita entspannte sich sichtlich. »Mein Gott, die beiden sind sich so ähnlich, findest du nicht?«

Jähzornig, stur und laut, aber auch großmütig.

»Ja, das stimmt«, sagte Dan.

Der Blasendruck wurde immer schlimmer, er musste dringend zur Toilette, aber er konnte Margarita jetzt nicht allein lassen. Er wand sich und rutschte auf seinem Stuhl hin und her.

Clyde und Demet kamen zurück, und Clyde legte den Arm um Dan. »Also, was sagst du, Kelly? Willst du Vater werden? Ich hab gerade zu Dem gesagt, was für ein hübscher Kerl ein Sohn von euch beiden wäre.«

Dan krümmte sich, der Schmerz in seiner Blase wurde unerträglich, eine Flamme, die sein Herz, seine Lunge in Brand setzte, als hätte sich ein Tier auf ihn gestürzt und erdrückte ihn mit seinem Gewicht. Ein *Sohn.* Den man lieben, den man großziehen, dem man etwas beibringen konnte. Den man enttäuschen konnte.

Wütend löste er sich aus Clydes Arm, stieß ihn weg, stand so ungeschickt auf, dass der Tisch kippte. Er rannte förmlich, Richtung Toilette, aber auch weg von Clyde.

Im Innern des Restaurants saß eine Gruppe von Leuten, eine Großfamilie mit Großeltern und Kindern. Ein kleines Mädchen war in seinem Hochstuhl eingeschlafen.

Er sitzt an der Schmalseite des Tischs, er hat Speck angesetzt, ist schwergewichtig, wie er es in der Schule nie war, er hat einen dicken Bauch und sein Haar lichtet sich. Dan erkennt ihn, als er einem kleinen Jungen am anderen Ende des Tischs zuruft: »Es gibt Eis, Michael, du kannst ein Eis haben«, und es ist Tsitsas, Dan erkennt seine Stimme wieder, und er macht auf dem Absatz kehrt, weiß, dass er sich nicht an der Gruppe vorbeiwagen wird, und er geht an den Tisch zurück und setzt sich wieder, und Demet und Margarita unterhalten sich, aber was sie sagen, ergibt keinen Sinn. Clyde mustert ihn besorgt und fragt: »Alles okay mit dir?«, doch seine Worte sind wie Schläge, und Dan kann nicht atmen, er hat seine Lunge nicht im Griff, seine Lunge arbeitet nicht, gleich wird er blau anlaufen, es war ein Fehler, hierherzukommen, in die Welt der anderen. Er könnte nie mit einem Sohn hierherkommen, er könnte nie ein Kind hierher mitnehmen, weil sie wissen, wer er ist, weil sie wissen, was er getan hat, und er kann nicht atmen, warum zum Teufel kann er nicht atmen, und jetzt bekommen die anderen am Tisch Angst, und Demet ist halb aufgestanden, und da kommt es, es kommt, die Erlösung ist da. Gierig verschlingt er die Luft, saugt sie in tiefen Zügen ein.

Es tut mir leid, sagt er, als das scharfe, warme Nass seinen Schoß füllt, seine Beine hinunterläuft und dann quälend langsam auf das Holz der Terrasse tropft. Er sieht nur die zerknüllte weiße Serviette auf dem Tisch, verschmiert und fleckig.

Er springt auf, stößt seinen Stuhl um, rennt von der Terrasse, überquert den Bootssteg, stürmt über die angrenzende Wiese, seine Füße hämmern auf den Boden, er taumelt im weichen Sand, strebt den Wellen zu, ignoriert die verdutzten Blicke und die Rufe der Teenager am Strand, platscht schlingernd ins Wasser, so weit, dass es ihm bis zur Taille reicht, dass das überraschend kalte Wasser seine beschämend nasse, warme, stinkende Hose bedeckt. Das bin ich, denkt er, und die Scham ist fast komisch, sie zeigt genau, was er ist und wer er ist. Ein Leben, das in Scham und nur durch Scham gelebt wird, es haftet an ihm, es steht wie die Sonne jeden Morgen mit ihm auf, und es wartet, während er schläft. Er lebt in der Scham, er riecht nach ihr. Dann der nächste Gedanke: Ich bin im Wasser.

Aber das Wasser will ihn nicht, das Wasser weist ihn zurück. Sein Name wird gerufen, er hört den dringlichen, angstvollen Appell in Demets, den Schreck in Clydes Stimme. Er wendet sich vom abweisenden Meer ab, dreht sich zu seiner Freundin, seinem

Lover um, die auf ihn zugelaufen kommen. Margarita bleibt im Dunkel zurück, ängstlich, ungläubig. Er lächelt ihr schwach zu. Endlich sieht sie, wer er ist.

»Dan, was ist passiert?« Clyde hat es gesagt, aber Demet ist als Erste bei ihm. Sie nimmt ihn in die Arme, hält ihn, ignoriert die Nässe, kümmert sich nicht darum, dass er das Meer auf sie tropft. Sie streicht ihm die Haare zurück, liebkost seine Wange. Wortlos – sie weiß, wann Worte fehl am Platz sind.

»Dan, was zum Teufel ist passiert?«, ruft Clyde aus. Er will Worte, er will Erklärungen.

»Es tut mir leid.« Dans Zähne fangen an zu klappern. Selbst in der milden Wärme des Sommerabends spürt er nur Kälte. »Es tut mir leid. Ich hab mich bepisst.«

Ein Mädchen in der Nähe kichert, und einer der Jungen stößt ein lautes Johlen aus.

Es kümmert Dan nicht. *Das bin ich.*

Sie bringen ihn in die Wohnung. Demet hält ihn an einem Arm gefasst, Clyde am anderen, Margarita folgt ihnen vorsichtig. Er merkt, dass die Leute stehen bleiben, sich nach ihm umdrehen, Paare und Familien an den Tischen am Weg, alle starren ihn an. In der Wohnung sagt Clyde hastig, aber freundlich – und ängstlich, er klingt jetzt ängstlich: »Du musst duschen, Schatz, dich aufwärmen.« Während Dan unter der Dusche steht, bleibt Clyde im Bad, will ihn nicht allein lassen.

Im Bademantel kommt Dan heraus, und auch Demet will nicht weg, sie behauptet steif und fest, er wolle sie bei sich haben, und er ist froh, als Margarita energisch sagt: »Nein, Dem, wir lassen die Jungs jetzt allein.« Und Demet küsst ihn, auf die Stirn, auf den Kopf, auf die Wangen, den Mund, und immer wieder sagt sie: »Ich hab dich lieb, Danny, ich hab dich lieb, und es tut mir leid, dass wir dich in Verlegenheit gebracht haben, du musst dich nicht entscheiden, Danny, und egal, wie du dich entscheidest, es ist das Richtige«, und Clyde steht mit verschränkten Armen da, und Margarita zieht ihre Freundin weg und sagt: »Das weiß er doch, Dem, komm jetzt!«, und an der Tür, schon im Hinausgehen dreht Demet sich noch einmal um und sagt: »Es tut mir leid, Danny«, und dann: »Ich hab dich lieb, Danny«, und er will nur, dass sie geht, dass sie endlich geht. Denn er weiß, dass sie ihn liebt, aber das genügt nicht. Alle Liebe der Welt reicht nicht aus, um seine Schande abzuwaschen, wegzuscheuern, auszumerzen.

Und du wolltest mich zum Vater deines Kindes machen?

»Wein ruhig, Dan, das ist keine Schande.«

Sie saßen nebeneinander auf dem Sofa. Doch, wollte Dan sagen, das ist eine Schande. Sein Körper hatte die Sprache der Tränen verlernt, es war zu lange her.

»Ich glaub, ich brauch einen Drink.«

Sie hatten im Getränkemarkt eine Flasche Whisky gekauft, und Clyde schenkte jedem ein großes Glas ein.

Clyde nahm einen tiefen Schluck. »Warum fällt es dir so schwer zu reden? Warum sagst du nicht, was du denkst? Was hindert dich daran?«

Worte. Die Worte im Innern sind nicht die Worte, die in die Welt hinausgelangen.

Die beiden Männer saßen nebeneinander und doch getrennt voneinander. Ihre Haut berührte sich nicht.

»Ich hab dich den ganzen Abend beobachtet, Dan, den ganzen Abend. Du willst Demet nicht kränken, und du willst mich nicht kränken. Aber so kann man nicht leben. Das ist kein Leben.« Clyde drückte ihn grob gegen die Armlehne des Sofas. Er setzte den Finger an Dans Kopf, zielte wie mit einer Pistole. »Was ist da drin, Mann? Was geht da drin vor?«

In der Welt draußen brachen sich die Wellen, ein Motor sprang stotternd an, der Lichtstrahl der Scheinwerfer blitzte durchs Fenster herein und erlosch wieder.

»Antworte, verdammt!« Clydes Finger bohrte sich wie ein Pistolenlauf in Dans Kopf.

»Was willst du hören?«

Clyde ließ die Hand sinken, lachte tonlos. »War ja klar: eine Gegenfrage als Antwort. Das ist typisch für dich, Dan Kelly, das ist so verdammt typisch für dich.« Er trank von seinem Whisky. »Ich will dich, das hab ich deutlich genug gemacht. Ich will *dich*: den Mann, der schweigen kann, der nicht bösartig ist, der wie von einem anderen Stern ist. Du warst noch nie auf einer Tanzparty, du erkennst Gemeinheit und Zynismus nicht mal, wenn sie sich gegen dich selbst richten.«

Clyde bohrte ihm von neuem die Fingerspitze in den Kopf, aber nicht grob diesmal, eher nachsichtig. »Ich mag dich, Dan, ich mag's, dass du auf mich abfährst, dass es jedes Mal, wenn wir ficken, so ist, als hätte ich das erste Mal Sex. Ich mag dich so sehr, Dan, dass ich Angst habe, ich könnte mich in dich verlieben. Und das ist deshalb so erschreckend, das hab ich dir deshalb noch nie gesagt, weil ich keinen Schimmer habe, was du denkst, was du fühlst. Keinen blassen Schimmer.«

Clydes Atem ging schwer, gleichmäßig. Dan hörte das leise Pfeifen darin, das Pfeifen der Raucherlunge.

»Und ich sag dir auch, was ich nicht will, Kumpel. Ich will nicht Vater werden, ich will nicht Ko-Vater werden, ich will mit dem ganzen Scheiß nichts zu tun haben. Ich will mit fünfundvierzig noch reisen können und nicht an Klein-Bobbies Schulgeld oder an Klein-Jacquelines Ballettstunden denken müssen. Ich bin gern schwul, sehr gern, und ich finde, wir haben's verdient, in unseren mittleren Jahren frei zu sein, weil uns die Heteros, diese Arschlöcher, in unserer Kindheit und Jugend das Leben so schwer gemacht haben.« Er spie das Wort aus wie ein Feuerspucker.

»Und wenn ich Vater werden wollte, dann nicht mit Demet und Margarita. Die hätten ihr Kind fest im Griff, es würde immer *ihr* Kind sein, und sie wären jedes Mal sauer, wenn ich anders darüber denken würde, was das Blag essen soll, auf welche Schule das Blag soll, welche Freunde es hat oder welche Freunde wir haben.«

Er trank seinen Whisky aus und schenkte sich nach. »So ein Leben will ich nicht, aber ich spreche nur für mich. Was willst du?«

Man hörte das Meer wogen, die Wellen brechen. Dan musste antworten. Er musste sich konzentrieren, er musste den Raum jenseits der Geräusche, der Bilder, des Getriebes der Welt finden. Er musste etwas sagen. Sag das Erste, was dir einfällt, antworte einfach, antworte ihm, das Erste, was dir einfällt – und was zum Teufel ist das?

Was war es?

»Ich will, dass du mich in den Arm nimmst.«

Und Clyde tat es, Clyde drückte ihn an sich.

Eine Ewigkeit verging. Clyde hielt ihn noch immer in den Armen, hatte vorsichtig um ihn herum und über ihn hinweg gefasst, um sich noch einen Whisky einzuschenken. Dan hatte das Gesicht an der Brust seines Liebhabers vergraben, und als Clyde das Glas vom Tisch nahm, gingen die beiden obersten Knöpfe seines Hemdes auf, und Dans Mund, seine Lippen lagen an der bleichen rasierten Brust, die glatt war wie die eines Jungen. Das war nicht Clydes Haut. Sie erinnerte Dan an einen anderen Mann, einen anderen Jungen. Clyde roch noch nach Meer, es war der Geruch eines Tages vor langer Zeit, in dem großen Haus am Strand, als Dan und Martin im selben Zimmer geschlafen hatten. Clyde bedrängte ihn, wollte wissen, was er dachte, wollte seine Worte hören, aber es gab Dinge, die Clyde nicht hätte hören können, die er nicht ertragen hätte. Und so flüsterte Dan zu dieser Brust hin, fällte die Entscheidung. Er würde seine Zukunft an diesen Mann binden. Er würde Clyde zu seiner Zukunft machen, denn eine andere Zukunft gab es nicht mehr.

»Ich will mit dir zusammen sein.«

Clyde löste sich von ihm. Worte, Dan tat recht daran, den Worten nicht zu trauen.

Doch Clyde war nicht böse. Er war ernst und verhalten, aber nicht böse. »Ich will den europäischen Sommer in Schottland verbringen, Dan. Wenn wir wieder in Melbourne sind, buche ich den Flug.« Er streichelte sanft Dans Rücken. »Ich will Mum und Dad wiedersehen, meine Familie. Ich vermisse sie. O Gott, ich hätte nie gedacht, dass ich das mal sagen würde, aber ich will Glasgow wiedersehen, ich will meine Heimat wiedersehen. Ich will die verregneten Straßen sehen und die Leute, die sich in den Pubs volllaufen lassen, ich will sie lachen hören, richtig lachen, weil sie wissen, dass alles beschissen ist, und das sagen sie auch, und trotzdem sind sie gut drauf und machen sich keinen Kopf. Ich will an einem Ort sein, wo die Leute nicht permanent von Hypothekenzinsen, Flüchtlingen und Aborigines reden und davon, wie großartig dieses Land ist, was für ein Glück ich habe, im glücklichsten Land der Welt zu leben. Ich will nicht gesagt kriegen, wie glücklich ich bin, ich will glücklich *sein*. Ich will einfach nach Hause.«

Clyde hielt Dan wieder umarmt, so fest, dass es schmerzte, aber Dan ließ es schmerzen. Er wollte nichts sagen, Clyde keinen Grund geben, ihn loszulassen.

»Aber ich verspreche dir, Mann, ich gebe dir mein Wort: Wenn du wirklich mit mir zusammen sein willst, dann komme ich wieder. Vertraust du mir?«

»Ja. Ich vertraue dir.«

Erleichterung durchströmte ihn, begleitet von einem leichten Zittern, als ihm bewusst wurde, dass sich hier eine Zukunft auftat.

Die einzige Zukunft, die er hatte.

Clyde schlief auf dem Sofa ein, begann laut zu schnarchen. Dan weckte ihn, zog ihn sanft hoch und führte den Betrunkenen zum Bett. Doch als er neben ihm lag, konnte er nicht schlafen. Es kamen keine Träume. Er stand leise wieder auf und ging ins Wohnzimmer. Neben der Stereoanlage war ein kleines Regal mit Wegekarten des Otway-Nationalparks und Büchern über die Great Ocean Road. Auch von Gästen zurückgelassene Bücher standen da, Spionage- und Liebesromane, Krimis und Kinderbücher. Dan fand ein zerlesenes Exemplar von Dickens' *David Copperfield* und setzte sich damit aufs Sofa.

Ob ich mich in diesem Buche zum Helden meiner eigenen Leidensgeschichte entwickeln werde oder ob jemand anders diese Stelle ausfüllen soll, wird sich zeigen. Er hatte das Buch schon einmal gelesen, aber seine Gedanken kehrten immer wieder zu diesem ersten Satz zurück, die Worte trafen ihn jedes Mal bis ins Mark. Er blätterte weiter, erfasste Sätze, Absätze und Kapitel, aber wie aus der Ferne, als wäre das Lesen so etwas wie der losgelöste, passive Akt des Fernsehens: Worte flossen vorüber, einen Moment lang mit Sinn behaftet, doch kaum waren sie gelesen, schwanden sie wieder aus dem Gedächtnis. Halt bot nur dieser erste Satz. Dan las bis zur Erschöpfung, und als das matte Licht der Morgendämmerung ins Zimmer fiel, sann er noch immer über die Herausforderung nach, vor die ihn diese Frage stellte. Er vermochte sich nicht vorzustellen, wie jemand anderer als er selbst der Held seines Lebens sein konnte, und zugleich wusste er, dass er kein Held war.

Am folgenden Wochenende fuhr Dan zu seinen Eltern, um Dennis abzuholen. Sein Cousin war im Sommer nach Melbourne gezogen und wohnte jetzt bei ihnen, in Regans früherem Zimmer. Er arbeitete bei Dans Vater. Neal Kelly hatte sein Versprechen gehalten, er hatte als Fernfahrer aufgehört, nachdem Theo die Schule beendet hatte, und ein kleines Umzugsunternehmen gegründet.

Dan wusste, dass sein Vater Dennis respektierte, seine Stärke und Entschlossenheit respektierte. Dennis konnte arbeiten, und das bewunderte sein Vater. Dan schaute zu, wie sein Cousin sich fertigmachte, sah die Muskelpakete, aber auch das leichte Hinken, das sich mit dem jahrelangen Heben schwerer Lasten verschlimmern würde, und er begriff jetzt, weshalb er sich bei jenem unseligen Abendessen am Australia Day nicht mit Worten hatte ausdrücken können. Der Arbeiterklasse anzugehören hatte nichts mit Worten zu tun, es konnte sich nur über den Körper ausdrücken.

Sie aßen in einem Pub in der Sydney Road zu Mittag und schlenderten dann, nach drei großen Gläsern Bier leicht schwankend, nach Brunswick. Dan ging kurz in eine Buchhandlung, und Dennis folgte ihm.

»Dauert nicht lang«, sagte Dan und suchte die Regale nach dem einen Buch ab, dem einen Titel, der ihn neugierig machen und fesseln würde. Dennis blieb stehen, und die Kunden gingen vorsichtig um ihn herum. Wie immer blickte er zu der Malerei am Himmel auf, die nur er sah. Dan blieb bei den Reisebüchern stehen, eine Abteilung, für die er sich bisher nie interessiert hatte. Eine junge Frau in einem weiten schwarzen Top und einem bestickten roten BH stieß Dennis versehentlich an. Sie entschuldigte sich, und er antwortete: »Kein Problem. Meine Schuld, ich bin einfach zu groß.« Sein Stottern schreckte sie nicht ab, sie bat ihn, die Worte zu wiederholen, hörte zu, begriff. Sie stand mit dem Rücken zu Dan, und Dan sah Dennis von weitem an, hob aufmunternd den Daumen und drehte sich dann wieder zu dem Regal um.

Sein Finger fuhr die Buchrücken entlang und landete bei dem Wort *Schottland.* Er schlug das Buch auf. Überall sah man Wasser: Inseln, Flüsse, Seen. Er suchte das Kapitel über Glasgow und begann zu lesen: *In den letzten dreißig Jahren hat Glasgow eine erstaunliche Renaissance erlebt, die sich umfangreichen Investitionen in Kultur und Sport verdankt.* Dan musste leise lachen. Clyde hätte das schrecklich gefunden.

»Was liest du da?«

»Ein Buch über Schottland.«

Dennis schaute Dan über die Schulter, sah sich Luftaufnahmen der Stadt an: Reihenhäuser aus rotem Backstein, die rauchgrauen Türme und Kuppeln von Kathedralen, in der Ferne ein paar einsame schlanke Bürotürme, klein gegen die weißen und violetten Wolkengebirge darüber.

»Sieht fast aus wie Melbourne.«

»Ja, nicht? Aber das ist nicht Melbourne, das ist Glasgow, und da fahre ich hin.«

Dennis' flächiges dunkles Gesicht verzog sich misstrauisch, und seine Stirn legte sich in Falten. »Wann?«

»Vorerst nicht. Irgendwann, irgendwann bin ich dort.«

»Okay.« Dennis' Züge entspannten sich wieder. Er ließ einen lauten, befriedigten Rülpser los.

»Prost Mahlzeit!«

Mein Cousin tickt ganz ähnlich wie ich, dachte Dan. Ein *Vorerst nicht* genügt ihm, ein *Vorerst nicht* ist alles, was er braucht. Er lebt von Tag zu Tag.

Dan klappte das Buch zu. »Komm«, sagte er und schob Dennis übermütig zum Ausgang. »Wir müssen nach Hause.«

MUM SCHWATZT UND SCHWATZT, während wir über die Brücke fahren. Sie zeigt auf das Skipping Girl, die Neonsilhouette eines seilspringenden Mädchens, und ergeht sich in Erinnerungen an ihre erste Zeit in Melbourne, erzählt, wie sie Dad kennenlernte und mit ihm ans Ufer des Yarra ging, vorbei am Skipping Girl, vorbei am Ausbildungszentrum der Feuerwehr, wie sie Hand in Hand über die Hängebrücke und in den Wald wanderten, für sie der romantischste Ort, den sie je gesehen hatte.

»Diese Parklandschaft mitten in der Stadt«, sagt sie. »In Adelaide gibt es das auch, aber nicht so herrlich grün. Und dort hinten!«

Sie dreht sich um und zeigt hinter uns, und ich fasse in Panik ans Armaturenbrett und rufe: »Mum, pass auf, wo du hinfährst!«, aber sie plappert weiter, von einem kleinen Pub dort hinten, hinter den Fabriken in der Burley Street, wo sie jeden Donnerstagabend tanzen waren.

»Dort gab's den besten Soul, Danny, alten Rock 'n' Roll und Rhythm and Blues – es war traumhaft. Wir waren um Punkt acht da, und wenn um eins das Licht anging, haben wir immer noch getanzt. Ach«, sie kneift mir kräftig ins Knie, »ich hab getanzt und getanzt, und ich hab mir vorgestellt, ich tanze Adelaide und die Zeugen Jehovas und das alles einfach weg. Und so war's auch!«

»Mhm«, seufze ich. Sie hat mir die Geschichte schon x-mal erzählt. Wie sie sich in Dad verliebt hat, in die Stadt, in alten R&B und Soul. Ich schaue aus dem Fenster, greife nach meiner Sporttasche. Meine Schwimmsachen sind darin, mein Kulturbeutel, Unterhosen und Socken für drei Tage.

Ein paar hundert Meter nach der Brücke biegen wir rechts ab. Hier sind die Straßen breiter und von hohen Bäumen gesäumt. Ihre Äste recken sich über die Straße wie Finger, die einander berühren wollen. Das Grau, der Beton und die Hochhäuser sind verschwunden, und als Mum um eine Kurve fährt, sehe ich den trüben Fluss. Von hier aus wirken die Bürogebäude und Wolkenkratzer der City am anderen Ufer wie Spielzeughäuser.

»Schön ist es hier«, sagt Mum. Sie bremst ab und schaut nach den Hausnummern. »Das muss Mr. Tormas Haus sein«, sagt sie schließlich.

Es ist eine seltsame Vorstellung, dass der Trainer ein Leben außerhalb der Schule hat, ohne uns, ohne die Mannschaft und das Training. Ich habe mir nie klargemacht, dass er ja auch irgendwo schlafen, irgendwo wohnen muss. Ich habe nie daran gedacht, dass er Verwandte oder Freunde haben könnte. Wahrscheinlich hat sich keiner von uns je darüber Gedanken gemacht, dass er ein Leben außerhalb der Schule hat, ohne die Schwimmhalle, ohne *uns*.

Es ist ein schmales rotes Backstein-Reihenhaus, mit grünen Giebeln und einer weißen Gartentür, von der die Farbe abblättert; eine Latte fehlt. Betonstufen führen zu einer metallisch blau gestrichenen Haustür, und auch hier ist die Farbe verwittert, die Grundierung schaut hervor. Am Zaun stehen ein paar ungepflegte, welke Rosensträucher, und vom Dach zieht sich ein breiter Riss im Zickzack bis zu einem großen Erkerfenster hinab. Es ist kein großartiges Haus, aber es gefällt mir auf Anhieb. Es hat eine altmodische Eleganz und wirkt gediegen und beständig.

Ich küsse Mum flüchtig auf die Wange.

»Soll ich nicht mit reinkommen?«, fragt sie.

Ich will nicht, dass sie mitkommt. Ich will allein in das Haus, will mit dem Trainer und den Jungs zusammen sein, mich auf den Wettkampf in zwei Tagen konzentrieren. »Nein, Mum, schon okay.« Ich stehe mit einem Fuß auf dem Bürgersteig, der andere ist noch im Auto. Ich will endlich los.

Aber sie greift nach meiner Hand. »Eigentlich müsste ich dich nach Adelaide bringen, Junge, aber das ist schwer für mich, das verstehst du doch, oder?«

Sie fasst mit der anderen Hand mein Kinn, sodass ich sie ansehen muss. Ich bin so ungeduldig, dass ich am liebsten meine Hand wegreißen und den Kopf abwenden würde, aber sie schaut so traurig, dass ich mich zwingen muss, es nicht zu tun. Ich setze meinen Fuß wieder ins Auto und schließe die Tür.

»Von Rechts wegen müsstest du bei deiner Großmutter, bei meiner Schwester oder bei meinen Brüdern wohnen, aber das soll wohl nicht so sein, Kind – ich hoffe, du verstehst das irgendwann. Es tut mir so leid, dass du deine *Giagia* nicht kennst, Danny, das tut mir so leid.«

Und deswegen ist sie so traurig? Mein Gesicht verzieht sich zu einem breiten Grinsen. »Ist schon okay, Mum. Das macht mir nichts aus.«

Es ist wirklich okay. Ich will nicht an ihre Familie denken, an diesen verrückten alten Mistkerl, der Mum auf Griechisch angebrüllt hat, an diese verängstigte alte Frau, die nicht von mir angefasst werden wollte. Das sind keine Verwandten, das sind Fremde, die ich nie mehr wiedersehen will.

Aber nichts, was ich sagen könnte, würde ihre Traurigkeit vertreiben. Ich will einfach nur aussteigen. Ich will in dem Haus sein, mit dem Trainer und meiner Mannschaft. »Kann ich jetzt gehen?«

»Natürlich, Danny.« Sie umfängt mich mit einer ihrer gewaltigen Umarmungen, bei denen ich mich nur noch schlaff machen, mich nur noch ergeben kann. Endlich lässt sie mich los.

Vom Weg aus winke ich ihr noch einmal zu. Ich bin froh, als der Wagen um die Ecke biegt und sie verschwunden ist.

Der Klingelknopf ist ein kleiner weißer Würfel, der etwas schief hängt. Ich drücke darauf. Kein Laut ist zu hören. Ich drücke noch einmal darauf, dann klopfe ich. Schwere Schritte nähern sich, die

Tür geht auf, und da steht der Trainer. Ich muss einen Schritt zurücktreten. Er lächelt, und einen Moment, einen Zeitfunken lang, erkenne ich ihn nicht. Es ist derselbe schwere Körper, dasselbe T-Shirt, es sind dieselben ausgebeulten Shorts, aber das Lächeln hat sein Gesicht verändert. Ich vergesse ihn zu begrüßen. Doch das macht nichts. »Schön, dich zu sehen, Danny, komm rein, Junge«, sagt er und führt mich hinein.

Ich bin im Haus des Trainers.

Ich nehme Häuser nicht wahr, mir wird bewusst, dass ich nie groß auf sie geachtet habe. Ich weiß, dass unser Haus eng ist und komisch aussieht, das Extrazimmer, das Dad gebaut hat, als Theo auf die Welt kam, ist einfach an die Waschküche angepappt, und alle Zimmer sind dunkel, weil alle Fenster zu klein sind. Die Häuser meiner Schulfreunde habe ich natürlich schon wahrgenommen – sie sind gigantisch. Ich weiß, dass Luke in einem modernen Haus wohnt, das sein Onkel, ein Architekt, entworfen hat, ich weiß, dass Taylors Haus eine Villa ist und dass Wilcos Haus fast hundert Jahre alt ist. Demets Haus kenne ich in- und auswendig, es ist genauso verbaut wie unseres. Doch als ich durch das Haus des Trainers gehe, kommt mir ein dummer, kindischer Gedanke, und ich muss mir ein Kichern verkneifen. Es erinnert mich an Goldlöckchens Haus: nicht zu groß und nicht zu klein, gerade richtig. Ich fühle mich wohl darin. Ich fühle mich daheim.

Als Erstes fallen mir die schönen Zimmerdecken auf. Bei den Taylors sind sie höher, aber sie sind nicht schön, ich kann mich überhaupt nicht an die Decken in Martins Haus erinnern, nur daran, dass sie hoch sind. Die Decken im Haus des Trainers bestehen aus rechteckigen Reliefs – ein Meer von Stuckkassetten.

Das Vorderzimmer hat ein großes Fenster zur Straße hin, mit einem Fensterbrett so breit wie eine Bank. Man könnte dort sitzen und zuschauen, wie die Welt draußen vorüberzieht. Ich sehe sofort, dass es das Schlafzimmer des Trainers ist. Es ist sparsam möbliert und sehr ordentlich. Unter dem hohen Bett mit der Doppelmatratze stehen Schuhe und Hausschuhe. In eine der beiden

Türen des Kleiderschranks ist ein hoher Spiegel eingelassen. Auf einer weißen Kommode neben dem Bett stehen eine Digitaluhr und ein Foto, eine leicht kupferfarben getönte Schwarzweißaufnahme: ein alter Mann und eine alte Frau blicken ernst in die Kamera. Die Frau trägt ein schwarzes Kopftuch, der Mann eine seltsame Mütze, wie eine Kappe ohne Schirm. Es ist eine Fotografie aus vergangenen Zeiten, die älteste Fotografie, die ich je gesehen habe.

Der Trainer sieht mich vor dem Bild stehen und räuspert sich. »Das sind meine Eltern«, erklärt er. »Das sind mein Vater und meine Mutter.«

»Aber das sieht ja uralt aus.« Es rutscht mir so heraus.

Und wieder überrascht er mich. Er legt den Kopf zurück und brüllt vor Lachen. Ein richtiges Lachen, ein echtes, wohlwollendes Lachen. »In Ungarn damals, Junge, da hat alles uralt ausgesehen.« Er nimmt mir meine Tasche ab und zeigt aufs Bett. »Du schläfst hier.«

Es ist Feststellung und Frage zugleich, und ich nicke nur. Ich kann gar nicht wieder aufhören zu nicken.

Über dem Bett hängt ein Ölbild, das einen Garten zeigt, mit einem Teich und einem Brunnen, hoch auf einem Berg; unten dehnt sich ein weites, ruhiges Meer. Es wirkt wie ein Fantasiebild, als könnte dort ein Geist erscheinen und drei Wünsche gewähren. Ich kann es kaum erwarten bis morgen, ich denke schon ans Aufwachen, ans Frühstücken auf der breiten Fensterbank mit Blick auf die Straße und die Welt jenseits davon. Dann werde ich mich umdrehen, das Bild betrachten und mir vorstellen, dass das Haus des Trainers später einmal mir gehört, wenn ich berühmt bin und so reich, dass ich überall auf der Welt leben kann, wo immer ich will. Ich würde mich nie beengt fühlen in diesem Haus, ich würde mich nie verloren fühlen.

Ich stelle meine Tasche aufs Bett, und der Trainer zeigt mir den Rest des Hauses. Oben gibt es ein zweites Schlafzimmer mit einem Einzelbett, einem kleinen Schreibtisch mit schräger Platte. An der Wand sind allerlei Trainingsgeräte aufgestapelt: ein

Laufband, ein Rudergerät, Hanteln und eine Drückbank. Daneben steht ein Klappbett, ähnlich einem Feldbett oder einer Campingliege. Kissen und Steppdecke sind frisch bezogen. Voller Genugtuung betrachte ich es – ich werde heute Nacht nicht hier kampieren.

Im Halbdunkel neben der Tür entdecke ich fünf Fotos, alle von Schwimmern. Zwei alte Schwarzweißaufnahmen sind dabei, auf denen die Badehosen der Jungen wie Unterhosen aussehen. Die anderen sind Farbfotos. Ich nehme nur das in der Mitte wahr: Es zeigt mich selbst am Beckenrand, idiotisch grinsend, aber voll Stolz, die Arme um meinen zitternden Oberkörper geschlungen.

»Das war letztes Jahr, als ich die Schulmeisterschaften gewonnen habe, oder?«, frage ich den Trainer aufgeregt.

»Ja.« Er nickt. »Das bist du, Danny.« Er sagt noch etwas zu den beiden anderen Jungen, aber ich höre kaum noch zu. *Ich* hänge bei ihm an der Wand, genau in der Mitte. Also muss ich für ihn der Stärkste, der Schnellste, der Beste sein.

Im Flur sind die Wände tapeziert, und es riecht muffig, doch ich achte nicht darauf. Der Trainer führt mich rasch durch das Wohnzimmer in die kleine Küche und von dort in den schräg abfallenden Garten. Es ist kein richtiger Garten, nicht so einer wie zu Hause, mit Rasen und Blumen und Gemüsebeeten, eher ein Hof mit ein paar verwitterten Gartenstühlen. Es gibt hier keine Blumen, kein Gemüse, nur gelbes Gras und einen Betonweg. Aber das macht nichts, denn von hier aus sieht man die Lichter der Stadt unten flimmern.

»Wow«, sage ich. »Wow, wie nah die Stadt ist!«

Der Trainer zeigt auf den Zaun hinten, auf eine Gartentür, die aus einer ausrangierten Holztäfelung gemacht ist. »Wenn man da raus und den Weg nach links geht, immer weiter, dann kommt man an den Fluss.«

»Toll ist das hier!«

Ich habe gar nicht gemerkt, dass ich es laut ausgesprochen habe, aber der Trainer strahlt, der Trainer nickt mit dem Kopf und strahlt.

Wir setzen uns an den Küchentisch, und er schneidet eine Salami auf, legt die Scheiben auf Kräcker und gibt sie mir.

»Warte bis heute Abend, wenn ihr Jungs die Pizza probiert. Marikas Pizza, das ist was anderes als der Dreck, den ihr sonst esst, mit diesem billigen Käse und dem Gemüse, das nach nichts schmeckt.« Der Trainer schnippt mit den Fingern, fast wiegt er sich hin und her. »Marikas Pizza ist die beste der Welt. Ihr werdet sehen – wenn ihr die esst, werdet ihr sagen: ›Das ist die beste Pizza der Welt.‹«

Nur drei aus der Mannschaft fahren nach Adelaide: Taylor, Wilco und ich. Der Trainer bringt uns morgen hin. Es sind nicht die australischen Meisterschaften – ich kann es kaum erwarten, *dort* zu glänzen –, nichts so Bedeutendes, es ist ein U16-Wettkampf, und der Trainer will, dass wir daran teilnehmen. Er will, dass Swimming Australia auf uns aufmerksam wird, sagt er, diese arroganten Ärsche sollen mal sehen, was wahres Talent ist, sagt er. U16 bedeutet, dass Fraser und Scooter nicht dabei sind. Wilco ist gerade noch reingerutscht. Wäre er vier Wochen früher geboren, wären nur Taylor und ich aufgestellt worden. Das wäre genial gewesen.

»Habt ihr Hunger?«, fragt der Trainer, und wir drei brüllen: »Und wie!« Er ruft an und gibt die Bestellung auf, dann schnippt er mit den Fingern, wieder und wieder: Marikas Pizza sei die beste der Welt.

Nachdem er losgefahren ist, um sie zu holen, sagt Taylor: »Was hat er nur dauernd mit seiner Scheißpizza? Und wieso ist er so aufgekratzt? Was ist denn los mit ihm, was zum Teufel läuft hier?«

Ich beiße mir auf die Unterlippe. Der Trainer ist glücklich, sieht Martin das nicht? Der Trainer ist einfach nur glücklich.

Wilco sagt: »So ist er immer, wenn er die Mannschaft da hat, dann ist er immer gut drauf.« – »Weil er sonst nie Besuch bekommt«, meint Fraser, »der ist ein fettes, einsames altes Schwein«, sagt er.

Ich kann Taylors Frage nicht beantworten. Ich kann Wilco nicht ansehen. Ich wage nicht, den Mund aufzumachen. Sonst würde ich sagen: »Der Trainer ist nicht einsam. Der Trainer hat doch uns.« Aber das ist es nicht, was mich nervt, was den Aufruhr in meinem Bauch verursacht. Der eigentliche Grund ist, dass Wilco schon mal hier war, dass Wilco das Haus kennt. Dass Wilco es schon vor mir gekannt hat.

Der Trainer hat recht. Es ist die beste Pizza, die ich je gegessen habe. Anfangs kommt mir die Kruste zu dünn vor, und der Belag ist komisch, es scheint überhaupt kein Käse dabei zu sein. Die Pizzen sind mit Paprika und Kürbis belegt, mit dünnen Kartoffelscheiben und Auberginen, eine sogar mit Minze. Aber kaum habe ich davon gekostet, muss ich sie gierig hinunterschlingen. Ich nehme ein Stück, zwei, ich muss mich bremsen, um nicht mehr zu essen, als mir zusteht. Aber das würden Taylor und Wilco gar nicht zulassen, sie stopfen sich die Pizza genauso gierig hinein wie ich, scheinbar ohne zu kauen. Hinterher sind unsere Münder fettverschmiert. Ich rülpse, und Martin grinst und sagt: »Prost Mahlzeit, Dino«, aber ich weiß inzwischen, dass es keine Beleidigung ist, dass es nichts zu bedeuten hat. Ich rülpse noch einmal, und jetzt bin ich es, der grinst.

»Das ist wirklich die beste Pizza der Welt«, sage ich.

Der Trainer trägt die Kartons hinaus, und ich spüle das Geschirr, Wilco trocknet ab, und Taylor wischt den Küchentisch sauber. Keiner von uns hat ein Wort gesagt, wir haben uns stillschweigend darauf verständigt, dem Trainer die Arbeit abzunehmen und ihm so unsere Dankbarkeit zu zeigen. Als wir fertig sind, schiebt er uns ins Wohnzimmer und holt ein Kartenspiel unter dem Couchtisch hervor.

Wir spielen Gin Rommé, dann bringt der Trainer Taylor und mir Poker bei, erklärt uns, was eine Straße, was ein Royal Flush ist und wie man blufft. Spielen sei etwas ganz anderes als Schwimmen, sagt er, es sei reine Glückssache. Wir drei werfen uns verstohlene Blicke zu, wenn er austeilt oder die Karten mischt. Keiner von uns hat ihn je so beschwingt und gesprächig erlebt. Ich kann kaum fassen, wie viel er redet. Natürlich nur übers Schwimmen und nur über den Wettkampf in Adelaide. Aber er spricht voller Enthusiasmus, er lacht viel, und ich frage mich, ob ich ihn überhaupt schon einmal lachen gehört habe. Er zieht uns auf, er schimpft mit uns, dann zieht er uns wieder auf. Und wenn er gewinnt, ist er laut und schadenfroh, wie Theo, wenn ich ihn beim Schnippschnapp gewinnen lasse. Als wäre er nicht der Trainer – als wäre er einer von uns.

Nachdem er wieder eine Runde gewonnen hat, sagt er: »Das war's, Jungs, wir haben morgen eine lange Fahrt vor uns. Zeit, schlafen zu gehen.«

Und Wilco – natürlich, wer sonst – muss unbedingt noch fragen: »Und wer schläft wo?«

Ich sehe auf meine Karten hinab, auf die roten und schwarzen Zahlen, die diagonal abgeschnittenen Bilder der Könige und Damen. Der Trainer sagt: »Ich schlafe hier«, und als ich aufblicke, zeigt er auf das Sofa. »Danny schläft im vorderen Zimmer, du und Taylor, ihr schlaft im Gästezimmer.« Und bevor Wilco etwas sagen kann, fügt er hinzu: »Das ist nur fair. Danny war als Erster hier.«

Wilco protestiert nicht. Mit dem Trainer diskutiert man nicht, auch nicht, wenn er in dieser seltsam aufgedrehten Stimmung ist.

Da sagt Martin: »Danny hat das verdient, weil er der Beste ist – er ist der beste Schwimmer von uns.«

»Sagt wer?«, fragt Wilco spöttisch.

Einen Moment lang herrscht Stille, dann kommandiert der Trainer: »Los jetzt, ab ins Bett!«

Doch der verdammte Wilco gibt keine Ruhe. Immer noch sieht er Martin spöttisch an. »Was läuft da zwischen dir und Kelly, Taylor? Seid ihr Schwuchteln, oder was?«

»Quatsch«, antwortet Martin kühl und zwinkert mir zu. »Wir sind nur beste Freunde.«

Ich darf nicht an Demet denken, ich darf nicht an Luke denken. Ich zwinkere zurück. »Ja, wir sind beste Freunde.«

Nachdem ich mir die Zähne geputzt habe und auf der Toilette war, gehe ich durchs Wohnzimmer zurück. Der Trainer hat ein Laken über das Sofa gebreitet und legt eine Decke darauf.

»Danke für den Abend«, platze ich heraus. »Vielen, vielen Dank, das war klasse.«

»Ja, hat's dir gefallen?«

»Ja, ja«, sage ich immer wieder. »Ja, das war genial.«

Der Trainer sieht mich scharf an. Er kommt heran und klopft mir auf die Brust. »Du bist kräftig da, Kelly, das merkst du doch, oder?«

Ich bin nicht sicher, was er meint, aber ich weiß, dass meine Brustmuskeln sich entwickeln, mächtiger werden. Das spüre ich.

»Beim nächsten Wettkampf möchte ich, dass du im Schmetterling antrittst. Ich denke, da würdest du gut abschneiden.«

Ich bin verwirrt, ich weiß nicht, warum er das sagt. Der Schmetterling ist Anstrengung und Geschicklichkeit, ist die reine verdammte Schwerarbeit. Mein Körper kennt den Schmetterling nicht, mein Körper kennt den Freistil, mein Körper weiß, dass der Freistil meine Schwimmart ist.

»Vertrau mir«, sagt der Trainer, als hätte er meine Gedanken erraten, als sei er mir weit voraus. »Hör auf deinen Körper. Der Schmetterling könnte deine Schwimmart sein.«

Mein Bett ist mit Biberbettwäsche bezogen, die viel zu warm ist. Aber die Matratze ist fest und bequem, und ich weiß, dass ich schnell einschlafen werde. Es ist gar nicht wie in einem fremden Zimmer, es ist, als hätte ich schon immer hier geschlafen, als wäre ich in diesem Zimmer zu Hause. Ich denke nicht an die Fahrt nach Adelaide, ich denke nicht an den Wettkampf, ich denke nicht ans Schwimmen oder an meine Schwimmarten. Ich denke nicht an Demet oder Luke. Martin hat gesagt, wir sind beste Freunde. Ich kann nur an Martins Worte denken: dass wir beste Freunde sind. Und daran, dass ich mich wie zu Hause fühle.

Donnerstag, 24. Juni 2010

»Willst du wirklich nach Hause?«

Luke hielt ein Smartphone in der Hand, und ein Gerät, das Dan nicht kannte, klemmte an seinem Gürtel. Sie saßen in der Quantas-Lounge des internationalen Flughafens in Hongkong, beide bei ihrem zweiten Bier. Luke entschuldigte sich jedes Mal, wenn er sein Handy checken musste. Als er das Gesicht verzog und meinte, er müsse den Anruf annehmen, hob Dan die Hand, zum Zeichen, dass er kein Problem damit habe, und sagte: »Geh ruhig ran.«

Es machte Dan nichts aus. Er trank langsam sein Bier und freute sich, dass er in Asien war, einen Kontinent näher an zu Hause. Er wusste natürlich, dass er nicht wirklich in Asien war, er befand sich im Niemandsland der internationalen Transitzone. Aber Barpersonal und Bedienungen waren durchweg Chinesen, und von dem kantonesischen Buffet zogen holzige, würzige Düfte heran. Es war nicht Schottland, es war nicht Europa. Es war ein Stück näher an zu Hause.

Er war erschrocken über die Tränen, die in seinen Augen brannten, als das Flugzeug die schiefergrauen Wolken durchbrach und unten die Inseln Hongkongs auftauchten. Er hatte tief eingeatmet beim Anblick des leuchtenden Grüns der Wälder, der dunklen Tiefen des Wassers und der lebendigen Klarheit des Lichts. In Europa war der Himmel, waren Land und Meer von verhaltener Schönheit gewesen. Diese schimmernden Inseln dagegen, die wie Trittsteine im Meer lagen, schienen einer anderen Welt anzugehören, einer Welt, die seiner Heimat viel näher war.

Luke hatte das Treffen in Hongkong vorgeschlagen. *Ich kann meinen Flug umbuchen*, hatte er gemailt. *Ich muss erst Donnerstag früh in Seattle sein.* Dan hatte bis zu seinem Anschlussflug nach Melbourne vier Stunden Zeit totzuschlagen. Er hatte kaum auf ein Treffen mit seinem alten Freund zu hoffen gewagt, doch als er an einem Computerterminal in Heathrow seine Mails checkte, hatte er Lukes Nachricht vorgefunden, dass es mit der Umbuchung geklappt hatte. *Wir können uns in Hongkers betrinken*, hatte er geschrieben. *Du fehlst mir, Kelly, ich kann's kaum erwarten, dich zu sehen.*

In den ersten Minuten waren sie beide befangen gewesen. Dan war sich bewusst, dass er nach dem langen Flug nicht eben angenehm roch und dass er unmöglich angezogen war: ein ausgefranster mehrfarbiger Kapuzenpulli und eine hässliche, schlabbrige Trainingshose. Luke trug einen gut geschnittenen anthrazitgrauen Anzug, er hatte den Körper eines Fitness-Fanatikers und einen gepflegten kurzen Bart, der ihm gut stand und ihm etwas Seriöses, Gediegenes verlieh. Als Dan in Lukes Ringerumarmung den seidigen Bart an seiner Wange und die muskulösen Arme seines Freundes spürte, hatte er sich staunend klargemacht, dass sie keine Jungen mehr waren, dass sie jetzt Männer waren.

Luke hatte sein Telefonat beendet und sich in den Klubsessel Dan gegenüber fallen lassen. Und dann hatte er mit kaum verhohlener Skepsis gefragt: »Willst du wirklich nach Hause?«

Seine Frage hatte Dan die schlimmen letzten Wochen in Glasgow in Erinnerung gerufen, und seine Wangen brannten vor Scham. Clydes ganze Wut, sein ganzer Kummer und seine Enttäuschung hatten sich in höhnischen, bitteren Attacken gegen Australien Luft gemacht. *Dann geh doch zurück an den Arsch der Welt.* Dan hatte Gift und Galle stoisch ertragen, und das hatte Clyde nur noch wütender gemacht. Dan war froh gewesen, nach London zu kommen und in der riesigen, anonymen Metropole unterzutauchen. Er hatte sich in einem Hostel in Shepherd's Bush ein Zimmer genommen, über Inserate in *Gumtree* oder Anschläge in Kneipentoiletten hatte er Gelegenheitsjobs als Gipser oder Hilfsarbeiter gefunden, und abgesehen von der unumgänglichen Verständigung mit seinen Arbeitskollegen hatte er mit niemandem gesprochen. Er hatte genug von den Worten. Worte hatten Clyde nicht zu besänftigen vermocht.

Dan wusste nicht, was er auf Lukes Frage antworten sollte. Er versuchte sich eine Erklärung zurechtzulegen, war sich aber nicht sicher, ob er seinen Freund überzeugen konnte. Doch Luke begann hektisch Konversation zu machen, ohne Dans Antwort abzuwarten – offensichtlich spürte auch er die Fremdheit zwischen ihnen, die irritierende Distanz. »Katie und ich können uns nicht vorstellen, wieder in Australien zu leben. China hat uns verwöhnt. Wenn wir in Melbourne sind, kommt es uns jedes Mal vor, als wäre die Zeit zurückgedreht worden. Die Selbstzufriedenheit, die Eigenbrötelei, die Selbstgefälligkeit – das nervt.«

Dan nickte, als ginge es ihm genauso. Er fühlte sich wehrlos, und in seiner Magengrube meldete sich das altbekannte Gefühl der Beschämung. Er hatte kein Gegenargument parat. Für Luke war die Rückkehr nach Australien ein Rückzug, die Zukunft waren China, die EU, Lukes Welt des Handels, der Finanzen und der Vielfliegerpunkte. Es war eine kosmopolitische Zukunft, die eine Rückkehr ausschloss, denn Rückkehr hätte zwangsläufig Rückschritt bedeutet. Wandel und Veränderung – das war die Zukunft. Wie hätte Dan da eingestehen können, wie sehr er sich danach sehnte, dass alles so blieb, wie es war?

»Ich freu mich auf den Sommer«, sagte er verlegen lächelnd. Aber auch das war nicht das Richtige.

»Was ist denn so toll am australischen Sommer?«, konterte Luke. »Ich hab so die Nase voll von diesen Expat-Aussies, die sich endlos darüber auslassen, wie herrlich unsere Strände sind und wie schön das Wetter bei uns ist. Dazu macht man Urlaub: Man geht an einen tollen Strand und genießt das tolle Wetter. Aber das hat mit der realen Welt nichts zu tun«, schloss er anklagend.

Dan trank von seinem Bier und wünschte, sein Flug würde aufgerufen, wünschte, er säße schon neben einem stummen Fremden im Flugzeug.

»Ich weiß natürlich nicht, wie lange wir noch in Beijing bleiben – Katie möchte unbedingt, dass die Kinder in Europa oder in den Staaten zur Schule gehen.« Luke sah blinzelnd auf die lange Reihe der Flugzeuge hinaus. Und dann erzählte er, wie streng das Schulsystem in China sei, reines Auswendiglernen, für Fantasie bleibe da kein Raum, sie hätten längst in London oder in DC sein sollen, aber die verdammte Wirtschaftskrise blockiere ja alles. Jobs gebe es nur in China, und es sehe so aus, als müssten sie vorerst im Reich der Mitte bleiben, aber er wolle seine Kinder nicht in einem Land großziehen, in dem man sie als Bananen bezeichne: außen gelb und innen weiß. Er und Katie wollten nicht dieses Expatleben für die Kids, das sei nicht die reale Welt. Sollten sie doch nach Australien zurückgehen, dann nur wegen der Ausbildung der Kinder, lieber würden sie in Europa oder in den USA leben. Wie lange diese verfluchte Wirtschaftskrise denn noch dauern könne?

Und dann, verschämt, als könne er selbst kaum glauben, was er da tat, schob er sein Handy zu Dan hinüber und führte ihm eine Diashow vor: Luke in einem kurzärmeligen Hemd, ein Baby auf einem Knie, ein in die Kamera strahlendes kleines Mädchen in einem Hängekleidchen auf dem anderen (das ist Costa, das ist Lissa), eine ernst blickende Katie mit einer kichernden Lissa im Arm, im Hintergrund aus einem jadegrünen Meer aufragende zerklüftete Felsen (letzte Weihnachten waren wir in Vietnam), Lissa, vor einem mageren grauhaarigen Mann und einer zierlichen, gestresst wirkenden Frau stehend, die den kleinen Jungen auf dem Arm hält (das sind Mum und Dad in Samos, wir haben sie zu ihrem dreißigsten Hochzeitstag dorthin eingeladen). Auf dem letzten Bild blickte eine ältere Asiatin, viel älter als Lukes Mutter, ernst in die Kamera. Lissa hatte die Arme um sie geschlungen, Costa umhalste sie – die Kinderfrau, in der Wohnung zu Hause.

»Toll«, sagte Dan. »So hübsche Kinder!«

Und mit einem Mal war es, als seien die Jahre nicht vergangen, als hätten die Jahre sie nicht geformt und verändert, denn Lukes dankbares Lächeln war wieder das des Jungen, der zu Danny Kelly aufgeblickt hatte. Die Befangenheit begann sich zu lösen. Luke beugte sich vor und stieß leicht mit der Faust gegen Dans Faust. »Ich freu mich so, dich zu sehen, Kumpel.« Er ließ sich in den Sessel zurückfallen. »Es sind wirklich tolle Kinder, Katie und ich sind so stolz auf sie. Und ich bin froh, dass wir sie hier bekommen haben, ich bin froh, dass wir ihnen die Welt zeigen können.«

Da erkannte Dan, dass es Luke im Grunde gar nicht interessierte, ob er, Dan, nach Hause wollte oder nicht. Es ging Luke nicht um seinen Freund – er rechtfertigte sich vor sich selbst, er überzeugte sich selbst, dass Katie und er das Richtige taten. Veränderung oder Rückzug – beides war eine Zukunft, an die man einfach glauben musste.

Dan wusste jetzt, was er seinem Freund antworten konnte, wusste genau, was er sagen musste. »Ich muss nach Hause. Meine Familie fehlt mir, ich will zu meinen Leuten zurück. Ich will meine neugeborene Nichte sehen.«

Es war die richtige Antwort. Lukes Schweigen und sein warmes Lächeln verrieten, dass er verstanden hatte.

Dan sprach über Schottland, Luke erklärte China. Sie tranken jeder noch ein Bier, und dann fragte Luke taktvoll und sehr behutsam nach der Trennung von Clyde. Clyde musste Katie per Mail davon berichtet, vielleicht sogar mit ihr telefoniert haben. Wie viel wusste Luke? Die Uhr in der digitalen Abfluganzeige über ihnen lief rückwärts, und es blieb nicht mehr genug Zeit für dieses Thema. Dan wollte Luke gern von Clyde erzählen, und vielleicht würde er es auch irgendwann tun. Aber sie brauchten mehr Zeit, sie mussten Landkarten füreinander entwerfen, den Bereich ihrer Erfahrungen darauf schraffieren, die Straßen eintragen, über die sie gereist waren, die Grenzen markieren, an die sie gestoßen waren, die Städte der Arbeit, der Liebe, der Sehnsucht einzeichnen. Tiefe Traurigkeit übermannte ihn – wie lange würde es dauern, ihre gemeinsame Vergangenheit zu sichten und sie mit ihrer beider Gegenwart in Einklang zu bringen? Er wünschte, er hätte die Zeit, das Reich zu erkunden, das sein Freund sich geschaffen hatte.

Er würde dafür sorgen, dass sie die Zeit fanden.

Luke begleitete ihn noch bis zum Flugsteig. Seine Umarmung erdrückte ihn fast. Dan konnte kaum fassen, wie stark Lukes Arme waren, wie kraftvoll die Umarmung. Der ganze Mensch und ihre gemeinsame Vergangenheit lagen in dieser Umarmung.

»Ich wollte dich in Schottland besuchen, wirklich, aber irgendwie ist mir die Zeit davongelaufen. Es tut mir leid.«

Theo und Dan saßen bei ihren Eltern im Garten. Theo drehte sich einen Joint. Trotz des kühlen Abends trug er nur ein blaues Unterhemd. Dan konnte kaum die Augen von seinem Bruder wenden; es war schon fast anstößig. Der jüngere Mann war schlank und athletisch gebaut, seine Haut von der Arbeit in der Sonne goldbraun. Er hatte sich die Haare wachsen lassen, seine Locken fielen ihm bis auf die Schultern, und er musste sich immer wieder die Strähnen aus den Augen streichen. Er hielt seinem Bruder den Joint hin, doch Dan lehnte ab.

»Bist du immer noch gegen Drogen?«

»Das ist keine Frage der Moral«, antwortete Dan. »Sie tun mir einfach nicht gut. Ich hab dann das Gefühl, ich ertrinke.«

Theo nahm einen tiefen Zug von dem Spliff und stieß eine lange, dicke Rauchfahne aus. »Für mich ist es im Moment das Einzige, was mich aufrecht hält.«

Ihre Eltern waren endlich zu Bett gegangen. Ihre Mutter hatte von dem Augenblick an, als Dan die Sicherheitsschleuse des Flughafens in Melbourne verlassen hatte, gar nicht wieder aufhören können, ihn zu umarmen und zu küssen. Sein Vater hatte zurückhaltender reagiert, doch auch er hatte ihn an sich gezogen und gesagt, wie schön es sei, ihn wieder hier zu haben.

Keiner fragte nach Clyde, und Dan war froh darüber. Er erzählte von Schottland, von Glasgow und Partick, vom Süden und vom Westen der Stadt, beschrieb die frappierenden Farben der Küste, der Wälder und Berge Argylls: ein Blau und ein Grün, wie er es nie zuvor gesehen hatte, ein Licht, so weich, wie er es in Australien nie erlebt hatte.

Dann fragte er nach Regan, und sein Vater sagte: »Ich hätte sie gern hier, sie sollte besser nach Hause zurückkommen.« Seine Mutter weinte, Schottland, Europa, die ganze Welt dort fielen von Dan ab und waren bald vergessen. Er war wieder zu Hause.

Und jetzt waren er und Theo zum ersten Mal seit Jahren allein und redeten miteinander.

»Was ist passiert?«

»Das Gleiche wie bei dir. Ich hab mich von Annalise getrennt. Das ist jetzt fast zwei Monate her, aber es ist immer noch die Hölle. Die Hölle, sag ich dir.« Theo spähte durch ein Gewirr goldener Locken. »Geht's dir auch so?«

Erst jetzt bemerkte Dan die tiefen Schatten unter den Augen des Jüngeren, die scharfen Linien seines Kinns und seiner Wangenknochen. Er kann nicht schlafen, dachte Dan, er kann nichts essen. Er setzte sich auf die Betonstufen zu Theos Füßen. Er hätte seinem Bruder gern die Hand aufs Knie gelegt, ihn einfach nur berührt – eine Berührung konnte mehr sagen als Worte. Aber er wusste nicht, ob Theo es gewollt hätte; vielleicht wäre er davor zurückgescheut.

Dan kannte Annalise nicht, hatte sie nie gesehen.

»Geht's dir auch so?« Theos Frage war ein Flehen. »Tut's noch weh, dass du nicht mehr mit Clyde zusammen bist?« Er wollte um keinen Preis mit seinem Schmerz allein sein.

»Ich war nicht in Clyde verliebt«, sagte Dan. »Das ist mir klar geworden, als ich gemerkt habe, wie erleichtert ich nach der Trennung war.« Er berührte Theo nicht. Er beugte sich vor und strich mit den Fingern durch das ungemähte Gras. »Ich glaube, das mit Clyde hat mich wieder ins Leben zurückgeholt.« Dans Wangen glühten, und sein Herz raste. »Du weißt schon, nachdem ich diese elende Scheiße gebaut hatte und im Knast gelandet war.« Die nächsten Worte waren die schwersten, sie kamen nur mühsam heraus, tief aus dem Bauch, aus dem Inneren seiner Blutzellen. »Nachdem ich im Schwimmen versagt hatte«, fuhr er mit belegter Stimme fort, »nachdem ich auf der ganzen Linie versagt hatte.« Er zitterte, aber nicht vor Kälte. Er konnte seinen Bruder nicht anschauen, konnte nicht ertragen, was er möglicherweise in Theos Augen sehen würde. »Nachdem ich euch im Stich gelassen hatte.« Er hielt inne und trank von seinem Bier, um Mund, Zunge und Hals zu kühlen. Sein ganzer Körper glühte.

Auf der anderen Seite des Zauns ging ein Licht an, ein gelber Schein, und ein alter Mann rief: »Pschsch, Pschsch, Caruso, wo bist du?« Die Brüder lachten, als hinten im Garten eine schlanke Tigerkatze auftauchte und auf den Zaun sprang.

»Also wohnen die Rizzos noch nebenan?« Dans Stimme klang wieder normal.

Theo nickte, drückte den Joint an seiner Schuhsohle aus und warf den Stummel in den Garten. »Ich hab Annalise geliebt, und ich tu's immer noch. Und du hast mich nicht im Stich gelassen, du Blödmann – nicht damals, als es aus war mit dem Schwimmen. Du hast mich im Stich gelassen, als du gegangen bist, als du nichts mehr mit uns zu tun haben wolltest. Das hat scheißweh getan.«

Ich will weg, dachte Dan. Ich halte das nicht aus, den Druck, die Scham. Doch er blieb sitzen. Er würde nicht aufstehen, er würde nicht weggehen. Inzwischen merkte er es sofort, wenn die Scham im Bauch einsetzte, wenn die Galle sein Inneres überschwemmte, in sein Blut drang. Er wusste, dass die Wut und das Gift in ihm ein Ventil brauchten, als könnte sich die Scham in Zorn verwandeln und er könnte alles herauslassen, auf seinen Bruder losgehen, seinem Bruder den Hals umdrehen: Es hatte nichts mit dir zu tun, ich konnte nicht an dich denken, ich war am Ertrinken, ich bin abgestürzt, bin auf die Erde gestürzt, ich konnte nicht an dich oder an Mum oder an Dad oder an Regan oder an sonst wen denken. Er hätte von der kalten Steinstufe aufspringen, seinem Bruder das Gesicht zu Brei schlagen, ihm den Hals umdrehen können: Es hatte nichts mit dir zu tun, du kleines Arschloch. Ich war am

Abstürzen, ich war am Ertrinken. Die Ausreden und die Entschuldigungen lagen ihm auf der Zunge – er war bereit zuzuschlagen, zu flüchten. Seine Muskeln spannten sich an, seine Zähne pressten sich aufeinander. Er wandte sich seinem Bruder zu.

Theo war jetzt ein junger Mann, ein Erwachsener. Seine Hände waren groß und schwielig, seine Haut von der Sonne gebräunt. Er kratzte sich an der Arminnenseite, wie immer, wenn er nervös oder ängstlich war.

Dan nahm den Duft des alten Eukalyptusbaums hinten im Garten wahr. Die Rinde schimmerte im Mondlicht silbern, die Krone glänzte im Licht der Straßenlaternen. Dan ließ den Atem wieder fließen. »Was ich getan habe, tut mir wirklich leid, Theo. Es tut mir wirklich leid, dass ich dir wehgetan habe.«

Die beiden Brüder saßen schweigend auf den Stufen. Schließlich legte Theo die Hand auf Dans Schulter und schnippte ihm dann mit dem Finger kräftig gegen den Hinterkopf, so kräftig, dass es schmerzte. Dann gackerte er los und schlug sich vor Vergnügen über Dans Empörung auf den Schenkel. »Sind wir jetzt quitt?«

Dan musste lachen. Die Frage rief ihm kindliche Gefechte und Neckereien in Erinnerung. »Ja, okay, wir sind quitt.«

Er stand auf, reckte die Arme zum Nachthimmel empor, atmete tief ein. »Herrlich riecht das«, staunte er, »der Eukalyptus, die reine Nachtluft.« Nicht nur der Horizont, nicht nur das Licht reichte in Australien ins Unendliche, sondern auch Geräusche und Gerüche.

Theo schnaubte. »Du bist ein Idiot. Ich rieche hier nur die beschissene Schnellstraße. Was ist so toll daran?«

Da sagte Dan: »Erzähl mir von Annalise.«

»Was willst du wissen?« Es klang zaghaft, unwillig.

»Wie sieht sie aus?«

Theo ging ins Haus und kam mit einem Laptop zurück. Er setzte sich wieder auf die Stufen, Dan nahm neben ihm Platz, und sein Bruder schaltete den Computer ein. Der Bildschirm leuchtete weiß, dann blau, dann erschien ein Foto: Theo mit einer jungen

Frau im Arm. Sie hatte eine glatte weiße Haut, ihr ernster Mund lächelte nicht, und auch die Augen blickten ernst unter den schweren Lidern – sie beherrschten das Gesicht. Theo lächelte, das Haar trug er viel kürzer als jetzt. Dan sah die grenzenlose Liebe in den Augen seines Bruders, die offenkundige Ergebenheit. Er wusste genau, was sein Bruder im Moment der Aufnahme gefühlt hatte. Annalises Augen dagegen verrieten nichts, sie hatte der Kamera keinerlei Einblick gewährt.

»Eine schöne Frau.«

»Ja, wem sagst du das?« Theos Stimme brach, und er knallte den Laptop zu. »So, jetzt hast du sie gesehen«, sagte er kühl.

»Seht ihr euch überhaupt noch?«

»Im Moment ist sie bei Verwandten in Townsville. Nächste Woche kommt sie zurück«, antwortete Theo mit erstickter Stimme. »Aber sie will mich nicht sehen, sie hält es für das Beste, wenn wir uns eine Weile nicht sehen.«

Für Dan gab es dazu nichts zu sagen. Worte würden Theo nicht guttun, würden vielleicht auch ihm selbst nicht guttun.

Theo holte einen Tabaksbeutel hervor und begann sich noch einen Joint zu drehen. Dan blickte zum Himmel auf, zum fernen Flimmern der Sterne. Der Himmel war hier so viel höher als in Europa – es kam Dan vor, als betrachte er die Decke der Welt. Hier mussten sich die Sterne anstrengen, mussten sich mehr ins Zeug legen, um ihr Licht leuchten zu lassen.

Erst nachdem er an seinem Joint gezogen hatte, sprach Theo wieder. Nikotin und Marihuana stabilisierten seine Stimme, drängten die Tränen des Zorns und der Sehnsucht zurück. »Wie hast du gemerkt, dass du nicht in Clyde verliebt bist? Wie wusstest du das?«

Ich weiß es, weil ich ihn nicht mehr sehe. Weil ich mich nicht mehr an seine Augen, seinen Mund, seine Haut, seinen Schwanz, seine Eier erinnere, mir seinen Gang nicht mehr vorstellen, seine Stimme nicht mehr hören, mir seinen Geruch und auch seinen Geschmack nicht mehr zurückrufen kann. Weil er so schnell weg war.

»Weil ich ihn nicht vermisse.«

»Ja, jetzt«, beharrte Theo, als könnte Dan ihm etwas sagen, was seinen Schmerz erträglich machte. »Aber als du noch mit ihm zusammen warst, hast du da schon gemerkt, dass du nicht in ihn verliebt bist? Meinst du, du hast ihn überhaupt jemals geliebt?«

Martin Taylors Stimme war ein tiefes, kehliges Vibrato gewesen, schon früh eine Männerstimme. Dan erinnerte sich deutlich an die markante Kerbe in Martins Kinn und daran, wie sehr er sich gewünscht hatte, den Finger genau auf diese Stelle zu legen. Er sah noch die sandfarbenen Haarbüschel in Martins Achselhöhlen vor sich, nass auf der zarten weißen Haut ausgebreitet, einer Haut, die nach dem Schwimmen rosa glühte. Er sah noch die klaren steingrauen Augen, den festen, selbstsicheren Blick. Und er erinnerte sich an Martins Geruch – eine Droge, zu der sich alle Ausdünstungen des Jungen verbanden, berauschend, fast halluzinogen –, an seinen Körpergeruch und den Chlorgeruch. Nachts konnte Dan ihn riechen, nachts konnte er Martin riechen. An Martin erinnerte er sich in allen Einzelheiten.

»Nein, ich glaube nicht, dass ich ihn jemals geliebt habe.«

»Warum zum Teufel bist du dann bei ihm geblieben? Warum zum Teufel bist du mit ihm nach Schottland gegangen?« Theos Stimme schwankte jetzt wieder, der träge Sog der Droge lag im Kampf mit dem Zorn in seinem Innern.

Plötzlich begriff Dan: Annalise hatte Theo nie gesagt, dass sie ihn liebte, hatte ihm dieses Geschenk nie gemacht.

»Ich bin nicht seinetwegen nach Schottland«, antwortete er. Er sah das jetzt in aller Klarheit, und er erschrak über seinen scharfen Ton, über die unbarmherzige Ruhe der Wahrheit. »Ich bin meinetwegen hin.«

Theo schüttelte verständnislos den Kopf.

Dan seufzte. Würde er Worte ewig als eine Last empfinden? Er hatte das letzte halbe Jahr praktisch schweigend verbracht, allein in London, wo er niemanden gekannt, niemanden gehabt hatte. Nur das Schweigen hatte er gehabt, und er war damit zufrieden gewesen. Jetzt sah er sich wieder der Tücke der Worte ausgesetzt – was sollte er sagen und was verschweigen, was erschaffen und was zerstören?

Was erschaffen?

»Ich hatte eine Zukunft«, sagte er schließlich, und er war erstaunt, als die Worte zu fließen begannen: Die Laute kamen als Erste heraus – das war es, was ihn erschütterte –, dann formten sich Worte aus den Lauten, Worte, Sätze und Sinn waren ursprünglich Laute, waren ursprünglich Atem. »Ich hatte eine Zukunft, und ich wollte einer der größten Schwimmer aller Zeiten werden, und ich war nicht gut genug, und es hatte nichts mit Talent, mit Können oder mit meinem Körper zu tun, es hatte mit meiner Person zu tun. Ich war einfach nicht gut genug. Alles, was ich hatte, war diese Zukunft, und als mir diese Zukunft genommen wurde, war nichts mehr da – und es tut mir leid, dass nicht einmal du genug warst, dass nicht einmal ihr genug wart, meine Familie. Da war nur noch diese Leere, ich selbst war nur noch diese Leere. Alles, was ich konnte, war Schwimmen, und alles, was ich wollte, war Schwimmen, und weil ich nie wieder schwimmen konnte, war da, wo ein Mensch hätte sein sollen, nur noch diese Leere, und ich hasste mich dafür, dass ich nicht stark genug und nicht gut genug war. Es interessiert mich einen Dreck, was damals alle gesagt haben: dass ich ja nicht mehr tun konnte, als mein Bestes zu geben, dass nicht jeder ein Sieger sein kann, dass nicht jeder seine Träume wahr machen kann. Das ist alles Quatsch – ohne meinen Traum war ich nur noch Leere, war ich nicht mehr vorhanden. Ich hatte versagt. Das Versagen war in mir, und ich wusste nur eins: dass ich nicht stark genug war. Und so ließ ich mich nur noch treiben. Mein Leben war ein einziges Sichtreibenlassen, und genau das hatte ich im Wasser nie ertragen können: mich einfach nur treiben, mich tragen zu lassen. Das Schöne am Schwimmen war ja gerade, dass ich im Wasser fliegen konnte, für mich war das Wasser nicht flüssig, für mich war es Luft. Und dann kam Clyde, und er hielt mich über Wasser, und er wollte nach Schottland zurück, und auch das hielt mich über Wasser, und Glasgow war okay, Glasgow hätte sogar eine Heimat für mich werden können, aber ich war immer noch leer, ich ließ mich treiben, und Clyde wusste es, Clyde sah es, und er begann mich dafür zu hassen, denn wie soll man die Leere lieben? Und eines Tages waren wir an diesem beschissenen Loch Luss in den Trossachs, und es war Sommer, und es wimmelte von schottischen Urlaubern, die dort einen Riesenspaß hatten. Ich schaute aufs Wasser, und ich war ganz ruhig, und ich wusste, dass der See tief genug war, um mich zu töten, wenn ich es wollte, und ich zog mich aus und sprang hinein, und zum ersten Mal seit Jahren schwamm ich wieder, so schnell wie nur je, und obwohl das Wasser so kalt war, dass es mir die Lunge und das Herz abschnürte, schwamm ich weiter, weil ich fliegen wollte und weil ich es satt hatte, nichts zu sein. Und dann hörte ich auf, ich hörte einfach auf zu schwimmen, und die Leute am Ufer schrien, und Clyde rief nach mir, und ich lag einfach auf dem Rücken in diesem eisigen, arktischen Wasser und dachte: Soll es doch in mich hineinlaufen, ich will keine Leere mehr sein, aber nichts geschah, nichts veränderte sich. Da wurde mir klar, dass von meinem Traum nichts mehr übrig war, was ich noch hätte verlieren können, und so kehrte ich um und schwamm ans Ufer zurück. Die Leute starrten mich an, und Clyde trocknete mich ab und sagte: ›Was sollte das denn, Mann? Was zum Teufel sollte das?‹, und ich stand nur da und dachte: Ich bin geschwommen, dabei hatte ich solche Angst vor dem Schwimmen, aber ich bin immer noch da, und ich bin immer noch leer, und das Schwimmen bringt mir meine Zukunft nicht zurück, und meine Zukunft beginnt jetzt. Clyde fragte mich, ob mit mir alles in Ordnung sei, er nannte mich einen durchgeknallten Scheißkerl, und ich sagte zu ihm: ›Ich will nicht hierbleiben, Clyde, ich kann nicht. Ich will nach Hause‹, und er sagte: ›Und ich kann nicht mit dir zurück, Danny‹, und so kommt das, Theo, so kommt das manchmal einfach. Man kann nicht von ein und derselben Zukunft träumen. Ich wusste nicht, was meine Zukunft war, ich wusste nur, dass sie nicht in Glasgow war, und Clyde wusste, dass seine nicht hier war, und das zu erkennen, das einzusehen war wichtiger als die Frage, ob ich verliebt war oder nicht.«

Dan atmete den Eukalyptusduft ein, den Duft der Akazien.

Theo schwieg. Er hatte den Joint herunterbrennen lassen und schnippte den Stummel in den Garten.

Dan öffnete den Mund, doch nachdem er die Worte losgelassen hatte, nachdem er ihnen freien Lauf gelassen hatte, kehrte die alte Vorsicht zurück. Das ist nur eine Geschichte, Theo, hätte er sagen können. Ich hab dir nur eine Geschichte erzählt. Die Wahrheit, die er kannte, war erfüllt von Klang, einem endlosen Pulsieren, einem Meer nur aus Wellen. Da war so viel Klang, dass man es nicht in Worte fassen konnte. Dan schloss den Mund wieder.

»Vielleicht suchst du zu sehr, Dan.« Auch Theo hörte sich vorsichtig an, auch er versuchte, Klang in Worte zu fassen. »Vielleicht ist Clyde ja genug? Vielleicht müsstest du dir nur Zeit lassen und würdest dann merken, dass die Beziehung mit ihm die Leere füllt? Könnte das nicht sein?«

Dan wusste, dass er seinen Bruder jetzt hätte fertigmachen können, so wie man eine Ameise zerquetscht, mit einem einzigen Druck des Daumens. Annalise will dich nicht, Theo, hätte er sagen können, du bist ihr nicht genug. Er hätte ihn vernichten können, wenn er gewollt hätte.

»Dazu wird es nicht kommen, Theo. Es ist vorbei.«

»Sicher?«

»Ich bin ein dreißigjähriger Mann, und es gibt nichts, dessen ich mir sicher bin. Das ist das Einzige, was ich weiß: dass es nichts gibt, dessen ich mir sicher bin.« Zitternd – von der Winterkälte, von Dans Worten? – erhob sich Theo. Der Laptop stand auf der Stufe. »Du kannst deine Mails checken, wenn du willst. Hier draußen geht's nicht, aber du kannst dich in der Küche einloggen.«

»Das brauch ich nicht, aber danke.«

»Okay.« Theo verdrehte die Augen. »Weißt du eigentlich, dass du keine einzige E-Mail von mir beantwortet hast?«

War das noch etwas, das er bedauern, noch ein Vorwurf, den er ertragen musste?

»Aber das macht nichts, wirklich nicht.« Es klang versöhnlich, liebevoll. »Irgendwie war's schöner, die Postkarten zu kriegen. Auf deine Postkarten hab ich mich richtig gefreut.«

»Ich hab sie auch gern geschrieben.«

»Dann also bis morgen früh, Bruderherz.«

»Bis morgen.«

Theo war nervös in der Tür stehen geblieben. Er stieg wieder hinunter und umfing seinen Bruder mit einer linkischen, aber ernst gemeinten Umarmung, schlang ihm die Arme von hinten fest um den Brustkorb. Dan konnte ihn riechen, den Schweiß und den Tabak, das Dope und die Seife auf seiner Haut. Dann ließ Theo ihn los, stieg wieder hinauf und öffnete die Fliegengittertür. Aber er ging noch immer nicht hinein, sondern hielt die Tür mit dem Fuß einen Spaltbreit offen.

»Bleibt's dabei, dass du am Samstag zu Regan fährst?«

Dan nickte. Er war nach Hause gekommen, um Regan zu sehen.

»Ich schufte wie ein Pferd, zurzeit braucht jeder hier in der Stadt einen Anbau, oder die Leute renovieren oder bauen Wohnungen«, sagte Theo stockend und befangen. »Wenn du willst, komm ich mit. Es ist eine lange Fahrt bis Nowra – wir könnten uns abwechseln.«

Dan hatte davon geträumt, allein auf freier Strecke zu sein, wo Himmel und Erde bis ans Ende des Universums reichten. Er hatte sich darauf gefreut, allein zu fahren, allein diesem Himmel zuzustreben.

Doch er hörte die Frage und die Bitte im Tonfall seines Bruders, und er sagte: »Ja, klar, das wär super.«

Dan nahm den Laptop seines Bruders mit in die Küche. Er setzte sich an den Tisch, die Finger über der Tastatur, über der Maus, bereit, Safari oder Firefox anzuklicken, dem Sirenenruf zu folgen, der teuflischen Musik, den wirbelnden Elektronen, dem Trommelfeuer der Information. Sein Finger schwebte über der Maus, dann hämmerte er auf die Tasten ein, und die kreiselnden Buchstaben auf dem Bildschirm fügten sich zu dem Wort *Google.* Zum ersten Mal in seinem Leben würde er seinen Namen eingeben, würde er nach seinem Namen suchen. Er hatte sich das nie gestattet, weil er wusste, was er finden würde, weil seine Schande für jedermann sichtbar dokumentiert sein würde: alle Einzelheiten seines Scheiterns, seines Absturzes – was er getan hatte, wie er bestraft worden war. Alles würde da sein, der Wutanfall in dem Pool in Japan, der heulende selbstsüchtige Junge, die Degradierung, das grauenvolle Scheitern. Er würde *Daniel Kelly, Schwimmer* eingeben, und dann würde die Scham kommen, die Schande, der Ekel. Er hielt den Atem an. Er tippte: *Daniel Kelly, Schwimmer.* Die Elektronen funkten, der Bildschirm verwandelte sich, und Dan staunte, wie schnell das Gerät arbeitete. Voller Angst las er die Liste der Einträge: Es gab einen Daniel Kelly in den USA, und es gab einen Musiker und einen Architekten dieses Namens, und er las vom Familientreffen einer gewissen Margaret Kelly irgendwo in Kanada. Er scrollte und scrollte, er drückte wieder und wieder auf die Tasten, aber es kam kein Eintrag, es kam kein Hinweis auf ihn. Es kam gar nichts über ihn.

In diesem Augenblick wurde ihm klar, dass es ihm nicht nur darum gegangen war, besser, schneller und stärker zu sein. Nicht nur das hatte er gewollt. Es war ihm auch darum gegangen, eine Spur zu hinterlassen, ein Foto und ein Bild zu sein, ein Rekord und ein Name zu sein. *Ein Name zu sein.* Doch es gab keine Spur, und es würde nie eine geben. Niemand kannte seinen Namen.

Das Blut schoss ihm in die Wangen. Mit einem wütenden Tastendruck schloss er den Browser, und die Elektronen tanzten. Das Bild von seinem Bruder und Annalise erschien, die Farben greller als in Wirklichkeit, leuchtend wie die einer Kinderzeichnung, und diesmal drückte Dan die Tasten sanfter, das Foto schimmerte noch einen Augenblick, dann verflüchtigten sich die Farben. Der Bildschirm wurde blau, dann wurde er weiß, und schließlich wurde er schwarz. Nur Dans Gesicht spiegelte sich noch darin.

Als Dan aufwachte, war sein Bruder schon zur Arbeit gegangen, seine Mutter ebenfalls. Sein Dad saß in einer Pyjamahose und einem Sweatshirt mit dem Aufdruck des Collingwood-Footballclubs am Küchentisch und las Zeitung. Dan sah seinen Grandpa Bill in den Zügen seines Vaters. Im Wohnzimmer spielte eine Platte, ein alter Song, den Dan von ganz früher kannte. *Help me, information, get in touch with my Marie.* Sein Vater sah auf und nickte ihm zu, dann faltete er die Zeitung unvermittelt zusammen und legte sie weg.

»Möchtest du Kaffee, mein Junge?«, fragte er und fügte hinzu: »Dieses Land ist wirklich das Letzte. Ich versteh nicht, warum du zurückgekommen bist.«

Dan schaute zu, wie sein Vater die Espressokanne ausspülte. Die Jahre als Fernfahrer hatten Spuren hinterlassen: Seine Schultern hingen herab, Arme und Beine waren zwar noch schlank und sehnig, aber Taille und Gesäß waren aus der Form gegangen. Dieses Missverhältnis in seiner Figur, die Körperteile, die nicht recht zusammenpassten, machten Neal Kelly zu einem alten Mann.

Dan nahm die Zeitung und warf einen Blick auf die Titelseite: Ein Artikel über die Bergbauindustrie, einer über die Steuern. Sein Vater hatte die Kanne auf den Herd gestellt und setzte sich Dan gegenüber. »Es ist nicht zu fassen«, sagte er und zeigte auf die Zeitung. »Du weißt, was da läuft?«

Dan schüttelte den Kopf.

»In Schottland interessiert sich wohl niemand dafür, was hier passiert, oder?«

Und was in Schottland passiert, würde hier nicht in der Zeitung stehen, dachte Dan, so ist das nun mal auf der Welt. Hinter seinem Vater waren aufgebogene Faltblätter und Fotos mit Magneten am Kühlschrank befestigt: ein regenbogenfarbenes Stencil von Barack Obama, das dreieckige grüne Logo der Grünen, Fotos von ihm, Dan, von Theo, von Regan, von Layla, Regans Baby, ein Sticker der Fernfahrergewerkschaft TWU mit der Aufschrift *Australien auf Achse*, eine Schwarzweiß-Postkarte, die den jungen Keith Richards zeigte, mit geschlossenen Augen und einer Zigarette zwischen den Lippen in einem Sessel lümmelnd. Die Flagge der Aborigines hing da, ein angefangener Einkaufszettel und eine Ansichtskarte von Dan aus Schottland, die stille, leuchtende Weite des Great Glen.

Sein Vater schimpfte weiter: Die Ressourcen des Landes gehörten schließlich allen, die schwerreichen Bergbauunternehmen überschwemmten die Medien mit ihrer Propaganda und ihren Befürchtungen, das Land verkaufe sein ganzes Erz, seine Minerale, seinen Reichtum an die Chinesen, und für Layla werde nichts mehr übrig bleiben.

Der Espressokocher zitterte und begann zu pfeifen, Dampf schoss aus der Tülle, doch da Dans Vater noch mitten in seiner hitzigen Tirade über die Missstände im Land war, stand Dan auf, stellte das Gas ab und schenkte seinem Vater und sich selbst eine Tasse ein.

»Und das Schlimmste, Junge, das Schlimmste ist, dass die Australier einfach nur dasitzen und alles hinnehmen. Wir lassen zu, dass die Bergbauunternehmen die Politik diktieren, wir nehmen das einfach so hin.« Er schüttelte den Kopf. »Wie kann das sein, Danny, was stimmt denn nicht mit uns, verdammt noch mal?«

»Ihr seid eben verwöhnt«, hätte Clyde gesagt. »Ihr seid Ignoranten, ihr seid kleinkariert und zu weit weg von allem«, hätte Luke gesagt. Und wenn sich Dan später mit Demet traf, würde sie genauso vom Leder ziehen wie sein Vater, würde wörtlich wiederholen, was er gesagt hatte, denselben gut einstudierten Text.

Sein Vater sah ihn scharf an, seine Augen verengten sich, und er verzog den Mund. »Interessiert dich das alles denn gar nicht, Danny?«

Doch, natürlich, hätte Dan sagen sollen. Das war es, was sein Vater hören wollte, und wenn sein Grandpa Bill da gewesen wäre, hätte er auch bereitwillig gesagt: Ja, klar, da bin ich ganz deiner Meinung. Das Gesicht seines Vaters war das Gesicht seines Großvaters, und es wäre das Einfachste und Klügste gewesen, *Doch, natürlich* zu sagen.

Dan atmete das bittere Aroma des Kaffees ein. »Nein«, sagte er. »Tut mir leid, Dad, das interessiert mich nicht.«

Ein Zucken lief über das Gesicht seines Vaters – als hätte Dan ihm einen Tritt verpasst, als hätte er ihm einen Schlag in die Magengrube versetzt. Sein Blick wurde stahlhart, wild und unbarmherzig. »Hätten wir dich bloß nicht auf diese Schule gehen lassen. Das hat diese Scheißschule mit dir gemacht.«

Dan hätte am liebsten den Kopf zurückgeworfen und losgelacht, dann wäre der Sack an die Decke gegangen, dann hätte er ihn noch mehr gehasst. Er trommelte mit den Fingern auf den Tisch und wünschte, er könnte unter dem eiskalten Blick seines Vaters weggleiten – der Blick einer Kobra, dachte er. Der alte Sack mit seinen hasserfüllten, eisigen blauen Augen war bereit zuzuschlagen. Die beiden Männer starrten sich über den Tisch hinweg an, keiner bewegte sich, nur Dans Finger trommelten auf den Tisch. Schließlich knickte sein Vater ein. Er lächelte höhnisch, dann blinzelte er und wandte den Blick ab.

»Willst du was sagen?«, fragte er und schüttelte den Kopf.

Worte und Sätze, Argumente und Erklärungen, Rechtfertigungen und Unterstellungen bauten sich in Dan auf, in seinem Bauch, tief in seinen Eingeweiden, Silben formten Worte, Worte formten Sätze und sickerten ins Blut. Doch er saß still da, sah seinen Vater gerade an. Er würde nicht zulassen, dass die Worte ihn verrieten. Halt dich zurück, Dan, ermahnte er sich im Stillen. Sag nichts.

Sein Vater explodierte. »Was zum Teufel soll das heißen, es interessiert dich nicht?«

Die Worte mühten sich herauszukommen, sie schossen in seine Lunge, warteten darauf, aus seiner Kehle hervorzustürzen. Halt dich zurück, Dan, sag nichts.

»Du warst schon immer ein egoistisches kleines Arschloch, immer musste Danny die erste Geige spielen. Deine Mutter konnte noch so müde sein nach einem langen Arbeitstag – sie musste dich herumfahren, wann immer du wolltest, wohin immer du wolltest.« Sein Vater war aufgestanden, er ging in der kleinen

Küche auf und ab und sprudelte die Worte so schnell hervor, dass sie zusammenstießen. »Hast du jemals nach deinem Bruder oder deiner Schwester gefragt? Nein, wir alle waren dir scheißegal, wir alle sind auf Zehenspitzen um den großen Danny Kelly herumgeschlichen, wir alle, mich eingeschlossen.«

Er kehrte immer wieder zu seiner Frage zurück, bekam die Worte nicht aus dem Kopf, wiederholte sie wütend. *Was zum Teufel soll das heißen, es interessiert dich nicht?*

Dan missgönnte ihm die Genugtuung einer Antwort. Er zog nur die Brauen hoch und zuckte die Schultern.

Dans Vater nahm einen glänzenden Apfel aus der Obstschale, zielte auf Dans Kopf und schleuderte den Apfel mit solcher Wucht, dass er mit einem lauten Knall gegen Dans Schläfe prallte. Er platzte auf, das Fruchtfleisch schoss über den Tisch, den Boden, Saft spritzte in Dans linkes Auge, brannte, provozierte Tränen.

Wie vom Donner gerührt über seinen Gewaltausbruch machte sein Vater, dieser birnenförmige, alternde Mann, den Mund auf und zu, suchte an der Spüle fieberhaft nach einem Geschirrtuch, fingerte damit herum, legte es hin, nahm es wieder auf, legte es wieder hin. »Es tut mir leid, Junge, es tut mir so leid.« Sein Haar war inzwischen weiß. Die rauhe Haut seiner Handrücken war mit Altersflecken gesprenkelt.

Dan blieb still sitzen, während sein Vater ihm Gesicht, Haare und Hals abwischte, die Fruchtstückchen vom Ausschnitt seines T-Shirts entfernte. Er hätte die Hände seines Vaters packen und sie zurückbiegen können, bis sie brachen.

Sein Vater wischte auf Knien den Boden, trieb Apfelstücke über das Linoleum. Dan hätte ihn treten können, Dan hätte zielen, ausholen und ihm einen solchen Tritt versetzen können, dass Schädel und Gesicht des alten Mannes mit einer ähnlichen Schweinerei aufgeplatzt wären wie der Apfel. Es wäre so leicht gewesen, Dan hätte dann einfach davongehen können und niemals Vergebung erlangt. Der Gedanke daran, die Vorstellung, wie einfach es war, fuhr ihm in den Schwanz, als wäre er sexuell ausgehungert. Sein

Vater versuchte die Spuren zu beseitigen. Die Pyjamahose war ihm übers Gesäß herabgerutscht. Beim Anblick der dünnen grauen Haare, die in der Arschfalte verschwanden, musste Dan angewidert den Blick abwenden. Er saß still, atmete den Apfelgeruch ein, zwang sich zu bleiben, wo er war, ließ seinen Körper nicht aufstehen, weil er wusste, was er hätte tun können, wozu er imstande gewesen wäre.

Dan atmete tief ein. So wie ihm in diesem Moment zumute war, hätte er seinen alten Herrn töten können, er hätte aufstehen, seine Hose öffnen, seinen Schwanz herausholen und seinen alten Herrn *vergewaltigen* können, so sehr hasste er ihn. Er atmete aus. Sein Vater hatte das durchweichte Tuch zusammengeknüllt und wischte damit den Tisch ab. Die Obstschale wackelte. Dan atmete ein, aber sein Körper wollte sich nicht beruhigen, die klaffende, heißhungrige Leere in seinem Innern wollte nicht weichen. Dan atmete aus, griff nach den Lauten, den Silben, den Wortfragmenten, die in ihm aufeinanderprallten. Er atmete ein und ließ die Worte heraus.

»Der Ignorant bist du, Dad«, begann er mit einem Nicken zum Kühlschrank hin, zum vielfarbigen Gesicht des US-Präsidenten, zur Aboriginesflagge mit der blutroten Erde, dem Nachthimmel und der goldenen Sonne. »Mich interessiert dein beschissener US-Präsident nicht, dieser Schaumschläger, der rettet die Welt auch nicht, mich interessieren die Scheißaborigines nicht, die interessieren sich auch nicht für mich, mich interessieren deine Scheißlabourparty und deine Scheißgrünen nicht – soll die Welt doch verbrennen und in ihren Treibhausgasen ersticken: Niemand will irgendwas aufgeben, niemand will irgendwas für andere opfern.

Ich war dort, wo du herkommst, Dad, da gibt es keine Arbeiterklasse mehr, die hat sich verabschiedet. Die Besten sind längst weg, die sind woandershin, und die Schlimmsten besaufen sich und dröhnen sich zu und kriegen Kinder wegen der Sozialhilfe, die sind genau wie die Leute hier, für die sind die Migranten an allem schuld, für die sind die Flüchtlinge schuld, für die sind alle anderen schuld, nur nicht sie selbst. Das ist genau das Gleiche wie hier, Dad, so ist die Welt heute nun mal. Du hältst dich für was Besseres als die anderen Fernfahrer, die du kennst, weil ihr gegen den Irakkrieg und den Krieg in Afghanistan demonstriert, du und Mum, du unterschreibst Petitionen dagegen, dass Flüchtlinge in Gefangenenlagern festgehalten werden, und du glaubst, deswegen bist du was Besonderes, du glaubst, deswegen stinkt deine Scheiße nicht, aber in Wirklichkeit geht das alles den Flüchtlingen, den Armen und den Verzweifelten, den Schwarzen hier und den Schwarzen im Rest der Welt am Arsch vorbei. Die wursteln sich durch, so gut es geht, aber du hast Jahre mit diesem Scheiß vertan, und was hast du Regan gegeben? Was hast du Theo gegeben? Was hast du uns allen gegeben? Ich wollte, dass du mich unterstützt, mehr nicht. Ich wollte der größte Schwimmer aller Zeiten werden, aber du warst nie für mich da, du hast mich nie akzeptiert, du hast mich nie unterstützt, stimmt's? Ja, du wolltest nicht, dass ich mir zu viel einbilde, du wolltest nicht, dass ich Erfolg habe, du wolltest nicht, dass was anderes aus mir wird als das, was du bist, ein alter Mann mit einem Komplex, weil er zur Arbeiterklasse gehört und arm ist, einer, der endlos von seinen irischen Wurzeln und seinem schottischen Arbeitererbe schwadroniert, als ob das irgendwie von Bedeutung wäre. Als ob es irgendjemanden in Schottland oder Irland interessieren würde, wer du bist und wo du warst und was du gemacht hast. Ich war dort, Dad, ich hab dort gelebt, und wenn die hier wären, würden sie sagen, was jammert der Arsch da eigentlich herum mit seinem Garten, seinem Fünf-Zimmer-Haus, seinem Auto, seinem Lastwagen, seiner Familie, seinem Enkelkind und seiner ganzen verdammten Sicherheit? Wie kannst du dich nur über irgendwas beklagen, du verwöhnter Aussi-Arsch, das würden sie sagen, und das sagen sie auch, Dad.«

Dan hielt inne und wischte sich den Speichel aus den Mundwinkeln. Sein Vater hatte sich wieder hingesetzt, ihm gegenüber, und seine verquollenen, erschrockenen Augen sagten Dan, dass er es geschafft hatte, dass der Mann gebrochen war, dass der Mann gespalten und zerrissen war. Aber Dan war noch nicht fertig: Ein letzter Schlag musste noch geführt werden. »Du hast mich im Stich gelassen, Dad. Du hättest mich stützen können, du hättest mir helfen können, du hättest für mich da sein können. Ich wollte einfach der Stärkste und der Schnellste sein, ich wollte der Beste sein, aber du hast mich nicht gelassen, du hast es mir nicht gegönnt. Ich wollte einen Namen haben, Dad, ich wollte kein braver, anständiger Durchschnitts-Aussie sein, das wollte ich nie. Du wolltest mich bescheiden und dankbar haben, freundlich und rücksichtsvoll, sozial eingestellt, gerecht, ehrlich und brav, aber ich bin gar nichts.«

Dan atmete aus. »Verstehst du jetzt, Dad? Deswegen interessiert mich das alles nicht. Verstehst du, Dad, warum mir das alles am Arsch vorbeigeht?«

Ein Wolke schob sich vor die Sonne, und es wurde dunkel in der Küche. Der Schatten zog über seinen Vater hinweg, über den Tisch, über Dan. Dans Herz klopfte, pochte so heftig, dass es durch die Brust hätte brechen können. Er fühlte, wie das Blut durch jede seiner Adern brauste, kalt wie Eis. Jedes Haar an seinem Körper war gesträubt, alles an ihm war lebendig, es war, als flöge er und nähme die Welt in sich auf, den Geruch von Blut, Knochen und Sieg. Sein alter Herr war genau das, ein alter Mann, mit gesenktem Kopf, die mageren Handgelenke schwach und zerbrechlich. Dan hatte gewonnen. Er hatte seinen Vater besiegt.

Der Wind frischte auf, die Zweige des Eukalyptusbaums trommelten auf das Schieferdach der Küche, neue Wolken zogen über den Himmel, und die Sonne verschwand wieder. Ein Atemzug, und Dans Hochgefühl war verflogen. Er sah nur noch den alten Mann, der ihm gegenübersaß, der am Boden zerstört war, so sehr, dass er nicht einmal mehr die Kraft fand, den Kopf zu heben und seinen Sohn anzusehen. Dan hatte gewonnen, doch er empfand nichts dabei, gar nichts.

Sein Mund war trocken, seine Zunge dick und starr. Diesmal bedachte er Form, Umfang und Sinn der Worte, bevor er sie losließ.

»Dad, es ist nicht so, dass ich mich nicht für so was interessiere, ich weiß nur nie, was ich dagegen tun soll.«

Das leuchtende Porträt des US-Präsidenten an der Kühlschranktür, das Schwarz der Aborigines-Flagge, dick wie Blut.

»Ich war nie intelligent genug, um aus all dem schlau zu werden, verstehst du? Ich konnte nur gut schwimmen, mehr nicht.«

Die Worte waren heraus, und dann verflüchtigten sie sich. Sie hatten nichts bedeutet.

Sein Vater hob den Kopf, lächelte kaum merklich. Die dunklen lavendelfarbenen Halbmonde unter seinen Augen, die tiefen Raucherfalten um seinen Mund. »Wir hätten mal nach Schottland fahren sollen, ich hätte mit deiner Mum nach Griechenland sollen. Das ist eine Sache, die ich noch tun muss, ein Versprechen, das ich noch einlösen muss.« Dan hörte das Bedauern, Dan hörte die Schuldgefühle.

»Ich hab nicht gemeint, dass du nichts von der Welt weißt«, sagte er und zeigte auf die Kühlschranktür, an die so viel von der Welt gepinnt war. »Du weißt so viel mehr von der Welt als ich.« Er suchte fieberhaft nach Worten, die beschwichtigen, die ein Friedensangebot sein konnten. »Das da ist auch die Welt«, fuhr er fort. »Du hast gearbeitet und Kinder großgezogen, und du hast dich um uns gekümmert. Du bist ein guter Mensch.«

Sein Vater war ein guter Mensch. Die Erkenntnis traf Dan mit der Wucht einer Offenbarung, Licht durchflutete ihn, und er jubelte innerlich. Sein Vater war ein guter Mensch. Sein Vater war der Held seines eigenen Lebens.

»Mehr will ich gar nicht«, sagte er, und jetzt war er es, der den Kopf senkte. Jetzt war er es, der nicht weiterwusste, der wie angewurzelt war. »Mehr will ich auch für mich selbst nicht.«

Sein Vater zog scharf die Luft ein, dann folgte ein erstickter Laut – Worte, die zurückgehalten wurden. Dan sah auf. Sein Vater hatte etwas sagen wollen, hatte ihn beruhigen wollen – du bist doch ein guter Mensch, mein Junge, das bist du doch –, aber er hatte es nicht getan. Solche Worte musste man sich verdienen.

Sein Vater war ein guter Mensch und ein harter Mann, dachte Dan, und zum ersten Mal sah er den Mann in seinem Vater, und er wusste, dass sein Vater zum ersten Mal den Mann in seinem Sohn sah.

Die beiden Männer schauten sich über den Tisch hinweg an, nicht herausfordernd, nicht provozierend. Sie schauten sich einfach nur an.

»Dein Grandpa und deine Nan möchten dich unbedingt sehen. Du fährst ja morgen zu Regan und der Kleinen. Soll ich dich heute zu Grandpa und Nan rüberfahren?«

»Klar.«

»Er kann's kaum erwarten, dich über Schottland auszufragen.«

»Ich kann's kaum erwarten, ihm davon zu erzählen.«

Die beiden Männer standen schweigend nebeneinander und machten den Abwasch. Der Vater spülte, der Sohn trocknete ab. Keiner von beiden hatte noch etwas gesagt, keiner von beiden hatte die Worte *Es tut mir leid* ausgesprochen. Doch sie kamen ihnen nahe, fanden zu einem Rhythmus bei ihrem Tun, dem Spülen, dem Abtrocknen, dem Stapeln, dem Wegräumen. Die Worte waren zu mächtig, und doch fürchteten beide, dass sie bei weitem nicht ausreichten. Und so fanden sie einen gemeinsamen Rhythmus, taten ihre Arbeit im Einklang miteinander, ruhig, sorgfältig, bewusst. Die Stelle an Dans Schläfe, an der ihn der Apfel getroffen hatte, lief bläulich an. Die Hände seines Vaters zitterten hin und wieder.

Sein Grandpa Bill saß aufrecht auf einem alten Küchenstuhl auf der Veranda und wartete auf Dan. Eine Tweed-Schiebermütze schützte seine Augen vor der schwachen Sonne, die immer wieder durchkam, seine Hände ruhten auf dem Griff seines schwarzen Gehstocks. Trotz Wind und Kälte saß er draußen auf der Veranda, voller Ungeduld, seinen Enkel nach so langer Zeit wiederzusehen. Kaum bog der Wagen um die Ecke, erhob er sich langsam, schwankend, winkte und rief: »Irene, Irene, sie kommen!« Und sein Großvater umarmte ihn – wie knochig er sich anfühlte –, und seine Großmutter konnte gar nicht wieder aufhören, ihn zu küssen und ihm Tee, Kaffee und Kekse anzubieten. Die drei Generationen saßen um den Heizofen mit den orange glühenden Spiralen, und sein Großvater stellte ihm Fragen über Schottland.

»Ja, ich war in den Gorbals, aber euer Haus ist schon vor langer Zeit abgerissen worden, und ich war im Queen's Park joggen«, und er erzählte seinem Großvater, wie das neue Glasgow aussah und dass Rosemary ihrem Bruder und ihrer Schwägerin liebe Grüße schickte, und er erzählte ihnen von den Sommertagen am Loch Long und an der Westküste, wo die Mücken sich tief in seine Haut gebohrt hatten, und da musste sein Großvater lachen, laut und heftig.

Dan fuhr fort, die Fragen zu beantworten, mit denen sein Grandpa, seine Nan und auch sein Vater ihn bombardierten. Er beantwortete die Fragen dieser Menschen, die ihn am besten kannten, denn niemand sonst kannte ihn, sie waren alles, was er hatte. Er war nicht der Stärkste, nicht der Schnellste, er war nicht der Beste. Er war überhaupt niemand, nur dieser Sohn und dieser Enkel. Hier war sein Anfang, hier begann er.

»DANNY, DANNY, DANNY, DANNY!«

Alle, gegen die ich antrete, alle anderen Jungs starren zu den Bänken hinauf, und dann schauen sie die Bahn entlang zu mir her. Ich kneife die Augen zu, und ich sehe dünne rote Wirbel auf schwarzem Grund. Ich kneife die Augen ganz fest zu, mein Gesicht ist heiß, meine Haut muss über und über rot sein. Ein Luftzug weht durch die Halle, es ist eiskalt, und ich kneife die Augen zu, und ich zittere. Seid still, seid still, seid still, denke ich, aber natürlich sind sie nicht still, sie schreien sogar noch lauter.

»Danny, Danny, Danny, DANNY!«

Ich höre Demet heraus, sie hat die lauteste Stimme.

Ich öffne die Augen und schaue zu ihnen hoch. Sava beugt sich vor und trommelt mit den Fäusten auf den Platz vor ihm, drischt förmlich darauf ein. Boz hält die Hände wie einen Schalltrichter an den Mund. Mia und Shelley fangen meinen Blick auf und beginnen wie verrückt zu winken. Yianni auch, er wedelt mit den Händen und hüpft erst auf einem Bein, dann auf dem anderen, wie ein übergeschnappter Affe. »Danny, Danny, Danny, Danny!« Ich sehe Dem gerade an, sie grinst wie ein Idiot von einem Ohr zum anderen und brüllt aus vollem Hals: »Danny, Danny, Danny, DANNY!« Nur mein Dad ist still, er ist der Einzige, der nicht brüllt. Doch auch auf seinem Gesicht liegt ein breites Lächeln. Er nickt mir zu. Danny, Danny.

Ich recke den Daumen zu ihnen empor, dann wende ich mich meiner Bahn zu. Denk nicht an sie, vergiss sie, sage ich zu mir selbst. Ich blicke über die ruhige Wasserfläche. Ich kann es kaum erwarten hineinzuspringen.

Die Sprechchöre brechen jäh ab. Ein Vater, eine Mutter oder ein Offizieller muss etwas gesagt haben. Es wird still in der Halle.

Ich schaue aufs Wasser. Ich muss mich bremsen, um nicht zu springen, ich muss mich beherrschen. Ich kann es kaum erwarten. Noch nicht. Noch nicht.

Die Starterin hebt ihre Pfeife an den Mund. Aber sie bläst noch nicht hinein.

Warte, Danny, sage ich zu mir selbst. Du musst warten.

Die Jungen links und rechts von mir sind genauso ungeduldig, das merke ich. Einer von ihnen hat den magersten Körper, den ich je gesehen habe, zwischen Haut und Skelett scheint gar nichts zu sein. Ein anderer tritt von einem Fuß auf den anderen, als hätte das Rennen schon begonnen, als hätte sein Beinschlag schon eingesetzt.

Schau aufs Wasser, nur das ist wichtig. Denk nicht an die anderen.

Pfeif endlich, bitte, pfeif doch endlich.

Es ist ein durchdringender, aber ein dünner Ton. Ich bin wie eine gespannte Feder. Ich weiß nicht, wie es kommt, dass ich auf dem Startblock stehe. Es ist, als hätte ich einen Zeitsprung gemacht. Ich stehe auf dem Startblock, gleich ist es so weit. Ich halte mich im Zaum. An diesem Punkt muss ich immer aufpassen. Bei meinem zweiten Rennen bin ich zu früh gesprungen und wurde disqualifiziert. Ich wollte wochenlang nicht wieder in den Pool, so ein Feigling war ich. Ich konnte meinen Fehler einfach nicht vergessen, bekam ihn nicht aus meinem Kopf, meinem Schlaf, meinen Tagträumen – wie konnte ich nur so dumm sein, wie konnte ich so ohne Hoffnung sein? So dumm werde ich nie wieder sein.

Auf die Plätze.

Sie hat es gerufen. Ich setze den rechten Fuß vor, ich krümme die Arme. Und dann höre ich auf zu denken.

Denk nicht, hör nur.

Sie setzt die Pfeife an den Mund. Ich kann fast hören, wie ihr Speichel an dem Metall entlanggleitet. Aber es ist ein anderer Sinn, mit dem ich es wahrnehme, es ist nicht Hören oder Sehen. Ich *weiß* einfach, dass sie gleich pfeifen wird. Ich halte die Arme vor mir. Diesmal ist es ein lauter Ton, sie hat mit der ganzen Kraft ihrer Lunge gepfiffen. Und ich bin bereit. Ich springe, und – nur eine Sekunde, einen Zeitfunken lang – ich weiß, dass ich schneller bin als der Schall, und ich tauche ins Wasser, noch ehe der Schall die Ohren der anderen Jungen erreicht hat. Ich bin im Wasser. Ich bin weg.

Es ist leicht. Nicht dass ich mich nicht anstrengen müsste, nicht dass ich nicht spüren würde, wie meine Muskeln sich dehnen und zusammenziehen, dehnen und zusammenziehen, die ganzen Arme hinauf, die ganzen Beine hinunter. Ich spüre, dass sie Schwerarbeit leisten. Und doch ist es leicht. Ich verstehe es nicht, ich komme nicht darauf: Wieso ist alles so still? Ich jage die Bahn entlang, meine Armzüge spalten das Wasser, mein Beinschlag drischt auf das Wasser ein. Aber irgendwie weiß ich, dass es dem Wasser nichts ausmacht, dass mich das Wasser führt, und so schwimme ich in Stille. Es ist, als würde das Wasser einen Tunnel für mich öffnen, einen Tunnel, der von hellem blauem und weißem Licht erfüllt ist, einem Licht, so hell, dass ich nicht erkenne, wo das Blau weiß ist und wo das Weiß blau ist. Ich spüre – als würde das Wasser es mir erklären, als würde das Wasser es mir wortlos zuflüstern –, dass die anderen Jungen nicht fähig sind, das Wasser zu beruhigen, nicht wissen, wie das geht. Der Junge in der Bahn rechts von mir schlägt auf das Wasser ein, es schäumt und spritzt, aber es überwältigt ihn. Ich bin bereits an der Wende, als er sich noch darauf zukämpft. Ich bin weg. Um mich herum ist das Wasser in panischem Aufruhr, aber dort, wo ich bin, herrscht Stille.

Es ist zu schnell vorbei. Ich will noch gar nicht aufhören, aber ich schlage bereits an der Wand an und beginne zu zittern. Die

Kälte durchdringt mich. Ich schlottere. Ich schaue zu den Bänken hinauf. Alle hüpfen auf und ab, machen Geräusche wie Wölfe und Hunde, wie Vögel in der Voliere eines Zoos. Doch ich halte Ausschau nach Demets Gesicht, ich suche meinen Vater. Demet spielt nicht verrückt, sie grinst nur breit, und sie schwenkt wie wild ihren Carlton-Schal. Und neben ihr Dads halbes Lächeln, ein kleines Lächeln nur, aber mehr brauche ich nicht. Er winkt mir zu.

Ich habe gewonnen.

Ich wünschte, ich könnte die Zeit anhalten, ich wünschte, ich könnte das Leben zu einem Film machen, den man anhalten kann, sodass man für immer stehen bleibt. Es ist so ein schönes Gefühl, alle Wärme der Welt kommt aus meiner Mitte, obwohl meine Zähne klappern, obwohl ich zittere. Ich schüttle den Kopf, nicke den anderen Jungen zu, dem Jungen, der Zweiter geworden ist, und dem Jungen, der Dritter geworden ist, aber ich sehe sie gar nicht. Ich kann die Zeit nicht anhalten. Ich muss mich bewegen. Ich muss aus dem Wasser.

Eine Frau mit einer Kamera packt mich am Arm, nachdem ich mich angezogen habe. Sie sei von der Zeitung, sagt sie, ob sie ein Foto von mir machen dürfe, fragt sie. Ich sehe Dad an, und er nickt. Ich halte den Pokal hoch, den ich bekommen habe, und strahle sie an. Demet und Dad, Boz und Sava, Mia, Shelley und Yianni – alle warten auf mich, Sava schneidet Grimassen und versucht mich zum Lachen zu bringen. Aber ich strahle nur in die Kamera. Ich strecke den Pokal hoch in die Luft.

Auf der Rückfahrt in dem Kombi fordert Dad Yianni und Sava auf, liegen zu bleiben, bis er sie absetzen kann. Er will keinen Ärger mit der Polizei. Mia und Shelley sind auf der Rückbank angeschnallt, zwischen ihnen der Knirps Boz. Yianni und Sava liegen im Heckraum, ich stelle mir vor, wie sie die Arme eng am Körper halten und sich so flach wie möglich machen. Sie genießen es, genießen es, dass mein Dad sie so mitfahren lässt. Deswegen finden alle meine Mum und meinen Dad toll: weil Mum und Dad ihnen so etwas durchgehen lassen. Ich sitze vorn, Demet zwischen Dad und mir. Dad hat seine komische Musik aufgelegt, alte Musik von ganz früher, dünne Musik nennt Demet es, aber sie wippt im Takt dazu mit den Beinen, erfindet einen Text und singt mit. Ich halte meinen Pokal fest.

»Darf ich ihn halten?«, fragt Dem.

»Klar.« Ich gebe ihr den Pokal. Sie sieht ihn gar nicht an, drückt ihn nur an sich, lächelt, schlägt mit den Füßen den Takt, erfindet einen Text zu dem Song, den sie noch nie gehört hat.

Wir setzen die anderen ab, holen uns Burger und Fisch mit Pommes und machen uns auf den Heimweg. Aber ich bin so hungrig, dass mir ganz schwindlig wird vom Duft des Essens. Ich reiße die Tüte auf und verdrücke den Hamburger auf einen Sitz, die Soße tropft auf meine Trainingshose, auf mein T-Shirt, es kümmert mich nicht, es tut so gut, etwas zu essen. Dem lacht über meinen Appetit, doch als wir zu Hause ankommen, verdüstert sich ihre Miene. Ein Schild mit der Aufschrift *Versteigerung* steht vor ihrem Haus, unserem Nachbarhaus. In vier Wochen wird es versteigert. Da tut Demet etwas, das sie schon als Kind getan hat: Sie wickelt sich ihren Carlton-Schal wie Handschellen um die Hände. Aber jetzt steckt mein Pokal dazwischen. Es sieht ein bisschen so aus, als hätte sie drei Hände.

Alle sind bei uns im Garten. Regan spielt in der kleinen blauen Sandkiste, Klein-Theo schiebt seine Thomas-the-Tank-Lokomotive über den Rasen. Mrs. Celikoglu sitzt auf einem Küchenstuhl, Mum steht mit einer Schere in der einen und einem Kamm in der anderen Hand hinter ihr und schneidet ihr die Haare. Mr. Celikoglu sitzt mit einem Bier auf den Stufen vor der Küchentür und hört mit trüber Miene Radio. Carlton scheint zu verlieren.

Ich greife nach dem Pokal, aber er bleibt an Demets Schal hängen. Ich ziehe kräftig daran, da schreit Demet mich an: »Hör auf, Danny, du tust mir weh!«

»Ich will ihn Mum zeigen!« Es klingt wie ein Heulen, ohne dass ich es will.

Demet reißt die Hände auseinander, und der Pokal fällt scheppernd auf den Betonboden. Ich hebe ihn hastig auf, aber jetzt hat er einen Kratzer, einen matten Streifen auf dem glänzenden Aluminium. Demet schlägt die Hand vor den Mund, gleich wird sie anfangen zu weinen, das weiß ich, und das muss ich verhindern. Ich ertrage es nicht, wenn Demet weint. Bei niemandem sonst tut es mir weh. Nur bei ihr. Wenn sie weint, würde ich am liebsten mitweinen.

Ich schüttle den Kopf. »Nichts passiert, Dem«, lüge ich. »Nichts passiert, der Pokal ist okay.«

»Und, wie ist es gegangen?«, fragt Mum.

Dad steht hinter mir. Er legt mir die Hände auf die Schultern, küsst mich auf den Kopf und schiebt mich sanft zu ihr hin. »Unser Sohn ist U12 Northern Region Freistilchampion. Was sagst du dazu? Ist das nicht toll?«

Und dann klammert sich Theo an meine Beine, Regan klatscht mich ab, Mum umarmt mich, Mrs. Celikoglu gibt mir einen Kuss, Mr. Celikoglu kneift mich leicht in die Nase und streicht mir über die Wange. »Danny, der Champion«, sagt er freundlich. »Danny, der Champion.«

Aber es geht vorbei, es geht viel zu schnell vorbei. Der Fisch mit Pommes, die Kartoffelpuffer, die Burger – alles ist aufgegessen, Dad hat eine Platte aufgelegt, er und Mr. Celikoglu diskutieren über Politik, Mum bearbeitet wieder Mrs. Celikoglus Haare, und Theo fordert Regan auf, mit ihm zu spielen. Ich kann die Zeit nicht biegen und formen wie das Wasser. Ich wünsche mir den Moment zurück, als ich das Rennen gewonnen habe, als mir klar wurde: Es gibt eine Sache, die kann ich so gut, dass ich eines Tages vielleicht Weltbester darin bin. Dieses Gefühl will ich wiederhaben.

Demet und ihre Mutter streiten sich. Ihre Mutter fährt sie auf Türkisch scharf an.

»Schon gut, Dem«, sage ich. »Ihr zieht ja nur ein Stück die Straße runter. Wir sehen uns auch weiter jeden Tag.«

»Und es ist näher an deiner neuen Schule, für nächstes Jahr«, sagt Mr. Celikoglu. »Es ist ein Katzensprung von dort zur Schule. Danny kann dich morgens abholen.«

Dem und ich werfen uns einen Blick zu. Ich freue mich darauf, und ich habe Angst davor. Die Highschool. Nächstes Jahr kommen wir auf die Highschool, und die Celikoglus ziehen um. Der Siegesrausch ist verpufft. Ich will wieder ins Wasser.

»Ich hasse das neue Haus.« Dem verschränkt die Arme und sieht ihre Mutter trotzig an.

»Jetzt stell dich nicht so an, Kind. Es ist viel größer – ihr bekommt jeder ein eigenes Zimmer, du und dein Bruder. Du wirst es toll finden.«

»Nein.«

»Doch.«

Ich halte den Atem an. Manchmal rastet Dem aus, und dann schreit und kreischt sie und wirft ihrer Mutter die schlimmsten Sachen an den Kopf. Doch diesmal explodiert sie nicht. Sie wendet sich mir zu.

»Okay, Danny kauft später mal ein großes Haus, da wohnen wir dann alle zusammen. Da gibt es jede Menge Zimmer und … und …« – sie kneift die Augen zusammen und überlegt, was ihre Mutter schockieren und beeindrucken könnte – »und drei Badezimmer. Und du darfst nicht mit drin wohnen.« Sie grinst selbstzufrieden.

»Aha.« Ihr Vater grinst ebenfalls. »Und wovon soll Danny so eine Villa bezahlen? Findest du's fair, dass nur er zahlt? Die Hälfte musst du zahlen.«

»Nein.« Dems Augen glänzen, sie sieht mich an, und ihre Augen funkeln wie Sterne. »Danny wird Schwimmweltmeister. Er gewinnt Massen von Goldmedaillen, und er wird richtig berühmt und richtig reich. Sag's ihnen, Danny, sag's ihnen!« Sie sieht mich an, ihre Augen sind Sterne am Nachthimmel.

Mein Vater, der auf der Decke liegt, stützt sich auf den Ellenbogen auf. »Stimmt das, Danny? Willst du das tatsächlich?«

Ich will wieder im Wasser sein, in dieser Stille, die es nur im

Wasser gibt. Ich bin wütend auf Dem, weil sie unser Geheimnis ausgeplaudert hat, und ich habe Angst, weil ich nicht weiß, was sich hinter Dads Blick verbirgt. Ich weiß, was Demet denkt, und die Freude in Mums Augen ist offensichtlich. Aber Dads Gesicht gibt nichts preis. Es kommt mir vor, als würde ich auf die Probe gestellt, warum, weiß ich nicht.

Er legt sich wieder zurück und verschränkt die Hände hinter dem Kopf. »Du hast noch so viel Zeit, Junge. Du hast noch so viel Zeit, dir zu überlegen, was du mit deinem Leben anfangen willst.«

Nein, da irrt er sich. Ich bin schon auf dem Weg, und ich gerate in Panik, weil er nicht weiß, dass ich schon auf dem Weg bin.

»Das weiß ich jetzt schon, Dad«, erkläre ich. »Ich werde Weltklasseschwimmer. So viel steht fest.«

Es ist, als bliebe die Welt bei meinen Worten stehen. Nur das Radio läuft weiter, das Radio plärrt den Spielstand hinaus.

Mr. Celikoglu unterbricht das Schweigen. »Gut, das ist gut, Junge. Du wirst Weltklasseschwimmer und du kaufst ein großes Haus für uns alle.« Er tritt meinem Vater leicht gegen das Bein. »Du solltest stolz sein auf deinen Sohn, Neal, er ist ein guter Junge.«

Ich halte den Atem an. In meiner Magengrube pocht es. Mein Innerstes ist nicht mein Herz, es ist etwas anderes, etwas noch Wichtigeres als mein Herz. Es gibt mir die Gewissheit, dass ich gewinnen werde. Ich bin mir sicher, dass ich bei allem, was ich tue, gewinnen werde.

»Das bin ich auch«, sagt mein Vater und schaut zum blauen Himmel auf, zur goldenen Sonne, liest meine Zukunft in dem Meer von Licht dort oben. »Ich bin sehr stolz auf ihn.«

Ich atme aus.

Wintersonnenwende 2012

»Heute nicht, Victor, heute kann ich das Theater nicht haben, hörst du?«

Victor wollte sich nicht ausziehen. Er stand mit verschränkten Armen und finsterer, trotziger Miene in der Umkleide.

»Komm schon, Kumpel«, versuchte Dan es noch einmal. »Zieh dich um.«

Doch Victor schüttelte den Kopf und setzte sich auf die Bank, die Arme noch immer verschränkt.

»Na gut, dann bleib eben hier. Ich geh rein.«

Dan schlenkerte schnell seine Schuhe von den Füßen und zog sich aus. Als er in seine Boardshorts stieg, merkte er, dass Victor verstohlen zu ihm herüberspähte. Dan stopfte seine Sachen in seinen Rucksack, schwang ihn sich über die Schulter und nahm Handtuch und Schwimmerbrille. »Okay, Kumpel, ich geh in die Halle. Wir sehen uns drin.«

Als Antwort stampfte Victor mit den Füßen und begann zu schreien, so empört und verzweifelt, dass ein anderer Mann in der Umkleide die Flucht ergriff, das Hemd noch offen, Schuhe und Socken in der Hand.

Dan drehte sich nicht um, ging entschlossen zur Tür.

»Bitte, bitte!« Das ganze Schwimmbad musste Victors Geschrei hören. »Wart auf mich, wart auf mich!«

Dan kehrte um, stellte seinen Rucksack auf die Bank und legte den Arm um Victor, dem die Tränen herunterrollten. »Schon gut, Kumpel, schon gut. Ich bin ja da.«

Victor nickte schniefend und machte sich daran, sein Hemd aufzuknöpfen, aber seine Finger rutschten immer wieder ab. Er hielt achselzuckend inne und ließ zu, dass Dan es für ihn tat.

»Arme hoch!«, sagte Dan, und Victor gehorchte, hob wie ein Kind die Arme. Dan zog ihm das Hemd über den Kopf. Victors glatte Haut war kastanienbraun, drahtiges schwarzes Gestrüpp wucherte in seinen Achselhöhlen, und seinen dicken Bauch bedeckten flach anliegende dünne Haare. Er stand auf und verschränkte erneut die Arme.

Dan hätte ihm am liebsten befohlen, die verdammte Trainingshose auszuziehen, hätte ihn am liebsten angeschrien: Los, Kumpel, das kannst du doch. Aber er wollte nicht noch mehr Tränen, nicht noch mehr Spielchen. Mit einem einzigen Schwung zog er Victor die Hose und die dunkelblaue Unterhose herunter. Von Victors verschrumpeltem bläulichem Schwanz stieg Dan ein schwacher Geruch nach etwas Senfartigem, Unsauberem in die Nase. »Füße hoch!«, kommandierte er, und Victor hob erst den einen, dann den anderen Fuß. Dan zog Hose und Unterhose unter ihm weg, kramte dann in Victors Sporttasche nach seiner Badehose und warf sie ihm zu. »Die zieh ich dir nicht an. Das kannst du selbst.« Victor kicherte, als würde er sich plötzlich seiner Nacktheit bewusst, und stieg vorsichtig in die Shorts. Dan stopfte Victors Sachen in die Tasche und hängte sie sich zusammen mit seinem Rucksack über die Schulter.

»Endlich«, murrte er. »Dann können wir ja endlich los.«

Um diese Zeit war Dan am liebsten im Schwimmbad: vor zehn, wenn die Büroangestellten bereits ihre Bahnen geschwommen und die Schulbusse noch nicht eingetroffen waren. Das Becken war leer, bis auf eine Bahn, in der eine einzelne langgliedrige Schwimmerin geschmeidig und zielstrebig ihre Runden drehte.

Dan folgte Victor um das Becken herum ans seichte Ende. Er stellte sich vor ihn und sprang ins Wasser, dann streckte er ihm die Hand entgegen. Victor zitterte vor Kälte, obwohl die Luft in der Halle so warm und feucht war, dass an den Fensterscheiben das Kondenswasser herunterrann. Er beugte sich vor und ergriff vorsichtig Dans Hand, dann ging er in die Hocke und fiel halb ins Wasser. Dan zog ihn hoch, und Victor tauchte prustend wieder auf und steuerte geradewegs auf die Stufen zu.

»Nein, nein, Kumpel«, flüsterte Dan aufmunternd, schlang die Arme fest um Victors Bauch und machte *Schschsch* an seinem Ohr, bis Victor sich entspannte und aufhörte, mit den Armen zu rudern. »Ist ja gut, Victor«, sagte er ruhig. »Du bist nur ausgerutscht. Keine Angst.« Victor gab den Kampf auf und sank gegen Dan zurück.

Victor lernte wieder Schwimmen. Dan sagte ihm, wie er atmen musste, wann er den Atem anhalten und wann er ausatmen musste, zeigte ihm, wie er Arme und Beine koordinieren, wann er die Füße zurückstoßen und wann er die Arme durchziehen musste, wie er das Gleichgewicht halten und wie er sich im Wasser sicher fühlen konnte. Jedes Mal wenn Victor eine der Anweisungen vergaß – und das geschah häufig in der einen Stunde, die sie zusammen hier waren, hielt ihn Dan, beruhigte ihn, wiederholte die Anweisungen.

»Irgendwann«, erklärte er, »irgendwann kommst du hierher und brauchst an das alles nicht mehr zu denken, dann springst du einfach ins Wasser, und es ist wie Laufen, wie Atmen. Dann geht das ganz von selbst.«

Doch er wusste, dass bei Victor nichts von selbst ging. Victor hatte sogar wieder laufen lernen müssen, man hatte ihm wieder beibringen müssen, richtig zu atmen. Aber Dan wiederholte es unermüdlich, weil Victor begriffen hatte, dass man alles neu lernen konnte: die Muskeln im Kopf zu spüren und sie zu bewegen, ohne die Hilfe einer Maschine ein- und auszuatmen. Man konnte es ihm beibringen, und er konnte lernen, sich wieder in der Welt zurechtzufinden. Was ihm seit frühester Kindheit selbstverständlich gewesen war, hatte er sich neu erarbeiten müssen nach jenem Abend, an dem er zwei betrunkene Jugendliche in seinem

Taxi von der City zum Keilor Park gefahren hatte. Als es ans Zahlen ging, hatte ihm der eine von hinten einen Schlag auf den Kopf versetzt, der andere auf dem Beifahrersitz hatte ihn aus dem Wagen und in eine dunkle Vorstadtstraße gezerrt, und beide hatten auf ihn eingetreten, wieder und wieder, auf Kopf, Brustkorb, Eier, Schwanz, Rücken und Hals, dann hatten sie ihn seinem Schicksal überlassen. Und Victor hatte wieder atmen, sich bewegen, laufen lernen müssen.

Und schwimmen.

»Er ist früher ständig geschwommen«, hatte Prasangi gesagt, als Dan zum ersten Mal bei ihr gewesen war, um Victor zum Schwimmen abzuholen. In der Nähe ihres Dorfes im Norden Sri Lankas, so hatte sie erzählt, sei das Meer warm und ruhig, sie seien immer so gern darin geschwommen. Victors Frau sprach scheu und leise, sodass Dan sich zu ihr hinunterbeugen musste, um sie zu verstehen. Seinen englischen Namen habe sich Victor ausgesucht, bevor sie nach Australien ausgewandert seien, sogar schon, bevor er angefangen habe, jahrelang darauf zu sparen. »Sie bringen ihm das Schwimmen wieder bei, ja?«, hatte sie gefragt. Dan hätte ihr gern gesagt, dass er wusste, was es bedeutete, noch einmal ganz von vorn anzufangen. »Ja«, hatte er geantwortet, »ich bringe ihm das Schwimmen wieder bei.«

Es war der kürzeste Tag des Jahres, der Wind blies erbarmungslos, und der Regen fiel in schrägen Bahnen. Dan flüchtete sich in die Box Hill Plaza, vorbei an den vietnamesischen Läden mit ihren künstlich wirkenden rosafarbenen und roten Schweinebauchscheiben, Rippchen und Koteletts, vorbei an den chinesischen Lebensmittelgeschäften, den griechischen Feinkostläden, den asiatischen Bäckereien und dem Food Court und wieder hinaus auf die Straße. Er schlug den Kragen seines Anoraks hoch, betrat das Freiluft-Einkaufszentrum und verschwand in Russells Coffeeshop.

Russell lümmelte hinter der Kaffeemaschine und unterhielt sich auf Mandarin mit dem neuen jungen Ober in seinem weißen

Hemd und der schwarzen Hose. Sein Gesicht verzog sich zu einem Grinsen, als er Dan sah. »Wie geht's, Mann?«, gluckste er. »Wie geht's Danny dem Griechen?« Er ließ einen Wortschwall vom Stapel, und der junge Ober eilte an die Kaffeemaschine.

Kurz nachdem Dan angefangen hatte, regelmäßig in das Café zu gehen, hatte Russell sich angewöhnt, ihn Danny der Grieche zu nennen. Sie waren ins Gespräch gekommen, und Dan hatte ihm erzählt, dass sein Vater schottisch-irischer Abstammung und seine Mutter Griechin war. Russell war in ein blökendes Lachen ausgebrochen. »Ein Grieche namens Dan, ein Grieche namens Danny! Wo gibt's denn so was?«

»Was ist daran so lustig?«, hatte Dan gekontert. »Das ist auch nicht komischer als ein Chinese namens Russell.«

»Wieso?« Russell schien empört. »Ich kenne jede Menge Chinesen, die Russell heißen, aber Danny der Grieche, das ist lustig!«

Dan saß in Russells Café, trank seinen Kaffee und sah aus dem Fenster, sah die Menschen vorüberhasten, gegen Regen und Wind ankämpfen. Es kam ihm vor, als hätte er nur einen Moment weggeschaut, während er gezwungen über einen makabren Witz von Russell lachte, doch als er wieder hinaussah, war die Dunkelheit verschwunden und alles war in bleiches Wintersonnenlicht getaucht. Die nasse Straße glänzte und alle Flächen glitzerten.

Russell trat vor die Tür und verschränkte die Hände hinter dem Rücken. Er schnupperte in die Luft, blickte zum Himmel auf und drehte sich dann zu Dan um. »Das wird ein sehr schöner Tag, die Wolken sind weg.«

Ja, dachte Dan und schwenkte den Rest seines Kaffees in der Tasse, ein großartiger Tag für eine Trauerfeier.

Bevor er sich um den Job bei Eastern District Health beworben hatte, war Dan noch nie in diesem Teil der Stadt gewesen. Nachdem er aus Glasgow zurückgekehrt war und sein altes Zimmer bei seinen Eltern bezogen hatte, war es das Dringlichste für ihn gewesen, einen Job zu finden, irgendeinen Job. Ein Job würde seine

Chance auf einen Neuanfang in seinem Leben sein, ein Neuanfang in seinem Leben bedeutete Arbeit und Geld, und das wiederum bedeutete eine eigene Wohnung. Was ihm vor seiner Rückkehr am meisten Angst gemacht hatte, war die Vorstellung, als Dreißigjähriger noch immer bei seinen Eltern zu wohnen. Leerlauf war ein Schreckgespenst für ihn, und er war entschlossen, der Versuchung zu widerstehen, sich zurückzulehnen und es ruhig angehen zu lassen. Das Leben in Australien konnte wie Wassertreten sein, nein, es konnte noch leichter und viel stärker suchterzeugend sein: als würde man sich mit ausgebreiteten Armen, die Augen gegen die Sonne geschlossen, endlos vom Wasser tragen lassen. Die Dreißiger würden irgendwann in die Vierziger übergehen, aus den Vierzigern würden die Fünfziger werden, und schließlich würde man nur noch Treibholz sein. In der ersten Zeit hatte Clyde oft gesagt: »Das vermisse ich an Glasgow: Zu Hause kann man sich nicht so treiben lassen wie hier in Oz – man muss in sein Boot steigen und rudern, sonst geht man unter.«

Bei der Erinnerung musste Dan plötzlich in sich hineinlachen. »Ach, du schottischer Wichser, niemand kommt ohne Rudern durch«, flüsterte er vor sich hin. »Rudern muss jeder, sogar hier.«

Er musste sich bei Regan dafür bedanken, dass sie ihn auf Trab gebracht hatte. Kaum hatten Theo und er sie in Nowra gesehen, hatten sie den Wunsch verspürt, sie zu retten, sie nach Hause zu holen. Nowra war alles andere als ein Zuhause. Regan hatte kurz zuvor Layla zur Welt gebracht und lebte in einem heruntergekommenen Eternithaus in der Nähe des hässlichen Gewerbegebiets der Stadt mit dem Vater des Kindes zusammen, einem mürrischen Dreiundzwanzigjährigen namens Trent mit einem zuckenden Augenlid, einem Southern-Cross-Tattoo links auf der Brust und einem Horror vor dem Vatersein, den er mit dem Rauchen von Methamphetamin bekämpfte. Einmal war er nervös und aggressiv von seinen Kumpels zurückgekommen und hatte Regan angeschrien, weil sie Dan und Theo eingeladen hatte, bei ihnen zu wohnen. »Das sind schließlich meine Brüder«, hatte sie zu argumentieren versucht, und er hatte ganz ungläubig erwidert: »Ja, und? Was spielt das für eine Rolle?« Dan hatte bestürzt festgestellt, dass der Mann es ernst meinte. Er begriff tatsächlich nicht, er verstand nicht, wie Regan sich ihrer Familie gegenüber loyal verhalten konnte.

Theo hatte nicht an sich halten können. »Was willst du denn mit dem?«, hatte er Regan wütend gefragt. »Dieses Stück Scheiße ist doch längst auf dem Absprung!« Dan hatte kühlen Kopf bewahrt, doch auch er hatte Regan unbedingt dort herausholen und nach Melbourne zurückbringen wollen.

»Ich weiß, dass ich mich nicht auf ihn verlassen kann«, schoss Regan zurück, »aber ich kann nicht wieder nach Hause, ich kann nicht mit Mum zusammenleben, da würde ich durchdrehen.«

»Mum kann dir mit dem Baby helfen«, sagte Theo. »Und du wirst ihre Hilfe brauchen.«

O Gott, dachte Dan, jetzt kapiert zur Abwechslung Theo nichts. Er selbst hatte verstanden, vielleicht weil er so lange weg gewesen war. Es war nicht so, dass ihre Mutter Regan nicht liebte oder Regan ihre Mum nicht liebte. Aber irgendwie hatte deren Fokus, als sie heranwuchsen, mehr auf den Jungen gelegen. Sie hatte das nicht gewollt, es hatte sich einfach so ergeben: Ihre Söhne hatten ihre Gedanken und ihre Aufmerksamkeit dominiert. *Regan schafft das, um Regan muss ich mir keine Sorgen machen.* Das hatte Dan auf dem Weg zum Erwachsenwerden so oft gehört. Regan fürchtete zweifellos, dass es wieder so kommen würde, dass sich alle Zuwendung auf Layla konzentrieren und sie selbst wieder im Abseits, in der Ecke landen und alles beobachten würde.

»Regan«, hatte Dan seinen Bruder unterbrochen, »ihr könnt bei mir wohnen, du und Layla, wir suchen uns zusammen eine Wohnung. Wie wäre das? Fändest du das gut?«

Augenblicklich waren Angst und Sorge aus Regans Miene gewichen. Erleichterung zeigte sich in ihren Zügen. Und zum ersten Mal seit langer, langer Zeit hatte Dan wieder gespürt, dass ihm jemand vertraute.

Nun lebten die drei Kelly-Kinder wieder zu Hause, und alle waren ganz vernarrt in das Baby. Dan hatte sich um eine feste Stelle beworben und machte unterdessen Nachtschichten in einer Konservenfabrik in Broadmeadows. Er hatte die Stellenangebote in den Zeitungen und im Internet durchkämmt, und es kam ihm vor, als hätte er bereits Hunderte von Bewerbungen abgeschickt. Er hatte dabei keinen Hehl aus seiner Vergangenheit gemacht, hatte seine Gelegenheitsjobs in Schottland angegeben, seine ehrenamtliche Arbeit mit Behinderten, und hatte auch knapp, aber ehrlich seine Verurteilung und seine Haftstrafe erwähnt. Es waren kaum Reaktionen erfolgt, nur einige wenige Agenturen hatten ihn überhaupt zu einem Vorstellungsgespräch eingeladen. Und eines Morgens, als er von der Arbeit kam, hatte seine Schwester am Küchentisch gesessen und eines seiner Bewerbungsschreiben gelesen, während sie die kräftig saugende Layla stillte.

Regan legte den Ausdruck auf den Tisch und schaute zu, wie er Wasser aufsetzte. »Dan«, sagte sie, »warum schreibst du nichts über das Schwimmen?«

»Was hat das Schwimmen mit der Jobsuche zu tun?«

»Es könnte dir dabei helfen. Es spricht doch auf jeden Fall für Zielstrebigkeit und Einsatz. Vielleicht könnte dich ja jemand als Schwimmlehrer gebrauchen, wer weiß? Aquatherapie – dafür wärst du genau der Richtige.« Regan nickte entschlossen, sie sprach mit großer Entschiedenheit und so enthusiastisch, dass ihre Brustwarze aus Laylas Mund rutschte. »Im Ernst, ich finde, du solltest dir überlegen, ob du nicht Sporttherapeut werden willst.«

Ehe Dan antworten konnte, begann Layla zu schreien. Regan versuchte sie wieder anzulegen, aber das Baby wollte sich nicht beruhigen.

Dan kitzelte es am Bauch und streichelte sein Köpfchen, doch das Schreien hielt an. Die Haustür wurde aufgeschlossen; Dans Mutter kam nach Hause. Sie stürmte herein, streckte die Arme nach ihrer Enkelin aus und sagte: »Komm, ich zeig's dir.« Regan reichte ihr das Baby, sie liebkoste und knuddelte es, küsste und kitzelte es, und bald wich das Schluchzen des Kindes einem fröhlichen Glucksen. Über die Schulter seiner Mutter hinweg betrachtete Dan seine Schwester forschend: Sie wirkte übernächtigt, erschöpft, undurchschaubar.

Am Ende hatte ihm tatsächlich das Schwimmen den Job verschafft. Noah, der ernste, zerstreute Mann, der das Bewerbungsgespräch mit ihm führte, hatte ihn gefragt, ob er bereit sei, ein Schwimm- und Aquatherapieprogramm zu entwickeln, und Dan hatte begeistert zugestimmt. Das Gespräch hatte vierzig Minuten gedauert, dann war er wie betäubt auf die Straße hinausgetreten, in einer Gegend, in der er noch nie gewesen war: Mächtige europäische Bäume säumten die Allee, die Sonne stand hoch am blauen Himmel, und der Blick schweifte über ein Tal hinweg bis zu den kobaltblauen und silbernen Silhouetten der Berge am Horizont. Überall in den Sträßchen und Gassen sah man vietnamesische Ladenschilder oder Schaufenster mit roten und blauen chinesischen Schriftzeichen. Dan hatte das nächstbeste Restaurant betreten, hatte auf der halb auf Englisch, halb auf Vietnamesisch abgefassten Speisekarte drei Hauptgerichte gewählt, hatte gegessen, bis er zu platzen glaubte. Nachdem er seine Mahlzeit beendet hatte, war er nahe daran gewesen zu beten, dass er den Job bekommen und mit Regan und Layla hier eine Wohnung finden würde, in dieser Gegend, in der die Welten Asiens und Australiens aufeinandertrafen und zu etwas verschmolzen, das fast ein Idyll zu nennen war.

»Box Hill«, hatte sein Vater am Abend gesagt und die Augenbrauen hochgezogen. »Ist das nicht ein ziemlich bürgerliches Viertel?« Und Dan hatte nur geantwortet: »Ja, mag sein, aber mir gefällt's.«

Am nächsten Tag hatte Noah ihn angerufen. Dan hatte den Job bekommen.

Er öffnete die quietschende Gartentür und bückte sich, um die Katze zu streicheln, die auf den Stufen in der Sonne lag. Regan machte auf, als hätte sie auf ihn gewartet. Layla lag in ihrem Laufstall, und aus der kleinen Stereoanlage auf dem Kühlschrank tönte leise Musik: guter alter Soul, Otis Redding, der klagend und mit aufregend schmachtender Stimme von einer Frau sang, die er zu lange geliebt habe. Guter alter Rhythm and Blues, dachte Dan, die Musik, die unsere Eltern lieben, die Musik, zu der wir alle zurückgekehrt sind.

Regan fragte ihn, ob er etwas essen wolle, und er schüttelte den Kopf. Heute würde er wohl kaum etwas hinunterkriegen. Er war nervös, zittrig, seine Haut kribbelte. Es waren nicht nur die Nerven. Es war richtiggehende Angst, es waren Spannung und Angst.

»Ich hab deinen Anzug fertig.« Regan hielt die Hose und das dazu passende Jackett hoch, das sie eine Woche zuvor in einem Secondhandladen gefunden hatte. Sie hatte auch sein weißes Hemd gebügelt. Er bedankte sich bei seiner Schwester, beugte sich zu ihr hinunter und küsste sie auf die Wange, dann berührte er mit dem Finger seine Lippen und strich damit sacht über die Stirn seiner Nichte. Er verließ das Haus durch die Hintertür und ging durch die schneidend kalte Luft zu seinem Bungalow. Dort legte er Anzug und Hemd vorsichtig aufs Bett und schaltete den Heizofen ein. Er setzte sich, legte die Hände auf seine Knie und sah geradeaus. Die alte Soulmusik kreiste noch in seinem Kopf, und sie blieb auch, während er sich einen Moment Ruhe gönnte.

Dennis hatte das Haus gefunden. Es gehörte einem älteren Ehepaar, das sich in Tathra an der Südküste von New South Wales zur Ruhe gesetzt hatte. Den Umzug hatte Dans Vater übernommen. Er hatte diesen Küstenabschnitt immer geliebt, und Dennis hatte ihn nicht groß zu der weiten Fahrt überreden müssen. Die Frau hatte Dennis und Neal einen Kaffee gemacht, bevor sie den Laster beluden, und im Gespräch hatte der Mann erwähnt, dass sie Mieter für das Haus suchten.

»Mein Cousin wäre perfekt dafür«, hatte Dennis gesagt, und er hatte es so eilig gehabt, ihnen von Dan zu erzählen, dass die Worte in dem Chaos von Zunge, Lippen und Speichel durcheinandergerieten. »Er arbeitet in derselben Straße.«

Die beiden waren nicht schlau daraus geworden, aber Dans Vater hatte Dennis verstanden, er hatte ihnen von Regan, Layla und Dan erzählt und sie gefragt, wie hoch die Miete sei.

Der separate Bungalow, dieser kleine Raum, den er für sich allein hatte, war perfekt für Dan. Deshalb war Dennis so aufgeregt gewesen, als er das Haus gesehen hatte: Er hatte es gewusst, er hatte begriffen.

Dan duschte und zog sich schnell an. Er holte den hohen Spiegel hervor, den er hinter dem Schreibtisch verstaut hatte, und staubte ihn mit einem Lappen ab. Er erkannte den Mann in dem ungewohnten dunklen Anzug, der ihn da ansah, kaum wieder, den etwas fülligen Mann mit den Falten um den Mund, den Mann, der kein Junge mehr war. Er zog das Jackett aus und betrachtete sich von der Seite. Sein Hemd wölbte sich über dem Bauch, und er steckte es in die Hose. Er wünschte, er wäre noch zum Friseur gegangen. Seine Haare schienen ihm zu lang und waren an den Seiten ungleichmäßig geschnitten, sodass sein Kopf schief wirkte. Er zuckte die Schultern. Das bist du nun mal, sagte er zum Spiegel und stellte sich so dicht davor, dass sich ein kleiner Nebel auf dem Glas bildete und gleich darauf wieder verschwand. Er zog das Jackett wieder an und machte sich auf den Weg zur Straßenbahn.

Er trat durch das schmiedeeiserne Tor mit dem kunstvollen Wappen und steuerte mechanisch auf die Aula zu, als wäre er noch immer der Junge im gestreiften Blazer, der die Einfahrt des Colleges hinaufrannte. Erst im letzten Moment bog er zur anderen Seite des Innenhofs ab: Der Gottesdienst würde natürlich in der Kapelle stattfinden. Dicke Wolken hingen tief und schwer am Himmel, und es nieselte leicht. Dan stieg die Stufen zur Kapelle hinauf. Ein Mann mit einem Klemmbrett nickte ihm zu. »Wollen Sie zum Gottesdienst?« Er löste eine vierseitige Fotokopie von dem Brett und gab sie Dan. Da war das Geburtsdatum, da war das Todesdatum, und da war ein Foto des Trainers, ernst und trotzig in die Kamera blickend, als wollte er die ganze Welt herausfordern.

Als Dan in den Bungalow in Box Hill einzog, hatte sein Vater seine Sachen mit dem Laster hertransportiert: die Bücherkartons, die Kiste mit den Küchenutensilien, die Kleidertasche und die Möbel, die Dan und seine Mutter bei der Laurentiusbruderschaft in der Brunswick Road gefunden hatten. Auch ein verschnürter Zeitschriftenstapel war dabei gewesen. »Was ist das?«, hatte Dan gefragt. Die Zeitschrift seiner Schule, hatte seine Mutter geantwortet.

Dan hatte eine Grimasse geschnitten, und sein Dad hatte gegrinst. »Ich hab immer mal reingeschaut, wenn die kamen«, hatte er gesagt, »nur um zu sehen, was die reichen Säcke so treiben. Wie sie die Welt an die Wand fahren.«

»Jetzt nicht, Neal«, hatte Dans Mutter ihn unterbrochen. »Ein paar von denen machen auch was Gutes. Arbeiten für Ärzte ohne Grenzen und so. Das sind nicht alles solche Bonzen.«

»Ja, ja«, hatte sein Vater geschnaubt, »ein paar von denen sind das Salz der verdammten Erde, ja?« Er hatte sich seinem Sohn zugewandt. »Na ja. Die Hefte gehören dir, Junge, mach damit, was du willst.«

Und Dan hatte sie in den Altpapiercontainer geworfen und dann im College angerufen und darum gebeten, seinen Namen von der Adressenliste zu streichen.

»Oh«, hatte die Frau am Telefon aufgeregt gepiepst, »ich weiß gar nicht, wie das geht, da muss ich jemanden fragen. Ich ruf Sie zurück.«

»Schon gut«, hatte Dan geantwortet. »Schicken Sie die Zeitschrift einfach an eine andere Adresse, geht das?« Er wollte eine Adresse erfinden, eine Straße nennen, die es nicht gab, eine nicht existierende Hausnummer, irgendeinen Vorort, der ihm gerade einfiel, aber dann gab er doch wieder seine eigene Adresse an. Die Hefte können ja ruhig hierherkommen, dachte er, wenn ich ausziehe, werden sie an den Absender zurückgeschickt oder weggeworfen. Dann erreichen sie mich sowieso nicht mehr.

Durch die Zeitschrift hatte er erfahren, dass der Trainer gestorben war und die Schule einen Gedenkgottesdienst angesetzt hatte. Auf Seite fünf war dasselbe Schwarzweißfoto abgedruckt gewesen wie auf der Fotokopie, die er in der Kirche bekommen hatte: der grimmig blickende Mann mit dem offenen Hemdkragen, der Mann, den Dan mehr als fünfzehn Jahre nicht mehr gesehen hatte, der Mann, der ihn besser, schneller, stärker hatte sehen wollen. Der Mann, den er enttäuscht hatte.

Als er den dunklen Vorraum der Kapelle betrat, erkannte er in dem Gewühl einige seiner früheren Lehrer, jetzt ältere Männer. Alle schauten an ihm vorbei, über ihn hinweg, durch ihn hindurch. Und auch die jüngeren Männer – einige hatten ihre Partnerinnen mitgebracht, einige auch ihre Kinder – sahen an ihm vorbei und durch ihn hindurch. Nicht seines Secondhand-Anzugs wegen, sondern der Person wegen, die er war, der Tat wegen, die er begangen hatte. Er sah Wilco, erkannte ihn sofort und hob die Hand zu einem ängstlich-verlegenen Winken, ließ sie aber schnell wieder sinken, denn als der hochgewachsene Mann aufschaute und ihn bemerkte, sah er ostentativ weg. Danny Kelly existierte nicht. Danny Kelly war nie hier gewesen. Danny Kelly hätte nie hier sein dürfen.

Wilco begrüßte jemanden, und Dan hielt den Atem an. Es war Martin Taylor, kräftiger jetzt, das Haar dunkler, unter den Augen dunkle Schatten, aber es war Martin Taylor, schlank, elegant und selbstbewusst, noch immer vollkommen, bis auf die beiden Narben: ein rosafarbener, sichelförmiger Wulst an der rechten Schläfe und eine lange, schmale Linie, die direkt unterhalb seiner linken Braue begann und am Mundwinkel endete. Dans Hände zitterten, als der Mann in seine Richtung sah und ihre Blicke sich einen Moment lang trafen. Martin Taylors Augen waren wie früher grau und kalt. Keine Sekunde lang unterbrach er seine Unterhaltung. Auch für Martin Taylor schien Danny Kelly nicht zu existieren.

Dan tat einen tiefen, zitternden Atemzug, dann ging er auf Martin zu, um den sich sofort ein schützender Halbkreis bildete. Dan näherte sich den Männern, er sah Martin Taylor an, und er wusste, dass er deswegen gekommen war, nicht in erster Linie wegen des Gedenkgottesdienstes für den Trainer. Er wusste, dass er dies tun musste. Er musste zwei stämmige Männer förmlich beiseiteschieben, um zu Martin zu gelangen, um vor Martin hinzutreten. Und dann sagte Dan – die Worte wie Steine in seiner Kehle –, dann sagte Dan: »Was ich dir angetan habe, tut mir leid, ich hoffe, du kannst mir verzeihen.«

Klassische Trauermusik spielte in der steinernen Kapelle, harmonische Streicherklänge, tief und klangvoll, als weinte die Musik selbst. Und endlich sah Martin Taylor ihn an, und dann sah Martin Taylor wieder weg und setzte seine Unterhaltung fort, als wäre Dan Kelly gar nicht da. Als wäre Danny Kelly nie da gewesen, als hätte Danny Kelly nie existiert.

Erinnerungen sind Messer an Danny Kellys Hals. Er dreht sich abrupt um, zwingt sich, nicht zu rennen, als er die Stufen erreicht, als ihm der eisige Wind ins Gesicht peitscht. Die Laufbahn, die Schule und der Himmel sind in Dunkel gehüllt, das Licht am kürzesten Tag des Jahres ist so plötzlich erloschen wie eine ausgeblasene Kerzenflamme. Dan ist fast unten angelangt, als eine Stimme ihn ruft, durch den Regen und den Wind zu ihm dringt, und er weiß, dass es keine Stimme aus dem Dunkel draußen ist, er weiß, dass er nicht wirklich etwas hört. Es ist eine Stimme aus der Erinnerung, es ist eine Stimme aus seinem Innern. Eine barsche Stimme ruft ihn, so laut, dass sie durch den Regen und die Nacht dringt, durch das dichte Knäuel der Scham dringt, das seine Eingeweide und sein Skrotum schrumpfen lässt. *Du musst dich wehren, wenn dich jemand beleidigt*, sagt die Stimme. Und Danny hält inne, Danny dreht sich um, Danny geht die Stufen wieder hinauf, den Kopf hoch erhoben. Er kocht vor Wut, das Feuer des Hasses lebt in ihm, die Erinnerung daran, dass er der Schnellste, der Stärkste, der *Beste* ist. Er wird brüllend in die Kapelle stürmen, wird diese arroganten Arschlöcher auseinandertreiben, wird die ganze Bande, das ganze Cunts College vernichten. Ich bin Barrakuda, ich bin Danny Kelly, ich bin schneller als ihr alle, ich bin stärker als ihr alle, ich habe mich gegen euch alle behauptet – und bei diesem Gedanken hält er inne, erinnert sich: Er hat sich gegen sie alle behauptet, aber er ist nicht Barrakuda. Er ist nicht der Schnellste, nicht der Stärkste, nicht der Beste.

Und er stürmte nicht in die Kapelle, er stieg die Stufen langsam hinauf, demütig, setzte sich in eine Bank ganz hinten. Er war hier, um dem Mann, den er enttäuscht hatte, die letzte Ehre zu erweisen. Das tat er. Er war hier, um sich zu entschuldigen, bei dem Mann und bei dem Jungen.

Er hörte den Gottesdienst nicht, er sprach im Stillen mit dem Trainer, dankte seinem Geist und bettete seine Seele zur letzten Ruhe.

Man musste sich nicht immer wehren. In der kalten, düsteren Kapelle erkannte Dan Kelly, dass es Dinge gab, für die man keine Vergebung erlangen konnte, und diese Dinge nahm man mit ins nächste Leben, wenn es so etwas gab. Und wenn es kein nächstes Leben und keinen Gott gab, lief es aufs Gleiche hinaus: Ohne Vergebung würde man reumütig sterben.

Als er den Innenhof durchquerte und zum letzten Mal in seinem Leben auf die Einfahrt zusteuerte, rief jemand nach ihm. Er fuhr herum. Ein Mann stieg die Stufen der Kapelle herab.

Als er vor ihm stand, kam er Dan irgendwie bekannt vor: übergewichtig, mondgesichtig, trotz der Kälte schwitzend, kahl geschoren, um die beginnende Glatze zu kaschieren. Er streckte ihm die Hand hin, sah nicht durch ihn hindurch, ignorierte ihn nicht.

Dan atmete aus und musterte ihn genauer. »Morello?«

»Ja. Erinnerst du dich an mich?«

Der Mann war kein Junge mehr, aber es lag noch immer etwas Jugendliches in seinen dunkel glänzenden Augen und in der Art, wie sich sein Gesicht beim Lächeln in Falten legte.

»John?«

»Genau.« Im Gleichschritt gingen sie die Einfahrt hinunter. »Ich bin froh, dass du gekommen bist, Danny, dass du Torma die letzte Ehre erwiesen hast. Er war ein guter Mensch, nicht wahr?«

Dan war sich nicht sicher, wie er die Frage beantworten sollte, nicht sicher, ob er überhaupt etwas über den Trainer wusste, außer dass Torma ihn als Champion hatte sehen wollen.

»Ja, das war er.« Sie waren am Tor angelangt, und Dan zeigte auf die Straßenbahnhaltestelle. »War schön, dich zu sehen, John. Ich muss nach Hause.«

»Bist du nicht mit dem Auto da?«

»Nein.«

»Wo wohnst du?«

»In Box Hill.«

»Hör zu, ich muss noch in Franks Haus, ein paar Dinge checken. Komm doch mit, dann setz ich dich später ab. Ich wohne in Mont Albert, gar nicht weit von dir.«

Dan versuchte sich an den Morello von früher zu erinnern, nicht nur daran, dass er zu den Jungen gehört hatte, die ihn gehänselt hatten, als er neu an die Schule gekommen war. Ihm fiel ein, dass Morello sich immer bei Taylor und Wilco eingeschmeichelt hatte, immer ein Mitläufer, immer ein kleines Arschloch gewesen war. Als Schwimmer war er allenfalls Durchschnitt gewesen, hatte wenig Talent und Ehrgeiz besessen und nur in jenem ersten Jahr der Mannschaft angehört. Danach war er einfach aus Dans Gedächtnis verschwunden. Dan konnte sich nicht vorstellen, weshalb der Trainer sich für ihn Zeit genommen hatte, sich überhaupt mit ihm abgegeben hatte.

»Danke, aber ich muss nach Hause.«

Morellos stets bereites Lächeln wurde breiter, wurde zum Grinsen. Dan wünschte, er könnte es ihm vom Gesicht wischen. Er wollte weg von ihm, weg von ihnen allen. Er war gekommen, um sich von Frank Torma zu verabschieden, das genügte. Er wollte nichts mehr mit seinem damaligen Leben zu tun haben.

»Ich finde, du solltest mitkommen und dir das Haus ansehen.« Morellos Augen strahlten noch, aber sein Mund wirkte nachdenklich, ernst. »Schließlich«, fügte er hinzu, »gehört dir ein Drittel davon.«

Dan begriff nicht. »Wovon redest du?«

»Komm mit, dann erklär ich's dir.« Morello hielt den hochgeschlagenen Kragen seiner Jacke zu, um sich vor dem Wind zu schützen, der durch die Seitenstraße heulte, in die sie einbogen. »Komm, mein Wagen steht hier. Dann erzähl ich dir alles.«

Morello fuhr einen nagelneuen Audi, in dem es nach Leder roch. Es herrschte dichter Verkehr, es war dunkel und kalt, doch Morello schaltete die Heizung ein, und bald wurde es warm im Wagen. Er redete ununterbrochen. Dan ließ die Worte über sich hinwegströmen, ließ sie durchs Wageninnere kreisen.

Morello wetterte gegen den Snobismus der Schule, schimpfte auf Taylor und Wilco. Er könne sie nicht ausstehen, sagte er immer wieder, er könne es nicht ertragen, mit ihnen zusammen zu sein.

»Du hast dich wie ein Mann verhalten vorhin.« Er warf Dan einen raschen Blick zu. »Dass du dich bei diesem Arsch entschuldigt hast – alle Achtung. Diese Drecksäcke leben in ihrer eigenen Welt, die haben keine Zeit für Leute wie uns – für Kanaken wie uns«, fuhr er lachend fort. »Ich sag dir, Kelly, nach all den Jahren reden die sich immer noch manchmal mit dem Familiennamen an, weil das eben so üblich war, auf die Familiennamen kam's an. Ich hab mich so gefreut, als ich gehört hab, dass du dieses Arschloch zusammengeschlagen hast, und ich war nicht der Einzige. Da haben noch mehr Leute High five gemacht, als sie gehört haben, wie du's Taylor gezeigt hast.«

Zum ersten Mal, seit er in das Auto eingestiegen war, machte Dan den Mund auf, fand die Worte. »Was ich Taylor angetan habe, das war einer der größten Fehler meines Lebens, nein, *der* größte. Ich bereue es jeden Tag.« Dan wollte weg aus der stickigen, beengenden Hitze, wollte nur noch hinaus in die reine Nachtluft.

»Du warst auch ein Arschloch, Morello, das wollen wir mal nicht vergessen.«

»Wir waren alle Arschlöcher.« Morello fädelte sich in die lange Schlange der Autos ein, die nach rechts in die Barkers Road abbiegen wollten. »Du auch, Kelly, Scheiß-Barrakuda – du hast mich damals in der Schule keines Blickes gewürdigt. Du hast an mir vorbeigeschaut, als gäb's mich gar nicht.«

Das Pochen in seiner Schläfe, das ununterbrochene Geräusch der Heizung, der Schweiß in seinem Kragen – Dan musste raus aus dem Wagen, an die frische Luft.

Er wollte es Morello sagen, doch er kam nicht dazu, denn Morello fuhr fort: »Wir waren noch Kinder damals, du und ich, wir können uns das alles nicht zum Vorwurf machen. Wir haben nur versucht, uns zu behaupten. Du wolltest der beste Schwimmer der Welt werden, und ich bin sechs Jahre lang diese Scheißeinfahrt raufgegangen und hab mir vorgenommen, heute, heute endlich mal nicht wie ein armer Kanake rüberzukommen, nicht wie der arme Kanake zu riechen, ein Kanake mit einer Mutter, die in einer Fisch-und-Pommesbude arbeitet, und einem Vater ohne jede Bildung. Sechs Jahre lang hab ich das gemacht, Danny: Ich hab gelogen, was meinen Vater angeht, und ich hab gelogen, was meine Mutter angeht, ich hab keinen zu mir nach Hause gelassen, damit nur ja niemand meine Eltern kennenlernt, damit nur ja niemand sieht, wer ich wirklich bin. Das verzeih ich mir nie.«

Der jungenhafte Charme war verschwunden. Der Mann starrte wütend in die Nacht hinaus, die Zähne zusammengebissen, die Knöchel am Lenkrad weiß.

»Wir waren Kinder, Kumpel, wir waren noch Kinder.« Erst als John ausatmete, gestattete sich auch Dan auszuatmen.

Und da war es, Frank Tormas Haus, unberührt, unverändert. Da waren der schmale, dunkle Flur, das kleine Zimmer vorn, *sein* Zimmer, das, in dem Danny immer geschlafen hatte. Das vollgestellte kleine Wohnzimmer, die kleine Küche nach hinten hinaus.

Der Kühlschrank war neu, aber die Arbeitsplatten waren noch dieselben. Eine Schranktür hing schief in den Angeln, der Herd war schwarz von erstarrtem Fett.

Dan ging ins Schlafzimmer zurück, sein Zimmer. Es sah noch genauso aus, wie er es in Erinnerung hatte, nur standen die verstaubten Fotos, die neben der Tür gehangen hatten, jetzt auf dem Nachttisch, als hätte der Trainer ihnen näher sein wollen, als hätte er diese Bilder morgens als Erstes und abends als Letztes sehen wollen.

Da war Dan als vierzehnjähriger Junge, in nagelneuen Speedos, mit einem Handtuch um die Schultern und einem Lächeln von einem Ohr zum anderen. Der Junge schien drauf und dran, aus dem Rahmen zu springen, nachdem er vom Sieg gekostet hatte. Da war er, gerahmt im Schlafzimmer des Trainers, für immer unverändert. Das nächste Foto zeigte einen anderen Schwimmer, blond und kleiner als Danny, und auf einem dritten, neueren Bild hielt ein Junge in Schuluniform, das dunkle Haar nach hinten angeklatscht, ein schmales blaues Band hoch und schaute stolz und fast dankbar in die Kamera. Neben den drei Fotos stand das des ernsten älteren Paares.

»Das sind seine Eltern, irgendwo in Ungarn.« John hatte sich aufs Bett gesetzt.

»Ich weiß.« Morello brauchte Dan nichts über das Haus zu erzählen.

Doch John schien Dans schroffen Ton nicht bemerkt zu haben. »Ich hab ein Foto von meinen Großeltern, das sieht ganz genauso aus.« Er stieß ein kurzes selbstironisches Lachen aus. »Bauer bleibt Bauer, egal, wo er herkommt.«

Dan konnte Morellos Kameraderie kaum ertragen. Von neuem sah er sich im Zimmer um. Früher hatte es Freiheit für ihn bedeutet, früher hatte er geglaubt, es eröffne ihm eine mögliche Zukunft. Da waren die vier Fotos, die Kommode, der Nachttisch, ein wackliger alter Schrank, das Bett und die verstaubten dicken Gardinen vor dem Fenster. Keine Bücher, keine Papiere – es hätte eine

Mönchszelle sein können, dachte Dan. Es hätte eine Gefängniszelle sein können.

John nahm das Foto von Danny in die Hand und betrachtete es. »Er hat ständig von dir geredet. Er hat gesagt, du seist der beste Schwimmer gewesen, den er je trainiert hat.«

Dan flehte John im Stillen an, das Foto wieder hinzustellen. Er konnte sich das Bild nicht ansehen. Es zeigte ihn, aber er fand sich darin nicht wieder. »Tja, da hat er sich geirrt. Ich hab ihn enttäuscht.«

John stellte das Foto zurück und sagte: »Komisch, das hat er immer von sich selbst gesagt, wenn von dir die Rede war. Nach ein paar Drinks hat er immer zu mir gesagt, er hätte Danny Kelly enttäuscht.«

Während John sprach, fuhr plötzlich ein heftiger Windstoß gegen das Fenster. Einen Moment lang teilten sich die Gardinen, und Dan sah, dass eine ramponierte, rauhe Sperrholzplatte mit Abdeckband an der zerbrochenen Fensterscheibe befestigt war. Der Wind legte sich wieder, und die Gardinen schwangen zurück.

John Morello war ein Fremder. Die Distanz zwischen dem schattenhaften Jungen von einst und dem Mann, den Dan vor sich sah, entsprach der Distanz zwischen dem heutigen Dan und dem Jungen auf dem Foto. Doch vor diesem Fremden gestattete Dan seinem Körper, nachzugeben und endlich zu atmen. Dan gestattete sich zu weinen.

Er saß zusammengesunken auf dem Bett, seine Hände zitterten, der Kummer brach in machtvollen Wellen hervor. Sein Körper schien von allem Schweren befreit, als wäre er wieder zum Schwimmer geworden, am Ende eines Marathons, es strömte tief aus seinem Innern, als wäre alles, was in ihm war, ausgelöscht, als wäre sein Inneres nach außen gekehrt. Nur eines war ihm noch bewusst: Dass er die Tränen, das animalische Heulen nicht zu stoppen vermochte. John musste aus dem Zimmer geflüchtet sein, erschrocken oder eher angewidert. Nur Dan war noch da, allein, in einem Raum, der ihn an glorreiche Jugendtage erinnerte, jetzt aber die Gefängniszelle der Schande des Erwachsenen war. Als er vor all den Jahren einen kurzen Blick in die Zukunft getan hatte, war es tatsächlich ein solcher Raum gewesen, den das Schicksal für ihn bereithielt.

Das Atmen, ein und aus, eines der ersten Dinge, die er als Schwimmer gelernt hatte – es half.

Hinterher saß er erschöpft auf dem Bett des Trainers, und es war, als wäre nichts mehr in ihm: keine Eingeweide, keine Muskeln, keine Knochen.

John war nicht geflüchtet, er kam wieder herein und reichte Dan ein Geschirrtuch. »Sorry, was anderes hab ich nicht gefunden«, sagte er sanft.

Dan wischte sich das Gesicht ab und wand das Tuch zu einem Knoten. John setzte sich neben ihn. Die beiden Männer atmeten im Gleichtakt.

»Hast du ein eigenes Haus, Danny?«

Die Frage kam so unerwartet, dass Dan lachen musste. Er schüttelte den Kopf.

»Also«, fuhr Morello fort, »es wird natürlich noch ein bisschen dauern – es wird Monate dauern, bis mit dem Testament alles geregelt ist, und wir wollen ja auch einen guten Preis für das Haus.« Er klang wieder normal, bei Immobilien und gesetzlichen Bestimmungen bewegte er sich auf sicherem Terrain, und sein jungenhaft heiterer Ton kehrte zurück. »Das Haus ist klein, Danny, aber es liegt in Hawthorn, nur ein paar Straßen vom Fluss entfernt. Diese alten Häuser, besonders die Backsteinhäuser – keine Ahnung, Danny, ich will dir keine Hoffnungen machen, aber ich schätze mal, wir können eine knappe Million dafür kriegen. Das macht rund dreihunderttausend für dich. Der verdammte Fiskus will natürlich was davon abhaben, aber trotzdem: Das wär mindestens die halbe Anzahlung für was Eigenes. Das wär's, wozu ich dir raten würde, Mann – eine Immobilie.« Es war, als wäre Dan nie zusammengebrochen, als wäre das in einer anderen Zeit passiert, in einem anderen Raum, in einer anderen Welt.

»Bis du verheiratet, Danny, hast du Kinder?«

Dan öffnete den Mund, dann schloss er ihn schnell wieder und schüttelte nur den Kopf.

John zeigte ihm stolz den schmalen Goldring an seiner linken Hand. »Ich schon. Dora heißt meine Frau. Wir haben einen süßen kleinen Jungen, Troy, und wir wollen noch eins. Kinder zu haben, das ist das Beste, was einem passieren kann. Das gibt dir eine Perspektive, das zeigt dir, was wirklich wichtig ist auf dieser Welt.«

»Ich werde nie Kinder haben.« Dan straffte sich, überrascht, dass das Schwere zu ihm zurückgekehrt war, dass er sich wieder in der Erde verankert fühlte. Er wandte sich John zu. »Warum ich?«

»Was meinst du?«

»Warum hat der Trainer das Haus mir hinterlassen?«

John drohte ihm scherzhaft mit dem Finger. »Hey, Mann, nicht so gierig. Er hat dir einen *Teil* davon hinterlassen, ein Drittel. Das Anwesen wird unter drei Parteien aufgeteilt. Ursprünglich waren's vier, du, ein gewisser Ronald Crane, ein gewisser Joseph Hanna und der vierte Teil für seine beiden Schwestern und seinen Bruder in Ungarn. Aber Hanna ist tot, und wenn eine der Parteien stirbt, fällt ihr Anteil laut Testament an die anderen.« John zuckte die Schultern. »Geld ist natürlich auch da, außerdem eine Pension, Aktien und Rentenpapiere. Viel ist es nicht mehr, dafür hat die Weltwirtschaftskrise gesorgt, aber alles, was noch an Geld da ist, geht an Tormas Verwandte in Europa. Die können's bestimmt gut gebrauchen, die Ärmsten.«

Er beugte sich vor und klopfte dreimal auf das hölzerne Kopfteil des Bettes. »Wir sind gut dran hier, Danny, wir machen einfach weiter, uns kratzt es nicht, wenn der Rest der Welt in der Scheiße versinkt. Kein Wunder, dass jedes arme Schwein, das es auf ein Boot schafft, hierher will.«

Dan wollte nichts davon hören. Er wollte Antworten. »Aber warum hat er's mir hinterlassen?«

»Ich weiß nicht, Mann, ich kann's nur vermuten. Das Einzige, was du mit den beiden anderen gemeinsam hast, ist, dass ihr alle drei Stipendiaten wart und dass er euch alle trainiert hat. Crane war Anfang der Achtzigerjahre sein Schüler, Hanna kam erst nach uns.« Es klang müde. »Hanna hat sich umgebracht, war abgerutscht, nach dem, was seine Familie mir erzählt hat – Drogen vielleicht, weiß der Teufel. Eine große libanesische Familie in Westmeadows. Tut mir echt leid, was die durchgemacht haben. Die hatten nicht viel, ich glaub, Joseph war ihre große weiße Hoffnung.«

John schüttelte den Kopf. »Kannst du dir das vorstellen, ein libanesischer Muslim, der mit den Arschlöchern an dieser Schule klarkommen muss? Hast du mal von ihm gehört?«

»Nein.«

»Hätte ja sein können. Der war eine Zeitlang so was wie ein Schwimmwunderkind, aber dann hat er bei den Commonwealth Games mitgemacht und hat's vergeigt – hat's einfach nicht draufgehabt.« John verstummte und senkte den Kopf.

Er glaubt, er hat mich beleidigt, dachte Dan, er glaubt, er hat mich verletzt. Er stellte sich den kleinen Libanesen vor, einen Muslim, stellte sich vor, wie es ihm an dieser Schule ergangen sein musste, wie wichtig es für ihn gewesen sein musste, der Stärkste, der Schnellste, der Beste zu sein, nur um sich behaupten, um mit erhobenem Kopf jeden Morgen dort durch den Flur gehen zu können.

»Ich hab's Cunts College genannt.«

John sah auf. »Was?«

»Unsere Schule. Ich hab sie Cunts College genannt.«

John brach in ein hysterisches Gelächter aus und holte dann ein Taschentuch hervor, um sich die Augen zu wischen und sich zu schneuzen. Er straffte sich. »Crane hat Familie, er macht Sportmedizin, der ist okay. Wird das Geld gut gebrauchen können. Er wohnt in Brisbane, wollte zu dem Gottesdienst herkommen, aber dann ist einer von seinen Söhnen krank geworden.«

John hob zaghaft die Hand und legte sie Dan sanft auf die Schulter. »Torma dachte, er hat dich enttäuscht, wenn du mich fragst.

Das ist meine Theorie. Er wollte einen Weltmeister trainieren, aber er hat's nicht geschafft.« Johns Hand glitt von Dans Schulter, und die beiden Männer saßen wieder getrennt voneinander.

»Und du? Bekommst du nichts? Du hast ihm doch offenbar am nächsten gestanden von uns allen.«

John lächelte wehmütig. »Ja, das frag ich mich auch. Er hat immer gesagt, er hasst Anwälte, die seien das Allerletzte – vielleicht deswegen, oder er dachte, ich hab schon genug.« Es klang wieder unbeschwerter, und er warf mit einem übertriebenen Achselzucken die Hände in die Luft. Wie ein Kind, dachte Dan, man ahnt noch das Kind.

»Und er hatte recht, uns geht's gut, Dora und mir, wir brauchen das Geld nicht. Der Grund ist, dass ich als Schwimmer nicht gut genug war, so einfach ist das. Du, Crane und Hanna, ihr wart die Golden Boys.« Es klang spöttisch, und er sah Dan verschmitzt an. »Das weißt du doch, oder, Kelly? Du, Taylor und Wilco, ihr wart die scheiß Golden Boys.«

Er stand auf, sah auf Dan hinab. »Ich muss los. Komm, ich fahr dich nach Hause.«

»Ich würde gern noch bleiben.«

Doch John schüttelte den Kopf. »Ich glaub, das geht nicht. Ich bin offiziell der Testamentsvollstrecker für das Anwesen hier, und mir wär nicht wohl dabei, dir jetzt schon die Schlüssel zu geben. Sorry, das klingt überkorrekt, aber ich bin nun mal Jurist.«

»Schon okay, verstehe.«

John sah sich mit einem letzten langen Blick im Zimmer um. Er schien noch etwas sagen zu wollen, doch sein Mund blieb geschlossen.

»Was wolltest du sagen?«

»Ich wollte sagen, dass ich den alten Drecksack vermisse, aber das stimmt nicht. In den letzten Jahren hab ich immer mal bei ihm vorbeigeschaut, alle sechs Monate oder so, wenn auch mehr aus Pflichtgefühl. Ich war ihm was schuldig. Er hat mich vor den brutalen Typen in der Schule in Schutz genommen. Aber er war ein einsamer alter Sack, am Schluss wollte er nur noch von seiner Kindheit in Ungarn erzählen, manchmal hat er sogar Ungarisch gesprochen. Er war ein trauriger alter Mann. Ich würde ja gern sagen, ich vermisse ihn, aber das wäre gelogen. Ehrlich gesagt bin ich sogar irgendwie froh, dass er tot ist.« John trommelte mit den Fingern auf den alten Schreibtisch. »Männer wie er – wozu sind die noch gut?«

Dan konnte sich an nichts erinnern, was Morello anging – nicht an das Lächeln des Jungen, nicht an den Körper des Jugendlichen, nicht an ein einziges Gespräch mit ihm –, obwohl sie zusammen in der Mannschaft gewesen waren, jeden Tag zusammen geduscht hatten, zusammen geschwommen waren. Er hatte keinerlei Erinnerung an ihn.

»Okay«, sagte er, stand auf und zog seine Jacke an. »Gehen wir.«

John setzte ihn ab. Unmittelbar bevor er ausstieg, nachdem sie sich die Hand gegeben hatten, sagte Dan zu ihm: »Du bist ein guter Mensch, John.«

John lachte auf. »Nein, Kumpel«, antwortete er. »Nein, bin ich nicht. Ich bin nur ein fetter Vorstadtanwalt. Ich bin nur ein weicher Typ, der alles so macht, wie sich's gehört. Ich hab sogar Troy am Cunts College angemeldet, so sehr schwimme ich mit dem Strom.«

Die Nacht war so kalt, dass Dan eine Ewigkeit in seiner zugeknöpften Anzugjacke vor dem kleinen Heizofen in seinem Zimmer sitzen musste. Er saß vor dem Heizofen und blickte in das orangefarbene Glühen, und der Regen prasselte auf das Schindeldach. Er saß da und träumte davon, was Geld ermöglichen konnte. Er stellte sich ein Haus vor, zwei Zimmer, nicht weit vom Bahnhof und den Geschäften. Das konnte Geld ermöglichen. Er dachte daran, wieder nach Japan zu fahren, nach China zu fahren, den Kontakt mit Luke zu vertiefen. Er konnte überallhin reisen, er konnte etwas über andere Welten erfahren. Er stellte sich ein nagelneues Auto vor, Reisen, ein eigenes Geschäft. In seiner Magengrube war ein Glühen, er spürte es, eine kleine Flamme, die in seiner Mitte begann und sich flackernd ausbreitete und sein Blut erwärmte. Er zog sich aus, schlüpfte in Trainingshose und Pullover, glaubte sie aber trotz der Winterkälte nicht zu brauchen. Das Glühen in seinem Innern würde ihn warm halten. Das konnte Geld ermöglichen, diesen Schutz konnte es bieten.

In der Gesäßtasche seiner Anzughose entdeckte er die zusammengefaltete Kopie aus der Kirche. Er nahm sie heraus, entfaltete sie und betrachtete das Gesicht des Trainers, dann drehte er sie um, und erst jetzt las er den Text auf der Rückseite. Er war während des Gottesdienstes verlesen worden, aber Dan hatte nicht zugehört, hatte es nicht mitbekommen. Er hatte nur eines wahrgenommen: die Blicke, die durch ihn hindurchgingen, die Augen, die ihn nicht sahen. Jetzt aber las er den Text eines Gedichts von Walt Whitman. *Ich sehe einen schönen riesigen Schwimmer nackt durch die Meeresstrudel schwimmen.* Anfangs blieben die Buchstaben, die Wörter, die Strophen noch Formen, Linien und Bögen, sie ergaben keinen Sinn – *Sein braunes Haar liegt dicht und glatt am Kopf, er holt mit mutigen Armen aus, stößt sich mit den Beinen vorwärts, Ich sehe seinen weißen Leib* –, doch dann kehrte Dan an den Anfang zurück, und diesmal bildete sein Mund die Formen, modellierte die Wörter: *Ich sehe seine unerschrockenen Augen, Ich hasse die schnellkreisenden Strudel, die ihn mit dem Kopf voran auf die Felsen schmettern möchten. Was tut ihr, ihr raufenden rotdurchtränkten Wellen? Wollt ihr den mutigen Riesen töten? Wollt ihr ihn in der Blüte seiner mittleren Jahre töten?* Das Leuchten in seinem Innern schwand, und er sah einen Mann mit den Wogen kämpfen, sah ihn wie von oben, als wäre Dan ein Luftwesen, das übers Meer glitt, Zeugnis ablegte für den Schwimmer – *Er kämpft standhaft und lange, Er ist verblüfft, verprügelt, verhauen, er hält aus, solange seine Kraft hält, Die klatschenden Strudel sind mit seinem Blut befleckt, sie tragen ihn fort, rollen ihn, schütteln ihn, drehen ihn* –, und dann tauchte das Wesen, zu dem er geworden war, tief hinab ins Meer, und das Wesen war der Schwimmer, und der Schwimmer war dem gleichgültigen, fürchterlichen Ozean ausgeliefert, *Sein schöner Leib wird von kreisenden Strudeln getragen*, und der Ozean war so schön und so vollkommen, wie die Welt es nur sein konnte: *wird in einem fort auf die Felsen gehauen, Rasch und außer Sicht wird der tapfere Leichnam getragen.*

Dan saß in seinem Zimmer und betrachtete die Fotos an der Wand: Theo, seine Eltern, Regan mit Layla, Demet und Margarita am Uluru, Luke und Katie an der Chinesischen Mauer, Dennis mit Bettina im Arm, er selbst zwischen seinem Grandpa Bill und seiner Nan Irene. Das letzte Flackern des Feuers in ihm war erloschen.

Er war allein in dem kahlen kleinen Raum, die Kopie war ihm aus der Hand geglitten. Er war der Schwimmer, der alte Mann, er war der Trainer, und er war Danny Kelly. Das elektrische Surren des Heizofens, das hörbare Summen der Glühbirne über ihm – sie holten ihn in den Raum und zu sich selbst zurück. Er spürte eine quälende Enge im Bauch, er spürte einen Druck in der Blase, einen Schmerz im linken Handgelenk, das er sich ein paar Tage zuvor an einem Schrank angestoßen hatte. Es war Atmen, ein und aus, es war eine Rückkehr.

»Danke, Trainer«, flüsterte er der kalten Nachtluft zu. Dan wusste jetzt, was er zu tun hatte.

Am nächsten Tag fuhr Dan nach der Arbeit in aller Eile nach Hause und holte Regan und Layla ab. Sie machten sich auf den Weg über den Fluss zu seinen Eltern, und jetzt hatte er nicht mehr nur einen Funken, sondern ein ganzes Feuer im Bauch, und er hatte ein Ziel. Das war es, was der Trainer von ihm erwartet, von ihm gebraucht hatte, das war es, was er ihm nicht gegeben hatte. Jetzt aber konnte er es, denn jetzt wusste er, wie er der werden konnte, der er sein musste.

Alle saßen am Küchentisch, als sie kamen, Dan hatte sie darum gebeten. Dennis war auch da und trank ein Feierabendbier. Sie schienen erschrocken, als Dan Regan voller Ungeduld zu einem Stuhl führte und dann selbst Platz nahm, um zu ihnen allen zu sprechen. Er konnte nicht länger warten, er sprudelte alles hervor, erzählte von der Erbschaft, von dem Geld, das er bekommen würde, und der Zukunft, die er darauf gründen konnte. Seine Worte hüpften und tanzten und schlitterten, und er musste noch einmal von vorn anfangen, aber schließlich war es heraus, schließlich ergab es einen Sinn, das sah er an den verblüfften Gesichtern. Atemlos, erhitzt und mit leuchtenden Augen schloss er: »Und ich will es euch geben, ich will nichts davon haben. Ich gebe das ganze Geld euch.«

Er atmete schwer und sah sie erwartungsvoll an.

Sein Vater sprach als Erster. »Ich kann selbst für meine Familie sorgen, Dan«, sagte er in beherrschtem Ton. »Ich kann es, und ich hab es auch immer getan. Behalte dein Geld.«

Dans Mum sah auf den Tisch hinab. »Das musst du doch nicht, Junge«, und Theo sagte: »Ja, Danny, was zum Teufel soll das?«

Regan hatte Layla auf dem Schoß. Sie hörte auf, ihr Baby zu streicheln, und sagte: »Du musst nicht für uns sorgen, Danny. Wir haben nie von dir erwartet, dass du für uns sorgst. Du schuldest uns nichts – du denkst doch nicht etwa, du schuldest uns was?«

Keiner von ihnen konnte ihn ansehen, und Dan dachte, ich bin in dieser Erde gefangen, und noch nie habe ich mich euch allen so fern gefühlt.

Dennis räusperte sich. »Ihr hört ihm nicht zu – er will das für euch tun.« Er nahm Regan das Baby ab und drückte es an sich. »Mehr sag ich nicht. Hört ihm zu. Ich geh mit Layla nach nebenan.«

Als er draußen war, explodierte Regan: »Wir nehmen dein Geld nicht! Es ist deins, nicht unseres!«

Dan trat Wasser, Dan sah das Ufer, aber die Strömung hatte ihn erfasst und trug ihn weiter aufs Meer hinaus, und er wusste, dass man auf diese Weise verschwinden konnte, dass einen das Wasser auf diese Weise hinabziehen konnte. Er ging unter, er verschwand.

Worte formten sich, er sah, wie sie sich knapp über den Wellen bewegten und entfalteten, er sah, wie sie dort, wo die Sonne das Wasser berührte, tanzten.

Er straffte sich und schaute seinen Vater an. »Doch, ich schulde euch etwas. Und ich bin euch dankbar, und ihr seid die einzige Familie, die ich je haben werde.« Er klammerte sich an die Worte, und er sank unter die Strömung und befreite sich aus ihr. Er schwamm ans Ufer, während er sprach. »Ich möchte es tun, weil ich euch etwas schulde und weil ihr mir eure Liebe geschenkt habt, und wenn ich es tue, kann ich noch einmal von vorn anfangen, kann mein Leben neu beginnen. Also bitte, mir zuliebe, bitte nehmt mein Geschenk an.«

Seine Mutter griff über den Tisch hinweg nach seiner Hand. »Wir wollten nie etwas von dir, Schatz, begreifst du das nicht?«

Er atmete ein, und im Ausatmen ließ er die Worte heraus. »Deshalb will ich es ja.« Er sah noch immer seinen Vater an. »Ich glaube, nur so kann ich ein Mann sein.« Er umschloss die Hand seiner Mutter fester. »Ich weiß nicht, ob ihr das verstehen könnt, aber ich will ein Mann sein, ich will anfangen zu leben, ich will einfach erwachsen werden.«

Er hatte es versucht, aber er sah, dass seine Familie nicht überzeugt war. Er spürte die Müdigkeit bis in die Knochen, eine Säure begann ihn von innen her zu verzehren. Es war noch nicht zu Ende.

»Versteht ihr denn nicht? Ich hab das nicht verdient.«

Jetzt wurde seine Mutter wütend. Der Zorn sprühte und loderte aus ihren Augen. »Doch, Danny, das hast du. Ich war doch dabei – das ständige Training, jeden Morgen, jeden Nachmittag, all die Anstrengung, ich war so stolz auf dich. Sag nicht noch mal, du hättest das nicht verdient!«

»Nicht allein, ich hab es nicht allein verdient.«

Alle sahen ihn jetzt an. Und ihm wurde bewusst, dass sie ihn zum ersten Mal sahen.

Anderes wurde noch gesagt, so vieles wurde geäußert, so viele Argumente und Einwände wurden vorgebracht, die er widerlegen musste, aber schließlich erklärten sie sich bereit, über das Geschenk nachzudenken. Am Ende sahen sie ein, dass das Geschenk für Dan wertlos war, wenn er es nicht teilen konnte.

Auf der Heimfahrt war es neblig, es nieselte, und die Nacht hüllte sie ein wie eine dicke Decke, aber Dan glaubte, weit sehen zu können, bis zum Horizont, durch die Ritzen im Himmelsgewölbe bis hinauf zu den Sternen. Er glaubte, einen Blick ins Unendliche getan zu haben. Er war am Himmel, und er erlebte dort dieselbe Reinheit wie im Wasser.

Dan war in der Stadt, gebeutelt von einem unbarmherzigen antarktischen Wind, der in seine Ärmel fuhr und ihm gegen Nacken und Wangen peitschte. Er flüchtete sich in eine kleine Einkaufspassage nahe der Bourke Street. Er war auf der Suche nach einem Geburtstagsgeschenk für Omran, sein Patenkind, Demets und Margaritas Sohn. Der Heißluftschwall am Eingang erfasste ihn wie der Feuerhauch eines Hochofens. Einen Schritt weiter wich die Hitze, und stickige Heizungsluft umfing ihn. Er zog seinen Anorak aus und hängte ihn sich über den Arm.

Margarita hatte ein Stipendium für die Fortsetzung ihrer Doktorarbeit an einem College in Südkalifornien bekommen.

»Das macht mich zur Mätresse«, hatte Demet gelacht, als sie Dan davon erzählte. »Ich kann mein Glück kaum fassen.«

Doch er hatte bei all ihrer Freude auch einen Hauch von Schuldgefühlen herausgehört und sie unterbrochen: »Du hast es verdient.«

Demet und er hätten nie einen Anspruch auf Glück erhoben. Martin hätte das bestimmt nicht verstanden, Clyde und Luke ebenso wenig. Doch Demet begriff es.

»Du hast es verdient«, wiederholte er mit Nachdruck.

Er kam in dem überheizten Einkaufszentrum zu einem kleinen Laden mit einem Schaufenster voller Schmuck und Accessoires. Dazwischen entdeckte er einige kleine Broschen, deren leuchtend blauer Stein den scharfen schwarzen Umriss eines Auges zeigte. Es war perfekt, genau das Richtige für Omran, ein Geschenk, das auch seinen Eltern gefallen würde. Ein Auge, um Böses abzuwehren, ein Auge, um *zurückzuschlagen*.

Er kaufte es, steckte es in seine Jacke und wappnete sich gegen den Schock der Eiseskälte draußen.

Die Stadt war bereits in Dunkel gehüllt, als eine Erinnerung an Glasgow Dan erschütterte, so klar und lebhaft wie das letzte Bild eines Traums unmittelbar nach dem Erwachen. Er musste sich an der Wand eines Bürohochhauses abstützen, um sich zu vergewissern, dass er sich tatsächlich in Melbourne befand. Es dauerte nur einen Herzschlag, einen Atemzug lang, dann war die Erinnerung an die andere Stadt erloschen und er hatte wieder festen Boden unter den Füßen. Er ging zur U-Bahn-Station Melbourne Central am Ende der Straße und dachte unterwegs an Clyde. Lange hatten sie nichts mehr voneinander gehört; morgen würde er ihm eine E-Mail schreiben, nur eine kurze Nachricht. Clydes Stadt ermöglichte es ihm, Erinnerungen an seinen früheren Lover wachzurufen, als sei der Stadtplan Glasgows ein Spiegel, der Clyde reflektierte. Er und seine Stadt gehörten zusammen, das eine war nicht ohne das andere zu denken. Das ist wahres Dazugehören, dachte Dan.

Er entschied sich gegen die U-Bahn. Der Wind heulte, wirbelte um ihn herum, und er fröstelte, aber es war auch anregend, belebend. Er stemmte sich dagegen, rannte förmlich dagegen an, um nicht mit der Wucht einer Meeresströmung immer wieder zurückgestoßen zu werden.

Er blieb stehen. Ein Plakat im Schaufenster eines Reisebüros war ihm in die Augen gesprungen: ein Doppeldeckerbus, ein schwarzes Taxi, London Bridge, Buckingham Palace und die Tube. Und darunter die fünf schmalen, ineinander verschlungenen olympischen Ringe. Wie von fern spürte er einen Widerhall des alten, beunruhigenden Verkrampfens, doch ein Ausatmen genügte, und es löste sich wieder. In einer anderen Geschichte würde er nach London fahren, in vier Wochen schon, würde an nichts anderes mehr denken, von nichts anderem mehr träumen als von den Olympischen Spielen. Er sah sein Spiegelbild in der Scheibe, sein blasses Gesicht, die dichten Bartstoppeln an Kinn und Wangen, die zerzausten, zu lang gewordenen Haare, und der Gedanke kam ihm, dass er, selbst wenn er der Stärkste, der Schnellste und der Beste wäre, nicht dabei sein würde, nicht dabei sein konnte, weil er inzwischen zu alt für London war.

Grinsend trat er von dem Schaufenster zurück, schob die Hände tief in die Taschen seines Anoraks und ging weiter. An der Ampel Ecke Little Collins Street wartete er neben einem Pulk Schüler, die sich aufgeregt über den bevorstehenden Abend unterhielten. Sie waren so jung, dass ihnen der erbarmungslose Wind, die unerbittliche Kälte nichts ausmachten. Nur eines der Mädchen – sie trug einen Minirock und ein hauchdünnes Top – hatte die Arme um den Oberkörper geschlungen, ihre Zähne klapperten, und ihre Schultern zitterten. Einer der Jungen legte den Arm um sie und zog sie schützend an sich, und sie lehnte sich dankbar an ihn. Die Ampel schaltete auf Grün, und Dan überquerte im Sog der Gruppe die Straße, der Junge und das Mädchen noch immer aneinandergeschmiegt. Zwei Strömungen zogen ihn mit sich, der wilde Tanz des Windes und das gleichmäßige Tempo der Studenten. Er hörte ihr Geschnatter, über Alkohol und Schule, über diesen Club und jene Kneipe, doch er ließ ihre Worte fallen, ohne sie aufzuheben – für ihn mussten sie keinen Sinn ergeben. Das elfenhafte frierende Mädchen erinnerte ihn an Katie, damals an dem Abend, als er sie in dem Pub kennengelernt hatte. Und der kräftige, hochgewachsene Junge mit den wohlgeformten muskulösen Gliedmaßen, der sie zum Schutz vor der bitteren Kälte im Arm hielt, hätte Luke sein können. Ein anderer Junge, flachsblond und mit Sommersprossen auf der Nase, hätte eine zerzauste Ausgabe von Martin Taylor sein können, und das Mädchen neben ihm hätte mit weniger Make-up Demet sein können. Ein langhaariger Junge am Rand der Gruppe ging ein Stück voraus und schlängelte sich zaghaft, aber zielstrebig durch die Menge. Dan war versucht, ihn am Arm zu berühren und zu sagen: Ich erkenne dich, ich sehe mich selbst in dir.

Er verlangsamte seinen Schritt, und die Gruppe der jungen

Leute trieb von ihm fort, verschmolz mit der Menge in der Swanston Street, verschwand im Dunkel.

Als er am Bahnhof Flinders Street die Treppe hinaufstieg, wurde er im Gewühl der Menschen, die ihm entgegenkamen und in die Stadt strömten, angerempelt: blutjunge und uralte, geschminkte Jungen, Mädchen mit Fußballschals um den Hals. Die Gesichter der ganzen Welt waren um ihn, Menschen aller Kontinente, auf dem Weg in die trügerische Urnacht. Er gestattete sich, gegen den Strom zu schwimmen, ihn nicht herauszufordern, ihn nicht zu bezwingen, ihn nicht zu erobern. Er steckte seine Netzkarte in das Drehkreuz, ging durch und weiter zum Bahnsteig.

Auf der Heimfahrt saß er eingezwängt zwischen einem bulligen Müllmann, der mit zurückgeworfenem Kopf schlief, und einem schick angezogenen jungen Mann, der laut in sein Smartphone sprach. Dan betrachtete sein Spiegelbild in der schmutzigen Scheibe des Zugfensters. So konzentriert starrte er auf den geisterhaften Schemen seiner selbst vor dem Meer der Dunkelheit, dass alles andere versank. Er war allein in seiner Welt. Dazugehören: Das hatte er einmal gehabt, und jetzt war es dahin. Er wandte sich ab, ging die Licht- und Farbmuster durch, bis sie Gestalt annahmen. Das verschleimte Schnarchen des Müllmannes trat wieder in sein Bewusstsein, das alberne Gehabe des Mannes mit dem Handy. Die Luft im Wagen war schlecht und stickig, und er wünschte sich in die schneidend kalte Nacht hinaus. Wohin er auch sah – überall spielten Leute mit ihren Handys. Sie kamen ihm gar nicht wie Menschen vor. Die schwüle Atmosphäre schnürte ihm die Luft ab.

Er atmete ein, und er atmete aus.

Alle Gesichter waren starr auf die Handys gerichtet. Dan fragte sich, warum ihn das eben noch so beunruhigt hatte. Dazugehören – es war die falsche Frage, das wusste er jetzt. Der Wettstreit zwischen Land und Nation, das Gerangel zwischen Daheim- und Unterwegssein, zwischen hier und anderswo, das unablässige Fordern und das ständig sich ändernde Planen – all das beantwortete nicht die Frage, die ihm am wichtigsten war, seit er wieder festen

Boden unter den Füßen hatte: War er – Danny Kelly, Psycho Kelly, Danny der Grieche, Dino, Dan, Barrakuda – war er ein guter Mensch? Erst musste er darauf eine Antwort finden, dann würde sich alles andere von selbst ergeben.

Er sah seine Gestalt, sein Selbst aus der Schwärze vor den Fenstern des dahinrasenden Zuges auftauchen.

Er gehörte zum Wasser. Und Wasser – davon war er inzwischen überzeugt – bestand aus demselben Stoff wie der Himmel. Dan ließ seine Schultern kreisen. Er vermisste Clydes Küsse auf seinem Tattoo. Die Lippen seines Lovers auf seiner tätowierten Haut zu spüren – auch das kam einem Gefühl des Dazugehörens nahe. Er vermochte sich Clydes Gesicht kaum noch zurückzurufen, die Erinnerung an seine Berührung aber konnte er wiederbeleben. Und auch die Überzeugung, dass Clyde ein guter Mensch war.

Der Zug fährt dahin, und Dan sitzt still da, erlaubt der Lok und ihren Motoren, ihn zu tragen. Er lauscht, ohne zu hören, beobachtet die Welt, ohne sie zu sehen. Er schließt die Augen. Er stellt sich vor, dass ihn die unablässige Bewegung von einem Ende dieser riesigen Insel mit ihrem endlosen Horizont zum anderen trägt. Er zeichnet im Geist den Bogen des Endes dieser Welt, sieht den Zug aus den Gleisen rasen, in die Sonne springen, in die Tiefen des Meeres eintauchen und versinken. Doch dem Zug sind Flügel gewachsen, sein Bogen ist die Perlenschnur des Mondlichts, das die Schatten aus der Nacht verbannt. Dem Zug sind Flügel gewachsen, und er steigt hoch empor.

DAS WASSER GEHT ENDLOS WEITER, meine Füße stehen im Sand und ich sinke ein, die Wellen rollen heran und rollen wieder zurück und ich sinke ein und ich lache weil ich umzufallen glaube und Dad sagt Hoppla und er hält mich fest und er hebt mich hoch und die Sonne ist ganz nahe und ich strecke die Hände nach ihr aus und ich glaube die Sonne erreichen zu können und dann schwingt Dad mich hin und her hin und her und ich fliege im Wind und ich habe Angst er könnte mich ins Wasser werfen. Nicht Dad nicht schreie ich nicht ins Wasser schmeißen. Er drückt mich an sich und die Haut an seinen sandigen Schultern kratzt und er tätschelt mir den Rücken und sagt, Aber nein ich tu dir kleinem Kerlchen doch nichts. Ich schaue zum Strand zurück, Mum liegt auf dem großen roten Handtuch, Regan greift neben ihr in den Sand, sie greift in den Sand und lässt ihn durch ihre Finger rieseln greift in den Sand und lässt ihn durch ihre Finger rieseln. Mum setzt sich auf und sieht zu mir her sie winkt mir zu und ich höre auf zu schreien und winke zurück. Sie hat einen ganz dicken Bauch einen dicken runden Bauch in dem mein Bruder oder meine Schwester – ich wünsche mir einen Bruder – wächst, sie lässt mich ihren dicken Bauch berühren und sagt Fühlst du wie deine Schwester oder dein Bruder wächst jeden Tag wird er größer. Ich winke zurück, mein Kinn ruht auf der Schulter meines Dads er richtet sich auf und ich bin größer als alle anderen am Strand mein Dad ist der größte Mann am Strand er ist der Riese am Strand und wenn er mich hochhebt kann ich die Sonne berühren die Sonne ist mir nahe wenn er mich hochhebt und ich schaue zum weiten weiten Himmel auf und schaue aufs weite weite Meer hinaus und die Sonne und der Himmel und das Meer gehen endlos weiter. Lass mich runter, Dad, lass mich runter und er lacht, ich rutsche hinunter, meine Füße im Sand ich kann im Sand zurücksinken das Wasser rollt heran und rollt wieder zurück das Wasser ist die Flut sagt Dad und wenn die Flut zurückgeht legt es sich schlafen und wenn die Flut wiederkommt hat es Hunger auf kleine Jungs und es FRISST DICH AUF! Komm rein, Danny, komm mit mir ins Wasser und ich sage Nein, nein, das Wasser soll mich nicht auffressen und er lacht und sagt Es frisst dich nicht auf, im Moment ist Ebbe. Aber was ist wenn es aufwacht und Hunger hat ich spüre es an meinen Füßen es greift nach meinen Füßen es könnte mich hineinziehen und dann bin ich in seinem Maul wie der Junge in dem Wal und ich sage Nein, Dad, nein ich will nicht und er hält mich an der Hand und sagt Komm schon, ich lass Danny nicht los und er hält mich und die Babywellen umspülen meine Füße und dann umspülen die Mummywellen meine Taille und es ist so kalt so kalt dass ich sage Nein Dad nein ich will nicht und er sagt Ist ja gut Danny ich lass dich nicht los, und ich ziehe an seiner Hand und wehre mich denn wenn die Daddywellen kommen ziehen sie mich in ihr Maul und sie fressen mich auf und ich schreie Nein nein nein und Dad hebt mich wieder hoch und seine Haut ist kalt und nass aber er drückt mich fester an sich und ich bin höher als die Daddywellen und sie können mich nicht erreichen und er geht ins Wasser hinein und wir gehen in die Flut hinein aber mein Dad hält mich und er ist größer als die Flut er ist stärker als die Flut und das weiß die Flut anscheinend denn als die Flut meinem Vater bis zur Taille reicht bleibt sie stehen und ist still und das Wasser ist ruhig und Dad sagt leg dich einfach hin, leg dich aufs Wasser, ich halte meine Arme unter dich ich lass dich nicht los, Danny, versprochen und ich lege mich auf das Bett des Wassers so wie ich gelernt habe mich auf das Bett des Pools zu legen und die Sonne schnapp schnapp schnappt nach meinen Augen aber Dad ist vor ihr und Dad ist so groß dass er die Sonne verschwinden lassen kann und Dad lächelt und seine Haut ist nass sodass sie glänzt wie Metall und das Bild über seinem Herzen und die Bilder an seinen Armen sind Linien so blau wie der Himmel und ich schließe die Augen und das Wasser trägt mich und Dads Hände sind mein Kissen und sie sind meine Matratze und er sagt ich lass dich kurz los, eine Sekunde nur, eine Sekunde, Danny, aber ich fang dich auf, ich verspreche dir ich fang dich auf und ich hole tief Luft und seine Arme sind weg aber ich liege immer noch auf dem Wasser und er lacht und lächelt auf mich herab größer als die Sonne und er sagt Siehst du, Danny, du brauchst keine Angst vor dem Wasser zu haben, nicht wahr, möchtest du mal versuchen zu schwimmen, und bei diesen Worten bekomme ich wieder Angst und ich falle in die Flut und die Flut verschlingt mich und die Flut ist in meinen Augen und meiner Nase und meinem Mund und ich wehre mich dagegen dass die Flut mich verschlingt und, Dad hat mich hochgehoben, Dad hat mich zur Sonne emporgehoben. Er senkt mich wieder herab und meine Füße treten und meine Hände schlagen und schlagen und ich weiß dass ich die Flut schlagen muss wenn ich immer weiter schlage kriegt sie mich nicht und so trete ich und ich haue und ich boxe und ich bewege mich auf dem Bett aus Wasser, und ich fliege, es ist Fliegen nichts anderes, ist es es ist Springen und Gleiten und Hetzen und die Flut kann mich nicht kriegen und Dad ruft Nicht so schnell, Junge, nicht so schnell, aber ich habe keine Angst mehr und die Flut kann mich nicht kriegen, ich bin zwischen der Flut und der Sonne, wenn ich weiter schlage könnte ich die Sonne erreichen und ich will so hoch sein wie die Sonne ich will so hoch sein wie mein Dad und er ist hinter mir er ist neben mir er fliegt an mir vorbei und er ruft zurück Du erwischst mich nicht, Junge, und ich strenge mich an oh ich strenge mich so sehr an um die Flut zu bezwingen um die Flut zu besiegen und ich schlage und trete und meine Beine sind müde und meine Arme tun weh und meine Augen brennen vom Wasser aber ich gebe nicht auf und ich habe ihn erwischt und Dad packt mich, er drückt mich an sich, mein Gesicht ist an dem Bild auf seiner Brust und meine Wange liegt an den Haaren und der Haut auf seiner Brust und ich atme so heftig dass mein Herz mein Atem ist und Dad hält mich und sagt Das alles gehört dir, mein Junge, das gehört alles dir, er hält mich mit einem Arm und den anderen Arm streckt er übers Meer und er streckt ihn zum Himmel und er berührt die Sonne denn als ich hochschaue sehe ich die Flamme durch seinen Finger brechen dort wo er die Sonne berührt hat und er sagt Das alles, Danny, das alles gehört dir. Ich atme ein und aus bis mein Atem und mein Herz sich voneinander lösen und Dad hält mich und trägt mich an den Strand zurück wo Mum sitzt und ihr Bauch ist so riesig dass es aussieht als könnte er wie ein Ballon platzen wenn er zu groß wird und Regan quiekt weil Dad mich immer noch hält und ich vom Meer noch tropfe und die Tropfen auf sie fallen und sie quiekt noch einmal und sie schaut auf, sie schaut auf aber sie kann mich nicht sehen weil Dad mich hält und er ist der größte Mann auf der Erde und er ist so groß dass ich über der Sonne bin. Er ist ein Riese und ich bin sein Sohn und wir beide, zusammen, sind stärker als die Flut und wir beide, zusammen, sind größer als die Sonne und höher als der Himmel. Er hält mich fest an sich gedrückt, so fest dass ich in ihn hineinsinke und wir stehen still aber im Stillstehen fliegen wir. Er steht zwischen der Sonne und dem Meer vor dem Himmel und obwohl wir stehen fliegen wir. Zusammen fliegen wir.

Quellenverzeichnis

Seite 191
William Shakespeare, *Sonett XX*. Aus: William Shakspeare's sämmtliche Gedichte, S. 12. Übersetzt von Emil Wagner. Königsberg: Verlag J. H. Bohn 1840

Seite 313
Anton Tschechow, *Ein Tag vor der Stadt. Kleine Szene. In: Ende gut, alles gut.* Frühe Erzählungen 1886–1887, S. 111–120. Übersetzt und herausgegeben von Peter Urban. Zürich: Diogenes 2002

Seite 383
Charles Dickens, *David Copperfield*, S. 11. Übersetzt von Gustav Meyrinck. München: dtv 2009

Seite 456
Walt Whitman, *Die Schläfer*, 3. In: *Grasblätter*, S. 526. Übersetzt und herausgegeben von Jürgen Brôcan. München: Carl Hanser Verlag 2009

Dank

Mit der Arbeit an diesem Roman begann ich, als ich das Glück hatte, ein Aufenthaltsstipendium für Cove Park, Schottland, zu erhalten. Ich möchte Cove Park, dem Personal dort und meinen Mitstipendiaten für ihre Unterstützung und Ermutigung danken.

Vielen Dank, Lisa Forrest, Dean Ayton, Sophia Pappas, Rick Halsam, Andrew Nette, Marilen Tabacco, Bill Sultan und Tim Sultan dafür, dass ihr eure Geschichten und Erfahrungen mit mir geteilt habt.

Auch bei Curtis Brown Australia, bei Rogers, Coleridge and White, bei Smartartists und bei Allen & Unwin hatte ich das Glück, Unterstützung und Ermutigung zu erfahren.

Wie immer bin ich unendlich dankbar für die Unterstützung durch meine Familie, Jane Palfreyman und Wayne van der Stelt. *Muchas muchas gracias.* Und alles, alles Liebe.

Ich widme dieses Buch Angela Savage, einer Mitreisenden in diesem literarischen Leben. Danke, Ange, dafür, dass du mir diesen ungemein sanften und doch ungemein gezielten Schubs in die richtige Richtung gegeben hast.